梁晓声文集·长篇小说 15

知青（上）

青岛出版社

人不但无法选择家庭出身，更无法选择所处的时代。但无论这两点对人多么不利，人仍有选择自己人性坐标的可能，哪怕选择余地很小很小。于是，后人会从史性文化中发现，即使在寒冬般的时代，竟也有人性的温暖存在，而那，正是社会终究要进步的希望。

第一章

夕阳如血。

列车奔驰在秋季的松嫩平原。夕阳悬在车头前方，似乎在勾引列车吻到它。而对于列车，那是不可能的，尽管看起来车头与夕阳的距离近在咫尺；这情形使人联想到“夸父追日”的神话。车头气急败坏地喷吐浓烟，混沌了天地。而于那混沌之中，夕阳将车身映成平原上一道长长的剪影。

夕阳无可奈何地沉落……

列车亢奋地追逐……

迷雾渐散。一缕青烟，从一只斑驳了红色铁锈的灰铁皮烟囱里冒出。这只旧烟囱属于一栋被漆成果绿色的小房子。亮晶晶的铁轨从这小房子前铺过。那是只有北大荒才有的窄轨铁路，将林区丰产的木材一车车运到原野以外的地方。仓库整齐地排列在小房子后边，小房子旁竖着一块牌子，上写“白桦林站——黑龙江生产建设兵团竖——一九六九年。”

已是傍晚时分，天空中大朵大朵的乌云逐渐堆积成团，从远处茂密的白桦林那方压过来。

杨秉奎的手在一盘残棋上缓缓移动，他在小房子里跟自己下棋。窗上贴着红纸剪的“忠”字和“公”字，除了一张没刷油漆的单人木床，还有桌子、椅子、箱子、柜子，都没刷油漆，木质已被岁月涂得黑亮。床上挂着蚊帐；炉子上的水壶吱吱作响，突突地冒出水汽；一条大狼狗懒洋洋地卧在炉旁。

杨秉奎五十多岁了，一脸该刮未刮的黑胡茬，一身旧铁路服，脚上是双“解放”鞋。

桌上的电话骤然响了。杨秉奎抓起听筒：“对，是我，‘养病亏’站长……放心，我知道……哎，你说话客气点嘛……我不管你是谁，给老子记着！”

他“啪”地放下电话，从墙上摘下铁路信号灯，把与铁路服配套的蓝帽子按在头上，开门出去，大狼狗溜溜地跟着。

天已快黑。

杨秉奎仰脸看天，雨点落在他脸上。

“早不下晚不下，非赶这个时候下。老天爷，你他妈成心找人别扭啊！”杨秉奎扭动着布满胡茬的嘴，喃喃地咕哝着。天仿佛就是要跟杨秉奎找别扭似的，霎时间雷声大作，暴雨倾盆。

“老伴儿，都说谁也惹不起老天爷，看来此话真不假呢！”“老伴儿”就是那条大狼狗。杨秉奎无奈地退回小房子，将雨衣从墙上取了下来。

闪电劈开雷雨交加的黑夜，瞬间照亮站在铁轨中间的杨秉奎。他左右摆动着手中的信号灯。一列封闭的货车缓缓驶来，车灯橘黄色的光透过密集的雨点，照在杨秉奎身上。

司机探出身喊道：“老站长，对不起啊，让您在雨中为我举信号灯了！”

杨秉奎：“甭客气，应该的。再说也不是你对不起我，是老天爷对不起我。”

列车停稳，一节节车厢的门被依次打开，有人从上面跳下来。顿时，哨声此起彼伏。

一个粗声大嗓的人喊:“全体下车！整队集合！各带队注意,哪一车厢少了一个,军纪处分！”

可是知青们却没有应声从车厢里跳下来,而是犹豫地聚在车门口,谁也不愿意先行一步。一名女知青用上海话抱怨,意思是这么大的雨,淋湿了我衣服和行李怎么办？也没有个站台,也没人准备好雨衣和伞。

张平原连长分开聚集在一起的知青们,指着那名女知青问一名男知青:“她嘟囔什么？”

那男知青也是上海人,绰号“小黄浦”,他用带上海口音的普通话将女知青的话向他解说了一遍。

张连长:“那也不许赖在车上！”

他跳下车,指着“小黄浦”命令:“你,给我下来！”

这时,团里的曲干事走了过来,把手拢在嘴边,冲车厢大声喊:“男知青先下,接一下女知青,不要让女知青们摔伤了！各领队注意,要保证安全,保证安全！”

刚才已经跳了下来的“小黄浦”张着双手要接女知青,却被一个体态圆墩墩的女知青给压了个屁股着地。

曲干事赶紧上前扶起他们,关心地问:“摔伤哪儿没有？”

报数声在滂沱大雨中此起彼落,像是溅落到金属上弹起的雨点。闪电的光耀下,大雨冲刷着知青们一张张年轻的脸。他们浑身都已经湿透了。有些知青眼泪和淋脸的雨水汇流而下,如此这般地来到北大荒是他们万没想到的。

杨秉奎打开仓库的大门,冲着知青们大喊道:“都到仓库里来躲躲雨！”

刚才还整齐列着的队伍一下子散乱开来,大家涌进仓库。张连长望着知青们奔向仓库的背影,束手无策地自语:“这老爷子,真添乱！”

“不许往那跑,列队！”张连长拦住一些知青,被拦住的知青不情愿地向仓库的方向张望着，张连长生气地吼道："都聋了吗？我再说一遍，列队！"

被拦下来的知青敢怒不敢言，怨恨地瞪着张连长，不情愿地站成队形。

"都没见过下雨吗！"张连长吼声如雷。

无人接言。

"回答我！"

一名女知青小声说："见过……"

曲干事走来，在张连长耳边低语："老张，我看是不是暂时……"

张连长看也不看他一眼，恼火地说："你别管！"

曲干事欲言又止，只好退到一边，习惯性地从兜里掏出一支已经被雨淋湿的烟，刚举到唇边，又想起了什么，将烟揣回兜里。

张连长脸板得像块湿木头："下雨只不过是下雨，下再大的雨也还是下雨，不是下刀子！你们不是那些插队知青！他们一插队，不想当农民那也是农民了！你们叫兵团战士！是战士就得有点战士的样子！没有口令擅自行动，不是好战士！跑到仓库去的，都要受处分！"

曲干事又说："老张，还是听我的……"

"不听你的！这时候非听我的不可！"张连长打断他的话，继续训，"我们这个团的团长，是朝鲜战场上的英雄！当年跟随团长转业到北大荒的，号称三个百分之九十五——百分之九十五的党团员！百分之九十五的正副班长！百分之九十五的五好战士！这是我们团的政治血统，这个政治血统必须永远保持下去，保持住了就等于保持住了我们团的光荣！所以，剥削阶级家庭出身的，家庭有严重历史问题的，我一个也没从城市里往一团接！哭鼻子抹眼泪也不要！写血书也不要！你们已经成为一团的战士！你们也应该感到光荣！感到自豪！挨点淋就不要纪律了？不是都发誓要炼一颗红心吗？那就给我从现在炼起！"

张连长的训话还没有结束就被打断了，一个知青惊慌地跑过来："带队,那边打起来了。”

“谁跟谁打起来了?”

“北京的和哈尔滨的,啊不!是哈尔滨的和北京的、上海的打罗圈架!”

张连长和曲干事连忙向事发地赶去。

在列车的尾部,几十名知青打成一团,有女知青在尖叫:“别打了!”

“砰!”

一声枪响使打架的知青都停止了。杨秉奎冲到打架的知青中间,扯开嗓子喊:“谁再打我崩了他!都到仓库避雨去!”

张连长和曲干事赶过来的时候,知青们早已悻悻地散开了。

张连长看着四散离去的知青们说道:“就这么完了?”

“不完还怎么着!”杨秉奎甩下一句话,也转身走开了。

仓库的一摞麻袋上横七竖八地摊着些湿透了的衣服,男知青们把身上能脱下来的衣服都脱下来拧干。上海知青徐进步连裤衩也脱下来拧,被一穗不知道从哪里飞过来的干苞米击中面门。

“谁?谁他妈打我?!”他鼻子被打出了血,眼镜片上也开了朵蜘蛛网似的花。

哈尔滨女知青孙曼玲双手叉腰,操着地道的东北腔指着他:“你要不要脸啊!当我们女知青不存在啊!”

孙曼玲背后那些浑身淋得湿漉漉的女知青都不好意思地转过身去,背对着他。

徐进步恰与孙曼玲面对面,赶紧用湿裤衩捂住下身,红着脸嘟囔:“哎哟妈呀,直勾勾地看着我,是我不要脸还是她不要脸啊!”

孙曼玲听到了,生气地发动女知青:“姐妹们,他出言不逊,打他!”

一时间,苞米、葵花盘长了翅膀似的飞向徐进步,徐进步顾上顾不了下,狼狈地蹿到了几个箩筐后面。无辜挨打的男知青们也跟着东躲西藏。

“你们就这么糟蹋我留的良种？”拎着枪的杨秉奎大喊一声，闹成一团的知青们顿时安静了。

知青赵天亮赔罪道：“对不起老爷子，刚才发生了一点小摩擦，您千万别生气，我们保证归放原处。”说着，将地上的谷物一样一样拾起，其他知青也纷纷帮他。

“以这几个箩筐为界，今晚，筐那边是女知青的地盘，筐这边是男知青的地盘。都听明白没有？”杨秉奎看着一边收拾地上的谷物一边点头的知青们，扬手示意了一下赵天亮：“你过来一下。”

赵天亮放下手里的东西，走到杨秉奎近前。

杨秉奎问：“你叫什么名字？”

“赵天亮。”

杨秉奎点点头：“我授权你，今晚要是有哪个男知青胆敢犯女知青的界，就把他拖出去，让他喂蚊子。”

哈尔滨知青孙敬文插嘴道：“下雨天蚊子不叮人。”

杨秉奎摇摇头：“这雨不会下一整夜。雨后的蚊子以一当十，以十当百，以百当千当万。不相信的就让他领教领教北大荒的蚊子，哼！”

赵天亮有些迟疑：“可我一个人，势单力薄，恐怕做不好你交代的事，授权也白授权。”

“那就挑一个助手吧。谁愿意？”

孙敬文油腔滑调地凑上来：“我！我！谁也甭争，就是我了！我可爱干把人拖出去喂蚊子的事了！”

杨秉奎问赵天亮：“还有问题吗？”

赵天亮摇头。

杨秉奎一转身走了。

孙敬文学着样板戏里刁德一的样子拖腔拉调地唱：“这个老头——不寻常……”

赵天亮碰了碰孙敬文，问：“哪儿的，叫什么？”

“哈尔滨的，孙敬文。以后你叫我‘小地包’就行。”

“我是北京的。”赵天亮指了指正由孙曼玲指挥着，在仓库里拉草绳子的女知青们，“你认为她们想干什么？”

孙敬文抓了抓脑袋：“猜不准。搭衣服吧？”

孙曼玲们却往草绳上搭草帘子和麻袋，搭成了一道“隔墙”。

赵天亮轻轻地嗤了一声：“多此一举。”

孙敬文拍拍他肩膀：“别多说了啊，她可是我老姐。”

阳光从仓库上方的一排长方形窗户里照了进来，驱散了仓库里的阴暗。

赵天亮醒了，他身上盖着麻袋，仰面躺在草帘子上——仓库里所有的知青，都是这么睡了一夜。赵天亮把头向左扭去，只见徐进步、孙敬文以及周边的几个男知青全都趴着，双手托腮，跷着脚丫子，兴致高涨地向草帘子对面张望；他右边的王凯、沈力、杨一凡三名北京知青也同样，一心一意地向对面伸着脑袋观看什么。

赵天亮对他们的专注有些奇怪，一翻身也朝对面看去——对面的草帘子和麻袋下端暴露着一双双女知青们的裸腿和光脚丫，她们的腿呈现着各种各样的姿态，有的在走动，有的跳芭蕾舞似的翘着脚尖，有的将一只裸臂搭在草帘子上，单腿着地“金鸡独立”着。一副乳罩掉在地上，一只修长的手臂垂下，把它捡起。

沈力在往小本上画速写。

“你们……”“下流”“可耻”之类的话还没说出来，赵天亮的嘴被孙敬文捂住了。一只麻袋从天而降，蒙住了赵天亮的头。

徐进步轻声地鼓励道：“对！还没看够呐！别让他出声……”说着，便扑在了赵天亮的身上。

沈力：“你们可别闷死他。”

孙敬文：“闭上你的臭嘴，别得着便宜卖乖。”

女知青那边忽然发出尖叫声，一阵骚乱。

王凯眼尖："黄鼠狼！"

"钻咱们这儿了！那！那那儿！"杨一凡指着嚷嚷。

黄鼠狼窜到了男知青这边，大家的注意力转移到了黄鼠狼身上，没有人再搭理赵天亮，他这才从麻袋底下钻出来，大大地喘了几口气。还没等他定下神来，哨声从仓库外传了进来。

杨秉奎走进仓库，仓库已经没人了，麻袋乱扔一地，柳条筐也倒在地上，草帘子却还在草绳上耷拉着。

杨秉奎边收拾地上的狼藉，边嘟囔着："这些孩子……"

一阵隐约的哭声从草帘子另一边传来。

"谁还在那儿？"

哭声呜呜依旧。

杨秉奎提高声音："我过去了啊！"说着，便扯下一条麻袋，走到"隔墙"那边，见上海女知青周萍缩在一个角落，双手捂脸，继续哭着。

"哭什么？谁给你气受了？"杨秉奎走上前去问道。

周萍摇头。

杨秉奎努力让自己的声音更温和些："挨淋了，就受不了啦？"

周萍还是摇头。

杨秉奎有点生气，火气一顶，把刚才的温和顶走了："那你哭什么！没听见吹哨子呀？别人都集合了！"

周萍绝望地说："他们不要我！"说完，放声大哭。

杨秉奎蹲了下来："谁们不要你？"

周萍："带队们，因为我父亲是资本家……可我写了三次血书……"

杨秉奎注意到周萍右手的食指包扎着，皱眉问："手指怎么了？写血书刺破的？"

周萍抽抽搭搭地说："不是刺破的，是咬破的。别人说，写血书一定得自己咬破自己的手指……"

"教条嘛。所以你就咬破三次?"

周萍痴痴地点头。

"发炎了?"

"嗯。"

"这还能不发炎?说说,你父亲是民族式的,还是买办式的?"

周萍用手抹了抹眼泪:"我也不太清楚,好像档案里写的是民族资本家。"

杨秉奎郑重地点了点头:"要是民族资本家,倒还有点儿商量了。政治上的事,我是懂些的——可既然他们不要你,你怎么还是来到这儿了呢?"

"我从上海偷偷混上了知青专列……"

杨秉奎吃惊道:"上海?那得经过北京、哈尔滨、北安,一地一点名,你就能一路混过来了?"

周萍点了点头。

杨秉奎被感动了:"姑娘,北大荒其实是个很有人情味儿的地方。冲你这一份诚心诚意,我帮你。起来,跟着我。我一定会帮你到底!"

周萍顺从地起身,跟随杨秉奎走出仓库。

张连长瞪着眼前整齐地列成队的知青们,训道:"你看你们,啊,麻袋扔得哪哪都是!那可都是新的!今后你们要记住,在北大荒,麻袋也是宝贵的东西!"

徐进步眨眨眼睛,强词夺理:"北大荒三件宝,人参貂皮乌拉草,从没听说过还有麻袋!"

张连长瞪着徐进步:"现在你不听说了?都记住没有?"

知青们回答:"记住了!"

赵天亮不服地说:"我有意见!"

张连长:“给你半分钟,说!”

“天有不测风云,这是常识。既然是常识,就应该为我们的到来考虑得周到些,提前做好防雨措施。”

张连长反问:“也就是说,应提前准备好足够用的雨衣、雨伞、雨靴,最好再搭好十几顶临时帐篷?”

“按理应该那样。”赵天亮一板一眼地回答。

“你出列。”

赵天亮向前跨了一步。张连长走到他身边,上下打量他,仿佛在研究一样稀罕的物件。

“叫什么名字?”

“北京知青赵天亮,‘赵子龙’的‘赵’!”

张连长哼了一声:“赵子龙是条龙,冲你刚才说的话,我看你像一条虫!雨衣、雨伞、雨靴、帐篷,想得倒美!在北大荒,在目前,想到了也白想,因为那是做不到的。天有不测风云,在北大荒的意思那就是,老天爷给人气受,是常事儿,人得受着!你的想法是歪理,我讲的才是正理,北大荒的理!”

赵天亮说:“我对你动不动就训我们也有意见!”

张连长:“还有意见以后再提,给你的半分钟过了!第一排听我口令,向前一步——走!向右——转!你们都跟着他,把麻袋收集到仓库去!”

赵天亮低声对徐进步嘟囔:“半分钟里,我说的没他说的多!”

徐进步瞟了一眼张连长的背影,说道:“这就叫,官不大,僚不小。”

张连长猛地回头,瞪着他俩:“说什么呢?”

徐进步赶紧朝赵天亮一指:“不是我说的,是他说的!”说完,便朝一条麻袋跑去了。

赵天亮转头望着徐进步,生气地说:“这不是陷害我嘛!”

杨秉奎和周萍一前一后朝这边走过来。张连长看到他们,想转身走开。

杨秉奎："张连长，站住。"

张连长站住了，掏出烟和打火机。

"我跟你说话，你不许吸烟。"杨秉奎将张连长手里的烟夺了过去，叼自己嘴上，又指了指张连长手中的打火机。张连长只得按着打火机，伸到杨秉奎嘴边，同时狠狠瞪了周萍一眼。

杨秉奎缓缓吐出一口烟，对张连长说："旁边说几句话。"

张连长只好跟着杨秉奎踱向一旁。

杨秉奎："你不拿好眼色瞪人家姑娘干什么？"

张连长："我没瞪她。"

杨秉奎："瞪了就是瞪了，事实那否认得了吗？我觉得人家姑娘挺不容易。归在你们连了。"

张连长："老爷子，她是硬跟来的。我没那么大权力呀。"

"她的情况我了解过了，我的话你照办就是了，算给我个面子。"

"不是我不给您面子，可她父亲是资本家，不符合咱们兵团的成分要求。"张连长一本正经地说。

"民族资本家！"杨秉奎正色纠正。

"资本家就是资本家，那还有什么区别？"张连长铁面无私地说。在他眼里，不管是什么类型的资本家，都是反动派。

杨秉奎："资本家和资本家，当然有区别！我看你政治水平不怎么样！"

周萍紧张地盯着他俩，列着队的知青们则用同情的眼神看着周萍。

张连长有些为难："老爷子，您的批评我虚心接受，可这件事，我真的……"

"说来说去，我看你是成心不想给我面子！"杨秉奎有点生气，转身对周萍说，"咱不跟他瞎耽误工夫了，我给你找个更好的连队！"

卡车和马车的声音从远处传来。有的知青方阵已经上了车，没有上车的知青方阵正准备上车。周萍急得又快哭了。

曲干事走过来，对杨秉奎“啪”地敬了一个军礼：“站长同志，我们团长嘱咐我一定替他向您问好！我马上要坐卡车回团部去了，您有什么要捎给团长的话没有？”

杨秉奎：“小曲，你来得正好！这上海的女学生，我劝张连长收到他的连，张大连长不给我面子。你看怎么办吧。”

曲干事早就认识周萍了，揣着明白装糊涂：“张连长，这你就不对了。你怎么能连站长同志的面子都不给呢？”

张连长有些急了：“哎，曲干事，话不能这么说啊！她的情况，你又不是不清楚。同情归同情，感动归感动，事情归事情，不是连你都没权力……”

曲干事摆了摆手：“得了得了，别说那么多了，什么权力不权力的，我代表团长作决定，她就归在你们连了！”

张连长还想争辩，曲干事把他扯到一旁，低声说：“我不是装好人，明摆着，只能先收在你们连了！这老爷子要不高兴起来，团长也会不高兴，师长也会不高兴，这点事儿你都不懂？”

曲干事跟张连长说完，又笑着对杨秉奎说：“老站长，张连长同意了，您放心吧。”

杨秉奎转头对周萍说：“听到了吧，你也放心吧。”

周萍抹抹眼泪，破涕为笑。

杨秉奎走到张连长跟前，严肃地说：“以后不许你叫我老爷子，我有那么老吗？我还打算找个伴儿呐！都像你那么叫，我不只有找老太婆了？你给我记住！”

仓库里，赵天亮把麻袋一条条码好，刚要喘口气擦擦汗，见徐进步和几名知青抱着麻袋也走了进来。徐进步刚放下麻袋，被赵天亮一把揪住了衣领。

赵天亮恨恨地:“刚才明明是你说的话,为什么往我身上赖?!”

徐进步挣扎道:“侬这等样不来赛不来赛,阿拉上海泥胆子小的赖,阿拉视侬的胆子大的赖……侬不是虫,阿拉是虫,好哦?”

赵天亮狠狠将他推开:“哼,我胆子大,就该什么不利的事都往我身上推吗?”

徐进步还没来得及把狡辩的话说出口,仓库外传来一片“乌拉”之声。他们一齐跑到仓库门口,朝七连那边看去,只见队形已经散乱开了,女知青们围成一团,男知青们往空中抛帽子。

孙敬文:“准是那名混来的女生混成功了,大家为她高兴。功夫不负铁了心的人啊!”

张连长带着知青们走在山脚下的公路上。而所谓公路,其实只不过是包括拖拉机在内的各种大大小小的车辆压出来的一条土路。

张连长不知把哪个知青的行李扛在肩头,手拎网兜。尽管如此,他的步速还是比知青们快许多。徐进步、王凯和孙敬文拖着各自的大包小包走在最后边。徐进步的军绿色大书包背在身后。王凯尽量让自己的步速跟他保持一致,边走边从徐进步背包的缝隙里掏糖,边掏边往自己兜里揣,徐进步浑然不觉。

冷不丁地冒出来一个声音:“人不能太贪,差不多就行了。”

徐进步猛然转身,见是孙敬文,问:“你说什么?”

孙敬文看一眼王凯,对徐进步说:“没说你,自言自语呢。”

徐进步往前边看了看,说:“咱们三个不能走在最后,让女知青笑话!”说着,便加快了脚步。

王凯拍拍孙敬文的肩:“哈尔滨的,没出卖我,够义气!”

孙敬文伸出一只手:“我够义气,你也得够意思吧!”

王凯从兜里掏出块糖,剥去糖纸,塞在孙敬文嘴里:“我低血糖。”

孙敬文嚼着糖:“酒心儿的——我也低血糖!”说完,便紧跑几步,也追上徐进步,从背包里往外掏糖。

张连长把肩膀上的行李往地上一撂,站在路边等知青们的大队伍跟上来。

徐进步跑了过来:“连长,允许提个问题吗?”

张连长点点头:“可以。”

徐进步:“就没有一条好走点儿的路了吗?哪怕一条要多走几里的路。”

“我带你们走的正是最好走的路,起码在这一带是这样。这里本没路,拖拉机一过,路就出现了。”说完,便又扛起行李往前走。

徐进步回头看赵天亮一眼,说:“他这最后一句怎么听着像谁说过的话?”

“套用鲁迅的话。”赵天亮马上说出了出处。

徐进步一拍脑袋:“啊,想起来了,‘世上本无路’那一句,难怪听着有印象。可就他,八成没读过鲁迅的什么书吧?”

“你怎么知道我没读过鲁迅的书!”张连长回过头,瞪着他厉问。

徐进步被他瞪得一哆嗦,赶紧摆手道:“不是我说的,是他!我从不背后说领导的怪话。”他又企图往赵天亮身上赖,赖人仿佛也有惯性。

赵天亮一晃拳头:“我揍你!”

“你犯不着揍他。这一次我听得清清楚楚,明明是他说的!”张连长给了他个公道,接着,又大声说,“都站住吧,原地休息休息!”

知青们如逢大赦,把行李当成坐椅就地坐下。

张连长掏出烟来,点上。

赵天亮:“连长,我有问题。”

张连长咂吧着烟:“提。”

“在小火车站那儿,别的知青都有卡车送、马车接,为什么单单我们,非得自己带着行李走这么远的路?”

"就是,起码也该来辆马车接接我们吧!"王凯揉着脚踝附和。

杨一凡也插嘴道:"难道你们连队连一辆马车都没有吗?"

"重说一遍,谁们连队?"张连长眼睛一瞪。

杨一凡忙不迭地纠正道:"说错了,说错了,咱们连队……"

上海女知青薛艳:"我们的箱子到哪儿去了?不会丢了吧?"

上海女知青谢菲:"要是丢了,我连手纸都没得用了!"

哈尔滨女知青高洁跟林丽咬耳朵:"但愿别和上海女知青分在一起,事儿多!"

孙曼玲听到了她们的话,摇着头冲她俩使眼色。

张连长弹了下烟灰,慢条斯理地:"第一,你们的箱子绝对不会丢。一路上,团里派了专人负责,估计不久就会用卡车送到连队……"

徐进步:"不久是多久?"

"最晚半个月吧。"

知青们不由得你看我,我看你。

张连长继续说:"第二,用卡车送的知青,他们的连队比我们七连更远。用马车接的,他们的连队比我们近些。我们七连距离小火车站不远不近……"

赵天亮:"多少里?"

"三十七公里。"

"三十七公里?!"

知青们全都愣住了。

张连长安慰道:"不要急嘛,我也很内疚啊!实际情况是,连里是派了爬犁来接我们的,但接连下了几天雨,路被水淹了,爬犁只能在半道迎我们了。我们呢,再走过塔头甸,就能与连队的爬犁会合了。"

高洁有些纳闷:"又不是冬天,怎么用爬犁接我们?"

张连长刚想给她解释,一直在默默点名的孙曼玲突然向他发作起来:"带队的,你干什么吃的!少了一个人!"

张连长赶紧起身清点人数。

“还点什么呀你，我点两遍了！”孙曼玲凶巴巴地打断他，“少了那个上海的小可怜儿周萍。这下不知她又哭成什么样儿了——你还吸烟！”

张连长这才把手中的烟扔到地上踩灭：“刚才走在后边的举手。”

一旁几名正在休息闲聊的知青怯怯地举起手。

张连长瞪着眼睛：“混账！走在最后的人掉队了，你们都不报告！”

王凯委屈地说：“我们也没注意到啊！”

“还顶嘴！你应该注意到！”

正说着，一个瘦小的人影一摇三晃地从远处走来。

赵天亮向远处一指：“看，她来了！我去接接她！”

张连长伸手拦住赵天亮：“别去接，让她锻炼锻炼！”

赵天亮冷冷地看了张连长一眼，拨开拦住他的胳膊向周萍跑去。

满面泪痕的周萍，双手各拎一只皮鞋，赤着脚一瘸一拐地走着。

赵天亮迎上去：“脚打泡了？”

周萍无力地点点头，鼻子一酸，眼泪又噙满了眼眶。

赵天亮转过身背向她，蹲了下去：“背你。”

“我不用你背。”周萍倔强地说着，绕过他，蹒跚着朝前走。

赵天亮站起来，跑到她前边，又蹲下去。

周萍站住了：“我说了，我不用你背。”

“你也不能白让我蹲两次啊，让大家都等你太久，不好吧。”赵天亮劝着。

“我怎么这么没出息啊！”周萍哭了，将两只鞋掷在地上。

赵天亮默默捡起鞋，拎着，第三次蹲在她跟前：“我可第三次为你蹲下了，我从没这么求人让我背过。”

赵天亮背着周萍从远处走来。

张连长看着赵天亮放下周萍，大声训斥：“不许哭！我就受不了你们动不动哭鼻子抹泪的！是你自己死乞白赖跟来的！”

"你混蛋！"赵天亮瞪着张连长。

"你！"

赵天亮将手中的两只鞋一前一后地扔向张连长，被张连长躲了过去。紧接着赵天亮向张连长扑过去，被张连长一下子甩出老远。

王凯和杨一凡将赵天亮扶了起来。赵天亮向后一甩胳膊，把二人甩开，接着又向张连长扑去，却被沈力一把拽住了胳膊："干什么你！"

赵天亮挣扎着："你别管！我早就忍着他了！"

孙曼玲伸开双臂，拦在赵天亮跟前："你不累是不是！"

张连长："别拦他！谁也别拦他！我看他想怎么样！路上我是你们带队，到了连队我是你们连长！想跟连长打架，反教了！"

大家七手八脚地把赵天亮推到一旁，把他和张连长隔离开来。

周萍捡起自己的鞋，一边抽搭着眼泪，一边穿鞋："连长，都是我不好，我一步不落就是了。"

孙曼玲对张连长说："连长，大家早上没吃饭，又走了这么久，都累叽歪了，您既然是连长，有火也应该压着点，不能跟我们战士一般见识。"

张连长发狠地说："都起来！谁也别装草鸡，继续往前走！"说着，他走到周萍跟前，将周萍拽起来，扛麻袋似的，扛在肩上。

大家跳跃着，经过一片闪着水光的塔头甸。

还趴在张连长背上的周萍不好意思地小声说："连长，求求你，让我自己走吧。"

张连长："你脚上磨出了这么多泡，自己怎么走？这塔头甸子里的水，是各种细菌的大本营。五八年，我们那批转业兵来的时候，一个战友脚上的泡也破了，可他偏要强……结果得了败血症，死啦。我不能忽视那种教训，尽管我背的是资本家的女儿。"

周萍小声说："如果我能以兵团战士的身份死，就是死了也值。"

"别废话！资本家女儿的命，那也是一条人命。"

赵天亮趟着水走在张连长旁边。周萍扭头看赵天亮，泪汪汪的眼睛带着询问：我该怎么办啊？

张连长停在塔头上喘着气，流着汗。

赵天亮有点不好意思："连长，刚才是我不好，让我背她一会儿吧。"

徐进步站在一个塔头上，一点也不知道身后背包里一长截手纸垂下来了。上海女知青谢菲站在另一个塔头上，用上海话朝他喊："你把你那尾巴卷起来行不行，拖那么长尾巴，演大老鼠啊！"

徐进步将书包移到身前，往书包里塞手纸，忽然觉得有点不对劲，伸手从书包里掏出一个塑料袋来一看，发现糖只剩几颗了。他快要哭出来，忘记自己是在塔头上，一跺脚，失足滑下了塔头。

"我的画夹！谁帮我捡！"北京知青沈力看着自己的画夹被水流漂走。

上海女知青薛艳弯腰想帮他捡起，却被另一个塔头上的张连长喝止："不许捡！大家注意，这里水深！也许水下还有沼泽坑，都小心点，过了这一片就安全了。"

远处，有人用长树枝挑着红背心在向他们摇摆。

知青们终于坐上了三辆拖拉机牵引的爬犁。暖日当头，疲惫的青年们互相靠着打起盹来。

徐进步和孙敬文闭着眼睛说话。

徐进步："咱们之中有扒手。"

孙敬文："不会吧，连长不是说了嘛，能来的都是大大的良民。"

王凯："哎，孙敬文，'小地包'不就是地面上隆起的一个小土包包吗？你这个绰号太低级了吧。还是咱们上海来的这位兄弟的绰号有文化——'小黄浦'！让人联想到黄浦江、黄埔军校，再加一个小字，受尊敬，又招人疼。起绰号也要起得高级。"

孙敬文："好歹我的绰号是别人送给我的，我不接受都没办法。而他的绰号是自己送给自己的，见人就推销，别人想不接受都难！"

“小弟，说话别带刺儿！”孙曼玲教诲弟弟，转脸又对徐进步说，“‘地包’是我们哈尔滨市的一个区，我家住那区。”

孙敬文：“哈尔滨的贫民区！”

一名叫吴敏的哈尔滨女知青道：“哈尔滨没有贫民区，不许污蔑社会主义。”

孙敬文也猛地睁开了眼睛，瞪着吴敏，较真地：“你敢说没有?！”

孙曼玲打断他：“小弟！不许再抬些不三不四的杠！”

周萍坐在赵天亮身旁，悄悄地往他手里塞东西，他低头一看，是两块糖纸亮晶晶的糖。

周萍：“谢谢你背我。只有两块了，酒心巧克力。”

徐进步将眼睛睁开一条缝，刚好看到了那两块糖，他皱了皱眉头，觉得有点纳闷。

爬犁颠颠簸簸地行驶着，目之所及尽是莽原荒野山廓水支。不知什么地方传来了悠悠的号子声：

兄弟们使把劲儿哟！
嘿哟！
咱们就往前悠呀！
嗨哟！
谁要是藏点劲儿哟！
嘿哟！
他也就不能够呀！
嗨哟！
……

知青们睁开眼睛，寻找声音的来处。

灌木丛遮掩的河湾那儿，拐出一些人来。几名老战士和两名知青样子的青年——他俩一个叫张靖严，一个叫齐勇。他们二人一组，用显然是临时砍下的树段当作杠子，用柳条和野草编成的绳子，抬着一只大柴油桶。桶在河水中半沉半浮，河水没过了他们的腰。

大家看呆了。

张连长从爬犁上站起来，一摆手，两辆爬犁停了。河里的老战士也停止了前进，为首的机务排尹排长问张连长："连长，你怎么才把这些知青接回来呀？"

张连长："路上不顺。你们怎么回事啊？"

尹排长叹了口气："我们更不顺，拖拉机陷住了，只好顺河往下抬。眼瞅要麦秋了，机械没油喝那还行！这样抬才抬得动，要不咋办啊。"

另一名老战士："连长，有烟没有啊？"

"有！有！"张连长连声应和着，跳下爬犁，趟着水大步走向河边。

一名老战士连忙阻止他："别下河，扔给我们就行！"

张连长却已举着烟和打火机下了河，走到老战士们跟前，将烟一一送到他们唇边，并替他们点燃。

张靖严和齐勇抬最后一杠。齐勇："还有我俩呢！"

张连长："没了！有也不能给你俩知青吸！小齐，你上去，我来！"

齐勇一指张靖严："我顶得住，你还是替他吧！"

张靖严："你顶得住我就顶不住了？我是班长，连长当然得替你！"

话音刚落，起绳子作用的柳条突然断了，桶猛地往下一沉。三人仰倒河中，扑腾起片片水花。

在岸上的赵天亮看到这一幕，迅速解开自己的行李，拿着行李绳飞快地跑到河边，不管不顾地下了河，抬起最后一杠。

一双手在往顶棚糊一张报纸，却怎么也糊不上。

这是一间有着对面炕的知青宿舍。尽管是对面炕，但每铺炕仅能睡五六个人而已。

糊报纸的是黄伟,傅正双手高举糨糊盒。他俩也是哈尔滨知青。他们与齐勇、魏明都是老高三,并且都是同学。而张靖严是和他们同校的老高三,在校时就入党了。

傅正:“临时宿舍,别太认真,差不多就行。”

黄伟:“那也得糊上去啊!”

只听“砰”的一声,宿舍门被撞开了,孙敬文、赵天亮等新来的知青,扛着行李从外面闯了进来。但听“嘭通”一声,黄伟被他们的突然闯入吓了一跳,从椅子上跌了下来,倒在地上,糨糊盆扣在炕上,糨糊溅得四处都是。

傅正抹去脸上的糨糊,拉起黄伟,呆望着一炕狼藉。

孙敬文连忙道歉。

傅正缓过神来,摆摆手:“没什么,小事一桩!”

黄伟眼睛到处寻摸擦糨糊的东西,看了一圈也没找到,便脱下上衣去擦炕上的糨糊。

“我去打盆水。”孙敬文从网兜里取出脸盆往外边走,不料与正要进宿舍的齐勇撞了个头碰头。孙敬文又连声道歉,可是这次换来的不是原谅,而是狠狠的一记耳光。

“凭什么打人?!”赵天亮几步跨过来,护在孙敬文身前,瞪着齐勇。其他几个知青也跨过来,站在赵天亮左右。

王凯指斥齐勇:“‘小地包’又不是故意的!”

杨一凡:“欺负我们新来的?!”

“我去打水,我去打水。”徐进步从地上捡起盆,溜了出去。

黄伟一把将齐勇扯开:“你发什么神经?!”

齐勇一掌推开赵天亮,横着膀子撞开新来的知青们,扬长而去。

赵天亮瞪着齐勇的背影说道:“这件事,不能就这么算完了!这可是我们新知青来到连队的第一天,我一定要代表新知青向连里抗议这件事!”

大家也七嘴八舌地附和着。

“对,不能就这么完了!”

“打人者必须公开道歉!”

“只道歉不行,连里必须给他处分!”

黄伟语气和缓地说:“你们当然有抗议的权利,不过呢,这会儿先认识一下行不?我叫黄伟,哈尔滨知青,老高二,他叫傅正,也是我们哈尔滨那嘎哒的,和我一样,老高二。”说完,向赵天亮伸出一只手。

赵天亮没握黄伟伸过来的手,也没说话,他朝炕上望一眼,也脱下上衣去擦起来。

傅正轻笑道:“还挺有性格,我喜欢有性格的人。”

黄伟走到两眼发直的孙敬文跟前,拍拍他肩膀:“放心,我们都是见证人,会替你主持公道的。你喜欢睡有窗那边还是没窗那边?”说罢,拎起了孙敬文的行李。

孙敬文夺过行李:“不用你管!”

一阵哨音打断屋里的争执。

“连长叫放下行李就集合。”孙曼玲探进头来通知,发现她弟弟脸上挂着眼泪,便走进来,问:“小弟,谁欺负你了?”

黄伟赔笑着说:“刚才发生了点不愉快,不过已经过去了。”

孙敬文气鼓鼓地:“没过去!”

徐进步端着盆水进来了,见赵天亮还在擦炕上的糨糊,赶紧声明道:“我可不睡这儿。”

赵天亮:“是糨糊,又不是别的东西。”

徐进步:“糨糊扣炕上了,那能擦干净吗?还不进到席缝里啦?以后还不招苍蝇?”

赵天亮默默将自己的行李和网兜摆到擦过的炕面儿上,又替徐进步将行李和网兜摆在自己腾出来的地方,问:“这样行了吧?”

徐进步没再吭声。

“快去集合吧！”傅正向窗外看了看，催促大家。大家搁下手里还没整理完的行李，皆匆匆而去。

黄伟想对孙敬文说什么，傅正悄悄扯了他一下，对他使眼色，意思是，没事，他姐哄哄他就好了。黄伟没再说什么，跟着傅正离去。

孙曼玲用手绢替弟弟擦眼泪：“告诉姐，刚才究竟怎么回事儿？究竟谁欺负你了？”

“姐，咱俩要求调到别的连队去吧！”孙敬文推开姐姐的手，冲出了宿舍。

一队拖拉机开了过来。张连长的口令声被拖拉机声盖住。拖拉机总共十二台，每两台一纵列，由新到旧纵向列开。不过，即使是旧拖拉机，也擦洗得干干净净。拖拉机的纵列后，是八挂大车一字排开，套在车上的马匹精神抖擞，佩戴红花、铃铛。

大车后边是两排老战士。其实他们年纪并不老，平均年龄也就三十二三岁。尹排长站在第一排老战士排头，响亮地喊了一句“敬礼”。于是，新来的知青们脸上挂着庄重，接受了老战士们齐刷刷的敬礼。

韩指导员走过来，亲切地说：“大家请稍息吧。我叫韩经泰，是咱们七连的指导员。我是江苏人，毕业于中国人民解放军海军学院……”

徐进步突然冒出了一句：“海军学院的，到北大荒来干什么？”

韩指导员轻轻一笑：“我听到你们中有人感到奇怪了。关于我的经历，以后再告诉你们。”他用手指着后面的拖拉机和大车说道，“在咱们兵团，一般连队只有七八台拖拉机，可咱们七连却有十二台！不久后，师里还要奖给我们一台，七十五马力的，因为我们是最早在这里开垦、播种、收获的连队。拖拉机是咱们的宝贵财富，人更是。你们来了，我们七连更加人强马壮了。也许你们中有谁还想问——明明一个常见的农村嘛，为什么非叫‘连队’呢？这个‘农村’和普通的农村有不同吗？有，那就是军号声！它意味着连队在下达命令——小李，吹一遍！”

年龄最小的哈尔滨知青——只有十五岁的李鸣演示起了各种军号:“起床号”“午休号”“集合号”“熄灯号”。新来的知青们以后就要在这些长长短短的号声中作息操练,蹉跎自己年轻的岁月。而北大荒的每个黎明、日出、黄昏、日落和夜晚,也就要如同这些号声一般,萦绕在每个知青茫然的青春记忆里。

迎接新知青的联欢会在天色擦黑的时候开始了。篝火燃起处,传来手风琴和二胡的声音,有人唱样板戏,笑声使北大荒的原野显得更加空旷。

第二章

马灯摆在桌子正中，韩指导员、张连长、尹排长、张靖严等四位支委在开会。

韩指导员："现在，咱们已经定下了两件事。小张你作为男知青排排长，这事你就不要再说什么了。孙曼玲作为女排一班班长，大家也都认可了……"

门外，通讯员李鸣只着短裤，隔门偷听。

张连长说："孙曼玲是个好姑娘，懂事。我看人，基本上，那是不会错的。"

尹排长："我们仨不是都同意了嘛。"

指导员："那么，齐勇和赵天亮，谁做男一班班长？咱们来进行决定性的表态。"

张连长说："小齐干活那还是很实在的，做人也实在，表里如一。人无完人嘛。他扇了新知青一耳光，该检讨检讨，如果不让先来一年的他当班长，后来的赵天亮倒当了班长，我怕他心里会闹别扭。"

张靖严："他闹别扭是肯定的。但他扇了孙敬文耳光这件事，也肯定会在新一批知青中造成很坏的影响。与其使许多知青心里都别扭，莫如只使他一个人心里别扭。他的思想工作,我来做。我还是推荐赵天亮做一班班长。这么决定,证明我们支部对早来的知青、晚来的知青,是一视同仁的。”

尹洪波:“靖严说得有道理,我同意赵天亮。”

张连长看着指导员问:“你呢?”

韩指导员:“我也觉得小张说得有道理。我初步了解了一下,都说赵天亮比较正直。在齐勇扇孙敬文耳光这件事上,确实证明了他的正直。我也同意赵天亮当一班班长。”

张连长一拍桌子:“我坚决反对!那是个桀骜不驯的小子!路上他还拉开架势,想跟我试巴试巴!”

尹洪波:“你还记仇啊?”

指导员:“比齐勇还桀骜不驯吗?”

张连长霍地站起,一掌推开了门。门扇刚好撞到了李鸣的额头,张连长瞪了他一眼,跨出门去,从门旁的墙上扯下一大张纸。

张连长回到屋里,将那张大纸“啪”地拍在桌上,生气地说:“还贴大字报!不就是扇了谁一耳光吗!这么鸡毛蒜皮的事儿,值得强烈抗议吗?此风绝不可长!”

韩指导员一声不响,指指椅子。

张连长气不顺地坐了下去。

韩指导员:“三比一,少数服从多数。班长都宣布为暂时的。都让他们先当半年看看。现在讨论第三件事:谁当女排排长?”

尹洪波:“我听说有的连队,指导员亲自兼任女排排长,体现对女知青的特别关怀,还作为一条经验介绍过。”

张连长:“这我更反对了!女知青事儿多,哪能让指导员整天操她们的心?”

尹洪波:“我不过一说嘛!”

张靖严:“我想到了一个人,方大姐。在女知青还没有产生排长之前,我认为她是最佳人选。”

韩指导员:“有一点是肯定的,咱们不搞指导员兼任,不管那在别的连队是多好的经验。”

张连长挠挠腮帮子:“如果方大姐肯的话,那当然再好不过。可她是当过农场时期副场长的人,要不是有人整她,她也不会沦落到咱们连来当什么妇女队长……”说到这儿,朝门看一眼,大声地,“李鸣！滚炕上睡！捂上耳朵！不许再偷听！”

门外的李鸣发现手电筒的光,赶紧跳上外间屋的炕,钻入被子装睡。

门一开,方婉之脚步轻轻地走了进来。她二十八九岁,有一张典型的南方女子那种秀丽的脸,气质极好,但眉目中隐含着淡淡忧伤。

“嫂子,正说到你。”张连长见她进来,急忙起身让座。韩指导员、尹洪波、张靖严也都纷纷起身让座。

方婉之:“都起来干什么呀,我哪儿还不能坐啊！”

她想往窗台上坐,尹洪波把椅子放在她跟前,自己坐窗台上了。

韩指导员:“嫂子,片子照了?”

方婉之:“照了,医生说我肾脏没什么大问题。见连部亮着灯,估计你们在开会。怕你们遇到什么分歧,四个人难表决,我这个支委就拐过来凑凑数。”

韩指导员:“该决定的,我们都决定了,我明天再向嫂子汇报。现在只剩一件事儿了,关键看嫂子的态度。”

方婉之:“什么事儿把你们难住了?”

韩指导员:“我们四个都主张,先由你当一个时期女知青排的排长。”

方婉之:“我?”

四人望着她点头。

方婉之沉吟片刻,笑道:“这事儿就把你们难住了呀?还关键看我！既然你们都那么主张,我就先当呗！”

四人如释重负地笑了。

女一班宿舍炕上,女知青们睡得很沉。

与孙曼玲合盖一床被子的周萍说起梦话来:“妈,别哭嘛!不用为我担心,他们最终会要我的……”

孙曼玲醒了,看到周萍脖子底下是空的,没枕着什么,便轻轻翻身起来,往地上看。一卷报纸和周萍的衣服掉在了地上。她探身捡起,用衣服包好报纸卷,看看周萍,心里有些不忍,轻轻地托起周萍的头,把自己的枕头塞到周萍头下,再把自己的被子往周萍那儿盖盖,自己枕着周萍的“枕头”仰面又躺下去。

孙曼玲大睁双眼,忧虑重重的回忆压在心头。那是哈尔滨监狱高墙内的探视室,孙曼玲和孙敬文隔着探视室厚厚的玻璃同他们的哥哥告别。姐弟二人依依不舍地站起来,正要转身,哥哥从后面叫住他们:“我还有话……”

姐弟二人站住,都回头看着哥哥。

“妹妹,弟弟,我对不起你们,更对不起爸妈!”

孙曼玲:“你还有罪于人家齐家!”

“将来我出狱了,我一定要用实际行动向齐家赎罪……”

“哥!”孙敬文扑向哥哥,兄弟二人抱头哭泣。孙曼玲双手捂面,跑出探视室……

想起这一幕,孙曼玲眼角淌下泪来。

旭日升上北大荒的晴空。起床号嘹亮地响起。十几名女知青在河边蹲成一溜儿洗脸、漱口。周萍已经穿上了一双平底布鞋。蹲在她旁边的孙曼玲问:“鞋子大小合适吗?”

周萍感激地看着她:“合适,谢谢班长!”

孙曼玲笑笑:“不用谢我,不是我的鞋,我脚比你脚大。是林丽送给你的。”

号声再次响起，打断了她们的谈话。她们先后站起，循声张望。

高浩的手向不远的地方一指："在那儿！"

通讯员兼号手李鸣站在不远处的圆木堆上，两脚前后迈开呈弓字步，一手叉腰，一手持号，英姿飒爽。

"真美啊！"周萍情不自禁地赞叹道。

"美哉少年郎——"林丽有腔有调地学一句京剧念白。

"可耻！"吴敏冷冷地抛出一句，大家都愣住了。

周萍怯怯地问孙曼玲："她说谁？"

吴敏眼睛一瞪："说的就是你！资本家的女儿，就肯定会打上资产阶级思想的烙印！"

"我……我怎么了呀？"

"你怎么了还用我说吗？你刚才自己不是说出来了吗？你思想复杂、庸俗，甚至下流！"

周萍快被气哭了，抗议道："我……我也没想什么呀！"

"吴敏，你怎么可以随随便便侮辱同一个宿舍的知青姐妹呢？"孙曼玲替周萍鸣不平。其他的女孩也都你一言我一语地声援周萍。

"就是！人家周萍没招你，没惹你，你忽然拿人家出身说事儿干什么呀？"

"出身那是没法儿选择的，这个政治道理你也应该明白！"

"人家只不过说了句'真美啊'，怎么就像捅了你气管子了呢？"

"今后都是住在一个屋顶下的人了，你何必非把大家的关系搞得这么紧张啊！"

吴敏没想到大家倒针对起她来了，争辩道："都住在一个屋顶下，不等于头脑里的思想就都是同一阶级的了！"

孙曼玲厉声道："你以为你父亲是个小小的造反派干部，你政治上就高人一等啦？"说罢，便双手拢在嘴边，大声喊起来，"真美啊！"喊完，又双手叉腰，挑衅地瞪着吴敏。

大家都学孙曼玲的样子，喊完“真美啊”之后，皆双手叉腰瞪着吴敏。

“你们……你们都可耻！”吴敏恼羞成怒地指点着大家，端起盆，悻悻而去。

站在圆木堆上的李鸣吹罢号，倾听着“真美啊”的回声，无邪地笑着，向河边的女知青们招手。

她们也用招手回应他。

李鸣用红绸布擦擦号嘴，正欲跃下，却见赵天亮登上了圆木堆。赵天亮请求道：“别急着走，让我吹吹！”

李鸣将号往身后一背：“那可不行！昨天你没听指导员说吗？号是部队和战士之间的规定语言，不能随便什么人都乱吹的。”

“那，叫我比试比试总可以吧？”

李鸣这才将号递给他。

赵天亮学李鸣的样子，比试了一下，欣赏地看着号说：“其实，我家也有一把军号。解放军渡长江的时候，我父亲那个连的小号手牺牲了，那把号就成了我父亲的纪念物。我和我哥哥，从小就看着那军号挂在墙上，我父亲经常摘下来擦，却不许我和哥哥碰一下。”

李鸣立刻对他刮目相看：“这么说，你也是军人的儿子喽？”

赵天亮不无自豪地点头，又说：“后来，我父亲参加抗美援朝，是运输团团长。有一次，我父亲亲自驾驶吉普车，送军长到前线去。那是夜晚，天空有敌人的飞机，不敢开车灯，怕成为轰炸目标。又是山路，一边悬崖深谷的，我父亲大睁双眼，一眨不眨地开了五个多小时。后来，眼睛就闭不上了，视力降低到了比瞎子强不了多少的地步。回国后，医生说治不好，也解释不太清楚原因。眼睛虽然能闭上了，但还是闭不严，睡觉时也睁一条缝。就那样，医生还向我父亲祝贺，说他太幸运了。否则，他会活活困死的。”

“我父亲也是军人，也参加过抗美援朝。”李鸣自豪地说道。

“哦？”赵天亮也对李鸣刮目相看起来。

“我母亲要把我送到正规部队去当文艺兵,我父亲坚决抵制她为我利用特权,说反正我再待在城里也上不了学了,就让人把我带到北大荒来了。”

赵天亮将号还给李鸣:“你十几?”

“差一个多月十五。”

赵天亮恍然明白了什么,表情严肃起来:“明白了,你是军干子弟。说不定,我父亲当年就是因为你父亲,双眼才那样的。我们能到兵团来,是经过政审的。政审不通过,想来还来不了,只能去插队。而你,才十五,父亲一句话,说来就来了。归根结底还是靠的特权,太他妈不公平了!”

李鸣反驳道:“就算你父亲当年开的那辆吉普上坐的真是我父亲,你也不能说你父亲的双眼是因为我父亲才那样的吧!”

赵天亮被问得一愣,反问:“我猜,你在连队里,什么劳动也不必参加,只一天吹几遍号吧?”

李鸣有点急了:“你这叫门缝里看人!要是那样我还不来了呢!平日里别的知青干什么活儿,我也干什么活儿!不跟你说了,你这人不友好。”

赵天亮忽然笑了,搂了一下李鸣的肩,亲昵地说:“别生气,我收回刚才的话。”

李鸣看了看他,也笑了。

“赵天亮!赵天亮!”徐进步气喘吁吁地跑过来,赵天亮和李鸣从圆木堆上跳了下去。

徐进步喘着粗气说:“我看见……在河边,昨天那个凶巴巴的老知青,又欺负‘小地包’了!虽然我是上海来的,可咱们是同一批,我明明看见了就不能装成什么都没看见,是不是?到处找你,告诉你,因为我觉得你……”

“别说了!”赵天亮不等他把话说完,拔腿就跑。

李鸣犹豫了一下，也追他而去。

徐进步留在原地，自言自语道："一个人总得有点儿起码的正义感。看来，我是有的。"

赵天亮跑到河边，看见齐勇和孙敬文在河边灌木丛后面对面站着。齐勇憎恨地瞪着孙敬文："你要是跪下，我们两家的事儿，在我这儿，就一笔勾销了！"

"说话算话？"

"起码，我可以对你视而不见，当成七连根本没有你这么一个人！"

孙敬文看着齐勇，对他的话有点半信半疑。他犹豫了一下，刚要下跪，却被一个声音叫住了。

"'小地包'！别跪！"

赵天亮一把拉开孙敬文，横身于齐勇和孙敬文之间。

齐勇轻蔑地看着赵天亮："这是我们哈尔滨知青之间的旧账，没你北京知青什么事儿，一边去！"

赵天亮："我不管你们有什么旧账，现在的事实是，你明明在欺负人。而我这个北京知青见不得人欺负人的事发生在眼前！"

齐勇猛不丁地当胸一拳，打得赵天亮倒退数步，跌坐在地上。

赵天亮双手撑地，猫腰而起，顺势冲向齐勇，抱住齐勇的双腿，将齐勇掀翻在地。二人在地上翻滚，忽而我上，忽而你上。

孙敬文在一边插不上手，干着急："别打了，我跪还不行吗?！"

赵天亮边打边喊："你敢！"

二人同时落入河中才分开。

李鸣也跑过来喊道："齐勇，你太过分了！你再没完，我吹紧急集合号，把全连的人都吹来，看你落什么结果！"

齐勇爬上了岸，抹把脸，看见了孙敬文放着牙具的脸盆，一脚把脸盆踢进河里，悻悻而去。

李鸣不明就里，纳闷道："这家伙以前挺好的呀，怎么变成这样了！"

赵天亮在连部的里外间门旁边拧湿衣服。韩指导员则站在屋内,看着眼前的孙敬文:“为什么转连队?”

“我不想说。”

“是暂时不想说,还是永远也不想说?”

孙敬文低头不语。

“人永远也不想说的事其实很少,多半是暂时不想说的事。不想说,肯定有不想说的原因。所以,人这个时候特别需要别人理解。我理解你。现在还不想说,那就等以后愿意说的时候再说。”韩指导员走到孙敬文跟前,拍拍他肩,“你们这批知青,昨天下午才到七连,今天上午——”他看一眼手表,“这才八点多,有一个知青却要求姐弟俩一块儿调到别的连去,我这指导员也太没面子了吧?”

孙敬文低声说道:“调走是我和我姐唯一的选择。”

“有那么严重吗?”

不待孙敬文回答,赵天亮大声说:“不要调走!偏要在七连,看他还敢怎么样!”

韩指导员笑了笑:“证人可以进来了。”

赵天亮大步走进里间,理直气壮地说道:“我代表……”

韩指导员竖起手掌做了个暂停的手势,赵天亮收住了嘴里的话。

“别人推选你了?”

赵天亮摇头。

“那你就仅能代表你自己,其他谁也代表不了。”

赵天亮眼睛直愣愣地发窘。

韩指导员又问孙敬文:“跟你姐商议了?”

孙敬文摇头。

“我猜也没商议过。一会儿的全体知青大会上,我还要宣布你姐为女排一班班长呢!”

韩指导员将脸转向了赵天亮:“同时要宣布,你来当男排一班班长——一班班长,不同于另外几班的班长。在特殊情况下,一班长是可以行使排长职权的。”

“怎么是我?为什么是我?”赵天亮感到很意外。

韩指导员:“反正你没事先讨好过我,所以不存在偏向的问题,对吧?”

张靖严走进来,将几页纸交给韩指导员,说:“指导员,《连队知青纪律》起草好了,请您过目。”

韩指导员:“不要叫‘连队知青纪律’,叫‘七连战士纪律’吧。因为你们不仅是知青,还是兵团战士嘛!——关禁闭?怎么会来这么一条?”

“连长让一定加上的。”

韩指导员笑了:“这家伙!你们都还没有像样的宿舍住呢,总不能先盖禁闭室吧!”说着,他从上衣兜取下钢笔,将关禁闭那一条从纸上划掉。

赵天亮还问:“为什么?”

韩指导员将几页纸放在桌上,指着张靖严说:“你以后问他吧。”他转头又对孙敬文说:“亲爱的同志,你看这样行不行?我命令排长也住到你们一班去,有排长和一班班长时时处处监视着,谅那齐勇再不敢随便欺负你。那么,你照顾我的情绪,先别要求调走,啊?”

孙敬文终于点了点头。

韩指导员又问张靖严和赵天亮:“你们听明白了?”

二人异口同声道:“明白!”

韩指导员向门外叫道:“李鸣!”

“到!”门外的李鸣随声出现在韩指导员面前。

韩指导员:“再不改改你那喜欢偷听的毛病,就别当通讯员了。”

李鸣嘿嘿一笑,不好意思地挠头。

“通知齐勇,全体大会以后,到连部来见我!”

“是!”

简陋的平房一字排开,房子的墙壁看起来十分单薄。对开的双扇木板门关着,门上的木板没刷油漆,树皮和楞子仍然完好地保留在上面。门上挂了一块同质的木板,上面用黑油漆写着“食堂”,仔细看去,字体还颇具风骨,应该是出自有书法功底者之手。

新老知青共聚食堂。韩指导员坐第一排,在小本上写着什么。张连长则站在正中央,慷慨激昂地演讲着:“什么‘天派’‘地派’‘炮轰派’‘捍联总’,用你们的话说,统统见他妈鬼去!在这儿,在北大荒,只有一个派,那就是‘北大荒派’!北京来的、哈尔滨来的、上海来的、天津来的,以后都只能是‘北大荒派’!‘北大荒派’是什么派?‘北大荒派’就是以粮为纲的派!”

指导员站起身来:“老张,我先插你两句。”

张连长停了下来。韩指导员说:“刚才张连长的话,无非就是在强调,收获粮食,对我们黑龙江生产建设兵团,是极其重要的任务之一。我们如果丰收了,中国七亿五千万人口,至少有一亿人的吃饭问题就好解决了。我们北大荒人,心里时时刻刻都要想到这一亿多人口……”

两个孩子手拉手朝食堂跑来,刚跑到食堂门口,门开了,知青们拥出来。两个孩子分别是张连长和尹排长的儿子,他们好奇地看着新来的知青。大家正向赵天亮围拢过来,祝贺他被任命为班长。有人拍赵天亮的肩,有人拧他耳朵。

孙敬文和徐进步齐声叫道:“班长!”赵天亮笑了,亲昵地搂搂他俩。

王凯笑着说:“好好干,我们哥仨今后靠你罩着了!”

也有人对赵天亮不怎么服气。

“一天活儿都没干呢,是骡子是马总得驾几次辕试试吧,凭什么就指定谁谁当班长啊?”

“别人我不知道凭什么，反正我看二班长凭的是人高马大！”

“不服啊？谁叫你们长得猴瘦猴瘦的！”二班长俞德健憨笑道。他转过脸望着赵天亮又说：“一班长，如果我们二班以后事事摽着你们一班，多包涵啊！”

赵天亮笑笑。

食堂里，只有齐勇还呆坐原地。一只手拍在他肩上，他扭头一看，见是张靖严：“走，有话跟你说。”

齐勇将他的手往下一扒拉：“有什么好说的！”

望着他俩的韩指导员和张连长交换了一下眼色。

张连长：“齐勇，那么和排长说话不好吧？”

齐勇顶撞：“怎么说好？”

“以后跟你谈。”张靖严走了。

韩指导员和张连长走到齐勇跟前，齐勇不理他俩，也猛起身便走。走到门口那儿，使劲儿朝墙上踹了一脚，结果踹出个大窟窿——那墙只不过是用草辫子编成的，里外抹了层泥巴而已。

张连长厉声喝住他：“你给我站住！”

一脚门里一脚门外的齐勇犹豫一下，退了回来。

张连长：“那墙招你了？”

齐勇将头一扭。

张连长绕到他身子那边：“惹你了？”

齐勇又将头扭向另一边。

张连长指着被踢坏的墙：“限你天黑以前给老子补上！”

齐勇不看他：“我眼里没什么‘老子’不‘老子’的，只知道你是我连长。”

张连长被噎住了，张了张嘴，没说出话来。

“算了，别戗着来。”韩指导员小声对张连长说。接着，朝齐勇挥挥手。

知青们渐渐散去，食堂外边，只剩下孙曼玲和赵天亮了。

“以后，可要替我多关心我弟。”

“当然！”

“互相帮助！”孙曼玲友好地伸出右手。

赵天亮刚握住她的手，齐勇从食堂冲出来，成心从二人之间横着身子穿过去。二人不禁都望齐勇背影，孙曼玲揉手腕。

赵天亮关心地问：“没事吧？”

孙曼玲摇头。

“我奇怪，他为什么对你弟那样？”

“我也奇怪。”

两个班的女知青都集中在女一班的宿舍里了，二十多人，炕里炕外，坐满了对面炕。

北京女知青汤洋洋对侯秀议论：“听通讯员李鸣说，老战士都叫她嫂子，指导员和张连长也不例外。”

侯秀朝窗外看一眼，小声说：“嘘，来了！”

林丽也朝窗外看，困惑地嘀咕：“怎么还带着铺的盖的？要和咱们同吃同住啊？”

孙曼玲赶紧去抱一截木墩，想把它移到屋子中央，没抱动。

吴敏嘟哝：“溜须！”

“别移了，我坐那儿就行。”话音未落，方婉之走进了宿舍。孙曼玲不好意思地退回原处。

方婉之亲切地问：“谁叫周萍呀？”

坐在炕头的周萍小声说：“我。”

方婉之笑了笑：“听说你的被褥在路上丢了，我家有多余的一套，接着。”

周萍一时感动得忘了接，愣愣地呆在原地没动。

孙曼玲："接着呀，跟排长还客气什么！"

坐在旁边的谢飞替周萍接了过去："红绸被面，绣花枕头，周萍，新娘子盖的枕的也不过如此！"

姑娘们皆笑了。

方婉之："你家在上海哪一区？"

"以前在黄浦，现在迁到嘉定了。"周萍的语调和表情有点儿酸楚了。

方婉之："以后咱俩争取一块儿请探亲假，结伴儿回上海！"

周萍点点头，又笑了。

方婉之看着孙曼玲说："一班长，你刚才的话说得很对。以后你们遇到了什么困难，或者发愁的事儿，但愿都能跟我说，战士跟排长还客气什么呀？"

她的话使大家安静了。

方婉之："我的姓不太大众化，'方方正正'的'方'，'婉'呢，是'温婉'的'婉'。在我的姓名中，最脱离群众的就是'之'字。'之乎者也'的'之'。'文革'一开始，我想把'之'字加个草头，但又一想，毛主席的原名还叫毛润之呢，就没改。扯远了，不说我名字了。有幸能当大家的排长，我很高兴。指导员已经在会上讲了，今天任命的各班班长都有考验期，短则三个月，长则半年，不称职的，大家可以提意见，另选别人。指导员没说我这个排长有没有考验期，但我自己给自己规定了考验期，也是短则三个月，长则半年……"

韩指导员在连部里和齐勇谈话。

韩指导员："你为什么欺负新来的战友孙敬文？"

齐勇反驳："那不算欺负！"

"扇人家耳光，逼人家下跪，踹人家脸盆，都不算欺负，那要怎样才算欺负？"

齐勇倔强地仰着头："凡事必有因果！"

韩指导员轻轻一笑:“还振振有词。那么,请道来原因,也就是你的理由吧!”

齐勇将脸一扭:“不想说。”

“奇怪。那孙敬文嘛,因为被你欺负要求调走。问他为什么被你欺负,他回答不想说。现在,问你为什么欺负他,你也回答不想说。”

韩指导员用虎口卡住下巴,研究地看着齐勇,自言自语似的说:“真耐人寻味!”

齐勇硬邦邦地问:“我可以走了吗?”

“想得也太简单了吧?我就这么让你走了,还配当指导员吗?”韩指导员话锋一转,反问,“喜欢看小说和电影吗?”

“看过一些。”

韩指导员慢慢地说道:“在小说和电影中,包括在戏剧中,经常是怎么描写咱们这些情况的?询问的一方往往会说,‘虽然我对你的回答不满意,不过我欣赏你的个性’,对吧?”

齐勇迷惑地看他,猜不透他的意思。

韩指导员:“但那都是在文艺作品中。文艺高于生活。生活是生活。我的现实主义台词是——我对你的回答很不满意,对你的个性一点儿都不欣赏!”

“我从来也没有企图获得你的欣赏!”齐勇满不在乎。

韩指导员:“问题根本不在这儿!在有的情况下,有些事,那是一定要开诚布公地告诉对方的。开诚布公,意味着坦诚相见。坦诚相见,是化解矛盾的积极态度。反之,不说而又耿耿于怀,那是会使矛盾的性质发生变化的。好吧,我也不逼着你非现在说不可。限你三天,写成书面汇报交给我!”

齐勇顽固地坚持道:“如果我还是不呢?”

“那我就把你调到离七连最远的连队去!”

齐勇愣住了。

“为了保护弱者,将你调走肯定是正确的。”韩指导员补充道。

齐勇口气终于软了下来:“指导员,虽然我只不过来到七连一年多,但您清楚我对您和张连长是多么心怀敬意。”

韩指导员也满不在乎:“我从来也没有企图获得你的敬意,张连长也是这样。”

齐勇又愣住了,不知道该说什么好。

韩指导员顿了顿:“去吧,是在三天之内交来汇报还是在三天之后调离七连,自己作出决定。”

齐勇默默走了。

门帘一挑,张连长从最里间闪出,二人从窗口默默望着齐勇背影。

韩指导员:“我的谈话方式不算太强硬吧?”

张连长:“我们亲爱的指导员多会说话啊。软中有硬,硬中有软的。今后还真的要向你学习呢。”

韩指导员笑道:“该向别人学习,就得向别人学习。”

孙曼玲和三名战士各占一角,在女一班宿舍后面挖坑;另外的战士,有的在以柳条做针线,连接草帘子;有的在搭晾衣架。正在搭晾衣架的北京女知青汤洋洋突然喊了一声:“班长,过来一下!”

孙曼玲将手中的铁锨一插,走了过去。

“看!”汤洋洋将手里的绳子一拉,盖在晾衣架上的一部分草帘子就卷起来了,“晴天卷起,雨天放下,这样的晾衣架不错吧?”

孙曼玲也挺高兴:“好极了,表扬你们!”

在连接草帘子的吴敏嘟哝:“不怎么样!”

因刚受到表扬而高兴的战士听她这么一说,互相看看,心里都不太痛快。

汤洋洋:“吴敏,你别说刺耳的话!”

侯秀应声道:“她没说你们搭的晾衣架,她在说排长!”

孙曼玲也说:“吴敏,排长怎么让你不高兴了?”

吴敏翻了翻眼睛:“难道你们对她当排长就没有意见吗?”

大家互相看看,异口同声道:“没有!”

吴敏霍地站起:“你们没有,我可有!我从不隐瞒自己对人对事的看法,哪怕是在我是绝对少数的情况下!我对她印象就是不怎么样!第一次全排会,一不讲阶级斗争、思想斗争的必要性,二不谈与天奋斗与地奋斗其乐无穷,却一开始就讲了一通自己的名字!她的名字就是有股子资产阶级小姐自我欣赏的意味!接着呢,说衣服不该晾在宿舍里,说当务之急是厕所问题!我就不明白了,厕所问题怎么就成了当务之急?!”

大家七嘴八舌起来:

“我觉得排长讲得很具体!”

“乳罩、内裤,嘀里嘟噜地挂一宿舍,就是不雅嘛!”

“吴敏,我问你,你夜里起来了几次,干什么去了?”

吴敏:“你管我!我受凉闹肚子了!”

“所以,排长还告诉我们避免受凉应该注意哪些事情!”

“我认为排长讲得很实在!”

吴敏不服气:“实在不等于突出政治!不突出政治的实在话,还不如……”

孙曼玲冷冷地挖苦道:“还不如突出政治的假话、废话、空话?”

吴敏音量也降了下来:“我没那么说,你说的!”

“吴敏,天在上边,地在脚下,没人阻止你,你想怎么斗就斗吧!”

“还没到斗的时候,等到了……”吴敏突然双手捂肚子,表情骤变,猫着腰往草丛后面跑去了。

“哎,你干什么去呀!”有人装糊涂地追问。

大家哄笑起来。

孙曼玲:“她这人有点儿……那个,咱们大家呢,以后再听到她说什么反感的话,不要太认真,装没听见就是了,更不要和她争论。刚才我就认真了一句,我作检讨。”

两个战士还在议论：

“真是林子大了，什么鸟都有！在城里搞阶级斗争还没搞够似的！”

“咱们班这个小林子也不大呀，偏偏就摊上了她那么一只鸟，真是咱们一班的晦气！”

不料吴敏已解手回来，听到了，勃然大怒：“我这只鸟怎么了？怎么就成了一班的晦气?！”

被她指着的那一名女战士也霍地站起来：“你这只鸟很让人心里腻歪！”

“你！”吴敏向对方扑去。

孙曼玲伸展双臂，横在二人之间：“都给我住口！还想打架呀？二班的在望着我们呢！丢不丢人啊！”

周萍默默地将那名不甘示弱的女知青扯开，拉她重新坐在自己身旁。

孙曼玲：“吴敏，既然你闹肚子，我批准你今天休病假。你应该去卫生所开点儿药。如果吃了药明天还不好，我还批准你休息。”

孙曼玲的话使吴敏倍感意外。她愣愣地看了孙曼玲一会儿，“哼”一声，扬长而去……

齐勇在院子里和草揉泥，他将一团泥狠狠地摔在盆里，然后像鲜族人似的，头顶着盆向食堂走去。离食堂还有几十米，站住了。他发现，有人正蹲在被他踹出洞的地方用泥抹墙，是排长张靖严！

头顶着盆的齐勇呆在原地。

张靖严抹好墙，听到身后有响声，转身看，齐勇已闪在一棵树后，原本顶在头上的泥盆落在地上。

张靖严走过来，四处张望，不见齐勇。他猜到了刚才齐勇在这儿，将盆中泥倒在地上，随手扯了一把青草，开始细细地擦盆。

齐勇一直闪在树后张望，见张靖严拿着擦干净了的盆正要离开，却遇到了孙曼玲姐弟俩,他们说了一阵话之后,张靖严便将齐勇的盆交给了孙敬文,各自散去了。

又是黄昏。

连部里外间坐满了支委、老战士和老职工,他们在听小喇叭箱里传出的团长作的“麦收动员报告”。

“连续三年的自然灾害虽然度过去了,但去年,我国的部分农村,又遇到了不同程度的旱灾、涝灾。国家粮库快空了。同志们,这是不得了的事情!今年,国家向我们要更多的粮食!为了使国家粮库重新装满粮食,我们北大荒人,人人有责……”

老马夫耿大爷突然急三火四地冲了进来:“指导员!”

韩指导员起身走到外间:“老耿,什么事?”

“齐勇那小子趁我一个没注意,把‘乌云’牵出马棚,骑上跑了!”

韩指导员没动声色:“哦?他骑马的水平怎么样?”

“骑得倒是不赖。自打他们到了七连,他有空就往马棚里跑,逮着机会就骑,可以当骑兵了。”

“那,那这时候,马经得住他骑着猛跑?”

“我倒不担心‘乌云’,那马今天没出多少力,吃夜草前跑跑有好处。”

张靖严:“连长、指导员,那就不必担心齐勇,他也不是一个太小心眼儿的人,我了解他……”

马蹄翻飞。齐勇骑着“乌云”狂奔在两大片金色麦海之间——一片麦海连到远山脚下;一片麦海直接连到地平线。人和马的背影,在两片金黄中向远处奔去,天边悬着红彤彤的火烧云。

齐勇勒住马,从马背上一跃而下,深情地望着眼前的麦海。他捋了一把麦粒,搓搓,吹一口,放口中嚼,夹着一丝青涩的麦香充满了他的口腔。他又折了一束麦穗喂马,马也津津有味地咀嚼着,和他一起分享这沁心的味道。

齐勇搂住马脖子，与马头顶头，轻轻地唤着："'乌云'，'乌云'，叫我怎么舍得离开你，又叫我怎么舍得离开这一片麦海！我在这块肥沃的土地上洒下过汗水呀……"

风起，黑绸般的马匹和身着绿衣的青年在金黄的麦海中时隐时现。天边那红彤彤的火烧云也应和着麦海的起落，变化万端……

天黑了，齐勇牵着"乌云"回到马棚，正在喂马的老耿头对他说："骑过瘾了？魏明等你呢。"

齐勇拴好"乌云"，走进老耿头睡觉的小屋，见魏明坐在炕边吸烟。魏明掏出烟盒，抛给齐勇一支烟。齐勇接过来，叼在嘴上，魏明将自己吸了半截的烟递给他。

齐勇把手里的烟点着后，把半截烟还给了魏明，在魏明旁边坐下，问："忙完食堂那摊子事儿了？"

"一会儿还得回去忙。呼啦一下多了五六十人，我这炊事班长有点招架不了啦。唉，你没当上一班长，心气儿不顺是不是？"

齐勇狐疑地看着他："是靖严派你来的吧？"

魏明皱皱眉："什么话！咱们哥儿几个谁派谁？靖严说你自尊心强，不让我来，怕我火上浇油，我是自己非来劝劝你的。"

齐勇放松了警惕："当然心气儿不顺，就算我不配当一班长，黄伟配不配？傅正配不配？我们早来一年多！我们几个都是老高二！他却找天亮个初二的小崽子。初来乍到，凭什么当一班班长？"

"靖严让我告诉你，连里也是这么考虑的——正因为新来这一批知青普遍年龄小，才要由他们之中的人来当班长。要是排长、班长都由我们哈尔滨的老高中知青来当，估计他们会产生对抗心理。"

齐勇猛地站起，来回走动，挥舞手臂大声道："我不在乎当不当班长！当班长，当排长，就是以后当连长，那不也还是知青吗？不还是挣知青那份工资吗？我在乎的是，连里对我齐勇的看法。难道因为我扇了孙敬文一耳光，就一错百错了吗？”

“谁说你一错百错了？靖严让我告诉你，连长替你说了不少好话。”

齐勇反问道：“那他张靖严呢？关键时刻他更应该替我说好话！他说了吗？”

魏明摇头：“他也不同意你当一班长。”

“他……他……他还好意思让你告诉我?!”

魏明也猛地站起来，生气地说：“你嚷嚷什么！你还有理了？你那一耳光，等于往咱们几个哈尔滨高中知青的脸上抹黑你知道不？靖严他虽然是咱们哥儿们，但他也是七连的一名支委，他能护你的短？能包庇你？他是那种只讲哥儿们义气毫无原则的人吗？你简直岂有此理！”说完，将烟往地上一丢，狠踩一脚，走了。

齐勇发呆，老耿头站在门口，不动声色地说：“明明自己做错了事，却想靠朋友护短，那叫没出息！你要这么没出息，以后别到马号来了，我再也不许你骑马了！”

夜深了，男一班宿舍静悄悄的，只有齐勇鼾声大作，忽高忽低，变调多端。别的知青在他的鼾声中，一个个翻过来掉过去。有人用被子蒙头，有人用被子蒙头还是无法忍受，再用双手隔被捂耳。

孙敬文倒一动未动，仰躺着，但一眨不眨地大睁着双眼。徐进步捅捅他，小声说：“他成心的！”

孙敬文：“听出来了，那有什么办法。”

睡在齐勇左右的赵天亮和王凯猛地掀开被子坐起，同时瞪齐勇，接着无奈对视。

黄伟的铺位挨着傅正，傅正小声对黄伟说：“你管管他。”

黄伟也小声说：“忍忍，看他能装多久。”

张靖严的身影闪了进来，向赵天亮指指自己休息的地方。赵天亮会意,轻手轻脚地转移了过去。张靖严又示意王凯躺下,他钻进了赵天亮的被窝,用被角挡住光,点烟深吸一口,鼓腮憋住。

齐勇依然鼾声如雷,张靖严趁他吸气之际,将一大口烟朝他鼻孔喷去。齐勇被烟呛得干咳不止,猛地坐起来。

张靖严若无其事地仰面躺着,优哉游哉地吸着烟。

齐勇怒不可遏:“你干什么?!”

张靖严没事人似的:“你那史无前例的鼾声叫人睡不着——怎么,呛着你了?对不起,对不起!”

齐勇硬邦邦地说:“把烟掐了!”

“同志,不能掐,我哪知道你一躺下,是不是又鼾声如雷呀!”

齐勇狠狠地瞪着他:“你明明不吸烟!”

“我以前是不吸烟,但从现在起,也许要一直吸下去了。而且呢,怕是还要养成半夜吸烟的坏毛病。”

“哼。”齐勇冷哼一声,躺下了。

宿舍里终于安静了。

用被蒙头的知青,也将脑袋露了出来……

北大荒的清晨,小河也显得格外清澈。孙曼玲半蹲在河边,用脸盆一次次往桶里加水。

赵天亮也挑着两只桶走来:“这地方的井水可真凉,刷牙漱口像含冰。比起来,河水洗脸舒服多了!你别用盆了……”

说着,他取下自己扁担上的一只桶,用扁担钩住另一只桶,甩入河中,拖钓住的大鱼似的,拎上岸一桶水,倒入孙曼玲的桶里。

孙曼玲称赞他:“看不出你还有这么一手。”

赵天亮得意地一笑:“小意思。”又拎上一桶水,将孙曼玲的两只桶里都加满了。

孙曼玲刚要挑起桶,孙敬文夹着盆来了:“姐,你挑水干什么?”

“为我们班挑的,已经挑回去两桶了,不是免得她们都来河边洗漱,节省她们早晨的时间嘛。”

“当班长不是当佣人,有这必要吗?”

“有还是没有,不全在我怎么认为的嘛。哎,你眼睛咋肿了? 昨晚哭过对吧? 告诉姐实话,是不是那个齐勇又欺负你?”

孙敬文抬手揉揉眼:“你瞎猜什么呀! 昨晚没睡好。”

“为什么没睡好,又想家里那愁事了?”孙曼玲意识到自己失口,看了赵天亮一眼,接着说,“家里的什么事都不用你操心,有姐呢!”

“你还瞎猜! 我说姐,从现在起我是大人了,你别……”

孙曼玲打断地:“你大什么大! 你还不满十八岁,是未成年人! 在哪儿我也得拿你当小弟那么关心着,我当姐的有这义务!”

“你烦不烦人啊!”孙敬文赌气地蹲下,含口河水,使劲刷牙。

孙曼玲嗔怪道:“你想把满口牙刷掉呀? 横着刷不正确,要竖着刷。要有耐心,一下一下地,轻缓地刷。”

嘴边尽是牙膏沫的孙敬文,扭回头不拿好眼色瞪他姐。

赵天亮笑道:“确实没谁欺负他,他也没哭过。夜里我们宿舍有人鼾声太响,害得大家都没睡好。”

“你的话我信。”孙曼玲朝她弟弟一撇嘴,担起桶走了。

满满两大桶水,对于孙曼玲来说,显然太重了,她双手使劲儿平衡扁担,还是走得摇摇晃晃。

赵天亮赶紧上前说:“别双手扶扁担! 用一只手! 步子别太大,走小快步!”

孙敬文:“别管她!”

赵天亮羡慕地:“有姐真好啊。”

孙敬文不以为然:“有了你就体会到烦人的一面了。”

“被姐烦的时候,心里的感觉其实也蛮好的吧?”

“没那个! 心里的感觉其实是欲说还休!”

“那我也还是希望有一个姐姐，可惜我只有一个哥哥。但我哥对我特好。”赵天亮边说，边钩上岸一桶水。

“我也有一个哥哥，也对我特好，可我现在最不愿意对别人提起的就是我哥。”孙敬文说着，往河中丢了一块石子。

赵天亮一边钩上第二桶水，一边若有所思地看“小地包”。孙敬文又往河中丢了第二块石子，之后沉默了。

“我先走了。”赵天亮担起扁担刚迈了两步，孙敬文叫了他一声“班长”。他扭回头，见孙敬文也正扭头看他，目光是那么忧愁。

“班长，我想跟你说说心事。”

“这会儿？”

孙敬文点头：“我再也憋不住了，非得跟一个人说说不可了。”

“行。这会儿就这会儿。”赵天亮放下桶，走到孙敬文身旁，搂了他一下，坐在一块石头上。

孙敬文却仍蹲着：“我哥现在成了监狱里的一名人命犯，被判了十六年徒刑。因为我哥哥而死的，是齐勇的弟弟。”

赵天亮怎么也没想到孙敬文和齐勇两家居然有这么大的过节，他张张嘴，没说出话，吃惊地看着孙敬文。

孙敬文手掂一颗石子，凝视水面，忧郁地说：“我父亲和齐勇的父亲都是‘哈一机’的工人，但不是一派的，我父亲参加了‘捍联总’，他父亲参加了‘炮轰派’，这么一来，两派的孩子见了面，也像仇人似的，动不动就打架……”

鸽哨声在孙敬文的回忆中响起。几只在空中盘旋的鸽子，落在二层老楼的楼顶上，一张从天而降的网将其中一只鸽子套住，齐勇的弟弟从网中抓住鸽子，如获至宝。

“把鸽子给我们！”孙敬文与他的哥哥应声出现在二楼的露天阳台。

齐勇的弟弟：“我干吗给你们！”

孙敬文理直气壮：“是我们的鸽子引来的！”

齐勇的弟弟："那，还落在我家的屋顶上了呢，还是我套住的呢！"

孙敬文的哥哥："那是你家的屋顶吗？是几家共同的屋顶！你给不给？"

孙敬文："哥，算了，咱别硬要了。"

"硬要？我还硬不给呢！"齐勇的弟弟自顾自地唱起来：

炮派一小撮，本性不能变，日夜在磨刀，妄图反夺权。呸呸呸！办不到！

孙敬文的哥哥来气了，与之争夺，鸽子在争抢中飞了。齐勇的弟弟朝孙敬文的哥哥脸上打了一拳，而孙敬文的哥哥双手将齐勇的弟弟往护栏处一推，哪知那二层老楼露天阳台的木头护栏早已朽坏。齐勇的弟弟一个没站稳，撞断阳台护栏，从阳台上跌了下去……

又一颗石子被狠狠地掷入河中。

赵天亮叹了口气："按情况，应该轻判呀！"

孙敬文面无表情："已经是从轻判决了。无论轻重，人家齐勇的爸妈失去了小儿子，人家齐勇失去了弟弟。"

"是啊。你和齐勇在哈尔滨就见过了？"

"我哥被从家里带走那天，齐勇在我家门口站着，瞪着我。"

"那，你姐怎么不认识齐勇？"

"我姐那天不在家。"

赵天亮同情地说："我很难过，为你们一家，更为齐勇一家。"

孙敬文认真地盯着他："你发誓，不告诉任何人，包括指导员、连长、排长。"

"也包括你姐。"赵天亮补充道。

"也包括我姐。"

"那，你为什么还要告诉我呢？"

孙敬文低下头:“我刚才已经说了,不告诉一个人,我会憋出病来的。”

“那,我一定会做一个你信任的人的。”

“班长,你搞什么名堂啊!”随着话声,一班的知青们几乎全来了。

一名战士:“我们说要来嘛,你班长说你为我们把水挑回去。可害得我们左等右等,你俩却猫这儿嘀咕起来了!”

“对不起大家,对不起大家……”赵天亮站起来,重新挑起扁担。

徐进步:“我们都来了,你还往回挑两桶水干什么呀?”

赵天亮苦笑:“可也是。”

孙敬文也站了起来,看看赵天亮说:“班长,别忘了你对我的保证。”

徐进步:“你们听听,他俩还神秘兮兮的!”

连队那方传来了大喇叭的广播声:“全连注意,全连注意!我是连长,九点钟,全连准时在食堂开会,开麦收誓师大会!机务排尤其要做好准备,今天下午十二台拖拉机全部出动,开始试割,开始试割!……”

麦海。金黄的一望无际的麦海。只有黑龙江生产建设兵团和新疆生产建设兵团才有的麦海。

第三章

十二台牵引着收割机的拖拉机，在麦海边上一字排开。排长尹洪波端正地坐在第一台拖拉机上，神情肃穆。男女两个排的知青，以及韩指导员、张连长、方婉之和张靖严，也都齐聚麦海边。

张连长捋了一把麦粒，放口中嚼嚼，将剩下的麦粒给了韩指导员。韩指导员也将麦粒放入口中嚼，并向张连长跷起大拇指。

“真想就地给老天爷磕仨响头，赐咱们这么好的收成，太够意思了！”张连长往掌心啐唾沫，捋胳膊挽袖子，预备大显身手的样子。

知青们也捋麦粒，也放入口中嚼。

“小地包”问“小黄浦”：“有什么感觉？”

“小黄浦”品咂着嘴：“没什么特殊的感觉，越嚼越黏，像嚼口香糖。”

赵天亮：“麦粒嚼出口香糖的感觉来，那还不叫特殊感觉？”

张靖严将一柄系了红绸的镰刀递给韩指导员：“指导员，机务排有点儿迫不及待了。”

韩指导员望一眼驾驶室里的尹排长，再看一眼张连长，笑道：“别年年都是我，今年你来吧。”

张连长摇头摆手，向后退了两步：“别，别，第一镰等于剪彩嘛，当然非你指导员不可！”

“那，我就恭敬不如从命了！”韩指导员弯腰揽起一把麦子，将镰刀挥下去。

“等等！”张连长把韩指导员叫住，对赵天亮说，“把你的镰刀给我。”

赵天亮将镰刀往身后一背：“那我一会儿用什么，班长手里没镰刀成什么样子！”

“我先用一下嘛！”张连长拿过镰刀，试了试锋，自言自语，“好像我在战场上要你的枪！”

大家都笑了。

韩指导员也笑了：“瞧你意思，是想和我比试比试？”

张连长：“指导员肯赏脸不？”

“成心让我下不来台是不是？”

“十分钟结束，我让你四分钟，敢不敢？”

韩指导员转身望大家：“这我要是再不敢，也太熊了呀！比就比！”说着，也往掌心啐了一口。

张靖严看了一眼腕上的表，举起手臂：“预备，开始！”

韩指导员一弯下腰去就不再抬起，快速向前割去。

方婉之对女排说：“姑娘们，给指导员鼓鼓劲儿！”

女排异口同声：“指导员，加油！指导员，加油！”

张靖严：“四分钟到！”

张连长也弯下腰去，速度更是快得仿佛一台小型收割机，但见一行行麦子多米诺骨牌似的倒下。

赵天亮情不自禁：“一班，给连长加油！”

一班异口同声：“连长，加油！连长，加油！”

韩指导员和张连长之间的距离，在男女知青的加油声中，渐渐缩短。

张靖严喊：“十分钟到！”

欢呼声中，韩指导员和张连长直起腰来。

张连长洋洋自得:“服不服?”

韩指导员:“我从来都是甘拜下风的呀!我嗓子快冒烟了,你嗓门大,还不下令啊!”

“老尹,看我手势!”张连长喊着,将手臂举起,猛地劈下。

十二台拖拉机齐声轰鸣,牵引着十二台收割机,舰队般驶入麦海,情形颇为壮观。知青们肃然又神往地看着。

“小黄浦”说出了大家的心里话:“唉,熬到他们退休,咱们开上,那得哪一年啊!”

“小地包”:“那时咱们也快老了!”

王凯:“咱们在北大荒待不了那么久吧?不是说短则三年,长则五年,就会一批批再把我们抽回城市去吗?”

黄伟对傅正悄语:“听到了吗?刚来几天,开始想返城的美事儿了。”

傅正:“很正常。年龄小,头脑简单嘛。”

齐勇大声说:“王凯,老战士们比我们知青早来五六年、十多年,要论什么时候离开,是不是也该先来的先走啊?他们都没急呢,我们都没急呢,你急个什么劲儿?等北大荒欢送我们走了,你们再盼着走也不迟!”

傅正批评道:“你这么说何必呢?”

张连长走了过来,大声说:“走?来得不容易,想走没门!我们老战士都是决心把一生献给北大荒的,你们也要和我们一样!我最不爱听的,就是谁说离开北大荒的话!”

拖拉机牵引着收割机,已经驶在麦海深处了。知青们用镰刀收割过的麦地,一片狼藉。没割倒的麦子触目皆是,连根拔下的也不少。而且,倒下的麦子根本不成行,根梢错置,东一堆西一片,乱七八糟。

虽然麦子割得不算利落,知青们却已都累得东倒西歪,有的摊开四肢仰面朝天。大家吭唧着,说着腰酸腿疼之类的牢骚话。

方婉之、张靖严以及齐勇等几名老知青,在默默地割没倒下的麦子,或将倒下的麦子归整成行。

“起来！”呵斥声中，“小地包”睁开双眼，见齐勇正站在跟前瞪着他。他的第一反应是一把抓起砍在土中的镰刀，接着滚身而起，防范地瞪着齐勇。

齐勇用镰刀一指：“自己看，看得过去吗？”

“小地包”：“那几棵麦子才会少收多点儿粮食。”

齐勇：“问题是你还不会用镰刀收割。不会用镰刀收割的人，就不是合格的北大荒人！”

“小地包”：“到我们学校作动员报告的人，说兵团已经实现了全部的机械化。”

齐勇严厉地说：“同样的话我在来之前也听过，但那不是谁现在劳动能力低下的理由！”

“小地包”终于无言以对，只好去割自己未割倒的麦子。赵天亮走过来帮他。

“赵天亮！”齐勇厉色道，“我不认为你帮他是班长正确的做法。”

赵天亮反驳：“难道不帮，倒是好班长了？”

齐勇：“现在对你们后来的，等于是实习。对实习者最好的做法是指教，而不是代劳。”

赵天亮看看“小地包”的身影，觉得齐勇的话似乎也有一定道理，一时不知接下来该怎么做。齐勇从腰间取下磨石，朝赵天亮一递：“我认为你倒是应该让他磨磨镰刀，捎带也磨磨自己的！”

赵天亮沉吟片刻，接过磨石……

黄昏时分，本该打水洗脸，可男一班的所有人都坐在宿舍门前的横板上，谁都懒得动一下。

赵天亮挑起了桶，却被“小地包”叫住：“班长，要不……我去？”

“还是我去吧。”赵天亮笑笑，拎着桶走开了。

"小黄浦"学"小地包"的话:"'要不,我去?'班长一看你那样子,就知道你诚意不够。"

"小地包"拖长了声音,疲惫地说:"起码,我还有那么一句话。不像你们,大眼瞪小眼地看着,连声都不吭一声!"

这时,有人突然说:"看那边。"

大家看着齐勇一瘸一拐地走回来,议论纷纷。

"在地里倒挺神气的,这不也累得一副惨歪样嘛!"

"按说,比我们来得早,不该像我们似的。"

"有的人啊,要霸道好样的,干起活儿来,草鸡一只!"

沈力打断他们:"大家别这么背后贬损他吧。都忘了我们来的时候,在马车上看到的情形吗?"

大家不出声了。齐勇走过来,目中无人地拿起自己的盆,转身去往河边……

赵天亮从河里钩上两桶水,洗完脸,用衣襟擦干,皱眉看着自己的手,双手都起水泡了。他犹豫一下,用牙把水泡咬破,疼痛使他的脸颊一阵抽动。他吮了吮手掌,啐一口,担起水,正要离开,遇到齐勇。齐勇愣了愣,闪向一旁。

赵天亮叫住他,放下担子:"还你磨石。"

齐勇停下脚步,转身默默接过磨石,一声未吭,沉脸又走。

赵天亮:"谢谢。"

齐勇第二次站住,没回头,冷冷地:"你应该为一班准备几块磨刀石,有备无患。"

"哪儿找去?"

"借。每户老战士老职工家里都有不止一块。"

"你腿怎么了?"赵天亮问。

"没怎么,好好儿的。"齐勇被他一问,努力正常地往前走了。可赵天亮一离开,齐勇就走到河边,双手捂着内胯,龇牙咧嘴。他衣服也不脱,一头扎入河中,扑扑腾腾地游了一阵。上岸后,三下两下脱了裤子,踏在大石上,查看伤处。两边的大腿根,被铲得血红两片——骑无鞍马的结果。

雷声隐隐。齐勇抬头望天,乌云如潮,从天际涌将过来……

大雨滂沱,天地浑然一体,但见四面八方亮着拖拉机的双灯,在雨中看去模模糊糊,轰鸣声远近呼应。还在宿舍里做着好梦的知青们并不知道,这突如其来的大雨,使老战士们不得不冒雨加夜班。

尹排长在拖拉机的驾驶室里歪头打盹,旁边的老刘驾驶拖拉机。老刘发现了什么,瞪大眼,将脸凑向玻璃——大雨中,前方有手电筒光……

"排长……"

尹排长一激灵。

老刘说:"连里送饭来了。"

尹排长也凑窗看看,说:"用车灯通知大家,过来一块儿吃夜班饭。"

四台拖拉机之间,扯起了一大块帆布,大家围着一桶汤一桶馒头狼吞虎咽。韩指导员和张连长也在其中,都将裤腿卷在膝盖以上,一腿泥。

尹排长:"你们何必亲自来呢。"

韩指导员:"不亲自来放心不下呀。"

张连长:"一会儿哪两位顶不住了,我和指导员可以替替。"

老刘:"看,那又是谁来了?"

来的是方婉之,也挑着两只桶,也将裤腿卷到了膝盖以上。

张连长:"嫂子,你来干什么!"

方婉之:"怎么,还不欢迎啊?"

"欢迎欢迎!但是我更欢迎嫂子带来的东西!"老刘掀去一只桶上的席盖,惊呼,"包子!"说着,他便将手中一小块馒头塞入口,空出手来抓了一个包子。

众人也纷纷抢抓包子。一名老战士将另一只桶上的席盖也掀去了:

“还有腊八醋！还有辣酱！”

方婉之微笑地看着大家享用自己带来的夜班饭。

韩指导员对张连长说：“看到了吗？都不理咱俩了，这帮见利忘义的家伙！”

张连长嗔怪大家：“哎，我说你们，嫂子冒着这么大的雨给你们送好吃的来，你们还不给嫂子让个坐的地方啊？”

大家经这一提醒，纷纷给方婉之让坐的地方……

一班的窗子亮了，赵天亮被“沙沙”声搅醒，睁眼一看，齐勇的被窝空了。他悄悄下地，趿着鞋走到门口，探头向外看去。只见齐勇和张靖严不顾雨淋，蹲在外边屋檐下磨镰刀。不仅磨他们自己的，而且磨全班的。没磨的放一边，磨过的放一边。

张靖严一边用磨石沾水洼中的水，一边说：“学我，磨几下沾沾水，声音就小。让大家多睡会儿。”

赵天亮缩回头，转身看去，大家睡得正香，他终于下了决心，一一轻推，小声说：“醒醒，醒醒……”

一名穿雨衣的人闯入男二班宿舍，将雨衣一脱，竟只着短裤：“都起来！”

熟睡着的知青们全都被惊醒。

“班长，有情况！刚才我出去撒尿，望见一班的人进进出出，我奇怪，溜过去侦察，发现他们全起来了。”

二班长也纳闷：“还没吹号呢，他们起这么早干什么？”

“他们都在宿舍里磨镰刀！”

二班长：“抽风！北大荒的麦收，那主要得靠收割机！都再睡会儿！列宁说，不懂得休息，就等于不会工作。睡好回笼觉……”

屋外传来的号声打断了二班长的话，二班长指着那名知青数落：“你呀你呀！宝贵的回笼觉让你给断送了！”

那名知青:“才半分钟。”

二班长:“关键的半分钟!”

知青男排的、知青女排的、老战士的、老职工的、妇女们的队列,先后离开连队,汇聚在通往麦海的泥泞土路上。老战士和老职工们的工具,不是镰刀,而是钐刀,看去像是古代出征的武士们。必须尽快完成收割,因为省气象部门通知,这场雨至少要下十几天,而收割机两三天后就派不上用场了。

走在知青队列旁的张靖严、齐勇等几名老知青,扛的也是钐刀,与众不同。

吴敏的粉红雨衣,在这一支麦收杂牌军中显得格外惹眼。除了她,再谁都没穿戴任何挡雨之物。吴敏脚下一滑,摔倒了,孙曼玲伸手把她扯起来。吴敏赶紧用镰刀背刮雨衣上的泥,孙曼玲对她摇头:“别弄了,那有什么意义呢,快跟上吧!”

麦收队伍排成长长的横列,站在麦海的边缘。麦海中,拖拉机牵引收割机,还在进行收割。乌云厚重,压迫着麦海。远处传来隐隐的雷声。

韩指导员扛着钐刀从队列一端走到正中间停下,望着远处的拖拉机,抹一把脸上的雨水,抡开了钐刀。

其他人也都开始收割。使钐刀的,都抡开了钐刀,使镰刀的,都弯下腰去。“嚓嚓”声顿时响成一片。麦子在钐刀和镰刀的舞蹈处一片片倒下。那些抡钐刀的身影始终保持一字形,他们的动作那么整齐,仿佛正参与着一种古老而庄严的仪式。

知青们握着镰刀的嫩手上包扎着手绢。手绢解开了,手心的泡破了;手绢翻折了一下,又将手包上了。缠在镰刀把上的手绢,也被血染红了;手绢解下来,用牙咬着,重新包扎在手上。

包扎着手绢的手越来越多,就连衬衣的边缘也被撕下来,当作手绢,包扎在手心上。

吴敏落在了最后，孙曼玲过来帮她："叫你不要穿雨衣来的嘛！"

吴敏支支吾吾地："我……来了……"

"来了？那事儿？"

"我一来那事儿，就发低烧，还浑身没劲儿……"泪水合着雨水从她脸上流下来，"不信你摸摸我额头……"

孙曼玲："不用摸，我信。那你回去休息吧。给自己冲碗糖水喝，再用热水泡泡脚，好好睡一觉。"

方婉之走来，问："她怎么了？"

孙曼玲："她来例假了，我叫她回去。"

方婉之："那就听班长的话，回去吧。"

吴敏没动。

"多你一个人少你一个人，其实都不影响什么，不要犯拧，我接替你了。"方婉之说罢，弯下腰飞快朝前割去。

孙曼玲还想对吴敏说什么，却只张了张嘴，什么话也没出口，转身走了。吴敏望着眼前许多弯腰的身影，一屁股坐在地上，双手捂脸无声地哭了。

一把钐刀插在河边。齐勇的裤子搭在灌木丛上。这会儿，齐勇正在撕扯衬衣，包扎自己双腿的大腿根。

"小地包"走来解手，扭头看到了齐勇的钐刀，他系好裤子，忍不住伸手拔出钐刀，试着抡了几下。这时，只听河中"扑通"一声，"小地包"持钐刀走到河边，发现水中有大鱼。他举起钐刀柄，打算用钐刀柄插鱼。

齐勇从灌木丛后走出，见状大惊："孙敬文！"

"小地包"高举钐刀回头看他。

齐勇大喊："别动，千万别动，你身后有条蛇！"

"小地包"果然高举钐刀一动不动。

齐勇一步步走到他跟前，从他手中取过去钐刀，插在几步外，接着走到“小地包”跟前,凶狠地瞪他。

“小地包”:“我不知道是你的钐刀,要是知道,连碰也不碰。”

齐勇抡圆了胳膊,狠狠地扇他一记耳光。

“小地包”的头被扇得一偏,接着恢复到正常位置,梗着脖子,也狠狠地瞪着齐勇。

齐勇:“知道我为什么又扇你吗?”

“小地包”响亮地:“知道!”

“你他妈不知道!”齐勇一指河,“看见鱼了是不是?”

“小地包”喊叫般地:“是!我看见了鱼,没看见蛇!”

“想用钐刀把儿插鱼是不是?!”

“对!”

“你不要脑袋啦?!别的连的,和我同一批的一名知青,就因为想用钐刀把插鱼,把自己脑袋削到了河里!”

“小地包”张口结舌。

“你要给我牢牢记住刚才那一耳光!还要把我讲给你的事,多讲给别人听!”齐勇说罢,转身拔起钐刀,步子古怪地走远了。

“小地包”往河里看去,感觉河水似乎红了,自己无头的身体伏在河岸……

他头晕了,身子一晃险些摔倒,被刚好路过的孙曼玲一把扶住:“小弟!小弟你怎么了?”

“太可怕了!”“小地包”心有余悸。

“我遇见齐勇了,他还欺负你?”

“他刚刚救了我一命。”

“他?救你一命?”孙曼玲伸手摸弟弟的头。

“小地包”将她的手推开:“我没发烧!”

孙曼玲:“那你胡言乱语!你到这儿来干什么?”

“撒尿!哎,姐,我跟你说过多少次了?你不要一看不见我,就到处找我！”

“让姐看你手。”

“看什么看！不就磨出泡了嘛！哪个手上没磨出泡啊！”

“姐这儿还有条手绢儿，没用过的。”孙曼玲将手绢强塞入“小地包”兜里。

大家弯着腰、低着头在麦海加紧收割，只有齐勇和张连长面对面站在陷进泥里的拖拉机旁。

张连长：“听说，你在县城里对上了一个象？”

齐勇生气地：“听谁说的？张靖严说的吧？”

“谁说的不重要。她是百货公司的一名售货组组长，对吧？”

“只是我们几个到县城去看电影那次，我和她的座位挨着而已。”

张连长笑了笑：“给你个任务，到县城去，找她买二百双线手套。限你明天早上去，晚上回来。反正你赶车已经是把式级的人物了，我不担心安全问题。套一匹马，还是两匹马、三匹马，随你便。”

齐勇盯着张连长：“为什么派我？”

“废话！别人有你那么一种特殊关系吗？线手套是控制销售的劳保物资，没种特殊关系，谁一次能买出二百双来？”

“那，我想立刻回连队，套好车就出发，争取明天中午以前回来，让大家下午就能戴上手套。”

张连长沉吟片刻，拍拍齐勇脸颊……

一班的男知青们回到宿舍。洗脸的横架上，有的脸盆里已盛满水，但大家看也不看，一个个径直进入屋里。有两个男孩抬着水走来，看着辛苦抬回来的水没人动过，满脸失望。

张靖严和赵天亮走过来。赵天亮摸一个男孩的头：“谢谢你们。他们一会儿就会洗的，不要再抬了，啊？”

两个男孩懂事地点头离去。

张靖严对赵天亮说:“大一点儿的是机务排尹排长的儿子,小点儿的是张连长的儿子。张连长的妻子和他离婚了,把儿子也甩给他了。张连长早出晚归的,顾不上儿子,只得让儿子住到尹排长家去。两个小家伙关系可好了,像亲兄弟。”

赵天亮问:“排长,北大荒年年麦收的时候下雨?”

“那倒也不。去年是大丰收,从咱们连开出的十辆运粮卡车,昼夜不停地运了两个来月,想想那该打了多少粮食吧!前年,大前年,连续五六年都是大丰收……”

“我们这一批,怎么这么倒霉啊!”赵天亮抱怨道。

“当班长的,是不该说这种话的。当成是考验吧。”

“我也只是跟你说说。”

“二班的情绪更低落,今晚我要睡到他们班去。这边有了什么为难的事,你及时去找我。”张靖严拍拍赵天亮的肩,走了。

赵天亮扭头看看一溜水盆,进入宿舍,见大家全都躺在炕上,全都将双腿垂着,全都一动不动。再看墙角,镰刀压叉着扔在一起……

夜晚的食堂里静悄悄的。赵天亮身旁摆着三四块磨石,他在磨全班的镰刀。

门“吱嘎”一声打开了,赵天亮抬头看去,只见孙曼玲两条胳膊上都挎着柳条篮子。一个篮子里是镰刀,另一个篮子里是白被罩——那是她昨天夜里从被子上撕下来的。她放下篮子,冲赵天亮笑笑,也不说什么,开始撕被罩。

赵天亮停止磨镰刀,奇怪地看着她。

孙曼玲从被罩上撕下几条,又开始用布条缠镰刀把儿。

赵天亮一拍脑袋:“我怎么就没想到呢?”

“我这被罩用不完。你帮我磨我们班的刀头,我为你缠你们班的刀把儿,行不?”

“行!”

于是二人分头忙起来。

赵天亮忍不住又问:“你在学校里,就是班干部吧?”

孙曼玲:“当然,劳动委员。你呢?”

赵天亮:“一天也没当过。在学校里,我属于调皮捣蛋的学生。”

“那,当班长了,可得改改啊,别把我弟带坏了。”

“我不是已经改了嘛!奇怪,我怎么就变了呢?哎,你说,咱俩这种班长,当着来劲儿吗?”

孙曼玲瞥了他一眼:“来不来劲儿,都得好好当啊!要是三个月后,说你当得不行,不让你当了,你脸上挂得住?”

赵天亮叹道:“是啊。早知道这么个当法,任命那一天我就坚决让贤了。”

“别发牢骚了。哎,我的被罩还剩下好大一块呢。干脆,我去女二班,把她们的镰刀也偷来,也给缠上,磨磨。你去偷男二班的,怎么样?”

赵天亮瞪着她,很不情愿,却又不好说什么反对的话。

“那我去了啊!”孙曼玲小跑着离开。

赵天亮嘟哝:“当得还真来劲儿!”

天亮了。男女四个班的知青,在张靖严的带领下,一个个脚步轻轻地进入食堂。他们面前的情形是,五十几把镰刀,把把的刀把儿都用床单缠白了,刀刃也都磨得锃亮。赵天亮背靠一根木柱睡着,发出轻微的鼾声。孙曼玲则伏在他膝上,睡得悄无声息。

二班长:“这,这不是扇我的大嘴巴子嘛!”

一名二班知青看看他:“你连块磨石也没给咱们二班弄到,应该自己扇自己的嘴巴子!”

赵天亮和孙曼玲同时醒了,立刻不好意思地分开。

张靖严摸了赵天亮的头一下:“你们俩,上午在宿舍补一觉,这是命令!”

太阳暖暖地照在北方某县城的街上。正是上午八点多钟。一家百货商店门外的人行道边上,停着齐勇赶来的那辆马车。套在车上的三匹马正安静地吃着地上的麦子。

商店还没开门,门前已经有三五个人在等候着了。他们中有人好奇地看着睡在马车上的齐勇。

齐勇侧眠,虾似的躬着身,蜷着腿,盖着湿漉漉的麻袋,头下也枕着卷成卷的麻袋——看上去他睡得似乎并不舒服。一名老交通警察一边绕着马车走,一边研究地看齐勇。

小县城形形色色的人从马车旁边走过,一个小贩走过时大声吆喝:“馒头!馒头!……”

齐勇被吆喝声叫醒了,伸了个懒腰,翻身仰面躺着。雨已经停了,几束阳光从乌云的缝隙间射下来。齐勇一跃而起,向上伸双臂,在马车上蹦着高大喊大叫:“天晴啦!天晴啦!太阳万岁!”

他发现老交警和好奇的人们在看他,不喊叫了。

老交警向齐勇指着说:“下来下来!”

齐勇乖乖下了马车。

“这儿不许停车,尤其不许停马车,知道不?”

“不知道。真不知道!”

老交警又一指:“那是什么?”

齐勇这才发现,跟前就竖着禁止停车的牌子,挠挠头:“没看见。真没看见!”

“眼睛是干什么用的?”

齐勇替自己辩解:“我把车停这儿时,天还黑着呢。”

老交警:“我有来言,你就有去语,还挺能对付的。哪儿的?”

“兵团的。”

“哦？儿团儿连的？”

“一师一团，七连的。”

“指导员连长都姓什么呀？”

“指导员姓韩，连长姓张。您认识他们？”

老交警摇摇头：“不认识。不认识才问嘛！一个人，赶辆三套马车，来到我们县城干什么呀？”

齐勇：“连里派我来买线手套，要买二三百双！老同志，是这样的，你们县城不也下雨了吗？我们那儿雨更大……”

说着，商店开门了。

“明白了？”齐勇边说，边急急地往广告杆上拴马缰。

老交警制止道：“不许拴那儿！也不许走，我还什么都没明白呢！”

齐勇急了：“老同志！我们那儿地泞了！收割机发挥不了作用！只能用镰刀、钐刀来抢收了！要不大片大片的麦子就会沤烂在地里，那就颗粒无收了！而我们连新来的一批知青，第一天手上就全都磨起了泡！”

老交警听闻，急忙说：“那你还啰唆什么！快进去买手套呀！”

“是你不许我走嘛！”齐勇将马缰往马背上一搭，冲向商店。在门口，他回望马车，不放心。

老交警冲他挥手：“去吧去吧，我替你看着！”

齐勇在商店里用目光四处搜寻。

一个卖衣服的姑娘在擦柜台，齐勇喜出望外：“嗨！”

“你？”姑娘见齐勇歪戴帽子，衣服裤子都很脏，疑惑地问，“你到这儿来干什么？”

“找你。”

姑娘左顾右盼：“没见我在上班吗？今天我可没工夫陪你看电影！再说那次也不是我陪你看，是咱俩的票碰巧挨着，我跟你可没什么特殊的关系！”

齐勇笑笑:“我也并没说你跟我有特殊的关系。我是来找你帮忙的,我要买许多双袜子。”

“这忙我能帮上!我们这儿库里压了一批线袜,纯棉的。现在大夏天的,卖不动。你买的多,我做主就可以打折!”

“错了错了!”齐勇一拍脑门,“我怎么说成袜子了呢!我是要买手套,那种棉线织的,起码二百副,再多更好。”

“这我可帮不上忙了!我们这儿什么手套都没了。昨天一天,都被你们兵团来的人给买光了!”

齐勇失望:“那,我只好到别处去碰运气了。”

“连我们这儿都被买光了,别处更没有了!”

齐勇没耐心听她的话,已经转过身去,准备离开。

姑娘嘟哝道:“这人,不听别人把话说完就走,真不可交!”

齐勇站住,寻思一下,返回来,又说:“让我看看你说的那种袜子!”

姑娘不悦地找出双袜子,扔在柜台上。

齐勇拿起一只,抻,看。

姑娘阻止他:“你还没买,先别那么抻呀!”

齐勇问:“有剪刀没有?”

姑娘将一把剪刀递给他,齐勇二话没说,“咔嚓”一剪刀将袜头剪掉。

姑娘急了:“哎,你这人怎么这样啊,你赔啊!”

齐勇已将手伸入,正手反手看看,决断地伸出两根指头:“二百双!”

齐勇肩上扛着一个大包,与姑娘合拎一大包,走出店门,将两大包袜子放上马车,一副大功告成的样子。

老交警走过来:“你们兵团的马,真棒!”

齐勇:“谢谢了啊,人情后补!”

老交警摆摆手:“不就替你看了会儿马车嘛,还说什么人情不人情的呢!要论谢,我们全县都得谢兵团。你们的麦子越收越多,我们就近沾光,每月粮本上多了好几斤白面呢!”

“老同志,后会有期!”齐勇喝一声“驾”,赶着马车离去。

“哎,怎么连句告别的话都不跟我说啊!”姑娘转而对老交警抱怨,“他对你还说人情后补呢,这王八蛋!”

马车在来路上疾驰,马蹄踏过同一条浅河,水花四溅。乌云之隙合严了,天色又阴下来。马车通过团部,在邮局门前,被一名邮递员拦了下来。

邮递员问齐勇:“哪连的?”

“七连。”

“别走啊!”邮递员说着,转身返回邮局。

齐勇用麻袋将两大包袜子盖上。没过多久,邮递员拎着两只绿色的大袋子出来了,放在马车上,说:“八连、九连,包括你们七连的信件、邮包,你一块儿捎回去。八连、九连的,通知他们就近到你们连取。这个大信封别丢了,里边有几封电报!”

齐勇接过大信封,压在袜子包底下。

大雨又下了起来,马车在雨中疾驰。七连的麦地,由于狂风和暴雨,大片大片的麦子倒伏了。而麦子一倒伏,就是拖拉机不被陷住,收割机也收割不了。持钐刀的收割者们,横列还是那么整齐,挥钐刀的动作还是那么一致;持镰刀的收割者们,则分散一片,皆是面朝黄土背朝天的状态。所有的收割者们,似乎都对淋在身上的大雨没了感觉。

赵天亮忽然发现有人在帮自己割,他一手撑着后腰挺直了身子,见是齐勇站在面前。

赵天亮:“买回来了?”

齐勇未回答他的话,只将一封电报递给他:“我经过团里时,邮局叫我捎回来的。”

赵天亮刚接过电报,齐勇便转身离去。

傍晚的时候,张连长在连部里对齐勇大发脾气:“我叫你买手套,你买回两大包袜子干什么?你猪脑子啊?”

方婉之:“老张,你先别急。我想,小齐自有小齐的解释。小齐,是吧?”

韩指导员从外面走了进来,问:“小齐,任务完成得怎么样啊?”

齐勇什么也不说,从兜里掏出一只剪掉了袜头还剪出一个洞的袜子,套在手上,大拇指恰可从那洞里伸出,袜底护住了手心,袜腰也能护住半截手臂。他默默将那只手伸给张连长他们看。

知青们从食堂前走过,赵天亮把张靖严叫住:“排长!我有事跟你说。”说完走进食堂。张靖严疑惑地跟了进去。

赵天亮语气决断地说:“排长,我必须请假离开连队!”

张靖严有些吃惊,问:“离开连队?哪儿去?”

“陕北。”

张靖严表情严肃了,他望着赵天亮,缓缓在长凳上坐下。赵天亮从兜里掏出电报递给张靖严:“齐勇在地里给我的。”

张靖严接过,只见上面写着:

天亮吾弟,兄遭重大事件,速来,迟恐兄有不测。

赵天亮很坚决:“我非去不可!”

张靖严有些犹豫:“我怎么觉得,这一封电报,不像是你哥哥拍给你的呢?”

“那还有假吗?!”

“我不是说电报假,是说电文,太不像你哥哥的语气了。”

赵天亮反问:“你又不认识我哥哥,凭什么……”

“别激动,遇事要沉住点儿气。你也坐下。”

赵天亮未坐。张靖严劝道:“坐下啊!”

赵天亮这才坐下。

张靖严:“我虽然不认识你哥哥,但却多少了解他一些。六四年,北京有一批最早来到北大荒的知青,就是赫赫有名的‘北京知识青年支队’,是一路举着团中央的授旗来的。在最初的名单上,有位副队长叫赵曙光,就是你哥哥,对吧?”

赵天亮讶然:“你怎么知道?”

张靖严没有解释,继续说道:“但是你哥当时并没有随队来到北大荒,因为那一年你父亲大病一场。你父亲是抗美援朝战争中的一级战斗英雄,有关方面劝阻你哥先别来……”

赵天亮重复地问:“你怎么知道?”

“我认识‘北京知识青年支队’的队长张敢峰,他一直在支队当指导员,我们一起在师部参加过政治理论学习班,他多次对我讲到他和你哥哥的友谊。你可不可以先告诉我,为什么三年后,你哥哥还是没来北大荒,你反而来了呢?”

“我告诉了你,你就帮我向连里请假?”

“你先告诉我再说。”

“我父亲一病就是两年,结果两年后‘文革’开始了。因为我哥哥和你一样,是高中党员学生,学校不批准他离校了。等到了今年可以来的时候,他又面临新的难题了……”

张靖严:“已经决定告诉我了,就别吞吞吐吐的啦!”

赵天亮:“我父亲的老首长,是位曾为共和国出生入死的将军,受到了……我不说你也明白。将军的独生女儿,就成了我们家临时的一口人。有些人勒令她到农村去接受改造,我们全家对她以后的命运都不放心,所以,我哥哥决定放弃成为兵团战士的初衷,陪她到陕北去插队。”

张靖严:“明白了。天亮,你现在当班长了,有的事,我也可以告诉你了——据我所知,在‘北京知青支队’中,除了队长张敢峰,大部分人对你哥还挺有看法的呢,认为你哥哥说大话,说空话,不履行当初的誓言。张敢峰已经替你哥哥作了不少解释,以后有机会,我也要替你哥哥多作解释……”

赵天亮感激地:“那我先替我哥谢谢你了,排长。其实,我哥哥是极想来北大荒履行他的誓言的,他来不了,我就自告奋勇地来了,也算替我哥哥履行了他当年的誓言。而我,本可以去参军,成为一名真正的解放军战士的。”

张靖严用一只手攥攥赵天亮放在桌上的一只手:“你是一个好弟弟。”

“那,你什么时候替我请假?”

“你哥哥曾是一位校园诗人,你觉得,这封电报的电文,像是一位喜欢写诗的人的行文风格吗?按你哥哥的性格,他如果真遇到了麻烦,似乎会在电文中写明白的。这封电报的内容不清不楚,不明不白……”

赵天亮气恼地站起来:“你又来这一套!”

张靖严解释道:“麦收时期,连队批假特别严格。仅凭这一封电报,连里是不会批你假的。我倒是有权批你一天假,到县城去打次长途电话。”

“我哥插队那小村子没电话!”

张靖严耐心地:“别发火。你看这样行不行,我同意你明天到县城去回一封电报,问问清楚。”

“等我再接到我哥的第二封电报,那不最快也得六七天吗?你当是从这个城市往那个城市拍电报啊?!”赵天亮从张靖严手中一把将电报掠回去,气呼呼地走了。

魏明扎着围裙从食堂里出来了,坐在张靖严对面,递给他一个报纸包。

张靖严看了看纸包:“什么?”

“为你和尹排长炒了点儿麦子。你俩胃都不好,常饮大麦茶健胃。”

张靖严:“这可是占公家便宜啊!”

魏明:“少来!你就是喝上一年,那也顶不上只小田鼠一冬吃的多!

你忘了？去年麦收，傅正一脚踩塌了一个鼠洞，咱们几个从洞里掏出小半麻袋麦粒来！”

张靖严笑了，拿起纸包掂掂，又说：“这也有二斤。不谢了。就怕有那怎么也没法团结的知青，哪天画一幅漫画，把我这知青排长画成只田鼠，旁边再来几句埋汰我的歪诗贴在食堂里……”

魏明：“敢！那可真是找修理了。黑龙江生产建设兵团在黑龙江的地面上，咱们哈尔滨知青是老大，别的地方来的，那得敬着咱们。尤其咱们几个高中的，更是老大！”

张靖严：“哎哎哎，你要克服‘老大’思想啊，要自觉自愿地当‘老大哥’。”

魏明：“那也得看他们懂事不懂事。你和赵天亮的话刚才我都听到了，我觉得你应该向连里汇报！”

张靖严有些迟疑：“那不好吧？我作为知青排长，动不动就向连里汇报知青的事儿，以后他们还不和我隔心了？”

“你不及时汇报，万一他不声不响地偷偷离开连队呢？万一路上再出个三长两短呢？那你这排长责任可就大了！”

“他已经是一班长了，不至于那么没有纪律性吧？”

正说着，食堂里传来一个女知青的喊声：“班长，面发得从缸里淌出来了！”

“反正我提醒你了，听不听由你吧！”魏明说完，便转身朝厨房走去了。

“小地包”“小黄浦”和王凯、杨一凡几个人只着短裤，在一班宿舍里擦身。门“砰”的一声开了，赵天亮迁怒地喊：“停下！”

四人愣愣看他。

赵天亮：“当宿舍是澡堂子啊？弄得满地水，谁来垫？还不是我当班长的来垫吗?!”

四人又相互看看，都端起盆，乖乖从宿舍里溜了出去。

门外传来“小黄浦”的声音：“咱们也没说非让他垫啊！”

赵天亮瞥了一眼墙角横七竖八的镰刀，更来气了：“镰刀就这么放啊？我告诉你们，以后没人再替你们半夜起来磨镰刀！东家西家给你们借来磨刀石就不错了！”

沈力抱着满怀袜子进来，往赵天亮的铺位一放，不识相地：“班长，这是发给咱们班的袜子，可以当手套护手。方排长说得锁锁边，要不秃噜线！”

赵天亮：“都放我那儿干什么？！”

沈力嘿嘿一笑：“弟兄们不是都不擅长针线活儿嘛！”

“全都让我代劳？我就擅长针线活儿了吗？！休想！我是来给你们当佣人的吗？！”赵天亮跨过去，抱起那堆袜子，扬得到处都是，“怕手疼的，那就得自己弄！哼！”

沈力噤若寒蝉，躲远，屏声敛气地坐到炕沿。赵天亮一脚踢开门，悻悻而去……

赵天亮一宿没合眼。天一亮，他就把被褥卷了起来，还用行李绳捆了两道。大家醒来后看到他的被褥卷，都很纳闷。当众人走到外边时，才发现放在横木架上的洗脸盆里并没有水。

“小地包”嘀咕道：“他没去河边挑水。”

张靖严走来，问：“你们还在这儿磨蹭什么？该洗脸，该吃饭，赶快呀！一会儿就出发了！”

“小黄浦”抢着说：“我们班长不见了，他的被褥也捆起来了！”

张靖严一愣，随即感到问题严重，大步往宿舍里走，和正从宿舍里往外走的黄伟撞了个满怀。黄伟交给他一个信封：“这封信塞在我枕头下了……”

张靖严夺过信打开看，表情骤变，猛转身匆匆去往连部。

“啪！”张连长的手重重地拍在桌上：“龙口夺粮的日子里，这是临阵脱逃！”

韩指导员：“偏偏我们刚任命他为一班长，坏影响是避免不了啦。得立刻向团里汇报。”

张靖严：“指导员，连长，我是男排排长，我应负直接责任，该受到处分！”

张连长瞪了他一眼：“你当然有责任！支委会上，是你力荐他当你的一班班长的！”

方婉之劝解道：“老张！别冲靖严发火，谁都有看人看不准的时候嘛！”

白桦林火车站的铁路小屋里，赵天亮狼吞虎咽地吃着馒头、蒜茄子，大口喝着西红柿汤。此前，他跌跌撞撞地走出白桦林，晕倒在铁路小屋门口，“老伴儿”发现了他，叫来了主人杨秉奎。

杨秉奎问赵天亮：“几连的？”

“七连的。”赵天亮边吃边答。

杨秉奎有些不解：“既然是母亲病重，连里准假，那连里就该派车送你一下嘛。”

赵天亮搪塞：“也送了一段。路不好走，又是抢收的时候，我也没带什么东西，就让连里送我的马车半道回去了。”

杨秉奎赞许地点点头：“这么懂事，是班长吧？”

“嗯，嗯，是一班班长。大爷，您应该记得我嘛！您忘了？我们在仓库避雨那天晚上，您给过我一个任务……”

杨秉奎端详他：“噢，是你呀，想起来了。你当上了一班班长，证明我这人看人，基本上不走眼！我信你了。一会儿就有趟运木材的车经过，我把你送上车……”

运木材的列车的驾驶室里，赵天亮坐在副驾驶的位置，视野开阔，北大荒晴天里的原野景色尽收眼底。

列车司机跟赵天亮闲聊："北大荒的天气就是怪，某地阴雨连绵，七八十里外却可能是大好晴天。"

赵天亮："大雨天抢收麦子，那简直不是人干的活儿。"

"那也不能就不抢收了呀，是吧？"

"对，对。"赵天亮应和着。

列车司机接着说："站长老爷子跟你说清楚了吧？我这种车，开不到有正规铁路的地方去。下了我的车，你还得走十几里，到县城去乘长途公共汽车。长途公共汽车会把你送到有正规列车站的地方。"

"明白。"赵天亮心事重重地望着窗外。

几经辗转，赵天亮终于来到了陕北。

当他走在黄土高坡的沟壑之间时，天已黄昏，晚霞映红了几处崖头。沟壑深处，忽然响起悲凉而高亢的信天游，是一个老汉的声音：

天阴你就把雨下，
人难活不要叫心难活。
白灵灵叫唤翅翅抖，
心里头难活唱出声。
……

赵天亮循声望去，见半坡上，头扎白毛巾的老汉在赶羊下坡。羊儿咩咩，老汉站住，又唱道：

一对对鸭子一对对鹅，
一对对狸猫守锅台。

一对对花鸡草垛上卧，

一对对羊羔相依着活。

……、

赵天亮伫立着，听呆了。一个少女脆生生、甜亮亮的歌声忽又响起：

一对对红山雀窑顶上落，

一对对喜鹊鹊黄土坡上来搭窝。

一对对鸽喽喽抖翅膀，

一对对情人坐在窑前前笑。

……

赵天亮循声望去，见与老汉相对的崖上，少女的身姿被一片绚丽晚霞衬成剪影，她体形优美，两条短辫依稀可见。但由于是剪影，看不清穿的是什么颜色的衣服。

赵天亮又望呆了。

他一步三回头地走着，遇见一个青年和一辆驴车停在路旁。那显然是一辆拉水的车，立在旁边的青年二十七八岁，穿旧坎肩，敞着怀，胳膊和胸膛被晒成古铜色。他在用瓢饮驴，并疼爱地抚摸驴颈。驴不喝了，青年自己捧瓢喝起来。瓢中的水分明已剩很少，也分明地，青年不愿浪费那点水。

赵天亮等他喝完，问："这位大哥，坡底村怎么走啊？"

青年上下打量他，朝远处指了指。

赵天亮继续迷惘地独自走着，发现一个背书包的少女出现在下方小路上。他三蹦两跳地拦在少女跟前。少女吓一跳，吃惊地看他。

赵天亮："小妹妹，别怕。"

"我没怕你。"穿花衣的少女背着书包，十四五岁的样子。

“这儿是坡底村吗?”赵天亮问。

少女点头。

“那,这儿有知青吗?”

少女点头。

“北京来的?”

少女点头。

“你认识一个叫赵曙光的吗?”

“他不在村里,到山西去了。”

赵天亮大失所望:“到山西?干什么去了?”

“村里派他带一伙知青,去矿上挖煤,好给村里挣点儿公基金。”

“那,你认不认识一个叫冯晓兰的呢?女知青。”

“认识。她就住俺家。”

赵天亮急切地:“我是来找她的,能带我到你家去吗?”

少女点头。

由于土路很窄,赵天亮只得跟在少女后边。

“等等。”赵天亮将少女叫住。

“我要找的冯晓兰,可是一个漂亮的北京女知青。住你家的那个漂亮吗?”

少女头也不回:“漂亮。”

赵天亮想了想又问:“你刚才在崖上唱歌了吧?”

“唱了。”

“你唱得真好听。”赵天亮称赞道。

“我自己知道。”少女挺自信,“你从什么地方来的?”

“北大荒。”

少女转身,再次打量他:“你是逃荒的?”

赵天亮苦笑:“不是。我来的那地方叫北大荒。”

少女眨眨眼:“北大荒?那是什么地方?”

“不好说。”

“你就说那是城市还是农村嘛！”

“肯定是接近农村……这么说吧，肯定不是城市……”

“那地方离我们这儿远吧？”

赵天亮点点头：“远。可真够远的！”

“离北京呢？”

“也够远的。”

“我还以为就在北京北边呢。”

“这么以为当然并没错。”

少女带着赵天亮到了她家。她家居然有院墙，有坯门，不大不小的院子收拾得井然有序，干干净净。一面院墙爬满藤蔓，喇叭花在绿叶中开得正热闹。

赵天亮暗想：“在这么贫穷的地方，晓兰姐能住在这么一户像模像样的人家里，够幸运的啊！”

少女清亮地喊：“娘，来客啦！找晓兰姐的，从北……”

她回头问赵天亮：“北什么来着？”

“北大荒。”

少女接着喊道：“从北大荒来的！”说着，已进了窑洞。

没过多久，她又走了出来：“我家没人。晓兰姐也不在，她俩肯定下地收庄稼去了。你是进屋歇会儿，还是就在院子里歇会儿？”

“就在院子里吧，给我碗水喝行不行？”

“行！”

赵天亮见有一个草编的墩儿，走过去往下一坐，不想是空心的，几乎被他坐扁，里边咯咯嘎嘎蹿出一只惊慌的母鸡，心有余悸地满院子扑飞；赵天亮跌坐在地上。

少女端一碗水出来，见状“扑哧”笑了。

赵天亮有些狼狈：“我没看出是鸡窝，对不起，对不起……”

他将鸡窝弄回原状，接过碗，刚喝一口，又“扑”地吐出来。低头看去，只见碗里的水是黄的。

赵天亮举着碗：“你给我喝的这……这什么水呀？”

少女不以为意：“还能是下了毒的水呀？方圆一二百里，村村喝同样的水！”

不喝实在是渴，喝又难以下喉，赵天亮皱着眉又饮一小口，在口中漱漱，喷吐地上。

少女有些不悦：“你不喝别糟践！没人非逼你喝。”

赵天亮将碗放在碾盘上了，不好意思地：“其实，我也不是太渴……”

少女这时从鸡窝里摸出一个蛋，用小手抚着，心疼地说：“你看，一个蛋差点儿被你坐碎了！”

“值多少钱？我赔！”赵天亮往身上一摸，呆住了，书包不知哪儿去了！

“谁要你赔！”少女用小手指将压裂的蛋壳挑破，伏下头欲吸吮。

“哎，小妹……”

少女抬头看他。

赵天亮慌张道：“你第一眼见到我时，我身上背书包没有？”

少女摇头，问：“书包丢了？”

“别问了！”赵天亮心烦意乱地摆摆手。

少女托着鸡蛋走到他跟前，将那只手朝他一伸：“那你喝了吧。”

赵天亮一跺脚：“我书包都丢了，我还喝你一个碎鸡蛋干什么！”

“生鸡蛋祛火。我们这儿的人，遇上什么着急上火的事儿，别人都给他喝一个生鸡蛋。急猛火大，那还得喝两个呢！”

赵天亮一转身一挥手：“去去去，别烦我！”

少女绕到他对面，真诚地：“不认不识的，你半道跟到我家来，坐扁了我家鸡窝，糟践我家的水，我不嫌你烦，你倒嫌我烦，证明你现在就急猛火大。喝了吧！”

赵天亮看看她,看看她手心的鸡蛋,一时不知如何是好。

少女又说:“你既然来到我家了,又是找晓兰姐的,那你就是客。你不喝,我这个主人好意思当你面儿把它喝了吗?”

赵天亮不好意思起来:“我这个客人更不好意思当你面儿把它喝了!”

“那我转过脸去。”少女照样伸着手,脸转了,又说,“我连眼也闭上。碎了,留又留不住,炒又不够炒,你这个客人一屁股给坐碎的,你不喝谁喝?”

赵天亮双手往身后一背,终于伏下头,哧溜有声地将鸡蛋吸空。

“这就对了!”少女将蛋壳撕巴着扔给了母鸡。

赵天亮抹抹嘴:“你叫什么名字?”

少女歪着头:“春梅。王春梅。春天的梅花。这时候才想起问人家名字!”

“哎,春梅,我找冯晓兰有要紧的事儿,你能不能现在就带我去地里见她呀?”

“那,你又姓什么,叫什么名字呢?”

“我姓赵。赵天亮。就是‘天亮了’那两个字。”

“她姓冯,你姓赵,你们……什么关系呀?”

“我们……”赵天亮有些支吾,“她也在我家住过,就像现在住你家一样。她像是我亲姐姐,我像是她亲弟弟……哎,你别问了行不行啊?”

“我得问明白嘛!”她看着赵天亮,寻思,犹豫。

“现在就带我去,我把军帽给你!你看,还挺新的呢!”赵天亮从头上摘下了军帽,戴在春梅头上,“你戴着真好看!”

“等会儿!”春梅笑了,跑入窑洞,对着一面破镜子照了照,拿上两把镰刀跑了出来。

春梅将一把镰刀递给赵天亮:“走!”

二人各持镰刀走在村外,四周是层层的梯田。男人女人的身影,在金色梯田中忙着收割。

春梅说:"大家一直要割到天黑才收工呢,有时月亮好,夜里也抢收,怕下雨。你就是见了晓兰姐,她也不会陪你回我家的。所以莫如咱们也带上镰刀。你那要紧事儿,一边帮着割,不就一边跟她说了吗?"

赵天亮显然不情愿,拖长了音调回答:"可以——"

春梅双手拢在嘴边,朝一片梯田喊:"晓兰姐!"

那片梯田中,有一个背草帽,穿白衣,挽着袖子的女性身影直起了腰。

春梅大声喊着:"有人找!从北……从老北边老北边的地方来的!"

赵天亮终于在梯田土埂上见到了冯晓兰。冯晓兰晒得很黑,根本看不出是从小在北京长大的将军的女儿,完全像是地道的西北农村姑娘了。

冯晓兰吃惊地:"我的上帝,你怎么会来?!"

第四章

王家院子里，王大娘将手伸入那个被赵天亮坐扁过的鸡窝，却一无所获。她纳闷地看看老母鸡，老母鸡无辜地咯咯叫着讨食吃。

“今天该下一个呀。”王大娘奇怪地问鸡，“蛋呢？你把蛋下哪儿去了？”

先前那唱歌的老汉——王大伯走进院子，接言道：“八成黄鼠狼叼去了吧？”

“这一年多，也没见黄鼠狼的影儿啊！”王大娘进了窑洞，用竿子取下高处的篮子，数半篮子鸡蛋。

王大伯嗔怪道：“又数！再数，该是几个还是几个，数八百遍也多不出一个来！”

“唉，这年景！家里来了客人，都不知道该做点儿啥吃的招待招待！”王大娘叹着气道，“我说话你听到没有啊？家里来客了，我这个愁！”

“来客了？”王大伯抬头纳闷地问。他正坐在土坯墩上缠鞭杆儿。将土坯外抹上泥、稳定在地上的土坯墩，是这家人吃饭的小凳。

王大娘解释：“晓兰她弟来了。”

王大伯停下手中的活:“她弟?她不是她家独生女吗?”

“是赵曙光的亲弟,那还不是跟她弟一样啊?我和晓兰正在地里割麦,春梅带着个青稞涩枣的大小子找去了。小伙子倒挺实在,只跟晓兰说了几句话,就一弯腰帮着割起麦子来。我呢,找了个借口,颠颠往家跑。一路寻思着晚上这顿饭该怎么做,到这会也没寻思出个结果!”

王大伯接着问:“从北京来?”

“不是,在北京的北边儿……春梅说那地方叫北什么来着?”

“河北?”

“不是。”

“那一准儿是东北了。”

“也不是……对了,老北老北的地方!也是下乡去到那地方的。”

王大伯起身挂鞭子:“你啰唆了半天,也没说清楚他究竟是从哪儿来的。”

王大娘急了:“你个老东西要知道那么细干什么呀?去,用这五个鸡蛋,到供销社换一斤挂面回来。捎带着,再换瓶酱油,换瓶醋。”

王大伯没好气地说:“咱家鸡生的蛋与众不同啊?五个鸡蛋能换回那么多东西吗?”

王大娘拍脑门儿:“可也是。总共十二个蛋,你连篮子拎去吧!”

冯晓兰和赵天亮回来了。

冯晓兰:“大伯,这是我弟天亮。也没通个信儿,突然就来了!”

赵天亮道:“大伯好,给你们家添麻烦了。”

王大伯摆摆手:“添不了什么麻烦。我们家几年没来过客人了,你来了我们高兴。”

冯晓兰发现了碾盘上放着的那半碗水,双手捧起,一饮而尽。喝完之后抹抹嘴,仿佛那水既不苦也不咸,而是琼浆玉液。

赵天亮又看得发呆。

“娃们,你们聊,我得去办点儿事。”王大伯将篮子背身后,侧着身,向院门外迂回。

冯晓兰却看出了名堂，抢前几步，拦在院门口，问："大爷，篮子里是鸡蛋，对不？"

王大伯嘿嘿一笑："我这，是要去换点儿东西……"

冯晓兰看了一眼赵天亮。赵天亮不明所以，反小声责怪冯晓兰："晓兰姐，你这是干什么呀？"

冯晓兰将他推得连连后退，生气地指道："你呀你呀，都是因为你来！"

王大娘从窑洞里出来，叫道："晓兰，你看大娘指上是不是扎了个刺，怎么这么疼呢！"

冯晓兰望向王大娘时，王大伯趁机出了院门。

王大娘劝道："晓兰呀，别心疼那几个鸡蛋，啊？攒着，可不就是为了换点儿别的东西嘛！"

冯晓兰情知上当，快急哭了，跺了下脚，又数落赵天亮："你知道不知道？一户只许养一只母鸡！自留粮年年不够吃，鸡也没口好食吃，隔两天才下一个蛋！大娘攒下点儿鸡蛋，容易吗？春梅和大伯生病的时候，大娘只用一个鸡蛋给他们冲碗蛋花儿，那一个鸡蛋还舍不得磕破，拿在手里摩挲来摩挲去的！"

冯晓兰说着说着，脸上流下泪来。她一扭身，跑进窑里去了。

"晓兰，好闺女，你别哭嘛！"王大娘跟着走进窑洞。

赵天亮正愣在院子里，春梅走了进来，对他说："天亮哥，帮我拎水去！"说着，她拎上一只桶，跑出院子。赵天亮缓过神儿来，也跑了出去。

运水的驴车停在坡下。春梅指着驴车旁的青年，对赵天亮说："他是我哥，你叫他'囤子'就行！"

赵天亮走过去："囤子哥，想不到来时遇见的是你！"

囤子矜持地点点头，一言未发，解开皮管儿，往桶里注水。才注到半桶，他就将管子系起来了。

春梅央求地:“哥,再多放点儿嘛,我都好多天没洗脚了!”

囤子摇头,指指坡下。赵天亮顺他指的方向看去,那儿还有一户窑里人家。他收回目光时,囤子和驴车已不在跟前了。

春梅一跺脚:“死性人,气死我了!”

“半桶水,我一个人也行。”赵天亮拎起桶大步向王家走,春梅撅嘴跟在后边。

“你哥这人,话真少啊。”

“他是哑巴。”

“难怪。”

“他去年才哑的。”

赵天亮不由得停下脚步,询问地看着春梅。

春梅仿佛意识到说了不该说的话,低下头,掩饰地也伸出一只手拎桶。二人默默走了几步,春梅提醒他:“你可千万别在我家唱歌啊,我哥听不得别人唱歌。”

二人拎水进入王家院子,春梅大声说:“娘,你看我哥,只给咱家放半桶水!”

王大娘一边在围裙上擦手,一边从窑洞走出来,望一眼桶,叹道:“还是半桶水底子。”

“我央求他多给咱家放点儿,他就是不肯!”

“春梅呀,你也不能太生你哥的气。今年天旱,咱们村那口老井,快干了呀。坡下还有两户人家呢,你哥是为全村运水的人,不能偏向咱们自家,是不是呀?”

春梅抬头望天,天际晚霞仍在,看来明日又是一个大晴天。

春梅祈祷道:“老天爷,求你行行好,快下场雨吧,要不那口老井就真的干了呀!”

王大娘责备道:“不许这么说!真要是明天就连日下雨,地里的庄稼不完了吗?”

看着母亲进屋去了，春梅吐了一下舌头。

冯晓兰在窑内叫春梅："春梅，屋来！你的作文有错字！"

"就来！"春梅转头问赵天亮，"她怎么不陪你说话？"

"谁知道。"

"你俩闹别扭了？"

"没有啊。"赵天亮掏出电报，递给春梅，"替我给她。"

春梅将双手一背："我已经替曙光哥传过那种信了，不能再替第二人传了，那我就不对了。"

赵天亮又一愣，说："不是信，是电报。"

春梅接过电报，赵天亮转身就朝院外走。

春梅在后面叫他："你哪儿去呀？"

"四处走走，散散心。"

月亮升起来了，又大又圆又明亮。星斗满天，北斗七星在天穹一目了然。西北的夜晚天高地静。赵天亮双手搂膝，一动不动地坐在一处崖头，一脸的郁闷不快。

"生我气了？"冯晓兰走来，坐在他身旁，也双手搂膝，温柔而又内疚地说，"别生我气。你在地里没太说清楚，我也没太听明白……"

"我已经说得很清楚了！当着那么多陌生人，我还能说得多清楚？"

"现在我知道了，你是因为不放心你哥哥和我……"

"我对我哥根本没有什么不放心的！"

冯晓兰沉默了。

赵天亮朝她一转脸，激动地说："你还没来我家的时候，我父亲就要求我们哥俩向他发誓，在任何情况下都要尽量保护你！为了使你远离迫害，我们赵家家破人亡也在所不惜，无怨无悔！因为你父亲当年是我父亲的革命引路人、入党介绍人！"

"别说了！"冯晓兰打断他。

赵天亮发现她脸上有泪光，也内疚道："对不起……"

“父辈们之间的那一种情和义,我从小就耳濡目染,习以为常了。但转移到我们身上,太沉重了……”

“我……我不是因为觉得沉重……”赵天亮的脸上也淌下泪来。

冯晓兰掏出手绢,替他擦泪,接着擦了擦自己的脸颊:“那封电报,当然不是我也不是你哥拍的。我们在坡底村,境况还过得去。你也亲眼看到了,春梅一家,一点儿也不拿我们当外人。”

“我们排长看出了那封电报有疑点,他劝我冷静对待,我却没听他的。”

“你没被准假就来了?”

赵天亮点点头。

冯晓兰担心地:“那,你回去后,会不会受处分?”

“受处分是一定的了。也得把我这班长给撸了!我到连队的第二天,就被任命为一班长。他们说按部队惯例,一班长在特殊情况下可以代替排长的……多大的信任啊!可我……做出了逃兵似的事,电报又果然不属实,叫我还怎么有脸回去呢!”

“都是为了我!”冯晓兰忍不住哭了。

赵天亮不知所措:“晓兰姐,别哭嘛。不用反过来为我担心,我保证能扛住许多事……”

冯晓兰止住眼泪:“天亮,既然事情已经这样了,结果注定是那么个结果了,那就索性在坡底村住上几天吧,啊?你哥每半月回村一次,三天后准回来,你怎么也得和他见上一面啊!”

“我听姐的。要是让我知道了谁给我拍的那封电报,我和他拼了!”

冯晓兰劝他:“天亮,千万不能那样。依我看,拍电报的人,也不见得就一定是出于坏心。”

“还不坏?!把我骗惨了!”

“你哥他,还真遭遇了一场险事儿……”

赵天亮一愣。

冯晓兰解释道:“你哥在山西那边,遇到了矿难……”

赵天亮着急起来:“我哥现在怎么样了?”

“别急,你哥现在没事了,我不骗你,真的。否则,我还有心情坐在这儿跟你说话吗?”冯晓兰宽慰他,“矿难发生时,你哥和坡底村的人已经上了矿井,正在食堂吃夜班饭。警报一响,你哥第一个冲下了矿井,不料第二次塌方紧接着发生了,你哥也被堵在矿井里了。但是幸而你哥一个人带了好几把锹下去,而且也没慌。他找到被堵在井下的一些山西人和插队知青,鼓励大家自救。多亏有那几把锹,里应外合,所有人都得救了,你哥因此也交下了些生死朋友……”

这时,不远处传来春梅的呼唤声:“晓兰姐!天亮哥!回家吃饭啦!……”

知青点,武红兵和三个人玩着扑克,另外三人边看边支招。听到春梅的呼唤声,互相看。

刘江酸溜溜地说:“叫得还真够亲的!”

另一名知青接茬道:“红兵,你说让冯晓兰住到他们老王家,岂不是特殊化吗?”

“坡底村就冯晓兰和李君婷两名女知青,不特殊怎么办啊?总不能让她们和咱们住一起吧?”

“和咱们住一起有什么不行的?拉个帘儿,给她俩隔出一小块儿地方不就得了?那也能叫她俩给咱们洗洗衣服做做饭啊!”

“不玩了。”武红兵将手中牌往桌上一抛,躺到炕上去了。

“我也不玩了,没劲。”刘江也将牌一抛。

于是大家都收了手,抛了牌,躺上炕去。

一名知青双手上伸,大声说:“空虚呀!寂寞呀!无聊呀!”

另一名知青:“不是在空虚中爆发,就是在空虚中毁灭!”

刘江坐起来问:“李君婷从县里回来没有?”

一名知青应答:“回来了,我看见她了。”

“把李君婷和冯晓兰都找来,再如法炮制一次?”刘江建议道。

武红兵也猛地坐起:“不许!”

刘江反驳他:“那你能想出点儿使大家不空虚的事儿吗?”

武红兵反问:“我怎么就不那么空虚?”

“你?”刘江冷哼了一声,“我看你是装的,我们不善于装罢了。”

武红兵举起拳头:“我揍你!”

刘江跳到地上,连说:“别这样别这样,都听你的还不行吗?”说罢,朝大家使眼色,摆手。

武红兵又躺下了:“吹灯!都给我睡觉!”

“好好好,吹灯!睡觉!”刘江将油灯吹灭。

黑暗中有人大叫:“还是空虚!睡不着!”

武红兵的身影又猛地坐起:“谁喊的?哪个再喊,我拎着他脚把他扔出去!”

冯晓兰、赵天亮和春梅一家围坐着土墩儿吃饭,土墩儿中间是一盆稀汤寡水的面条,浮面上连油腥都看不见,只漂着葱白葱叶。盆边立着酱油瓶、醋瓶。人人手里端着泡了面条汤的小米干饭。

王大娘有些抱歉:“就十二个蛋,换得了酱油和醋,就换不成一斤挂面了。”

“还换了几盒火柴呢。”王大伯插嘴。

王大娘接着说:“可不,所以才换了半斤面。都当汤喝吧!”

“大娘大伯,太让你们费心了!”冯晓兰满含歉意。

赵天亮也说:“下次我可不敢来了!”

“以后还是常来着点才对嘛!”王大伯嚼着小米饭道,“再来,事先写封信,我们接信也有个准备。总而言之,保证让你下次来吃上待客的饭!”

春梅吃得特香,一个劲儿地往碗里兑酱油。王大伯看到了,说道:“那是怎么个吃法!”

“酱油味儿真香啊!”春梅咂咂嘴。

王大娘笑着说:“这闺女!以后把你嫁给个做酱油的!”

“光做酱油不行,还得连菜油一块儿做!”春梅补充道。

囤子用筷子一指春梅,再敲敲碗边儿。春梅立刻低下头一声不吭地吃饭。

王家住了三孔窑洞。中间的是灶间,左边大娘大伯住,右边春梅和冯晓兰住。自从冯晓兰住在王家了,囤子就住五保户韩奶奶家了。

横坐窗台上的赵天亮和坐在炕上的王大娘、冯晓兰聊天,春梅双手捧腮趴在炕上听着。窗敞开着,月亮很好,屋里虽然没点油灯,他们彼此也都能看清对方的脸。

赵天亮看看窗外:“会进蚊子吧?要不我下来,关上窗?”

“开着吧,凉快。”王大娘道,“坡底村就这点好,树木少,水少,蚊子也少。”

春梅调皮地指着赵天亮:“天亮哥的坐法真好笑,女人才那么坐!”

“尽瞎说!”王大娘拍了春梅一下,又对赵天亮说,“刚才你不是问你满囤哥怎么哑的吗?提起那事儿,我就伤心。都是你大伯的错儿……”

春梅打断她:“娘,你伤心就别自己说了,我替你说。我爹他从二十几岁起,就成了方圆百里的歌王。我哥刚能说句囫囵话儿起,他就教我哥唱。等我哥也二十几岁了,唱得比他还好。我哥那嗓子,喉咙一天浸过三遍油似的,比唢呐还亮!可我爹还不称心,非想让我哥和他当年一样,也成方圆百里的歌王。去年县里成立‘革委会’,些个夺了权的造反派,为了显示人气,把爱唱的召集在一块儿,比着唱,评什么‘红色歌王’。别人都唱造反啊、夺权啊、斗争啊,就我哥,偏不唱那些,一气儿唱了几支情歌。结果呢,人们还一致推他为歌王。那还了得呀?造反派们就当场给他挂牌子，戴高帽，批斗他，定他是什么‘黄色歌王’。我哥的脾气，咽不下那一口气，就喝了农药了。人倒是救过来了，捡了一条命，但成了哑巴。”

王大娘以襟拭泪：“就要过门的对象也吹了。这屋当初就是要做他们的新房的……”

冯晓兰起身移坐王大娘身旁，抚慰道：“大娘，咱不想那些伤心事儿了。”

赵天亮担忧地说：“那，村里人不敢就随便欺负咱家吧？”

王大娘吸吸鼻子：“那不会。全村人心里都明镜似的，知道咱们王家是仁义人家。再说，你大伯参加过抗战，当年那也算是英雄人物。他还是村里十来个孩子的救命恩人呢……”

春梅又争着说：“娘，这也我讲，我讲！我六七岁那年，咱们这儿闹饥荒。我和村里十来个孩子，吃野菜中了毒。县医院说没救了，等死吧。我爹哪舍得眼瞅我瞪着不愿死的大眼，不想法子救呢？那年头，也不许我们种粮户养禽畜，搞副业。幸而我爹偷偷养了一只奶羊子。那羊也饿得精瘦啊，一天产不了多少奶的。我爹就每天到县里去背不苦不咸的自来水。天一亮就去，天黑了才回。自来水烧开了，兑上奶，天天一勺勺喂我喝，也喂那十来个孩子喝。羊子再也产不下奶了，我爹一狠心，把它杀了，熬羊肉羊骨头汤，天天喂我们。就这么着，我们一个没死，全活了下来……”

王大娘叹息道：“也不只是你大伯，更是那只羊，用自己一条命，救了村里十来个娃的命。可怜那只羊，简直对它是敲骨吸髓啊！”

冯晓兰补充说：“那羊就葬在村里一棵老树下，春梅他们，一到杀羊那天，还去祭。”

“我们不那样，心里就悲戚戚的。”春梅伤感地说。

王大娘抚摸着春梅的头说：“都说咱陕北，羊肉泡馍最好吃，可怜春梅他们些个娃，再也不忍吃一口羊肉了！”

“偶尔到县里，一看见那烤羊肉串儿的，卖羊杂的，尤其是卖羊头肉的，我立刻就想哭。”春梅眼圈红了。

夜深了。为了能让赵天亮睡好，王大伯让囤子和他睡他们老两口的屋，而老两口到五保户韩大娘那儿睡去了。

赵天亮大睁双眼仰躺着，胡思乱想：“赵天亮，赵天亮，你虽然不该冒冒失失地来到这里，可你却正因为来到这里，看到了、听到了多少在北京从不知道的事情啊！受处分，那也值了！”

囤子双唇张合，喉间发出轻微而古怪的声音。

赵天亮奇怪，坐起来看他，低声问：“囤子哥，你怎么了？……你是不是想唱歌啊？”

月辉下，囤子脸上淌下泪来。

赵天亮：“你要是想唱，那就唱吧。不论你唱出什么声来，我赵天亮都爱听！”

囤子却一翻身，背对他了。

赵天亮躺下，仍大瞪双眼想：“排长，不知咱们北大荒的雨停了没有？我真对不起你的友情。‘小地包’‘小黄浦’，一班的弟兄们，你们一定瞧不起我了……”

高亢响亮的鸡鸣啼破陕北清晨的寂静。一只雄伟的锦羽大公鸡立在坯垛上，一次次引颈长鸣。陕北的日出与北大荒的日出相比，是那么不同的壮丽画面，几乎所有的黄土高坡，都被旭日的光芒照红了。而那些沟沟壑壑，似乎也因此显得更神秘了。陕北的农民，正是在那些沟沟壑壑里，一代又一代劳作、繁衍，生生不息。

赵天亮醒了，囤子已不在炕上了。他站在春梅和晓兰住的那屋门外，低声地：“晓兰姐，春梅，你们醒没醒？”

屋里无人应声，他挑帘往里一看，屋里也没人了。

他一转身,发现桌子上罩着的纱罩上放着张纸条,春梅稚气的笔迹写着:

我们下地了。

他揭开纱罩,见罩下是一碗小米粥、一个窝头、一块咸菜。他掀开缸盖,见缸水已很浅,舀半瓢,走到院里,站喇叭花那儿,含一口,再使水从口中细细流出,就那么洗手、洗脸、漱口。

早饭之后,赵天亮拿着镰刀,在村中走着。

“天亮!”一个极亲切的女性的声音唤他。

赵天亮回头,见眼前站着一名穿着干净齐整的女知青。她不算漂亮,但却是个白白净净的人儿,显然很少下地干活。她脸上有种既单纯又高傲的神情。她头上戴的草帽和颈上围的白毛巾,都是新的。

“你是?”

女知青自我介绍:“我叫李君婷,你不认识我。”

“那你怎么知道我是谁?”

“我当然知道喽,我是你哥的亲密战友嘛!”

“噢?”赵天亮越听越糊涂。

李君婷解释道:“以前我爸是市委宣传部的干部。我小学五年级的时候,我爸带我看了一场北京重点中学的文艺会演,你哥在台上演保尔·柯察金。我坐在台下就想,我一定要考上这个大男生所在的中学,一定也要演冬妮娅!后来我如愿以偿考上了你哥那所中学,也如愿演上了冬妮娅。可惜只演了两次。三年后,‘文革’就开始了……”

赵天亮左右看看,走近她,小声问:“你知道谁背着我哥给我拍了一封电报吗?”

李君婷一愣,旋即说:“电报?什么电报?不知道。”

“不知谁给我拍了一封电报,说我哥出事了,害得我从东北跑到陕北来……”

“也许是武红兵他们吧！不管谁拍的，出发点肯定都是好的。所以你也不要太生气，看问题要看主观动机是怎样的嘛，是不是？”

赵天亮有意将话题岔开：“村里有照相的地方？”

“这鬼地方，哪儿会有什么照相的地方！”

“那你这是……”赵天亮指了指李君婷一身体面的衣服。

“到县里开会去，党内路线斗争觉悟学习班。不学不知道，一学吓一跳，党内路线斗争真是太严峻了、太复杂了、太尖锐了、太……”

“对不起，我得先走了！”赵天亮说完，转身便走。

“天亮！”

赵天亮不情愿地站住，一副不胜其烦的表情。

李君婷对他后背说：“你要是想照相，等你哥回来，我带你们哥俩到西安去照。我在学习班上认识了好多人，还有一位西安‘革命委员会’的委员，照几张相那是一句话的事儿……”

“谢谢，等我哥回来再说吧！”赵天亮逃也似的走掉了。

一片梯田中，尽是女人收割的身影，只赵天亮一个男性。他仿佛英雄有了大显身手的机会，割得飞快，自己的垅割完，又猫着腰帮别人割。直到割完了那一片地里的麦子，赵天亮才和女人们坐在一起休息。

赵天亮看看手中的镰刀：“在你们这儿收割，太幸福了！”

一名妇女道：“这话说得，好像我们身在福中不知福！那你就讲讲吧，怎么个幸福法啊？”

另一名妇女接过话头：“还用听他讲啊！是个男的，可不都喜欢在女人堆儿里干活呗！”

“我不是因为我晓兰姐和你们在一起嘛！”

春梅笑道：“天亮哥脸红喽！”

赵天亮羞涩地微笑了，将脸转向一旁。

王大娘嗔道:“你们呀,没个正形。别逗这娃行不?”

“我的意思是,你们这儿,地块儿太小了。割会儿就到地头了,眼有个盼头,所以就不觉得累了。”赵天亮替自己解释。

一名妇女道:“那你们那儿,地块儿有多大呀?”

赵天亮站起,四周望望,说:“我们那儿,最小的地块儿,比你们这儿最大的地块儿大上千倍吧!”

妇女们发出一片惊讶之声。

“那不好比的,你不是说你们那儿机械化吗?”

赵天亮叹道:“一下雨,麦海倒伏,收割机就下不了地了,还不是得用镰刀收割。”

“难怪他们那儿叫麦海!”

“那,收割这活儿可怎么干呀!”

“冯晓兰!”刘江不知何时走来,冯晓兰不卑不亢地仰脸看他。气氛顿时变了,包括赵天亮在内,所有的目光都望向冯晓兰。

“听到没有?”

冯晓兰点头。

刘江蛮横道:“听到了要答应一声!”

赵天亮猛地站起,大声地:“她听到了!”

一名妇女对王大娘说:“晚上你别让晓兰去!晓兰住你家,你该庇护,那就得庇护点儿她。些个生猛小子,总是让人家晓兰这么文文静静的姑娘,晚上到他们那猪圈似的集体宿舍去开什么会!”

其他妇女也帮衬道:“还呼来喝去的,像旧社会的地主老财对待丫环!”

“不就因为人家晓兰她爸那个了嘛!”

“龙困沙滩有人欺,虎落平川有人骑呀!”

冯晓兰早已听不得,独自起身割麦。

王大娘满脸无奈,欲言又止,终于憋出句话:“干活吧!”

于是女人们干起活来。

“冯晓兰,不许迟到啊!”刘江说完,转身走了。

赵天亮站在原地未动,忽然拿起镰刀,跃了几跃,跃到武红兵们那地块,从另一头割起来。武红兵他们不禁直起身看他。赵天亮却一直在割,不直腰。

武红兵终于不好意思看了,对其他人说:“有什么可看的!”

于是他们又弯下腰割……

双方会合了。

赵天亮问:“谁是武红兵?”

武红兵:“我。”

“你为什么要那么干?”

“莫名其妙。我干什么惹着你的事儿了?”

“你别揣着明白装糊涂!”赵天亮环指其他人又说,“都给我听着!冯晓兰虽然姓冯,但对我哥赵曙光来说,她是妹妹!对于我赵天亮来说,她是姐姐!”

刘江顶道:“你们姐啦妹啦的,关我们什么屁事儿?!”

“我尤其要警告你!”赵天亮瞪着他,“你要敢欺负我晓兰姐,即使我远在天涯海角,也会突然出现在你面前,跟你算账!”

刘江得了理似的:“大家都看到了吧?咱们大思想家赵曙光的亲弟弟,怎么像街头小流氓啊!”

赵天亮一拳将他打倒。刘江爬起来,扑向赵天亮,又被赵天亮一个大背摔倒。刘江第二次爬起,脱下了上衣,仿佛要大干一场。春梅赶了过来,伸展双臂,横在二人之间:“天亮哥,我娘找你问事儿!”说着,便将赵天亮拖走了。

刘江恨恨道:“龟儿子才又拿工资又算知青!”

赵天亮站住,要回头去找刘江,却被春梅拽走了。

天黑了，王大娘在刷碗。冯晓兰走出屋，轻声说："大娘，我去开会了啊！"

王大娘小声道："别去。进屋帮春梅学习！"

"大娘，我不去不好。同是北京来的知青，经常在一起开会也是正常的。"

春梅探头屋外："才不正常呢！你忘了上次，他们也说开会，结果却一块儿批判你这，批判你那！我看他们这次也没安好心！"

院子里，王大伯和赵天亮正在编篮子。冯晓兰的话，他们都听到了。王大伯一副无动于衷的样子，赵天亮却将篮子往地上一摔。

王大伯道："你看你，摔它干什么呢。自己编的东西，自己是不能摔的。"

正在这时，门外传来李君婷的咳嗽声。她走了进来，彬彬有礼地说："天亮，在跟大伯学编筐呀？"

赵天亮将头一扭。

王大伯纠正她："这不叫筐，这叫篮子。"

王大娘悄声对冯晓兰说："别出去，让你大伯对付。"

李君婷仍彬彬有礼地说："白天刘江他们通知冯晓兰了，七点开会。现在快七点半了，她没去，我亲自来请她。"

赵天亮猛地向李君婷转过脸，欲开口说话，被王大伯竖起一掌制止："你是我家的客，娃你别开口。"他又对李君婷说，"我不让她去。"

李君婷一笑，不温不火地："大伯，这你可不对吧？"

王大伯也笑："我对，你们不对。我是什么人？贫下中农。你们是什么人？知识青年。毛主席咋说？知识青年要接受贫下中农的再教育。那好，我现在教育教育你们——秋收大忙时节，白天都干一天活儿，晚上不早点儿歇息，也不许别人早点歇息，有啥会好开的？"

李君婷一本正经地："不开会，人要变修的。"

"不吃饭，人要死的！没有粮食，哪来的饭？不收庄稼，哪来的粮食？前晚不睡足觉，第二天哈欠连天的，又哪来的精气神儿收庄稼？你们那整人来劲儿的屌蛋会，我看不开也罢！”

李君婷张张嘴，说不出话来。

赵天亮赞道：“老贫农说得真好！”

冯晓兰从窑洞走出，快步过来，息事宁人地：“大伯，别为难君婷了，我跟她去开会就是了。”

李君婷哼一声，猛转身离去。冯晓兰追了出去。赵天亮站起身来喊住冯晓兰：“晓兰姐！”

冯晓兰站住，回头看看他，又看李君婷背影，左右为难，最后还是追向李君婷……

知青宿舍里，武红兵仰躺床上，发出轻微而均匀的鼾声。李君婷和刘江坐在一张旧桌子后，刘江面前摆着翻开的小本。冯晓兰站在他们面前，其他知青一溜坐在炕沿，一个个手拿红宝书，煞有介事地板着脸。

李君婷拉着脸：“冯晓兰，你要是不交代些你父亲他们的动向，那就别想回去睡觉了。”

冯晓兰不屑地：“你们也要学疲劳战术那一套？”

刘江一本正经地：“我们不是也都在奉陪吗？”

冯晓兰冷冷一笑：“那我还得谢谢你们喽？”

李君婷轻轻一拍桌子：“你别扭转话题！”

冯晓兰平静地说：“自从‘文革’一开始，我就没再见到过我父母，不知道他们现在是什么情况，甚至不知道他们的死活。”

“回答另一个问题——你的信仰是什么？”刘江瞪着眼。

“很惭愧，我和我父母他们最大差别就在于，他们都是有坚定信仰的人；而我，比他们差远了。”

刘江颇感意外：“你，你怎么能说这种话?！你连马克思主义也不信仰吗?！”

“我对马克思主义其实所知甚少,没有资格自诩是马克思主义的信徒。”

“老天爷,她说了些什么,你们可都亲耳听到了!”李君婷又命令刘江,“快记下来,一字不落地记下来!”

一名知青走到冯晓兰面前,指斥道:“你有信仰!”

冯晓兰轻蔑地看了他一眼:“既然我自己不知道,你却知道我的信仰是什么,那么请说吧。”

“我的上帝!——是谁一吃惊就这么说?是你!只有资产阶级才信仰上帝,这就证明,你满脑子资产阶级思想!”

李君婷双手一拍:“老天爷,揭发得对!这么重要的事实差点儿忽略了!”

冯晓兰不慌不忙地说:“那只不过是我的口头语。君婷,你动不动就‘老天爷’,难道能说‘老天爷’也是你的信仰吗?”

李君婷哑口无言。另一名知青接腔:“起码证明你看外国小说看得太多了,中毒啦!”

“如果说外国的全是资产阶级的,中国从前的全是封建的,连苏联的也都是修正主义的,那我们还拥有什么呢?毛主席教导我们:没有文化的军队,是愚蠢的军队。”

刘江道:“不谈文化,只谈政治!汇报汇报你目前的思想吧。”

“目前我头脑里,只有一种思想。”

李君婷跟进地问:“什么思想?”

“谁知盘中餐,粒粒皆辛苦。”

只听得“砰”的一声。门扇倒了下来,赵天亮出现在门外,他踩着门扇走了进来。众人皆怔。

赵天亮环指着李君婷们说:“戏演完了没有?演完了没有?还想演下去那就自己接着演。晓兰姐,走!”

他抓住冯晓兰腕子,往外便走。

一名知青叫道:“他踢倒了门,不能让他就这么走了!”

于是他们围住赵天亮和冯晓兰。

冯晓兰将赵天亮掩在身后,忐忑地:“天亮,你快走,别管我!”

这时,窗子又忽然开了,窗外出现了春梅的半截身子。

“我不进!”春梅一闪身,囤子撑窗台轻巧敏捷地跃入屋内。囤子指指冯晓兰,指指自己张开的口,又指指赵天亮,接着手指绕自己脸画了个圈,最后那手握成拳,对刘江们威慑地晃晃。

一屋子知青愣怔地瞪着他。

春梅胳膊肘支窗台上,双手捧腮,不慌不忙,大大方方地说:“我哥他的意思是,晓兰姐既然住我家,那就算我家一口人,欺负她等于欺负我们老王家。赵天亮现在是我家客人,我们贫下中农老王家是要脸面的人,决不允许谁对我家客人无礼。谁要是偏和我家作对,那我哥可就对他不客气了!”说完,打了个大大的哈欠,“哥,人家困死啦!”

囤子一手抓赵天亮腕子,一手抓冯晓兰腕子,带领他俩,踏着地上的门扇,走了出去。刘江、李君婷他们,一时你看看我,我看看他。

“也许,咱们今天的戏演过头了?”刘江自言自语。

李君婷生气地说道:“谁跟你们演戏了?!没过!一点儿没过!今天的会开得很及时,很重要!我明天要向县里汇报!”

武红兵翻了次身,吧嗒吧嗒嘴,仍然继续酣睡……

天气晴好。集市上,一个梳髻的媳妇正用红纸剪李君婷戴草帽的侧影。李君婷仍穿着昨天的衣裳。她的白袜子和黑扣绊鞋看起来特别显眼。

媳妇剪好,拿给李君婷看。李君婷满意地点点头:“还真像。”

媳妇笑了:“你觉得像,那我就高兴。”

李君婷明明自我欣赏,却又假言假语地说:“我有这么好看吗?”

媳妇也虚与应酬道:“你本人比我剪的好看!北京来的女知青我也见过些了,顶数你好看!”

“你怎么知道我是北京的？”

“那听口音还听不出来呀？”应承的话还没讲完，那媳妇突然瞪大眼睛，“哎，你！”

李君婷已将自己的剪影揉了，庄重地说：“只有伟大领袖毛主席的像才能用红纸剪，我哪儿配用红纸剪呢。”

“那我……那，那张纸……”

“算我的。”李君婷从五彩纸中选了一张紫色的，又说，“给我用紫色的重剪一张吧，我喜欢紫色。”说罢，重新摆好典型的红卫兵姿势。这时，恰好过来一个挑担子的老汉，把她刚摆好的姿势撞歪了。

李君婷怒道：“看着点儿人！”

随后经过的一个男人大声接了一句：“这儿不是戏台子！”

周围摆摊的人笑了起来。

李君婷有些羞恼，再加上摆出的是那么一种姿势，看去真的很好笑了。

连媳妇也忍不住笑道：“得了，你别那样了，怪碍别人事的。左不过就是刚才那么一种样子，我闭着眼也剪得出来。”

虽然是“文革”时期，陕北小县城的集市却还相当热闹。农副产品、手工织物在这里买卖着，人们在这里自由地交换着需要的生活必需品。

一个样子有二十二三岁、身材颀长、相貌俊朗的青年也在集市上转着。他没戴草帽，头发挺长挺乱，脸上衣上还有些煤灰。他东瞧西看地寻找着什么。直到看见挂着“寄卖店”招牌的小店，才眼睛一亮，走了进去。

寄卖店的老师傅望着窗外，手指点拍子，在哼唱“穿林海跨雪原”，看见青年进来才停止哼唱。

“老师傅，我想卖件东西。”

老师傅不言语，点点头。

青年从腕上撸下手表，用衣襟里子擦擦，递给老师傅，又说：“我差不多找遍了县城,才找到这么一家寄卖店。”

老师傅已戴上眼镜,边看表边说:“以前是有好几家的,不许开了。革命群众强烈要求,才保留了这一处,要不我没事儿干了。你这是块‘上海’……”

“对。”

“去年的表,还算新的。”

“起码也算九成新啊,蒙子上划了一道儿。”

“注意到了。划后,用牙膏磨过是吧?”

青年笑了:“对。”

“你倒挺诚实,不细看还真看不出来。打算要多少?”

青年鼓起勇气:“一百行吗?”

老师傅摇头。

青年接着说:“原价一百二。‘上海’表,可不好买。”

老师傅点头道:“知道,知道,自己往下降降。”

“那,八十呢?”

“你也别二十二十的往下降嘛!”

青年摸后脖颈:“不是怕降少了,您一翻脸干脆不收了嘛!老师傅,实不相瞒,我是北京知青,下乡在坡底村……”

“抽到山西那边帮着挖煤去了,对不?”

“对对。我刚才已经说了,我不是寄卖,是卖了!再不赎回它了,所以请您……”

老师傅叹口气:“我也实不相瞒,现而今的寄卖店,可是公家开的。如果照以前,是我自己开的,你说一百,我会还你个九十五。现而今不行,收高了,卖不出去,我要受批评的。九十,怎么样?”

“行,行!比我自己二次出的价还多十元呢!”

“那成交了。我再给你个别针儿,千万把钱揣好,小心一出门丢了。”

“谢谢!”

老师傅一边将表摆柜台里，一边说："甭谢，谁不喜欢实诚人啊！"

从寄卖店出来，青年买了一碗羊肉泡馍，等不及把馍在汤里泡好，就狼吞虎咽地啃起馍、喝起汤来，全无半点斯文之气。同桌的人笑他吃得没有样子。

青年笑道："从山西那边搭运煤卡车回到咱陕北这边来，一路没吃东西，饿坏了！"

吃完泡馍，青年又在集市上买了一双粉色的半高腰雨靴和一只网兜。他正寻思着还要再买点什么，突然有人撞了他一肩膀。青年站住。撞他的是个和他年龄差不多的陕北青年，戴眼镜，样子挺文气的。

青年一愣："你……"

"跟我走。"

青年略一犹豫，不由自主地跟在陕北青年身后。

二人来到一处卖小农具的地方，这儿相对于集市中心，人少些。陕北青年从筐堆中拖出一只旧拎包，对青年说："都是。"

青年有点惊慌："你怎么敢带到这种地方来？太……冒失了！"

"我知道有点儿冒失。可上次你说，要想再见到你，还是在集上。"

"上次你是卖我一本儿，而且是高尔基的。对不起，这么多，我怕惹麻烦。"

"我也是从废品站买的。天知地知，你知我知，保证你惹不上什么麻烦！"

青年看着他，摇头，一脸怀疑，倒退；刚一转身，听到陕北青年说："可都是世界名著。以后在中国，再难见到这些书了！"

青年迈不动脚了，他转过了身。

陕北青年有些伤感道："九月份一开学，我弟我妹就都得交学费，等钱用。要不，我舍不得卖。"

青年走回拎包跟前。陕北青年蹲下，缓缓拉开拉链，露出一本本纸页发黄的书。青年也立刻蹲下，刷地将拉链拉上。

“多少钱？”

“十元，你连包拎走。”

他二话不说，当即掏出钱，快速地点了十元交给陕北青年。

陕北青年瞥了一眼他手里的钱：“你那么多钱，再给我几元嘛！”

青年没说话，又点给了陕北青年五元。

陕北青年感激地：“谢谢，谢谢。青山不改，谊水长流。我会记住今天这事儿，记住你这个人的！”

青年叮嘱道：“下不为例，以后你可千万别这么冒失了！”

二人刚站起，一阵哨声。二人循声望去，见有些戴红袖标的人，封锁了这一端的街头。

陕北青年惊呆了。

青年低声道：“快走！”

陕北青年这才缓过神，匆匆迎着戴红袖标的人们走去。因为他空着手，所以没受阻拦。青年想将那一拎包书仍藏回筐堆，可分明又怕失去，孤注一掷地拎起了包。他发现那陕北青年隔着“封锁线”在不安地望他……

他转身朝相反的方向走，集市的那头也响起了哨声。有人拿着扩音器喊道：“大家不要乱！不要乱！该买的买，该卖的卖！有人在集市上兜售封资修的书，我们是要抓买卖坏书的人！揭发的有功！替我们抓住的有奖！”

青年别无选择，只能继续往前走。他脸上淌下汗来，将脸上的煤灰，淌出了一道道汗痕。正在这时，突然有人叫他：“赵曙光！”

他定睛一看，跟前站着李君婷。此时的二人，反差太大了，然而他像遇见了救星。

赵曙光暗舒一口气：“君婷，你来集上干什么？”

李君婷嗔道：“怎么，许你逛集，就不许我逛集了？我想来买点儿土特产什么的给我爸妈寄回去。可一逛起来，眼花了，拿不定主意了，结果到现在什么也没买。正巧赶上县‘革委’派人执行任务,我就向他们要了一个袖标,成了他们的一员。”

赵曙光这才发现李君婷臂上也戴着袖标,没话找话:“原来……如此啊!”

李君婷由于意外地碰到了赵曙光,别提有多高兴,眼睛明亮,一脸阳光,一直微笑:“你不是要后天才回来吗?怎么会也在集上?”

“山西下达了红头文件,不允许插队知青下矿井,尤其不允许陕北的知青过去下矿井,所以我提前一天回来了。饿了,就到集上来吃点儿东西。”

李君婷伸手接过包:“我帮你拎!”

“好啊。”赵曙光放开一个拎手,让李君婷拎。

二人向前走了几步,李君婷忍不住问:“包里什么呀,这么沉。”

赵曙光小声地:“书。”

李君婷站住了:“他们正查的那类?”

赵曙光点头。

李君婷惊慌地:“你……这要让他们查个正着,那可怎么办?”

“是啊,我就太划不来了。君婷,你得帮我蒙混过去。别站下,接着走。”

二人继续往前走,李君婷快哭了:“我可是‘红线’干部子女,我可扛不住这样的事儿!要是包里有一本反动的书,咱俩都成‘现行反革命’了!”

赵曙光实话实说:“包里究竟是些什么书,我也不清楚。你放心,今天真要摊上了,我一人做事一人担,决不连累你。如果被他们拦住了,我怎么说,你顺着说就行。”

“曙光,你可得说话算话!”

二人果然被一个戴红袖标的人拦住。看来那人是个头儿,袖标上写着“文化纠察队”。那人问李君婷:“小李,碰上熟人了?”

“是和我同一批来的同学,也分在坡底村。我往前查着查着,碰上了他。”

赵曙光朝对方笑笑,说:“我一早刚从山西那边儿的矿上回来,饿了,到集上来吃了两碗羊肉泡馍。”

那人看他俩手里的包:“包里什么啊?用不用找个人替你们拎啊?”

赵曙光忙说:“不用不用,集外就有村里的马车来接。山西那边赠送的一批知青思想学习材料,带回去发给村里的知青们看看。”

对方目光转向了李君婷:“小李,怎么好像哭过呀?”

赵曙光笑道:“嫌我见了面,对她不够亲热。”

李君婷娇嗔地:“他,他老气我!”

“噢,明白了。”那人点点头,到底还是叫住了一个“红袖标”吩咐道,“陪他俩走。传我的话,谁也不许拦,更不许乱翻人家包儿!”

那人望着赵曙光和李君婷的背影,嘟哝着:“妈的,原来是个有主儿的!”

赵曙光和李君婷离开了集,在一处较僻静的地方站住。李君婷手抚胸口:“吓死我啦!”

赵曙光很感激地:“君婷,你真好!”

“可你坏,利用我!”李君婷双拳擂鼓似的打赵曙光胸膛。

“我哪儿是利用你呢,当时,只有你能帮助我蒙混过去嘛!这不没事儿了吗?”

“可我还有事儿!我的心到现在还怦怦乱跳呢!反正我不高兴了,你得好好哄我,不哄就不行!”说着,李君婷搂住赵曙光的腰,偎在他怀里,撒娇地佯哭起来。此时的李君婷,与批判冯晓兰时的李君婷判若两人。对赵曙光强烈的单恋,使她逮着个机会就不放过,就要黏住他似的。

“好了好了。这会儿你怎么不像你了呢?说吧,要我怎么哄你?”

李君婷冲他仰起脸。

赵曙光没反应过来:“这什么意思?”

李君婷闭上了眼睛:“装傻!”

赵曙光明白了,不情愿地说:“快放开我,让人看见多不好!”

“不管!”

“我一身煤灰,弄脏了你衣服!”

“脏就脏!”

赵曙光无奈,低头轻吻李君婷前额。李君婷却顺势搂住他脖子,反过来口对口一阵热吻。赵曙光理智地、轻轻地将她推开,表情很是无奈。

李君婷大获满足地看着他笑。

而赵曙光却忽然呆住了。他的目光越过李君婷,停留在对面街上。只见一家“大众浴堂”门前,并排站着冯晓兰、赵天亮和春梅。他们也正呆呆地看着他和李君婷。

李君婷见赵曙光发呆,扭头一看,正中下怀,笑得更欢心了。她又在赵曙光颊上吻了一下,说:“那我到县里开会去了啊,晚上见。”说完,精神抖擞地走了。

马路那边,冯晓兰将脸转开。

赵曙光拎着那包书走到了街对面,放下包,问:“你们怎么会在县城里?”

冯晓兰的脸并没转向他。春梅瞪着他,像瞪着一个不再值得信任的人。

赵天亮冷冷地说:“春梅早就想到县城来洗一次澡,她还从没在这种地方洗过澡。昨天村里的麦子割完了,今天放假,晓兰姐就带她来了。我自己,也早该洗一次澡了。”

赵曙光心里窝火,没好气地:“别说了!一会儿我再好好问你!你要敢撒谎,我就修理你!”

冯晓兰终于面对着赵曙光了,毫无表情语调平静地说:“就是天亮说的那样。春梅,咱们先进去吧。”

赵曙光眼睁睁看着她俩进了“大众浴堂”,之后将脸缓缓转向赵天亮。

赵天亮:“审问吧。”

赵曙光没接茬:“拎着包,跟我走。”

赵天亮看一眼浴堂的门:“可我想洗澡!”

“我还想呢!省下那两角钱吧!”

赵曙光说罢,拔腿便走。赵天亮气哼哼地愣一会儿,将包往肩上一扛,跟上他走了。

虽然没在县城的浴室里洗澡,赵曙光兄弟二人却在县城郊外一条河中痛痛快快地游了一次泳。赵天亮已先上了岸,他将衣服洗了,往灌木丛上搭。赵曙光也举着洗好的衣服上了岸,一声不吭地朝弟弟一递。赵天亮默默接过,一边抖、晾,一边偷眼看哥哥。

赵曙光拔了一些草铺在地上,拉开拎包,将书一本本取出,放在草上——果然都是世界名著:《悲惨世界》《战争与和平》《红与黑》《红字》《苔丝》《忏悔录》《牛虻》《伏尔泰文集》……赵天亮走过来,蹲下翻看着这些书,惊奇地问:“哪儿搞的?”

赵曙光拿起一本书珍惜地翻翻,将封面撕下来,并说:“帮我都撕下来。”

赵天亮就也开始撕书的封面。赵曙光将撕下来的封面撕碎,抛入河中。赵天亮也照办。他边撕着书的封面说:“想不到这儿还有这么清澈的一条河。”

赵曙光微笑地:“归根结底,大自然对人类还是悲悯的。它使凡有人类生存的地方,就必有人心眷恋和怀想的事物。它使沙漠有湖泊,使海洋有岛屿,使荒山有矿藏,使陕北这片黄土地……”

正说着,赵曙光见赵天亮手拿一本《安徒生童话集》正要往下撕封面,连忙制止。他从弟弟手中要过那本书,注视着封面上卖火柴的小女孩,说:“这一本的封面,保留吧。”赵天亮默默将书全都装入包里。

兄弟俩都只着短裤,坐在河边。

赵曙光看了看弟弟:“交代吧,你怎么就来到陕北了?”

“审讯开始了?”

“回答我的问题。”

“兵团派了一支学大寨代表团,我是成员之一。全国农业都要学大寨,是不是?既然到了陕西,我当然就近请假来看看你。我想你了。”

“这种假话一点儿都不高级。但是我敢肯定,这已经是你能编出的最有水平的谎言了。所以接下来你就说真话吧。”

赵天亮愣了愣,从鞋里取出那封电报递给哥哥。赵曙光看罢,像撕书皮一样,撕碎,抛入河中。

赵天亮问:“如果你是我,能不来?”

“来都来了,就别表白了。”

“凭这么一封电报,连里能批我假吗?我回去非受处分不可,一班长也得给撸了!还得看你的脸色,听你的训斥!”赵天亮说得伤感起来。赵曙光不禁搂了搂他。

赵天亮扭头看着他:“哥,晓兰姐断定是武红兵干的。等我走了,你一有机会,要教训教训他!”

“怎么教训啊?”

“以其人之道,还治其人之身!也要让他哑巴吃黄连,有苦说不出来!最好让他丢人现眼,背个大黑锅,跳进黄河也洗不清!”

赵曙光苦笑:“要是在北京,往黄河里跳那得坐火车来。在陕北,倒近便多了。可你说的那套整人的法子我也不擅长呀。教教你哥。”

“生活是老师,还用我教呀?”

“嗯?”赵曙光侧脸凝视了弟弟片刻,严肃地说,“人的内心是什么状态的,他看生活就是什么状态的。有时现实一团糟,有些人随波逐流了,有些人并不。那是生活将希望播种在后者的心里了,所以现实也就又有了希望。这是书籍教给我的,也等于是生活教给我的……”

“对不起,”赵天亮打断他,“可惜我不像你那么爱读书。我只知道,人不犯我,我不犯人。人若犯我,我必犯人。武红兵他犯了我了,使我付出了惨重的代价,那我就得让他付出同样的代价!”说罢,他看也不看哥哥一眼,站起身来,又扑通跃入河中。

赵曙光望着水中的弟弟,陷入沉思……

赵曙光扛着拎包进入知青们的宿舍窑洞,包撞了门一下,门上端的合页又掉下来了。他将包放在破桌上,转身看门。武红兵几个也跟着进来,冷淡地看着他。

他问:“红兵,门怎么了?”

武红兵冷冷地:“掉下来一次。”

“又对付上了?就没谁好好修一下?”

一名知青插嘴:“你弟一脚把门踹倒的,当然得由你来好好修一下”。

赵曙光问武红兵:“你们打过架了?”

“差点儿。他忽然出现在坡底村,一看见我们就劲劲的,好像我们都是他仇人似的,莫名其妙。你可要好好教育他,他再那样,我可不客气了!”

“放心,我保证他不会对你那样了。他最多再待两天必须走!”赵曙光说罢,便出了门。

赵曙光拎着工具箱从马婶家出来,回到知青点,也不进屋,在门口修起门来。等他修好门进了屋,才发现桌上的拎包快空了。他一步跨到桌前,伸手向包中猛掏,只掏出了那本唯一没被扯掉封面的《安徒生童话集》。

他生气地把书往桌上一摔,扫视武红兵他们——有的坐着,有的躺着,都若无其事地望着他。

赵曙光愤怒地低吼:“包里的书呢?”

躺着的纷纷坐了起来,大眼瞪小眼。

“哪个包里有书?”

“咱们全屋人看见那包时，那包就那样来，对不对？”

“对对，起先就那样来！”

有一名知青走到桌边，拿着《安徒生童话集》，“友邦惊诧”地：“哎，真有本书哎，《安徒生童话集》，可惜咱们都不是儿童了！”

赵曙光斥道：“你给我放下！”

对方乖乖放下，嘟哝：“放下就放下吧，这么凶干吗啊。”

赵曙光的怒声中带着颤抖：“雨果的书呢？司汤达的书呢？霍桑的书呢？托尔斯泰、屠格涅夫、契诃夫的书呢?！”

另一名知青装模作样地：“伙计们，他说的都是谁跟谁呀？我怎么越听越糊涂啊？”

“少装相！还有一本伏尔泰文集！那样的书是会带来麻烦的！”他转向武红兵，“红兵，你也跟我装糊涂是不是?！”

武红兵起身，默默走到赵曙光身旁，默默将他推到外边，掏出烟递给他。

“不吸！”赵曙光推开他的手。

武红兵劝道：“压压火儿。”

赵曙光这才接过一口接一口吸起来——他是真生气了。

“认了吧。”武红兵不急不慢地说道。

赵曙光不拿好眼色瞪他。

武红兵几乎是幸灾乐祸地：“那都是些狼。”

赵曙光困惑地看着他。

武红兵指点自己太阳穴：“我指的是这方面。他们饿极了。想想吧，从六六年到六九年，整整三年，全中国找不到什么文学书了。你就当被他们吃了吧。你就当你是祥林嫂吧。”

赵曙光瞪他：“你也参加瓜分了？”

武红兵点点头：“对，参加了。”

“你也不想还给我？”

“对,不想还给你。”

赵曙光很激动:“可我为了那些书,今天在县集上,差点儿被‘文化纠察队’逮个正着!我冒了那么大政治风险,你们可倒好,白捡似的就瓜分了,只给我留下本《安徒生童话集》!”

武红兵笑道:“那还是在我的劝阻下给你留下的!我们一致认为那些书你肯定早已看过了,其实对你没有特别的意义。倒是《安徒生童话》,你可能没全看过。”

赵曙光张张嘴,一时说不出话来。

武红兵继续说道:“没听说过这么一句格言吗——金钱对于最需要的人才有价值,书对于最想读它的人才有意义。”

赵曙光恨恨地:“不跟你说了!”

“秀才遇到兵,有理说不清嘛。”

赵曙光将烟头往地上一扔,狠踏一脚,接着就要往屋里进。

武红兵抢前一步,拦在门口,说:“我先进。”

他进了屋,拍手,煞有介事地说:“起来起来,别躺着歪着的!瓜分了人家宝贵的东西,还一个个若无其事的样子,太过分了!都注意听着,曙光有话要跟咱们说!”

赵曙光环视大家,指点大家,终于说出话来:“那可都是些禁书,我本打算秘密收藏的。既然我一大意,被你们这几个未加防备的强盗给瓜分了,我认倒霉了。但我可丑话说在前边,哪天因为谁手里那本书惹出什么麻烦来,别怪我没提醒过。都属于我的时候,我的原则是一人做事一人担。现在,分别属于你们了,你们也得保证不惹出麻烦来!”

武红兵插言道:“谁要是不但惹出了麻烦,而且还出卖了别人,那他可就不配再住在这个屋里了!都听清楚了没有!”

大家默默地点头。

五保户韩奶奶的破窑前,赵天亮和囤子在挖坑,已经挖了半人深。

赵曙光挎着书包走来，囤子看见他，友好地笑。

赵曙光蹲在炕边，问囤子："囤子哥，韩奶奶还好吧？我从县里给她买回些药，还有两听罐头。"

囤子拍拍赵曙光手背，表示他们都是一样关爱韩奶奶的，接着继续挖。

窑屋里传出春梅的声音："曙光哥，韩奶奶听到你说话声了，她想你了，让你快进来！"

赵曙光走进窑屋，只见韩奶奶伸腿坐在炕上，冯晓兰跪在她身后，为她按肩，春梅在为她按腿。

冯晓兰一抬头，目光恰好和他相对。赵曙光脸上不无尴尬，冯晓兰的表情却是那么恬静，半点儿也看不出心里有什么不快。

赵曙光经不住冯晓兰那一种注视，低头走到炕边坐下，说："韩奶奶，您今天精神真好。"

韩奶奶双手将他的一只手握住，咧开没牙的嘴笑道："那能不好嘛！你看，一个给我捏肩，一个给我捏腿，我倒是凭什么享的这般福啊。"

"就凭您是五保户！"春梅扭头又对赵曙光说，"晓兰姐教我按摩法，她说她还会针灸，以后也教我。晓兰姐，是吧？"

冯晓兰冲她点头一笑。

春梅说："将来我要争取当赤脚医生，那是我的人生理想。"

赵曙光摸了一下春梅的头，从书包里取出中药、罐头和两个纸包，一一摆炕上。

韩奶奶过意不去地："曙光啊，你可再也不许为奶奶花钱了！我还能活多久呢，有今天没明天的！连你们下乡的知青也常来看我，我就知足得很啊！"

"您别这么说。您长寿，坡底村人和我们知青都高兴啊！如果下半年雨水多，蓄下了，脱够坯了，我们一定为您将这窑屋翻修翻修！"赵曙光边说，边掏出雨靴给春梅，"春梅，好看吗？"

“真好看。我可喜欢粉色了，粉色让人心里舒贴。”春梅说完，又犹豫了一下，将雨靴放炕上，推远，“我不要，怕娘他们训我。”

“我给的，你家人谁也不会训你。这本书也是给你的……”

春梅立刻接过去，双手捧胸前道：“书我要！可以借给同学看吗？”

赵曙光道：“问问你晓兰姐的意见。”

冯晓兰微笑着说：“那是一本好书，适合你看，但有时候好书也只能自己看，啊？”

春梅懂事地点头。

韩奶奶问赵曙光：“曙光，你弟弟，他还走吗？”

“他后天就得走，他属于别的地方的下乡知青。”

“别走得了。兄弟俩在一起多好哇！如果奶奶真长寿，三年后，春梅满十八了，我跟春梅她娘说，让春梅当他媳妇！”

春梅嗔怪道：“奶奶！看你说的什么呀！”

韩奶奶笑着说：“你不早晚得嫁人啊？我看你天亮哥，实实在在的个人，又勤快，又有文化，相貌又好，眉是眉眼是眼的，将来嫁你天亮哥还委屈你啦？”

“不给你按腿了！”春梅双手捂脸，跑开到窗口那儿去了——从那儿正可以看到囤子和天亮，他俩已脱去了上衣。夕阳的余晖照在他俩身上，像为他俩的皮肤镀了铀。

春梅忍不住从指缝偷看赵天亮。她听到韩奶奶说：“曙光，先跟你弟说好啊，别让他心里装进了别的姑娘。他实在来不了也行，那将来就让春梅跟他去！曙光，我能做得了春梅的主，你更能做得了你弟的主吧？”

她听到赵曙光说：“也……能吧……”

韩奶奶的话：“这我就放心了。”

赵曙光和冯晓兰先后走出窑屋。

赵曙光：“囤子哥，我和晓兰要说点儿事，先不帮你们挖了啊！”

囤子憨厚地笑笑，挥手让他俩快走。

赵曙光走在冯晓兰后边，背上挨泥团打了一下。他一回头，见赵天亮指指心口，指指冯晓兰背影。赵曙光似乎还没会意。赵天亮忽唱道："只要哥哥你耐心地等待哟，你心上的人儿……"

他猛地意识到自己在囤子跟前犯了禁忌，戛然而止。再看囤子，仿佛根本没听到，头也不抬地挖坑不止……

赵曙光和冯晓兰走到了一孔废弃的窑洞前。冯晓兰低声说："每次跟你到这儿来，心里都有种罪过感。"

赵曙光问："为什么？"

冯晓兰反问："你就没有？"

赵曙光摇头。

"一点儿没有？"

"一点儿没有。为什么要有罪过感？我和你，我们之间发生了爱情。普天下相爱的人都需要不被别人看见的地方。在这里我第一次吻了你，这里将是我终生难忘的地方……"

冯晓兰用一只手掩住了他的口。

他俩手牵手走入窑洞，在一片被他们坐过许多次的麦秸上坐下。

"一想到我父母下落不明，我还是有种罪过感……"冯晓兰将头抵在膝上，悲伤起来。

"我父母上次来信说，他们一探听到你父母的可靠消息，就会立刻写信告诉咱们。"

冯晓兰抬起了头，噙泪问："曙光，你说我们究竟是什么关系？"

赵曙光真挚地："我爱上你了。究竟是什么关系，得由你来决定。"

"那你和李君婷又是什么关系？"

"知青和知青的关系。"

"就这么单纯？"

"还是同校的关系。"

冯晓兰怒瞪着他:“所以,你们想亲吻,就可以亲吻了?”

赵曙光急忙解释:“晓兰,我理解你此刻的心情。可是你误会了……”

“你是说我亲眼看到的事,不是真的?”冯晓兰打断他。

“我不是也没那么说嘛。我上午在县集买了一手拎包书,都是世界名著。刚偷偷交易成,‘文化纠察队’就从街两头封锁了集,他们正是冲着那种书出现的。要不是碰到了君婷,我这会儿就不知道在什么地方了。君婷那人,你又不是不了解……”

冯晓兰不高兴地将头一扭:“说李君婷行不行?”

“君婷,李君婷,不同的叫法,有什么区别呢?”

“有区别!”

“晓兰,你我毕竟都是老高二学生,她呢,名义上是初二,实际没上过几天中学。无论她做了多么使我们反感的事,我们都得原谅她点儿是不是?哪怕她伤害了我们,我们也不能因而就恨她呀。生逢这么一个是非颠倒的时代,许许多多似乎很成熟的人,都放弃了独立人格,随波逐流,明哲保身了。而她比天亮还小一岁,我们又能要求她些什么呢?”

冯晓兰声音冷冷地:“你是说,你有理由感谢她,所以也就同时有理由吻她?”

“我是想要使你明白,我爱你,但也不能不爱护她。你亲眼看到了我们在那样,但并不等于……”

冯晓兰又用一只手掩住赵曙光的口:“别再表白了,我是成心气你呢。我猜到了,准是她又逮着了个机会跟你撒娇。十七八的女孩子,需要有个像情人似的大哥哥,好经常跟他撒撒娇,何况又是只身来在这么荒僻又人生地不熟的地方,这我很理解。如果连这一点也不能接受,冯晓兰还值得你赵曙光爱吗?”

赵曙光释怀地笑了,将她轻轻一揽,让她横仰在自己臂上。

冯晓兰幽幽地看着他:“曙光,知道我为什么也会爱上你吗?”

“想听你亲口告诉我。”

“主要就是你的善良和宽容。还有一点是,你是耻于随波逐流的,只不过有时装出和某些人一样头脑简单的样子罢了。”

赵曙光轻轻地叮嘱:“别把你看出的秘密告诉别人。”

冯晓兰郑重地点点头:“记住你刚才的话,爱的是我,爱护的是她。希望你一直这样,别反过来。某一天你如果真想反过来,那也要让我预先……”

赵曙光不待她说完,俯头深深地吻她。

远处隐隐传来武红兵的歌唱:

三岁岁牛犊开荒地,
妹妹有情我有意。
房片上芦苇不出穗,
守住妹妹不瞌睡。
天边边打闪不响雷,
千里路上想妹妹。
……

第五章

老支书一家正围着一张黑不溜秋的小炕桌吃晚饭。老支书六十来岁，比王大伯小十几岁。他膝下虽没有儿子，却有一个女儿，前些年招赘了个女婿，是村上的会计。

老支书突然将筷子往桌上一放："听！听！"

老伴也停下筷子，问道："放筷子干啥？听啥？"

"都听嘛，听到没有？"

窗外很远的地方，传来武红兵的歌声：

要穿白来一身白，
叫一声妹妹挨将来。
要穿蓝来一身蓝，
走路好比蝴蝶翻。
要穿红来一身红，
好比莲花出水中。
……

老支书道:“他又唱这!”

老支书的女儿不以为意:“唱这咋啦?当初凭啥对人家囤子又批又斗的?我要是王大伯,我也偏唱这!”

女婿头也不抬:“不是王大伯的声。”

“别人唱也是他教的,那更是个问题。”老支书一磨脚,下炕出了门。

老伴翻翻眼睛:“个老东西,耳朵倒好使。”

女婿像个乖乖仔似的说:“娘、翠花,我吃好了。”说完,也放下碗走了。

看着女婿的背影,当娘的埋怨当女儿的:“翠花,你以后不兴那样。当着你丈夫的面,你别总‘囤子囤子’的!”

“那咋啦?我喜欢囤子!城里来的知青都我这样,敢爱敢恨!”

当娘的也将筷子“啪”地一拍:“越说越离谱,给我闭嘴!”

村路上尘土飞扬,武红兵赶羊群往前走,王大伯跟在后头。老支书背着双手,叉着腿,斜叼半尺长的烟锅,像拦路的响马似的把他们拦住:“刚才你唱来着?”

“是啊!”武红兵回头又对王大伯洋洋自得地说,“师傅,那么远支书都听到了!”

王大伯挥手:“把羊赶圈里去吧。”

武红兵将羊赶走后,王大伯说:“你别在我面前扎那架势,也不怕知青笑话!”

“王老哥同志,我要代表党和你谈谈话,请!”老支书一手前一手后,如同舞台上的山大王。

“哪儿去?”

“我家。”

“我还没吃饭!”

“我家替你备下了!”

到了老支书家,王大伯把炕桌一占,盘腿大坐,吸溜吸溜地喝了两大海碗菜粥。吃完饭,两人对着脸吧嗒吧嗒地抽起了旱烟。

支书语重心长道:“老哥,你不能再唱那些了,更不能还教一个知青唱。咱吃一堑,得长一智。”

王大伯满不在乎地说:“我唱了,还教了,谁想把我咋样?”

“在坡底村,只要我是支书,谁也不敢把你咋样,更没谁想把你咋样。”

“那不得了?我又没到别村唱去,更没到县里唱去。”

“那倒是。可你唱那些,它不是听着不那么进步嘛!”

王大伯冷冷一笑,反问道:“你听我唱过一句荤的吗?”

支书摇摇头:“没有。”

“那我唱过反动的?”

“更没有!”

王大伯往桌上一敲烟袋锅:“那不得了?我唱的,都是咱陕北人祖祖辈辈传唱下来的。我教晚辈们唱的,也是那些。不教,早晚还不失传?不就是唱了几句哥啦、妹啦,爱了情了的吗?咱俩还不是打小听着唱着活过来的吗?不是当年也暗暗地入了共产党了吗?打起日本鬼子来不也不含糊吗?日子过得这么不容易,不唱唱不把人憋闷死了?日头一落山,咱这坡底村还有点子生气吗……”

支书看他越说越激动,便赶紧打断他:“打住打住,你再说下去,我听的人犯错误了。老哥同志,我不是不许你唱,我是希望你,往后多唱那革命的、应时的……”

“怎么唱是革命的?怎么唱又是应时的?”

支书愣了愣,干咳两声道:“要唱,唱这样的——阶级那个斗争是个呀是纲,纲一举来哎嗨目呀么目呀么呀么呀么张来!……”

王大伯也打断他:“你也给我打住!想当年,我介绍你入党,为的是今天听你教导我?方圆百里,我是二十几年的歌王,用得着你教我怎么唱信天游?嗯?”

支书有些为难:“我也是不得不劝你……”

王大伯用烟锅指点支书:“你呀你呀,你变了!你哪还像当年的你?树上掉下个软柿子都怕砸破你的头!这两年,你不好好带领乡亲们搞生产,整天价跟着搞运动!坡底村有阶级敌人?”

支书摇头。

王大伯生气地说:“没有你运的什么动嘛!鬼迷心窍?打从‘解放’前,坡底村就连个富农都没有,谁家不是早年逃荒的穷人在此落脚扎根?靠运动,你要是能运动出个把富农的,我倒也佩服你!”

支书给自己辩解道:“快别这么说快别这么说。搞运动,就是防止出那些人!再说我也不是只带头搞运动啊!我不是也带领咱村的青壮年去山西那边下过矿吗?”

“你那是在人家赵曙光那娃三番五次的说服下才去了的!可你才去了十来天,就把人家曙光一个北京娃调去接替你!万一人家娃在矿上出了事……”

支书满腹委屈:“老哥,我可不是怕自己摊上矿难!天地良心,我是想要锻炼他,培养他!老哥我也六十出头的人了呀!得有个党员接我的班呀,要不咱坡底村咋办啊!”

老哥俩突然没了话,各自沉默着吧嗒烟嘴。正在这时,赵曙光进入:“支书,是您找我吗?王大伯也在啊。”

支书招呼赵曙光脱鞋上炕,问他:“曙光啊,咱村那二十几号人,在矿上表现得怎么样啊?”

赵曙光认真地说:“支书,王大伯,你们就放心吧。大家很团结,也很遵守矿上的纪律。对一半工资归个人、一半归集体,也都挺想得开,没什么意见。大家都了解咱村底子太薄,没有公基金就改变不了面貌,都愿意为积累公基金作出自己一份贡献。我认为咱们坡底村人,集体主义觉悟很高。”

“那,你走了,谁团结他们呢?”

“我临走，和大家开了一个会。谁负责定期写信，和村里通报情况；谁负责平时常提醒大家注意生产安全；对矿上有什么意见，谁代表大家反映；和当地的矿工发生了摩擦，谁出面化解，都做了分工。我说，咱们来到矿上的，那都是坡底村的精锐子弟，坡底村本就穷，经不起再败坏名声，大家都赞同我的话。”

支书点点头：“这就好，这就好。幸亏山西那边缺矿工，要不咱们的小伙子大男人们，上哪儿去挣点儿现钱呢？曙光啊，我听说，你在学校的时候，已经是党员了？”

赵曙光点头：“预备党员。”

“那，你怎么没把组织关系转过来呢？”

“他们认为我不配入党，宣布取消了我的预备党员资格。”

“谁们？”

“学校里夺权掌权的造反派们。”

“这事儿，不好办了。”

“支书，大伯，如果是因为我，有什么事使你们为难的话，你们尽管直说。怎么才能使你们不为难，我就怎么做。”

“曙光，你误会了。事情是这样的。咱坡底村，原本也有五名党员的，可七八年内没再发展。三年前走了两个岁数大的，两年前病死了一个中年的，到今天就剩我和你王大伯了。我要是哪天再突然一走，支部就得合并到别的村了，坡底村的支部那就没了！我倒不在乎是不是支书，可坡底村，不能没有党支部啊！那人心就散了，就更没有变好的指望了！”

“那，依你们，我该怎么做呢？”

王大伯与支书默契地对视一眼，道：“曙光啊，你本来就已经是预备党员了，支部发展你的条件比发展谁都成熟。为了坡底村，你再写份入党申请书吧。”

赵曙光：“我写思想汇报可以，入党申请书我不能写。因为我早已经是预备党员了，那些造反派根本没权力取消我的预备资格！”

支书与王大伯又互看了一眼,对赵曙光说:“只要你肯写,我和你王大伯,就尽快以坡底村支部的名义恢复你的预备资格。你好好考虑考虑,考虑考虑。”支书话锋一转,又说:“咱村麦子已收完了。有块地的谷子也熟了,明天就可以收了。一收完谷子,就没什么农活了。往年呢,老的少的,男的女的,一溜溜蹲在窑根前晒太阳,年年如此。这不行!曙光,依你的话,入冬几个月,咱村应该干点儿什么正经事?”

赵曙光想都没想:“水!解决吃水的问题、用水的问题。”

王大伯一拍腿:“对!一个粮食,一个水,这两件事,把咱坡底村人的志气快耗尽了!赶上个好年头,吃饱了肚子还不愁。可这水的问题,饿的时候愁,饱的时候也愁!”

见王大伯这样说,赵曙光便将自己早已想好的办法说了出来:“支书,大伯,我具体是这样想的……”

夜幕降临,坡底村只有一户人家的窑窗还泛着橘黄——那是支书家的窑窗,窗子里的谈话在继续着……

赵曙光踏着月色回到知青们住的窑洞。窑窗纸微微透着些光,但门却从里面插上了。他抬手敲了敲门,窗立刻黑了,里面传出武红兵的声音:“谁?”

“我,曙光。”

门无声地开了一道缝,赵曙光刚一进去,武红兵立刻将门插上。

赵曙光问:“你们在搞什么勾当?”

有人移开罩在带罩油灯上的衣服,屋里顿时亮了许多。原来,武红兵他们刚才都围着饭桌坐着,在油灯昏暗的光线下,看自己瓜分到的书。

赵曙光不以为然地:“有书读时不读书,无书读时抢来读,说的就是你们!”

刘江咧嘴一笑:“言过其实了,我们可没动抢。”

武红兵也一本正经地帮腔:“失去了才觉宝贵嘛,符合人和事物的关系,所以你也不必大加嘲讽。”

赵曙光冷冷地说:“各位都睡吧!明天妇女们扬麦子,咱们知青收谷子。”

知青们在谷地里忙碌着,有的在割,有的在扎捆起来。手持镰刀的李君婷割谷子的动作总不得法,忽见赵曙光走来,停下不割了,走到赵曙光跟前,娇娇地叫了一声“曙光”。

赵曙光看着她笑笑。

“咱俩换换镰刀。”李君婷说着,把镰刀递到赵曙光面前。

赵曙光看了一眼她递过来的镰刀:“怎么,不快?红兵那儿有磨刀石,让他替你磨磨。”

李君婷轻轻一笑:“不是不快,是太快了,我怕割了腿。”

旁边一名知青嘟哝道:“跟镰刀快不快有什么关系啊,只要是把镰刀,割腿上就惨啦!”

“那,你帮晓兰扎捆去吧。”赵曙光说着,弯腰割起来。

李君婷扭头看看正在一旁扎捆的冯晓兰——动作熟练,麻利,像能干的农妇。她又看看赵曙光,左右为难。

冯晓兰对她说:“君婷,过来,我正需要个帮手。”

“我又不是专给人当帮手的。”李君婷挑理地嘟哝着,不情不愿地朝冯晓兰走去。

赵曙光对武红兵低语:“你也去和她俩扎捆,教教君婷。要是她什么地里的活都不会干,将来怎么办?”

武红兵将镰刀往地埂上一砍,走了过去。赵曙光又低下头飞快地收割。

武红兵教练般地指导李君婷扎谷捆:“要少抓一把,多了能起到绳子的作用吗?谷穗要顺齐。哎,我说你怎么这么笨啊?叫你谷穗朝上你偏朝下,听不明白我的话是怎么的?!”

李君婷赌气将谷捆往地上一摔,还踢了一脚。

冯晓兰见状道:“红兵,你不能耐心点儿?”

武红兵不耐烦地将冯晓兰扎的谷捆往李君婷跟前一扔:“行行行,我耐心点儿。你看人家晓兰是怎么捆的!”

李君婷清高地:“有人适合当农民,一教一学,就会了。有人天生不适合当农民,那就怎么教怎么学也白搭。”

武红兵来气了:“难道我们就是天生适合当农民的了?下乡前谁干过这些农活了?为什么一块儿来的,别人早都会干了的活,只有你还笨手笨脚的!”

李君婷不甘示弱:“你才笨手笨脚的呢!我是来接受贫下中农再教育的,用不着你教训我!”

“哼,我看你就是天生的口头革命行!谁爱教你谁教你吧,我还不教你了呢!”武红兵一甩手,转身便走。李君婷气得一屁股坐在谷捆上,看着冯晓兰又说:“哎,我刚才的话可不是成心说给你听的啊!”

冯晓兰停止干活,问:“什么话啊?”

“就是我说有些人适合当农民,有些人天生不适合的话……真不是成心说给你听的……”

冯晓兰用颈上的毛巾擦擦汗,一笑:“我没听到,光顾干活了。别坐着,别人看了多不像话!起来,我教你。”

李君婷发窘地站了起来,冯晓兰走到她身边,耐心地教她扎谷捆……

赵曙光和武红兵几乎同时割到了地头,他们看到李君婷也扎捆扎得挺麻利了。武红兵哼了一声:“不虚心,还跟我扯什么天生不天生!”

赵曙光看了他一眼:“我叫你教人家,没叫你去训人家。你怎么不反省你缺乏耐心呢?”

“哥!哥!”

二人循声望去,只见赵天亮气喘吁吁地跑了过来。赵曙光不安地迎上去,谷地里其他知青也都围了过来。

赵天亮上气不接下气地:“水！出水了！”

赵曙光有些惊喜:“水？哪儿出水了？”

赵天亮咽了一口唾沫:“韩奶奶家！我和囤子哥挖着挖着,那个坑里出水了！”

“大家接着把那一小块地割完,之后休息！”赵曙光转脸对武红兵又说:“走,看看去。”

韩奶奶拄着拐棍,站在自家平场上的一个大坑边,急切地向坑里张望:“囤子,你俩是挖出水来了吗？”

囤子站在一人多深的坑里,冲韩奶奶又是点头,又是摇手。

“你说话呀！”韩奶奶急切地自言自语,“嗨,我倒忘了,你说不出话来了……”

支书和妇女们急急风般走来,围在坑边。支书探头朝坑里看去:“水呢？”

赵天亮挤上前,将囤子从坑里拽上来。囤子摊开一只手给支书看,里面有一团湿泥。

支书有些不耐烦了:“你给我看那干吗,我问水呢？”

囤子耸肩。

赵天亮一急,跳下坑,在坑底东挖西挖。一锹锹泥飞上坑边,支书和妇女们忙向后退开。

赵曙光和武红兵也夹在围观的人群里,蹲坑边,研究坑里的湿泥。

武红兵用手捻了一把那团湿泥:“明摆着,肯定见水了。”

赵天亮在坑里仰脸道:“当然见水了,我骗你们干吗呀！”

“你上来！”武红兵伸出一只手,将赵天亮拽上坑,自己跳了下去。坑底的泥土稀泞。他往手心啐一口,使劲一踏,锹头深入泥里。

赵天亮向围在坑边的人们解释着:“我一锹下去,咕嘟一下,冒出一股水来,那叫清！我心里一喜,又一锹下去,又冒出一股水来！不信你们看我的鞋！”说着，他将一只脚高抬着伸向人们，让人们看他鞋上的湿泥。

“你们再看囤子哥的鞋！”他将抱头蹲着的囤子扯站起来，指囤子的鞋。

赵曙光制止他：“天亮，别说了。”

赵天亮缄口了。他从人们的表情看出，大家不是不相信他，而是大喜过望又大失所望。

支书指指赵天亮问赵曙光：“他是谁？”

“我弟弟，来看我的。”

支书将赵曙光扯到一旁，语气坚决地：“坑里肯定是见水了！见水就证明有水！你们几个知青不割谷子啦！都来给我轮番挖！我就不信，明明见水了还挖不出水来！一定要在这儿给我挖出一口出水的井！那我放你们三天假！哎，我跟你说话，你倒是认真听着呀！”

赵曙光的确没认真听，他在看不远处的一株老枯树。那枯树几乎只剩下腰围般粗、两米来高的树干了。那儿比坑这儿地势低。赵曙光走了过去，研究似的绕着树转了几圈。

赵曙光一伸手：“拿个家把式来。”

站在一旁的囤子将铁锹递给了他。赵曙光用锹把敲敲树干，里面发出了空洞的声音。他又用锹头砍树的根部，朽根暴露了，根部被砍透，一小股清水从树根的地方涌出，转眼流完。

众人都围拢到枯树这里来，愣愣地看着被那一小股水浇湿了的地皮。

赵曙光向大家解释道：“这树干早空了，每次下雨，树干里都会储住些雨水，再慢慢往地下渗。日久天长，地底下渗出了水层。挖到了水层，坑里自然会冒出水来。但那点儿水太有限了，也就将够洗把脸吧！这儿地势这么高，怎么挖也难挖成一口出水的井。”

支书张张嘴，没说出话来。

韩奶奶问春梅:“你曙光哥说些啥?我一句也没听清楚。”

所有失望的人中,顶数春梅最失望:“奶奶,咱进屋去吧。”

韩奶奶:“怎么都愣着,没人挖了?”

“我曙光哥说,这儿根本挖不出井来。”春梅失望得眼圈有点泛红。

知青们的窑屋里,赵曙光在搅一锅菜粥,武红兵们依次在一只桶里洗毛巾,擦脸擦身。

赵曙光一边搅着手里的勺子,一边说:“来点儿水。”

武红兵说:“水不能往锅里添了。”

赵曙光转身向水桶里一看,皱起眉头:“你们太过分了吧,那可是小半桶水呀!晚上喝什么?”

“顾不了那么多了,晚上再说晚上的吧!”

赵曙光无奈地摇头,接着往锅里撒盐。

正说着,门口传来了李君婷的声音:“能进吗?”

“等会儿等会儿。”武红兵应声,急忙抓起背心往身上套。

一名知青让道:“请进吧!”

李君婷慢慢地走了进来,手里拿着她那条白毛巾,不得已地说道:“马婶家没水了,我也不能一整天都拿干毛巾擦脸呀!”

武红兵一言不发,从她手中抽过去毛巾,在桶里洗了几洗,拧干,递还给她。

李君婷看着变黄了的毛巾,有点儿傻眼。

武红兵道:“不要看电影里的陕北人围白毛巾,你就买白毛巾。电影是电影,现实是现实。以后要买深色的,最好买黄色的。”

李君婷掠去毛巾,一转身跨出了门,她在门外擦脸,擦颈,回头瞥一眼,将拿毛巾的手探入衣下擦前胸。

门内响起赵曙光的咳嗽声,李君婷立刻将手从衣服底下抽出。赵曙光走到她近前,又递给她一条湿毛巾,说:“我的。”

李君婷手接毛巾，眼却脉脉含情地望着赵曙光，问："你弟哪天走？"她又擦一遍脸和脖子，擦时眼睛仍望着赵曙光。

"明天一早就得走。"

"既然来了，怎么不让他多待几天？"

"他不是无业游民，他是兵团战士了。他来到这里是付出了代价的。"

李君婷一愣，一边递还毛巾，一边问："是吗？什么代价？"

赵曙光一笑："不说那些了。进来一块儿吃吧。"

李君婷心情低落地："不了。"

"已经为你盛上一碗了，玉米面菜粥，我煮的，挺好喝的。"

李君婷脸上又有了笑意："你煮的，那我喝一碗。"随赵曙光进屋坐下，默默捧碗喝起粥来。

赵曙光问她："还行吧？"

"好喝。在马婶家，这几天光喝小米粥了，喝得我都有点儿烧心了。你们哪儿来的玉米面啊？"

"哪儿来的？"武红兵有些得意道，"还能偷的抢的？我用一双半新皮鞋换的！"

话音刚落，门被撞开，一高一矮两名公安人员闯了进来。高个子公安用警棍指大家："都别动！谁动谁倒霉！"

大家都惊呆了，一动不敢动。

矮个子公安："坡底村的知青，都在这儿了？"

赵曙光镇定地："除了一名女知青，都在这儿了，我是知青队长。"

"一会儿有话问你。"高个子公安朝矮个子公安努努嘴，矮个子倒背手，老练地这里那里用目光寻查起来。

支书赶来。他身后跟着赵天亮、冯晓兰、春梅和一些妇女。支书不慌不忙地说："怎么回事？我是支书，两位公安同志，不管什么事，那也得先跟我支书打声招呼吧？"

高个子公安"啪"地一个立正："老支书同志，是这么回事。县里封了封条的一个图书馆近日被盗了,损失了大批有毒的书籍。有迹象表明,其中一批在咱们县的集市上出现过。又有迹象表明,一批中的一些,可能转移到你们村知青的手中了。”

支书转眼看知青们,大家一个个故作镇定。他问赵曙光:“曙光,你知道点什么情况不?”

赵曙光摇头。

支书又对高个公安说:“有毒的书嘛,那一定是阶级敌人们盗的。他们盗了,他们看了,那中毒的是他们,中毒活该,谈得上什么损失不损失的呢?您看我们这些知青中有像阶级敌人的吗?”

高个公安一板一眼道:“那是当然没有了。可是作为一件盗窃案,我们县公安局,接到举报还是争取把它破了的好,是不是?”

支书也板起脸来:“那就破到我们坡底村来了?我们坡底村虽然穷,却一向是路不拾遗、夜不闭户的一个村。经你们这么一来,不等于扇我们全村人大嘴巴子吗?你们要是一本书都搜不出来怎么办?怎么弥补我们坡底村名誉受到的严重的……那个损失呢?”

妇女们七言八语开了:

“就是!”

“我们村的知青可都是好知青,他们决不会干那种事儿!”

“正农忙的日子,我们的男知青这几天都没离开过村!”

“女知青就她,就她,她俩哪点儿像干那种事儿的样啊?”

武红兵忽然从桌旁站起,大律师似的:“妇女同志们,亲爱的妇女同志们,少安毋躁,少安毋躁!两位公安的同志既然来了,那我们就有义务配合他们办案。我发现两位同志的目光,一次次往炕上瞟。说明什么呢,说明他们怀疑赃物藏在我们的被褥里。现在我请求大家,帮我将被褥抱到外边去,搭开在绳上,以便于公安同志检查!”

于是妇女们蜂拥而上,枕头一溜儿摆在炕上了,被褥都搭在了绳上。矮个公安在外边双手拍被褥,高个公安在屋里捏按枕头。矮个公安进入屋里,二人交换一无所获的眼神。屋里看起来再也没有什么可藏东西的地方了,一切一目了然。包括冯晓兰和李君婷在内的知青们围坐桌旁,姿态各异。有一名男知青伏在桌上,发出鼾声,其他人清白无辜地望着两名公安。支书盘腿坐在炕上,吧嗒吧嗒地吸着烟。

赵曙光缓解地:“支书,我理解,两位公安同志的行动,其实也不是专冲着我们几名知青来的。”

高个公安打蛇随竿上:“对对！上边交代下任务了,我们也不过是执行一下公干嘛。”

支书点点头:“我不送二位了。曙光,替我送送两位同志。”

赵曙光和两个公安刚一出屋,知青们都暗松一口气。

支书让妇女们散去,自己却留下来,倒背双手,也用大侦探似的目光在屋里寻察起来。他从窗口向外看了一眼,两个公安和赵曙光已经走远。他踱到桌旁,扫视知青们,猛一掌拍在桌上:“当我白长了一双眼?什么古怪都看不出来?告诉你们,我眼里最藏不住沙子！在哪儿?”

知青们都被他吓了一跳。

武红兵不自然地笑问:“什么在哪儿啊?事儿不都结束了吗?您怎么又审我们?”

冯晓兰劝他:“红兵,支书既然看出来了,那就如实招了吧,别惹支书生这么大气。”

武红兵把身子一扭,不肯招。

“好,我先不审那惹事的,我先审出那告密的！揭发那也该首先向我揭发,却先把公安的引到村里来了！眼里还有没有我这个当支书的！”支书说着,转头瞪着李君婷。

李君婷急道:“您干吗瞪着我呀?”

“伸出双手！”

李君婷乖乖伸出了双手。

“‘滚一身泥巴’,身上泥巴在哪儿呢? ‘磨一手老茧’,手上怎么没有？三天两头跑县里去开会，会比我这支书会还多！你给我听明白了，北京来的也罢，多大官儿的子女也罢，既然是我坡底村的插队知青了，那我就有权力教育他，改造他！"

"冲我发的什么火呀！"李君婷委屈得要哭。

"支书！"赵曙光走进来说，"刚才的事和她一点儿关系都没有，完全是由于我引起的。但是我绝对没偷盗图书馆！我只不过花十元钱买了一些书带回来了。我发誓，那些书我在学生时代就读过，都是对人心变好变善有帮助的书。在集市上，要不是君婷帮助了我，我就被纠察队带走了，所以绝不是她……"

"还怀疑我是出卖者！"李君婷哭出声，冲了出去。

窑屋里一时肃静。

支书对赵曙光说："那你，那你去哄她呀！"

赵曙光转身刚走一步，站住，回头望冯晓兰。冯晓兰会意，立刻起身从屋里跑了出去。

"藏哪儿了？"支书四处翻找着那些惹祸的书。武红兵默默拍了几下桌子。那桌面是由几块木板拼成的，里面是个空膛，抽掉桌面上的一块木板，那些书就呈现了。

支书瞪了瞪眼："取出来。"

武红兵默默将书一本本取出。支书将书捧到灶口那儿，将书放在地上，拿起一本，看了会儿，要往灶口里扔，却被赵曙光拦住："支书！"

武红兵突然大叫："烧吧！烧吧！可你别忘了，我们是知、识、青、年！我们没有书看，就像陕北人不能唱信天游！那总有一天，我们会疯的！要不就会傻！"

支书看看身边的这些年轻人，每个知青都在默默望着他，有人脸上淌着泪。支书没把书扔进灶口，而是把它们搁在了地上。他想站起来，但也许腿酸了，趔趄了一下。赵曙光上前扶他，却被他一甩胳膊搪开。

支书盘腿坐炕上，用力地吸着烟，屋子里只能听见咂烟斗的吧嗒吧嗒声。他磕磕烟锅，下了炕，皱着眉头环视知青们："你们以为我当支书当得容易当得自在呀？往后少让我操点儿心行不行啊?!"说完，他脱下自己的褂子，铺在桌子上，弯腰将地上的书一本本捡起，放到褂子上，包成个包袱，拎着走了出去。

赵曙光跟出去："支书！"

支书头也没回。

冯晓兰追上李君婷，拦在她面前。李君婷左走，冯晓兰左拦；李君婷右走，冯晓兰右拦。

李君婷瞪着她："我掩护赵曙光还掩护出错了呀？我到底也是知青吧？我能明里掩护暗里再出卖吗？我有那么卑鄙吗？"

冯晓兰耐心劝道："君婷，别生气。他一个人的猜疑并不代表大家。曙光一回到村里，就把你俩在县集上遇到的情况如实告诉我了。他对你很感激，说你其实是好姑娘，在咱们几个知青中年龄又最小，让我要带头关爱你……"

"其实是？"

冯晓兰赶紧道歉："对不起，我用词不当。"

李君婷一挑眉毛："我猜他不是要跟你说我好不好，而是急于向你解释什么吧？"

冯晓兰表情有些尴尬："你看你，是曙光让我来劝你的。你反倒这么问，让我该怎么回答呢？"

李君婷冷冷一笑："他真那么关爱我，那他何不自己来劝我？我虽然年龄最小，但并不是可怜虫！请你闪开，别拦着我！"

"你！"冯晓兰没想到她这样无礼，火气也上来了，"你以为你年龄小，别人就得都拿你当宝贝啊？真不识好歹！"

李君婷反倒更加不客气："闪开！"

冯晓兰一闪身，李君婷从她身旁傲然而过。冯晓兰望着她背影，生气地自语道："有你自作自受那一天！"

武红兵跟在赵曙光身后，经过坡底村的晒场，走到粮囤后面。武红兵有些不耐烦："什么事儿，还非得到这地方来说？"

赵曙光一转身，揪住了武红兵的衣领。武红兵看了一眼抓在自己领口上的手："有必要动这么大肝火吗？事情不是过去了吗？"

赵曙光低声吼："我不是因为书的事儿！"

武红兵一脸无辜："那还因为什么事儿？"

"在我不在坡底村的日子里，你为什么一次又一次地欺辱冯晓兰?!"

面对赵曙光的质问，武红兵竟笑了。他突然伸出手抓住赵曙光腕子，顺势扭身将赵曙光一背，毫无防备的赵曙光被摔在地上。

武红兵正正衣领："人贵有自知之明，论打架，你还得学两招！"

赵曙光从地上爬起来，双手抱武红兵腰，将武红兵拱倒在草垛上。二人厮打起来，将那垛草打散了。赵曙光终于占了上风，用胳膊肘压住武红兵脖子。武红兵挣扎道："别来真的，我喘不上气儿了！"

赵曙光越发把胳膊压紧了："我当然来真的！说！为什么?!"

"因为……空虚……"

赵曙光咬着牙："因为空虚就……你混蛋！"

"不是我空虚，是他们几个！你先放开我！要不我可什么都不回答你，糊涂死你！"

赵曙光放开了他，武红兵狼狈地从塌了的草垛上站起来，辩解道："第一次是刘江出的点子，我只不过没有反对而已。"

"你还'而已'！"

武红兵翻翻眼睛："那有什么？冯晓兰她还在乎那事儿吗？对于她，在北京时，不早就是稀松平常的事儿了吗？那几个小知青空虚、无聊、寂寞！其实批判你那位冯晓兰是假，拿李君婷开开心才是真！她以为大家和她一样，而大家只不过是在假装，觉得像是在演戏！"

赵曙光听得发愣。

“当然，我承认，有时候我也内心空虚。可我不像他们几个小知青空虚得那么厉害！所以，他们想第二次那么做时，我是明确表示反对的。可几个小子，吃晚饭时在我的粥里放了安眠药片儿……”

“谁？谁有安眠药片儿？哪儿来的?！”

“刘江有，听说他让家里夹在信中给他寄来的。”

“我不在时，小知青们有安眠药片你都不管吗？你对他们还有没有半点儿责任感?！”

武红兵语塞，还没等他反应过来，一记耳光在他的脸上扇响了。

“亏你还是个老高三！”赵曙光说完，转身便走。

第二天，冯晓兰和王大伯一家人送赵天亮走，赵曙光已等在院外。王大娘将两个鸡蛋往赵天亮兜里揣，赵天亮赶紧躲闪：“大娘，不行，不行的！家里刚刚攒了两个鸡蛋……”

“怎么不行呢，都煮熟了！”

“你看你这娃，拉拉扯扯的多不好。”王大伯在一边帮腔。

赵曙光：“是大娘大伯的一片心意，揣上吧。”

春梅：“也是我的心意。”

赵天亮笑着摸摸春梅的头，对冯晓兰说：“晓兰姐，别忘了你说的，每月至少带春梅到县里洗一次澡。”

“忘不了。”冯晓兰笑着，也摸了春梅的头一下。

赵天亮转过脸看站在一边的囤子，情不自禁地抱了他一下：“囤子哥，抱歉了，不能帮你脱坯为韩奶奶修窑屋了。”

囤子伸出他的大手，轻轻地拍了拍他的背。

春梅：“天亮哥哥，你还来吗？”

赵天亮：“一定争取。”

春梅低下头：“一定争取，就是再也不会来了？”

赵天亮不知如何回答为好。春梅凝望着他,眼泪从脸上淌了下来。冯晓兰替春梅擦泪,温柔地说:“一定争取,就是一定会来。”

赵曙光:“他敢不来,我去北大荒把他揪来!”

王家人望着赵天亮在冯晓兰和赵曙光的陪伴下,渐渐走远。

走出老远,赵曙光将一封信交给弟弟,叮嘱他:“如果有机会,你一定要替我去看看‘北京知青支队’的知青们,当面把这封信交给张敢峰队长。要记住,这是一封绝对不可以邮寄,也绝对不能让别人转交的信。连你也不可以拆开看,更不能弄丢了!”

赵天亮见信的封口已经给封了,揣入内衣兜,向哥哥保证:“不见到张敢峰,这封信不离开我身。”

冯晓兰嘱咐:“回到家,可以和伯母说实话,但千万别跟伯父说实话。他那脾气,你的实话会把他气坏的。”

赵天亮默默地点了点头。

赵曙光拥抱了弟弟一下,拍着弟弟的肩说:“人要对自己的行为负责任。怎么做了,就得将那后果怎么承担了。哪怕那后果是惩罚,也不能抱怨什么。”

赵天亮点头,说:“哥,炕角还剩下了一本《泰戈尔诗集》,我带走了,啊?”

“走吧!”

赵天亮一步三回头地向黄土高原更茫茫之处走去。忽然,远处传来春梅脆亮的歌声:

山丹丹开花崖畔畔红,
陕北人爱唱信天游。
花开花落那个不由人,
遇上个中意的人儿不容易!
……

赵天亮循声望去，依稀看到春梅好看的身影沐浴着朝霞，伫立在远处的崖畔。

沟沟壑壑回荡着“不容易”……

北京某军事学院卫生院里，一位年近中旬的女医生正仔细地为一位老年患者听诊。听了一会儿，女医生放下手中的听诊器，一边坐写药签，一边说道：“放心吧，您老心脏正常，肺有轻微炎症。还吸烟吧？实在戒不了，尽量少吸点儿。有空儿散散步。我们卫生院办了太极拳义务培训班，能跟着学学更好。”

一名护士将门推开一道缝，探进头小声说：“秦医生，有人找。”

女医生没抬头：“请他等会儿。”

“是您儿子。”

女医生一愣。

赵天亮在卫生院走廊里来回走动，分明等得有些心急，见母亲走出门诊室，立刻迎上去：“妈！”

女医生惊讶道：“天亮？你……你怎么……”

赵天亮没回答母亲的问题，只是问：“妈，我爸在家吗？”

“这会儿应该还没回家。”

“太好了，那你肯定知道咱家存折放哪儿了吧？”

赵母表情严肃起来：“你怎么回事？突然出现在妈面前，东一句西一句问得没头没脑的！”

赵天亮有些着急：“一句话说不清楚，你到底知道不知道啊！”

赵母打断他：“别在这儿说起来没完！”

母子二人走出医院，站在门旁，赵母疑问重重地看着赵天亮。

赵天亮面带愧疚：“妈，我跟你说实话，你可别犯急。我在连队当班长当得好好的，却收到我哥拍给我的一封电报，说他在陕北那边遇到了严峻的事,要我尽快去他那儿。我能不去吗?”

赵母似乎猜到了什么,追问:“请假没有?”

“请了,没批。结果到了他那儿,才知道他根本没给我拍电报。我只待了三天就……”

“那你还待三天!”

“妈,你别老打断我的话啊!让你别急,你还非急!我到的第一天没见到我哥,他和村里的一些年轻人到山西挖煤去了,我能千里迢迢地去了,却不见他一面吗?”

“那究竟是谁给你拍的电报?”

“当然是对我哥心怀敌意的人!朋友能干那种缺德的事吗!”

“怎么还会有对他心怀敌意的人?你哥在那儿好吗?你晓兰姐在那儿好吗?”

“好,好,都还行。”

赵母有些着急:“怎么叫还行?!”

“妈,你让不让我先把话说完啊?都还行那不就是,那不就是没什么太不开心的嘛!”赵天亮也急躁了,说最后一句话时,想用手掌拍墙;见面对的不是墙,而是窗,那手在空中僵了一下才落下,窗内的医生和病人吃惊地看他。

赵母扯了他一下,和他闪到了窗内人看不到的地方,之后忧心忡忡地紧抿双唇。

赵天亮急切地问:“家里有多少存款?”

赵母犹豫地说:“两千多元。”

“就两千多元?”这个数字远远低于赵天亮的预想。

“那你以为我和你爸还会攒下多少钱?”

赵天亮解释道:“我离开那地方时,我哥嘱咐我,替他向家里借一笔钱。他插队那个村子太穷了!而且严重缺水。他需要一笔钱组织乡亲们打机井。不是为了替他办妥这件事,我根本就不回家这一趟!我今天把钱寄给他,在家住一晚上,明天就走。"

"那得多少钱啊?"赵母有些迟疑。

"我也不知道。妈,怎么也得给他寄一千吧?寄少了,不是等于没寄吗?"

赵母迟疑道:"可存折,一向是你爸收着。"

"给我钥匙!趁我爸还没回家,我先回家找找。"

"就没必要让我们当父母的商量商量了?"

赵天亮又急躁了:"还商量什么呀!儿子朝父母借钱,父母有什么好商量的?再商量还能商量出个不借呀?"他向母亲伸出了一只手,一副不达目的誓不罢休的表情。赵母默默从兜里掏出钥匙,放在他手里。赵天亮接过钥匙,转身就跑。

一套简朴整洁的三居室,被赵天亮翻了个乱七八糟。他身后传来开门声,有人走了进来。

赵天亮头也不回地说:"妈,我跟你说的那些,你可不能跟我爸说,还得替我编谎话骗骗他——我爸会把存折放哪儿呢?"

"真是外盗易挡,家贼难防!"熟悉的声音从背后响起,赵天亮噤若寒蝉。

回到家里的不是母亲,而是父亲。他拄杖站在客厅,侧耳听着赵天亮翻找东西的声音。他其实等于是个盲人,无论家里外头,都戴着墨镜。

赵天亮想贴墙边溜出那间被自己翻乱的屋子,赵父却横跨一步,挡在了家门口,断了赵天亮的逃路。

"爸。"赵天亮怯怯地叫了一声。

赵父一语中的:"开小差儿回来的?"

"不是。特殊任务。"赵天亮小声争辩。

赵父冷冷一笑:"偷自家存折?什么人给你的任务?"

"爸,您误会了,您听我慢慢解释……"

"跪下!"赵父厉声喝道。

“好好好，我跪，我跪。”赵天亮轻轻搬起一把椅子，摆父亲对面，悄无声息地坐下。谁知，赵父却举手杖探过来，手杖头一敲，探到了赵天亮的腿，也探到了椅子腿。赵父猛地举起手杖：“你开小差！溜回家偷存折！居然还敢坐在老子面前！”

见椅子暴露了自己的位置，赵天亮迅速起身，并将椅子移开。赵父的手杖横扫过来，却扫了个空。赵父咬着牙狠狠地说道：“好小子，欺负老子眼瞎！”

“爸，你听我解释！”

“你还有什么可解释的！”赵父的手杖寻着赵天亮的声音又举了起来，没等劈下，手腕被一只年轻有力的手给擒住了。赵父想甩开儿子的手，却没有成功，父子二人就这么僵持着，较起劲儿来。

“爸，我不想对您这样，可您……”

“住口！你已经跟我动手了！”

正巧这时，赵母回到了家里，被父子二人的架势吓了一跳：“老赵！你们这是干什么呀?!”

赵天亮趁机一推，不料竟将父亲推得后退两步，跌坐在沙发上。

“爸，对不起……”

赵母赶紧上前扶起赵父，却被赵父推开了，他怒声吼道：“你怎么可以帮助他骗我！”

“我妈不是还什么话都没替我说吗？”赵天亮刚一替母亲打抱不平，赵父的拐杖又落了下来。赵天亮闪身躲开，身后的暖瓶却被打碎。

“妈，我一晚上都没法儿在家住了！我哥那事儿，您看着办吧！”说完，赵天亮逃也似的夺门而出。

下了火车，赵天亮在白桦林车站杨秉奎那儿住了一宿，第二天傍晚时分，回到了连队。连队静悄悄的，不见一个人影。他疑惑地向宿舍走去。在宿舍门外，张连长的儿子和尹排长的儿子合力抬了一桶水走来。两个孩子见了他,像看陌生人似的。

赵天亮笑着说:“不认识我了?”

连长的儿子点点头:“认识。”

尹排长的儿子也大声地:“赵天亮。”

赵天亮想起自己走了这么多日子,不知地里的麦子怎样了,问:“天晴了,麦子好割了吧?”

连长的儿子说:“麦子全完了。现在不割麦子,割豆子。”

赵天亮还想问什么,却从敞开的窗口看到了“小地包”。只穿短裤的“小地包”正站在炕上,手持木锨,呆呆地看他。

赵天亮更觉纳闷。他大步走入宿舍,宿舍里变了样子——对面炕的被褥集中到一面炕上了,很挤,每个人的铺位也就两尺宽。另一面炕上,铺满厚厚一层麦子。“小地包”浑身是汗,分明刚才在用木锨翻麦子。而“小黄浦”蹲在炕洞那儿,正往里塞劈柴。火势很旺,湿麦子散发着水汽。

赵天亮指了指炕上铺着的麦子问:“这……怎么回事?”

“小地包”叹口气:“地里的麦子,在麦棵上就发芽了。现在的麦海,已经不是金黄的了,是蒜苗绿的了。抢收回来的麦子,不这么烘干,很快也会发芽,霉烂。那全连白辛苦了不说,还得向别的师团伸手要粮吃了!”

“小黄浦”补充:“现在全连的情况是,两三户人家挤到一家去住,腾出炕来烘麦子。”

赵天亮吃惊地:“怎么会这样,怎么会这样,我才走了几天!”

“几天?算今天,你离开连队十三天了!昨天天才放晴……”

赵天亮四下瞅瞅:“我……我的镰刀呢?”

“我一直替你收着。”“小黄浦”从屋子一个角落里找出镰刀,交给赵天亮,“许多人都认为你是自己设计了一个借口,逃回北京,再也不会回来了!”

赵天亮低头看那把熟悉的镰刀,缠了白布条的把上,有他自己写的名字,布条上有自己变成褐色的血迹。他愣了一下,转身就要往外跑。

"班长!""小地包"把他叫住,递给他一双黑袜子改的手套,说,"割豆子比割麦子更苦,因为豆秧比麦秆儿矮,还扎手,不戴手套是不行的。"

"班长,我俩也就这会儿还能背着人叫你一声班长了。现在齐勇已经是一班长了。""小黄浦"说得很无奈。

"小地包"又说:"班长,你既然回来了,那一切就面对现实吧。咱们排长已经因为你受处分,被撤职了。指导员连长苦苦保了他几次,还被团里狠狠批评了一通。麦收期间,未经准假逃离连队的,全团仅你一例。团里认为咱们排长有难以推卸的责任,听说还要把他调离咱们连队。班长,趁这会儿只咱们三个人,把我俩知道的情况全告诉你,是希望你及早有些心理准备……"

赵天亮也不接"手套",一转身冲出了宿舍。

在连队的路上,他又碰上了那两个抬水的孩子,问他们:"豆地在哪边?"

张连长的孩子抬手一指:"麦地往东五六里,挺远呢!"

赵天亮拔腿就跑,他跑过麦地,麦地果然一片绿!他站住了。远远的,连里割豆子的人们在往回走,走在前边的是女知青和妇女们。孙曼玲并没看到他,是林丽指了指,她才看到的。她想站住和他说句话,但显然不知说什么好,犹豫了一下,低头跟上队伍走了。从她们行走的步态可以看出,每一个人都是那么疲惫。

男知青们走过来了。齐勇走到他跟前,冷冷地看了他一眼:"如果排长真的调走了,我跟你没完。"

赵天亮只有一言不发。

韩指导员、张连长、尹排长、方婉之和张靖严以及老职工们也走过来了。他们发现了他,都站住了。

赵天亮鼓起勇气,主动走过去,大声道:"报告,我回来了!"

张连长冷哼了一声:"你回来了我们还得开欢迎会吗?!七连宁可要

一个张靖严，不要十个赵天亮！”

“老张！”韩指导员止住了连长的话，转脸对赵天亮说，“你回来了，七连当然还是欢迎的。明天起，先跟着割豆子吧。”

张靖严说：“指导员，连长，你们先走一步，我和天亮说几句话。”

众人走后，赵天亮默默望着张靖严，内疚地：“排长，对不起。”

张靖严故作严肃地问：“带回点儿什么好吃的没有？”

“事情果然像你推测的那样，我真后悔没听你的话。”赵天亮低着头，心里很难受。

张靖严一笑，搂着他的肩膀，边走边问：“你哥还好吧？”

“他是个乐观主义者。”

“你那位晓兰姐呢？”

“她是个理性主义者。”

“你等于什么都没回答我嘛。再问一句，可要正面回答——他们插队那地方怎么样？”

“穷。严重缺水。知青也和农民一样，挣工分。一年到头挣不了多少工分。”

张靖严站住了，自言自语道：“和插队知青比起来，我们兵团知青幸运啊！每月三十二元的工资，尤其我们这个团，再加上每月九元多的寒带补贴，将近四十二元了。这四十二元，使我们和那些去往贫困地区的农村插队的知青相比，简直可以说，一些在天上，一些在地上啊！”说着，将脸缓缓转向赵天亮，沉思地凝视着他。

赵天亮发自内心地说：“排长，你要是想骂我，那就骂吧！无论你怎么骂，我都承受得住，也没有理由承受不住。”

张靖严却依旧自顾自地说着：“要让我们兵团知青知道！对。一定要让大家知道！知道我们是何等幸运！”

“排长，你是主动来到北大荒的吗？”

张靖严点头：“当然。我是为理想而来的。你说你哥哥是一个乐观主义者，你那位晓兰姐是一位理性主义者，那么我就是理想主义者了！”

“相信自己足以改天换地？”

“不，我从来也没那么以为过。高一的时候，我成为学校最早的几名学生党员之一。高二的时候，我被审定为即将派往法国的公费留学生。那时我的理想是科技强国，为国争光。那时我的理想很大……”

“现在呢？”

“现在我的理想很小，很具体，很现实。我的母亲是家庭妇女，文盲。我的父亲是铁路上的搬运工，靠力气挣钱的人，扫盲时认识了几个字。我家孩子多，我是老大。父母能供我读到高三，那也实在不容易啊！既然大理想破灭了，那就让我实现小理想吧。让父母脸上愁云少一些，笑容多一些，让弟弟妹妹过年过节有件新衣服或新鞋穿，这就是我现在的小理想。共产党员也首先是儿女，体恤父母也是热爱劳动人民。”

赵天亮低声道：“排长，你这么说，有些人听到了会批判你的。”

“我知道该对什么人说，不该对什么人说。”

从连队的方向隐隐传来号声。张靖严拍了拍赵天亮的肩：“咱俩别站在这儿说起来没完了，我可饿了。”

于是他们向连队的方向走去。他们的身影，在广袤的土地上，显得那么渺小。他们的对话，却在广袤的土地上继续着，就像在巨大的录音棚里一样清晰：

“排长，为什么你一点儿都不怨恨我？”

“怎么没怨恨过你？从发现你离开连队那一天早上起，我内心里就开始怨恨你。我太清楚我将因你而承担什么后果了。可是方婉之大姐的一席话，改变了我的想法。”

“她怎么说？”

“她说，将来，你们知青一定会成为中国的一种历史现象。这段历史将主要靠你们自己来写。多写下一些谅解和友爱，那样的历史才更值得回忆，也更有意义。怨恨太多的历史是令人讨厌的历史。不仅经历过的人讨厌,连没经历过的人也会讨厌。”

连队食堂里人已不多,卖饭的是魏明。

“两个馒头,一份菜。”

魏明冷着脸给了他两个馒头。

赵天亮:“菜。”

魏明:“没了。卖完了。”

“那不是吗?”赵天亮向卖饭窗口里一指,案子上的大盆中,明明还有半盆菜。

“我说没了就没了!”魏明看都没看他,“啪”地关上了小窗。

赵天亮默默转身,对面墙上一条黑布上贴着的白纸剪的字让他呆住了——“沉痛哀悼张敢峰烈士”。

馒头和饭盒从他手中掉到地上。

赵天亮狂奔到河边,气喘吁吁,胸膛起伏,脸上已淌着泪水。他从内衣兜掏出信,犹豫一下,还是将它拆开看了:

敢峰,我最亲爱的同学,我最信任的朋友,我尊敬的思想交流者:

如果说,你离开北京时,北京只不过有“山雨欲来风满楼”的迹象,那么现在我不能不告诉你我真实的感觉——它使我想到契诃夫的小说《第六病室》,想到他那句忧伤而又无奈的话:“俄罗斯病了!”我认为现在到处可见许许多多形形色色的中国病人……因而我的心情也像当年的契诃夫那般忧伤而又无奈。我还想到闻一多的诗句——“我双手擂着大地的赤胸,眼中迸出血泪:这不是我的中华,不是不是!”可是,已经来到陕北一个贫穷的小村的我,却也只有装出头脑简单的样子,尽量以阿凡提式的智慧,保护某些我或能保护得了的人。朋友啊,我心愀然,我心愀然!我唯一感到安慰的是,毕竟真的和人民打成一片了!

……

赵天亮听到脚步声，赶紧将信揣入兜里，回头一看，是端着盆的周萍。

周萍说："你能回来，我替你高兴。"

赵天亮没说话，起身走了。

晚上，赵天亮回到宿舍，见知青们像罐头里的沙丁鱼一样，挤了一炕，根本没有他睡觉的地方。正在他发愣的时候，一只手拍在他肩上，他回头看，是张靖严。

"我知道一个可以打着滚睡觉的地方，咱俩一块儿睡那儿去。"

马棚的地上铺开着麦草，张靖严和赵天亮仰面朝天躺在草上。

张靖严仰视着马棚稻草的棚顶，幽幽地说："知道我为什么受你牵连了，也还是对你很友好吗？"

"你说过了，因为方排长的一番话。"

"那是一方面原因。另一方面原因是，你们全家对你那位晓兰姐的情怀，说明你们全家人都是正直的。正直，这一种人性品质，在今天的中国，太弥足珍贵了。连长指导员他们，也是这样看问题的。所以，你要记住，你没有权力再做使一个正直的家庭蒙羞的事。"

张靖严的话让赵天亮感到更加内疚了："排长，感谢你对我说这些话，真的。你和我哥哥一样，有时说出的话，好像写在书里的。能经常听到有人对自己说那样的话，心里暖暖的。"

张靖严一笑，轻轻地朗诵起来：

我像一片秋天的残云，
无主地在空中飘荡。
呵，你那光芒四射的太阳，

你还没有蒸发掉我的水汽。
假如这是你的愿望，
假如这是你的游戏，
假如你愿意在夜晚结束这一场游戏，
我就在黑暗中，或在净化的晨光中，
甘愿自行溶化、消失。
……

赵天亮欠起了身："泰戈尔的诗！"

张靖严转头看他："你也喜欢泰戈尔的诗？"

"我要送给你一本他的诗集！"

人们在钻天杨下休息，韩指导员在讲话。

"趁大家休息这会儿，宣布几件事情。第一，明天休息一天……"

并没引起什么高兴的情绪。所有的人都低垂着头，摆弄着镰刀。大家已因疲惫而懒得抬头，懒得相互说话，也懒得应答。

"第二，宣布团里的，当然也是连里的处分决定——鉴于赵天亮的行为，作为知青排长的张靖严没有及时汇报，因而有推卸不掉的责任，团里建议连里，免去其排长职务，并给予党内警告处分……"

人们同样没有什么反应，仿佛都麻木了。

"以后，将由机务排尹排长，担任知青男排排长。对于赵天亮本人，给予记大过处分，两年内，不得参与五好战士等先进个人评选。赵天亮，你有什么意见吗？"

无人抬头，无人应声。

齐勇猛地站起，四下看看，大步走向一人，将那人揪着衣领拽起来了："你怎么还一声不吭?！"

齐勇揪错人了，被揪的并不是赵天亮，是"小黄浦"。他懒洋洋地举起一只手,朝豆地里指去——指导员和齐勇扭头往地里看。

豆地里,赵天亮的身影在收割。但与其说是在收割,莫如说是在以慢镜头的速度进行类似收割的表演……

第六章

秋风乍起，杨树的叶子变黄了，黄叶在枝上舞蹈，像金色的鳞片闪动。赵天亮独自坐在马号里写信：

哥：

我的情况，不出我自己所料。但是我能扛住。有时候我会和晓兰姐比。一比，觉得自己面临的事简直不算件事儿了，我是指心理压力方面。回到连队的两个月里，天天割豆子。大丰收原本是喜人的，但疲劳将喜悦抵消了。我挺佩服我们连的女知青的，她们表现出的韧劲让我暗暗吃惊，也让我自愧不如、五体投地……

此时，女知青宿舍里，孙曼玲又撕起了床单。女知青们都呆呆地看着。高洁忽然打开箱子，找出一条床单，往炕上一扔，谁也不看，说：“不够撕我的。”

“够。起码够今年用了。”孙曼玲动作熟练，双手扯着床单的两边，果断地从中间一扯，“嘶”的一声，床单就一撕到底了。

“那明年撕我的！”高洁补充说。

在撕床单发出的声音中，沉默的气氛打破了，女知青们七嘴八舌地说：

“后年我贡献一条床单。”

“大后年我……”

“大后年？怎么也没个人明确地告诉我们，我们到底要在北大荒待多少年？”

“不是说三五年轮换一批吗？”

“要是三年就轮换，我的床单省下了！”

“三年，想得倒美，那也太便宜咱们了吧？”

吴敏左手一只鞋，右手一只鞋，没好气地相互拍打。大家停止了议论，目光都转向她。吴敏将鞋往地上一摔：“我就不明白了，既然能收割黄豆的农机具还没造出来，还只能用镰刀割，春天为什么要向那么一大片土地上播种黄豆？”

“为了多出口。”方婉之从门外走了进来。

吴敏见是她，便把鞋穿上了：“那也得量力而行吧？秋天有多大的收割能力，春天就应该播种多大的地块！”

方婉之已经在缠镰刀把了，一边缠一边说：“多出口是为了能使国家多赚些外汇，多赚些外汇是为了多买些国外先进的东西，包括先进的农机具。另外，国家每年还用我们北大荒收获的黄豆，无偿地援助给予我们关系友好的兄弟国家，我们也同样需要他们在国际舞台上的支持。”

没有人再说什么了。包括吴敏在内，都纷纷从孙曼玲手中接过布条缠镰刀把儿。

方婉之叮嘱大家：“不要缠得太厚。厚了，刀把就变粗了。手握不紧，用起来反而累。我知道大家都在坚持着。再苦干几天，我们今年最艰苦的劳动就结束了。有一个情况大家不太知道，年初的时候，团里估计，今年分到咱们七连的知青大约是二百人，所以咱们连播种的黄豆地块很大。但是没料到,各师各团一争,分到咱们七连的,才你们五十几个人。”

有人听闻,小声地嘟哝:“闹了半天五十几个人顶二百多人用!”

另一个人帮腔:“这要是战斗,咱们更惨了!”

方婉之没回应他们,转头叫道:“吴敏。”

正梳头的吴敏看她,准备挨训。

方婉之将镰刀递给吴敏:“你的。你刚才的话有道理。能收多少,才种多少,现代农业生产,需要这种客观理性的计划,我会把你的意见向连里、团里反映的。”

吴敏赶紧说:“向连里反映反映我同意,您可千万别向团里反映,万一惹得谁不高兴,我担待不起。”

方婉之笑了。

谢菲突然失声尖叫。大家都吃惊地望过去,只见她指着自己的被褥,抖着声音说:“耗子,咬破我枕头,在里边下崽了!”

孙曼玲手捂心窝:“那你也别叫得那么恐怖啊,差点儿把我的魂儿吓出来!”

“哎,你魂儿啥样?什么时候让大伙儿见识见识?”

谢菲急了,抱怨道:“你们都袖手旁观呀!没人帮我处理耗子崽呀?!”

正缠着镰刀把的周萍放下镰刀,默默走过去,翻看了一下她的枕头说:“不能枕了。”

薛艳不以为然道:“她两只枕头,一只是枕着的,那一只是搂着的。”

“从小养成的习惯,有啥法子呢?”谢菲满腹委屈地替自己辩护着。

周萍问她:“我替你扔了?”

谢菲连连点头。周萍双手捧起枕头,在大家的注视下走了出去。孙曼玲望着她的背影感慨道:“看不出,她还真够胆大的!”

高洁点点头:“人不可貌相嘛。”

周萍捧着枕头站在宿舍外四望,不知该把那只枕头扔到哪儿去。她忽然看到了一棵大树,走了过去。正好赵天亮扛着一把锹,锹把上挂着个篮子,走在村路上。他看见周萍,觉得奇怪,便朝她走去。周萍正在大树下发愣,那只被老鼠做了窝的枕头放在地上。

赵天亮走到她身边,歉意地说:“那天在河边,我心情特别不好,不是成心不理你,别生我气啊。”

周萍一笑:“我理解。”

“没人逼你离开七连吧?”

周萍点头。

“那就好。”赵天亮朝枕头扬了扬下巴,“这什么意思?”

“耗子在谢菲这只枕头里下崽了,我替她捧出来,可又不知再该怎么办才好。”

“这还有什么犹豫的?”说着,赵天亮便抬起一只脚,朝枕头踏下去。

“别……”周萍见阻止不及,便伸手推了他一把。单脚立着的赵天亮站不稳,摔了个趔趄。篮子里的百合根滚了出来。

“对不起!”周萍拉起赵天亮,帮他把散落地上的百合根捡起。

赵天亮也和她一道捡那些百合根:“我父亲脾气不好,别人告诉我野百合根祛燥败火。”

周萍补充:“还舒肝明目。”

捡完百合根,二人都直起腰。赵天亮看着枕头又问:“不让我踩,你还想养着呀?”

周萍:“踩死心太狠了。”

赵天亮笑道:“我倒落了个心狠,依你怎么办?”

“挖个洞,把它们埋了吧。”

“埋了就不心狠了?等于活埋!”

“为这棵树增加点儿肥料,也算死得其所。”

赵天亮拖长着音调说:“好,听你这心不狠的。”说罢,他便动手挖坑,将那枕头填进坑里埋了,又用脚在平坑的土上踩了踩。正在这时,突然有人说了一句:“干什么呢?”

两人吓了一跳,回头一看,张连长不知什么时候出现在他俩身后。

赵天亮停下脚:“没干什么,埋了个枕头。”

“埋枕头?”张连长狐疑地看看他。

周萍赶紧纠正:“不是,是耗子……”

“一个人说!到底是埋枕头,还是埋耗子?!”

周萍:“耗子在枕头里下崽了,我俩刚才连枕头埋了。”

张连长指赵天亮,又指周萍:“你、你,你俩别老往一块儿凑,谁知道你俩凑一块儿又给连里惹什么麻烦!听明白了?”

周萍小声地:“明白了。”

连长转身走了。

赵天亮望着连长的背影嘟哝:“咱俩也没老往一块儿凑啊!”

周萍道:“咱俩以后注意就是了。”

尹排长手握镰刀,背手站在男知青宿舍前。一、二两班知青懒懒散散地走出宿舍,分班站在尹排长面前。二班的人个个头缠白布条,其上写着“坚持!”“忍耐!”“咬紧牙关!”“不成功便成仁”“男儿有泪不轻弹”等等。

尹排长一一看着,不动声色地:“都取下来。”

二班长带头,默默取下。

“揣兜里,留着,需要时缠刀把儿,包手。人家孙曼玲班长贡献了自己的床单,不是让你们男知青用来出洋相的。决心决心,心里有就行了。都吃早饭了?”

大家齐声地:“吃了!”

尹排长目光转向赵天亮:“赵天亮,你呢?”

赵天亮应道:“我也吃了。”

尹排长点点头:“我听说,有的人,为了多睡那一小会儿,连早饭都不吃,空着肚子就下地了。人是铁,饭是钢,不吃早饭不允许。不是‘不行’,是‘不允许’。你们两位当班长的,每天早上心里要有数,谁没吃早饭,要如实向我汇报。那,咱们就全排在这儿等他去吃完早饭……”

这时,齐勇突然站出来,说道:“报告排长……”张靖严在旁边悄悄扯了他一下。

尹排长看在眼里,命令地:“一班长,有话就说。”

齐勇扭头看看张靖严,犹豫了一下说:“一班战士赵天亮撒谎,他没吃早饭!”

赵天亮怒视齐勇。

尹排长嗔责道:“没吃就是没吃,有必要撒谎吗?没听到起床号?”

“听到了。起了几起,没起来,迷迷糊糊又睡过去了。”

尹排长大声地:“一班长,陪他去吃早饭。狼吞虎咽不行,成心耽误大家的时间也不行。立刻去吧。”

齐勇犹豫着,不太情愿。尹排长把脸一板:“听到没有!”

张靖严想为他俩解围,便说:“排长,请允许我陪赵天亮去吃早饭!”

“不行!一班长,赵天亮,出列!”

齐勇和赵天亮从队列里跨步出来。

“你们两个听口令!向右转!目标食堂,跑步走!”

齐勇和赵天亮遵命向食堂跑去。这时,二班长也报告二班的两名知青没吃饭,尹排长命令他们快去,于是,二班长也学齐勇,点出两名战士,跟着跑去……

食堂里,汤洋洋伏在卖饭的小窗口那儿,饶有兴趣地看着赵天亮和二班的两名知青大口大口地吃馒头,馒头还没咽下去就喝汤。

二班长看他们吃得这么急,便说:“慢点儿慢点儿!别太急,不是代表一班二班在比赛嘛!是不是,一班长?”

齐勇瞪着狼吞虎咽的赵天亮:“赵天亮,我可不是你阿姨,如果你再有第二次……”

赵天亮将汤碗使劲儿往桌上一顿,碗里的汤溅了出来,溅齐勇一脸。齐勇嚯地一下子站了起来。赵天亮也站了起来,虎视眈眈地瞪着他。

二班长不想他们生事,劝道:“哎哎哎,二位,你们这是干什么呢!别忘了全排都在等着!”

汤洋洋一转身,冲着正在忙活的魏明喊道:“老魏,一班长要跟他的战士打架!”

魏明立刻放下手里东西,从厨房里走出。见齐勇先坐下了,接着赵天亮也坐下了,他又退了回去。

指导员和连长各拿镰刀走出连部的里间屋。见号手李鸣一手握着号,又在炕上睡着了。连长想叫醒李鸣,却被指导员制止了,指导员低声说:“这孩子,每天起得比谁都早,让他睡吧。”

连长问他:“团里要把咱们连的马车都调到水利工地去,你有什么招对付?”

指导员两手一摊:“我也没招,掩吧。”

男知青宿舍门前,男知青们已经都坐在两挂大车上了,只有尹排长还在车下踱来踱去。

一车老板:“老尹,别等了!让他们吸取次教训,走到地里去!”

尹排长瞪了对方一眼,意思是,我还没急呢,你急个什么劲儿!

赵天亮等跑来……

马车来到豆地地头,停在钻天杨下。豆地里,女知青们已在收割了。尹排长下了马车,二话不说,弯下腰就开始收割;男知青们也跟着割起来。

收割缓慢地进行着。尹排长紧割几下,割到了张靖严身旁。他靠近张靖严道:“靖严,多包涵啊!”

张靖严抬头问:“哪方面?”

“在宿舍门前的时候,我那也是想要树立一下我排长的权威。”

张靖严淡淡笑了笑:“我猜到了,效果挺好。”

尹排长继续解释道:“些个小知青我倒不怕镇不住他们,怕就怕齐勇犯起倔来不服我管。训他吧,他是老高二,得考虑他的面子;不训他吧,我排长没面子。”

“我认为,该训,那就得训!”

知青们先后割到地头,坐下休息。赵天亮找到了张靖严,走过去坐他身旁,惭愧地说:“又使你受我牵连,挨了训。”

张靖严笑笑:“如果你知道我和尹排长什么关系,就不会说这种话了。”

“什么关系?”赵天亮不解地问。

“他救过我的命。我刚来那一年,不慎被沼泽陷过一次,眼看要没顶了,他用他的皮带救了我……”

赵天亮尴尬起来:“我还以为你们关系不好呢。”

张靖严搂了他的肩一下,兄长般地说:“记住,只有当你特别了解一个人的时候,才有资格通过他的言行,这样以为或那样以为。尹排长是一个值得你多加了解的人。”

割倒豆棵的豆地面积越来越大,豆棵未被割倒的面积越来越小。日升日落之间,钻天杨的叶子一片片飘落了,连部墙上的日历被一页页扯下。马车来去的辚辚声里,日子就这样一天天过去了。冬天不约而至。

马车行驶在大雪中,车上人人身披雪花。

赵天亮在呆呆地想着心事。

“小黄浦”双手接雪花,问:“这真是雪吗?”

“小地包”翻了翻白眼:“不是雪是什么?”

“我不是没见过雪嘛!”“小黄浦”将接了雪花的双手往脸上一捂,情不自禁地“啊”了一声。他忽然想起了什么,放下双手,受了骗似的又说,“不对呀!这个月是几月?”

“还有两天过‘十一’,你说是几月?”

“小黄浦”挠挠头:“我都快忘了有‘十一’这一回事儿了!可北大荒九月末就下这么大雪,太早了吧?”

齐勇接过话头:“是太早了点儿。往年怎么也得等到十月中旬才下雪,耿大爷,是吧?”

“可不!”赶车的老耿头点点头,“这是老天爷先打个招呼,告诉咱们今年肯定冷得早。这雪存不住的,别看下得挺厚,待会儿太阳一出来,一时半刻就化光了。”

大家来到豆地边上,再看那些豆子:割倒的也罢,没割倒的也罢,都被大雪结结实实地盖住了。

赵天亮担心地问老耿头:“大爷,这不会使豆子也完了吧?”

老耿头:“不会。凡是熟了的庄稼,都怕雨,不怕冻。雨一下起来没完,几天就长芽了。可冻在地里问题不大,像存在冰窖里,一冬天呢,慢慢往连里倒腾呗!”

指导员和连长也走了过来。

连长:“就剩一小片豆棵还站着了,今天咱们争取全把它放倒!早割完,早收工!指导员,是不是这意思?”

指导员:“对。还有两天过‘十一’,今天割完了,明天就悄悄放你们假!算上‘十一’两天假,总共四天假。两个月来,大家都造得不像人样了!大家的辛苦,我和连长天天都看在眼里。只不过由于形势逼人……”

不待指导员把话说完,二班长高喊:“弟兄们,冲啊!”

“冲啊!”男知青们呐喊着,一齐向地里冲去。女知青们也跟在他们后面,不甘落后。虽然大家的热情很高,可事实上,在雪中割豆子,比平时更加困难,收割的速度更慢了。因为先得将雪拨开,使豆棵显现出来。

“小黄浦”对一旁的“小地包”说:“我怎么觉得这不像是割豆子啊?”

“那像干什么?”

“像起地雷。”

后边有人接言道:“像雪中起雷。”

“小地包”笑道:“看来你们还是没累熊,干这种活儿还这么多话!”

“九月的雪怎么也这么冻手啊!”“小黄浦”双手冻得通红,他放下镰刀,一边哈着气,一边搓手,又抬头望了望天,诅咒道,“太阳还他妈不出来!”

“小地包”警告他:“哎,不许骂太阳啊!听老北大荒人说,天、地、山、河、太阳、月亮、一年四季,都是人不许咒的。咒了会有更不好的结果。”

“那叫迷信!就是迷迷糊糊地相信了!”“小黄浦”回头看看,又悄声说,“后边没人,咱俩‘打狼’了,咱俩歇会儿怎么样?反正也没人看到。”

“小地包”:“那不好吧?”

“你这人,有什么不好的!”“小黄浦”起身看一下,又蹲下相劝,“剩不多了,现在是围点打圆的战术,再有个把钟头,快的慢的就胜利大会师了。会师的时候,成心靠后,那也是可敬的风格嘛!”

“小地包”:“你这是什么鬼逻辑!这样吧,你偷偷歇会儿,我不揭发你就是。”

“够意思!过会儿往回割,接接我!”“小黄浦”说完,见“小地包”往前割去,便放了心。他仰面朝天一躺,将手伸入兜里掏,半天掏出块锡纸包着的东西,打开,是块巧克力,塞入口中。单手将锡纸揉成一个小团儿,按入雪中,显然是怕留下吃独食的蛛丝马迹。他闭上了眼睛,有滋有味地嚼着。

可没躺多会儿,他就感到脊梁冰凉冰凉的,好像上了冻。他赶紧坐起来,而屁股也和脊梁一样不禁冻,只好重新站了起来,一口咽下巧克力,睁眼望天,诅咒:“这场讨厌的雪,让人想偷会儿懒都偷不成!”

偷懒不成,他索性拿起镰刀,又往前割去……

赵天亮和孙曼玲割了个碰头。在他们之间，只剩一棵豆秧了，罩着雪，像大白蘑。他俩几乎同时伸出了手和镰刀，又几乎同时缩回去了，反而谦让起来。

赵天亮："你割。"

孙曼玲："还是你请割。"

赵天亮抚去豆秧上的雪，再拨开豆秧根部的雪，默默作请的手势。孙曼玲不再谦让，轻轻一割，豆秧倒下。二人往地上一坐，互相看着。赵天亮被孙曼玲看得不好意思，将脸转向别处。

过了一会儿，孙曼玲突然说道："谢谢啊！"

赵天亮有些纳闷："谢什么？"

"我弟告诉我，你当班长那几天，对他确实很好。"

"好也不过才几天的事儿，那有什么可谢的。"

"我弟说，要不是那几天你对他好，即使我不调离七连，他自己也要坚决调离七连。所以，你当然值得我谢你。"

赵天亮顿了一下，问："齐勇现在对他怎么样？"

"反正我弟现在不闹着非调走不可了，大概说明齐勇不再欺负他了吧。但现在男一班的班长不是你了，是齐勇了，我有时候还是挺替我弟担心的。"

二人同时发现齐勇朝这里走来，齐勇也发现了他俩。双方互相不卑不亢地看着，仿佛在用目光进行较量。

集合的喊声打破了他们之间不和谐的气氛："集合啦！回连队啦！"

齐勇一转身走了。赵天亮也拉着孙曼玲站了起来，望着齐勇背影说："虽然现在我不是班长了，但我还是可以替你保护你弟弟。"

孙曼玲对他这样讲义气很感激："这我相信。我还相信，我自己也有能力保护得了我小弟。甚至，包括保护你。这你信吗？"

赵天亮笑了一下："信。"

"这是兵团，不是没有正义可言的地方，我才不怕他那种人。我只不过现在当了班长,得注意形象和影响。否则,哼!”

二人一边向地边走,一边继续说着。

“你知道齐勇他为什么欺负你弟弟了吗?”

“不知道。有些人天生就爱以强欺弱,我认为齐勇就是那么一个家伙。要不是你受处分了,轮不到他当班长。”

“齐勇……倒也未必就是你说的那一种人。”

孙曼玲不由得站住,似乎隐约感觉到了什么,问:“你是不是知道些什么啊?”

赵天亮支吾着:“这……我什么都不知道,真的。”

“你要是知道,不许瞒我们姐弟俩,那可就太辜负我们对你的友好了!”

赵天亮只好继续装下去:“我确实不知道。”

孙曼玲忽然发现几名男知青把“小地包”围在中间,往他领子里塞雪,赶紧跑过去,推打那几名男知青:“干什么你们!干什么你!”

“小黄浦”解释道:“我们和他闹着玩儿。”

“有你们这么闹着玩儿的吗?我和你这么闹行不行?”孙曼玲也抓起一把雪,要往“小黄浦”领子里塞。“小黄浦”跑开,她不断抓起雪,揉成团,将那几名男知青打跑了,一转身,见弟弟在瞪她。她恨铁不成钢地:“你呀你呀,怎么总是受气包似的,时时处处受人欺负?你让我操心操到什么时候为止啊!”

“小地包”非但没有感谢她,反而责备道:“我怎么和别人闹着玩儿,还非得征得你的同意吗!你看你刚才那样子,简直像个疯婆子!真给我丢人!”

“小地包”悻悻而去。孙曼玲呆愣在原地。

方婉之走来,见孙曼玲脸上在流泪,诧异道:“怎么了,一班长?”

孙曼玲委屈地说:“我弟骂我是疯婆子,还嫌我给他丢人!”

方婉之故作严肃:“这还行!连里能任命一个疯婆子当女一班班长

吗？这不仅是对你一个人的侮辱，也是对所有女知青的侮辱，还是对连党支部的间接侮辱！我建议连里明天开他的全连批判大会，好好给你出气！”

孙曼玲被她唬住了，赶紧说：“排长，那还是原谅我弟一次吧。”

方婉之“扑哧”一声笑了。孙曼玲这才明白方婉之在跟她开玩笑，也破涕为笑了。

食堂里，男女知青分两个窗口打饭。

“小地包”用筷子敲饭盒，唱：

两个馒头，两个馒头，叫一声掌柜的你听见了没有？哎欧欧欧……

女知青们笑起来。一名女知青对孙曼玲悄语：“班长，你看你弟也挺能耍活宝的！”

孙曼玲极为欣赏地看着弟弟，有点骄傲地说道：“他那可不是耍活宝，他那是乐观活泼。其实我弟可有幽默感了！”

“小地包”一发现姐姐在以那么一种小母亲喜欢孩子般的目光看自己，顿时大为索然。将身子一转，翻着白眼，悄悄祷告般地：“我这可是什么命啊！”

男知青们一律用筷子串着馒头，每人买到的都是绿色的馒头。

王凯瞅着手里的馒头自言自语：“生平第一次吃自己割下的麦子磨成的面粉做成的馒头，却想不到是这颜色的！”

沈力安慰道：“就当绿豆糕吃吧。”

杨一凡皱着眉，嚼着馒头：“绿豆糕也不酸啊。”

“那就当成是绿豆酸糕。”

食堂安静了，只剩赵天亮一个人了，他还没买饭，而是站在黑板前，在看黑板报,其上内容是关于张敢峰舍生救战友的事迹。

男一班知青宿舍里。大家都三五成群地聚在一起,吃着、喝着。“小黄浦”却背对大家,将饭盒放在窗台上,悄没声地吃。他偷偷从被子里取出阔口瓶,往饭盒盖上倒了些什么,又将瓶子塞入被子里。

杨一凡眼尖,把他的小动作看在眼里:“哎,有人吃独食哎。”

“小黄浦”心虚地:“说我呢吧?我可什么好吃的也没独享,只不过往饭盒盖上倒了点儿盐,这汤太淡嘛!”

趁他转身说话之际,王凯溜过来,将他的饭盒盖拿走了。

“我饭盒盖呢?我饭盒盖呢?”“小黄浦”一转头,见几个人在争抢着用馒头蘸他饭盒盖上的“盐”,他急了,“哎,你们干什么呀?!”说着,夺饭盒盖。

“我们也嫌汤太淡嘛!”

“上海带来的盐不也是盐嘛,一点儿盐面儿你也舍不得贡献啊?”

“这小子,真抠门儿!”

“小黄浦”看着一点儿“盐”也不剩的饭盒盖,损失巨大地嚷嚷着:“强盗,真是一伙强盗!”又将手伸入被中,这次却没摸出瓶子来。这一急非同小可,将被子掀开了,瓶子不知哪儿去了。

“小黄浦”急得冲齐勇嚷嚷:“班长,你管不管他们了?他们把我半瓶子……”他张口结舌,不知再往下怎么说。

“小地包”接口道:“半瓶子盐?这儿呢。”说着,扬了扬手里的“盐”瓶。

齐勇看了一眼“盐”瓶:“你想齁死呀?”

“班长,你也尝尝嘛,这上海的盐就是特别!”“小地包”不管齐勇愿意不愿意,往齐勇的饭盒盖上倒了许多。

齐勇被“小地包”那一声“班长”叫得一愣,用舌尖舔了一下,连道:“好东西!好东西!”接着用馒头蘸了,大口大口地吃。其他知青一拥而上夺瓶子。

“小黄浦”急得直跺脚:“我抗议!我强烈抗议你们这种强盗行为!”

赵天亮一直坐在一个炕洞那儿烤自己的两个馒头，仿佛是聋子、瞎子，因而对周围的争夺吵闹不可能有反应似的。他站起来，一手馒头，一手饭盒，出入无人之境似的走了。他以为没有人注意他，可是他的举动却全被齐勇看在眼里。

赵天亮坐在马棚的麦草上——是他和张靖严睡过的那一片麦草，面前几块砖上摆着他的饭盒。他安安静静地吃着，旁边的马们也在安安静静地吃料。

饲养员老耿头一边拌料，一边劝道："小赵啊，你长住这儿可不行。那会儿你们宿舍的一铺炕被麦子占了，你住这儿是没法子。现在你还不回宿舍去住，就不是那么回事儿了嘛！"

赵天亮咽下一口馒头说："大爷，我只不过是喜欢静。"

"喜欢静？你当班长那时候怎么不这么喜欢静？你说你对处分你没什么意见，可你住在这儿不回宿舍去，你班里人会怎么看你？你班长心里会怎么想？排长和连里知道了那也肯定又要批评你呀。再说，天快冷了，不睡火炕会生病的！"

赵天亮不再说什么，默默起身刷饭盒，一转身，见齐勇不知何时站在身后。

齐勇问："吃完了？"

赵天亮没理他，走向那片麦草。齐勇抢前一步，将他的被子褥子一卷，夹起。

赵天亮冷冷地说："你放下！"

齐勇反问："如果你还是班长，我还是你班里的战士，你会允许我一直住在这儿吗？"

赵天亮无言以对。齐勇拔腿便走。

老耿头："还愣着干什么？你班长说的明明在理嘛，有台阶就得下呀！"

赵天亮住回了宿舍,齐勇让他睡在自己旁边。两人都睡得挺别扭。天亮时分,齐勇早早地起了床,其他的人还都躺着。

外边传来孙曼玲的叫声:“孙敬文,小弟!”

“小地包”跟大伙说:“就说我不在!”

王凯喊:“别叫了,孙敬文不在!”

“那替我告诉他,让他把脏衣服、脏袜子,还有该换的被单、褥单、枕巾什么的归拢在一块,我过会儿来取,好替他洗!”

“小地包”一听,立刻翻身起来叫道:“姐,我在!这就给你送出来!”说完就动手撤褥单、拆被面。

傅正:“谁替他说不在来着?被实用主义者出卖了吧?”

沈力酸溜溜地:“王八蛋才有这么好一个姐!”

还有知青伸着懒腰打着哈欠表示不满:“睡够了的出去,还有没睡够的呢!”

二班长走进来,捅捅赵天亮,小声说:“有人在河边等你,让你去见他。”

赵天亮疑惑地:“谁?”

“你们班长。我在河边碰到他,他让我来告诉你。”

赵天亮揉揉眼睛,有些犹豫。

二班长:“我把话可捎到了。去不去,在你自己了啊!”

“去。”

赵天亮在河边找到了齐勇,不远处有女知青们东一句西一句的唱歌声、笑声。

“离她们远点儿。”齐勇说罢,径自往前走。赵天亮犹豫一下,相跟着。二人来到一处地方,除了流水声、鸟叫声,再也听不到别的声音了。赵天亮在离齐勇几步远处,毫不示弱地瞪着齐勇。

“你那么瞪着我干什么?”

“开始吧。”

齐勇问:“开的什么始?”

“你不是一心想要教训我吗?”

“你这是想和我打架的意思。”

“我这是再一次告诉你,我不怕你。既然非打一架不可,晚打不如早打。”

“好小子,扇我的火儿!”齐勇逼向赵天亮,赵天亮首先出拳,却上了齐勇的圈套,被齐勇顺势摔在地上。赵天亮爬起来,扑向齐勇,又被摔倒。如是三次。赵天亮咬着牙,将衣服往下一脱。

齐勇看着他,冷冷地说:“你够了!我找你来,不是和你打架的!”

赵天亮吼道:“我就是不服你!”

“不服你也给我坐下!”齐勇首先在沙滩上坐下。

赵天亮犹豫一下,捡起上衣,往肩上一搭,与齐勇保持距离地坐下。灌木丛后,孙曼玲的身影一现,又迅速隐蔽起来。

齐勇问:“知道我为什么对‘小地包’那么凶吗?”

“他告诉我了。”

齐勇不由得扭头看他:“你告诉别人没有?”

“他要求我别告诉别人,包括他姐姐。”

“那么,正是他说的那样。我们两家,是结下了仇的两家。我弟弟,由于他哥哥而死。他哥哥,因而被判了刑。我一看到他,就想念我弟弟,就恨他。即使看到他姐姐,也气不打一处来!自从他们姐弟俩来到七连,我还想要调走过呢!”

赵天亮打断他:“为什么,你也告诉我这些?”

“因为张靖严告诉了我你擅自离开连队的原因!我和靖严是发小的朋友!发小你懂吗?就是从光着腚的时候就一起玩儿,一起长大的朋友。他那么喜欢你,那我拿你怎么办!我也要告诉你,我才不稀罕当什么班长!”

“我也不在乎。”

“错！大错特错！两年以后，对你的处分解除了，你还是得当一班长！还要争取当排长！凝聚知青的人，那当然得由知青中正直的、义气的、有同情心的、敢替知青说话的人来担当！这也是张靖严让我转告你的话！所以，你他妈别受了一次处分，就从此把自己看低了！”

二人片刻的沉默后，赵天亮小声问：“那，你呢？”

齐勇站起，看着赵天亮说：“我的心在马号。我太喜欢马了，超过别的知青喜欢开拖拉机！我的愿望是，有一天能接老耿头的班，做咱们七连的弼马温，将咱们七连的马，都养得腰肥体壮，生下许多小马驹儿！”

齐勇一说完，起身便走。

灌木丛后，孙曼玲坐在地上，呆了。

女一班宿舍的房子虽然歪歪斜斜的，墙泥也剥落了，但窗子却擦得明亮；上海女知青薛艳和谢菲正在擦她俩的铺位所临的那两扇窗。

一个敞开的窗口的窗台上，摆着插在罐头瓶里的野花——主要是北大荒的秋季特有的野百合花，红得像火；配以其他蓝、黄、白色的野花，看上去烂漫绚丽。周萍在面对窗口的地方写信。她坐着宿舍里那个木墩，将炕面当桌面。炕席和几页信纸之间，垫着一块从纸箱上剪下的纸板。

亲爱的爸爸妈妈：

你们好吗？

女儿萍萍在北大荒给你们写信。现在，女儿终于可以幸福地告诉你们，我已经是一名黑龙江生产建设兵团的战士了！爸爸妈妈，从现在起，你们可以骄傲地告诉别人，你们的女儿，她可不是一般的下乡知青，是兵团战士了，而且是边境团的兵团战士！冬季以后，要发给我们棉军装，还要发给我们枪的。这意味着，我们这一个家庭里，终于有一个人在政治上被信任了。

这是我内心里最大的喜悦！女儿千里迢迢，不顾一切，死缠烂磨地跟着兵团的人们，现在看来是多么值得啊！

爸爸妈妈，你们千万不要因为离开了我们在上海那个舒适的家而难过，更不要因为被遣送到了乡下而沮丧。上海有许多人家三代同堂挤在小小的房子里，我们一家三口住那么大的房子是可耻的。我们兵团战士有工资，以后，我每月至少可以寄给你们二十几元钱。比起姐姐来，我从小受到了爸爸妈妈更多的疼爱。现在，是你们的萍萍报答父母恩的时候了……

周萍抬起了头，她满脸幸福的表情，仿佛沉浸在美好的爱情中。

薛艳咳了一声，向谢菲示意，让谢菲注意周萍。周萍朝她俩转过脸去。薛艳用上海话问："周萍，在写情书吧？"

周萍："才不是呢，我在给爸爸妈妈写信。"

谢菲："给爸爸妈妈写信，样子那么幸福？"

周萍拿着信纸起身，走到她俩那儿，隔炕抻着信纸给她俩看："看是不是给爸妈写的信？"

薛艳谢菲对视一眼，都笑了。

谢菲把周萍拿着信的手推回去说："跟你开玩笑嘛，这么认真劲儿的！"

薛艳有所触动地说："擦完窗，我也要给爸爸妈妈写信……"

孙曼玲突然从外面冲了进来，跑到自己的铺位那儿，双手反抱头，脸朝下趴在褥子上。周萍等三人吃惊地看着她。

周萍不由得走到孙曼玲的铺位那儿，小声问："班长，你怎么了？"

孙曼玲猛一翻身，大瞪双眼仰躺着。忽然，又猛地坐起来，大瞪双眼看她们三人。

谢菲小心翼翼地问："班长，你弟把你气成这样？"

薛艳也劝："班长，要我说，你当姐也当得太周到、太操心了。其实你不必……”

孙曼玲以手势制止她说下去:“你们凭良心说,我对你们怎么样?”

谢菲赶紧表白:“班长,我们三名上海女知青都在这儿了,我们可从来没在背后议论你对我们不好。”

薛艳也说:“就是! 我们来之前就听说,哈尔滨知青对我们上海知青印象很不好,挺排斥我们的。所以你当了班长以后,我们确实都担心你对我们也那样。但你没那样,对班里的哈尔滨知青、北京知青和我们三个上海知青,一碗水端平。甚至对我们的关心还更多一些……”

周萍和谢菲点头。

孙曼玲的目光落到周萍手中的信纸上:“写信?”

周萍:“是给爸爸妈妈写的,不信你看!”

“我可没权力看别人的信。”孙曼玲苦笑着站了起来,自感欣慰地,“能听到你们三名上海女知青当面对我说,我这个班长当得还行,我心里太满足了。”看着周萍又说,“我弟要不是那样一个永远也长不大似的弟弟,是你这么一个性格温良的妹妹,那多好!”

她深深地拥抱周萍、薛艳和谢菲。

她们被拥抱得莫名其妙。孙曼玲动情地解释道:“我不能当你们的班长了,我要申请调到别的连队去。我弟弟也必须和我一块儿调离七连。”

听她这样说,三名女知青不安了:

“班长,谁惹你生这么大气啊?”

“班长,你是个大度的人,别为一点儿小事治气嘛!”

“班长,求求你别调走,我们舍不得你!”

孙曼玲摇摇头:“不是小事。换了别人是我,那也只有调走。你们三个,以后可要互相关心啊! 尤其你们两个,要爱护周萍。谁要是拿她的家庭问题说事儿,欺负她,你们要敢于挺身而出! 如果你们能这样……我……我就放心了!”

孙曼玲哽咽着说完最后一句话，噙泪冲出了宿舍。

周萍三人一时你看我，我看她。薛艳一屁股坐在炕沿，忧虑地说："要是吴敏当了班长，那我可就惨了！"

几名男知青在篮球场地上锄草。"小地包"和王凯、沈力拉着碾子碾压场地。

"敬文！小弟你过来一下！""小地包"闻声看去，见姐姐站在不远处。

"小地包"甩了绳套，不情愿地走向姐姐。

他走到姐姐跟前，脸不是脸鼻子不是鼻子地说："该洗的已经全都给你了，又有什么指示？"

孙曼玲拉着他："跟姐到别处说去。"

"小地包"回头朝篮球场地那儿看一眼，见王凯们都停止了干活，站在一起交头接耳地看着他们姐弟俩。

"小地包"："哪儿也不去，你有什么指示就在这儿下达吧，他们听不到。"

"别犯拧啊，跟我走。"孙曼玲将"小地包"拽到了僻静处才松手。

"小地包"揉着手腕，无奈又振振有词地："姐，有一点你好像一直没明白过来，我也是最近才替你想明白你的问题出在哪儿。"

"我有什么问题?！"

"小地包"："姐你认真听我说啊，你一直没搞明白这么一点——我已经不是小孩子了，我和你一样，是兵团战士了。你呢，只不过比我大一岁。你不是爸，不是妈，只不过是我个姐。你替我洗衣服什么的，那完全是你应该做的。但你不能……"

孙曼玲打断他："别说了！在北大荒，我就是爸！我就是妈！现在你听我说，咱俩必须调离七连！调到离七连越远的连队越好！"

"小地包"愣住了。

"你听明白没有啊？"

“小地包”摇头。

孙曼玲一反常态地说:“你摇什么头！你不是刚一来就闹着要调走的吗？”

“小地包”反问:“那会儿你不是不想调走的吗？”

“那会儿是那会儿,现在是现在,现在我改变想法了！”

“我也改变了。”

“我不管你改变没改变！我调走,你也得调走！我到哪儿,你也得跟我到哪儿！走,跟我去连部！”孙曼玲又上前拽“小地包”。

“小地包”一甩胳膊:“跟你去连部干什么啊！”

“你说干什么啊！找指导员、找连长！跟他们声明,我们坚决要求调走！”

“我不是已经跟你声明了吗？我改变想法了！不想调走了！”

“你就愿意和齐勇一个连队啊？”话一出口,她立刻后悔了。

“小地包”低声地:“姐,你知道了？”

“你早知道了？”

“我在哈尔滨见过他,我一到连队,他一眼就认出了我……”

“可是你却一直让姐蒙在鼓里！你还当我是你姐吗？”孙曼玲又着急又伤心,一时失控,哭了起来。

“小地包”轻轻地拍了拍姐姐的背:“姐,现在我已经喜欢上七连了！我和七连的知青、七连的老战士都熟了！再让我陪你调到别的连队去,那一切一切,不是又都陌生了嘛！七连不光是他齐勇的七连,也是我孙敬文的七连！更是你孙曼玲的七连！因为你孙曼玲不仅仅是一般的七连战士,还是女排第一班班长！”

孙曼玲静了一下,哭得反而更伤心了:“你居然不叫我姐了,开始叫我的名了！小弟,不管你怎么说,你也非得跟我去连部不可！不是你陪我调到别的连去,是我陪你调到别的连去！跟他齐勇在一个连队太不安全了！哪一天他如果又犯混,姐不在场,他对你下起毒手来怎么办？今天我就代表父亲、代表母亲！我的话你听也得听，不听也得听！调走不调走依不得你！”说着，上前拽“小地包”。

“小地包”也急了，一推，孙曼玲跌坐在地。“小地包”欲上前扶起姐姐，可只往前走了一步就停住了。

姐弟二人互不妥协地对视着。

“小地包”猛转身跑了。孙曼玲眼睁睁望着弟弟的背影，坐在地上伤心极了。

方婉之正在连部织毛衣，忽听到门外有人喊“报告”，一抬头，见是孙曼玲，问：“小孙啊，有事？”

“排长，我要找指导员和连长。”

“指导员在连长家睡觉。自从麦收以来，他俩和大家一样，都没踏踏实实睡过一个整觉。肯定都喝了点儿酒，一块儿补觉呢。有什么事儿跟我说也行，我在替他俩值班。”

“排长，我的事儿，你肯定做不了主。”

方婉之停止了织毛衣，说：“先坐下嘛。做得了主做不了主的，你说说看，啊？”

孙曼玲坐在方婉之对面，吞吐地：“排长，我得调走。我弟也得调走。随便把我们调到哪个连队去都成。总之我们姐弟俩必须调走，离七连越远越好！”

方婉之试探地问：“跟班里的战士闹矛盾了？”

孙曼玲摇头。

方婉之恍然大悟：“那，我明白了。”

孙曼玲眼圈红了：“排长，你不明白。”

“带手绢了吗？”

孙曼玲点头。

方婉之柔声地：“掏出来。一会儿想怎么哭，就怎么哭。流泪是咱们女人的特权,我跟你一样年龄的时候,动不动就哭。”

孙曼玲用手绢一角缠绕手指,低着头说:“排长,我的要求,你做不了主吧?”

“我确实做不了主。不过呢,有一天你也许会要求调走,我、指导员、连长、尹排长、张靖严,我们支部五个人都是有思想准备的。你才当了两个多月班长就要求调走,这倒是我没有想到的。”

孙曼玲疑惑地望着方婉之。

“因为齐勇在七连,所以你弟弟曾要求调走,现在你又要求调走,对不对?”

孙曼玲张了张嘴,一时诧异得说不出话。

“你弟弟要求调走,指导员问他原因,他不肯说。齐勇打了你弟弟,指导员问他原因,他也不肯说。指导员生气了,限他三天,要么书面说明原因,要么把他调走。他是舍不得离开七连的,所以交来了书面说明。于是呢,我们也就知道了你们两家之间的事情。”

“排长,他弟弟已经死了,我哥哥也在服刑了。万一哪一天他看着我弟不顺眼,万一我弟也有个三长两短……我们两家,不是就结下深仇大恨了吗?那我们的父母……那不太可怕了嘛!……”孙曼玲几乎不敢想下去,到底忍不住,又泪汪汪的了。

方婉之语调和缓地劝解:“小孙啊,齐勇在给支部的信中保证,他再也不会故意找茬子欺负你弟了。他当了一班长后,又主动向指导员表示,在任何一种危险的情况之下,他都会不顾个人安危地保护你弟弟,像正规部队的班长保护任何一名战士一样。他这种表态,使支委们都很受感动。我是女排排长,支部将和你沟通这一情况的任务交给了我。我呢,也一直想找一个适当的机会和你沟通。我认为今天就是一个适当的机会。我个人的做人原则是:在同志关系中,在战友关系中,如果相信多一些,怀疑少一些,某些事就会朝好的方面发展。反过来,往往会朝更坏的方面发展。即使你和你弟调走了,那不也还是在一团的某一个连队吗？即使你和你弟调离了一团一师，那不也还是在北大荒吗？纸是包不住火的。你们调走的原因，肯定会引起种种流言蜚语。那对你们姐弟俩和齐勇双方面，不都很不利吗？那样你们双方就永远不会再见面了？万一在探家路上见到了呢？万一在哈尔滨见到了呢？是不是更会像仇人一样呢？”

孙曼玲听着听着，情绪渐渐平静。

方婉之开了办公桌抽屉的锁，翻出几页折着的纸，问："这就是齐勇写给支部的书面说明，你想不想看一下？”孙曼玲朝那几页纸瞄一眼，摇了摇头。

“我也认为，你不看也罢。什么时候又想看了，我可以随时让你看。”方婉之将几页纸重新锁入抽屉，又说，“小孙，我可以很负责任地告诉你，其实齐勇是一个不错的青年。他很正直，也很善良。据我们了解，他戴过红卫兵袖标，可是从来没有做过伤害别人的事情。更没有做过伤害师长的事情。他在学生时代结识了一位大学老师，有人来到北大荒，来到连队，想要从他口中收集关于那位大学老师的罪证。询问就是在这里进行的，他一听全是不实之词，起身就走，无论对方们威胁也罢，劝诱也罢，他就是不在对方们带来的材料上署名。连里的黑马‘乌云’早产了一头小马驹，请来的兽医都说活不成了，他也还是日夜照料。小马驹最终没活成。他在埋小马驹的地方，呆呆坐了几个小时。这样的一个人，你认为你们姐弟俩和他在一个连队，真的会那么不安全吗？”

孙曼玲低着头，不说话了。

男知青们都在院子里打篮球。男一班宿舍里，只有赵天亮一个人。他将枕头拆开一条缝，左右看看，从内衣兜掏出哥哥赵曙光交给他的那一封信，塞入枕头内。

“赵天亮！”

他一抬头，“小地包”已经叉着腰站在他面前了。

“小地包”质问：“赵天亮，我对你究竟怎么样？”

赵天亮有些诧异：“你什么意思？”

“小地包”追问：“正面回答，我对你究竟怎么样？”

“你对我很好，很信任我。可我对你也很好啊，也很信任你啊。”

“小地包”咬着牙，愤愤地说：“你却出卖我！原来你根本不值得我信任！”

赵天亮站了起来：“我要求你把话说清楚！”

“那件事儿你为什么要告诉我姐?!”

“关于齐勇的事儿？我没告诉你姐！”

“那我姐怎么会知道?!”

“那你应该问你姐！”

“小地包”挥拳打向赵天亮，却被赵天亮一把擒住了手腕。正在这时，齐勇走了进来，见状一愣。赵天亮和“小地包”这才都放下了手。

“掰腕子呢？”齐勇装傻问道，他转身坐在炕沿，边脱鞋边又说，“明天，连里派我赶马车去县城为食堂采购，想去县城逛逛的，都可以向我报告，当然也包括你俩。”

坐在河边的赵天亮手拿一根长长的柳条，用柳条梢钓鱼似的轻轻击点水面，若有所思。河的上游，吴敏漂完最后一件衣服，起身拧时，望见了赵天亮。她再朝连队的方向望望，见来路无人，低头略一寻思，笑了。

“可以吗？”

赵天亮一回头，吴敏妩媚地冲他笑——起码她自认为笑得一定妩媚。赵天亮面无反应，怔怔地看着她。

吴敏淑女般彬彬有礼：“我的意思是，我可以坐在这儿洗衣服吗？”

赵天亮点点头。

吴敏蹲下，从盆里拿起刚才拧干了的一件衣服，在河中表演似的漂呀漂的。赵天亮手中的柳条梢仍轻轻击点水面，也仍盯着柳条梢发呆。

吴敏瞄他一眼,哼唱:

九九那个艳阳天来哟,
十八岁的哥哥呀坐在河边;
东风呀吹得那个风车儿转哪,
蚕豆花儿香啊麦苗儿鲜。
……

吴敏停止哼唱时,赵天亮说:"你嗓子挺好。"说时,并未朝吴敏看。吴敏的嗓子确实不错,然而在赵天亮,只不过是随口一说。

"谢谢你的夸奖!"吴敏的脸转向了赵天亮,又妩媚地一笑。却白笑了,因为赵天亮还是不看她。

吴敏声音柔柔地:"天亮……"

赵天亮终于朝她转过脸,因为她的声音,还因为她叫他"天亮"而不是"赵天亮"。但他仍是一种面无表情的样子,只不过奇怪罢了。

吴敏问:"陷入了少年维特的烦恼吗?"

赵天亮:"维特是谁?"

"外国小说中的人物。"

"我没看过外国小说,只看过一部中国的。"

"哪一部?"

"《水浒传》,看的还是连环画。我没烦恼,只不过在想些心事。"

"我们知青的心事,起初往往跟家庭有关。你家几口人?"

"四口。"赵天亮如实答道。

接下来的对话,审讯似的一问一答。在吴敏,是迫切想要了解的欲望使然。在赵天亮,仍是信口一答而已。只不过吴敏的语调是柔柔的。

"都什么人?"

"父母、哥哥和我。"

"父母什么工作？"

"父亲是军人，母亲是军医。"

"哥哥呢？"

"在陕北农村插队。"

"怎么没跟你到兵团来？"

"因为……某种特殊的原因。"

"对你的将来，你爸妈怎么考虑的？"

"他们没跟我说过，我也没问过。"

"那你自己怎么考虑的呢？"

赵天亮又一次向吴敏转过了脸："考虑什么？"

"人总得考虑自己的明天、后天呀，比如恋爱、结婚、小家庭安在哪儿这类事……"

赵天亮用柳条抽了一下水面："说点儿别的行不行？"

吴敏知趣地沉默了。她又瞄赵天亮一眼，手一松，让衣服漂走了："哎呀，我的衣服！"

衣服已漂到河中央了，赵天亮连鞋也没脱，赶紧下河，他捞到衣服，拧几拧抛给吴敏。

"谢谢！"吴敏妩媚地笑，还无邪地眨了眨眼。

赵天亮背转身脱下上衣，拧干水。

吴敏甜蜜地笑着说："我们……真像保尔和冬妮娅刚认识时的情形……"

赵天亮也想了一下："那电影我看过。保尔我也崇拜。但我觉得不像。保尔在电影里没为冬妮娅下河捞衣服。"

"我刚才说'可以吗'，冬妮娅在电影里和小说里都是这么说的。"

"小说我没看过，冬妮娅在电影里怎么说的，我也不记得了。"赵天亮的语调始终淡淡的，却也说不上故意的冷。他只不过对吴敏的话一概不感兴趣而已。还有一点很重要，显然，吴敏的形象对他完全没有吸引力，这是连上帝都没辙的。

吴敏试探地问:“我以后,能经常找你吗?”

赵天亮转过了身,不解地:“找我干什么?”

“聊聊天,交流交流思想呗。”

“那可不行。我刚受处分,再有个女知青经常在宿舍外叫我名字,那成什么事儿?再说我头脑里也没有什么思想好和别人交流的。”

吴敏的脸色难看起来。这时,有人笑着走过来。二人同时扭头看去,见是周萍夹着盆也来洗衣服。吴敏白了周萍一眼。周萍心怯,顿时收敛了笑容。吴敏夹起盆,怏怏地走了。

周萍看着吴敏的背影:“她生我气了。”

赵天亮有些奇怪:“是吗?我没注意。她嗓子挺好的。会游泳吗?”

周萍摇了摇头。

“河中央水可深啊!不会游泳,要是衣服漂走了,千万别下水捞。”赵天亮的话听来像是大人在对孩子说,周萍也孩子似的点头。

赵天亮刚要转身走,周萍叫他:“哎!”

赵天亮站住,回头看她。

周萍一笑:“猜我刚才看见什么了?”

“什么?”

“水獭!”

赵天亮萎靡的精神为之一振:“真的?”

“不骗你,两只!仰在水面上互相闹着玩儿。可机灵啦,我脚步稍微一动,它们就感觉到了,‘吱溜’钻进水里去了。”

“想不到咱们这儿还有那东西!水獭皮可太值钱了。”赵天亮兴奋起来。

“我打听过了,供销社就收,一张水獭皮能卖八十多元呢!夜里,它们肯定都猫在窝里睡觉……”

“我也听说,那东西有几个洞口呢,一般人是逮不着的。”

“要是咱俩联手呢？”周萍建议道，“不管逮着两只还是一只，卖了钱咱俩平分！”

赵天亮沉吟半晌道：“对耗子崽你都那么慈悲，怎么对水獭反而不了？”

周萍见他这样问，只得以实相告：“一码说一码。我离开上海的时候，只带了五元钱，幸亏班里的战友都肯借给我。我太缺钱了，我爸妈也太缺钱了……”

赵天亮想了想：“这样吧，如果两只都逮着了，我那只不卖。我要求老职工做成皮帽子，寄回家给我父亲戴。如果只逮着一只，我一分钱也不要，算帮你。”

“那不行！”

“那还不行？为什么？”

“占别人便宜的事我不做。如果只逮着一只，卖了钱咱俩平分！要不，这件事咱们不说了。”

“你还真有原则。好，听你的。”

周萍伸出了小手指：“拉钩！”

赵天亮犹豫一下，笑了：“这是小孩子的做法！”

但他也伸出了小手指……

夜色深沉，月光淡淡地照着流淌不息的河水，有两个人影在河边的草丛里晃来晃去。

周萍趴在一个洞口，吹冒烟的草，赵天亮攥一把干草走来，递给蹲在地上的周萍，然后自己也蹲下身。周萍接过干草，赵天亮划了根火柴，把干草点着。

赵天亮往黑乎乎的洞里张望：“奇怪，咱们把另外两个洞口堵住了呀，怎么熏不出来呢？”

“会不会有第四个洞口？”周萍猜测道。

“不会吧？狡兔也不过才三窟呀！你自己都熏出眼泪了，我来吹一会儿。”

周萍从洞口让开，一手抹泪，一手接过电筒，照着赵天亮吹草。过了一会儿，她忽然省悟道：“别吹了！”

赵天亮也被熏出了泪，抬头看周萍。

“咱们真傻！不该把两个洞口都堵住，应该留一个洞口，有一个人守在那儿！”

赵天亮一拍脑门：“对，对！谁去扒开一个洞口？”

“还是你去吧！这儿是熏，那儿是逮，你逮比我逮把握大！”周萍说罢，用嘴叼电筒，把上衣脱了下来。

赵天亮一愣：“你……”

“你也得把上衣脱下来呀！要不用手逮呀？逮住一只，就用衣袖把它扎在衣服里。”周萍说着，已脱下了上衣，上身只着一件红色的无袖小衬衣。

赵天亮正脱上衣，几支手电光忽然照向他俩，照得他用手挡眼——不知什么时候，一些人已经悄悄包围了他俩。

连长厉声喝道：“什么人？站起来！”

“我……赵天亮，她是周萍……”赵天亮边说边站了起来，匆忙地将上衣穿上。周萍也站起来，一边扣衣扣，一边侧转身。

连长哼了一声：“又是你俩！深更半夜的，你俩跑这儿干什么勾当?!”

赵天亮有些不悦：“说话别这么难听啊！连长也没权力对别人想说什么就说什么！”

除了吴敏，其他人都将手中的电筒关了——她成心用手电筒继续照周萍。

周萍一边躲避着手电光一边说：“我们……我们想逮住两只水獭……”

吴敏冷笑道:“逮水獭你俩脱衣服干什么?”

“想用衣服逮……”周萍小声辩解。

“那也用不着两个人都脱衣服吧?”

“发现了两只水獭……”

“咱们都来过河边,怎么谁也没发现过水獭,这种谎话大家信吗?还预先弄个坑,点把草,跟真事儿似的……”

赵天亮瞪了她一眼:“我扇你!”

吴敏一笑:“怎么,恼羞成怒啦?”

“住口!我还没问什么呢,轮不到你说这么多!”张连长喝止她,“水獭究竟在不在洞里啊?”

不远处传来扑扑通通两声,似乎是什么活物落水的声音。孙曼玲等几名女知青跑到岸边,用手电照河面,孙曼玲大声叫道:“连长,是水獭,爬对面岸上去了!”

张连长看了赵天亮和周萍一眼:“哼,就你俩,还想空手逮着水獭!都给我回连队去!”

回到女知青宿舍,吴敏脱下脚上的湿鞋湿袜子,往地上一摔,对周萍蛮横地说:“你给我洗啊!”

周萍看了一眼地上的鞋袜:“你凭什么让我洗?”

“因为找你弄湿的!”

“我求你找我了吗?”

吴敏理亏:“你!你还有理啦?”

“雷锋日记怎么说的?对同志要像春天般温暖。虽然我让大家都糊里糊涂地往河边跑了一次,那你也应该向雷锋学习。”

吴敏竟往炕上一站,指着周萍冷笑:“你不要搞错!你算我哪门子同志?到北大荒来你还穿双皮鞋!你浑身散发着资产阶级臭小姐的气味儿!”

周萍冷冷一笑:“那是因为一些像你这样的人,把我家抄得底朝天,连一双鞋都没给我留下。那双皮鞋,是和你完全不同的人送给我的。幸亏有那双皮鞋,否则,光着脚我还跟不到北大荒呢!”

其他的女知青默默地看着她俩争吵,对周萍敢于顶撞吴敏,内心里都是支持而且佩服的。

“抄你的家,是像我这样的人的革命行动!送给你皮鞋的,是阶级阵线不清的人!”

薛艳插嘴道:“你有完没完啊?你想把周萍打翻在地,再踏上一只脚啊?”

谢非也说:“就是!林丽还送给周萍一双鞋呢,难道林丽也阶级阵线不清?”

林丽不服气地瞥了吴敏一眼:“她敢这么说我!”

看到这么多人帮周萍说话,吴敏不但没有示弱,反而振振有词起来:“你们结帮结伙,互相包庇!毛主席教导我们说——千万不要忘记阶级斗争!又教导我们说——资产阶级是不会自行退出历史舞台的,好比一个人死了,尸体却仍留在我们之间,在我们之间腐烂、发臭,毒害我们的健康……”

孙曼玲洗罢脚,走到吴敏跟前,双手叉腰,听吴敏背完后,冷冷地说:“那不是毛主席的话,那是列宁的话。毛主席语录第一百零二页第二条是一段什么话?背!”

吴敏被突然的发问给问蒙了,她眨巴眼睛张口结舌。

孙曼玲继续问道:“第五十二页第一条又是一段什么话?背!你不是挺能背的吗?”

刚才还神气十足的吴敏这下子可呆如木鸡了。

“伟大领袖毛主席教导我们说……”孙曼玲一口气背了若干段语录,越背越快。背到最后一段,简直像背绕口令。包括吴敏,每一个人都听呆了。

孙曼玲指着吴敏说:“我告诉你吴敏,以后还少来你那一套!论背语录,我能从第一页背到最后一页!我还要告诉你,你有一个靠造反当上了芝麻官的爸没什么了不起!”

吴敏恶狠狠地说:“不许你污蔑我父亲,他是响当当的造反派!”

“我爸还是苦大仇深的工人阶级一员呢!我爷爷也是!我爷的爸是雇农!我爷的爸的爸也是雇农!打从清朝那会儿就闯关东了,那时哈尔滨还只不过是个小屯子!不是穷人能背井离乡闯关东吗?一物降一物这句话你听到过没有?我就凭我这种一红到底的出身,吴敏我要降住你!不许你在我当班长的女一班动不动就来刚才那一套!”孙曼玲的话说得像机关枪扫射一样快,嘎巴溜脆。

吴敏被威慑住了,无言以对,只好一声不吭地坐下了。

第七章

夜晚的男一班宿舍，鼾声此起彼伏。赵天亮和齐勇在低声悄悄说话。

齐勇面朝赵天亮躺着："我要求你，明天必须去。"

赵天亮仰面躺着："不去。"

"为什么不去？"

"你没权力要求我非得跟大家一块儿去玩儿。明天是假日，我想怎么过就怎么过。假日里我是自由的。"

齐勇："那，就算我请求你。一块儿去县城玩一天，可以增进团结。"

赵天亮："明天再说吧。"他一翻身，背对着齐勇了。

齐勇也一赌气翻过身去，嘟哝："来这套！"

其实，赵天亮并不是因为齐勇当了一班长而成心和他闹别扭，搞对立。他也不得不承认，原来齐勇比他会当班长。他只不过是在牵挂着陕北那个叫坡底村的地方，牵挂着在那里插队的哥哥和晓兰姐，牵挂着那么亲热那么实在地对待他的王大娘一家，牵挂着那个叫春梅的可爱的女孩儿。长这么大，他头一回体会到了牵挂的滋味，那好比一个人被一劈两半儿，另一半儿留在某个地方了。

而且，长这么大，赵天亮头一回拿眼看到了，中国居然有那么贫穷的地方,居然有连口清水都喝不上的地方。他也不知自己的父母给哥哥寄去钱没有。如果没寄,哥哥不是每天都在空盼吗?他是那么理解哥哥,哥哥不自己写信向父母借钱,却让他捎话给父母,那是因为哥哥心里觉得惭愧啊!可没有钱,哥哥又怎么能为坡底村解决水的难题呢!

除了牵挂,还有一种巨大的不安开始笼罩着他。那就是哥哥交给他的那封信。

他很后悔拆看了那封信,也有点儿庆幸他拆看了那封信,他庆幸毕竟知道了那个信封里的信,有炸弹一样的可怕威力。知道总比不知道好!他想干脆把那封信撕了,但又清楚哥哥是多么希望张敢峰能看到他的信,所以不忍把张敢峰牺牲的事告诉他。他终于明白了,为什么有些人认为哥哥是一个有思想的青年。也终于明白了,原来一个人头脑里有思想也会是件可怕的事情。尽管他已经将那封信缝在枕头里了,但内心里还是因为它的存在而忐忑不安。他真希望哥哥并没有什么思想,那他就不必为他担惊受怕了。

陕北,坡底村,崖畔上的春梅,信天游的歌唱,“俄罗斯病了、俄罗斯病了”的字句……赵天亮的脑海在猛烈激荡。

“不!”赵天亮猛地坐起,大叫。

灯亮了。每个人都欠身看着赵天亮。

赵天亮将衣服裤子叠了叠,卷了卷,当枕头,搂着他的枕头又躺下了。

“小黄浦”:“我刚要睡着,吓我这一大跳!”

杨一凡:“枕衣服,搂枕头,什么毛病!”

天亮了。

“小地包”醒来,发现自己手背上有字,吃惊地:“谁在我手背上写字了?”

“小黄浦”:“鬼!”

黄伟:“女鬼。漂亮的吊死鬼。”

王凯:“夜里做花梦了吧?”

“小地包”:“见你们的鬼去!”他看手背,不仅一只手背上写了字,两只手背上都写了字。

沈力一边起身穿衣服一边说:“咱们想见鬼还见不着呢,她对咱们的手也没兴趣啊!”

杨一凡:“哎,‘小地包’,鬼在你手上写的什么呀?”

魏明:“‘曾经沧海难为水,除却巫山不是云’是吧?”

“小地包”:“穷转什么呀!逗你们玩儿呢,还都当真了!”

胡思乱想了一整夜,赵天亮还是不想去。但齐勇放下了话,赵天亮不去,谁也别想去。赵天亮不想扫大家的兴,只好跟着大家上了马车。

马车不快不慢地行驶在路上,车上坐着男一班全体战士。

“小黄浦”:“二班的人对咱们一班的人眼气死了!”

王凯:“眼气也白眼气。咱们的班长是谁,他们的班长是谁啊?那好比的吗?”

沈力用胳膊肘拐了他一下,朝赵天亮努了努下巴。赵天亮反坐车上,双手揽膝,凝望远处。

齐勇:“沈力说的吧?这话我爱听。从你们北京知青口中说出来,我这个当班长的哈尔滨知青尤其爱听!”

赵天亮脸上毫无反应,不知是真没听到,还是假没听到。

杨一凡见“小地包”袖着双手,奇怪地:“怎么,你冷呀?”

“小地包”搪塞:“习惯,习惯而已。”

杨一凡:“还而已?伙计们,他手背上肯定真的有字!”

“小地包”慌了:“没有没有!我说没有就没有……”

王凯:“有还是没有,咱们看看不就真相大白了?”

于是几个北京知青一拥而上,将“小地包”按住,要把他双手从袖子里拽出来。

黄伟对傅正说:“咱们不干预。”

傅正:“干脆腾地方吧。”

于是他俩跳下马车,跟着车走,事不关己高高挂起地看着车上的人闹成一团。

“小黄浦”明哲保身地:“我也别碍事。”

他也跳下了车。

赵天亮也跳下了车。

“小地包”的双手终于被从袖子里拽了出来,他双手竟戴着那种用袜子改成的“手套”,而且一黑一白……

魏明:“看来昨天半夜,宿舍里还真闹鬼了!”

傅正:“那么,得成立红色打鬼队了。”

“小黄浦”:“看,那是谁?”

“小地包”手上的“手套”虽没被扒下来,车上的几个却顿时安静了——前方路边上,匆匆走着一名女知青。

齐勇喊了一声“驾”,马儿们撒开四蹄跑了起来,铃声哗哗作响。走在前面的女知青听到后面的马蹄声和车铃声,停住脚步,转过身来。是周萍。

“吁!”齐勇把马车停在周萍身旁,“哪儿去?”

“团部。”

“路过,上来。”

周萍向车上满满坐着的男知青看了看,有些犹豫。

齐勇催促道:“上来呀。”

“行吗?”

“这有什么行不行的啊,快上。”

周萍还是犹豫:“我怕……他们讨厌我。”

齐勇回头问:“有异议吗?”

车上众人异口同声道:“没有!”

齐勇："敢有！谁有我让他下去！"

王凯伸出手，将周萍拽上马车。

马车继续向前，一班知青都已坐在了车上。"小黄浦"和赵天亮恰坐于周萍左右。由于多了周萍，小伙子们都庄重了，矜持了。

"小黄浦"不停地用手拢他的分头，问："周萍，上团部干什么呀？"

周萍："寄信。"

"小黄浦"惊讶地："来回七十多里呀，交给通讯员不就行了吗？"

周萍："通讯员三天才去一次团部呢，我希望爸爸妈妈早点儿收到我的信。"

"小地包"："乖乖，什么重要的信啊，值得来回走七十里？"

周萍："也不是太重要的信，就是封一般的家信。"

"信"这个字，使赵天亮下意识地按自己的上衣兜，衣兜瘪瘪的，没东西。他赶紧又掏别的衣兜，神色慌张起来，冲着齐勇喊："停一下！"

齐勇勒住马，回头看他。

"我一封信没有了，你们谁看见一封信了？"

大家互相看看，都摇头。

王凯："会不会掉在路上了啊？"

齐勇不高兴地："实在不想和大家一块儿去，干脆直说啊，别一惊一乍的，像演戏似的！"

赵天亮一拍额："想起来了，没丢没丢！"

马车驶进县城，在一家饭馆前停下来。上次齐勇遇见的那位老交警走过来，绕马车转。

齐勇笑着对他说："我一说您这人多么多么好，我班里战士都特感动，都想来认识认识您老人家。"

"别老人家老人家的，我才四十多。也别套近乎，"老交警板起脸，公事公办地，"这儿也不许停马车。"

齐勇:“就停一会儿。大中午的,我们总得吃顿饭啊。”

老交警:“没人不许你们吃饭。街口往左拐,有处大车店,停那儿去。那儿还负责喂马、饮马。”

“那什么,我们还给您带了点儿木耳猴头什么的……”

老交警不客气地一伸手:“拿来。”

齐勇挠头:“是想着给您带,可……来得一急,忘了……”

老交警白了他一眼,不再说什么,板着脸,朝街口晃大拇指。

周萍“扑哧”笑了。

停好马车,大家又走回饭馆。

“小黄浦”和“小地包”一边一个开着门,齐勇率先走进去。

饭馆迎门墙上贴着大红纸,上写“高高兴兴,迎接国庆”。

饭馆里没什么客人。老板娘看上去三十几岁,笑着迎上来,殷勤热情地:“这不明天‘十一’了嘛,下午县城就放假,所以没人在外吃了,我们也要关门了。”她一边说着,一边打量夹在男知青中间的周萍。周萍不好意思起来,直往赵天亮身后闪。

齐勇问:“有什么吃的?”

老板娘:“包子、馒头、糖三角,什么干粮都有。汤可以现做,快得很。想吃面条也行,有挂面。”目光仍然停在周萍身上。

齐勇:“都上点儿。再炒几盘菜。”

黄伟:“不用做汤了,煮点挂面,连汤带水儿的。”

其他人都已分两桌坐下,周萍坐在赵天亮和傅正之间。“小黄浦”从另一桌走过来,对赵天亮说:“咱俩换换地儿。”

赵天亮刚欲起身,周萍暗中扯了他一下,他又坐下了。

周萍对“小黄浦”说:“我还有事儿问他呢。”

“小黄浦”又对傅正说:“那咱俩换换。”

傅正:“你什么毛病?”

"小黄浦"讪讪一笑:"我也有事儿跟她说。"傅正只好起身跟他换了座位。

齐勇将一些钱点给老板娘,说:"剩下的钱,找给他们谁都行。"

老板娘还伸着一只手:"粮票。"

齐勇一愣:"糟了,还真把这事儿给忘了!"

沈力:"看来这顿饭要吃不成。"

"我想到了,"赵天亮掏出钱包,低头说,"北京粮票。"

老板娘摇摇头。

周萍问:"上海的呢?"

老板娘:"更不行了。要么黑龙江的,要么全国的。上级规定,其他省市的地方粮票一律不收。"

齐勇:"大嫂,我们可是兵团的。"

老板娘:"一进门就看出来了,兵团的下馆子也得付粮票呀,党中央毛主席又没发文件说你们可以例外!"

齐勇:"大嫂,您看这么着行不行,我呢,多付些钱,您好歹让我们吃上这顿午饭。"

老板娘:"让我犯错误啊?每月进了多少斤粮,收了多少斤粮票,月底得对上账,差半斤八两的都是个事儿。"

大家面面相觑。

赵天亮:"这样吧大嫂,您呢,好歹先让我们把饭吃上,我们呢,保证给您个满意。如果您不满意,那可以把我们这位女战友扣下。"

全体意外。周萍脸上表情更是愕然。

齐勇用手指朝赵天亮勾了几勾。赵天亮随齐勇走到门外。

齐勇小声但严肃地:"打的什么主意?"

赵天亮:"你安心吃就是了。"

"可我不能陪你们吃,我还有点儿急事儿要去办。"

"那你就办你的事儿去,这儿交给我了。"

齐勇担心地:“你可别给咱们一班惹麻烦!”

赵天亮:“我是那种麻烦不断的人吗?不就受了一次处分嘛!”

齐勇拍赵天亮的肩:“好,我信任你。”

赵天亮伸出一只手:“钱留下。”

“饭钱我都交了,还多呢。”

“不是饭钱。你昨晚说的,谁来,还发两元零花钱。”

齐勇:“我那是随口一说,那是策略。”

赵天亮:“可大家都是当真的。你作为班长,郑重其事说的话,不兑现不好吧?”

齐勇:“这……我也没带那么多钱呀!”

赵天亮的手仍伸着:“那就有多少算多少吧,我替你解释。”

“我这班长当的!”齐勇无奈地掏出钱包看了看,抽出几元揣自己兜里,将钱包拍赵天亮手里了。

“这就对了。”

“对什么对呀!”齐勇从赵天亮头上扯下军帽,戴自己头上,转身便走。走几步,回头喊,“替我纠正我的话啊,我说是借给,不是发给!周萍例外。”

赵天亮:“哎,你哪儿去?”

齐勇:“回大车店!”

大家在饭馆里狼吞虎咽,吃得盘碗精光。

赵天亮忽然起身走出饭馆。大家不知道他要去做什么,彼此交换疑惑的目光。

老板娘在窗口内使劲儿咳嗽了一声,从灶间闪出一条壮大汉子,戴着脏兮兮的白帽子、白套袖。他搬条长凳挡在门口,横着坐下,两脚蹬着另一边的门框,背起语录来:“人不犯我,我不犯人。人若犯我,我必犯人!”

周萍口中缓缓嚼着，目光惶惶。

沈力小声问杨一凡："天亮这家伙，到底搞什么名堂啊？"

王凯："他把班长支走了，如果再要弄咱们，那可就太损了。"

傅正："八成正是这样。"

黄伟："有些事可以原谅，有些事很难原谅的。"

齐勇站在县城百货商店门旁，他身上穿着洗得发白的黄色上衣，洗得褪色的绿裤子，脚上蹬一双新的"解放"鞋，头上戴着的赵天亮那顶崭新的军帽，使他看去挺像退伍兵。尤其他脸上那一种坚定果敢的意味，肯定是县城姑娘们喜欢的。但是他肩挎的书包太大了，里边塞的东西也太多了，鼓得像球。而且，他后边还背着一个狍皮卷儿，用麻绳系在胸前，这就使他的样子有些古怪，身份也有些可疑，像是个冒充兵团战士的倒卖山货的人了。

商店里一个胖胖的售货员姑娘站在门另一边，只许人出，不许人入。有两名县城百姓要进入，却被她拦住："对不起，明天'十一'，今天提前半天下班，马上关门。"

那两名顾客急了："我们好几种副食票还没买呢，家里除了粮食啥啥没有，过节吃什么呀？"

"自家人倒好对付，万一来客人呢？"

"就是！要都过期作废了你们负责呀？"

胖姑娘客气又耐心地："大爷大娘大叔大婶们，都别急。后边开了个临时窗口，专卖过节那些凭票的东西。"

"这还差不多。"顾客这才放心地离去。

几名售货员姑娘从商店里出来，友好地和胖姑娘打招呼：

"走了啊！"

"上我家串门啊！"

"别忘了明天一块儿看电影！"

门口安静下来以后,齐勇由衷地:"你这人真好。"

胖姑娘笑了笑:"人长得不怎么样,性格再不练得好点儿,更愁嫁不出去了。"

齐勇:"搞对象,那得靠缘分。别愁,没听说这么一句话吗,剩男不剩女。"

胖姑娘:"看你这人挺可靠的,要不你帮我找一个?我喜欢你们兵团的小伙子,一个个吃苦耐劳的!我条件不高,一般人儿就行。县城里的好小伙子也都被动员下乡了,就近插队,不像你们有那么高的工资。我们这些姑娘虽然侥幸留下了,工作也有了,可找不到一个好对象,谁心里不猴急猴急的呀?"一说到搞对象,胖姑娘的话匣子打开了,听来满腹苦水。

齐勇同情地:"理解,理解。"

胖姑娘:"你别光说理解呀,到底肯不肯帮小妹子一个忙儿?"

齐勇:"肯,肯。包我身上了!我是一班之长,手下十一二个小伙子呢,北京的、上海的、哈尔滨的都有,哪天我把他们全带来,命令他们立正站在你面前,任你挑。"

胖姑娘:"也不用非得立正,稍息就行。那我就挑个北京的,婆家在北京,这辈子也能有机会去几次北京不是?到时候你可得给我做主啊!"

齐勇满口应承:"一定,一定。"

"要不是你和小蔡已经对上了,我非反过来追你不可!追你个五迷三道我才幸福!"胖姑娘又小声地,"现在我要追你就太不道德了吧?"

齐勇大窘:"那不好,那肯定不好。"

"要不我让你进去找她吧?你都等了这么半天了。"

齐勇:"没事儿,我能等,证明我心诚。"

胖姑娘向里面瞧了一眼:"她来了!"

齐勇立刻一挺腰板儿。

小蔡出现在门口,对胖姑娘说:“节后见。”

胖姑娘一指齐勇:“你看那是谁?”

小蔡一转身,齐勇满脸堆笑,温柔地:“蔡儿……”

小蔡又猛一转身,半高跟的鞋踏得人行道发出响声。齐勇赶紧追上去:“蔡儿!”

小蔡:“没听见!”

齐勇:“这就证明你听见了嘛。”

“听见了也不想搭理你!”

“那你可就不对了。”

小蔡猛一转身:“你就对啊?上次我帮你那么大忙,你连个‘谢’字都不说,赶上马车就开溜!你对啊你对啊?!”

齐勇:“说‘谢’不就显得见外了嘛!其实当时,我心里想说的是甜蜜的话,只有甜蜜的话才能表达我当时的心情。可当时看着那个老交通警察,我不是不好意思说嘛!”

小蔡:“骗人!当我们县城姑娘好骗啊?想错啦!”说完转身继续往前走。

齐勇步步紧随。

“再跟着,我喊警察了啊!”

“我给你带来了蘑菇木耳猴头,还有黄花。”

“不稀罕!”小蔡头也不回。

“没看见我背的什么啊?两张狍皮。特大,毛色特好。一张给你爸的,一张给你妈的……”小蔡不由站住了,往齐勇身后瞧。

齐勇笑着:“原谅我了吧?”

“没门儿!”

“那我可当街叫卖啦!”

“随便!”

齐勇果然站住,冲对面人行道上下棋观棋的人们喊:“卖蘑菇木耳猴头啦！卖黄花啦！卖大张狍皮啦！卖北大荒的正宗特产啦！便宜贱卖啦！”

他一边嚷，一边放下书包，从身上解下狍皮，一手一张拎着。

下棋的观棋的纷纷跑过来，围着他问价。

“不许卖！”小蔡横眉竖目地返回来了。

齐勇：“有何见教？”

小蔡：“你卖，就是挖社会主义商业的墙角！”说着，她又指着人们说：“谁买，就是和他勾结着一块儿挖，那我就向工商执法部门揭发！我可是百货商店的，我有这责任！”

人们纷纷离开了。

齐勇：“白给你吧，你不稀罕要；我想卖了，你又断我财路，这么绝情绝义啊？”

小蔡“扑哧”笑了：“成心气你！卷好，陪我到家门口。我换身衣服，咱俩一块儿看电影——样板戏《奇袭白虎团》。”

齐勇笑了，赶紧卷好狍皮……

赵天亮还没回来。小饭馆里气氛紧张。

“小黄浦”掏出怀表看，嘟哝：“过了半点钟。”

沈力没好气地：“又过了半点钟的时候，别再说出来啊！”

杨一凡把头凑近“小黄浦”：“让我看看。”

“小黄浦”把表往怀里一藏：“同志们，他干吗总缠着我啊！”

傅正小声地：“咱们就这么干坐着也不是个事儿吧，总得想个办法。”

周萍反而显得特镇定，大义凛然地：“如果有个人留下陪我，我也可以当人质。”

王凯看她一眼，气愤地：“赵天亮这王八蛋！”

老板娘：“姑娘说那办法，也是个解决问题的好办法。因为四五斤粮票，把你们都扣在这儿，我们也怪过意不去的。”

横挡在门口那条大汉也插话道:“你们走了的那个也太阴损了,他这不是把咱们双方面都给耍了嘛!”

他的话音刚落,赵天亮回来了,肩上扛着一袋面。

没等大家反应过来,赵天亮吩咐:“拿盆来。”

老板娘拿来一个盆。

赵天亮看了看:“小了,大的。”

汉子拿来一个大和面盆摆在地上。

赵天亮:“刀。”

老板娘递给他一把剔肉尖刀。

赵天亮:“钱已经付了,只差粮票了是不是?我们用面粉顶粮票,这总可以了吧?我们兵团的面粉,可是国家的一等标准粉,成火车皮出口的!咱们也别动秤了,我往你盆里倒,你看着够了,说一声,我停止。你不说我不停止,我们兵团人可不占地方的小便宜。”

他一刀插入面口袋,划出一道口子,提起面口袋就往盆里倒。

在场的人都没想到他来这么一招,都看傻了眼。

白花花的面粉快要倒满了盆,周萍忍不住叫起来:“够啦!”

汉子也说:“对对对,够了。真不好意思,忘说了。”

赵天亮这才收住手:“我们的人可以走了吗?”

老板娘:“走吧走吧,刚才也没成心扣住他们嘛!”

于是大家纷纷往外走。周萍走在最后边,老板娘叫住她:“姑娘你留一下啊,还得找你们钱呢。你们兵团人大方,那我们地方人也不能占你们的便宜呀。”

男知青都走出去了,只剩下周萍一人了。老板娘看着半页油渍麻花的纸,一边拨算盘,一边闲聊似的问:“多大了?”

“十八。”

“虚岁周岁?”

“刚过周岁。”

“处朋友了吗？”

“才十八，不想处。”

老板娘拉开抽屉，点数了些钱，递给周萍，说：“该找给你们这么多，放心，一分不少。”

周萍接钱时，老板娘顺势抓住了她另一只手：“瞧你这小手，多白，多秀气，都磨出茧子来了，叫人心疼劲儿的！”

周萍更加难为情，抽了一下手，没抽出。

老板娘往窗外看一眼，机密地：“别害羞，十八岁也该处朋友了。我告诉你啊姑娘，我们县‘革委会’的头头脑脑，无论他们自己还是他们的儿子，可愿意和上海女知青对上象啦！像你这么好的模样，只要肯嫁给他们，户口转到县城里来，再安排个风吹不着、雨淋不着、毒日头晒不着的好工作，那不是件难事儿……”

周萍觉得受到了侮辱，大声说：“放开我！”

赵天亮一步跨了进来，周萍借机抽出了手，从饭馆里跑了出去。

老板娘讪讪地说：“那什么，我夸她手白，模样好看，她不好意思了……”

王凯拎着半袋子面，边走边说：“这面是尹排长让班长捎给他朋友的，一会儿见了班长怎么说？”

赵天亮：“实话实说。”

“小黄浦”：“谁说啊？”

赵天亮：“当然我说。”

“小地包”：“他准生气。”

赵天亮：“他生气我也没办法。他说走就走了，那咱们该怎么办？总不能都饿一顿吧？”

杨一凡：“就是，在连队不来，起码还有那种绿馒头吃呢！”

黄伟拍拍赵天亮肩：“你就实话实说，他生气活该，我俩对付他。”傅正也在一边点头。

他们走到了公共浴堂前,牌匾上写着“工农兵大澡堂”。

周萍走到赵天亮身边,把手里的钱往天亮手里一递:“天亮,这是找的钱。”

“小黄浦”:“哎,班长不是说,每人还给两元零花钱吗?”

“差点儿忘这茬儿了。”赵天亮掏出钱包,“他让我纠正一下,他说的是‘借给’,不是‘给’。”

杨一凡:“弟兄们,大家可都有耳朵啊,他昨晚说的是‘借给’吗?”

“小地包”嘟哝:“他要是那么说,我还不来了呢!这么小一个县城,有什么可逛的!”

赵天亮看看钱包说:“钱包里这点儿钱,每人借给两元也不够。一人一元钱还差不多。”

沈力:“一人才一元钱?那够干什么的?”

“洗次澡,看场电影,再吃两根奶油冰棍儿,也算不白来。”赵天亮开始向每人分一元钱。男知青人人嫌少,一个个皱眉撇嘴的,却又不得不接。

“小地包”用戴“手套”的手接过一元钱时,赵天亮说:“得有人先把食堂需要的东西搬车上。不知班长去哪儿了,什么时候回来,我怕耽误了。你得先跟我去干那些活儿。”

“小地包”顶撞赵天亮:“你成了班长了吗?”

赵天亮:“你偏要这么认为也可以。反正那些活儿也不必大家都去干,却又必须有人干。”

黄伟:“他不去拉倒,我和傅正跟你去。”

赵天亮:“两个人就够。我让他去,自有我的道理。”

黄伟看看“小地包”说:“那我提议,作为大家共同的决定,你就辛苦一下吧。”

“小地包”不快地将头一扭,却也没有什么借口推辞。

赵天亮发钱发到周萍时,给了她三元钱,说:“班长有话在先,对你例外,你可以不还给他。”

周萍认真地说:“我发了工资一定还给他。”

“那就是你俩之间的事了。”赵天亮向大家亮了亮已经空了的钱包,“班长交代给我的事儿,我基本完成了。”

周萍问:“那你自己呢?”

“我不想洗澡,也不想看电影。你们谁大方,请我一支冰棍或者一瓶汽水,我就心满意足了。”

周萍:“看你说得可怜劲儿的!你也得有一元钱!”

二人正一给一拒之际,有三个姑娘从浴堂里出来了。她们是三个在县城附近的山东屯插队的上海女知青,其中一个发现了周萍,意外地:“周萍!”

周萍也惊喜地叫出她们的名字:“徐燕燕、刘芳、赫昕,是你们呀!”

她们不顾旁边有不少男知青,相互亲昵地搂抱在一起,又是笑,又是蹦,用上海话说些“你瘦了”“你胖了”“你黑了”“好想你”之类的话。

一旁的男知青们识趣地默默退开几步,望着她们,也受到她们情绪的感染。

迢迢数千里外,老乡见老乡自然格外激动。兴奋过后,徐燕燕们连珠炮似的用上海话向周萍发问,而周萍则用普通话回答。

“周萍,你到底成了兵团战士了,是吗?”

“是啊,最近我们就要发服装、发工资了。”

“你们的服装是军装吗?”

“听说是,只不过没有领章帽徽。还发军大衣。”

“工资呢?工资多少?”

“三十二元,加上九元多的寒带津贴,每月差不多四十二元。”

“四十二元?!”

“吃的呢?”

“天天白面,没有粗粮。”

“周萍,你的命可真好！我们当时要是和你一样,死跟着兵团的领队就好了！”

“我们一个分儿才八九分钱！像我们三个,一天挣不了几个分儿。”

“大家都是家庭有问题的,兵团凭什么要你,就不要我们呢？太不公平了！”

“周萍,我们以后可怎么办啊？”

“我们带来的钱都花光了,明天是‘十一’,今天把钱凑一块儿,才够我们进县城来洗次澡的。”

“想买卫生纸都没钱了！”

话一说到这份儿上,刚才的兴奋一扫而光,变成老乡见老乡,两眼泪汪汪了。三个上海插队女知青与周萍抱头而泣了。

周萍想将自己手中的三元钱递给她们,她们说什么也不肯接受。区区三元钱,既解决不了什么实际困难,也很伤自尊心。

沈力:“我都有种罪过感了。”

“小黄浦”:“千万别说我也是上海的啊！”

黄伟:“闭上你的鸟嘴！”

赵天亮将王凯拉到一旁,小声说了几句。王凯点头,走回来,将几名北京知青手中的一元钱掠去,一总交给赵天亮。

大家明白了赵天亮的意思,纷纷将手里的钱交给赵天亮。

赵天亮将所有的钱都交给周萍,示意她交给三个插队女知青。她们起初还是不接,周萍急了,说了一句:“嫌我是资本家女儿呀！”她们这才愣了愣,由刘芳将钱接了。

王凯将半袋子面也拎过来,放到刘芳脚旁,嗫嚅地:“别不稀罕要啊,我们可是诚心诚意的！”

徐燕燕吸着鼻子:“面我们可要,这一向尽吃粗粮了！”

郝昕立刻将面袋子拎起。

大家望着三个插队女知青走远。

刘芳回头喊:“将来一定还你们!”

黄伟对周萍说:“告诉她们,不用还。”

脸上有泪的周萍张张嘴,没说出话来。

“小黄浦”急了:“说呀!”

周萍:“不用还……”她的声音小得几乎只有她自己才听得到。

黄伟:“你大点儿声嘛!”

周萍又张张嘴:“我喊不出来嘛!”说着转过身去哭起来。

县供销社院子里,赵天亮和“小地包”在往马车上装东西,无非锅碗瓢勺酱醋盐之类。

赵天亮:“我知道你手背上写的什么字。”

“小地包”不理他。

“左手背上是‘你姐让我告诉你’,右手背上是‘她不调走了’。”

“小地包”隐忍地瞪他。

“因为是我写的。”

“小地包”火了:“你他妈又跟我姐说什么了?!”

“嘴干净点啊!你给我听着,我赵天亮也许别的优点都没有,但值得信任这一条我有!我们全家都是值得信任的人!你再拿这一点攻击我,我对你不客气了!”

“不是你难道会是齐勇?你俩敢当我面对质吗?”

仓库里出来一老汉,大声地:“告诉你们炊事班长啊,让他下次亲自来把账结了!”

待老汉进入办公室,赵天亮又说:“我才不和他对质!你有什么权力让我们对质?按我的性格,本想永远不跟你这号人说话了,所以才宁肯往你手背上写字!但我们在一个班里,永远不说话那做得到吗?你又为什么不问问你姐姐她怎么知道的?”

齐勇忽然大步腾腾地走来。

赵天亮："有你这样的吗？究竟你是班长我是班长？"

齐勇笑道："我封你为班副！这不一切顺顺利利的嘛！"说着一屁股坐在车上，从头上撸下帽子扇着，"我先回大车店去了，见咱们的车不在，人也不在，估计你们准来这儿了。他们呢？洗澡去了还是看电影去了？"

赵天亮一把将帽子夺去，戴自己头上。

齐勇四周看了看问："都照相去了？"

"小地包"没好气地："屁！有钱吗?！"

齐勇不解地看赵天亮。赵天亮紧了紧固定货物的绳子："待会儿再说吧！"

忽然，两个男人闯入院子。一个五十多岁，一个三十多岁。

五十多岁的男人冲他们仨喊："你们谁叫齐勇？"

齐勇略一紧张，蹦下车，答道："我。"

三十多岁的男人一言不发，从车上操起鞭子就向齐勇抽去。

齐勇绕马车躲："哎哎哎，怎么一句话不说就打人啊！"

三十多岁的男人："谁叫你到县城来勾引我妹的！你个农业户口的，癞蛤蟆想吃天鹅肉！"

五十多岁的男人："儿子，替我好好修理他！"

鞭子带着风抽向齐勇，被齐勇闪过。鞭梢落在赵天亮脸上，他一摸脸，手上有血。

赵天亮从马车上纵身一跃，将三十多岁的男人扑倒，两人在地上翻滚起来。"小地包"却往马车上一坐，冷眼旁观。

齐勇一步跨到五十多岁的男人跟前，指斥地："你女儿喜欢我，我也挺喜欢她，我们这叫自由恋爱，合法的，你明白吗？"

"合法的？在我这儿就不合法！"五十多岁的男人搬起一箱子酱油摔在地上。

齐勇劈手给了他一耳光。

五十多岁的男人用手捂着脸："你，你敢动手打老丈人?！"

齐勇吼道:“你刚才怎么不说你是老丈人!”

地上翻滚着的两个都站了起来,鞭子被赵天亮夺在手里了,轮到赵天亮抽对方,对方绕着马车躲了。

赵天亮一鞭子抽在马身上,马受了惊,拉着马车向前跑。

“小地包”和一车锅碗勺盆被颠到了地上……

天黑了。男一班的知青们回到宿舍。宿舍里又变样了,两铺炕上的铺盖又合到一铺炕上了,另一铺炕的炕面抹了层新泥,正冒着水汽。

赵天亮:“我的被褥呢?我的被褥呢?”他用手绢捂着脸颊的手垂下了,脸上一道鞭痕,手绢掉在地上。

他终于发现了自己的被子,扯过来抖开,枕头不见了!

赵天亮大惊:“我枕头呢?!我枕头呢?!”

他穿着鞋跳上炕,在别人的被褥上踏来踏去,将炕上的被褥掀得乱七八糟。

“小黄浦”:“你脱了鞋行不行?!枕头里藏着金条呀?”

赵天亮狠狠瞪“小黄浦”一眼。

王凯:“他病了。”

赵天亮又向王凯瞪去。

杨一凡:“看来真的病了。”

赵天亮:“我要是找不到枕头,你们今晚谁也别想睡觉!”

在大家的注视下,他又乱掀乱扬起来。

第二日上午——确切地说,是一九六九年的十月一日,男一班的知青们还在睡着懒觉,而阳光已经洒满宿舍。新抹的炕面,也不再冒水汽了,半干不干的了。

尹排长走入宿舍,沿着大家所睡的那炕的炕头走到炕尾,看小伙子们睡相各异、横七竖八地躺在床上,为他们的不雅无奈地摇头,时而一笑。他又踱到空炕前，拿起炕面上的抹子，将这儿那儿干裂的缝隙抹平。然后又在炕沿上坐下，看一眼手表，拍了拍手。

王凯："谁呀，这么讨厌！"

尹排长："讨厌也得叫醒你们啊！"

齐勇反应迅速地翻身坐起，大声地："都起来都起来，排长来了。"

于是大家纷纷坐起，皆有些不安地望着尹排长。

齐勇："排长，有指示？"

尹排长："哪儿那么多指示？有几句话，随便问问。"

齐勇："都穿衣服！半分钟后下地，站一横排。"

尹排长："免了。就这么坐着听我问吧，几句话的事儿。"说罢掏出烟，吸着一支。

大家互相看看，彼此心照不宣。

尹排长看着齐勇问："我让你捎给朋友那一袋子面，送去了吗？"

齐勇支吾地："丢……丢了。"

尹排长显然对他这么一种回答早有心理准备，但还是追问了一句："丢了？怎么就丢了？"

齐勇："到了县城一看，车上没有了。估计掉半道了……"

尹排长："也没谁发现掉下去了？"

齐勇："发现不就丢不了了嘛……排长，对不起。"

尹排长："对不起的话就别说啦，你们又不是成心的。只不过确实让人心疼，那是一袋子精粉，我求团加工厂为我多筛了一遍。我那县城里的朋友，交往好多年了，也是转业兵，在林业局工作。妻子病故了，一个人带着三个孩子，日子过得挺不容易。原指望你们昨天捎到，今天'十一'，能表明我一片心意……"

大家都低下头去。

尹排长盯着齐勇猝不及防地："你一班长在县城里不也有朋友吗？"

齐勇大窘："我那个，一般般的关系，和你们那种朋友关系没法儿比。”

尹排长盯着赵天亮又问:“你脸怎么了?”

“我脸……”

齐勇:“见义勇为。遇到小流氓欺负人,我和他挺身制止,结果……他就被伤着了一下……”

“小地包”突然大笑:“哈!哈!哈!哈!”

尹排长:“孙敬文,发什么怪声啊?”

“小地包”:“受感动,太受感动了!情不自禁。”

“那县城可好几年没小流氓了。”尹排长话锋突然一转,“酱油又是怎么回事?盘子和碗又是怎么回事?别光你们班长一个人告诉我了,徐进步你告诉我吧。”

“小黄浦”:“这……面的事儿我知道,就是我们班长说的那么回事。酱油,还有盘子和碗的事儿嘛,排长,我还真不太清楚……”

尹排长:“王凯,那你告诉我。”

齐勇暗捅赵天亮。赵天亮忙说:“排长,王凯也不太清楚。它,它是这么回事……我和班长刚都装车上,马受惊了。全掉下来了。已经装在咱们车上了,损失只能咱们认了。”

“对,对,就是那样!”齐勇连声附和。

尹排长将烟头丢地上,踏一脚,踢入火炕的火口,站起来说:“昨天,你们还没回来,县城里有人把电话打到了连部,告你们中两个人的状。知道接电话的是谁吗?巧了,偏偏是我。”

他又沿着炕沿走,一一看着大家,不动声色地:“班长带头撒谎,有人替班长圆谎。这样的风气,必须改正!不改正就等于助长,以后是要捅娄子的!”

“小黄浦”:“排长,我可没撒谎。”

杨一凡:“我们也没撒谎啊,再说我们也确实没在县城里做什么坏事啊。”

尹排长制止地竖起一只手，严肃地对齐勇说：“一班长，你要把昨天的情况，写两份报告。一份给事务长，一份给我。给事务长那份，我不看，你能自圆其说就行。给我那份，不许再瞎编！”说罢，拍拍赵天亮肩，意味深长地说，“别当他的高参，啊？”

尹排长刚一走出去，大家忍不住互相问起来。

黄伟问齐勇：“老齐，有事儿连我和傅正都开始瞒着了？”

齐勇心烦意乱地：“别问了！有什么好问的！”

王凯们却还在炕的那一端问“小地包”：

“哎，你知道些什么？说说，说说！”

“你刚才那一怪笑，证明你一清二楚。”

齐勇对“小地包”大吼一声：“你敢！”

“小地包”往起一站，双手叉腰，蛮厉害地：“想保留点儿班长的面子，那你就别威胁我。”

沈力看着窗说：“嘘，排长又回来了！”

“小地包”赶紧坐下。

尹排长走进来，说：“刚才忘讲一件事儿了。昨天，团里把你们新战士的冬季服装送来了。今天又是‘十一’，团里决定连你们新战士的工资一块儿发给你们。由于些特殊情况，压了你们两个月的，每人不少的一笔钱呢。不要钱一到手就乱花。多往家里寄些，让爸妈高兴高兴……”

王凯忽然在炕上打着滚儿喊：“有钱喽！有钱喽！”

而此时此刻，女一班宿舍也都在为发工资的事高兴。林丽和薛艳围在谢菲左右，看着谢菲在纸上算，急切地：

“算出来没有？总共多少钱？”

“我也不太知道该怎么算，大概一百多元吧。”

“乖乖，我老爸工作了一辈子，退休金才五十几元！”

连部里，方婉之和周萍二人面对面坐着谈话。

方婉之:“班里战友们对你还好吧?”

周萍:“挺好的。尤其班长对我好,我心里很感激她,也要求自己处处向她学习,学习她吃苦耐劳、先人后己、先公后私。”

方婉之:“小周啊,有个情况我必须现在就告诉你。那就是,那就是……一会儿发服装,没有你的……”

周萍一愣,随即克制地:“这我理解。我的出身那样,我能成为兵团战士已经很幸运了……”

“可是……连工资也没有你的……”

周萍眼中顿时充满泪光,嘴唇颤抖着:“排长,为什么?”

方婉之艰难地:“因为团里告诉我们,你人虽跟到了兵团,可档案、户口关系却根本没在兵团系统,在别处……”

周萍眼中淌下泪来:“在哪儿?”

“分到地方农村人民公社了,公社又分到一个叫山东屯的村里去了……”

周萍低下头,双手捂面,无声地哭了。无声胜有声,方婉之也难过起来。

“小周,其实指导员、连长包括我,你给我们的印象都挺好的。你虽然看起来娇娇弱弱的,干起活儿来却一点也不娇气……”

周萍一起身就要向外跑。

方婉之扯住了她:“小周,你听我把话说完。事情变成这样,谁也想不到。连长当时收下你,是有那么点儿勉强。可你来到七连以后的实际表现,早已使连长转变了态度。他一急,打电话和团里的人大吵了一架。不知该怎么面对你,回家生闷气去了。但这一件事,现在再扭转相当麻烦。急也没用,气也没用。指导员一大早专为你的事骑自行车去团里了,也许他能带回来好结果。我认为你是个心理承受力挺强的姑娘,暂时要理智地面对你的处境,啊?”

周萍流着泪点头,扑在方婉之怀里哭了。

李鸣在连部外间屋里听到了她们的谈话。在去往食堂的路上,李鸣遇到赵天亮等几个北京知青,忍不住感慨:“周萍真可怜。”

赵天亮一愣:“怎么了? 吴敏又找她岔儿了?”

“发服装发工资都没她的份儿,可能最终还是成不了兵团的人。”

赵天亮等人呆了。

发给知青们的服装不仅是一套棉衣棉裤,还有棉大衣、羊剪绒的棉帽子、里边有毛的大头鞋。当别的知青在食堂里喜形于色地领工资、领服装的时候,周萍一个人默默地待在宿舍里。

然而她并没有得到安宁。

吴敏捧着服装往宿舍里进,刚好撞上出门打水的周萍。吴敏的鞋和帽子掉到了地上。

“对不起。”周萍赶紧蹲下捡起帽子,放在吴敏捧着的大衣上。

吴敏冷冷地瞪她:“刚才是鞋在中间,帽子在鞋上边。谁也不会将自己的鞋往自己的帽子上边放,那叫摆错了位置。”

周萍第二次蹲下捡大头鞋,吴敏又故意将帽子弄到地上。周萍只得一手拎两只鞋,一手拿帽子站起来。她默默地将一双大头鞋放在大衣上边。

吴敏:“摆正。我喜欢一切都在正确的位置。”

周萍将大头鞋摆正,将帽子放到大头鞋上,然后退一步,闪在门边。

吴敏昂然而入,阴阳怪气地:“有的人啊,非不认命。明明注定了是反面人物,却偏要试图演正面角色。也许起初能蒙蒙人,但最终还是会演砸的。结果呢,到头来自讨苦吃。”

周萍面无表情地听着,却又仿佛根本没听到,待吴敏没话了,这才离开宿舍。

路过食堂,周萍闪在食堂门外羡慕地往里看。二班长及一些男知青已穿上了棉大衣,戴上了棉帽子,连唱带比画:“穿林海,跨雪原……”

而一些女知青,则在点数她们手中厚厚的一沓钞票。

赵天亮们捧着服装出来,看见周萍。周萍先是表现得很不自然,接着凄楚地也是诚心诚意地:“祝贺你们……”

赵天亮张张嘴,没说出话来。

沈力真诚地:“周萍,我们都很同情你。”

周萍张了张嘴,也没说出话来。

男一班宿舍气氛凝重。

黄伟:“到团部去抗议?”

傅正:“谁的想法?”

齐勇:“我的。周萍她一路怎么来到七连的,来了之后表现得又怎么样,我不说,相信大家也都会有一致的、公平的结论。我和班长,我俩并不想拖所有的人下水,家里有什么问题的,声明一下,可以不参与。绝对‘红五类’出身的,这时候为一个好姑娘冒一点点险,我认为,是正义的表现。”

一阵沉默。

“小黄浦”:“班长,我……我属于冒不起那一点点险的。我父亲是造船厂工人。主要不是家庭问题,主要是,我天生胆小怕事……”

杨一凡坦率地:“我父母都是‘臭老九’,也被批斗过。但我已经习惯了,我可以参加这件事儿。”

沈力:“我爸妈是普通美术工作者,一凡都敢参加,我也敢。”

齐勇转回头看一直没吭声的赵天亮:“你呢?”

赵天亮干脆地:“不参加。”

齐勇仿佛听错了:“不参加?”

“对,不参加。”

齐勇讽刺地:“你也有家庭顾虑了?”

赵天亮:“我觉得你们的想法是添乱,反而会害了周萍!”

齐勇:“你说想表达同情和正义的想法反而会害人?”

赵天亮:“你好好想想吧!还高二的!”说完从屋里冲了出去。

女一班宿舍的姑娘们也聚在一起。周萍侧身坐在自己的铺位那儿,望着窗外。而吴敏等人,都在数手中的钞票。

高洁将手中的钱往胸中一捂,激动地:“没想到我生平第一次开工资,一下子就开了这么多钱!”

余莎莎:“明天我就给家里寄钱,寄六十!”

林丽:“你俩小声点儿。”说着朝周萍那儿使了个眼色。

高洁:“周萍,我不必往家里寄那么多,我先借给你二十元钱吧?”

周萍扭头报以凄楚又感激的一笑:“暂时还不用。用的时候,一定朝你借。”

吴敏冷笑一声:“借钱也要借给有偿还能力的人。我可无论如何也不会把钱借给就要靠挣工分养活自己的人。”

高洁:“我没跟你说话!”

吴敏:“我也没跟你说话!”

周萍默默又将脸转向窗外,她望见赵天亮在宿舍外面,正跟谢菲她们说着什么。

谢菲等三人走入宿舍,各自怀抱着从供销社买的吃的用的。

谢菲:“这下可好,供销社的东西快被买光了。再不赶紧上货,就剩空货架了。”

薛艳:“周萍,晚上打牙祭,一块儿吃罐头,啊?”

谢菲:“我们仨在门前碰到赵天亮了,他让我还你三十元钱。”

周萍发愣,心情复杂。

吴敏也想到了是怎么回事,心情同样复杂地望着周萍和谢菲。

谢菲把钱往周萍手里塞:“我们三个还都想借给你呢,接过去呀。”

周萍百感交集地接过钱。再望窗外时,只看见赵天亮的背影了。

白桦林火车站的铁路小屋。门外停着辆旧自行车。

屋里，韩指导员和杨秉奎在说话。杨秉奎吸烟，韩指导员在用杨秉奎的大瓷缸子喝茶。

韩指导员："我在团里处处碰钉子，实在是没招了，不得已才来找您。"

杨秉奎："不就是档案、户口，弄到别的地方去了吗？那就麻烦地方帮着查找查找嘛。在县里，那就让团里派人去县里取回来嘛！在公社，咱就去公社取，在哪村儿，咱就去村里取，不就这么回事吗？"

韩指导员："我的站长同志，没你想的这么容易！团里各个方面都跟我打官腔。说要是把一个档案、户口都已经归在农村了的资本家的女儿硬要到兵团来，怕引起插队知青的不满情绪……"

杨秉奎："政委最能解决复杂的事儿了，找政委嘛。"

韩指导员："我的老站长哎！我看您是躲在这么一个幽静的地方当站长快当成神仙了！您忘了？政委调走了，新政委还没派来。现在，咱们团长兼着政委呢！找政委，那也是找他。找团长，他又不见我。您说叫我咋办？人家周萍那姑娘，在我们七连表现得不错。人家抢收麦子抢收豆子都参加了，辛辛苦苦干了两个多月，手上的泡还没消，咱们总不能一句话就把人家开了吧？那咱们兵团办事儿，也显得太没人味了吧？当初七连留下她，可是冲您的面子！"

杨秉奎："别拿话激我。你的意思是，得我亲自出马？"

韩指导员："非您亲自出马不可了呀！周萍要是不能继续留在七连，您的面子丢大了！"

"嗯?！"杨秉奎瞪他一眼。

"我不是成心激您，事情就是这么回事嘛！"

杨秉奎起身看黑板上写的"列车往来纪要"，自言自语："今明两天还真没车过。"回头又问韩指导员，"你那辆自行车，气足吗？"

“足,足！带您,那是绝无问题！”

自行车在半路爆了胎,两人傍晚时分才到团里。

韩指导员去修自行车了。杨秉奎走进团长办公室。

警卫员小龚正在擦桌子,见来的人是杨秉奎,便笑着迎上来:“哎呀老爷子,什么风把您给吹来了?”

杨秉奎冷着脸:“团长呢?”

小龚:“是七连指导员把您搬来的吧?”

杨秉奎:“我问你团长呢！”

“这……我也不太清楚。”

“你是团长警卫员,不知道团长去哪儿了?我揍你！”杨秉奎狠狠地瞪着小龚。

小龚赔笑:“老爷子,别发火儿别发火儿。好,我说实话,团长去山东屯了。”

“他去山东屯干什么?”

“这……这我可就真不清楚了。”

“带我去。”

“老爷子,您开玩笑吧?三十几里地呀。团长那辆吉普他亲自开走了,咱俩走着去啊?”

“我腿走酸了,我可不走了。你弄辆别的车,我知道你小子除了飞机什么都会开。”

“老爷子,您这不难为我嘛！都下班了,这时候我哪儿去弄辆车啊！”

“你说难为你,那就是难为你了。我就不信,偌大个团部,找不到个带轱辘的。”杨秉奎从小龚手中夺下抹布,往桌上一抛,“现在就给我去找！”

小龚弄了辆前轮小、后轮大的轮胎式拖拉机。杨秉奎和小龚两人到达山东屯时,天已经黑了。

一幢泥草房的山墙那儿停着辆吉普车。几名插队男女知青猫在窗户左右,往屋里偷窥。杨秉奎一咳嗽,知青们识相地散去。

屋里,团长吕山东与一个四十五六岁的女子盘腿对坐。小炕桌架在他俩中间,桌上摆着咸菜、大饼子、大葱、酱,还有半瓶酒、两个酒盅。那女子叫梁喜喜,是山东屯的支书,本人也是山东人。

团长把手里的一段大葱蘸上酱:“就爱吃你贴的大饼子。也只有在你这儿,才能吃到咱老家正宗的虾酱、大酱。”

梁喜喜拿起酒瓶斟酒:“虾酱是年初咱老家来人捎给我的。嫂子怎么不托人给你捎点儿?”

团长:“她倒也托人捎。每次一捎到,我还没尝几口呢,就被机关那些馋猫给分了。再说,老家往我那儿去的乡亲,怎么能比得上往你这山东屯来的人多呢。来来来,陪我一盅。”

梁喜喜:“我看啊,你是想把我这儿变成你团长的私人酒馆儿。”

“在团里,喝酒不总得找个理由嘛,在你这儿就不需要什么理由了!”

二人刚一碰酒盅,门外响起杨秉奎的咳嗽声。

“找你的,与我无关。我这一盅,不能白斟了!”团长将杯中酒一饮而尽。

梁喜喜没饮,放下酒盅,问:“谁呀?”

“我。杨秉奎。”说着,杨秉奎打开门走进来。

团长赶紧穿上鞋,神色不免狼狈:“咦,老哥,你怎么到这儿来了?”

杨秉奎看了看梁喜喜,对团长说:“找你嘛。”

“找我你倒是到团部去找呀!准是小龚那小子带你来的,看我不训他!”团长站在地上,尴尬地介绍,“这位是梁喜喜,山东屯的支书。他就是我常跟你说的杨秉奎杨站长。”

杨秉奎:“你常跟她说我干什么呢?”

梁喜喜:“他跟我没话可说的时候就说你。上炕坐,喝两盅?”

杨秉奎冷冷地:“你省省吧。”

梁喜喜:“省也不是省我的,省他的。”

杨秉奎看着团长说:“既然挺自觉的,把鞋穿上了,那就跟我回团里吧。”

团长看表,嘟哝:“这才几点钟啊!”

杨秉奎:“你想喝躺下,在这儿过夜呀?”

梁喜喜严肃起来:“别胡说八道啊!他可从没在我这儿喝躺下过,更没在我这儿过过夜。你们兵团的人,说话要负点儿责任。”

杨秉奎:“正是冲着‘责任’两个字,我才到这儿来找他的。走走走,跟我回团部!”说着,扯起团长往外便走。

团长被扯到外边,挣开手,大为不满地:“你这算干什么你!”

团长又大步回到屋里,对梁喜喜说:“连人你都见着了,印象怎么样?我也往你这儿跑了几次了,好歹你得给我个态度了,我跟你嫂子也有个交代嘛!”

梁喜喜:“太不怎么样了!胡子拉碴的,又老,又倔,对女人一点儿没个亲劲儿,还那么没礼貌!对女人不亲,干脆自己过拉倒嘛。这事儿到此为止,再也不许跟我提一个字!”

团长和杨秉奎回到了团部。团长摘下帽子,往桌上一摔,接着冲杨秉奎一拍桌子:“你怎么也不刮刮胡子!”

杨秉奎坐下,摸了摸脸,不温不火地:“你和那么一个女人凑一块儿喝酒,我收拾我的脸干什么?”

团长:“你打算一辈子光棍啊?让你结成婚,那是师长师政委给我的特殊任务!我到人家那儿去,不光是为了找个清净地方喝几盅酒!你那儿不是比一个屯子里更清净嘛!我每次去她那里,窗外都有人偷看,你当我就一点儿不知道啊?我那主要是为你在趟路子!可你……人家对你印象差极了！”

杨秉奎：“我对她印象还差极了呢！见着个男人就说‘上炕坐，喝两盅’，这号女人我敢娶吗？你趁早少替我操那份儿心！”

“你不让我操心，我就不操心了吗？”团长坐下，平静了一下情绪，“说吧，什么事？”

“为七连一个知青的事儿，她叫周萍……”

“等等，等等。”团长打断他，“是不是从上海一直跟到北大荒的那个……那个……民族资本家的女儿？”

“你还真没白当团长，说对了。”

团长：“她的问题不早就解决了吗？你不是给七连写去了一个条子吗？那不就行了吗？”

杨秉奎：“出岔儿了。她人是跟到咱兵团来了，可档案、户口关系什么的，都到县里什么地方去了……”

“县知青办。”

杨秉奎：“所以嘛，发服装，没她份儿。发工资，也没人家份儿。可人家抢收麦子，抢收豆子，一天没落，都参加了。如果就让人家那么走了，显得咱们兵团人太不仁义了吧？”

团长：“老哥，现在不是讲仁义的时代，是讲出身的时代。”

杨秉奎也拍起桌子来：“胡说！不讲仁义，革命能成功吗？不讲仁义，当初那么多有钱人家的子女，跟着咱们这些穷鬼干革命？”

团长：“那时是那时，现在是现在。到哪时说哪时。”

杨秉奎：“你跟我抬杠是不是？那就抬！我倒也要问问你，天下那么多女人，你干吗非找一个地主的女儿做老婆呢？你老婆家，‘解放’前可是山东淄博的大地主吧？”

团长不吭声了，只是低头吸烟。

“痛快一句话，帮忙，还是不帮？不帮我也不跟你磨嘴皮子了，现在就走人！”

团长仿佛没听到。

“还真卷我面子！那好，改日去师部，求师长和师政委去。”杨秉奎起身往外便走。

团长叫住他：“哎哎哎，别走别走！你急什么呀？我说不管了吗？我不是在考虑怎么个管法嘛！”

杨秉奎这才又坐了下去。

团长：“老哥，有希望了。你要是跟梁喜喜成了，你俩枕头边儿一谈判，她那头一放，咱们这头正式一收，不就办成了吗？你说呢？”

杨秉奎：“别把这事儿和那女人往一块儿扯。两码事儿。我杨秉奎喜欢帮助人不假，帮成了，图的是那份儿高兴，但可从来不把自己的人格搭上。”

“你这什么话?！人家也是‘解放’前就入了党的人！和你往一块扯扯就降低你人格了？”

“我还是那句话，要帮就帮，不帮拉倒。”

赵天亮在七连食堂里写信。他把手电筒拧去了盖儿，立在信纸旁边在信纸上写道：

哥：

小的时候，我从来没想到过，有一天我们会离得这么远，而且又都离开了父母，离开了北京。现在我最觉得内疚的是，我返回连队的途中白回了一趟家，你嘱咐我办的事我却办砸了。而你让我找机会当面交给张敢峰的信，至今还被我缝在枕头里。哥，我觉得在那一封信中，你流露出一种非常危险的思想。不但对你自己是非常危险的，对爸爸妈妈和我也是非常危险的。

对有些事，我也非常看不惯。对有些人，我也非常同情。该表现出一个人起码的正义感的时候，我也决不会做一个无动于衷麻木不仁的旁观者。但我可从来也没有怀疑过,我们中国是不是“病了”。我们是社会主义国家。社会主义国家不继续革命那还能叫社会主义国家吗?继续革命那不就是要不断地搞运动吗?搞运动不就是一些人改造另一些人吗?连我们这种革命军人家庭的子弟现在都要接受贫下中农的再教育,你又怎么可以根据一些个人感受就认为我们中国“病了”呢?哥,听我的劝,那封信不要给张敢峰了吧!说来说去,我最想说的一句话其实是,我可只有你一个哥,我经不住某一天失去你这个哥的打击!

至于我自己的情况,我没有太多可以告诉你的,无非就是预料之中的那样而已。“十一”一过,我们就要盖宿舍了。

……

赵天亮放下笔,回想起小时候——

他和哥哥兄弟二人在胡同里抓蟋蟀,哥哥终于抓住了一只,双手拢着,蟋蟀从指缝间露出须子,他看着笑了……

兄弟二人逛庙会,赵天亮看着一串串诱人的糖葫芦,显出馋相。赵曙光掏兜,点数钢镚儿,买了一串糖葫芦给弟弟。弟弟咬下一颗,也让他吃。他摇了摇头,大人般地摸了摸弟弟的头……

春节,赵曙光为弟弟糊好了一只纸灯,替弟弟点燃蜡烛,交给弟弟拎出去玩儿。弟弟为了谢哥哥,剥了一块糖塞入哥哥口中……

胸戴红花的赵曙光在与父母告别,趁父母和冯晓兰说话的当儿,兄弟二人依依不舍地互相拥抱……

赵天亮沉浸在回忆里的时候,张靖严、齐勇、黄伟、傅正、魏明五个高中知青却聚在马号里。

张靖严训斥齐勇:“赵天亮说得对,亏你还是老高二!不但要组织班里的战士到团里去抗议,还要成立什么知青权力维护委员会!你当你是谁啊？你当你还是在学校里啊？”

齐勇：“我那不是一时冲动嘛！”

张靖严：“幸亏只不过是你的冲动想法，不是轻举妄动！否则你会把周萍害惨了！也会把傅正害惨了！全班人都得受连累，我、黄伟、魏明，我们三个肯定要进学习班，肯定要被迫揭发你，和你划清界限。”

黄伟：“之后，咱们五个，肯定被调得东一个西一个，再见上一面都难了！”

张靖严又训傅正：“你傅正，平时稳稳当当的一个人，怎么也当着些个小知青的面表那种态?！你父亲今天被打倒，明天被结合，后天又被打倒，这情况你自己不清楚啊？”

傅正：“有时候，我心情太压抑了，想找机会释放一下。”

“你这是释的什么放?！啊？我已经受处分了，你和齐勇再被打入知青名册，黄伟和魏明会是什么心情?！”

黄伟：“那我肯定再也高兴不起来了！我的乐观主义主要靠两个支点，一个是工资，另一个就是哥儿几个之间的友谊。”

魏明问道：“靖严说了这半天，你俩倒是听进去了没有啊？”

齐勇：“我俩不是没反驳嘛！”

“靖严，吸支烟，消消气。”魏明掏出烟，走到张靖严跟前，递给张靖严一支，为他点上。

张靖严吸烟时，魏明又说：“靖严，你看这样行不行，咱们几个，每月至少像今天这样坐一块儿一次，互相交交心，展开批评与自我批评。”

张靖严：“曲干事向我透露，团里可能要把我调走。”

大家都愣住了。

傅正问：“调哪儿去？”

张靖严：“他不告诉我。就是我离开七连了，也希望你们几个能像魏明说的那样。那样很有必要……”

正午的太阳下，周萍两手抓着叉子，吃力地从泥堆上叉起一大坨泥。也许是那坨泥太重了，也许是她太累了，汗水将她衣服的前胸后背都浸湿了。男女知青们都挽着裤腿，赤着脚。房子已经初具规模，男知青们在架子上抹墙，女知青为他们运泥，一对一组合，赵天亮和二班长站在一起。

过了“十一”没几天，连队里就连绿馒头也实行配给制了，一天两个，一个二两，早晚各半个，中午一个，由食堂统一控制卖给。饭量大的，每顿饭允许买一两清水煮黄豆。但即使这样，一干起活儿来，大家还是不由得摽劲儿，比赛。

二班长用抹子敲泥板，催促周萍：“加快速度，加快速度，周萍，你别供不应求啊！”

赵天亮看周萍一眼，认输地说：“不比了，不比了，算你比我快行了吧？”

二人所抹的墙面，其实高低进度差不多。

二班长：“什么叫‘算我比你快’呀，明明马上就要超过你了嘛！”

周萍举叉递泥时，“咔嚓”一声，叉柄断了，泥砸了周萍一肩。她脚下一滑，扑倒了。

二班长急忙跳下踏板，自己也滑倒了。他扶起周萍，二人衣服上都粘满稀泥，泥猴似的。

二班长歉意地：“对不起，我不该催你。”

“是我太笨！”周萍跺脚，生自己的气，“我怎么这么笨啊！”

赵天亮提醒：“还不把叉头扔一边儿去！再滑倒，不是会扎着吗？”

二班长将叉头扔到了一边儿。

正在泥堆里双脚踩泥的孙曼玲走了过来，对周萍说：“周萍，别干了，回去休息。”

“我不。”周萍倔强地操起另一把叉子。

孙曼玲从她手中夺下叉子：“听话……谁把她押回去？”

北京女知青汤洋洋自告奋勇:“我,我。”

路上,汤洋洋数落周萍:“你傻呀? 服装没你的份儿,工资没你的份儿,不定哪天就赶你走,你又来例假了,还那么使出吃奶的劲儿干给谁看啊? 也许新宿舍盖起来你一天也住不上呢!”

周萍:“如果能看着你们早点儿住上新宿舍,我心里也高兴啊!”

汤洋洋站住,研究地看周萍,良久才说:“我明白了。”

“明白什么了?”

“难怪有不少人明里暗里同情你,护着你,你太纯了你! 老天爷竟然使你成为资本家的女儿,真是瞎眼了! 他怎么就不让吴敏那号人是资本家的女儿呢?”

周萍突然朝汤洋洋身后一指:“吴敏!”

汤洋洋吃惊地回头,身后什么人也没有。

周萍咯咯地笑。

汤洋洋手抚心口窝,嗔道:“你这家伙,吓我一跳! 刚夸你几句,你就这么坏,真不经夸,打你!”说着,就要打周萍。周萍跑了,汤洋洋追上去,二人咯咯地笑着。

二人回到宿舍,很享受地吃一听罐头。

汤洋洋:“对不起啊,我得收起来了。艰苦的日子里,好吃的东西得细水长流。”

周萍:“再给我吃一口,就一口。”

汤洋洋将一筷子罐头肉伸向周萍,周萍吃入口中后,汤洋洋将罐头放到小箱里,锁上。

周萍:“洋洋,你快回去干活吧。”

汤洋洋:“什么? 班长让我陪你回来的,我,还给你罐头吃,我还没坐够呢,你倒催我赶快回去干活! 真像资本家的女儿! 周扒皮,周扒皮!”

周萍苦笑:“我是怕你回去晚了,别人说闲话。”

宿舍里只剩周萍一人了,她站在铺位前,呆呆地看方婉之借给她的绸面花被,忽然扯过去,用牙咬断线头,拆起被来……

周萍在河边洗被面。洗好的枕套已晾在灌木丛上。赵天亮夹着盆走来,看到周萍背影,站住,犹豫了一下,转身悄悄向别处走去。

周萍拧被面,一个人拧不动,把衣服裤子都弄湿了。她无意中发现了正转身离开的赵天亮,把他给叫住了:"赵天亮!"

赵天亮转身,见周萍向他招手,便又走回她身旁。

周萍:"也中午洗衣服啊?怎么不睡午觉?"

赵天亮:"傍晚河边太热闹了,那时我不用来洗了,一个人待在宿舍图清静,想睡就早点儿躺下,还不是一样?"

"我也这么想的。帮我拧拧。"

于是,赵天亮帮周萍拧干被子,帮她晾好。然后就坐在河边,望着河水发呆。

周萍见赵天亮把盆丢在一边,没有洗衣服的意思,问:"怎么又不洗了?"

"坐会儿再洗。"

"要是实在懒得洗,我帮你洗了晾上,你回去还能睡一个多小时呢。"

"不困。"

"那,我先走了。"周萍拿起盆,看看独自坐在河边的赵天亮,转身走开了。

赵天亮头也不回地:"周萍……"

周萍没转身,也没回头,却收住脚步。

赵天亮:"你……困吗?"

"不。"

"回去有事儿?"

"没有。"

“那，坐下，说会儿话，行吗？”

周萍终于转身，走回去，坐赵天亮身旁。

周萍：“谢谢你及时借给了我三十元钱，还对别人说是还给我的。当时我真的连买饭票的钱都没有了。”

赵天亮：“要不是两个多月的工资一块儿补发，我也不能给你那么多钱。”

周萍：“别说给，大家的工资都是汗水换来的，我不能随便要任何人的钱。一旦我能还了，一定还你。”

赵天亮：“你的事，我很替你不平，可又不知该怎么帮你。我说的是心里话，你信吗？”赵天亮转过脸去看周萍，周萍也正看他。

周萍欲言又止。

赵天亮：“我知道你想说什么。”

“说什么？”

“你想说，你不需要同情。”

周萍凄婉一笑：“你猜错了。人在命运可悲的情况下，没有不需要同情的。那样的人说那样的话，其实是骗人的。我需要同情，对每一份同情都心存感激。如果没有了同情，那这个世界不是太冷了吗？”

“你经常很伤心，又经常强装笑脸是不是？”

“我经常很伤心，这是真的，但我有时候的笑脸却不是装给谁看的，而是由于感到幸运。”

赵天亮有些吃惊：“幸运？”

周萍点点头：“我一个资本家的女儿，硬跟到兵团，还有不少人同情我，比比别的‘黑五类’子女，我实在是太幸运了啊！”

赵天亮张张嘴，没说出话来。

周萍：“我要主动离开七连了。”

“去……哪儿？”

“一个农村，山东屯。那才是我该去的地方。在县城里，你见过了三个在那里插队的上海姑娘,她们也是由于家庭原因才成不了兵团战士的。我本应是她们中的一个,如果我还赖在七连,也许同情就会变成轻蔑了。人心是常变的,这一点我明白。”

赵天亮缓缓站起,周萍也站起,二人默默对视。

赵天亮:“那……那我会常去看你!”

周萍:“其实,有时候我又觉得好孤独,这会儿就是。决心是下了,但是心里想哭……分别前,抱抱我吧……”

赵天亮不知所措。

周萍:“就抱一下。”

赵天亮笨拙地抱住了周萍。

周萍偎在他怀里,闭上了眼睛,喃喃地:“我长到十岁以后,除了我妈妈,再就没有亲人这么抱过我了,是我不肯再让他们这么抱我了。”

赵天亮愣愣地:“‘一下’,是多久?”

“随你。”周萍轻轻地说,“在县城,知道饭馆里那个女人对我说了些什么吗?”

“不知道。”

“她说要给我介绍一个在县城里、现在有权势的男人,或者他们的儿子。说如果我肯嫁给他们,我的命运就大大改变了,起码在那个县城里是那样。回来后我也认真想过,认为那也许是值得考虑的……”

赵天亮:“别!周萍,千万别!”

周萍:“后边的话,是逗你呢。”

“那女人不是个好东西!”

“别骂人家,介绍的婚姻也不见得就不会幸福……”

“不会!肯定不会!”赵天亮不由得将周萍抱紧了。

鱼儿跃水,河中“扑通”一声。

二人立刻分开,都不好意思起来。周萍在赵天亮脸上飞快一吻,拿起盆,跑了……

第八章

泥墙上的窗框已经安好,但油漆还没刷,玻璃也没镶。知青们用抹子往窗框上方几块裸坯上抹泥,抹得特别仔细,最终抹得平滑如镜。

新宿舍已基本建成。王凯站在架子上,一手拿抹子,一手托泥板,诗兴大发:"我是建筑工人的儿子！我的理想,是某种高度！某种厚度！我的追求,是一千年的牢固,一万年也不倒！"

大家给他热烈的掌声。

男一班和女一班的知青站在那房子前,个个浑身是泥,但又个个显得特别兴奋。他们中,不见齐勇、二班长、黄伟、魏明、傅正等五名哈尔滨知青。

王凯在架子上行谢幕礼。他脸上、头发上、胳膊上尽是泥巴。

吴敏冷漠地:"吹牛！小资产阶级狂热病！"说完,便转身走到一堆干草那儿坐下,用干草擦手上的泥,刮鞋上的泥。可是,在所有人当中,她身上的泥是最少的。

北京女知青汤洋洋横她一眼,讽刺地:"有大批判家在场,咱们以后最好都变哑巴得了！连谁开心一下,人家的耳朵都能听出按阶级分析出的思想！那谁还敢在这种人跟前开口说话呀！"

谢菲附和:“就是!”

吴敏一下子站起,指斥谢菲:“你帮的什么腔儿! 尤其你们上海,更是小资产阶级尽情表演的舞台!”

上海女知青汪漩和薛艳不干了,与谢菲站一处,三个对一个,共同讨伐起吴敏来:

“上海是有光荣革命传统的地方,你侮辱上海是反动的!”

“中国共产党在上海开过代表大会! 上海是无产阶级革命的大舞台!”

“上海是一二九师与日寇浴血奋战的英雄城市!”

“陈望道就是上海人! 陈望道知道不?”

“鲁迅也逝世在上海!”

“侮辱上海,就是侮辱上海全体革命人民群众!”

一个哪里舌战得过三个? 何况三个上海姑娘发起威风来,竟也一个个的伶牙俐齿,说的又是上海话,语速极快——那情形好比三英战吕布。吴敏听得半明白不明白,不时眨眼,张口结舌,再也说不出一句话来。

其他人一个个窃笑。

孙曼玲忍着笑,想上前制止。哈尔滨女知青高洁扯了她一下,小声地:“别管,替咱们哈尔滨的治治她挺好。”

“我不是班长嘛!”孙曼玲小声道,说完还是上前制止,“得啦得啦,一句话半句话的,你们这都是干什么呢!”

谢菲轻轻推开孙曼玲,不依不饶:“我就问她一句话,陈望道是谁你知道不? 耳东陈,希望的望,道路的道。不知道吧? 那让我告诉你,第一个翻译《共产党宣言》的人,阿拉上海人! 你连这一点都不知道,还整天装的什么革命家!”

谢菲一句普通话一句上海话的,将那一番话说得特好玩儿。

吴敏又一屁股坐在干草上。孙曼玲伸展双臂,将谢菲们挡开了。

“小黄浦”冲谢菲们暗竖大拇指,小声地:“和你们同仇敌忾!”

谢菲没好气地推他:“滚一边儿去! 刚才你在哪儿?”

另外两个上海女知青也附和道:

“阿拉上海知青受攻击时,从来指望不上你!”

“白相客! 银样镴枪头!”

“小黄浦”:“这……我……不是好男不和女斗嘛!”

王凯不知何时已从踏板上跳下,这时也跨上前来,双手叉腰,向吴敏问罪:“你刚才怎么说我来着? 说我吹牛,小资产阶级狂热病是不是? 我倒要虚心讨教了,‘石油工人一声吼,地球也要抖三抖’,这也是吹牛,也是小资产阶级狂热病吗?!”

杨一凡:“否! 那叫革命的浪漫主义! 革命的浪漫主义是以革命的理想主义为前提的,是革命的现实主义的诗性体现!”

吴敏突然大叫:“孙曼玲,你瞎啦?!”

大家一时安静,吴敏起身跑了。

孙曼玲冲大家生气地:“你们几个轮番训她一个人,就不是欺负人了?”

王凯有点儿后悔:“不是一连累了多少天,今天终于完工了,想要开开心嘛!”

回宿舍的路上,吴敏遇到了通讯员兼号手李鸣。李鸣将几封信交给她:“吴敏,这都是你们女一班的信,也有你一封!”

吴敏回到女一班宿舍,留下自己那封信,将其他信随便往炕上一扔,呆坐在自己的铺位那儿生气。她气得掉下泪来,边抹泪边拆信看。

信是她父亲寄来的:

小敏女儿:

首先爸爸要提醒你,此信看过,立即毁掉,片刻勿留,更不可给任何人看,不管你认为那个人多么值得你信任。

你在信中向爸爸提出的问题，现在爸爸如实地告诉你——所谓“上山下乡”运动，首先只不过是为了解决你们这样在城市里造过反的几届毕业学生的安置问题。你们既升不了学，也就不了业，对城市就是很大的压力，也可以说是很大的威胁。所以，你们必须离开城市到农村去，这是权宜之计。这就叫政治，但今后工厂还是会招工的，大学也还是会招生的。所以你必须表现为一个思想特别革命的人。这样的一个人有时确实会使别人反感，但这是你必须付出的代价。你根本不必为此而苦恼，你也根本不必在北大荒信任什么人，爱上什么人，和什么人成为好朋友！你只要继续表现为一个思想特别革命的人就行了。以后的出路，爸爸会尽量替你安排。

父亲内心是有很多说不出的苦闷的。我现在所做的一切，都是为了你。你是我们唯一的女儿，尽管你深深地伤害过爸爸妈妈，但我们依然爱你！不过，你也要学得聪明一点儿，没必要为了证明自己的革命性，非把和其他知青的关系搞得那么僵。以后招工或上大学，尤其上大学，一般是要经群众举手通过这一关的。

……

慷慨激昂地在学校带头斗老师，率红卫兵踢开家门，将父母的合影摔在地上，喝令父母接过那一卷红纸的“决裂书”……自己所做的一幕幕又回到了她的眼前。

看完信，吴敏神经兮兮地朝门口瞟一眼，将信纸揉了。

她在火炕火口那儿蹲下——火口只剩灰烬；她又站起，找可以拨弄的东西。一时找不到，干脆倒拿笤帚，用笤帚把拨弄。终于拨出了一点点炭火，趴在地上一口口吹；吹起了火，将手中的纸团投入火口，将信封也撕碎投入，继续拨，吹。笤帚把着火了，她踩了几踩，以为踩灭了，其实没灭。

炕角有响动，接着是老鼠嗑箱子的声音和咬架的“吱吱”声。吴敏将笤帚甩过去，笤帚把落在两床被之间……

新盖的宿舍那儿，大家还在争论什么，只孙曼玲一人在默默收拾工具。她蹲在水坑边，用干草一件件洗刷工具上的泥巴。

王凯：“比较起来，我倒宁愿跟着咱们班长去抡大锤，采石头，那多来劲儿，也不会在这儿和一位批判家发生冲突了！”

沈力问杨一凡：“哎，你刚才那几句话，理论水平怎么那么高啊？哪儿的膏药？”

杨一凡：“我妈不是教马列主义文艺理论的嘛，我爸却是研究法国现代文学的，两个整天在家里辩来辩去的，我耳朵都磨出茧子来了。直到有一天我妈也被列在‘臭老九’名单里了，才言归于好，像一对父母，也像一对夫妻了。”

“小地包”忽然说：“我认为吴敏的话说得很对。”

贵人开口迟，出语惊人。大家的目光都集中在他身上。

连孙曼玲也停止刷洗，扭头看弟弟。

“小地包”一边“啪啪”摔泥团一边说：“我这个人，不管是谁，不管别人如何看她，也不管她表达自己看法的话说得多么让人听了不高兴，只要她的基本看法是正确的，那我就站在她一边。”

“小地包”又指着新盖的宿舍，望着王凯说：“那也算是一种高度？那也算是一种厚度？有多高？有多厚？那就能一千年巩固，一万年也不倒了？我知道你是在表演开心。啊，许你说开心的话，就不许人家对你开心的话认真一下了？在城市里，咱们都喊过这样的口号没有？解放伦敦！解放纽约！解放巴黎！还要解放莫斯科！细想想，是不是都是吹牛？我们怎么连开玩笑都带着在城市里那股吹牛的劲儿？我们怎么都变成这样了？”

孙曼玲站了起来:“小弟,你给我住口!”

“小地包”:“我说亲爱的、亲亲爱爱的姐,你要是不爱听我的话,那就请走开,或者把耳朵捂上。麦子没收回多少,现在连绿馒头都吃不上了,一天三顿煮黄豆了。什么浪漫主义、理想主义、革命英雄主义,我身上是一点儿都没有了,都随着一通通的响屁释放光了。所以呢,现在一听到谁说吹牛的话,即使是开玩笑逗乐儿,我都想跟谁急眼!”

孙曼玲:“就你一个人累,一个人吃黄豆了吗?满嘴的胡说八道!再瞎咧咧看我抽你大嘴巴子不!”孙曼玲又左转身右转身地对大家赔着笑说,“都装没听到啊,是我当姐的平时教育得不好,我一定找机会好好教育他!”

“小地包”:“唉,以前挺好的一个姐,一当上个小班长,就变得这么……”

“小地包”说不下去了,因为吴敏又回来了。

吴敏一反常态地对谢菲她们说:“三位上海的战友,我刚才跑回宿舍去独自反省了一番,已经认识到我的话是不对的了。谢菲、汪漩、薛艳,现在我正式向你们道歉,请原谅我的冒犯,行吗?”

她的表情和她的话语都特别真诚,谢菲等三人一时莫名其妙,反而都被她搞得不知所措了。

吴敏又对王凯说:“王凯,你也别生我的气了。你明明是在逗乐,无非让大家开开心心而已。我的话起码显得太没有幽默感了,我也正式向你道歉,请原谅我刚才的无礼。在城市里,不是那样说话说惯了嘛,大家给我时间,我一定改正我的毛病。”

王凯同样被搞得丈二和尚摸不着头脑,窘窘地说:“其实,我刚才那样对你,还是在开玩笑,没别的意思,你也别往心里去啊!”

孙曼玲高兴了:“我觉得我们都应该向吴敏学习。毛主席教导我们说……”

远处传来一阵阵炸山的巨响。

而吴敏,已走到水坑那儿,蹲下去洗刷起工具来。

大家正全都有点发蒙,齐勇走来,看着新宿舍说:“进度好快啊,我以为我们两位班长都不在,这儿就个个是大爷,谁也管不了谁了呢!”

高洁不满地说:“你什么意思你?曼玲不算班长啊?”

孙曼玲也蹲到水坑那儿刷洗工具去了。齐勇看了她的背影一眼,没回应高洁的话,却问王凯:“赵天亮呢?”

王凯:“他不是让你点名要去采石头了吗?”

齐勇:“可上午根本没见他人影儿!”

余莎莎半有意半无意地:“周萍也不知哪儿去了。”

谢菲立刻接了一句:“别乱猜啊,周萍是班长给的假。”

林丽嗔怪余莎莎:“你说那么一句干什么呀?”

孙曼玲问吴敏:“你回宿舍的时候,周萍在干什么呀?”

“周萍没在宿舍里。”吴敏成心将话说得人人都能听到。

大家一时意味深长地沉默了。

齐勇自言自语:“好,很好,很好……”

孙曼玲站起,瞪着齐勇严肃地:“齐勇,你作为班长,说话要注意影响。”

“我也没说什么影响不良的话呀。”

“那你好什么好?阴阳怪气的。”

远处突然传来喊声:“女宿舍着火啦!救火呀!”

接着,一阵“当当”的敲犁片声响起……

女一班宿舍烧得一片狼藉。知青们和来救火的老战士、老职工以及家属们,满脸烟灰,望着塌了架的宿舍发呆。

孙曼玲等女一班的知青们在狼藉中寻找着破东烂西,吴敏也在寻找,但她显然已经明白了起火的原因,不时偷看自己班里的战友们。

汤洋洋翻到一听罐头,刚一拿起,又扔掉了,接着甩手、吹手。

孙曼玲:“烫着了吧?”

汤洋洋流着眼泪:“班长,我的东西,就剩下一听罐头了。”

孙曼玲搂抱她,轻轻拍她肩膀,想说什么安慰的话,却一句也说不出来。

薛艳一屁股坐在脏兮兮的炕上,哇哇大哭:“我的工资!我的工资都烧光了!我还没往家里寄呢!”

指导员、连长、方婉之和尹排长也都来了,四人面对废墟神情凝重。

“嘿!千里迢迢接来这么些操心的东西干什么呢!”连长抱着头蹲在了地上。

赵天亮和周萍还不知道连队里发生了什么事。他们在公路上并肩走着。

赵天亮:“我总觉得,你这么走了不太好。”

周萍:“我也知道,可……我的自尊心再也不允许自己多留在七连一天了……”

“你这叫不辞而别。”

“我不是给你一封信了吗?交给我们班长就行。”

“七连也不是只有你们班长才对你好。”

“是啊,指导员、连长、方排长,还有我们女一班的大多数人,都对我挺好的。”周萍站住,看着赵天亮,含情脉脉地又说,“你对我也好。打饭的时候,我悄悄让你来送送我,你顾不上请假就来送我了。除了对你的感谢,我当面说给你听了,对其他人的感谢,我都一一写在信里了……”

一辆卡车从他们身后驶来,周萍向着卡车招手。

赵天亮:“你别这么急啊!”

但是卡车已经停住,司机探出头说:“驾驶室里有人了,要上也得坐后边了。”

赵天亮:“那就再等一辆吧。”

司机有些不耐烦:“到底上还是不上?”

“上!上!”周萍看着赵天亮小声说,“人家都停下了,我得上车了,帮我一下吧。”

赵天亮:“今后有了什么困难,一定要给我写信,我是真心实意愿意帮助你的。”

“嗯。”

赵天亮只得帮周萍上了车。

卡车开动,周萍喊:“借方排长的被褥我都拆洗过了,替我还给她!”

赵天亮追了几步,站住,惆怅地目送卡车绝尘而去。

赵天亮回到了男一班宿舍,见大家都在默默地吃黄豆。而且,谁也没洗脸。

赵天亮奇怪地:“你们,这都怎么了?”

王凯:“女一班宿舍着火了,她们的东西基本上都烧光了,损失惨了!”

沈力:“新宿舍刚盖起来,炕面还没抹,要住人怎么也得是一个月以后的事,她们都被临时分散到老职工家里去住了。”

赵天亮由愕而呆。

齐勇:“我们该说的,都说了。说说你自己吧,也没跟我打声招呼,一上午去哪儿了?”

赵天亮:“我送周萍去了。”

齐勇:“送她?送她干什么去?”

赵天亮:“她走了。”

齐勇:“走了?走了是什么意思?”

“她离开七连了,她已经知道自己的档案、户口都在哪儿了。”

“小黄浦”:“山东屯儿?”

“她希望自己走时,能有一个人送送她。她跟我表达了这个意思,我就送她去了。”赵天亮顿了一下,又对齐勇说,“我没向你请假,违犯了纪律,你愿意把我怎么样就怎么样吧!”

齐勇:“我能把你怎么样啊!”他将饭盒盖使劲儿一放,豆子弹了一地。随后掏出支烟吸起来。

赵天亮向齐勇伸出一只手,齐勇瞪赵天亮一眼,不情愿地给了赵天亮一支。赵天亮对着齐勇的烟头吸着了烟。

“小黄浦”极其失落地嘟哝:“她有走的打算,预先都没向我透露一个字。”

赵天亮抢白他:“她也没向谢菲她们透露一个字!哎,你们都这么看着我干什么?我和她之间什么故事都没有!我只不过有点儿同情她而已!”

王凯:“别‘而已’了,越‘而已’,越等于此地无银三百两。”

黄伟拍拍他肩说:“小兄弟,若论同情,我们也很同情她。你的同情,恐怕不只一点儿……而已。你得承认,这是有区别的。”

赵天亮:“那又怎样?”

傅正:“那就证明,这本身已经是故事了。”

“够了!”齐勇打断他们,“都有完没完?女一班那边失火了,她们人人都一无所有了,有的人工资还没来得及往家寄,结果变成灰了!你们在这儿戗戗些什么?有意思吗?”

傅正:“班长,请允许我说最后几句话——本人认为,周萍这一走,对她是很不利的。也许,她将更值得同情了……”

齐勇:“你还真没完了是不是?不许再说她。什么都不许再说了!都给我一声别吭地吃饭!”

“小地包”纠正地:“吃豆子。”

齐勇瞪他一眼接着说:“吃完都给我一声别吭地躺下,睡觉!下午该干什么的,还干什么!”

黄伟:“班长,你没听明白老傅的话。如果你是周萍,你千里迢迢地跟到了兵团,你什么苦活累活都干了,发服装却没你的份儿,发工资也没你的份儿,你还因为出身问题经常受某些人的欺负,你前脚一走,后脚你住过的宿舍失火了。那么这意味着什么呢?”

“你混蛋!”赵天亮将齐勇饭盒里一个绿馒头朝黄伟投去。

黄伟双手接球似的接住,却一点儿也没生气,走过去,将馒头往饭盒里放。由于馒头黏手,放得很不顺利,黄伟边在饭盒边上细细地刮手,边说:“我只不过说出了老傅想说却又没有明说的意思……而已。”

傅正:“别强加于我啊!”

齐勇生气地将黄伟推开:“你刮什么刮!那毕竟是馒头,不是屎橛子!”

王凯一副福尔摩斯的样子:“本人认为,失火的原因不外乎两种情况。第一种情况,是自燃。比如炕面有塌陷或窟窿。但这一种情况,基本排除。因为什么都烧光了,炕面却并无足以引起火灾的疑点。那么,也就只剩下了第二种情况——人为的。人为的,又分两种情况……”

有人放了一个很响很长的屁,像不会吹号的人在吹号。但没有一个人笑,气氛仍凝重。

王凯很有耐心地等待屁声结束,接着说:“女一班也有人吸烟吗?没有。那么只剩下了一种情况,不但是人为的,而且是故意纵火。谁最有这种嫌疑呢?吴敏回到过宿舍一次,但如果假定是她,她的心理动机又是什么呢?”他煞有介事地环视着大家问,“谁能回答我的问题?”

沈力:“她跑回宿舍之前,和大家吵了一架。”

杨一凡:“假定这也是怀疑她的一个根据,那么与周萍比起来,可能性也只有百分之三十而已。”

赵天亮自言自语:“不可能,不可能。你信口开河!”

王凯拍拍他肩,低声地:“咱们捅破窗纸说亮话吧,我也喜欢周萍,她改变了我对上海知青尤其是女知青的看法。所以,我此刻的心情,其实和你是一样的。”

赵天亮:“如果是她,她还有必要让我转交给她们班长一封信吗?”

傅正:“我提醒你,这屋里谁也没说过‘是她’的话。”

王凯朝赵天亮伸出一只手,赵天亮不情愿地掏出信,交在王凯手上。王凯正反看看,信封无一字,他正欲抽出信纸,信又被赵天亮一把夺去。

齐勇:“还不交到连部去!”

赵天亮抓起饭盒里的馒头咬了一口,向门外走去。齐勇忽又把赵天亮叫住,低声道:“等等!把门关上。”

赵天亮将门关上后,缓缓转过身——他从大家的目光中看出了什么意思,一手按住衣兜,喃喃地:“我不能,我不能。”

黄伟又拍拍他肩:“你只不过对一个人有道义,可大家在关心的是一个严峻的事件。”

“小地包”:“这下我姐可摊上了,作为班长,她也推卸不掉责任了。”

“小黄浦”:“但愿不要变成一场阶级斗争。”

齐勇看着赵天亮说:“没人逼迫你,但是你也看出来了,大家多么想知道她在信中都写了些什么。”

赵天亮掏出信,递给黄伟。

黄伟接过信看一眼,又递给傅正。傅正往后躲:“信是受法律保护的,我父亲又当过邮电局局长,由我来读最不合适吧?”

黄伟又将信递给王凯。王凯也推脱:“我也没说我想读啊。”

黄伟转身走到赵天亮和齐勇之间,看一眼这个,看一眼那个,最后将信递给齐勇。齐勇倒是接了过去,看看,望着赵天亮说:“你觉得,是我读好,还是你读好?”

赵天亮一把从齐勇手中夺回信,往门框上一靠,抽出了信纸。他心里默默说:“周萍,对不起。可由于失火事件,连我都迫切地想要知道,你究竟在信中写了些什么了。”

这时的周萍正坐在卡车上凝神沉思。在那封信中,她是这样写的:

亲爱的班长：

当你看到这封信的时候，我已经离开七连了。我首先希望你能原谅我这种不辞而别的选择。可是，既然我已经决定了离开七连，除了这一种选择，难道还有另外更好的选择吗？

班长，我十分感激你，十分感激女一班的知青战友们，十分感激方排长，十分感激连长和指导员。总而言之，我十分感激七连，七连对我竟是不弃不嫌的，这绝不是任何一个资本家的女儿在任何一个地方都能获得的对待。所以我认为我是幸运的。所以，我是满怀着感激之情离开七连的。班长，请一定要替我跟谢菲、汪漩、薛艳她们三个说，我不但感激她们并不歧视我这个资本家女儿的上海人，而且请求她们以后能经常去山东屯看看我这个上海老乡。而我，向你们大家保证，从此一定争取做一个可以教育好改造好的插队知青。

……

卡车驶入县城，周萍下了车，茫然四顾。见有个女人担着些秋菜走在前边，周萍便紧跑几步追上了女人，竟是那个县城里的小饭馆老板。周萍向她问路，她刚指向一个方向，周萍已向她挥手告别，急急地朝那方向走去。就这样，周萍一路问询着，匆匆地向山东屯走去。

没等赵天亮吃完午饭，李鸣就推门走进了男一班的宿舍，说是指导员和连长叫赵天亮到连部去。赵天亮赶紧将信装进信封里。

赵天亮跟着李鸣往连部走，恰见吴敏正从连部出来；吴敏显然也看见他了，绕道而去。

李鸣说："这场火也着得太奇怪了，方排长初步统计了一下，女一班的损失总计不少于三四千元。光人家谢菲从上海带来的皮箱就值五六十元,这下咱们七连又得被通报了。”

连部里,韩指导员、张连长、方婉之和尹排长正在谈论失火事件。

“被通报倒也无所谓,关键是人家那么多女孩子的损失怎么算?总得给她们个说法吧?不赔,得讲出不赔的道理,可如果赔,连里又哪儿来这么一笔钱?”张连长越说越烦恼,激动得站了起来。

指导员还比较镇定:“老张,你坐下,坐下。你往起一站,我心里就乱。我看,我们首先要做的是,了解了解原因,最好能初步掌握一些情况。要不,连向团里的汇报都没法儿写嘛。”

张连长这才乖乖地坐下了。

这时,门外传来赵天亮喊“报告”的声音。尹排长叫他进来,赵天亮走了进来。方婉之轻拍一只高腿凳的凳面:“坐吧。”显然,吴敏曾坐过那凳子,它在四位支委之间。

赵天亮坐下后,指导员开口说:“小赵,女一班宿舍临近中午的时候失火了,损失很严重,这件事你肯定已经知道了。找你来,是要向你核实几个问题。你不要有什么思想负担和顾虑,更不要当成是审问,只不过是询问。”

赵天亮:“你们想怎么问就怎么问,随便。”

指导员问道:“是你今天上午送周萍走的?”

“对。”

“送到哪儿?”

“送到公路上。”

“具体点儿,多远?”

“离连队七八里远,来了一辆卡车,她坐上去,就那么走了。”

“你几天前就知道她决定离开七连了?”

“对。那一天她在河边洗东西。她把方排长借给她的被褥拆了,洗被面被里。我去河边洗衣服,我们碰到了,她对我说了她的决定。”

“全连那么多人,她却单单只告诉了你,看来你们关系不错嘛。”

赵天亮硬邦邦地说:“我们关系很正常。”

“为什么不及时向连里汇报?”连长嗔责道。

赵天亮腾地站了起来:“我为什么非向连里汇报?她那么信任我,希望我在她走之前别告诉任何人,我能一转身就向你们汇报吗?那我成什么人了?她决定走,我完全理解她,这么一件事有什么值得汇报的?换了我是她,我也走,一天都不在七连多待了!”

张连长压着火:“你!……你给我坐下!怎么什么麻烦事都会跟你赵天亮扯到一起呢?!”

赵天亮:“我不就是没请假,去了趟陕北看我的哥哥吗?不是为那事处分我了吗?除了那件事,我究竟还给七连造成什么麻烦了?”

张连长被噎得愣住了。

方婉之:“小赵,你坐下。老张,我也请你坐下!”

张连长不悦地走出去,站在门外吸烟。

尹排长也站起身来:“指导员,嫂子,下午我还要带人到山上去放几炮,先走了啊。”

尹排长也走了出去,将张连长扯到一旁,小声数落:“你训我的战士态度不好,你对嫂子的态度就好了?她让你坐下,你为什么反而出来了?指导员刚问了几句,你就一再地插问。也就指导员好脾气,要我,对你意见大了!”

屋里,指导员继续问赵天亮:“小赵,你送周萍那一路上,她都跟你说了些什么呢?”

“她一路尽说感激你们、感激七连的话。她还有一封信,让我交给她们班长。”赵天亮掏出信,“她是想让班长交给你们的。”

方婉之:“既然如此,我们现在就可以看的。”说着便接过信,转递给指导员。指导员正反看看,又递还给了方婉之,意思是让她先看。方婉之看时,指导员又问:“你看过没有?”

“我没单独看过。”

“嗯？什么意思？”

“我在我们一班念了。”赵天亮情绪激动起来，“你们不就是怀疑是她放的火吗？不错，她前脚走，后脚她住过的宿舍失火了，这对她非常不利。她遭遇的情况，再加上她是资本家的女儿，都会使她成为最可疑的人。但是我赵天亮敢替周萍这个资本家的女儿打保票，女一班宿舍失火肯定另有原因，肯定与她毫无关系！”

指导员在沉思，方婉之默默地看信：

……指导员、连长、方排长，我悄悄地离开了七连，希望你们能够原谅我的做法。我走，不是因为对你们有什么怨气，而是因为不愿让你们为我的事大费周章了。我是资本家的女儿，户口和档案又明明被转到了我原本应该去插队的农村，我清楚自己要想成为一名兵团战士，在这种情况之下是多么难。我真的不忍心再使你们为难了。今生今世，竟有机会叫你们指导员、连长、排长，我已经感到万分幸运了。能在兵团的一个连队生活了两个多月，参加了抢收麦子、豆子，和是兵团战士的知青们一起盖起了两幢知青宿舍，思想和身体都获得了很大的锻炼，我已经特别知足了……

此刻的周萍正在梁喜喜家。梁喜喜在擀面条，周萍站在她旁边，二人就那么一问一答地对话：

梁喜喜笑着说：“今天是我四十四岁生日，明年就四十五了。以前我很少过生日，但是今年，快四十五了，忽然想过了……你把书包放屋里炕上，先替我烧水。”

周萍立刻取下书包，走入里屋，一边放书包，一边向四周打量。

“不是叫你替我烧水吗？”

“就来。”周萍回应着，退出里屋，默默蹲在灶口那儿往灶膛塞柴草。

梁喜喜:“周萍,你今天能主动来到山东屯,这是正确的选择,我很替你高兴。如果你不主动来,我还要代表公社代表县知青办,到你们团去要你呢。我在县知青办也有点儿职务,挂名的一个副主任。如果你们团里不给,我们就会告到兵团司令部去。还不给,那我们就要告到中央去。”

周萍困惑不解地抬头看梁喜喜。

梁喜喜只管低着头,一边快速地切面,一边自说自话:“其实我和你们团长是山东老乡,一个县的,关系那是相当不错。按辈分,他还算是我五服以内的堂姐夫。但原则问题是掺杂不得半点儿个人感情的。你在我们县插队知青的花名册上。具体说,在我们公社。而且你的户口你的档案,都已经落在我们山东屯了。这是一个铁板钉钉的事实,也是一个必须坚持、决不能退让的原则问题。”

周萍忘了续柴草,忍了几忍没忍住,终于问:“我……对于山东屯,有那么重要吗?”

梁喜喜一边抖面一边说:“重要,当然重要!别停了续火呀。”

周萍又开始续柴草,忍不住又问:“可我……只不过是一个资本家的女儿……”

水开了,梁喜喜一边往锅里下面,一边又说:“重要就重要在这一点!实话跟你说,姑娘,你要不是一个资本家的女儿,那一切反而好说了。可你偏偏是资本家的女儿,情况就不同了。资本家的女儿,想不挣工分,赖在兵团挣工资,反而如愿以偿了,那还成?那对我们全县的插队知青是多坏的影响?那我们号召插队知青扎根农村的工作还怎么做?但这只不过是问题的一方面,另一方面是,七连不放你,团长打电话来替你说情,证明你是一个不错的姑娘。我们山东屯呢,其实更愿意要家庭出身不好的知青。”

周萍困惑地:“为什么?”

梁喜喜将面条下在锅里,边搅边说:“道理很简单。一名知青,家庭出身越不好,胆子就越小,胆子越小,就越听话。让往东,决不敢往西;

让往西，都不敢往东瞟一眼。这就好支使。不像那些‘红五类’，自以为老子天下最革命，来到农村插队了，还整天寻思着怎么样革一下这个的命，造一下那个的反，调皮捣蛋，往往不服从管理。你刚说上句，他那儿不着调的下句在等着。背地里还常干些偷鸡摸狗的事，惹老乡们气恼。出身不好的知青，那是一点儿也不敢有这些毛病的。给一个好眼色，心里就暖暖的。给几句好话，就感动得掉眼泪……”

周萍听着，头越垂越低，一把把机械地往灶膛里塞草，都快将灶膛塞满了。

梁喜喜往盆里捞面，继续说：“既然从我们了解的情况看，你确实是一个表现得不错的资本家的女儿，那我们岂有放弃不要的道理？公社也罢，县里也罢，正缺少一个‘可以教育好的子女’的典型。一场伟大的运动，没有各级典型那还行？我十八岁就入党了，二十岁就当副县长了，论搞运动，我也不外行。没有典型，就没有轰轰烈烈的运动。我们有心把你树立成全公社、全县‘可以教育好的子女’的典型，就看你自己是不是也努力争取了。”

周萍忽然抱头哭泣起来。她哭得百感交集，那么伤心，却又声音很小，那么压抑。正因为压抑，听来让人心碎。

梁喜喜愕然，扯起周萍，奇怪地：“你哭什么呀？我跟你说的都是大实话，你怎么反而哭起来了呢？啊，明白了，因为当不了兵团战士了，心里边怨恨我是不是？”

周萍不言语，只是哭泣。

梁喜喜：“说话呀！怨恨就承认怨恨。如果心里明明有，又不说出来，那就是虚伪嘛！”

周萍点头。

梁喜喜嘎嘎地笑了。她的笑声特响亮，也可以说是豪爽：“怨恨嘛，又不敢明说。逼着说，才点点头。我刚才说你们这类知青胆小，没说错嘛。这正是我欢迎你们这类知青的原因嘛。我欢迎你们，那就代表山东屯欢迎你们。你毕竟点头承认心里有怨恨了,这是诚实的表现。做人就是要诚实,我喜欢诚实的人。我允许你心里有怨恨,但是不允许长期有。长期有就不是对我怎么样的问题了,而是对一场伟大的运动怎么样的问题了。好啦好啦,别哭了。乖,要听话,啊?"

梁喜喜怜爱地拥抱周萍,因为双手沾着面,其实更像是用胳膊肘夹着周萍。而周萍感觉到慰藉地依偎在梁喜喜怀里。

梁喜喜又说:"从今以后,你就是我主要关怀的一名知青。谁欺负你,告诉我,看我不收拾他。要树成典型的知青,那就得重点对待。某一天你真成了典型,我也跟着光荣!……哎呀,我锅里还有面!"

锅漕了。

没过多久,梁喜喜和周萍吃上了炸酱面。佐面的无非萝卜条、白菜心、葱蒜之类。

梁喜喜翻着碗里的面:"可惜煮烂了。"

周萍:"好吃!"

"再吃一碗?"

"不,饱了。"周萍满足地打了个饱嗝。

梁喜喜笑了:"'解放'前,资本家的小姐如果在饭桌上打饱嗝,那是要遭人耻笑的。"

周萍也不好意思地笑了。

梁喜喜放下碗筷说:"我也饱了,不吃了。"

"我洗碗筷!"周萍迅速收起碗筷,走到灶间去了。

梁喜喜看着她的背影,赞道:"真懂事。"

天黑了,梁喜喜陪周萍往知青宿舍走。梁喜喜突然想起来什么,问道:"刚才忘了问了,你被褥什么的呢?"

"从上海来的路上丢了。在七连,我们排长借了我一套。"

"那我明天也借你一套,以后再说。"

"谢谢……我该叫你什么呢?"

“当然要叫我支书。人前必须叫我支书。人后嘛,你在上海怎么叫我这个辈分的人?”

“叫阿姨。”

“姨就是姨,还‘啊’的什么!你们上海人称呼别人就是嗲。嗲就是资产阶级,起码是小资产阶级太太小姐的酸臭毛病!记住,以后不许发嗲啊!”

周萍站住,点头。

梁喜喜见周萍有些发愣,笑道:“我不喜欢你叫我阿姨,背后叫也不喜欢。按我们山东人的叫法,你叫我‘婶儿’吧。叫一遍。”

“婶儿。”

梁喜喜诲人不倦:“这听着就一点也不假了!以后,苦活、脏活、累活,包括危险的活儿,你都要抢在别人前头去干!有好处的事儿,你都要悄悄往后躲。即使别人把那种好事儿推到你面前了,你也要一让再让。还要和其他知青搞好团结。发生什么矛盾了,即使错在对方,你也要高姿态,主动作自我批评。总而言之,你要脱胎换骨!”

山东屯女知青宿舍共有五位姑娘。除了周萍在县城已经见过的三个上海姑娘,还有两个陌生的姑娘。她们也是从上海来的,受了父母这样或那样问题的牵连。

五个姑娘正在因周萍的到来而议论纷纷:

“老实说,上次你们三个说周萍终于留在兵团了,我心里老不是滋味了,半夜还偷偷哭了一鼻子呢。现在我心里平衡多了。”

“就是。都是家庭有问题的,凭什么她就可以穿兵团服,挣工资,我们就不可以?她父亲还是资本家呢,我父亲才是买办。”

徐燕燕:“买办是什么人啊?咱们六六年才上的中学,入学不久就‘文化大革命’了,名义上是初二学生,其实没正经上过几天课,还真不知道买办究竟是什么人。”

刘芳想了想问道:“买办就是咱们上海人‘解放’前说的‘小开’吧?”

被问的姑娘生气地白了她一眼:“你爸才是‘小开’呢!”

“你别生气嘛,我不是不懂嘛。”

那姑娘叹气:“其实我也不懂。红卫兵抄我家时,指着我父亲的鼻子,口口声声说‘你这个资产阶级买办如何如何’的。长这么大,直到那一天,我才知道我父亲是什么‘买办’。红卫兵走了,我父亲还低着头,都不敢抬头看我一眼,那样子特可怜,恨不得地上裂个缝一头钻进去。他头一回在自己女儿面前遭人羞辱。我当时真想对他说——爸,只要你‘解放’以前没当过汉奸,那你就还是我爸……”

她鼻子一酸,终于不说了,仰躺下去,扯枕巾盖住了脸。

郝昕一直在织毛衣,这时问:“哎,我记得我以前上你家时,遇到过市里派小车接你爸去开会的呀!”

那姑娘又一下子从脸上扯掉枕巾,坐了起来,情绪激烈地:“那当然!那时候我父亲是著名的工商界人士!”

“以前被小车接去开几次会有什么了不起呀!这屋里的,谁的父亲‘文革’前还没有点儿名呀?我父亲还当过两届市政协委员呢!”另一个姑娘指了指刘芳说道,“她父亲是著名诗人!”

刘芳:“别提我父亲别提我父亲,他写的诗一点儿也不具有无产阶级的革命性,无非就是写了不少风花雪月罢了。‘文革’前就没少被人批判,还不服气,非说自己是什么自然美的真淳的歌者。这下好,后悔也晚了,肯定遗臭万年了。连我也受他牵连,沦落到了这种地方!要在古代,这不就叫发配吗?”

徐燕燕:“说话注意点啊!别一激动随嘴什么话都乱说。万一开你的批判会,叫我们多为难。不批你不行,批又不忍心,都是上海的。”

另一个姑娘半开玩笑半认真地:“我可没什么不忍心的,叫我批谁我批谁!要批就批倒批臭!那话怎么说的?——要像战场上拼刺刀一样,白刀子进去,红刀子出来,对吧?”

郝昕一下子将她推了个仰巴叉:“你怎么学得这么坏?真想给你一针!”

大家都笑了。

门突然开了,梁喜喜像回到自己家一样,对门外说:“进来吧,还怕见到她们呀?”

坐在炕沿的三名女知青立刻站了起来,而坐在炕上的两个,也慌忙地下了地,穿上鞋子。她们虽不是立正成排地站着,但却可以说是肃立着。看得出,她们都有点儿怕梁喜喜。也显然,在她们心目中,梁喜喜是一个毫无疑问地主宰她们命运的人。而这一点,与兵团的干群关系是那么不同,形成一种反差。

周萍走了进来,五名女知青的目光都望向周萍。有的目光亲善,有的目光冷漠,还有的目光似乎流露着掩饰不住的幸灾乐祸。周萍显得有些拘束,还显得有些自卑。

梁喜喜问周萍:“她们你都认识吧?”

周萍指指徐燕燕她们:“认识她们三个,我们是同校的,我和她还是同学。”

“不认识的两个,一会儿你们也就认识了。我不介绍了。现在,加上你,我们山东屯一共有六名女知青了,还都是上海的。以后,你们既要在生活和劳动中互相爱护,互相帮助,又要在思想上互相促进,共同进步,啊?”

周萍已不由自主地就与五个姑娘站到一起去了,她们连连点头。

梁喜喜发现了炕上的编织物,拿起来看,问:“谁织的?”她脸上一点儿笑模样也没有。而这时的她,尤其使姑娘们感到无法亲近,拒人千里。

郝昕怯怯地:“我……”

“织的什么?”

“毛背心。”

“给谁织的?”

“我外婆。她都快八十岁了,住乡下老屋子,冬天屋里又阴又冷……”

“那你这点儿线不够啊。”

“在上海没织完,也没来得及再买线,就带来了……打算写信让家里寄线来……”

“等家里收到你的信,等你收到家里寄来的线,织好了再寄回去,今年冬天还不过去一小半儿了呀?”

“那……那我不织了……”

“不织,你外婆白有你这么个外孙女了!我家还有两扎毛线,记着,明天到我家去取。颜色不一样,你织出花来也会挺好看的。”梁喜喜的这些话一直是板着脸说的。之后她又对大家说:“周萍她暂时还没铺的盖的,今晚先和你们挤挤睡。不许聊得太晚。”她伸手摸摸炕,走了。走到门口,站住,回头望着郝昕又说,“要是真能织出新花样儿来,以后教教我。”

门关上后,郝昕抚着心口窝说:“以为她禁止我织,吓得我一颗心扑腾扑腾的!”

一名姑娘附和:“我也那么以为。”

那个父亲是买办的姑娘说:“我事先声明啊,我可不习惯和人挤着睡!从小就没和人挤着睡过。”

徐燕燕指着刘芳,说:“我俩褥子挨着,你睡我俩中间。”

郝昕对周萍道:“还不把书包放下!”

周萍刚将书包放下,刘芳拉着她一只手说:“快脱鞋上炕,炕上可暖和了!”

周萍报以一笑,默默脱了鞋,坐到炕上。

刚才一直打听什么是买办的姑娘问:“周萍,你父亲既然是资本家,那你一定知道买办是什么人吧?资本家和买办不总是被连在一起的吗?”

周萍看徐燕燕,不知该不该回答这样的问题。

徐燕燕解释道:“刚才闲聊,聊到了这么一个话题。大家都不太清楚,你要知道你就说说。”

周萍想了想说:“历史课本上标准的解释是——买办是资本主义国家的资本家在中国物色的经济利益代理人。这是一个挺笼统的概念,区分起来,应该有为日本资本家剥削中国人效劳的买办,为美英法资本家剥削中国人效劳的买办。因为他们是外国资本家雇用的剥削工具,所以比中国的民族资本家还遭中国人恨……”

父亲是买办的姑娘说:“周萍,你不要别有用心!照你的说法,我爸比你爸更遭人恨了?”

周萍吃惊地看着她。

刘芳息事宁人地:“你别发火嘛,毛主席教导我们说,知之为知之,不知为不知……”

“反动!胡编毛主席语录!是孔老二说的!打倒她打倒她!”

于是另外三个姑娘扑向她,四人在炕上闹成一团,笑得咯咯嘎嘎的。

宿舍里安静下来了,除了周萍和睡在她旁边的徐燕燕,其他姑娘都进入了梦乡。

周萍问徐燕燕:“兵团的知青有班排长,咱们这儿呢?”

徐燕燕:“这是农村,不是兵团的连队。非叫‘班长’,老乡听着别扭,咱们这儿叫‘集体’,我算是个召集人吧。”

“怎么咱们这儿,来的都是咱们这种?”

“据说,省里有指示,父母问题严重的知青,尽量往一块儿集中,咱们这地方,离边境太近,便于统一管理呗。”

“你是因为什么?”

徐燕燕沉默。

“如果不想说,就别说……我太需要知心朋友了。我想,那样的朋友关系,应该互相了解得多一点儿……”

徐燕燕:“我父亲‘文革’前是出版社的总编辑,现在定为上海市最反动的文艺‘黑线’人物之一。但不管怎么批斗他,他就是不肯承认自己是反动的。我下乡之前劝过他,让他干脆承认算了。那不是可以少吃许多苦头吗?结果,他还骂了我一通,说再也不想见到我这样的女儿了。”徐燕燕快哭了,将身子转过去了。

周萍不由得从背后搂住了她。

周萍:“咱们这儿什么活最脏最累最没人愿意干?”

徐燕燕:“淘粪。昨天刚开始,要备冬肥了。”

“怎么淘?”

“挨家挨户去清猪圈、淘茅坑。清猪圈还没什么,淘茅坑太……太那个了。用长竿子的大勺,一勺勺地淘到桶里,再一担担挑到村外的粪地那儿去。淘完了这家的淘那家的。累倒没什么,干一通那活儿,回宿舍来不想吃饭。”

“明天派我去干那活儿。”

“我是召集人,我不能不干那活儿。”徐燕燕又向周萍转过身来,小声地,“你初来乍到,我不能让你去干那活儿。另外还有四个人呢,为什么非让你去?明天我派你去磨房推磨。咱们吃的米、面都要自己去壳,自己来磨。”

周萍固执地:“不。我去淘粪。”

“你何必非赌这口志气呢?跟谁赌?一点儿意义都没有啊。”

“我不是跟谁赌气。我是在想,东北的农民也罢,咱们南方的农民也罢,不是一代又一代地、祖祖辈辈地都这么积肥吗?他们是人,我们也是人。他们习以为常的活儿,轮到我们也干干,有什么干不了的呢?”

“那,你要非这么想,我就照顾不了你了。明天我给你找一套脏衣服。不过你得记住,回来时要脱在宿舍外边,千万别穿着就进来。昨天我忘了这一点,结果挨了大家一通骂!”

七连男一班宿舍里,或轻或重的鼾声夹杂或长或短的屁声,此起彼伏。不时有人在说梦话:

“救火……救火……”

“七连有坏人……一定有……”

“米饭,再来一碗……”

赵天亮趴在被窝里,胸口压着枕头,被头盖头,一手持手电筒,一手执笔,在微弱的手电筒光下写信——

哥:

上一封信,也不知你收到没有?我们已经发工资了。本来我想给你寄去五十元的,也许会帮你解决一点儿燃眉之急。但由于某种特殊原因,只能给你寄去二十元了。

……

一个身影起夜,跌跌撞撞地,一脚踩翻了别人洗完脚懒得去倒的水盆,发出响声。

赵天亮停止写信,用手电替起夜的人照明——那人是“小黄浦”,虽有手电光照着,他还是撞在了门旁的墙上,瞎子似的用双手摸索着才推开门出去。

哗哗的撒尿声传来,显然是憋得很足的一泡尿。

齐勇一动未动,却分明醒了,生气地:“哪个浑小子!是畜生呀?在门口就撒是不是?!”

自然没人应声。

门开了,“小黄浦”进来了。赵天亮接着用手电筒为他照亮,即使如此,“小黄浦”还是又一脚踢在空盆上,发出响声。

齐勇们一动未动地:“眼睛瞎了?!”

“小黄浦”跌跌撞撞地往炕上一扑,没扑在自己的被窝,却扑在旁边王凯身上了。王凯将他一掀,恼火地:“装什么死猪你!”

“小黄浦”终于归回自己的铺位,就那么脚朝外头朝里地睡了……

宿舍终于又恢复了平静,赵天亮继续写信——

哥,真希望你不是在坡底村,而是在北大荒,在兵团。即使不能和我在一个连队,和我同在一个团也好啊,我心里有一些困惑,不知该向谁去诉说。除了我的班长齐勇,班里其他知青和我一样,思想简单又幼稚,明明简单,却都还要装出复杂的样子。明明幼稚,却还装出深刻的样子。而我的困惑和苦闷,是不能跟我们班长说的。他对我不错,人格也没什么毛病。我觉得他是那种特讲哥们儿义气,可以为哥们儿两肋插刀的人。但却不是像你那样,善于用自己的思想去启发别人的思想的人。

……

黄土高原的沟沟壑壑中,不时传来歌声。那是武红兵在唱信天游。

一对对喜鹊窑顶顶站,
一扑真心往你身上摊。
天天刮风天天雨,
天天见面说不上话。
喜鹊子飞高又飞低,
相思病就得在你身上。
大河的鲤鱼顺水水游,
好日子不知在哪年头?
哪年头日子过好哩,
哥请一抬花轿娶你在炕头。
……

支书一家四口正在吃早饭，武红兵的歌声传到支书耳朵里。支书放下筷子，情绪抑郁地吸起烟来。

支书老伴劝他："你就当没听见不行吗？"

支书没好气地："我明明是听到了嘛！让我装二傻子呀？我毕竟是一个村的支书，不是天生的二傻子！"

翠花："那你就仗着你是支书，去禁止我王大爷嘛！"她分明是在挖苦。

支书："你以为我就没禁止过吗？他比我年长，他党龄比我长，他还是我入党介绍人！是他把我栽培成支书的！我批评他一句，他那儿有十句等着对付我的！我好意思跟他翻脸吗？以往我都限制不了他，现在他病成那样，我更拿他没咒念了！"

支书老伴："那你就限制武红兵！你是支书，管不了一个在村里插队的知青？"

支书："我要想硬管，当然管得了！可武红兵那小子，如今成了他正式收下的一个徒弟了，听说都下跪磕头了！我要是非不许武红兵唱，那还不等于扇他师傅的嘴巴子呀？唉，我这支书当的，我这支书当的啊，公社村里，哪头儿都不落好。"

"爸，妈，翠花，你们慢慢吃，慢慢吃。"支书的女婿放下碗筷出去了。

支书瞪翠花："你把他怎么了？"

翠花不高兴地："爸你这什么话啊？他是我丈夫，我能把他怎么的啊？你见他缺胳膊了，还是掉腿儿了？"

支书老伴："听听，听听，这就是你的好女儿！"

翠花也把碗筷重重一放，出去了。

"我怎么觉得，咱们女婿以前不这样啊！"支书重重地吸了一口烟，吐了出来。

支书老伴："倒插门女婿，和老丈人丈母娘一块儿过久了都这样。再说咱翠花厉害,日久天长的,可不背地里把他调教成现在这样了嘛。我觉得也没什么,女婿现在这样挺好。”

支书:“好什么好,整天低眉垂眼的,好像三大棒打不出一个屁来!唉,我这哪像是有个女婿,倒像是养了一头羊子嘛,还像是母的!”

王大爷披衣从炕上坐起来,拖过盛烟叶的纸盒,吸起旱烟袋来,一边聚精会神地听武红兵的歌唱:

庄稼里数不过高粱高,
人里头数不过妹妹好。
白面糊糊没油盐也喝得香,
姻缘配对没钱有意也久长。
灯瓜瓜点灯半炕炕明,
找白了头也要选个中意的人。
……

王大爷时而欣慰地点头,时而不满意地摇头。烟把他呛得咳嗽不止。

王大娘一手一碗走进屋,将两只碗都放在炕上,夺下了王大爷的烟袋锅,在炕洞那儿磕了磕,嗔怪地:“还抽!不想好啊!”

“我不是听着高兴嘛!小武那知青,越唱越上路了!以后不定他也能成一个歌王。”。

“一碗汤药,小武亲自到县城给你抓的;一碗油炒面,晓兰托人去县城给你买回来的,你倒是先喝啥?”

“这一向,我喝那汤药,胃里烧得像要着火,还是先喝油炒面吧。甜丝丝的,香喷喷的,我喜欢喝。”

王大娘坐在炕边,端起那碗油炒面说:“我喂你喝。要你自己喝,捧起碗一口气喝下去了,喝水似的。那么喝白瞎上好东西了!”

王大娘一勺勺喂王大爷炒面,说:“我就不赞成你教小武唱那些,更不赞成你正式收他为徒。你这么做,多让支书为难啊!他可是你的发小,你就那么忍心难为他?”

王大爷:“我不是成心难为他,是他成心难为自己。只在村周围坡上唱唱,公社那帮杂种能听到?县里那帮杂种能听到?坡底村又没有那多嘴多舌告密的人,他可是提心吊胆个什么劲儿呢?”

“万一知青中有人汇报呢?”

“你指李君婷?我想连她也不会。都是从北京一块儿来插队的知青,她不至于把事儿做得太绝了。那样,他们那伙知青也饶不了她。”

“这年头,引诱不少人做绝户事,我看还是多想想的好。”

“你呀你呀,都活了大半辈子了,怎么越活腹肚越小了呢?那么猜想人家一个北京女娃好吗?”

王大娘不高兴了,不喂王大爷了,把碗往炕上一放,争辩道:“就是那些都不论了,你也得替咱们自己儿子想一想吧?武红兵自打成了你徒弟,整天唱得那么来劲儿,囤子他听了心里会是个什么滋味儿?”

王大爷:“他自己哑了,不能不许别人唱。滋味儿再不好,那也只能苦水往肚里咽!自打武红兵成了我徒弟,对人有礼貌了,干活儿更不惜力气了,和其他知青也团结了,就是支书,那也得承认他变好了!毛主席不是让他们来接受再教育的吗?我教育不好那许多,只教育好了一个,那也是我一份儿成绩,一份儿光荣!”

王大爷捧起汤药碗,咕嘟咕嘟一口气喝光,把碗一放,又躺下了。

武红兵的歌唱声继续:

你变成个蝴蝶前头头飞,
我变成个红蜻蜓后头头追。
羊肚肚手巾包脑袋,
我中意妹妹心眼好。

……

王大娘轻叹一口气,正要拿起两只碗往屋外走。

王大爷把她叫住问:“鸡蛋又攒下了几个?”

“十来个。”

“赶明儿,你去集上一次,全卖了。”

“为啥嘛。”

“那钱一分也不许干别的花,替我向支书把党费交了。”

“你啥时候拖延过党费?不月月按时交的吗?”

“这次一总交到年底。”

王大娘不解地看着王大爷,有些不情愿:“那又图啥?”

王大爷一翻身,欠身瞪着她说:“什么叫图啥?党员交党费,那能图个啥?万一我的病好不了呢?我哪天人一走不一定,所以党费得交在头里!”

“别说了!”王大娘转身,撩衣襟拭眼泪……

武红兵还在土坡上唱着信天游。他放牧的羊群中多了一只小羊,他怀里还抱着一只更小的。他一边唱,一边往一块大板石上撒盐末儿,于是羊只都聚过去舔盐。他头上还扎着白头巾,样子有点儿像陕北农民了——他的确自我感觉很不错。

囤子出现了,大声咳嗽一下。武红兵看到了他,亲密地笑。囤子也亲密地笑,朝武红兵招手。武红兵放下怀中的小羊,走到囤子跟前,想拍囤子的肩,被囤子挡住他的手,一下子将他推开了。

还没等他反应过来,已被囤子狠狠扇了一记耳光。这一记耳光真是扇得够狠的,武红兵后退几步,终于还是站立不稳,倒在地上。武红兵刚爬起来,囤子已走到他跟前。

武红兵捂着自己的脸,用手指着囤子:“你?!”

囤子跨向武红兵,武红兵腰杆一挺,脖子一梗,一副再怎么打也不还手的样子。囤子却没再次扇他,反而拥抱住了他,拥抱得很紧很紧。

武红兵不明所以,愣在那里。囤子的手轻轻在武红兵背上拍了几下,从自己怀中掏出一卷纸,塞入武红兵衣兜。然后便头也不回地走了。

武红兵望着他背影,一抹嘴角,手上有血。他从兜里掏出那卷纸——是一卷极其粗糙的“马粪纸”,用纸钉订在一起,第一页上,用工整但是歪扭的字体写着“囤子收集整理”。

武红兵翻开看,一页页抄的竟都是信天游歌词。他再次望向囤子走去的方向,已不见了囤子的身影。他忽然仰躺下去,用那词谱捂住脸,双肩剧烈地耸动起来。

他低声抽泣着:“囤子哥,我理解你的心声,我理解。可,如果不大声唱唱,我内心里空虚啊!”

村中集体场院上,知青们、妇女们、支书都在编草绳子和草帘子。赵曙光操作着一台编草绳子的机器,因为过于破旧,那机器被用粗铁丝拧紧固定着——不那么拧紧,就会散架的。

刘江:“唉,整天跟些妇女们扎堆儿干活,有时候我都忘了自己是个男人了。”

另一名知青:“男女搭配,干活不累嘛。”

于是二人小声抬起杠来:

“那也得看怎么样的一种搭配,都是俩三孩子的妈了,你不累我累。要是我有自主选择的权力,宁肯跟村里那些男人们去下矿井。”

“你想怎么样啊?想像《红楼梦》里的贾宝玉似的,干活儿时身边围的也尽是薛宝钗、林黛玉、袭人、史湘云那样的美人啊?什么思想!别忘了你是来接受再教育的!”

“我倒没那么高的要求,但最起码得像《艳阳天》里的焦淑红那样一些亲爱的农村妇女吧?那干起活来才不累嘛。一边干活一边说说笑笑的,多有诗意啊!马克思说,‘劳动是人的第一需要’,我想,导师指的一定是比较有诗意的劳动。”

冯晓兰听得窃笑。

发牢骚的青年又说:“要是坡底村多几个咱们冯晓兰这样的,不用栽扎根树我也肯扎根!”

马婶忽然指着大声训斥:“小兔崽子!还不闭上你那嚼蛆的嘴!”

发牢骚的青年:“我……我也没说什么啊!”

“没说什么?我忍气听了半天了!”马婶瞪着他,转身对妇女们揭发,“他刚才一直在说咱们坡底村的女人都不好看,和咱们一起干活,辱没他的眼!”

妇女们七言八语:

“这还行!不能饶他!”

“我们再不好看,那也撑着坡底村的半边天!”

“我们还都是坡底村男人们心里的宝!哪个男人的老婆死了,哪个男人的日子那就没法儿过了!”

“都说这些干吗!马婶,替毛主席、也替我们大家教育教育他!”

于是马婶抡一束草绳抽那发牢骚的知青,那知青则抱着头鼠蹿。抽的与躲的,佯装而已,带有极夸张的表演色彩,实际上体现一种制造欢乐的本能。而其他妇女,则帮着马婶围追堵截。

于是众人皆开心得很,连一向表情忧郁难得愉快一笑的冯晓兰,也忍不住笑逐颜开。

支书嘟哝:“这就是再教育他们了?也不知毛主席看见了会怎么说。”

那知青忽然叫道:“不敢了不敢了,我投降,我迷眼了!”

马婶看看自己双手,问:“我手笨,谁会翻眼皮,快给他吹吹!”

冯晓兰在衣襟上擦擦手,为那知青翻眼皮,吹他的眼。

绞草绳的机器发出不寻常的一声响,停了。赵曙光拉了电闸,检查问题。

支书走过去,说:“曙光啊,我看,咱就别再弄草绳了。捡的一台破机器,又费电,弄一捆也挣不了几个钱,值得吗?只编点儿草帘子卖卖得啦!”

“支书,账不能像您这么算。编草帘子虽然不费电,可那不得咱们自己到集上去卖吗?集上卖草帘子的那么多,卖不出去,再搭人工,不是一分钱也变不成吗?这草绳是我好不容易联系上的一家单位,人家给咱们下了大批订单,咱编出多少,人家就收多少。咱有的是麦秸谷杆儿,那不一冬天都有份儿能挣现钱的活儿干了?我仔细核算过了,虽然费些电,但最终还是会挣下一笔钱的!”

“我是看它老坏,一坏你就急一头汗,修不好你就上火,我怪心疼你。”

赵曙光笑笑:“没事儿。您别心疼我。鼓捣来鼓捣去的,我也大体上明白它的机械原理了。并不复杂,挺简单的。我这不也等于在实践中学了技能了嘛。将来咱村肯定用得上我的技能……”

春梅跑来,气喘吁吁地:“曙光哥哥,我天亮哥来信了!”

“哦?”赵曙光立刻将信接过,因那信是企盼已久的,他激动得双手发抖。

晒场上一时静下来了,所有人的目光都望向赵曙光,如同那是一封写给大家的信,内容也仿佛是大家企盼已久的福音似的。

支书问春梅:“光是一封信?”

春梅点头。

支书:“没有……那个那个,汇钱的单子?”

春梅摇头。

支书:“真没有?”

春梅:“是真没有嘛,有我还能昧下呀?”

知青们和妇女们一个个围过来。

赵曙光却将信一攥,揉成一团,塞入兜里。

大家明白了,那信中没带来什么他们企盼的福音。

冯晓兰伸出一只手,责备地:“你揉它干什么呢?”

赵曙光:“你没什么必要看。”

冯晓兰的手慢慢缩回,默默转身离开了。

春梅毕竟还是孩子,和大人们的企盼不同,急切地问:“天亮哥哥提到我没有?”

赵曙光也不看她,目光茫然地望着远处,摇了摇头,接着又低下头修那编草绳的机器。春梅眼中顿时噙满泪水,呆愣片刻,一转身跑开了。

众人默默散去。

支书强掩失望,装出若无其事的样子,大声地:“那什么,这不快到晌午了嘛,大家都早回吧,回吧。”

转眼间,晒场上只剩下了三个人——支书、赵曙光和冯晓兰。

赵曙光终于将机器修好,一声不响地又操作起来。

冯晓兰看看机器说:“停了吧。”

赵曙光仿佛没听到。冯晓兰走过来关了电闸。赵曙光又将电闸合上,冯晓兰再次将电闸关了。

冯晓兰:“天亮写给你的信,连我都不能看了?”

赵曙光:“如果都不想给你看,我刚才就撕了,何必还往兜里揣!”

他发现支书蹲在一处,走过去,小声又内疚地:“支书,一块儿回吧。”

支书抬头看他,说:“曙光,我……你别觉得有什么对不起坡底村的。你们知青不欠坡底村什么,倒是咱村太穷,使你们吃也吃不好,住也住不好,起早贪黑地干,也挣不了几个工分,我和大伙都觉得挺对不起你们。”

“支书,别这么说,您这么说,我心里听了难受。”

冯晓兰也走了过来,劝道:“支书,我们都觉得,您和乡亲们已经对我们很好了,穷也不是谁愿意的,不是你们的过错……”

武红兵的歌唱声传来:

手赶上牛车车怀抱鞭,

哎呀不由我想起“解放”前。
喝半碗酸粥赶快走，
半夜五更到地头。
天上下雪地上白，
明明价糟心苦苦价挨。
……

赵曙光和冯晓兰望着支书，都听得有点儿发呆。支书忽然双手抡扇自己嘴巴子，并说：“我没出息！没出息！没能耐带着大家过上好日子，倒巴望着知青朝家里借钱来解决村里的困难！我……我算个啥支书嘛！”

冯晓兰哭了：“支书，您别这样啊！您也是我们知青的主心骨啊！”

赵曙光将支书拉起。

“曙光，我……我老了，累了，你……你就写份入党申请书吧！”

赵曙光忽然将支书干巴瘦小的身子紧紧搂抱住，像搂抱一个孩子。他也哭了，说：“支书，我写！为了咱坡底村，我一定写！”

武红兵的歌声还在：

为几口肚皮皮发不完的愁，
哎呀穷日子几时是个头儿？
羊羔羔吃奶双蹄蹄跪，
哎呀我庄稼人又该跪向谁？
……

赵曙光和冯晓兰坐在向阳坡上。

冯晓兰手中拿着那封揉皱的信，她刚刚看完信的内容。

赵曙光：“撕了吧。”

“当然得撕。”

“撕碎点儿。”

冯晓兰将撕成条的信纸又撕得更碎，一扬手，纸屑被风刮起。

赵曙光：“没想到他还是看了我的信。而且，到现在也没转交给张敢峰不说，居然还保留着！他怎么就这么没头脑呢？”

“他信上写了那么多替你担心的事，证明他是有头脑的。我看，得赶紧给他回一封信，告诉他那封信也不必转交张敢峰了，更不许再保留。”

赵曙光沉默。

冯晓兰：“你要是没心思写，我替你写？”

“替我狠狠训他几句！我看他就是一个中国病人！”

“为了你父母，为了天亮，也为了我，以后别再思想那些沉重的问题了，行吗？”

“总得有人来思想吧！”

“让别人思想去。”

赵曙光不高兴了，刚想又说什么，冯晓兰不愿让他说下去，双手捧住他的脸，热烈地吻他……

冯晓兰在王大爷家里吃午饭。她边吃边问王大娘：“我大爷今天好些吗？”

“他说好些，刚刚喝了一碗油炒面，睡过去了。”

“我囤子哥怎么还不回来吃饭？”

“那泉就快干了。以往接一车水俩小时，现在接一车水得一上午。往后坡底村可咋办呢！……春梅，还不吃饭！”

春梅赌气道：“不饿！”

王大娘：“这丫头，又生的什么气呢！”

春梅抱着枕头趴在炕上。冯晓兰走过去，柔声说：“春梅，不许因一点儿小事就任性，快出来吃饭，啊？”

春梅起身了，瞥一眼那信封，忍不住拿起来看。觉得信封里还有信纸，一掏，果然掏出半页信纸，看一眼，顿时眉开眼笑，大声地："我曙光哥哥坏！骗我！天亮哥哥没把我忘了！"

她拿着半页纸出了屋，向母亲和冯晓兰炫耀。

冯晓兰笑道："你曙光哥哥肯定不是骗你，连我都没摸出来还有半页纸。"

王大娘也高兴地："快念给妈听听。"

春梅念起来：

亲爱的春梅小妹妹：

你还好吗？还那么活泼那么调皮吗？我们这儿已经发工资了，你一定要好好学习，以后我要供你上学。你想要什么，只管给我来信，我相信，你想要的我基本上可以凭工资买得起。

王大娘催促她："往下念！"

"没了！"春梅坐下狼吞虎咽地吃饭。

冯晓兰笑。

王大娘："就没提提我，提提你爸？"

春梅："你看，半页纸都写满了，再也没地方多写几个字了呀！我天亮哥叫我'亲爱的'！头一次有人叫我'亲爱的'！妈，你和我爸和我哥还没叫过我'亲爱的'呢！晓兰姐姐，我调皮吗？"

冯晓兰："活泼和调皮连一块儿，那是夸你的词。"

王大娘："别说了，饭也堵不住你的嘴！"

囤子忽然闯了进来，大张了几张嘴，憋红了脸，却只不过发出几声"啊"。他一手扯着母亲，一手扯着冯晓兰，往外便走。

第九章

乡亲们和知青们聚集在韩奶奶家的破窑屋外。大家表情皆肃然凝重,所谓无泪之悲。

囤子抱头蹲在一旁。

马婶:“囤子自小就和韩奶奶有感情,总想把韩奶奶这破窑屋修一修,可老天偏偏不成全他,一年快过去了也没正经下过几场雨,他才脱下这么点儿坯……”

另一名妇女:“唉,韩奶奶的命也太不济了,就在这么黑黢黢的破窑屋里过了大半辈子……”

囤子忽然跃起,接连捧起干的或半干不干的土坯往地上摔。武红兵搂抱住了他,囤子将头埋在武红兵肩上哭了起来。武红兵安慰他:“囤子哥,别这样。大家心里都有数,你的心思尽到了……”

窑屋里,韩奶奶在昏迷中说胡话:“桶……桶……”

冯晓兰用目光四下寻找,未见有桶,疑问地看王大娘。

韩奶奶:“多清凉的水啊,大伙还不快接!别让白白流走呀!……”

“她说昏话呢。”王大娘眼圈红了。冯晓兰也背过身哭泣。

韩奶奶忽然睁开了眼,睁得大大的——那是回光返照——问:“谁在那儿哭啊？”

冯晓兰赶紧擦擦眼，走上前，勉强一笑，说：“韩奶奶，我没哭。大伙都来看您了，屋子小，都在窑外站着呢。”

韩奶奶握住冯晓兰一只手，感激地：“姑娘啊，自从你来在咱们坡底村，没少为我的病费钱费心思，奶奶就是到了阴间，也会经常念你的好……”

冯晓兰忍不住哭出来：“奶奶，别这么说，您这次也会好起来的……”

“这次，奶奶是挺不过去了。”韩奶奶放开冯晓兰的手，又握住王大娘的手，依依惜别地，“我的好妹子，自从我成了五保户，坡底村人对我的照顾挺周到。我要是今朝走了，你千万替我把心里的感激跟大伙说说……”

王大娘：“老姐，你还有什么放心不下的事，就只管跟我交代吧。老姐你交代的，你老妹就当最高指示去办。”

冯晓兰听不下去，双手捂脸，哭着冲了出去。

人们立刻将她围住，纷纷问：

“情况到底怎么样啊？”

“嗨，你这姑娘！别光哭，说话呀！”

“韩奶奶命硬，兴许这次也不要紧吧？”

冯晓兰抱着春梅哭，边哭边说：“春梅，从今往后，这里就……没人住了……”

春梅也哭了：“晓兰姐你别吓我！我还要跟你学着为韩奶奶针灸呢！”

支书和赵曙光匆匆走来，分开众人，就要往窑屋进。马婶拦住他们：“先让她们老姐妹多说一会儿。”

窑屋里，韩奶奶说：“我的好妹子，全村又数你王家为我操心最多，数你对我最好——好到连辈分都乱了。孩子们叫我奶奶，可咱俩处得像亲姐妹……”

王大娘终于也忍不住落下泪来，说：“我的老姐，这是咱俩前世的缘分……”

“好妹子，抓紧再给囤子那孩子，娶上个媳妇吧，啊？起先多好个小伙子呀，后来我一看他那孤僻样子，心里边就替他难受……”

王大娘点头。

“曙光在外边吗？要是在，叫他进来，我也有几句话对他说……”

王大娘起身走到门口，朝赵曙光招手。赵曙光急忙进入。

韩奶奶拉住赵曙光一只手，寄以重托地：“曙光啊，你是知青，是肚子里有墨水，在北京学过十几年知识的人……你，你们，别那么急着就都走了……就算奶奶死前求你，帮帮坡底村，帮帮这里几十户人家再……再走……”

赵曙光噙泪道：“韩奶奶，我跟你发誓……我……我们一定……”

韩奶奶眼角也淌下泪来，浮现一丝欣慰笑容：“我这褥子下，有几块板，是你王大爷当支书时，批给我预备做棺材的。你替我告诉支书，村里拿去派点儿用场吧。我死后，挖个坑，随便埋……埋……哪儿……”

韩奶奶咽下了最后一口气。

“大娘！”赵曙光不由双膝缓缓跪下，握住韩奶奶一只手，将脸伏在韩奶奶手上。

王大娘走到窑屋外边，极其平静地：“大家伙儿，都进去看她最后一眼吧……”

女人们一片哭声，纷纷拥入窑屋。外面只剩下支书、男知青和囤子。

囤子不知为什么一转身猛跑而去。

支书：“唉唉，怎么……怎么这样了呢？她都没说要见我吗？”

赵曙光：“韩奶奶让我告诉您，有几块棺材板，她愿意捐给村里……”

支书：“你跟我说棺材板干什么呢？我问她说没说要见我！”

赵曙光张张嘴，不知如何回答才好。

支书一蹲，失落地：“那就是没说喽？唉唉，死前跟我这支书都没句话说，我……我心里多别扭啊我！”

赵曙光将他扶起，劝慰："支书，人活人死一口气，韩奶奶那一口气，不是一下子没喘上来嘛！您那么想多像小孩儿啊！"

王大爷躺在屋里，囤子跑回来，翻箱倒柜找出一支唢呐，拿衣襟用力地擦着。王大爷见状，坐起，惊诧地看儿子："你翻出那东西干什么？"

囤子抬眼看父亲，嘴唇抖抖地说不出话，泪流满面。

王大爷："你……你韩奶奶……走了？"

囤子点头。

王大爷让囤子将桌上凉着的一碗汤药拿来，把药一饮而尽。

他庄严地说："儿子，不但你要送她，我也要送她。你为她吹，我也要为她唱。你韩奶奶生前最喜欢听我唱。她说过她来到这世上唯一的幸事，就是和一位歌王在一个村里住了几十年，能经常听我唱唱信天游……"

他一边说，一边穿衣下地。腿站不稳，摇晃了一下，被囤子一把扶住。

夜晚，皓月当空，星斗满天。

王大娘、冯晓兰、春梅坐在院子里，就着月光编扎花圈。

王大爷、支书、赵曙光在屋里开会。

支书对王大爷说："老哥，曙光已经在写入党申请书了。那么，咱们这就算开次支部扩大会吧。韩奶奶走了，咱们现在就研究研究，要不要体体面面地把她发送了？她毕竟是全村岁数和辈分最大的人。如果草草埋了，谁心里都不是滋味，显得咱坡底村人太没人情味儿。可要当成一件庄重的事来办呢，她又不是什么英烈，我担心公社和县里问罪，说咱们坡底村带头搞'四旧'，起坏影响……"

王大爷："我先问你，指派人看护着点儿没有？"

支书："囤子守在她那窑屋里，知青们也都愿意轮班陪着。"

"那就好。要是让野猫野狗的坏了老人容颜，咱们罪过大了。我的意思，当然要当成一件庄重的事来办。老人家自从'解放'前流浪到咱坡底村，人品那还不是有口皆碑的吗？再往前论，她还当过妇救队长的吧？还冒险掩护过地下党的吧？‘解放’后，五保前，可算是咱坡底村的模范村民吧？”

支书点头应和：“那是，那是。”

王大爷：“你甭担心什么，有人问罪，我顶着。”

赵曙光也说：“我们郑郑重重地，全村人怀着乡亲对乡亲的真情来发送韩奶奶，不但可以加深咱们坡底村人之间的友爱关系，而且也是符合毛泽东思想的。”

王大爷：“把你的道理摆摆看？”

赵曙光：“毛主席在《为人民服务》这一篇文章中说过——‘村上的人死了，开个追悼会，用这样的方法寄托我们的哀思，使整个民族团结起来’。我们照毛主席的话做，谁又凭什么向我们问罪？”

王大爷一拍腿：“说得好！”

凄婉的唢呐声里，送丧的队伍走出了村子。

囤子在最前边，边走边吹唢呐。武红兵、赵曙光和另外两个知青用门板抬着韩奶奶的尸体，其后另有四名男知青，两人一组，每组肩扛两块厚木板。王大爷被春梅和冯晓兰一左一右搀扶着，王大娘、马婶等乡亲跟在后面。

李君婷拿着花圈。其上两条挽联，一条写的是“韩奶奶安息——坡底村插队知青敬挽”，另一条写的是“长者韩氏桂芝入土为安——坡底村乡亲共挽”。

下葬的土坑已经挖好，门板随着渐渐放长的绳索，徐徐坠下。

支书站在坑边，说：“韩桂芝，老姐，乡亲，你就安息了吧。你去得太突然，也来不及给你做口棺材了，再说呢，就那几块木板也不够用。你呢，就多多体谅大家伙吧。我们支部的意见是，这几块木板，还是随你埋的好。做不成口棺材，起码可以挡挡土，免得让土直接盖了你的脸……”

支书悲伤起来,说不下去。他挥挥手,四块木板被坠下了坑。

武红兵将一把锨递给支书,支书往坑里填了一锨土,之后将锨递给王大爷。

王大爷接过锨,却没立即填土,望着坑说:“我的老姐,昨夜里我一宿没睡,一直在想,为啥全村的小字辈儿都一概地叫你韩奶奶,根本不细论他们的爸妈和你的辈分关系了?想来想去只想明白了一点,那就是,你是一个好人。你从‘解放’前三十来岁就流落到了咱们坡底村,往后五十多年里,就没为一丁点儿什么个人的好处跟谁红过脸。可如果有谁做了不公道的事,你又是那么爱打抱不平。我记得我刚当支书那一年,因为孩子他马婶跟我闹了几番别扭,我年底扣了她几十工分,你几乎跟我大翻脸。现而今,有些人不以人品来论人了,我王崇山瞧不起他们。老姐,你活着时,最爱听我唱,这刻,我就再唱几段给一个根子上的好人听。我已正式收了徒了,今儿为你唱过,我王崇山以后再就不开口唱了……”

王大爷仰起脸来望天空,天空万里无云。他又将目光放向远处。千沟万壑的黄土地,仿佛是大地纵横的皱纹。王大爷眼角淌下老泪,唱道:

> 黄土那个高坡上种庄稼,
> 种庄稼的是咱陕北人。
> 白羊肚手巾擦咱的汗珠珠,
> 种庄稼越种心越那个沉。
> ……

支书阻止他唱:“老哥!”

王大爷生气了:“滚!你给我住嘴!你没拦我的权力!”

马婶:“哎呀,他都说他以后再也不开口唱了,你们这会儿就让他随便唱吧!”

王大爷接着唱：

黄土高坡那个坡连坡，
黄土下埋的是咱庄稼人。
红腰带带系的陕北情，
哎呀……哎呀……

王大爷不愧曾是歌王，尽管老了，尽管病着，但那充满感情的、苍凉遒劲的歌，听来令人动容。可他“哎呀”两声，却终究还是没有唱上去最后的高调。

赵曙光向冯晓兰使眼色，轻推她。冯晓兰会意，上前劝阻他：“大爷……”

王大爷看也不看她一眼，倔强地竖起一只手掌。他运足一口气，终于唱出了他一定非要唱出的那一句：

哎呀几辈还没累出个好光景！

突然，王大爷喷出一大口血来！他身子一晃，赵曙光和冯晓兰急上前扶住他。

春梅心疼地扑抱住他，哭叫：“爸！”

王大爷挥挥手：“埋……把这好人……埋了吧……”

一锹锹土扬起，填入坟坑中。

武红兵忍不住唱了起来：

黄土那个高坡上收庄稼，
我来在了这地场亲近了陕北人。
大雁雁飞来过又飞去，

哎呀我一镰镰割下的是陕北情。
哎呀黄土高坡陕北情,
我哪辈辈和你结过缘?
……

在歌声中,一座坟丘隆起了,木碑牌和花圈庄重地摆在坟前……

全体知青都待在宿舍里。大家情绪都很低沉。

一名知青自言自语:“我搞不明白我自己了。我明明和她无亲无故,也不像曙光和晓兰,经常去看她。可刚才听了囤子他爸那番评价她的话,埋她的时候我心里好难受。到这会儿那股难受劲儿还过不去。”

另一名知青:“我也是。‘解放’二十年了,如果一个好人‘解放’后也没过上几天好日子,这是无论如何也让人没法儿不难受的。”

于是议论纷纷:

“你最后那句话,怎么让人听着拐弯抹角的?”

“你什么意思?想抓我辫子?”

“囤子他爸那么一唱,我心里更难受了。”

“老歌王今儿那是不顾死活地在唱!”

李君婷小声地对赵曙光说:“他不听别人的,能听你的。你劝劝他,以后可千万别再那么唱了,真的会惹来麻烦的。他不为自己着想,也得为他一家负责任啊!”

赵曙光似听未听,分明在思考什么。

李君婷表情不悦起来。

冯晓兰捅了赵曙光一下:“君婷刚才跟你说话你没听到啊?”

“听到了。”

“君婷说的是好心话,而且说得也对。”

赵曙光:“我比你们都了解王大爷的性格。红兵,别看你现在是他徒弟了,我也还是比你了解他。他说以后再也不开口唱了,那就肯定是那样了。”

武红兵点头。

赵曙光:“我让大家都集合在一起,是因为有一件事,我得和大家说一下——韩奶奶咽气之前,攥着我一只手,说咱们是北京知青,比起坡底村人,有知识、有文化,求咱们尽量在坡底村多待几年,帮帮坡底村人改变贫穷落后的面貌。我……我对她,发誓了……”

一阵静默,每个人的目光都望向赵曙光,之后是接二连三的发问:

“是你自己对她发誓了,还是,也代表我们了?”

“我用了‘我们’这个词。”

“你……发的什么誓?”

“我说,我……我和你们,我们会照她希望的那样……”

又是一阵静默,每个人的目光都不从赵曙光脸上移开。

突然有人恼火地吼道:“我操,赵曙光,你凭什么代表我们大家发誓啊?你又代表我们大家保的什么证呢?我们是北京知青怎么的?是北京知青,就反而应该把我们原是北京人忘了吗?我根本没忘过!也他妈根本忘不了!我做梦都想早一天离开这鬼地方、穷地方!哪怕在北京扫马路我也心甘情愿!”

另一名知青冷笑地:“不错,咱们是叫知识青年,可是我倒要问问诸位了,咱们到底有多少‘知’?有多少‘识’?如果咱们在文化上但凡有一点点儿自信,至于把他赵曙光偷偷摸摸搞来的那几本书当成财宝吗?”

“还叫支书给没收了,估计当擦屁股纸了!”

“我可从没想过在坡底村当一辈子农民!这么一个又穷又小的村子,耕地本就有限,如果咱们都在这儿扎根了,结婚了,将来每户再生一堆孩子,那不得分人家乡亲们的口粮吃?对人家有什么好处?”

“你干吗非学农民生一堆孩子呢?”

“咱们之间就晓兰和君婷两个女的,男女严重不成比例,她俩肯定眼里都没我,我将来跟谁结婚?弄不好打一辈子光棍!”

李君婷:“你们又开始胡说八道了,我不在这儿了。”

赵曙光严肃地:“别走!谁也不许走!我认为你们几个不是在胡说八道,说的都是各自的真实思想。以前咱们都不聊各自的真实思想,今天在一起这么聊聊,挺好。”

武红兵一直在闷头吸烟,这时他将烟往地上一扔,踩一脚,走到屋子中央,旋转身子逐个看大家,最后将目光盯在赵曙光脸上:“那台编草绳的机器,还能用吗?”

赵曙光答道:“哪儿坏修哪儿,还能对付着用几年。”

“你修它在行了?”

“拆了装,装了拆,都修了六七次了。现在给我足够的部件,不看图纸我都能组装成一台。”

武红兵:“刚才,谁说咱们没知识没文化来着?你小子说的是吧?”

被指着的知青支吾地:“我也不是说完全没有,我是说有也不多……”

武红兵:“你小子这话以后还少给我说!别忘了这屋里不止住着你们这样没正经念过几天中学的,还住着一个老高二的,一个老高三的!我俩可是北京四中的!而且我俩在学校里是尖子生!”

一阵静默中,有人小声嘟哝:“四中有什么了不起?尖子生都是走白专道路的学生……”

武红兵狠狠瞪过去一眼,厉声地:“再说一遍?!”

对方立刻噤若寒蝉。

武红兵走到赵曙光跟前,半挖苦半认真地:“亲爱的‘赵克思’同志,刚才别人那话倒也没错,你向一个即将死去的好人发誓,保证什么,那完全是你自己的事,你没有权力把我们大家都捎带上。但当时那种情况下,我能理解你的心情,所以我一点儿也不怪你。现在,我把我的态度明确告诉你,也告诉你们大家——我武红兵,也是决不甘心变成一个农民的。我不知道我离开坡底村的机会在哪一年哪一月哪一天里猫着呢。如果明天这种机会冷不丁出现了,那么我会坚决离开的,最多再待三天!但话又说回来了,今天我武红兵受到教育了。我没想到在这个又穷又小又偏僻的农村里,人们之间的乡亲情是这样的。老实说,我武红兵心里受感动了。所以,刚才我扪心自问,为这么有情有义的一些中国农民,我能不能真的多做点儿什么?”

武红兵将手拍在赵曙光肩上,真挚地:“曙光,在学校时你就以认真出名,现在来插队了,你连当知青都当得非常认真。有时候,我心里特佩服你这股认真劲儿,有时候呢,又挺烦的。因为我是一个只对和自己命运有关的事认真的人。我也不知道我怎么就变成了一个思想挺自私的人。但是以后,只要我在坡底村一天,只要你赵曙光做的事是对坡底村有益的事,我无条件听你调遣!”

李君婷:“这一点,我也能做到。”

冯晓兰:“我和你们不一样,我父亲一天不解放,我就是‘黑五类’子女中最黑的一类。坡底村等于是我的庇护所,王大娘一家是我的恩人,我现在要对得起坡底村,将来还要报答这里的乡亲们。”

赵曙光站了起来,真诚地:“红兵说我连当知青都当得非常认真,这我承认。因为我经常这么想,一个人,不管他到了什么地方,成了什么样的人,只要他还没有丧失掉基本的人生权利,那么就都应该自己回答自己一个问题——我是否只能消极地活着?如果我积极一点儿活着,是否反而比消极地活着更可悲?那些被支书查到的书中,有《怎么办》,有《十日谈》,有《悲惨世界》,有欧・亨利的短篇小说集。那些名著,都是人在监狱中或流放地写出来的。这是我当知青都当得非常认真的动力。我发了誓,我将对我的话同样认真。我当然没有权利代表你们,但我们同是从北京一节车厢拉来的,我起码有点儿资格请求你们吧?”

春梅突然闯进来,快要急哭了:“曙光哥哥,快到我家去,我爸他又犯倔了!他非要到支书家去当面赔礼道歉,我哥和我娘都拦不住他,他还不许我们陪着。可他连站都站不稳……我娘说,只有你陪他他才会同意……”

赵曙光被春梅扯着离开了宿舍。

一名知青:“他话也没说完。他想请求我们什么呀?”

冯晓兰:“像红兵说的那样去做。”

另一名知青:“红兵,你刚才说来说去不就是一个意思吗——有机会走,当然要走,但没走之前,尽量为坡底村多做点儿事?”

武红兵:“多做点儿也许能算得上是贡献的事。即使有朝一日离开了,也让坡底村人提起我们时,念我们几句好。而不是反过来,让人家恨不得烧高香,说那几个北京来的坏小子,可他妈走了!”

几个知青郑重地点头:

“那我能做到。”

“人过留名,雁过留声嘛!”

李君婷也说:“我刚才也表态了,扎根我确实还没想过,但像武红兵说的那么做,我也能做到。”

在男知青们怀疑的目光中,李君婷打算离开:“那我走了啊!”

武红兵:“我送送你。”说着跟她走了出去。

男知青们都觉奇怪,一时你看我,我看他,交换意味深长的目光。

一名知青自言自语:“是啊,走是都想走的,但是肯定没人愿意留下骂名……”

武红兵和李君婷并肩走着。

李君婷:“你什么意思?”

“我怎么了?”

“干吗当着大家的面,非要送我?”

“你别多想,我只不过有话跟你说。”

李君婷突然站住:“我有什么可多想的?说呀!”

武红兵也停下脚步:“你像我妹妹。”

“你跟我说不正经的话我可翻脸啊！”

“我什么时候跟你说过不正经的话？我比我妹妹大两岁。我爸打成‘右派’以后，我妈和我爸离婚了。我妈带走了我妹妹，我和我爸相依为命。我妈不许我妹与我们父子俩来往，但我和我妹还是偷偷见过几次。我上中学以后，再没见着过她，也不知她和我妈搬到哪儿去了。直到‘文革’开始，在一次偶然的情况下，我又见着了我妹，典型的红卫兵打扮，抡着皮带在抽一位作家。那作家的书我读过，挺崇拜的。当时我看呆了，暗想我妹怎么变得那么凶狠啊？我都没上前认她就转身走了。也不知她如今在哪儿，肯定和我们一样，也是知青。有时候想起了她，就联想到了你。看到了你，也会想起她，你和我妹确实有长得像的地方……”

李君婷感到受辱，生气地：“少跟我扯你那种妹妹！我又没用皮带抽过人！说完了吧？那请送到这儿为止吧。”说罢，拔步往前便走。

武红兵抢前一步拦住她：“没说完。”

“你究竟想干什么？我不愿听你家那些破事儿！”李君婷毫不客气地瞪着他。

“破事儿？我跟你讲是抬举你！你以为你一个没正经念过几天中学的小丫头片子，在我心目中还会是个可爱的人物啊？想错了！我对我那样一个亲妹妹都反感了，对你还会有什么好感吗？不仅我，我们几个男的对你都没什么好印象！背后议论你的话跟议论二百五差不多！”

李君婷愕住。

武红兵：“你对冯晓兰那样，我们甘当配角，你以为那是真的和你保持立场一致啊？否！那是由于空虚！由于无聊！由于……哎，你就从来没感觉到，我们那是当成活报剧来演的吗？从来没感觉到，刘海他是在学电影里的捷尔任斯基吗？我要当面告诉你一个真相，那就是——奉陪你演那种活报剧我们演腻了！今天我们都受到了触动——人家坡底村人互相能有那份儿乡亲情，再空虚再无聊再烦闷，也不能再用批斗别人的方式来排解了！冯晓兰她毕竟也是知青！一句话，我们再不陪你玩了！我怕我不告诉你这个真相，你真真正正成了二百五！”

李君婷“啪”地扇了武红兵一耳光，拔步就跑。武红兵捂着脸愣了愣，跑到她前面，拉住了她。

李君婷泪流满面，说：“你们卑鄙！”

武红兵：“但我们开始忏悔了！小丫头片子，我知道你父亲正红得发紫，我知道你父亲跟县里打过招呼，要好好栽培你两年，然后通过权力把你名正言顺地弄回北京去！这我们不眼气，也不想阻挠，而且也阻挠不了。但是，如果以后你再敢向县里汇报我们坡底村知青的言论什么的，我就带头饶不了你！你不要以为我是‘右派’的儿子，就必定胆小怕事！你如果再那样，我……我敢把你活埋了你信不信？”

李君婷朝武红兵脸上啐了一口，跑了。

她一溜烟跑到马婶家，马婶和大小四个孩子在吃饭。她看也不看她们，冲入小屋里，扑在炕上哭。

马婶放下碗筷，走到门口，诧异地：“君婷，怎么了？”

“他说，他敢把我活埋了！”

马婶一愣，又问：“谁啊？吃了熊心豹子胆了，竟敢对我们北京革命干部的女儿说这种疯话！”

“武红兵！”

马婶“扑哧”笑了：“他是不是喜欢上你了？男子喜欢一个女子的时候，要么说爱死你，要么说恨死你。”

李君婷摇摇头：“他对我的仇恨是政治仇恨那一种！”

支书盘腿坐在自家炕上吸烟锅儿。炕桌上摆着饭。家人都已吃过，唯有他一筷子也没动。

门帘一挑，赵曙光搀扶王大爷走了进来：“支书，王大爷让我陪他来你家坐坐。”

支书将头一扭。

王大爷:“我是来跟你赔礼道歉的。当着那么多乡亲,又在那么一种场面,我不该对你吼。”

支书装没听到,不理睬他。

赵曙光:“大爷,您坐下说。”

支书猛转脸,瞪着赵曙光说:“你让谁坐下呀?往哪儿坐呀?说什么呀?这是你家呀还是我家呀?我请谁来了呀?你那儿倒替我‘您您’‘坐坐’的!曙光,你当你是谁了?”

赵曙光苦笑道:“支书,大爷他不是病着呢嘛,再说他上午那会儿还吐血了,您也亲眼看到了。”

支书:“我这心口窝还堵着呢,也要吐血,吐不出来,比吐出来了还难受,我还巴望有人心疼呢!不行,那难受劲儿又上来了,我得躺会儿!”

他磕磕烟锅,仍不看王大爷一眼,拖过只枕头,直挺挺地躺下,双手叠放胸前,闭上了眼睛。

王大爷也苦笑道:“错了嘛,赔礼道歉嘛,当然就不能指望着人家好脸色喽!人家不赐座,那咱就不可以坐。支书,我说我的老弟,你老哥确实不该那么对你吼,我这里给你三鞠躬了,行不行?”

他果然像江湖上人物似的,抱拳胸前,连鞠三躬。

支书:“我问你,你平常对我吼的时候还少吗?”

“确实不少。”

“我呢?我怎么样?”

王大爷想想,承认地:“你从没生过气。你大度,你老哥该向你这老弟学习。”

“就别用那大度不大度、学习不学习的话哄我了,我又不是毛孩子。我再问你,你对我吼了句什么呀?”

王大爷:“这……老弟,老哥想不起来了……”

支书:“都想不起来了你赔的什么礼、道的什么歉?光对我吼了吼那是不用赔礼道歉的,往常你也没少对我吼嘛,那你就回去得了嘛!”

王大爷与赵曙光对视。王大爷小声问:“实说不?”

赵曙光点头。

王大爷小孩儿似的:“我不该对你吼那个‘滚’字……”

支书:“到底还是想起来了?”

王大爷:“想起来了。”

支书一个鲤鱼打挺坐起,瞪着王大爷,一边说一边连连拍桌子:“你怎么就能对我吼出一个‘滚’字来?我是谁?我在你眼里再没作为、再熊包、再草鸡,那我也终究是咱坡底村的支书是不是?我的面子是我个人的?我的威望是我个人的?那也是党的哎!你一个老党员,你咋能对我支书那样?冲着党把坡底村交给咱俩了,你都不该对我那样!”

支书说得激动,眼角淌下泪来。

王大爷:“我刚才已经三鞠躬了,曙光可以作证。你还要我咋样?难道,你还想让你老哥跪下不成?”

支书终于话软了:“我敢吗?”

“谅你也不敢!”王大爷忽然一手捂胸,接着捂嘴,身子摇晃起来。赵曙光慌了,赶紧扶住他。

“老哥……”支书也赶紧下了炕,与赵曙光一起将王大爷拥上炕,让王大爷靠墙坐着。

支书将枕头垫在王大爷腰后,大叫:“翠花!快冲碗鸡蛋!两个!加糖!”

一直在门外偷听的翠花探进头看一眼,立刻缩回头照办去了,她边寻鸡蛋边说:“爹,咱家一年多没见着糖了!”

支书恼火地:“那你不说行不行?那就多打一个鸡蛋,仨!”

王大爷苦笑:“老弟,你老哥……一次也吃不下仨鸡蛋了!……我这一病……恐怕……恐怕好不了喽……”

支书老泪纵横:“老哥,好得了!我说好得了就好得了!今天我要看着你给我吃下去!没有鸡蛋治不了的农村病!”

赵曙光不忍再看下去、听下去，一转身冲出了支书家。

屋里，支书哽咽着："老哥，我这支书，真是越当越糊涂、越懵懂了呀！连地里种什么，上边都管得死紧死紧的，连农户人家院里栽棵果树，养几只鸡，都说是资本主义的苗头，今儿割，明儿割，后儿还割！我咋看不到咱坡底村的前景了呢老哥？别人想不通，还可以发发牢骚，我能吗？我敢吗？这支书我真是不想干了呀我！"

"混话！谁叫你当初入党来？想干得干，不想干也得干！没有人受不了的苦，没有国熬不过去的劫！再为难，冲着乡亲们，你也得扛住！你不扛谁扛？"

赵曙光返身又进了屋，说："支书，大爷，我希望尽快把我的组织关系正式恢复了……"

他话一说完，往外便走，不料与进屋来的翠花相撞。一碗鸡蛋花掉在地上，偌大粗瓷碗四分五裂。

黎明时分，一队身影离开坡底村。支书带领男女知青们，挑着、抬着、背着成卷成捆的草帘、草绳，走在沟壑之间的蜿蜒小路上。

天光大亮时，每个人都已汗流浃背。支书干巴瘦小的身子被一大捆草帘压得弯着，冯晓兰和李君婷也抬着几捆草绳。

武红兵挑着担子想超过支书，却被支书叫住："想唱几句的话，这会儿，可以唱。"

武红兵没好气地："这会儿我能唱出来吗？"说罢，超过支书往前走去。

支书紧跟几步，问："怎么近些个日子，你们知青，都对我有老大意见似的？"

武红兵站住，冷冷地看着支书："不是意见，是怨恨。"

支书："啥？怨恨？我是坏人？我怎么践害你们了？"

武红兵："你倒没践害我们。但你的确是刽子手！"

“什么手？”

“刽、子、手！你杀过我们一刀。”

“我？”支书有些莫名其妙，“杀过你们一刀？！”

武红兵：“你好好想想吧你！”

农业用品收购站前，一个男人在验收草帘子、草绳子。他满意地拍着赵曙光肩说：“不错，不错，看来你们坡底村人还算信得过，全按甲等收了。”

大家都面有喜色，支书尤甚：“站长，问一下啊，这个……这个，这活儿我们还能往下干不？”

赵曙光介绍：“这是我们支书。”

站长将支书扯到一旁，机密地：“你们坡底村人要感到光荣！你们编，我们收，都是为了满足部队上的需要。这属于军事机密，跟别人不能讲的。你是支书，才告诉你。要的不少，你们只管往下干！”

支书受宠若惊般连连点头。

站长又望着赵曙光说：“你们那北京知青人不错，在山西那边矿上时，他救过我弟一命……”

支书：“这倒没听他说起过。”

“那就更不错了嘛。”站长说道，“他拿着我弟的信来找我，求我能不能给你们坡底村点儿抓挠现钱的机会，那我还能不给嘛！一聊起来，他爸是当兵的，我也当过，更得给了……”

此时，赵曙光则将武红兵扯到了一台落满灰土、锈迹斑斑、破旧得不成样子的手扶拖拉机旁，那围拖拉机拖斗的铁皮，已经锈出了大大小小的窟窿。

赵曙光大为青睐地：“怎么样？”

武红兵：“不怎么样。”

“咱俩能修好它不？”

“那可不敢打保票。”

赵曙光鼓捣鼓捣这儿,鼓捣鼓捣那儿,一时找不到什么可用之物,干脆摘下帽子擦擦驾座,之后将帽子在手上拍拍,又戴到头上。再之后坐到了驾驶座上,搬搬操纵杆,踩踩闸,蛮有信心地:“我觉得咱能把它修好。”

另一边,冯晓兰和李君婷在轮流压机井,用压上来的水痛快淋漓地洗脸洗手。

两人各自用围在脖子上的毛巾擦脸时,李君婷说:“晓兰,对不起了啊。”

冯晓兰诧异地看她。

李君婷:“说实在的,我以前对你那样,也是想在他们几个男知青面前自我表现表现,我挺烦他们把我当小女孩儿的!我以后再也不那样对你了。你父亲的问题,不管性质多么严重,那也只不过是你父亲的问题。但你是你,你的总体政治表现还是不错的,以后我会好好团结你的……”

冯晓兰笑笑,什么话也不说,默默伸手替李君婷摘去头发上的草。

李君婷看着武红兵说:“但是对于有的人,我要给他些教训了,尤其是那种企图威胁和恐吓我的人!”

冯晓兰诧异地:“谁?谁会对你那样?”

李君婷收回目光,自知失言,掩饰地一笑:“当然也没人敢对我那样。我只不过是表明我的一种做人态度,你可别当真啊!”

办公室里,支书不错眼珠地盯着站长点钱。

站长将钱交在支书手里,说:“总共三十七元八角七分,你再点点。”

“错不了错不了,你点时,我盯着呢!”话一出口,支书觉得说得不妥,又纠正道,“倒也不是盯着。只不过就是……看着,看着罢了。俺们坡底村人,习惯把看着说成盯着……”

然而,支书拿钱的手激动地抖着,往兜里揣了几次,竟没揣准兜口。

站长感慨地:“说心里话,你们挑着抬着背着的,走了三十几里给送来,够装一卡车的东西才付给你们这么点儿钱,我还挺不落忍呢!你们坡底村就当成件拥军的事做吧!”

他向支书伸出了一只手,支书双手握着他那一只手,连连摇晃着,一迭声地说:“不少不少,我们农民劳力本来就不值钱的,谢谢谢谢!”

支书刚一迈出门,被守在门口的赵曙光扯着就往手扶拖拉机那儿走。其他知青见状也相跟过去。

赵曙光:“支书,咱把它买下吧!”

支书眼睛发亮地:“我做梦都梦见咱坡底村有一台这东西,做那种梦做了十几年了!”

一名知青打趣道:“支书,你梦见的肯定不是这样的吧?那你那梦的水平也太低了!”

“我梦见的当然是新的!就像光棍梦见新媳妇!”

李君婷“扑哧”笑了。

赵曙光:“支书,我保证能把它修好!”

支书看武红兵,拿不定主意地:“那台编草绳的东西,是你和曙光一块儿修好的,这东西呢?”

武红兵:“那台编草绳子的东西构造多简单!这东西构造可复杂多了!一堆废铜烂铁似的,我不掺和这一件事儿。”

赵曙光:“支书,他不帮,那我一个人能修好它!而且我悄悄问过站长了,他说他可以做主,一百元就允许咱把它拖走!”

“一百元?!”支书下意识地用一只手按住衣兜,瞪着骗子似的瞪着赵曙光,“咱村那么多人干了一个来月,才刚刚挣了三十几元!”

“有了它,咱可以靠它更快更多地挣现钱了呀!您的梦想不就成真了吗?”

“我刚才说了,我的梦想不是那样式的!”支书一挥手,“走吧!”

大伙离开了农业物资站。李君婷悄悄对冯晓兰说:“别在工农兵大澡堂洗澡啊！那儿太不卫生，说不定会传染上什么病，我带你到县‘革委会’的小浴池去洗。”

冯晓兰笑笑，既表示同意，也表示感激。

一名知青忽然说：“哎，咱们怎么把党给丢了？”

大家站住，一齐回头，不见了支书的踪影。

再回头去找，原来支书又回到了农业物资站的院子里。只见他坐在手扶拖拉机上，搬这儿弄那儿，自言自语：“什么样的汉子娶什么样的老婆，我要是指望村里有台新的，那八成得等到共产主义了！”

赵曙光附和：“只要还能让它跑起来，新旧又有什么关系呢？”

支书：“可咱交不出一百元现金……”

“有多少先交多少啊，站长同意咱们以后用活儿顶。”赵曙光说着，向支书伸出一只手。

支书不情愿又不得已地掏出钱交在赵曙光手里，叹道：“唉，谁叫我为这东西都快得单相思了呢。”

支书坐在手扶拖拉机的驾座上，煞有介事地操纵方向盘。冯晓兰和李君婷以及另两名男知青坐在破斗里；赵曙光、武红兵和其余知青，有的用草绳拉着，有的从后猫腰推着，有的不无兴奋地跟着跑。

支书也情不自禁地唱起来：

> 一道道沟来一面面坡，
> 坡上沟里住人家。
> 没有女子哪有家？
> 哎呀穷光棍相中个猪八戒他姨！
> ……

串串笑声在沟壑间回荡……

韩奶奶的破窑屋灯光微亮。

赵曙光在用麦秸团擦洗一些大大小小的零部件，但盆中却不是汽油，而是锈色的脏水，还泛着一层泡沫。清洗完毕，他又用块破布擦干那些零部件。

窑屋里东西还是那些东西，不过炕上的被褥枕头已与韩奶奶同时下葬了，只剩下残席。而油灯碗从墙窝窝那儿移到了离盆近的地方。

有风从窗纸的破洞蹿入，灯苗一阵摇晃。赵曙光同时也觉得身上一冷，不禁打了个寒战。

外边传来野猫的叫声。破窗纸被风吹得瑟瑟有声，拍得窗棂“啪啪”响。赵曙光忽然感到害怕，看窗看门，门扇也发出吱嘎吱嘎的响声。一阵风吹进来，将灯苗扑灭了。

赵曙光下意识地抓起一柄扳子，望着门，片刻又放下了。他在心里默念：“韩奶奶，您如果还恋着您的窑屋，想回来待会儿，那就进来吧。我借您这儿，是想为咱村修好一台拖拉机。您想干什么就干什么，您干您的，我干我的，我不怕。”

他掏出火柴，要重新点亮油灯。正在这时，半扇门“吱呀”一声开了。这一惊非同小可，火柴和灯碗同时掉在盆里。

赵曙光迅速操起扳子，猛转身，高举扳子大吼：“谁！”

他面前的一个人影也被吓得“妈呀”一声。

是冯晓兰。

“晓兰？”赵曙光放下扳子，用手背抹一下额头，“吓出我一头冷汗来！”

冯晓兰：“你也吓死我了！”

“火柴和灯碗都掉水盆里了，这下可好，连个亮儿也见不着了。半夜三更的，你不好好睡觉，到这儿来干什么？”

“我太知道你的性格了，要干完的事儿，不干完决不罢休。怕你到天亮也干不完，怕你孤单，也怕你……忽然一时害怕……”

赵曙光笑笑:“刚才心里是发毛了一阵。”

“那我不是来对了吗?”冯晓兰从兜里掏出些东西递给赵曙光,“火柴,蜡。”

“你想得还真周到。”赵曙光点亮了蜡。那是碗状的一块蜡,是用多块腊头儿硬捏成的,但光晕比油灯亮多了。

光晕中,冯晓兰深情地望着赵曙光。

赵曙光情不自禁地将她揽入怀中,低语:“我手不脏,甚至可以说,超干净。”说罢,捧住冯晓兰脸,吻她。

冯晓兰忽然推开他,说:“我看你手!”握着他双手,将他扯到蜡前,细看,心疼地:“手怎么皱成这样?”

“哪儿也弄不到点儿汽油,在县城我不是去了一次碱厂吗?向他们要了点儿工业用的碱渣子,泡了那么一盆水去锈,作用也还行。”

“那多烧手啊!看把手搞成什么样儿了!”

赵曙光笑了:“所以我说我手现在超干净嘛,估计大部分细菌都被烧死了。起初还觉得烧得有点儿疼,忙着忙着,也就不疼了。”

“现在呢?”

“现在有你来陪我了,心里高兴,更不觉得疼了。”赵曙光挽挽袖子,又要开始擦洗。

冯晓兰挡住他:“不许再弄了!”

赵曙光:“没事儿的,最多烧褪层表皮呗。听说村长家有獾子油,天一亮我就去抹抹。”

冯晓兰坚决地说:“反正不许再弄了!”

“那……那咱们别在这儿待着了。我先送你回去?”

冯晓兰却走到炕边,款款坐下,脉脉含情地望着赵曙光说:“我替你给天亮写好了一封回信,趁现在念给你听听?”

赵曙光犹豫一下,点点头,也走到炕那儿,双脚垂地,仰躺在炕上。

冯晓兰起身,将蜡移近,掏出几页折叠的纸,展开念:

天亮,亲爱的弟弟:

当你收到此信时,一看便知,这不是我的字迹,是你晓兰姐的字迹,我这里一切都好,所以你没必要担心什么。此信是你晓兰姐主动代我写的,你更不要猜疑什么……

坡底村知青宿舍里鼾声四起。武红兵翻来覆去睡不着,终于坐起,穿衣穿鞋。

刘江醒了,嘟哝着问:“我说,你夜游啊?”

武红兵:“我们全都呼呼大睡,让曙光一个人在韩奶奶那儿瞎忙活,我惭愧。”

刘江:“你说过的,我们文化水平低,去陪也是干陪着,不懂,兴许还添乱。何况,我看他自己也是瞎忙活。”

武红兵:“不去就不去,谁也没逼你去,这么多废话干吗!”他往下按一下趴着说话的刘江的头,离开了宿舍。

韩奶奶的破窑屋里,冯晓兰手拿着信纸,也躺在赵曙光身旁了,她问道:“我写得行吗?”

“比我写得好。我还从没对天亮叫过亲爱的弟弟。听你念信,我有点想他了。”

冯晓兰往赵曙光怀里一偎,温柔地说:“其实我也是想间接地给他写一封信。自从他来到坡底村一次,我觉得他更像是我的一个亲弟弟了。”

“那么,我呢?我对你就……”

冯晓兰用一只手轻捂他嘴,伏在他身上,声音更温柔了:“幸亏上帝没把你安排成我的亲哥哥……”

她动情地吻他。

赵曙光一翻身,将她压在身下。烛光下,冯晓兰的脸看去那么秀丽,那么妩媚,那么温柔！她的眼睁得大大的,眸子晶亮。

冯晓兰:“曙光,除了你,我还能再爱上别人吗？如果我们真的是亲兄妹,那不是反而太不幸了吗？”

赵曙光轻轻将她拉起,也极为深情地凝视她。

冯晓兰:“我是你的,永远……”

赵曙光凝视她,缓缓脱去外衣。

冯晓兰微微摇头:“别……对死者太不敬了……”

赵曙光又一下子脱去了背心。赤裸着上身的赵曙光凝视着冯晓兰,胸膛剧烈起伏:“韩奶奶跟我们亲,她会原谅我们的。”

冯晓兰伸出一只手,用指尖轻抚赵曙光的胸膛、肩、臂。赵曙光握住她的手,亲吻,之后将自己的双手伸向她,替她解衣扣。冯晓兰温柔地将他的手推开,凝视着他,自己缓慢地一颗颗地解。

赵曙光双膝跪在她面前,以极为赞美的目光看着她。当她接着脱里边的衬衣时,他迫不及待了,双手一扒,将她的衬衣撕开,几颗小扣子掉在席上。

赤裸着上身的赵曙光和冯晓兰,紧紧地拥抱在一起,炽烈而贪婪地互吻着……

武红兵来到了破窑前。手扶拖拉机停在门口,几乎拆卸得只剩骨架了,但能擦亮的地方却擦亮了。月辉下,被擦拭过的地方闪着朦胧的光。

只听破窑屋里传出一声响动,武红兵绕过拖拉机骨架,疑惑地向窑屋门走去。

剧烈的男女交织的喘息声,在寂静的夜晚,仿佛被放大了十倍……

武红兵呆站在门前,伸出手欲推门,却又缩回了,他当然明白里边正在发生什么事,但是显然并不能确定赵曙光在和谁。

他无声地走到窗前,侧身于旁,从破洞向内偷窥,看到了赵曙光赤裸的后背。这时,他清清楚楚地听到了冯晓兰的一句话:“我会怀孕的……”

他倒退着离开窗前,转身无声地走开,回到了知青宿舍。上炕之前,他踢这儿碰那儿，弄出些响声。

刘江问他："怎么不陪着了？"

武红兵没好气地说："他不需要！"

"你也插不上手吧？"

"闭上你的臭嘴！"武红兵躺下了。

支书家。翠花的房间里，她丈夫轻轻推她。她以为丈夫要跟她起腻，生气地将丈夫的手使劲儿一拨，嘟哝："我睡得正香呢，别讨厌啊！"

丈夫又推她："我不是……我是……"

翠花又将他的手使劲儿一拨："你不是什么你？我看你就是！少碰我，再纠缠我一脚把你踹地上去！"

丈夫："我怎么听着，刚才像有人敲门啊？"

果然，又是一阵轻轻的敲门声。

翠花："谁呀？"

"我，知青刘江！"门外的声音听来已很不耐烦。

翠花也不耐烦："半夜三更的，什么事儿？"

刘江："找支书，急事儿！"

翠花只得起身穿衣，一边掩怀系扣，一边看了丈夫一眼，见丈夫也正不满而又委屈地看她，笑道："对不起啊，刚才误会你了！瞧你那样儿，那么点儿委屈就受不了啦？得，犒赏你一下！"说罢，弯腰在丈夫脸上亲了一下。

不料她刚下地，丈夫拉住了她手，嬉皮笑脸地："多犒赏一下嘛，就多一下。"

翠花有些飘飘然地："看，给脸就上鼻梁！"她装出一副无奈样子，又成心发声地亲了丈夫一下。

门外的刘江却躁了，不但将门拍得"啪啪"响，而且吼："开不开门啊！再不开门我可踹了啊！"

翠花:“死刘江你敢!”急忙走出屋。

支书屋里,老伴也推醒支书:“好像是知青找上门来了。”

翠花开了门,半真半假地:“你个死刘江,反了你了?半夜三更搅我们的梦,还要踹我家门!我先踹你几脚……”

刘江一边躲一边说:“嫂子嫂子,没心思跟你闹,真有急事儿!”

支书已披衣出现,不失庄严地:“既是急事,快说!”

“支书,武红兵他们,背赵曙光到县城去了……得把赵曙光送到县城医院去!他什么时候回的宿舍,我也不知道。当我听到他呻吟,他已躺在被窝里了。我点亮灯,见他那双手,不对劲儿了……”

翠花焦急地问:“他手怎么了?”

刘江:“又红又肿。手背肿得老高!起先我们以为他就是手的事儿,可接着,他吐了,再接着,出冷汗,发高烧,说胡话……”

支书:“翠花,快去你王大爷家,借他家那辆带斗的独轮车!”

翠花的丈夫也出来了,说:“我去!”说完已走出门去。

刘江:“看病得花钱,主要是钱的问题。我们几个知青的钱凑一起才十几元,说不定曙光会住院,怕钱不够,要不也不来找您。”

“混话!这么大的事儿,不找我找谁?翠花,你,那个那个……”支书也有点乱了方寸。

翠花比支书还急:“说呀!那个那个什么呀!”

支书口中终于蹦出两个字:“鸡蛋!……这还非用我说嘛!”

“这儿呢!知道就得靠鸡蛋了……”

支书老伴已不知何时站在支书背后,手中拎着装鸡蛋的篮子。

支书接过篮子,看一眼,里边才几个鸡蛋。

他将篮子朝翠花一递:“这么几个够干什么的?你,你和刘江,你俩就用这篮子,挨家挨户去给我收鸡蛋!”

翠花:“这时候?”

支书生气地:“不这时候还啥时候?”

刘江:“支书让收的,那咱俩别耽误时间了呀!”说着接过篮子,和翠花双双离去。

门口只剩支书和老伴了,支书在发愣。老伴问他:“你不去?”

支书:“我在想家里还有什么值钱的东西!”

“家里除了那几个鸡蛋,再还有什么值钱的东西?……要不你把那炕桌扛上,不都说是件古董吗?”

支书:“别人打哈哈的话你也信?真有好主意!”说完,跨出门大步而去。

天已微明。武红兵背着赵曙光跑在路上。其他几名男知青跟在后面跑。

赵曙光迷蒙地睁开眼睛:“谁在背我?”

武红兵没好气地:“现在是我,刚才是别人!”

赵曙光:“红兵,你要把我往哪儿背?”

武红兵不愿再跟他说什么,只管背着他飞快地跑。一名跟着跑的知青替武红兵回答:“我们要把你送到县城医院去……”

赵曙光:“我怎么了?”

跟着跑的知青随口答道:“鬼知道!红兵,要不要换你?”

武红兵大口喘着气:“不用,还能跑会儿!”

知青们、囤子和翠花的丈夫坐在医院走廊的两排长椅上,支书背着手,在两排长椅间烦躁地走来走去。

武红兵有点抗议地:“你也坐下行不行啊!”

支书:“我往哪儿坐?你当我就没走累?”

的确,两排长椅再也挤不下一个人了。而坐着的人,似乎都在发愣,对支书的话充耳不闻。

武红兵并不让座,说:“没地方坐你老老实实站那儿,走来走去晃得人头晕！我看就是没走累！”

一名知青似乎有点儿看不过去听不过去了，但也不让座，冲王川道：“哎，王川，给你支书老丈人让座。”

王川站起，惴惴不安地：“爹，您请坐这儿，刚才我光发愣了，您别见怪。”

支书心烦意乱地一挥手：“我不坐！”

正这时，冯晓兰来了，除了武红兵，其他的知青齐刷刷地站起来。武红兵却将头一扭，不看冯晓兰。

冯晓兰急切地问：“曙光怎么样？”

刘江：“在急诊室呢，做了几项血检，我们这儿正等着确诊结果。”

急诊室门一开，一位中年男医生走出来。

支书一步迎上去：“他手怎么样？”

医生：“手的问题挺严重，属于液态烧伤，如果不感染，十天半月就会好的。但是血检显示，他营养不良，低血糖，伴有神经紧张引起的暂时性昏迷症状。住几天院，打打点滴，补充些营养也就恢复了。他是你们村什么人啊，你们这么重视？”

武红兵：“不是什么了不起的人，知青！”

支书瞪武红兵一眼，将医生扯到一旁，小声地：“不重视不行啊！北京知青，毛主席身边来的，有个三长两短，我哪儿担得起那责任！大夫您千万给认真治，怎么治我们都听您的。”

医生猜测：“高干子弟？”

武红兵大声地：“他爸是团长，而已！”

所有人都望向武红兵，都感到了他话中的不快情绪。

支书：“你眼中还有我这个村支书没有！”

医生：“您是……”

冯晓兰：“他是我们村支书。”

医生：“啊，啊，失敬了。我已经把住院单开好了，你们去人交三百元押金,先住十天院吧!”说着,便将住院单递向支书。

支书伸伸手,没敢接。

“怎么?”医生见他不接,有些纳闷。

支书吞吞吐吐地:“大夫啊,是这样的……鸡蛋,一会儿就会送来的……”

有知青喊:“来啦来啦!”

只见刘江和翠花合拎着满满一篮子鸡蛋急匆匆赶来。

支书高兴了,对医生说:“看,看,我们坡底村人办事那是决不含糊的!先收下这一篮子,隔三差五我们接着往这儿送……就是我们村的母鸡来不及下那么多蛋,我们向外村借也借得来!”

医生误会了:“哎呀,他十天里怎么吃得了这么多鸡蛋呢?”

支书:“也不光是给他吃的……这是,这是……咱农村不是没现钱嘛,顶住院费行不?”

医生:“哎呀,那我可做不了主!”

支书:“您的意思是,得找院长?”

医生:“我们现在不叫院长,叫院‘革命委员会’主任、副主任。我看你找他们也没用。医院怎么能直接收鸡蛋呢?你们怎么也得自己去卖成钱吧?”

支书:“说得也是说得也是……那,我打个欠条,先让我们的人住上院?”

医生:“这我更做不了主了!”

忽然,一个穿白大褂并戴“革命造反派”袖章的人走来,对坡底村人挥斥地:“哪儿的你们?把座位都占了,一会儿到点正式开门了,别人来了坐哪儿?”

大家都乖乖站起来。

医生:“这是我们‘革委会’副主任——他们是坡底村的,六点来钟的时候送来一位急诊病人,正好是我在值急诊班。”

支书毕恭毕敬地:“请问主任贵姓?”

“用不着问我姓什么!送一个病人来这么多人干什么?这鸡蛋又怎么回事?”主任转头瞪着医生,“送给你的?”

医生慌了:“不是不是,绝对不是!向毛主席发誓不是送给我的。他们想用鸡蛋顶住院费。”说罢,抽身而去。

主任:“开什么玩笑!医院是大集?!”

支书:“我刚才正说,我打欠条,先让我们的人住下……”

主任上下打量支书:“村干部?”

“对对,支书。”

“拥护县‘革命委员会’不?”

“拥护拥护!那当然得拥护!”

主任白了支书一眼:“谁知道你真拥护还是假拥护?休想!把病人带回去,凑齐了住院费再送来!”

一边的刘江忍不住了:“他可是北京知青!”

主任:“北京知青怎么了?北京知青就都是站在毛主席革命路线一边的?到本县插队的‘黑五类’子女也不少!”

冯晓兰闻此言,默默将脸转向窗外。

武红兵刚想说什么,被王川扯到一旁。

王川:“明摆着不顺,你就别插言了啊!”

忽然一个彬彬有礼的声音:“请问,哪儿有公用电话啊?”

所有的人循声一看,来的是李君婷,她冲主任嫣然一笑。

主任指指放在不远处的电话,色迷迷地望着她走过去。

刘江小声对一名知青说:“瞧他那眼神儿,真想揍他一顿!”

不料主任耳尖,听到了,又挥斥道:“没事儿的都出去都出去!剩下一个人,赶快把你们送来的病人带走!”

李君婷这时已走到电话前,大声地:“穿白褂戴袖标那位,请您过来一下。”

主任自指道："我？"

李君婷点点头。主任颠颠地走过去。

李君婷："我们不能把病人带走。今天必须住院。非但必须住下，而且，还得免费！"

主任听得直眨巴眼睛，被李君婷的姿态镇住了。

李君婷："你们医院'革委会'，承认县'革委会'的领导不？"

主任连连点头。

"那么也肯定接受省'革委会'的领导喽？"

主任又一阵点头。

"那么，您是医院里的什么人物？"

不仅主任，包括支书在内的所有坡底村来的人，也都被李君婷那自信足足、高所有人一等的优越感给镇住了。

主任吭吭哧哧，一时不愿说出自己身份。

刘江："他是医院'革命委员会'副主任！"

李君婷："那就好办了。现在请您注意听我的话，我有位叔叔，是县'革委会'副主任。我还有位叔叔，是市'革委会'副主任。省'革委会'里，也有我叫叔叔大爷的人！我们既是知青，当年也都是毛主席的红卫兵。怎样对待我们生了病的首都知青，这可是一个政治感情问题。既然您已经说了承认县'革委会'，那我就先给是县'革委会'副主任的叔叔打电话吧，您请听好……"

李君婷抓起电话拨号。

主任走也不是，不走也不是，尴尬不安，嗫嚅地："你……你可千万别……"

"放心，我不会告你的状的。"

电话通了，李君婷对着电话："郝叔叔啊，我是君婷……"

另端传来男人的声音："君婷啊，又好久没见你啦，这么早给叔叔打电话，有事儿吗？"

李君婷的声音变娇了:"叔叔,没多久嘛!我是在县医院里给您打电话。我们一名在坡底村插队的北京知青病了,坡底村是个特别特别穷的村,这您也知道的。他现在已经在医院里了,医生说要住十来天医院,可村里交不起住院押金,住不了院,打欠条也不行。叔叔,您看这件事可怎么办啊?对方是革命军人家庭的子弟,父亲是朝鲜战场上的英雄……"

李君婷打电话的声音也传到急诊室里。正在输液的赵曙光目光焦急地看着输液瓶,伸手欲拔针头:"我不打了!"

年轻的女护士按住他:"又犯急!外边不正在解决你的住院问题嘛,你看,再有一两分钟就滴完了……"

急诊室外,李君婷将话筒递向主任,一副大功告成的样子,甚至还可以说有那么点儿洋洋自得。

主任接过话筒,听着,喏喏连声:"对,是的是的,您批评得完全正确,本人虚心接受,坚决落实……"

如此峰回路转的结果,使坡底村来的人个个面有喜色。李君婷自然也将目光望向他们,当她的目光与冯晓兰的目光相对时,冯晓兰冲她感激地微微一笑。

主任放下话筒,对李君婷说:"免费!小单间病房,您满意吗?"像下级在跟上级首长说话。

武红兵这时独自离开了,他表情复杂,有放心,也有别的。比如嫉妒,那是一种不屑式的嫉妒。既是对李君婷所拥有的特权背景的嫉妒,恐怕也是对赵曙光的嫉妒。

李君婷倒显得挺懂事,对主任说:"满意不满意,您问我们支书吧。"

支书不待主任问,连说:"满意满意,太满意了,这还能不满意吗?"

急诊室的门忽然一开,赵曙光出来了。他夹着双肘,缠了药布的双手半举胸前。护士跟出,劝说:"这不问题都解决了嘛,接着你得听我的安排了呀!"

赵曙光:"对不起,我不能听您的安排!"接着又对支书说,"支书,我不住院。”

支书:“你看,你这……劳师累众地来了这么多人,你不住院……那,那大家算怎么回事?”

李君婷往赵曙光跟前一站,说:“谁的话也不听,总该听我的吧?”

赵曙光苦笑,笑中有感激的成分,也有惭愧的成分。为了表达感激,他想用手摸摸李君婷的头发,但手还没触到李君婷的头发,见自己手那样子,又将手缩回去了:“你的也不听!”

冯晓兰:“曙光,你这样多不好也不对。”

赵曙光转身望冯晓兰,欲言又止。他将目光望向了大家,坚决地:“让大家操心了,我感激。但是要让我住院,那还莫如干脆杀了我!”说罢,径自走了,留下众人望着他背影发呆。

主任:“这……这可不能怪我啊,我改正错误可是诚心诚意的!”

李君婷使劲跺一下脚,气出了泪。

疲劳和饥渴的知青们都回到了坡底村的宿舍。累的往炕上仰面一躺,饥的找到土豆、地瓜、饼子之类的东西大口大口地吃,渴的守在桶边轮流用同一个缸子喝水。

刘江自言自语道:“来回走了七十几里,部队拉练也不过如此。”

另一名知青:“支书那话倒说对了,咱们这算怎么回子事?”

刘江:“自讨没趣儿呗!”

武红兵:“赵曙光人呢?”

刘江:“我看到跟冯晓兰走了。大概到支书家去了吧。”

一个知青:“到支书家去解释,有必要让冯晓兰陪着?”

刘江:“那谁知道!也许还要向冯晓兰解释什么吧?我见支书一路上那种气哼哼的样子,心里直想笑!”

“说不定他心里还暗暗高兴呢,替村里省下了一笔钱,岂不正中他下怀?”

“你忘了,李君婷一出现,不是免费了嘛!”

“以前以为李君婷故弄玄虚,看来她在陕北用得着的叔叔大爷什么的还真不少!”

在七言八语的议论中,武红兵喝了半缸子水,坐在门槛发呆。大家接下来的议论他仍句句听得分明:

“你们没看见李君婷快气哭了?”

“不是快气哭了,是已经哭了。掉眼泪了嘛!严格地讲,落泪就算哭。”

“免费还不住院,不知曙光怎么想的。”

“怎么想的都是傻瓜的想法。”

“我要是李君婷,我也会被气哭的!”

“我要是赵曙光,我幸福死了!知青点仅有的两个姑娘都为他忙前跑后的,那什么感觉啊?太他妈不公平了!”

刘江:“你们不解吧,羡慕吧,气不过吧,我可不发牢骚!因为路上掉了五六个鸡蛋,掉了还不碎?碎了还能扔?那我呢,就掉一个,捡起一个,生喝一个!一个星期以内,我想我的营养差不多也够了……”

大家一拥而上:“揍他!揍他!不能让这小子占那么大便宜!”

武红兵在大家哄闹时离开了。

他来到韩奶奶的破窑屋前,绕着手扶拖拉机的骨架转,蹲下站起地看,弄弄这儿,弄弄那儿。然后走到门前,站片刻,轻轻推开门,进入。

他在破窑屋中看那盆水,看那些部件,最后将目光望着残席陋掩的炕面。

他发现了从冯晓兰衬衣上掉下的两颗扣子。他把它们一一捡起,放在手心上凝视,小心地放到嘴边亲吻……

赵曙光和冯晓兰又来到他们幽会过的那破窑洞里。

不过这次他们没有亲昵地在一起,而是面对面地坐着。二人的表情都有些不同寻常,冯晓兰一脸庄重,赵曙光则有些懊悔。

冯晓兰轻轻地说:“想说什么,说吧。”

赵曙光往后一仰头:“我要是还在医院住下去,那我就更瞧不起自己了。”

冯晓兰:“‘更’是什么意思?”

“因为大家推我去往医院的路上,我已经就很瞧不起我自己了。”

“因为自己是老高三,学了那么多化学知识,却没想到工业用碱会烧伤手?”

“我并没白学那么多化学知识,那点儿常识我是有的,也想到了。只不过怀有侥幸心理,没料到后果会那么严重。”

“疼不?”

“疼。但心里更疼。”

“别拐弯抹角的,直说。”

赵曙光:“自从出生以来,我从没像今天这么感到羞耻过。在急诊室里,听着大家在外边说的话,听着支书低声下气求人家,我几次想拔掉输液针头,逃离医院……”

冯晓兰:“如果你说你多么感动,那我特别理解。我也替你受感动,包括被李君婷感动。如果你还说你多么过意不去,我也特别理解。但,如果我没听错的话,你刚才说的是感到羞耻。这我就不明白你了,请解释给我听。”

赵曙光凝视冯晓兰,她也凝视他——仿佛都要运用读心术,读出对方的真实心码。

赵曙光低下头去,自责地:“我太缺乏克制力了……”

冯晓兰:“我怎么听出,你说的是‘我们’的意思?”

赵曙光摇头:“你误解了,我绝对没有也埋怨你的意思……”

冯晓兰不禁有点激动了:“可你又究竟能埋怨我什么?埋怨我昨天晚上太过于关心你,不去看看你就睡不着?埋怨我对你太多情了?埋怨我在你感情冲动之时,我居然没有显现出比你更大的克制力?”

赵曙光生气地:“我说过了我没有那种意思！我是男人！男人应该处处比女人强一些！如果我有足够的克制力,我们昨天夜里就不会那样！如果我们没有那样,我也许就不会发烧！如果我没有发烧,就不会拖累那么多人半夜三更轮番背着我,用独轮车推着我往医院跑！支书就不会因我低声下气在人前受屈辱！”

冯晓兰:“那么你的手烧成那样就不必去医院了吗？”

赵曙光看着双手苦笑:“支书家有獾油！医院也不过就是往我手上抹了一层獾油。”

冯晓兰:“可医生的诊断是营养不良！是神经性胃痉挛！建议你住院也是因为这两个原因！”

赵曙光:“你那么大声干吗？你那么激动干吗？坐下行吗？怎么,我内心充满了自责,就不该向亲爱者倾诉一下吗？”

冯晓兰:“我不坐！用你的逻辑来说,倾诉也是缺乏克制力的表现！”

“你这是在抬杠！”赵曙光拍身下的草,却拍疼了手,皱眉,倒吸凉气。

“而你一开始就在侮辱我！”冯晓兰眼眶充满泪水。

赵曙光极度讶然地看她。

“赵曙光,你把自己想象成什么人了？人间圣徒？普罗米修斯？道德完美主义者？当你产生羞耻感的时候,亲爱者应该奉陪你一道忏悔？当你自责的时候,亲爱者也应该觉得罪过？这就是你紧急把我又约到这里来的原因对不对？那么我告诉你,冯晓兰偏不！我没什么可忏悔的！我认为我已经多次表现出了令自己很满意的克制力！我才不想象自己是圣徒！我也从没要求自己在道德上多么完美！凡间男女人人具有的七情六欲我都具有,也都要！而且一点儿也不因此就瞧不起自己,更不觉得羞耻！我只不过是一个不沮丧的插队知青,一个知道感恩的姑娘,如此而已,仅此而已！”

赵曙光看着冯晓兰，听着他的话，呆了。

“你继续因你的羞耻感而自我折磨吧！”冯晓兰环视一番，“这个地方，我再也不会来了！”

冯晓兰冲出窑屋。

赵曙光又用力拍了一下草，这一拍使他的手更疼。他将那只手缩于胸前，耸起肩弯下腰，口中丝丝有声地吸着凉气。

赵曙光在破窑洞里呆坐了一整天，晚上才回到知青宿舍。

桌上摆着些老乡们送来的土豆、红薯、玉米、倭瓜、烙饼、鸡蛋，还有一扎挂面。大家在等着他和武红兵回来开伙，做晚饭吃。

而此刻的武红兵正在县城里的一处停车场。他拎着大号塑料油桶，钻入一辆卡车下偷油。头上的单帽被刮掉，他竟未察觉。直到他背着塑料桶回到沟壑间，才发觉遗失了帽子。他回望来路，县城的灯光已在远处……

第十章

早上，支书来到麦场，见赵曙光已在操纵编草绳的机器，旁边放着已经编成了的三大捆草绳。赵曙光看见支书，合了闸，麦场上立刻安静了。

支书看着那三大捆草绳，关爱又批评地："你像这样下去不行，我指望你接我班呢。你如果把身体搞垮了，那我还指望谁？公社指示过我的，培养不成接班人，坡底村的支书我想不当都不行。"

赵曙光不无惭愧地："支书，您真认为我就那么值得您培养？"

支书在几张草帘子上坐下，拍拍旁边，赵曙光走过去，也坐下。

支书："公社给每个村都下指示了，要尽快发展一批知青党员。这是县里、省里，一级给一级布置的政治任务。在这方面，咱坡底村又落后了，每次到公社去开会，我都挨批评。"

支书叹口气，惆怅起来，吸烟锅。

赵曙光："昨天，为我折腾那么多人到县医院去，还让您在那儿为难，我心里不是滋味儿。"

"别，就算不是你，是坡底村的任何一个大人孩子，不都得那样？不过你昨天不住院我是不高兴的，他们都说免费了，你干吗不住？那不是犯傻吗？让人家李君婷怎么想？人家那不成了自讨没趣儿吗？"

赵曙光低了一下头,复抬起头望远处,没说话。

支书:"趁这会儿没外人,我给你交个底。你接了我班以后,怎么也得为坡底村好好干上个三年五载的,还要多发展几名党员。坡底村的支部,不能总是个名存实亡的支部。到那时,如果有什么返城的机会,我亲自为你争取。"

赵曙光把话题岔开:"支书,咱先不说那些,先说眼前的事。一会儿大家都来了,您得讲几句,这活儿要干到年底呢,我怕时间一长,大家烦了,到时候要质没质了,要量也没量了,那咱们岂不是辜负别人的好心了?"

支书:"你为这件事有压力?"

赵曙光诚实地点头:"有。"

支书:"那台破拖拉机,你肯定能修好?"

赵曙光:"其实,只有五六分把握。"

支书责备地:"那你当时一个劲儿撺掇我买!"

"您自己不是后来也动心了嘛。"

"反正是被你影响的!"

"世界上有两种机会,一种是绝好的机会,抓住不放准成功。这种机会不多,更多的时候,只有五六分把握的机会也值得抓住。因为毕竟,成功的可能比失败的可能还多一分。"

支书:"这话也在理,一会儿就由你给大家讲几句吧。"

"还是您讲吧,我最近烦心事儿多,情绪不好。"

这时,知青们和村民们陆续来了,支书对他说:"我讲就我讲。那你认真听,学着点儿。"

面对三个一堆五个一伙儿坐得很分散的知青和村民们,支书干咳两声,一手后背,一手招呼道:"大家往一起坐坐。干活前,我先说几句。毛主席教导咱们,这个民生方面嘛,古今中外,有两种机会……"

他止住话，目光望向赵曙光，分明是在默默地问——是毛主席说的吧？

赵曙光将脸转开。

支书只得硬说下去："一种机会，好比天上掉馅饼，一把抓住，等于白捡。这等好事儿，从来是不多的。还有一种机会，只有那么五六分成功的把握，好比草船借箭，很值得赌一把。不赌那么一把，就弄不来那么多箭嘛！人家诸葛亮为什么敢赌那么一把呢？还不是因为成功的可能比失败的可能多一分？但话又说回来了，万一诸葛亮没成功呢？那么周瑜肯定讽刺他。可如果两人调个个呢？周瑜出的草船借箭的主意，还没成功，诸葛亮会讽刺他吗？……"

马婶对一妇女说："支书那满嘴扯什么呢！"

那妇女："谁知道，听不明白。"

刘江起哄地高喊："不会！"

知青和妇女们都笑了。

支书却严肃得很，一指刘江："说得对！诸葛亮那就是诸葛亮，周瑜就是周瑜，他俩之间的水平，估计也就一分之差。但那么一分，可就差出高下来了。我为什么要讲这些呢？因为我听到了些议论，埋怨钱没挣回来，却弄回来一台破破烂烂的拖拉机，万一修不好，大家白辛苦十几天了。我这儿先下点儿毛毛雨，不怕一万，就怕万一，还真有那修不好的可能。修好的可能是几分呢？五六分。当成六分，就比修不好的可能多一分。那这一分究竟有什么可图的呢？图往后再送活儿去，不必许多人挑着抬着背着来回走七十多里了。一个人开拖拉机，再跟着一个人就行了。图往后村里谁家老人孩子病了，女人难产了，不必许多人轮番背，再不就是用独轮车推着，心急火燎地往县城奔了。咱开拖拉机把病人送去，不是快多了吗？所以呢，如果修好了，功劳归知青。修不好，过失全在我。即使全在我，那我也希望大家学诸葛亮，别学周瑜。《三国》的事儿我是知道一些的，诸葛亮这人是敢冒险的。人家空城计那么大的险都冒了，咱坡底村人三十几元的风险就冒不起了吗？”

支书的话，越讲到后来，表情、语调、手势发挥得越好。那时的他，有点儿像演说家。而无论知青们还是妇女们，听得渐渐认真了，连赵曙光都在刮目相看地望着他了。

“知青们，乡亲们，咱坡底村又穷，又小，集体底子太薄，有时一分钱掰两半花，还是个缺钱。戏文里不是每唱，一文钱难倒英雄汉吗？缺粮是天大的事儿，缺钱是地大的事儿。感谢老天，今年还算风调雨顺，咱不担心缺粮了。为什么说缺钱是地大的事儿呢？因为水在地下，打一口深井，咱坡底村人再也不愁喝不上好水了！可那不得一千多元钱吗？咱拿不出！那怎么办？只能辛辛苦苦挣啊！所以，眼下这挣钱的活，大家可千万不能嫌挣得少，不能干烦了……”

马婶忽然喊：“支书，别说了！”

支书：“怎么？讨厌听了？”

“那倒不，挺爱听！”马婶站起来，大声问妇女们，“姐妹们，支书今儿讲得好不好啊？”

妇女们异口同声道：“好！”

“咱干这活儿干烦了没有啊？”

“没！”

马婶转身看支书：“还用讲下去？”

而知青这一边，忽然都鼓起掌来。

支书：“那，干活儿！干活儿吧！”

中午，大家往村里走时，赵曙光听到背后有人叫他：“赵曙光！”回头一看，是双手叉腰的李君婷。

赵曙光闪到一旁，让别人先过，等路上没人了，才走到李君婷跟前。

赵曙光：“昨天医院里的事儿，真对不起。”

李君婷：“光说句对不起就行了？”

赵曙光:“我承认当时我很情绪化。以后再向你解释,行吗?”

“‘以后’是什么时候?”李君婷语气缓和了许多。

赵曙光心事重重地:“看情况吧。”

李君婷忽然一笑:“不难为你了,我成心逗你呢!就算是作为一种报答,陪我走一段总是可以的吧?”

赵曙光半听未听,心不在焉:“走多远?”

李君婷一嗔:“还能走多远?不就走到马婶家门口嘛!”

赵曙光:“当然行!”

二人并肩走着时,李君婷问:“你昨天是不是对我反而有不好的印象了?以为我整天热衷于走上层路线,到处拉关系?其实我并没那样。我父母都是延安抗大培养的干部,在陕北的上下级关系特别多,有些靠边站了,有些被‘结合’了。我来插队前,父母嘱咐我代表他们分别看望看望……”

赵曙光:“是指那些被‘结合’了的吧?”

李君婷:“胡说!我父母才不是势利眼呢!我代表他们去看望的,更多是那些靠边站了的人。我一看望,无论是那些靠边儿了的,还是那些‘结合’了的,可不就都反过来对我表示关心嘛!但我从没求过他们什么事,我至今还留在坡底村就是证明。昨天在医院里,是我第一次为你开口求他们中的一个。你偏不住院,我回来之后想了想,也不生你的气了。当时情况下,你不住院是符合你性格的。你如果心安理得地住下了,你反而不是你了……”

赵曙光站住,说:“我不能再陪你走了。这个星期我负责做饭,我怕那些懒鬼宁肯吃不上,也不自己动手,都在等我。我不能让他们吃不上午饭是不是?”

他边说边退,一转身跑了。

李君婷望着他背影,又生气地跺脚。

赵曙光跑回知青宿舍,见除了武红兵,大家已都在吃饭。

他挤出地方坐下,对刘江说:“劳驾盛碗粥。”

刘江替他盛粥时,他问:“谁做的?”

一名知青回答:“红兵。”

“他人呢?”

“一放下碗就走了。诡诡秘秘的,估计和你一样,也去鼓捣那台破拖拉机了吧。”

另一名知青:“支书上午不是说了吗,成功了,功劳归知青。我们几个都插不上手,全指望你俩了,你俩可得争点儿气啊!”

刘江将一碗粥递给赵曙光,赵曙光喝了两口,现出一个煮荷包蛋。赵曙光问:“人人有份儿?”

刘江:“我们倒希望那样!”

赵曙光捞出鸡蛋,放在刘江碗里:“昨天大家为我辛苦了,你替大家接受我的感谢吧。”

刘江乐了,学四川话:“要得,要得,这样子的感谢,那还是特别要得的!”他怕别人抢那荷包蛋,端碗走开了。

一名知青不无恼火地说:“他昨天路上已经喝了好几个生鸡蛋了!”

赵曙光遗憾地:“你的话说晚了。”

又一名知青端碗跟着刘江,央求:“给一半儿,给一半儿,一小半儿,别那么不够哥们啊!”

另一名知青痛心疾首地:“唉,世风日下,世风日下!‘八路的一个鸡蛋,就把你们搞成这个样子!’北京知青的尊严在哪里?你们啊,一个个还要解放全人类呢!”

赵曙光:“还是为解放坡底村的老乡做点儿力所能及的事吧。”

在座的都一愣,同时看赵曙光。在当时,这句话就可以定性为“反动言论”。

赵曙光意识到了,声明般地对自己的话加以纠正:“我指的是从贫穷中解放,不是从……”他不知自己的话怎么说才好了。

那名痛心疾首的知青:“我们也没说什么啊,你就别解释了!”

入夜,赵曙光在去韩奶奶家的路上碰到了支书。

赵曙光:“支书,您那儿去?”

支书:“正想去找你,你哪儿去?”

赵曙光:“武红兵在弄那台拖拉机,我去看看。您找我有事儿?”

支书:“也没什么事儿,不过就是想问问你,我上午那番话讲得怎么样?”

赵曙光:“讲得很好啊!大家都认为您讲得很好,您没看出来?”

支书:“大家怎么认为,那就随他们的便喽。我更想知道的是,你怎么认为的?”

赵曙光:“我当然也那么认为啦!”

支书:“还算……那个……有点儿水平?”

赵曙光由衷地:“有。”

支书研究地看着赵曙光,分明要从他的表情看出他说的是真话还是假话。

支书:“连你也认为有点儿水平,那就是真有点儿水平了。跟农村群众说话,一点儿水平没有,他们会瞧不起你。水平太高了,他们听着云里雾里,又会觉得你在卖弄,他们不喜欢在他们面前卖弄的人,以后会躲你远远的。尽讲些大道理,他们也是不爱听的。不举例子,吸引不住他们。”

赵曙光:“咱村的妇女们,也都知道《三国》的故事?”

支书:“岂止《三国》!《水浒》《杨家将》《包公传》《女侠十三妹》什么的,她们都知道一些的。‘文革’前农闲了,会有说唱艺人,或者单枪独马,或者夫妻、兄妹、父女背着一两件伴器就来了,常是住我家,供吃、供喝,一说一唱那就是多日,临走时家家户户给凑半袋子粮食,打发得人家高高兴兴的。现在,没这乐事喽!你以为我不管听的人知道不知道,就瞎举例子呀？那还叫有水平吗？我那是动真格的了，看家的本事，为的是给你个学习的机会，明白？”

赵曙光：“明白。”

支书：“有收获？”

赵曙光点点头。

支书：“总结总结，哪天去我那儿，向我汇报，啊？”

赵曙光点头。

支书：“我去你们宿舍看看他们。自从没收了你们那些书以后，小子们一个个对我冷言冷语的，估计他们都在鬼扯闲篇呢。反正也是个不睡，我去和他们联络联络感情。这叫群众工作方法，以后你也要学。”

“明白。”

支书：“至于那台破拖拉机，反正我已经上你们的当了，你们就死马当活马医吧，可别修不好它，还搭赔上了你们两个硬劳力的身子板儿！”

赵曙光点头。

支书：“那，各走各的吧。”言罢，转身，背手，从容不迫地走了。

赵曙光：“支书……”

支书回头。

“支书，关于‘机会’的那些话，不是毛主席的话，是……我自己的话。您以后千万别再当成是毛主席的话引用了，防止谁抓您小辫子。”

支书：“你这话，也到此为止，再不要跟第二个人说起！”

赵曙光：“记住了。”

赵曙光来到韩奶奶的破窑屋，只见窗台上、桌上、地上、炕上，到处摆着拖拉机的零部件。它们已被擦得更亮了。而武红兵仰躺在炕上。

赵曙光看盆，盆里自然已是半盆锈色的汽油，又看那盛汽油的塑料桶，问武红兵：“哪儿搞的汽油？”

武红兵毫不掩饰：“偷的。”

“桶呢？”

“也是偷的。”

“我问你正经话呢。”

“我回答的也不是开玩笑的话。”

“那么，哪儿偷的？”

武红兵：“本来深夜进县城，是想踩踩点儿。见一家商店门外有几个塑料桶，心想不偷白不偷，就偷了一个。又见一个院子里停了几辆车，也不知是哪个单位的院子，也没人把门……”

赵曙光：“‘不偷白不偷’，就又这么想，对吧？”

“对。”武红兵干脆地回答。

“你就不怕惹来麻烦啊？”

“怕也晚了，已经做了。”

赵曙光生气地：“你给我起来你！”

武红兵半情愿半不情愿地坐起来，瞪着赵曙光。

“你还瞪我！你也是老高三，没有‘文革’，咱俩都大二了！他们几个呢？刘江年龄最大，那也不过老初二，比咱俩小三岁呢！你就这么给他们做榜样啊你?！”

武红兵将头一扭：“我没想给任何人做榜样。”

“你！……咱们来时，在北京车站，他们的爸妈怎么嘱托咱们的？难道没说让咱们多关心他们，给他们做好榜样?！”

武红兵也转过脸来，瞪着赵曙光：“他们那话，我认为主要是对你说的。”

赵曙光：“你！……你认为你认为，明明是对我们两个人说的，你怎么能……”

武红兵也生气了：“你有完没完！”

赵曙光挥一下手臂，也瞪着武红兵，一时不知该再说什么。

武红兵：“你别指责起别人来振振有词的。县公安局的人是因为谁来的？”

“那只不过是因为书，再说我也不是偷的！”

“你坐下，早就想跟你聊聊心里话了，这会儿是个时候。”

赵曙光犹豫一下，虽怒气未消，却在武红兵身旁坐下了。

武红兵：“说起来，咱俩的关系还真不一般，是吧？小时候在同一个幼儿园，后来一块儿上小学，分在同一个班，你学习好，我学习也不差，是吧？你哪一个学期平均分全班第一了，下一个学期全班第一的准是我，这你承认吧？可是呢，老师总表扬你，从不表扬我。直到上中学了我才明白，原来是由于咱俩的父亲不同。你父亲是军队里的战斗英雄，而我父亲是‘右派’，因为写了几篇反映大跃进情况的负面内参，就由著名记者而变成了‘右派’。可我父母已经在五七年离婚了，我的户口关系是和我母亲在一起的呀，我母亲还是区妇联的干部啊。那也不行，我父亲的‘右派’影子还笼罩着我。何况还有咱们中学的同学向老师打小报告，说我还常去看我父亲，说我同情我父亲……”

赵曙光：“我还不止一次陪你去看过你父亲呢，我打过那样的小报告吗？”

“那我就不清楚了。”

赵曙光扭武红兵的耳朵：“再说一遍！”

“哎呀哎呀，没有没有！”

赵曙光却仍不放手：“我也帮你警告过打小报告的同学，因此老师传过我父母，有没有这事儿？”

武红兵：“有，有！我这不直说有嘛！”

赵曙光这才放开武红兵耳朵。

武红兵揉耳朵说：“尽管你是那样的，但对于我改变不了什么。后来咱俩又成了高中同学，都是学生剧团的。排演《钢铁是怎样炼成的》，请来的话剧团的顾问认为，我的性格外貌更适合演保尔，你适合化了妆演保尔的哥哥。可结果呢，还是你演了保尔，我连演谢廖莎的资格都没争取到,让我演的是瓦西里神父,还说爱演不演。就是从那时候起,我把你确定为一个竞争对手了,暗暗和你较劲儿。你好的方面强的方面我要比你更好、更强。结果更糟了,你好你强,那叫品学兼优,又红又专。我呢,叫野心意识,成了全校白专道路的反面典型。你认为没‘文革’,我就能通过政审关,和你一样跨入大学校门吗?”

赵曙光扭头看武红兵,见武红兵也正看他,尽管武红兵说话的语气平平淡淡,但脸上已有泪水。

武红兵:“说啊!”

赵曙光一下子搂抱住了他:“红兵,你让我说什么?你让我怎么说?你如果非逼我说,那我只能说,从小到大,我一直把你看成是好同学、好朋友!你应该记得,初二期末考试时,作文题是《我的同学》,你写的是我,可我写的也是你呀!你竟到现在还耿耿于怀谁演保尔的事!当时为了你,我不是几乎罢演了吗?冯晓兰到陕北来插队,这对于她是没有选择的事。为了她,我才决定来陕北的。对于我的家庭,这是必须有人担当的道义。我告别的第一个人,就是你!那天晚上,我走在去你家的半路下起了大雨,敲你家门时,我淋得像落汤鸡!可你呢,只在门里对我说了一句‘没想到你还来告诉我’。你连门都没让我进,我当时是含着泪离开你家门口的!”

武红兵推开赵曙光,仰起脸说:“当时我父亲刚挨完批斗,正在我面前哭,我怎么让你进我家门?你在列车上与你父母、你弟弟告别时,我不是出现在你面前了吗?我当然明白我也必须走插队落户这一条路,但全国那么多农村,我非来陕北这个坡底村不可吗?”

赵曙光站起来,也满腹怨言地:“我知道你是陪我而来的,这我很感动,也很感激!我原以为,有你在,我就有了一个可以经常交流思想的人!可我想错了,大错特错了!你三天像我的朋友,五天又像我的宿敌,我实在搞不明白你究竟是怎么回事了!”

武红兵嘲讽地:“交流思想?一帮一一对红?你当然想错了!”

赵曙光:“那你又为什么跟我一起来到这里？在这个又穷又小的农村,继续把我当成竞争对手？你要和我争什么？我们之间有什么可争的？”

武红兵:“有时候,我自己也搞不明白我自己了。但现在我是明白自己的,起码明白自己要什么。”说着也站了起来。

赵曙光:“你到底要什么？”

“给我一次机会。”

赵曙光困惑地看着武红兵。武红兵抓住他手腕,将他引领到窑屋外,指着手扶拖拉机说:“让我把它修好。”

赵曙光:“你不是认为根本修不好吗？”

“现在又认为可以修得好了。”

“那我们就应该一起来修！”

武红兵摇头:“不,由我来修！”

“行,我帮你。”

“在我没请求你帮我之前,你不要主动来帮我！”

“就你一个人修？”

武红兵:“你不帮我,当然也就没人帮得上我了。我,一个‘右派’的儿子,在陕北一个又穷又小的农村插队时,单独一个人,使那里拥有了第一台拖拉机,尽管只不过是一台破旧的手扶拖拉机。对于那里的老乡,这是一件无可争议的好事,从而对改变那里贫穷落后的面貌起到了不容忽视的作用……无、可、争、议,不、容、忽、视！我迫切渴望这样一个机会！”

赵曙光愣愣地看了他良久,低声说:“明白了。”

武红兵又说:“我需要用更多的时间来修它。如果我因而没出工,你这个知青队长不得干涉。如果别人有非议,你要替我挡着。”

“可以。”

“有时候我也许还会住在这里。”

“不可以！绝对不可以！”

武红兵话里有音地：“怕我在这里犯作风错误？”

赵曙光没听出他的意思，只是说：“怕你吸烟，引起火灾！”

“这里哪儿还有烧了让人心疼的东西？”

“你自己就是！”

武红兵将两个衣兜翻出来：“看，我很自觉，到这里根本不带烟和火柴。”

“休想，我信不过你的自觉！如果你哪一晚上夜不归宿，我刚才所有的保证都取消！”

武红兵退让地：“那，我收回最后的要求。”

赵曙光：“我还会让刘江经常协助你。”

“监督我？以便你掌握情况？”

“以后你少再跟我说这类话！我还要给农业物资站的站长写封信——而你，要把需要的东西记在纸上，跟刘江再去他那儿一次，在那儿的废品堆里下功夫翻翻，用得上的都弄回来。需要花钱的话，不要再以村里，要以我个人的名义打欠条。以村里的名义打欠条不好赖账。我毕竟救过他弟弟一命，这种特殊关系赖账时会起点儿特殊的作用。”

“指示下达完毕？”

赵曙光严肃地：“听明白了？”

武红兵表示同意地笑笑，从兜里掏出一个小小的纸包，递给赵曙光。

赵曙光：“什么？”

“自己看。”

赵曙光接过纸包，打开，见包的是两颗小扣。

赵曙光下意识地将纸攥在手里。

武红兵：“我在屋里炕上捡到的。如果让别人捡去了，会有闲话的。”

赵曙光心领神会地将一只手拍在武红兵肩上。

武红兵：“我也爱冯晓兰。”

赵曙光的手像按在烧红的铁上，反应迅速地缩回去："如果你连这件事都想和我争，那我将肯定和你争到底！除非……"

"说下去。"

"除非某一天冯晓兰当面对我说，她不再爱我了，爱上你了。"

武红兵一笑："我有自知之明，我只不过告诉你一个我们三人之间的隐秘真相而已，作为……"

"谈判条件？"

"感激方式。我爱她，与她何干？我爱她，与你何干？当我的爱将不作任何表示，那么爱是我的一种自由。"

武红兵和刘江从县农业物资站找到不少金属部件，两人用扁担担着，走在回村的路上。他们的衣服后背都湿了，手中还各拿着锈迹斑斑的钢锯和虎头扳子。担着担着，扁担断了。他们只得各用半截扁担，将部件分成两部分，挑扛于肩，继续赶路。二人的身影，沐着晚霞，行走在坡崖之间。

日升日落，武红兵和刘江修拖拉机已经有一段时间了。转眼又到了往县城送草编物的时候。

送草编物的队伍中，支书问赵曙光："武红兵和刘江，他们到底什么时候能修好？"

赵曙光："听红兵说，快了。"

"你再就没去看过？"

"没有。"

"你也真是的！他说没修好前不许你去看，你就那么听他的？"

"我答应了。说话得算话。"

"他俩不会合起伙儿来，借幌子不出工吧？"

"不会。"

"你信武红兵一准儿能修好？"

“对。”说着,赵曙光加快脚步走到前边去了。

支书摇头:“搞不明白这些知青间的事儿了!”

夜深了,知青宿舍里大部分知青都已睡下。

赵曙光坐在桌前的油灯光下给赵天亮写信——

天亮:

前一封回信不知你收到没有?是晓兰替我给你写的回信。自从收到你的信,我总在想,你虽然是弟弟,但对我的一些提醒是有必要的。晓兰已经替我在信中嘱咐你,把我写给张敢峰那封信撕了。如果你因为那封信不是我亲笔写的,居然还保留着,那么收到我这封亲笔信后,就立刻销毁吧!我说的是立刻,再也不许多保留一天!

……

刘江忽然慌慌张张地闯进来:“可不得了了,武红兵一定是神经出问题了!”

赵曙光下意识地一捂信纸:“他给你气受了?”

“那倒没有,我俩一直配合得好好的,也快大功告成了!可,剩车厢的问题没法解决了。他,他让我跟他去挖韩奶奶的坟!我当然不会跟他去,他扛上把锹自己去了!怎么拦也拦不住!”

赵曙光倏地站起,将信纸折几折,揣入兜里。他转身见知青们也已都醒了,便喊:“都穿衣服起来!”

赵曙光率知青们跑向村外。

韩奶奶的坟那儿,锹插于地,武红兵垂头肃立,自言自语:“韩奶奶,我实在是想不出别的办法了,可我又是为咱坡底村好,您肯定能够理解我这会儿的心情。我保证,日后有条件了,要选用上等木材,亲手为您打造一口刷漆棺材。”

他说完，转身拔锨，锨却被赵曙光抢先拔去。赵曙光背后站着其他男知青们。

赵曙光将锨递给刘江，严厉地：“你疯啦！”

武红兵：“我没疯！我也是迫不得已。你不是说过，韩奶奶临终前，自己也希望将那几块板子充公的吗？再说我刚才已经请韩奶奶原谅了……”

赵曙光：“但是我们不能原谅你！全坡底村的老乡，谁也不会原谅你！”

武红兵：“我们是知青！我们就不能首先唯物主义地看问题吗？”

赵曙光：“住口！别跟我在韩奶奶坟前争这个！不仅仅是唯物主义不唯物主义的问题！你给我跪下！”

武红兵不服气地将头一扭。

赵曙光更加严厉地：“跪下！否则我们几个在这儿跪到天亮！让全村人都知道这里发生了什么事！”说罢，他自己先直挺挺地跪下了。其他知青也都直挺挺地跪下。

武红兵不得已地跪下了。

赵曙光对着坟说道：“韩奶奶，红兵他一时冲动，但他的愿望，确实是为了咱坡底村。以后，我们都会经常来为您的坟培土拔草，弥补他刚刚对您的冒犯……”

“哗啦”一声，几捆铝条落在地上。

知青宿舍里，赵曙光训斥武红兵：“那手扶拖拉机才多少马力？一台新的也只不过八马力！再用厚木板做一个车斗，那车身会是多重？这么一个应该想到的问题你都没想到吗？我们去县里交活时，顺便为你带回了这些铝条，为了照顾你的自尊心，还不能主动给你送去！还得等着你主动跟我商量时才能向你提出我们的建议。可是左等右等，你就是没有那么一点儿主动性！你那自尊心怎么那么特殊？”

武红兵离开桌旁，走到那堆铝条跟前，捡起一根，试试硬度，对赵曙光说：“你以为你的智商永远比我的智商高？问问刘江，你想到的，我想到了没有？”

刘江：“用轻金属做一个框子，这一点红兵确实也是想到过的。但铝条和铝条之间的空当又怎么解决呢？不解决，那还不往下掉东西？”

赵曙光：“用铁丝拦几道，再用草绳编严实！像编草袋子草帘子那样。”

武红兵：“哈哈！你怎么不说像编鸡窝那样？”

赵曙光：“你冷笑什么？有的老乡家的鸡窝编得很紧，还很美观！不成心破坏，两三年不坏！我们隔两三个月编一次行不行？不就是麻烦吗？别忘了，我们是在一个又穷又小的村！在这里，连喝上口苦涩的水还很麻烦呢！”

刘江：“倒也不妨试一试，马婶和翠花她们手可巧了，还编过草床垫偷偷卖给城里人家呢。”

武红兵叹息道：“想不到，最后还是成了这样……”

赵曙光：“成了怎样？”

武红兵环指大家：“好好好，你们都是分母行了吧？”

麦场上，武红兵开着手扶拖拉机绕麦场兜圈子，支书和王大爷并坐在车斗里，腰板都挺得直溜溜的，俨然两位正在进行检阅的老将军。而拖斗是马婶和翠花用草绳编出来的，还刷上了油漆。拖斗的左右两边各画了一朵大红花，后边红字写的是“坡底村一号”。围在四周观看的知青们和老乡们都啧啧称赞。

刘江解说员般地：“公元一千九百六十九年，在中国陕北，在一个叫坡底村的又穷又小的村子里，一台早已报废的手扶拖拉机被修好了，它将人类古老的手工编结技能和工业时代的机械成果相当完美地结合在一起了……”

一名知青:“我怎么看着,像只怀孕的刀螂?”

翠花:“管它像啥,能拉东西就行。”

王大爷对春梅检阅者似的招手。春梅笑得合不拢嘴,也向王大爷招手。支书见王大爷招手,便也招起手来。

春梅走到赵曙光跟前,问:“曙光哥哥,你修好的,你怎么不开?”

赵曙光笑着摸摸她的头:“主要是你红兵哥修好的。记住,以后和别人说起,或别人问起,都要像我这么说。”

春梅困惑。

李君婷和冯晓兰站在一起。冯晓兰望赵曙光,正巧赵曙光也向她一望,冯晓兰立刻将脸转向别处。

李君婷却在冷冷地看着武红兵。武红兵将拖拉机停在她和冯晓兰跟前,看也不看李君婷一眼,只对冯晓兰一人话中有话地说:“知青们,总得为农村贡献点儿知识。知识就是力量,对吧晓兰?”

冯晓兰没准备,一时不知说什么好。武红兵却已将拖拉机开走。

李君婷不屑地:“表现欲膨胀!”

武红兵停住拖拉机,春梅、翠花和妇女们上前,扶下王大爷和支书。

翠花问支书:“爹,啥感觉?”

支书:“倒也没啥不好的感觉。”

翠花:“我是问有啥特殊的好感觉!”

支书:“好感觉那就是,直想喊:坡底村从此站起来啦!”

翠花:“有这么好的感觉呀?那我也坐坐!”说着,要上拖拉机。

春梅、马婶一群妇女们也都要上,被王大爷拦住:“这是娇贵的东西!以后没有支书批准,谁也不许随便坐!”

武红兵笑着拍了拍拖拉机:“其实,也谈不上有多娇贵。”

支书:“我曾经在这儿说过的,修好了,功劳归知青。现在,修好了,咱坡底村人,得为咱知青们鼓鼓掌吧?”

春梅、翠花和马婶带头鼓起掌来。

王大爷干咳一声，持有异议地对支书说："像你这么个说法，也太笼统了吧？谁起的作用更大一些，那就应该突出地表扬谁一下。我怎么听曙光说，主要是我徒弟修好的？"

赵曙光从旁说："是的。还有刘江，一直在协助红兵。"

支书转身看武红兵。

武红兵故作谦虚地："我只不过是百折不挠而已……"

支书忽然握住武红兵手腕，拖着便走。走了两步，回头大声又说："知青们，都跟我来！"

支书把大家带到他和老伴儿睡觉那屋，让赵曙光和武红兵将墙角的一口箱子挪开。箱子后面的墙上一块抹了泥的地方和别处不太一样。

支书递给刘江一把斧头，让他把那块抹着泥的地方砍开。刘江一斧头砍下去，墙皮剥落，露出一个塑料布包。刘江把那塑料布包拖出来打开，里面里三层外三层包着的，竟是赵曙光冒着被抓的危险偷偷买来的那些书。

大家面面相觑。

支书挥挥手："你们拿回去吧。以后，可以偷偷看。但千万不要给我惹什么麻烦。给我惹了麻烦，就是给坡底村惹了麻烦。没麻烦，咱们才好悄没声地抓挠点儿钱，是不是？"

夜晚的知青宿舍里，油灯蜡烛头儿、拧去了罩的手电和握在手里的手电又亮了起来，大家在各种各样的光下看书。炕沿上也有一小截蜡烛头儿，不，那已不能算是蜡烛头儿，因为已被捏成了半圆，靠蜡液牢牢地粘在炕沿上，烛泪顺着炕沿往下滴，滴在刘江的"解放"鞋上。而刘江坐在火炕的一个火口前，将一本厚厚的书放在膝上，全神贯注地看着。

刘江合上书，想了想，问："哥们儿，哪位告诉我，日基廖娃是谁？"问时，谁也不看，像是在自己问自己。

没有谁理他。

“怎么，都聋啦？没听到我在发问啊？”

一名知青白了他一眼：“莫名其妙，谁知道你看的什么书啊！”

刘江：“保尔的《暴风雨中所诞生的》——一半是小说，没写完的小说，一半是书信集，保尔写给日基廖娃的信最多，他称她‘亲爱的’……”

武红兵的目光离开了自己所看的书，纠正地：“亲爱的刘江斯基同志，首先嘛，我要纠正一下您的错误。如果我不，您可能一直不可救药地错下去。您的错误那就是——您看的是奥斯特洛夫斯基的第二部长篇小说，他没有写完这一部长篇小说他的生命就停止了，而日基廖娃是他的女友……”

武红兵故意将话说出《列宁在十月》中临时政府某部长的那种拿捏着股劲儿的腔调。

刘江：“有女友真好啊！什么时候我也能有一位女友呢？”

一名知青：“闭嘴！你讨厌不讨厌！”

刘江：“这怎么能说讨厌呢？大家互相交流交流嘛！哥们儿请听这一段。”刘江重新翻开书，大声念道，“对这里的生活和工作我没有好印象。有些同学被专门拍马和谄媚的人所包围了。有些地方对待异己分子缺乏无产阶级的不妥协的仇视态度……凡有主张对资产阶级让步的人，都该打掉他的牙！……”

他合上书，又自言自语：“我对这里的生活和工作也没有什么好印象，真他妈的想打掉某些人的牙。可是，我有权力打掉谁的牙呢？冯晓兰的父亲被划到了资产阶级司令部里，而且据说已经被打掉过牙齿了，腿被打断了，还被用只破筐抬着游街。让我再对这样的人出拳，我心太软。对冯晓兰那么好的姑娘，我更不忍心加以伤害了。和你们瞎起哄批斗过她几次，我都后悔得要命呢，一直想找个机会当面请求她的原谅。也许，只有赵曙光该被打掉牙。他身为革命军人的儿子，却处处庇护资产阶级司令部的人的女儿，肯定符合阶级异己分子的标签。可我又打不过他。”

“啪！”另一名知青狠狠拍了一下桌子，指着刘江，忍无可忍地：“你他妈再像个老太婆似的嘟嘟囔囔，我们几个把你卸巴了扔出去！”

“别发火嘛！刚才那段儿不喜欢听是不是？看来这屋里没有一位想向保尔学习的。罢，念段精彩的给你们听！”刘江第二次翻开书，大声念，“……安德烈忘掉了一切，他把一切委屈和责难都不顾了。只是希望有一个温柔的接触，或者至少也要听到这可爱的、美好的、亲热的姑娘说出来的温柔话……他拥抱着她的双膝，她不能够反抗他。怎么能够推开伤得这样厉害的双手呢？‘安德烈’，她低声地警告说……”

大家的目光纷纷离开了自己的书，都望向他，都在听。

刘江津津有味地：“但是安德烈的嘴唇触到了奥来霞的膝部，实际上触到的却是粗涩的纺织品。他忘掉了一切，也不再感到疼痛了，用伤了的手把膝上的袜子拉下。现在，他是真的已经吻着她的膝部了，而她却无力来干涉他的这种举动。奥来霞被这猝不及防的热情所震动，竟至于完全不知所措，一点儿也不知道怎样来应付这冲动的青年人。等她镇定下来之后，安德烈已经自动地、谨慎地亲手替她遮起她那裸露的膝盖了……‘奥来霞，我的美丽的彩霞。’心头乱跳的奥来霞猛然站起来，安德烈把她放开了，她一转身跑出屋子……”

刘江很得意自己的朗读水平，抬起头来，问：“好吗？”

一名知青：“也不过就是吻吻膝盖嘛！有什么呀？太小题大做了吧？”

刘江：“有什么？小题大做？好像你吻过似的！”

对方：“那当然，不只一次！”

所有的目光又全集中在这名知青身上了。

对方：“在梦里。”

又一名知青：“哎哎哎，诸位，肃静，肃静！请听我来一段儿，我这一段儿比他那一段儿精彩！《战斗的青春》，中国式的，革命者与革命者之间的……那个……”他站起，干咳一声，摆出要激情朗读的架势。

武红兵一拍桌子：“坐下！”

那知青不情愿地坐下了。

武红兵环视大家：“都给我别出声地看！谁他妈再敢念一行，我先打掉他的牙！”

刘江讷讷地：“安德烈是一个保尔式的人物，奥来霞是值得他爱的姑娘……”

武红兵：“我知道。因为我早就看过。”

刘江遇到了知音似的笑。

不料武红兵突然用书拍他的头，不停地拍，边拍边吼：“还念不念了还念不念了！”

刘江抱头挨拍，未敢反抗。

一名知青大声地：“别弄坏了书！我还没看过呢！”

武红兵这才停止了惩处，问：“记住了？”

刘江点头。

武红兵将书还在刘江手里，摩挲了一下他的头，安抚地：“那我的目的就达到了。”

武红兵一转身，见赵曙光不知何时回来了，站在门口那儿朝他责备地摇头。

武红兵：“别以为我是在欺负他，他刚才还跟大家说，想打掉你的牙呢！不信你问大家！”

赵曙光走到桌边坐下，顺手要过身旁一名知青的书，只见用牛皮纸后粘上的书皮上面写着“批判资料”四个字。

那名知青：“《叶尔绍夫兄弟》，没什么意思。支书包的皮儿，支书写的字。”

赵曙光还了书，说：“其实这是一部好小说。有的书不光要用眼睛看，还要用头脑。用头脑才能看出它的好来。”他望着刘江，“刘江，因为什么对我那么大的仇恨,要打掉我的牙?”

刘江:“开玩笑的话你还当真啊?”

他将书塞入被子里,嗅嗅鼻子,问大家:“什么味儿?”

武红兵:“你不是往炕洞口塞土豆了吗?”说着弯腰拨拉炕洞里的火。

刘江:“不是烤土豆的味儿!哎呀哎呀哎呀!”

他叫着,蹦跳着,蹿到桌边,挤出一处地方坐下,龇牙咧嘴地从脚上往下扒冒烟的鞋。

大家都笑起来。围着桌子吃烤土豆。

刘江:“尔等听过我高水平的朗读,现在又吃着我烤的土豆,我一双刚上脚的鞋烧着了一只你们还幸灾乐祸,还抓住我一句开玩笑的话一致向曙光出卖我……唉,我的命啊,怎么偏偏跟你们几个成了插兄插弟?”

武红兵又摩挲了他的头一下:“说心里话,我得谢谢你。没你这厮相助,洒家可能到现在还没修好那台破拖拉机。”

一名知青纠正地:“破手扶拖拉机。你老人家要分清概念,免得日后传开了,广大贫下中农产生误解。”

武红兵:“手扶拖拉机就不是拖拉机了?你什么时候也修好一台给大家看看?”

赵曙光:“打住,都别斗嘴玩儿了。支书把我找去,谈了两件事。第一件,他对这些书还是不放心,村里没电,怕咱们晚上看入迷了,到头来看得把眼睛都毁了。还让我要求大家,各看各的,尽量别交流,别讨论,更不许辩论。他说他的经验是,有交流是因为想要证明自己的独立的思想,而有讨论就有思想分歧,有辩论就必定产生思想对立,这些都是不好的。”

武红兵反对地哼了一声。

刘江:“看,有分歧了。”

赵曙光:“我不跟你讨论,更不跟你辩论。我只负责传达支书的指示。

我的记忆力还行，说的差不多就是支书的原话。支书还说，思想是最容易在政治上招惹是非的，而政治呢，它是这么一种东西，你招惹了它一次，它招惹你一辈子。支书以他自己为例，让我告诉大家，他就是因为在实行人民公社的初期，对当时的做法有些不同的思想，至今头上还戴着一顶看似没有，其实一直摘不下来的‘右倾’帽子……”

刘江：“‘你招惹了它一次，它招惹你一辈子’，深刻呀！一位小小农村的党支部书记，总结出如此深刻的经验，证明他是很有思想的。冲这一点，我以后打心眼里尊敬他了。”

所有人的目光都盯在刘江脸上。

刘江：“都瞪着我干什么呀？正因为有思想很吃亏，所以我尊敬有思想的人，怎么了？”

武红兵：“请你以后别说打心眼里对一个人怎么怎么样。要说就说内心里，行不？打心眼里尊敬，听着这个别扭！”

除了赵曙光，其他人皆附和地点头。

刘江嘟哝：“打心眼里尊敬怎么了？我妈常说，打心眼里喜欢邻居们的某个孩子，或者不喜欢……”

武红兵打断他：“你妈是文盲！你妈不是知识青年，这会儿别提你妈！”

刘江不服气地看大家。除了赵曙光，其他人又都纷纷点头。

刘江生气了：“这儿就有人被拍马和谄媚的人包围着！”说罢，起身欲离开。

赵曙光笑了，拽住刘江：“都是些半认真半不认真的话，你特别认真干什么啊？坐下，我还没传达完呢！”

刘江悻悻地坐下。

又一名知青：“等等。支书的话，听着倒是怪深刻的，可我怎么觉得，有点儿……和‘突出政治’相违背呢？”

赵曙光：“我觉得支书说的是掏心窝子的话。现在说掏心窝子的话的人不多了。而掏心窝子的话,总是不小心会违背什么的。”赵曙光苦笑着说道,所有人的目光又都望着他,“我刚才说的也是掏心窝子的话。哪儿说哪儿了啊!如果事后引起调查,无凭无据,更没有录音,本人概不承认。对你们,我是如实传达。既没贪污,也没篡改。如果真有人来调查,那对不起了,我只能坚决否认,根本就没有传达不传达那么一回事,谁打的小汇报谁自己了断。总而言之,支书要求,你们手中的书一本都不许流传到别的村的知青们那里去。都能保证不?”

众人点头。

武红兵:“听你的意思是,如果有谁不能保证,那还要把书从他手中收回去喽?”

赵曙光:“对。支书给了我这个权力。”

武红兵:“那么你呢?”

赵曙光:“坚决执行。如果有一个人违禁了,那么别人也都不要再想看了。”

刘江抗议道:“这叫连坐!”

“就是要实行连坐。支书那么相信咱们,什么方式能确保咱们对得起支书那一份难得的相信,我就采取什么方式!”

“明白了。”武红兵吸着一支烟,接着缓缓举起一只手,说,“我,理解支书,支持曙光,自我保证,还要监督你们。”

大家也纷纷举起了手。

赵曙光如释重负:“那我明天就向支书汇报,请他一百个放心。现在说第二件事,红兵,第二件事,支书觉得实在对不起你,我也是。希望你能冷静对待,同样理解。”

武红兵手中的烟还没触到唇,僵在半空了。

赵曙光:“不知你们是什么感觉,反正我的感觉是——自从来到坡底村,今天是咱们和全村人最高兴的一个日子。为什么呢?因为红兵在刘江的协助下,不辱使命,将那一台手扶拖拉机修好了。今天简直就像咱坡底村的一个节。我从支书家往回走时,还碰到些孩子和女人往韩奶奶的破窑洞那儿去。她们去干什么呢?去就着月光再仔仔细细地观看那一台手扶拖拉机,她们白天都没看够。用支书的话说,红兵和刘江,不但为咱们几个北京知青长脸了,也为他这位支书长脸了,为坡底村扬名了。但是,咱们不能用它为坡底村服务。因为咱们都忘了,它是要喝饱了柴油才能动的。红兵,我和你,尤其是我,居然也忘了这一点,这是我特别内疚,特别觉得对不起你的事。咱们坡底村根本买不起柴油那东西。”

刘江:“汽油不是也照样跑得挺来劲儿吗?”

烟头烫了武红兵的手,掉在桌上。

赵曙光捡起烟头,扔在地上,踩一脚。

武红兵:“那大半桶汽油是我偷的。”

赵曙光:“不能指望红兵再去偷柴油吧?第一次侥幸没被抓住,二次三次还能那么侥幸?偷油料是要被判重刑的啊!支书算了一笔账——如果不用它,每次往县里送一批活儿,还能挣点儿钱。用了它呢,来回七十里,刨去油钱大家几乎白辛苦了。”

刘江:“账是你当时头头是道地跟支书算的!”

赵曙光:“所以我比支书心里还不是滋味。”

一名知青:“最不是滋味的应该是红兵和刘江。”

“这是什么事儿!”刘江眼泪汪汪地起身离开,躺到炕上去了。

赵曙光:“红兵,要发火的话,冲我来吧。”

武红兵:“支书埋怨你没有?”

赵曙光摇头。

武红兵:“支书没埋怨你,那就好。”

他说罢站起来,从屋里走了出去。

赵曙光和武红兵并肩坐在韩奶奶的破窑屋的门槛上,呆望着月光下的手扶拖拉机。

武红兵:“它很漂亮,是吧?”

赵曙光:“是的。”

“尽管是草绳编的拖斗。”

“对,尽管是草绳编的拖斗。”

武红兵:“这会儿,我是越看越爱看了。”

赵曙光:“我也是。”

武红兵:“为了它,我差点儿把韩奶奶的坟给刨了。当初,我完全是为了给自己长脸,可修着修着,想法变了,一心指望它能为坡底村派上大用场。”

武红兵的声调变了,他仰起脸,月光照亮了他脸上的眼泪。

赵曙光:“支书说,两种处理方式,可以完全由你一个人来选择——要么,由咱们知青们来确定个地方,搭个棚,摆在里边,算件村里的稀罕物,小孩子们可以坐上边玩玩,公社有领导来检查工作的话,可以让他们看看,能向他们证明点什么。要么,偷偷弄到集上去,卖了。卖一百,咱不亏,还长了技能。卖一百五,赚五十。支书说如果能卖到二百,给晓兰、李君婷和咱们宿舍,一边配一盏马灯,另外每边再备十支蜡烛。”

武红兵站起,走到手扶拖拉机跟前,摸摸这儿,抚抚那儿,恋恋不舍。

赵曙光跟了过去,默默看着。

武红兵:“你知道吗?它发动机的状态还行,跑两三年没问题。”

赵曙光点头。

武红兵弯下腰去,闻草绳编的拖斗。他闭上眼睛,深吸一口气说:“我敢肯定,世界上只有咱们这一台手扶拖拉机的拖斗,散发着农作物般的芳香气息。冲这一点上讲,它可以说是史无前例的。”

赵曙光:“支书说咱们用不起它的时候,落泪了。”

武红兵单膝跪下,吻拖斗上编出的花。

赵曙光:“哥儿几个如果长期那么看书,眼睛确实是会看坏的。我挺希望咱们的宿舍里有一盏崭新的马灯,发出比油灯和蜡烛的光加在一起还亮的光……”

武红兵站了起来,又仰脸望夜空。月亮好大好圆。

武红兵:“什么都不必多说了,卖!明天就是县集,你负责全体总动员……”

冯晓兰和春梅站在熙攘的县集上,望着一名四十多岁、担着一对大筐的解放军在买菜。那军人挑着满满两筐菜离开时,卖菜的农妇亲热地说:“事务长,谢谢啊,今儿亲自买了我这么多菜!”

军人:“甭客气,我还应该谢谢你们呢!你们辛辛苦苦地赶到集上来卖菜,也方便了我们部队的人嘛。”

冯晓兰对春梅耳语,春梅似不情愿,扭晃身子。

冯晓兰眼睁睁看着军人从眼前走过,不高兴地:“不帮忙,那你跟来干什么?”

春梅:“我不会说嘛!”

“一路白教你那么多遍了?”

“姐别训我。那,我追上他问行了吧。”

春梅紧跑几步,边跑边叫:“解放军叔叔,等等!”

军人站住,撂下筐,待春梅跑到跟前,和蔼地问:“小姑娘,叫住我有什么事啊?”

“想……想问问你,有样好东西你买不买。”

“好东西?什么好东西啊?”

“拖拉机!”

军人吃惊地:“拖拉机?!你要卖给我一台拖拉机?!”

他研究地打量春梅,以为春梅神经有毛病,连说:“不买,不买。别再追我叫我了,啊。如果来集上没什么事儿,那就快回家吧,啊?省得你爸爸妈妈找不着你怪担心的。”

他一弯腰,要重新担起担子。

春梅却拽住系筐绳不让他走,着急地说:“你跟我去看看嘛!那台拖拉机可漂亮啦,手扶的!我姐说,最适合卖给你啦!你要是开着它来赶集,不是一次能买回去更多更多的东西吗?”

“小姑娘,别拽住我担子嘛!你姐在哪儿?找你姐来跟我说话!”

“我就是她姐。”

军人一扭头,冯晓兰已在他身旁。

集市的另一处,刘江也在寻找买家。他向每一个自认为值得推销一下的人贴近,面无表情,行为却神神秘秘地:“买拖拉机吗?手扶的,八马力,便宜,一手钱,一手货……”

被他所问的人,要么以为他神经有毛病,要么感觉他是个形迹可疑的家伙,躲传染疾病患者似的躲之唯恐不及。

刘江不管别人的白眼,从集市中念念有词地一路穿过。

两名知青也在市集的角落上推销拖拉机,他们好像在北京天桥说相声似的,你一言我一语,高声大嗓地宣传着他们的拖拉机:

“这位问啦,怎么个好法,是吧?”

“是啊,怎么个好法,说来听听啊!”

“这位,您听着啊!说咱们这一台,手扶拖拉机,谁买谁发财,才卖二百七!”

武红兵和刘江站在不远的地方,看着,听着。

武红兵低声骂道:“这俩王八蛋,怎么这么明目张胆的!”

刘江却很是欣赏地看着傻笑,还说:“他俩曾经是红卫兵宣传队的呀,说快板儿什么的是他俩的拿手好戏嘛!”

武红兵:“没谁叫他俩卖二百七!一百五咱们都巴不得赶快出手!”

刘江:“拖拉机,二百七,这么说不是押韵嘛!”

“你给我继续在这儿望风,有情况就喊‘狼来了’!我得去管管他们。”

武红兵大步向两名说得正来劲儿的知青走去。

两名知青还在自我感觉良好地说着:

“要说二百七,真算白给他!”

“怎么就算是白给呢?”

“这个机,那个机,关键要看发动机!”

“对!”

“坡底村,有知青。知青里边有能人,能人保养了发动机!”

“怎么保养的啊?”

“发动机,很复杂,要先把污垢仔细擦……”

两名站在高处的知青前边,聚了不少围观者,一个个仰脸看他俩,饶有兴趣地听着,议论着:

“他们那是干啥呢?”

“好像是卖拖拉机!”

“他们不是说自己是坡底村的吗?坡底村那么穷的一个村,哪儿来的拖拉机可卖?八成不是正道来的吧?”

赵曙光在不远处打公用电话。他一边望着集市边上那一台拖拉机,一边对着电话大声问:“妈,钱什么时候寄出来的呀?您大点儿声,我这儿听不清楚!”

他看到冯晓兰和春梅陪着那军人走到拖拉机那儿,又说:“妈,我这儿有急事儿,不能再多说了!”他放下电话,也大步向拖拉机那儿走去。

军人绕着手扶拖拉机看,动心地:“这样的拖斗还真不赖,轻。我们部队上用来买菜什么的的确挺实用。可这草绳编的,终究不如铁皮的结实。”

赵曙光:“你们部队上有条件,那你们就自己再改成铁皮的。我们这么做,其实也是没法子的事儿。”

军人:“你说卖多少钱来?”

“卖给别人,对方怎么也得出二百,卖给了部队上,是我们高兴的事儿,您给一百八就行。”

刘江还在集市上行迹可疑地逛着，搭讪着。

几个人拦住了他，为首的是一个他搭讪过的人，其余的都是彪形大汉，人人戴红袖标，上写两行字是“社会主义红色市场——纠查队”。

为首的人一指刘江：“就是他问我买不买拖拉机！”

不待刘江有所反应，已被两个大汉扭住双臂。

说相声似的两名知青也受到了和刘江差不多的待遇。武红兵登上了高处，从他俩背后，将两条手臂搭他俩肩上，紧紧搂住了他俩。

武红兵低声然而恼火地：“是办事儿呢，还是跑这儿表演来了？回去再跟你俩算账！”

其中一个意犹未尽：“让我再来两段儿，就两段儿！我这儿还没过瘾呢！”

正在“望风”的那名知青，听到身后有人大声干咳，一转身，眼前也是几名“纠查队”的人，他的双臂也立刻被扭到了背后。他冲武红兵等三人大叫：“红兵，你们快跑！”

武红兵和那两名说相声的知青循声望去，见是纠察队，立刻从高处跳下逃跑。纠查队的人紧追不舍。慌不择路的三个人跑进了死胡同。

一名知青：“与其都被逮住，还不如跑一个算一个！”

另一名知青：“对！红兵，我们帮你翻过墙去！你会开拖拉机，咱拖拉机不能也搭上！”

武红兵犹豫。

那名知青催促：“快呀！”

武红兵在两名知青的帮助下，翻过了一面高墙，向停着拖拉机的地方跑去。

手扶拖拉机旁，军人正掏出一沓钱数着。赵曙光、冯晓兰、春梅眼睛一眨不眨地看着他手中的钱。

冯晓兰：“大叔，您不需要向上级请示一下吗？”

军人实诚地：“在连队里，事务长这点儿主那还是做得了的。”

冯晓兰又对赵曙光说:“曙光,大叔既然这么实在地要买,快把该注意的毛病都跟大叔交代交代。”

赵曙光看了冯晓兰一眼,张一下嘴,不知说什么好。

军人却说:“我是汽车团出身,开一回,自己就清楚哪儿有毛病哪儿没毛病了。”

冯晓兰还想说什么,春梅暗中拧了她的胳膊一下。

武红兵风风火火地跑了过来。

春梅高兴地:“红兵哥哥,我们三个卖成功了!”

武红兵:“对不起,不卖了不卖了!春梅,快上去!”

赵曙光等四人皆愣。

武红兵将双手插入春梅腋下,把春梅举到拖斗里,看着冯晓兰又说:“你也上去,快!”

冯晓兰犹豫地看赵曙光。

武红兵着急地:“看他干什么,上去呀!”

冯晓兰糊里糊涂地也上了拖斗。

军人:“这……”

赵曙光:“红兵,你搞什么名堂?”

武红兵:“现在没工夫跟你解释了!”

赵曙光和军人,眼睁睁地看着拖拉机撞倒菜筐,“突突突”响着顺坡而去。

通往坡底村的路上,冯晓兰坐在驾驶座上把握方向,武红兵在前边用绳拉,春梅在后边推,拖拉机摇头摆尾地向前行驶。

在一处上坡的地方,武红兵站住了,喘粗气:“歇……歇会儿……”

冯晓兰跳下拖斗,向他要绳子:“我来拉,你把握方向。”

武红兵:“还是我吧,只不过歇会儿。”他蹲下,看着手扶拖拉机,“要怪就怪我,别怪它,它没油了。”

春梅走到二人跟前,问:“曙光哥哥会不会也被抓住了啊?”

三人都满脸淌汗，衣服后背也全湿了。

武红兵瞪着春梅不悦地："你心里就有一个你曙光哥哥是吧？"

春梅委屈，快哭了。冯晓兰将春梅揽入怀中，轻轻搂着，问武红兵："你估计会把刘江他们四个怎么样？"

"估计也不能怎么样吧。恐怕，倒是会使支书受到些批评。我想，也就是批评批评而已。"

支书盘腿坐在自家炕上，面前站着一名县里来的年轻干部。

支书替知青们据理力争："知青们从废品堆中发现了那么一台东西，他们群策群力把它鼓捣得能动能用了，只因坡底村穷买不起油，就想把它卖了。明明能用的东西，让能用得起它的人去用它，总比闲置在那儿又变成了废品好吧？我就不明白了，这怎么就成了一件破坏社会主义大厦的事情了呢？"

年轻干部："先不谈那几个知青的问题！我是要你先交代你自己的问题！"

支书看他一会儿，笑了，说："是啊是啊，你是这么说过的。交代我自己的问题。让我好好想一想……噢，我的问题严重了，你近前来，让我一桩桩一件件交代给你听。"

支书向年轻干部勾动手指。

年轻干部："我站这儿听得清，你就说你的吧！"

支书认真地："我要交代的问题可不老少，你还是近前来，坐桌子这儿。总得记录吧？"

年轻干部不再犹豫，坐在炕边，掏出笔和小本儿，将小本儿煞有介事地摆在桌上，持笔在手，冷着张脸瞪支书。

"我可以开始交代啦？"

"开始吧。"

"啊呸！"

年轻干部受一大惊,往后一仰闪,身子失去平衡,跌坐于地。

支书俯身,继续一口接一口唾他:"啊呸!呸!呸!呸!你算个老儿?全公社哪一村的支书不了解你的底细?你个今天沾花明天惹草的鸟人!你个今天揭发明天造反后天又控诉的变色龙!小丑!你个今天整别人黑材料明天带头抄别人家的王八蛋!你有什么资格跑坡底村来训我,审我?我告诉你,我入党那是对着党旗举着拳头宣过誓的,你他妈是怎么入党的?"

翠花和马婶等几个妇女在窗外偷听。王川慌慌张张闯进屋,见年轻干部还坐在地上,赶紧将对方扶起。

支书:"你别扶他,这儿没你的事儿,你给我出去!"

王川一边替年轻干部拍打屁股上的土,一边不安地说:"爸,县'革委'也来人了,还带了民兵……"

尖利的刹车声传来。

一辆吉普车在门外停下,一个内穿中山装、肩披呢大衣、体态发福的中年干部从车上下来,一副踌躇满志的大领导派头。

女人们都有些敬畏地从窗前闪开了。

中年干部一言不发地冲她们挥挥手,女人们都默默地走开了。

中年干部进了屋,王川敬畏地退了出去。

年轻干部仿佛见到了主子,受到极大屈辱地报告:"徐主任,他刚才往我脸上啐唾沫,还以他的老资格训我!"

中年干部:"是吗?"

年轻干部:"真的!主任我没撒谎。"

"他是没撒谎。"支书说,"我是那样了。"

中年干部却笑了:"论资格,他当然比你资格老,比我资格也老。不过呢,往年轻干部脸上啐唾沫,那肯定是不对的。再年轻,那也是上级'革委会'派来的。"

年轻干部训支书:"县'革委会'的副主任站在你面前了,还不下炕！”

支书白他一眼，一扭头：“腿疼，下不了炕。”

中年干部：“腿疼那就别下炕了嘛。你下炕，我往炕上坐，那还不是一回事儿嘛！”说罢，毫不客气地坐在了炕桌另一边。

年轻干部：“他不承认他们村倒卖拖拉机是……”

中年干部竖起一只手，年轻干部的话戛然而止。中年干部又将那只手朝门外挥了挥，年轻干部没想到地愣愣神，识趣地退了出去。

中年干部向支书递烟。支书摇头，默默将烟盒放在炕桌上，拿起了自己的烟锅。二人吸起烟来。中年干部一边吸烟，一边研究地看着支书，支书则扭头看别处。

中年干部：“拖拉机的事儿，不算什么事儿。如果连那样的事儿都胡乱上纲上线，证明干部的眼里没大事儿了。”

支书：“你能这么看，我就不生气了。”

中年干部：“当前全国的大事是搞路线斗争、阶级斗争，继续地、深入地搞。这一点，我不说，你也应该明白。”

支书不吭声。

中年干部：“县武装部几辆车的汽油被盗了。偷点儿汽油也不过就是犯了一个偷字的罪，按说也算不上是多大的事儿。但偷的是武装部几辆车的汽油，性质可就不同喽！你说是吧？”

支书不由得看他，脸色不安起来。

中年干部：“可能和你们村那台拖拉机有关。”

支书：“这要有人拿出证据来。”

中年干部：“那台破拖拉机里灌的什么油？”

支书一愣：“这……我没问过，事儿一多，忘了问了。”

年轻干部突然闯了进来，将拎在手里的塑料桶往地上一扔：“搜出来的，是武装部停车场的桶。”

支书看着桶呆住。

又有两人进屋，各捧一摞书，其中一人的腕上还吊着个黑皮革包。

中年干部："书放桌上。"

二人将书放在桌上，退开，肃立一旁。

中年干部拿起一本，漫不经心地翻看了几页，放下："封、资、修……"

年轻干部："都是该一把火烧了的书。公安的同志来搜查过一次，没搜查出来。"

中年干部："让这样一些书到处流传着，'文化大革命'不白搞了？"

支书张张嘴，半晌才挤出句话："这事儿，我承担。"

中年干部嘲笑地："你哪儿来的？"

支书："当然不是偷的。我逼问过我们村那些知青，也不是他们谁偷的，是他们中有一个从县集上买的。但是，我后来允许他们看了。"

中年干部按灭烟灰："你呀，你呀，出了名的老猪腰子！说到底是'老右'！历次政治运动你都'右'！'文革'以来，你更'右'！"

支书："干脆把我撤了吧。"

年轻干部："怎么说话呢?！"

支书把眼一瞪："难道你还要教我说话不成?！"

中年干部伸出一只手："把那帽子拿出来。"

腕上吊黑皮革包的人拉开包，掏出一顶军帽递了过去。中年干部看着写在帽里上的"武红兵"三字问："你们村有名知青叫武红兵？"

"对。"

"他父亲是'右派'，他自己填的档案表上，写的却是知识分子。这个情况你掌握？"

"知道。坡底村知青的档案我都去县知青办看过，小武的父母五七年离婚了，他的户口和他母亲落在一起了，所以他也可以那么填。"

"那也改变不了他父亲是'右派'的事实！"中年干部狠狠地拍了下桌子，厉色道："说你是'老右'，一点儿也没冤枉你！实话告诉你，今天我们要把武红兵带走！因为他有'现行反革命'性质的言论，也有'现行反革命’性质的行为！”

“这不可能，这不可能！你胡说！”支书大惊失色。

中年干部冷冷一笑：“我？县‘革委会’副主任，‘胡说’？”

正在门外的翠花大惊失色，慌慌张张地往马婶家跑。马婶家里，一些女人正聚在一起议论纷纷。

马婶模仿着支书：“支书就这样——啊呸！呸！呸！呸！呸得公社那小白脸儿屁股一歪坐地上了……”

女人们笑。

“有年头没看见支书发脾气了。”

“也难怪支书发脾气。那些公社‘革委’、县‘革委’的人不来，咱们的穷日子过得还消停点儿。他们一来，准没好事儿！”

“整天革啊，革啊，革他奶奶个腿啊！还不是越闹腾越穷？”

正在这时，翠花惶惶而入：“武红兵闯祸了！县里的人要把他抓走！”

马婶停止了说笑：“哦？他能闯什么大祸啊，值得来这么多人抓他？”

“他为那台拖拉机偷了油，人家都摆出证据了！”

“这孩子，可也真是的，没油，咱不用它就是了嘛！”

“还说他是‘现行反革命’！”

女人们面面相觑。一个妇女问：“不会吧？他整天在咱眼皮底下干活，一没听他喊过反动口号，二没见他贴过反动标语，现的什么行啊？”

翠花：“我亲耳听到县‘革委会’的家伙那么说的！具体他现的什么行，我没再往下听。”

马婶：“这，这可咋办！你爹啥态度？”

翠花：“我爹当然反对啦！可他一个小小的村支书，人家县‘革委’一位副主任亲自带着些民兵来抓人，他阻拦得了吗！”

马婶：“那，你啥主张？”

翠花：“小武子自打来到咱坡底村，干活从不耍奸偷懒，这是咱们大家都得承认的，是不？”

女人们纷纷点头。

翠花:“现而今,冤枉人的事儿多了,咱也不能眼睁睁看着他被抓走啊!大家都到各村口去堵他,别让他进村,让他到什么地方去躲一阵子,避过眼前这一劫再说!”

一妇女问:“那,咱们不也逃不了干系啦?”

马婶沉吟地:“咱都是贫下中农的老婆,法不责众,量也不能把咱们怎么样。”

有妇女赞成:“咱不仅都是贫下中农的老婆,咱们自己不也都是打贫下中农家里嫁出来的?”

马婶:“别说那么多了,照翠花的话去做!”

武红兵他们拖着拖拉机刚进村,就被几名持枪的民兵拦住了。

武红兵显然心里早有准备,镇定、主动地伸出了双手,说:“油是我一个人偷的,不关任何别人的事!”

冰凉的手铐铐住了他的手。

冯晓兰、春梅束手无策。

马婶和翠花等一群妇女恰巧赶来,见状都呆在原地。

支书、县“革委”的中年干部、公社“革委”的年轻干部以及那两名随从也走了出来。支书手拿一大张对折着的大白纸。

中年干部对支书命令道:“你说吧。”

支书看着众人和孩子们,艰难地:“他们预先写好的,要我亲自贴,还说小武是,是‘现行反革命’……”

武红兵惊愕。

支书愤怒地把手中的纸撕了:“我说不是,但我说没用。”

“你!”年轻干部想上前制止。

中年干部用手一拦:“让他表演。”

支书对武红兵说:“小武,坡底村对不起你!我也对不起你!更对不起你爸妈……”

年轻干部:“他爸是‘右派’!”

支书横他一眼,接着对武红兵说:“以后,只要你还能回到坡底村,那你就还是咱坡底村的知青!不管我以后是不是支书了,坡底村人,是会把我今天这话当回事儿的。”

武红兵流泪了。在场的人也纷纷流泪了。

支书走到了中年干部跟前,二人眈眈对视。

“啊呸!”支书双手一背,一步步走了。

赵曙光走在回坡底村的路上,见前方有吉普车和卡车开来,闪在路边。卡车从他眼前开过时,他看到了车上的武红兵。

“红兵!”赵曙光大喊。

卡车绝尘而去。

赵曙光追了几步,停下,转身向村里跑去。

第十一章

支书倒背着双手,在自家的窑屋里走来走去,有如困兽。赵曙光垂手站在一边,无奈地看着支书。翠花站在门口,同样无奈地看着屋里的两个人。

支书终于在赵曙光面前站住,问:“你对李君婷,到底了解多少?”

赵曙光:“我想,我还是了解她的……她绝不至于……”

支书:“不至于、不至于?可是她已经把绝情之事做下了!我就不明白,同是半大孩子,同是北京知青,同样地离开了父母亲人,她怎么就会忍心把另一个往火坑里推?所以我才向你讨教!所以我才希望你给我说个明白!”

赵曙光:“可我还是觉得,李君婷她不至于因为红兵说了些气头上的话就……这其中一定是发生了什么误会!”

翠花:“曙光,你就别替李君婷辩护了行不行啊!你越辩护,不是越等于火上浇油嘛!”

支书对着女儿大吼:“滚出去!”

翠花看了父亲一眼,无奈地退了出去。

支书又问赵曙光:“说啊!”

赵曙光也有些生气了:“我能说什么啊我！现在三四十岁、五六十岁的人之间,还动不动就做下把人往火坑里推的事呢！您叫我怎么说啊您?！”

这时,王大爷闯进屋里,看也不看赵曙光,厉声问支书:“武红兵呢?”

支书愣愣地不知怎么回答才好。

王大爷:“我问你我徒弟呢！”

赵曙光:“大爷,支书这儿也正着急呢！”

王大爷质问支书:“你怎么能眼看着一个挺好的知青就那么被他们给铐上手铐带走了?你还是个支书吗你?！”

支书一跺脚:“我不配当,你倒是替我当啊你！”

王大爷举起了巴掌。支书眼都不眨一下,瞪着王大爷:“扇吧！有人扇我大嘴巴子,倒省得我自己扇我自己了。”

翠花冲了进来,挡在了父亲跟前,落了泪。她冲赵曙光发火:“你是木头人啊你?你怎么能在一边看着！”

赵曙光流着泪跪了下去:“大爷,支书,你们两个,不能当着我们晚辈这样啊！你们可都是坡底村的主心骨啊！”

王大爷的手缓缓垂下了。

翠花也哭着说:“大爷,您太欠公平了！我爹一个小小的支书,他真能保护得了谁啊他?都是李君婷那个小野狐狸精做下的缺德事！是她因为武红兵的几句浑话,就到县里去告小武的恶状！您要真是个有血性的人,找那小野狐狸精算账去！要不直接找县里要你徒弟去！”

王大爷愣了愣,猛一转身走了。

支书冲跪在地上的赵曙光又一跺脚:“你还不去拦下他！他正在气头上,谁知会对李君婷怎么样！”

女人们仍在马婶家里,议论纷纷。

“自打她来到坡底村,就没正经干过几天活儿！”

“这种阴损的知青,还能留住在家里吗？把她东西都扔出去！她如果晚上回来了,不许她进你家门！……”

马婶叹口气:“这些日子,她跟我的关系倒还比以前亲近多了,经常马婶马婶地叫我了。昨天她胃不舒服,我还给她冲了一个鸡蛋。背地里做下那么恶的事,嘴上却从没泄露过,确实够阴损的……”

王大爷一步跨进来,喝问:“那个李什么来着,她在哪儿？”

马婶见是王大爷,便说:“李君婷,她一大清早跟知青们进县城卖拖拉机了,到现在还没回来。”

王大爷:“她是住你这儿不？”

马婶:“是住我这儿。”

王大爷:“她一回来,你要立刻告诉我！”

马婶:“告诉你又能怎么样啊我的老哥！她一个小丫头片子,把恶事都做下了,你是位长辈人,还能跟她动武的吗？”

王大爷:“我,我呸她！”

一名妇女说道:“唉,咱坡底村的大老爷们儿,也就这点儿张长了！”

另一名妇女说道:“那不见得。咱坡底村真有血性的大老爷们儿,不是都在山西矿上嘛！”

王大爷指点着两个女人,问:“你们这话,是说给我听的喽？”

马婶:“不是说给你听的,还是说给别人听的呀？因为些个鸡毛蒜皮的事,一次二次地到咱坡底村来搜查,拿咱们老支书不当支书看,说逮走咱们喜欢的知青,就给逮走了。我觉得就是看咱们坡底村的男人都在邻省,好欺负！”

王大爷:“别说了！你们不用跟我念这套经！为了咱坡底村的名声,为了我徒弟不受冤屈,我一定做出点有血性的样子给你们看！”说完转身便走,和正往屋里进的赵曙光撞了个满怀。

王大爷:“你跟着我干什么？”

赵曙光:“支书怕你见着了李君婷,做出什么过火的事来。”

王大爷:“既然跟来了,那就继续跟着,我有话和你说。”

赵曙光默默跟在王大爷身后走了一段路,见王大娘、春梅、囤子三人匆匆走来。

王大爷转过身,惭愧地:“曙光,你多包涵吧。在支书家,你那一跪,让我心里难受。”

赵曙光:“大爷,看见您和支书都为红兵那么着急,我心里也好难受。我是坡底村的知青队长,红兵和李君婷之间闹出今天这种事儿,我预先竟然一点儿没有觉察,我有推卸不掉的责任。”

王大爷:“你也不要太责怪自己了,谁都不是诸葛亮,能掐会算。红兵不但是我徒弟,更是你们北京知青。我听他说,他是冲着你才跟来坡底村的,是不?”

赵曙光:“是,李君婷也是冲着我来到坡底村的。”

王大爷:“我说的是红兵,你别提她!我问你,你是个有血性的人吗?”

赵曙光:“这……我不知道,要看什么事儿了……”

王大爷:“就红兵这件事儿。你要是还有半点儿血性,你要是还念着和红兵同是北京知青的情分,那你明天跟我一起去县里要人!”

赵曙光:“不。我……”

王大爷又举起了巴掌,却被囤子在半空中擒住了手腕。王大娘和春梅也赶上前来。

春梅叫道:“爹,你气糊涂了呀!你怎么能打我曙光哥哥呢?”

王大娘也说:“就是!曙光有什么错呀!你怎么越上了把年纪,越分不清好歹人了呢?”

王大爷对囤子吼:“放开我!”

囤子放开了他,却从后拦腰抱住他。王大爷只有一只胳膊还在囤子的臂抱之外,他指着赵曙光数落:“我原以为你是好人,今天看来你也好不到哪儿去!你……你也是个见人有难冷眼旁观的东西!我真后悔我看错了人！”他扇不着赵曙光，扇起自己耳光来。

春梅哭叫道：“爸，你这是干什么呀你！”

囤子重抱了一次，将他那只臂抱之外的胳膊也抱住了。

王大娘对赵曙光说：“曙光，你大爷真是气糊涂了，你可千万别往心里去。”

赵曙光：“大娘，我不会的。”

他走到王大爷跟前：“大爷，您也不听我把话说完。我的意思是，您身体不好，不必咱俩一块儿到县里去。我一个人去就行。明天就去。争取先把情况了解得更多一些。我和您的看法一样，如果连红兵都成了‘现行反革命’，中国不是‘现行反革命’的人就不多了。”

听了赵曙光的话，王大爷不再挣动了。囤子松开了自己的手，王大爷呆看赵曙光片刻，默默转身走了。

赵曙光呆呆地望着王大爷的背影，对王大娘说：“大娘，囤子哥，今天，我是更尊敬我王大爷了。你们，可要好好照顾他的身体……”

赵曙光回到知青宿舍，对扇门全开着。他走进宿舍，见桌倒凳翻，炕上的被褥也乱七八糟，几只鸡在宿舍里觅食，两只鸡还上了炕。他将鸡撵出去，掩了门，扶起桌子凳子，原样摆好。站在炕前，想要整理被子，却又无心整理。他转身坐在炕边，接着缓缓仰躺下去。

他想起当日知青下乡的专列中的情景——

赵曙光、冯晓兰、李君婷、刘江四人坐一处，都默默望窗外。

“曙光！”四人同时扭头，见过道走来了武红兵，扛着按部队标准打成的行李捆，拎着网兜，一脸汗。

赵曙光站了起来，诧异地：“怎么……”

武红兵：“跟你去，你哪儿，我哪儿。找了好几节车厢才找到你……”

赵曙光接过他的行李，替他放到行李架上。刘江接过他网兜，替他塞到座位底下。

赵曙光和武红兵对视着，不由都微笑了，彼此轻轻拥抱了一下。冯晓兰往座位里边靠了靠，赵曙光坐下后拍拍腾出的地方。

武红兵也坐下后，李君婷看着武红兵说："我认识你。你、我、曙光，咱们都是同校的。你和曙光一样，也高三，只不过你俩不同班。有一年学校搞文艺会演，曙光演保尔，你演瓦西里神父，对不对？"

武红兵淡淡一笑："你对我知道的还真不少，省得我自我介绍了。"

赵曙光、冯晓兰、刘江都笑了。

李君婷："亲爱的武红兵同志，我和你一样，也是赵曙光的铁杆追随者！也是他到哪儿，我到哪儿，无怨无悔！我爸妈舍不得我去插队，调动了一切关系，决心把我留在北京，可他们的努力有些眉目了，我也和他们吵翻了，坐上这次列车了。"

李君婷看着赵曙光笑，又说："我认为赵曙光是一个理想主义者。而我喜欢追求理想，追求理想有一个懒惰的办法，那就是，跟着理想主义者走，让他带领自己去到能实现理想的地方去。我这人天生比较懒，懒人有懒办法！"

赵曙光等三人又都笑了。

冯晓兰在赵曙光耳边低声说："她挺可爱的，我喜欢她。"

刘江笑着说："要我看啊，你只能算是理想主义者的同路人罢了。"

李君婷："去你的！咦，做理想主义者的同路人也不错啊！理想主义者们，要是连个同路人也没有，那不是太孤独了吗？孤独是会扼死理想的呀，懂不懂？"

武红兵："我也只不过是理想主义的同路人而已。但我们两个还是有很大的不同。我父母虽然也舍不得我离开北京，但他们没有任何办法留住我。反正得插队，比较起来，与自己欣赏的人为伴是明智的选择。我明智，所以比懒惰的你更加无悔！"

刘江拍手大笑："说得好！说得好！真是一针见血！"

李君婷："我打你！"

列车在大家的笑声中“咣当”一声驶入山洞。身在坡底村的赵曙光思绪也被一阵踢门声拉回到了现实。

刘江率先踢门而入，身后是另外三名知青。刘江两只鼻孔都塞着纸，看样子是挨过打了。他们看着炕上乱七八糟的被褥发呆。赵曙光坐起来看他们一眼，又缓缓仰躺下去。

刘江大声问：“炕上怎么回事？”

赵曙光不说话。

刘江跨到炕前，更大声地：“赵曙光，我问你炕上怎么回事！”

赵曙光还不说话。

刘江：“你他妈聋了！”

一知青抽下桌子那块活动木板，隐蔽的桌膛里已空空如也。他一转身爬上炕，在被褥中乱翻乱找，还是一无所获，只不过将被褥翻得更乱了。

他跪在炕上，拍打着炕席：“书呢？咱们那些书呢？”他拍了一手鸡屎，皱着眉下了地，在一堆玉米皮中拿起一些玉米皮，嫌恶地擦手。

另一名知青也一声不响地拿起些玉米皮，在落了鸡屎的地方擦着。

刘江看着满屋狼藉：“我明白了，被搜过了是不是？赵曙光，赵曙光，哥儿几个可都是跟随你来到这儿的！你怎么遇事儿这么一副熊样子！从今往后，我瞧不起你了！瞧不起！”

第三名知青：“别激动，别激动，一激动你鼻子又出血了！冲曙光嚷嚷有什么用啊？他和咱们也没什么两样啊，说到底不也是一名插队知青嘛！”

刘江终于坐在炕边，从兜里掏出些手纸，换鼻孔里带血的纸，恨恨道：“我们做什么坏事了？还不是急贫下中农所急，想贫下中农所想吗？却给我们扣上倒卖紧缺农机具的大帽子，理论几句还扇我们嘴巴子！东风吹，战鼓擂，现在世界上谁怕谁？今天这仇，老子记下了！”

赵曙光一听此言，猛地坐了起来：“他们打你了？”

刘江将头一扭，不理他。

赵曙光又问另外三名知青："也打你们了？"

另外三名知青也都扭头，不愿回答。

赵曙光站到了地上，大声地："我问你们话呢！"

一名知青生气地说："刚才刘江问你话，你又为什么像死人似的?！"

这时，冯晓兰搀扶着支书，悄无声息地走了进来。冯晓兰扶支书坐在椅子上，自己站在背后。经历了上午那些事，支书也变得如病之人，目光暗淡，满面阴霾。

支书用目光一一扫视知青们，颇觉欣慰地："都回来了就好。要不，我想死的心都有。刘江，你鼻子怎么了？"

刘江不回答。

赵曙光："挨打了。他们都挨打了。"

支书："我最怕的就是你们会挨打，果不其然。你们的前事，你们从不对我讲，那我也能猜得到几分。除了晓兰，都当过红卫兵，都当过造反派，都耀武扬威过。可能呢，除了曙光例外，其他都是打过人的。曙光，红兵也打过人吧？"

赵曙光："没有。他一直是逍遥派。"

支书："都说你们北京的红卫兵，是全国最凶的红卫兵。'文革'这两年，你们反啊斗啊批啊砸啊，现而今如何？得来接受再教育了吧？我们这儿的造反派，那也是一个个凶巴巴的。针尖对上麦芒了吧？我看呢，挨打也是一种再教育……"

刘江一字一顿道："不、爱、听！"

支书："不爱听？不爱听也得听！良药苦口利于病，忠言逆耳利于行。强龙压不过地头蛇，今天你们挨打了，我看也是件好事，能让你们反省反省自己以前的所作所为……"

一名知青一拍桌子："够了！你有完没完？"

支书瞪他一眼，宽容地说："今天你们确实受委屈了，又都在气头上，有些话我也就不再说了。红兵的事儿，你们谁都不许犯冲动，我就是豁出一切，那也是要替他理论到底的！”

刘江不由得看赵曙光，问：“红兵怎么了？”

另外三名知青的目光，也都集中在赵曙光身上。赵曙光张张嘴，不知该不该说出实情，转头向支书看去。

支书：“没必要瞒，想瞒也瞒不住，告诉他们几个吧。”

赵曙光：“公社和县‘革委’都来人了，把红兵带走了，他们说他是‘现行反革命’。”

刘江：“什么?！”

赵曙光：“红兵偷了县武装部常用卡车的汽油，他们说那就不是一般性质的偷窃行为了。当然，他也成了倒卖农机具的主谋……”

冯晓兰：“那都不是主要的罪名。”

刘江：“那，那主要的是什么？”

赵曙光：“那好，我来讲吧——红兵不知在什么情况下，对李君婷说了些气头上的话，有一句话被上纲上线了。”

冯晓兰：“什么话？”

赵曙光：“要把李君婷活埋了！”

冯晓兰：“红兵究竟说没说过这样一句话，咱们谁也不清楚，所以得有人去县里想办法见到他，当面问问他。因为他是‘右派’的儿子，因为李君婷的父亲是当前正红的革命干部，那句话很可能被利用来大做文章。”

另一名知青：“那可就惨了！有些人整天琢磨的就是怎么找例子来证明阶级斗争！”

第三名知青：“两个人之间的话，没有第三者作证，就是真说了那也可以咬定没说！”

刘江皱眉不解：“问题是，两个人之间的话，县里那些家伙怎么知道了？”

支书:“这个问题,就不用非得谁来回答了。村里都是些女人孩子,我也只能来找你们了。我想问你们的是,你们谁县里有关系,能想办法见到红兵一面,问问他到底说了那句话没有?也有必要及时告诉他,咱们都不会对他摊上的事漠不关心的。也得有人去找到李君婷,跟她说谁也不会把她怎么样。让她只管放心大胆地回坡底村来,只要求她当面跟咱们讲讲,她为什么非那么去做。”

没等支书说完,赵曙光挺身而出:“我去见武红兵,我去找李君婷。”

支书:“两件事,你都有把握?不会白往县里跑一次?”

赵曙光:“没太大把握,我只能向您保证,到了县里我会见机行事,尽力而为。事不宜迟,我想明天一早就去。”

支书:“你还能保证,不管自己遇到了什么情况,哪怕是受了天大的屈辱,也能往肚里忍,也不会再节外生枝吗?”

赵曙光:“能。”

支书注视着他,信赖又倚重地:“那,就拜托你了。”说罢,他手撑桌沿站了起来,却似乎迈不了步子。

赵曙光:“支书!”

赵曙光想上前搀扶,支书却摇了摇手:“没什么,腿麻了。”

冯晓兰伸手扶住了支书,支书还想拒绝,却被她哄小孩似的劝道:“支书,听话……”

冯晓兰把支书送走,赵曙光重新掩上宿舍门,一转身,见坐在炕边的刘江和其他三个知青,都抬起了头,瞪着他。

刘江:“操!我还是那句话,东风吹战鼓擂,现在中国谁怕谁?咱们来到坡底村,整天一扇门出入,一铺炕睡觉,一张破桌子吃饭,虽然也真真假假地闹过些别扭,但基本上来讲,还是算得上抱团儿的吧?”

他越说越激动,站起来,挥舞胳膊,转身问另外几名知青:“你们说是不是?”

一名知青大声附和:“是!”

刘江:“如果红兵真被打成‘现行反革命’,我们脸上光彩吗?我们还有什么颜面回北京探家?所以,我发誓,我一定要串联起全县的北京知青来!说我们中的一个是‘现行反革命’?我们还要说他们捏造罪名,迫害咱们北京知青呢!把事情闹到中央去也不怕他们!不能让他们白打了咱们!这一次咱们是真的造反有理!要让他们领教领教咱们北京知青的厉害!要让他们付出代价!”说罢,伸出一只手。

一名知青看了看他的手,问:“什么意思?”

刘江:“敢于和我同仇敌忾的,把自己的手放在我的手上。”

另一名知青犹豫地伸出手:“这不是红卫兵的方式。”

第三名知青也说:“我见过北京胡同的小流氓们用这种方式发誓。”

刘江生气地翻翻白眼:“胡说,这也是一种神圣的方式!”

赵曙光:“而且是一种古老的方式!起源于西方的骑士年代,小人书里学来的吧?”

刘江只管瞪着唯一没有伸出手来的赵曙光:“别管哪儿学来的,你到底加盟还是不加盟?”

赵曙光:“不。”

刘江轻蔑地哼了一声:“那么,少了你,我们的斗争意志反而会更坚定。但愿你不会堕落到李君婷那种卑鄙的地步,在我们没有采取行动之前出卖我们。”

赵曙光起身,搂着刘江的肩,嘴贴其耳,用另外三名知青完全听不到的声音说了几句话。刘江听愣了,默默放下了自己的手,其他三名知青的手也自然随之放下。

刘江一言不发地整理起自己的被褥来。

一名知青问他:“哎,神圣的盟誓,还算不算数了呀?”

刘江看也不看他:“暂时取消,从长计议。”

那名知青:“也好也好,还是保持冷静为好。”

第三名知青问赵曙光:“你对他说什么话了?”

赵曙光边整理被褥边搪塞道:“只不过说了几句不便大声说的话。”

一时间,四人默默地打扫起屋子来。赵曙光扎起围裙,正戴套袖,准备做饭。刘江主动上前,殷勤地:“我来我来!谁都不用帮忙,今天这顿饭我一个就做了。”

赵曙光微微一笑,拍了他肩一下,摘下围裙套袖给他。

天黑了,另外几名知青已经熟睡。赵曙光却没有睡,只是一动不动地仰躺着,大睁着双眼想心事。他旁边辗转反侧的刘江也没睡。

刘江捅捅赵曙光,悄悄地:“睡着了没有?”

赵曙光:“不太困。”

刘江向他靠紧,又悄悄问:“你没骗我吧?”

赵曙光:“什么事?”

刘江:“就是你悄悄告诉我的那事儿。”

赵曙光:“没骗你。你想想吧,我是你们的知青队长,支书又拿我当党内的人看待,关于你们个人档案中的情况,某些连你们自己也不知道的,我肯定多少知道点儿。”

刘江:“真希望你是在骗我啊!”

赵曙光:“你也不要有太大的思想包袱。去看看,红兵小箱里是不是还藏着烟。想吸一支烟。”

刘江乖乖爬过去,从武红兵小箱里翻出半包烟,钻入被窝后,塞给赵曙光:“还有四五盒呢。”

赵曙光吸着一支烟后,刘江也向他要了一只,吸起来:“以前,我总以为自己是那样一个幸运的人——有一个红色的小匣子,一层套一层,至少有十八层。每一层外都上着锁,连锁也是红色的。在至少十八层红色保险之内,锁着关于我父母的、关于我祖父母外祖父母以及更上几代先人的家庭成分、政治经历。当然那也是直接和我的政治颜色有关的,是一红到底的。如果不是你白天悄悄告诉了我,我怎么也不会想到,连自己的档案里也有严重的政治问题,这太令我震惊了。”

赵曙光:“看来你比我还理想主义。有那么一种档案的人,除非像孙悟空似的,是从一块古怪石头里蹦出来的。”

刘江:“曙光,求求你,干脆也告诉我——我家庭成分方面究竟有什么问题吧!”

赵曙光坚定地摇头:“那不行,那我就犯了原则错误了。但是,以后你犯冲动的时候,我会像白天那样,提醒你想想后果的。”

刘江:“没商量?”

赵曙光:“没商量。”

刘江无奈地平躺回床上:“那我以后也只得时时处处夹起尾巴做人了。一向自以为绝对红的‘红五类’,又当过造反有理的红卫兵,居然要开始夹起尾巴做人了,心里这滋味太不好了。”

赵曙光:“倒也不必时时处处夹起尾巴做人。只不过以后再情绪冲动的时候,应该有足够的理性使自己冷静下来。”赵曙光说罢,把烟按灭,起身穿起衣服来。

刘江愣愣地看着他:“你要干什么?”

赵曙光:“去完成我答应支书的事情。”

刘江:“这是半夜啊!”

赵曙光:“如果天亮了再去,到县城快中午了,也许就真的什么也没办成,白去一趟了。”

刘江:“那,我陪你去?”

赵曙光摸了他的头一下:“吸完烟,你还是给我好好睡觉吧。”

刘江一声不响地看着赵曙光穿好衣服,下了地,打开武红兵那口小箱,从里边一盒盒拿出烟揣入兜里,走出宿舍,从外将门掩上。

赵曙光在夜色中走出坡底村,穿过黄土高原的沟沟壑壑。远远地,他已能看到县城星星点点的灯光了。

早晨,县农业物资回收站的站长刚上班,就看到被寒气冻得交抱双臂的赵曙光缩坐在门旁。站长带他走进了办公室,不容商量地说:“曙光,你就别再苦苦求我了,求也没用。那台破拖拉机给我惹出的麻烦已经不小了,县里还派人审我,逼我签字画押地写证言。连编草袋子那活儿,我也不敢再派向坡底村了。实话告诉你,我已经把那活儿派给别的村了。”

赵曙光却还不放弃:“那活儿派给别的村就派给别的村吧。但这一次忙,你无论如何得帮我!”

站长紧皱眉看他。

赵曙光:“只要你帮了我这一次忙,我保证以后再也不麻烦你什么事儿了。不不,我这么发誓吧,保证以后再也不会出现在你面前了!”

站长猛地吸了两口烟:“好,帮你最后一次。我估计,你们那小武,现在肯定和一些接受改造的‘黑五类’关押在一起。我亲侄子是那儿的一名监管人员,我给你写个条,你去找他,向他探听探听情况……”

站长送赵曙光走出回收站大门,叮嘱他:“如果又惹出什么是非来,可千万别出卖我和我侄子啊!”

赵曙光:“决不!”说罢,匆匆而去。

站长望着他背影,自言自语:“这么仁义个青年,怎么忍心不帮他呢!”

一块白牌子上竖写着几个黑字——“黑五类学习班”,无非是有操场的一个大院子,内中有一排破房子而已。

赵曙光站在院门外,焦急地望着那排房子。

一名监管人员,匆匆从房子里走出来。他走出院门,对赵曙光说:“我替你偷偷问他了,他说那话他确实是说过的,而且已经向审问他的人承认了。”

赵曙光:“你没告诉他,坡底村的乡亲们和知青们,决不会对他的冤枉不管的?”

监管人员:“我可不敢对他说你这种话！你快走吧,我只能帮你这么多了。这两盒烟还你,我要是收了,日后一旦受牵连,长十张嘴也说不清楚了。”

他将两盒烟硬塞入赵曙光兜里,转身就往那排房子走……

县“革命委员会”某办公室里,李君婷在后悔莫及地哭,并哀求:“叔叔,您就把武红兵放了吧,我求求您了。怎么可以这样呢?”

坐在她对面的,正是到坡底村去的那中年干部。他阴沉着脸对着李君婷,口吻严肃地:“别哭哭啼啼的嘛,别人进来看到了,影响多不好嘛!”

李君婷:“我只不过让您吓唬吓唬他,没叫您动真的!”

中年干部大摇其头:“孩子话！简直是孩子话嘛！一点儿政治头脑都没有嘛！是你郑重其事地向我反映情况的。是你自己强调为阶级斗争性质的现象的。当时听你反映情况的,不止我一个人,还有其他方方面面的同志,对不对?我们都是县‘革命委员会’的成员,代表着一级红色政权。搞政治是我们的使命,关注阶级斗争的新动向是我们的责任。政治不是儿戏,是极其严肃的事情。有时必须采取极其严峻的方式来进行。怎么能大张旗鼓地抓了一个人,过几天又随随便便地放了呢?那还有红色政权的权威可言吗?”

他拉抽屉,拿出文件来,翻开,放桌上,推到桌边,又说:“这是记录,你自己看,有你的签名。我们认真对待了,我们下指示侦察了,我们掌握证据了,昨天武红兵也都一一供认不讳了。事实证明,你反映的情况并无虚假捏造的成分嘛！你父亲是‘红线’上的重要干部,你作为他的女儿,做得完全正确嘛！而且,据我看来,坡底村的问题比你反映的情况还严重！那个支书,仗着自己党龄长,仗着当年掩护过某些老家伙,在他们被打倒后,拒不划清和他们的以往关系,对于‘文革’有抵触情绪,对于县‘革委’的各项政治指示,一向阳奉阴违,能敷衍就敷衍……”

李君婷打断他:“别说啦！怎么会这样？怎么会这样？”

中年干部皱皱眉头:“那应该是怎样的呢？这样吧,我这儿的电话能打长途,今天是星期日,你父亲也许在家,你往家里打电话,要是你父亲果然在家,你问问你父亲,我们该不该放人。如果他说该放,那我就当成北京的指示,立马放人。”

他起身抓起电话,拨了两下,朝李君婷递话筒:“我已经替你拨通了区号,你来接着往家拨吧。”

李君婷抹了把泪,快速地拨号码,话筒那端传来拨通的音响,接着传来李父的声音:“喂,哪位？”

李君婷又要哭了,一手捂嘴,流泪不止。

电话里,李父的声音显得很不耐烦:“哪位同志,说话啊！”

李君婷捂嘴的手还是没放下,话筒里就传来电话挂断的声音。

中年干部从李君婷手中将话筒拿过去,放下,不无得意地:“为什么不说话呀？心里明白,你父亲那也不会主张立刻放人的,也怕把父亲牵连到不正确的事件中,是不是？能这么想,证明你还不是一点儿政治头脑也没有。小婷,也许,我们今天的做法的确是‘左’了点儿。但‘左’有什么可怕的呢？无非是使某些人受了点儿冤屈嘛！却可以警戒大多数人啊！将来某年某月,也许会纠正嘛！你们是红卫兵的时候就不‘左’了？还不是‘左’得一塌糊涂嘛！为你负责,我们认为你已经不适合继续在坡底村插队了。叔叔亲自派了一个人,今天就陪你回去,帮你把你的东西取来,你先在县‘革委’宣传部工作。这样不是挺好的吗？不要再因为这么一件小事跟叔叔闹别扭了,啊？”

他掏出手绢,要替李君婷擦眼泪,李君婷却猛地推开他:“别碰我！”说着,冲出了办公室……

李君婷冲出县“革委会”的院子,马路对面,正在走来走去的赵曙光喊了一句:“君婷！”

李君婷在人行道上奔跑着,跑到一处铁路路口,横杆正缓缓放下,她不得不站住,胸脯剧烈起伏,泪流满面。

赵曙光追上她:“君婷……”

李君婷转身,见是赵曙光,忏悔地:“我没想到。我没想到事情会是这样的……”

赵曙光:“所以,我要求你如实告诉我,事情究竟是怎样的!”

李君婷抽泣:“我只想借助别人,吓唬吓唬武红兵……他总是把我看成一个头脑简单毫无思想的人,这让我的自尊心受不了!他还和刘江他们预先串通好了,拿我开心。他还动不动就当众训我……”

赵曙光:“那你也不应该用政治的方式报复他!这好比在背后用刀子捅人!你跟我认识不是一天两天了,多少总该受我点儿影响吧?那叫卑鄙!你连这么一点儿做人的常识都没有吗?”

李君婷扑到赵曙光身上,搂住他哭:“我没想到是这么个结果,我没想到!”

列车从横杆后呼啸而过,赵曙光不禁将李君婷抱紧了……

马婶手拿一根黑不溜秋的长竿,站在自家门前坪场上,抽打着院里唯一的一棵瘦枣树。说它瘦,是因它明显营养不良,一年也结不了多少枣子。而马婶的小儿子正拎着篮子在拾枣,篮中拾起的枣也少得可怜。地上还落了一片变黄的叶子。

她的女儿,坐在门槛上,望着母亲:“妈,别打它了。你那么不停地打它,我看着难受。”

马婶转头看着女儿:“不打,枣子怎么掉下来?”

女儿:“你仔细望望嘛,它枝上哪儿还有枣了?”

马婶抬头望去,叹气,问儿子:“多少了?”

儿子把手中的篮子向她面前一伸,马婶伸头看了看:“才这么点儿!你们姐俩平时都别吃了,晒干,留着春节做枣饽饽。”说得来气,转身又使劲抡了枣树一竿子,“你也算是一棵枣树!白占我门前这地方!”

女儿却说:“结的枣子少能怪它吗?今年下雨少,它都快干死了,你还怨它结的枣子少。”

马婶将竿子弃了,不满意地嘟哝:“要死就干脆点儿死,也省得我再想枣子不枣子的事儿,心里倒干净了。”

一辆吉普车停在离坪场不远的地方。车上下来一名老司机,绕到另一扇车门前,开了车门,车上又下来了李君婷。李君婷和老司机一块儿往马婶这边走来。

马婶的注意力从枣树身上移开:“哟,这不是昨天来抓人那辆车吗?停我家门前,是要抓我?还是抓我俩孩子?要不是一块儿抓?”

李君婷不敢看她,转过脸低着头。

老司机:“老乡,我奉指示,来帮她取东西。”

马婶:“取东西?好呀好呀,再不住我家了,那我可谢天谢地!再住下去,我这老娘们又没肝没肺的,整天胡说八道,万一哪天背地里搞我一家伙,我一儿一女不就可怜了吗?”

李君婷猛向她转脸,噙着泪说:“马婶,我也是讲情义的人,今天就分别了,求您给我留点儿自尊吧!”

马婶:“你也是个讲情义的人?没看出来。”马婶转脸呵斥坐在门口的女儿,“桂花,还不给我从门口滚开!”

桂花起身,走到一旁,冷眼看着李君婷,也不叫她一声。李君婷噙泪冲入门去。

老司机也要跟入,被马婶拦住:“你不能进我家门,我家不欢迎陌生男人。”

老司机只得止步。

马婶的儿子拎着篮子进门,马婶顺手从篮子抓了几颗枣,朝老司机一伸手,问:“吃枣不?”

老司机看出她不诚心,便摇了摇头。

马婶把枣攥在手里:“你这男人岁数也不小了,给一个小丫头片子开车门,你臊不臊得慌啊?”

老司机:“你这女人啊,嘴上还是积点儿德吧!他们再怎么不对,是孩子不对。咱们可是大人,不能以不对对不对。”

马婶刚想回敬什么话,听到身后有声音,情知是李君婷要出来,从门口闪开了。

李君婷一手将装了些小东西的盆卡在腰际,一手往外拖箱子。刚把箱子拖出门,箱盖开了,东西散乱一地。老司机赶紧上前帮着往箱子里装。马婶冷眼看着他们,嘎嘣咬了一口枣。李君婷将手中东西往箱里一摔,双手捂面跑向吉普车,坐进车里。

吉普车在女人们和孩子们冷漠的注视下离开了村子。吉普车里隐隐地传出压抑的哭声……

吉普车开到村外,路边站着赵曙光和冯晓兰,吉普车在他们面前停住了。老司机回头善意地对李君婷说:“我看是等在这儿送你的,下车跟人家说几句道别的话吧!”

李君婷含泪叫道:“不!”

吉普车开走了。

赵曙光和冯晓兰相互看一眼,都用惆怅的目光望着吉普车绝尘而去……

晚上,支书和老伴在家中吃饭。少了翠花和王川,少了拌嘴和察言观色,气氛不同以往,显得那么沉闷。再加上所发生的事情,老两口都心事重重。支书的老伴儿简直在小心翼翼地吃着,仿佛怕哪一个动作支书看不惯,就会掀翻桌子。

支书只喝了半碗粥就轻轻地放下了碗筷。

老伴:“再给你盛碗?”

支书摇头:“吃不下。”

老伴:“要我看,你今天有件事做得不对。李君婷走时,你不该不露面儿。怎么说她也是在坡底村插过队的一名知青,而你是支书……”

支书打断她:“别说话!听!”

老伴收住话,侧耳聆听,外边一片寂静:“听啥?”

支书:“我怎么……好像听到武红兵在唱。”

老伴:“我可没听到,你那叫幻听。”

支书:“小武被铐走以后,我这耳朵里,一刻不停总好像听到他在唱。平时也不觉得他有什么好,被抓走了,倒想起他种种的好来。”

老伴:“平时人家也挺好的。他马婶宝贝儿子生病那次,还不多亏了人家几个知青们轮流背着往公社医院跑?小武那天自己也肚子疼,可人家连眉都没皱一下,公社医院动不了手术,人家二话不说,又带头背起孩子往县里跑。要不是抢救及时,胃穿孔了,医生说那孩子小命也许就保不住了。”

支书:“是啊,曙光不在的时候,按说小武在知青中还是处处能起到带头作用的……翠花两口子哪儿去了?怎么不一块儿吃饭?”

老伴:“翠花觉得自己像是有孕,王川陪她去公社医院验验真假。”

支书拖过烟盒,一边往烟锅里按烟一边说:“你那女儿,打小就没调教好。多亏咱们当年收留住了王川,要不,哼,我看只能一辈子老在家里,没什么男人愿娶她了。”

老伴反问:“就不是你女儿了?怎么就没调教好?不就是嘴上不让人吗?我可清楚,人家小两口背地里腻乎着呢!再者说了,就算没调教好,那也不会做李君婷那么阴损的事吧?”

支书:“我这心里刚消停片刻,别提她。”

老伴:“我就不明白了,只不过是些半大孩子,怎么就学会了背地里整人呢?”

支书:“还说!”

老伴:“好好好,不说她了。还说咱翠花吧,我想当姥姥了,但愿她这次是真的怀上了。"

支书:"怀上了也不许生!我这儿还没准备好呢!你看我有那当姥爷的心情吗?!家里再多个小娃崽子哭啊闹啊的,还叫不叫我活了?!"

老伴:"那些人说你对'文革'不满,我看你也是!自打'文革'以来,你差不多就没高兴过……"

支书火了,大声吼道:"我就是不满了!还敢把我五花大绑地枪毙了?"说着,用烟锅使劲儿往桌上敲,"啪"的一声,烟锅齐头断了。

老伴目瞪口呆。

这时,门外传来赵曙光的声音:"支书,我能进吗?"

老伴小声地:"你也就是在家里敢偷说两句胆大包天的话!"接着,她又大声对外面说道,"曙光啊,快进来吧!"

赵曙光走了进来:"支书,我向您汇报汇报情况。"

支书一手烟锅,一手烟杆儿,看着,问:"有人告诉我,你是和李君婷一块儿坐车回来的。"

赵曙光点点头:"对,为的是在车上可以多问她些情况。"

支书:"她怎么说?"

赵曙光:"我刚一见着她时,她哭了,说她万没想到是那么个结果,说她只不过想借助别人吓唬吓唬武红兵。到了车上,再问她什么,她都不回答了,光流泪。我想,也许是不愿让司机听到吧。"

支书无奈地将烟锅烟杆放了,不悦地看着他:"你倒挺会替她找理由,那你不白搭她的车了?"

赵曙光:"也不能这么说。不搭那车,那我不得往回走三十几里?当时我累极了。"

支书老伴:"对。没什么白搭不白搭的。不搭那才叫白不搭。别站着,快坐这儿。"她说着,起身收拾桌子。赵曙光坐在了她坐过的地方。

支书又问:"见到红兵了吗?"

赵曙光:"没见到。没人敢让见,都怕沾'现行'的边儿。但是有可靠的人替我问红兵了,并且带出了红兵的话——他被审过了,对李君婷说过那种气头儿上的话,他也承认了。”

支书一拍大腿:“唉,干吗一审就承认呢?白纸黑字的,有记录,事情不就更难办了!”

赵曙光:“支书,你也不要太着急上火的。我想好了,红兵这事儿,得向省知青办汇报。省里解决不了,就向周总理汇报。周总理特别关心各地知青的情况。这种万不得已的做法,您出头不好,但我可以出头做。”

支书:“你要是肯出头的话,我当然要具名。必要时,咱俩都以党员的身份向总理反映情况,行不行?”

赵曙光点头。

支书:“那,咱俩先这么一言为定了!你能把我这烟锅修好吗?”

赵曙光拿起看看,肯定地:“能。”

支书:“你拿去给我修。早点修好,我离不了它。”

支书略停一下,又说:“我不是自己修不好。没心思了。”

赵曙光接过烟锅:“明早就给您送回来。”

这时,翠花突然惊慌失措地从外面跑了进来:“爹,不好啦!”

她头发有些凌乱,衣服也破了一处,分明和什么人厮打过。支书和赵曙光见状都愣住了。

支书老伴见女儿回来了:“别惊惊乍乍的!没看见曙光在这儿吗!慢慢说……呀,你衣服怎么破了?你两口子路上跟别人打架了?王川呢?”

翠花仿佛没听到她娘的话,也仿佛没看到赵曙光,只瞪着父亲一个人说:“在公社卫生院,突然来了一伙人,为首的就是你昨天呸过的那小白脸儿!他说他们掌握证据,王川是东北逃窜过来的地主狗崽子。”

支书老伴闻听,大吃一惊:“王川是从东北流浪过来的不假,可那时他是一个讨饭的少年呀!是你爹在县城里遇见了他,见他可怜,所以把他收养在家里了。这都是好多年前的事了呀!这情况当年的公社干部们是知道的呀！他们当年还表扬你爹做得对呀！”

支书:“你别插嘴！当年是当年,现在是现在。现在在公社掌权的,没一个是当年的人了。”

支书转脸问翠花:“那,王川自己怎么说？”

翠花眼睛直勾勾地:“王川哭了。他跟我说,他是地主家的狗崽子,他想不做地主家的狗崽子,所以就一路讨饭从东北流浪到了陕北,想在一个没人认得他的地方重新做人。”

支书闻听,瞪大了眼睛:“这么说,他当年骗了我,骗了咱们全家。他可是一直说,他是孤儿,父母都过世了,在东北农村没有一个亲人了……”

支书老伴:“哎呀,你就别在乎他当年骗没骗咱们了呀！他如今已经是咱们女婿,是翠花的丈夫了呀！你倒是想想怎么办呀！”

支书一拍桌子:“还插嘴！他们要把他怎么发落？”

翠花:“他们说,明天就把他押上火车,遣送回原籍……王川他让我回来说,他觉得对不起你们二老,更对不起我……”

翠花流泪了,直挺挺跪下,哀求道:“爹！看在女儿分上,您千万想办法救王川啊！我俩其实是恩爱的呀！我已经怀了他的孩子,没有他,我也不想活了！”

支书:“他们这是冲我来的,冲我来的！因为我昨天羞辱了他们！”

支书说着,要下炕,双脚却没探到鞋:“我鞋呢,我鞋呢？我没办法,没办法！我得去问你王大伯！”

赵曙光替他拿起鞋递在他手上。支书弯腰穿鞋,却一头栽倒在地。

翠花和母亲同时扑了过去。

翠花:“爹！”

支书老伴:“她爹！”

赵曙光将支书揽在臂弯中,惊慌地喊:“支书！支书！……”

支书已是不省人事。

深夜,支书家来了不少看望他的人。大家默默地站在屋子里,支书直挺挺躺在炕上,闭着双眼。翠花母女相拥而泣。

翠花:“这可怎么办啊,娘,这可怎么办啊!”

听着女儿的一声声呼唤,支书老伴失去了主张,只是默默地落泪。

马婶叹息:“要说支书,十几年来为村里真是操了不少心,没有功劳,还有苦劳。”

一名妇女补充说:“功劳也是有的,起码,有他经常调停着,咱坡底村人之间是和睦的,不像有的村里的人,分这派,分那派,恨不得人脑袋打出狗脑子来。”

刘江将赵曙光扯到一旁,悄声说:“我认为还是得往县医院里送,不能这么干看着他昏迷不醒啊。”

赵曙光很无奈:“我已经试了几次了,只要一把他背在背上,他就醒。只要一醒,就生气,说死也不浪费村里的钱。”

刘江:“怎么叫浪费村里的钱呢!我来试试。”他分开众人,在另一名知青的帮助下,上前欲将支书背起来。

支书果然苏醒,虚弱地问:“哪个背我?”

赵曙光在他耳边说:“支书,是刘江。我们知青还是要轮流背你去医院。”

支书果然生起气来:“刘江,是好知青……你……放下我……谁把我……往县城弄,我……死都不原谅他……”他在刘江背上挣扎扭动,刘江只得又把他放到炕上了。

马婶眼圈红了:“支书,你就依了他们吧!”

支书断断续续地说:“我……没事儿……就是累了……再加上一气,一急,内火攻心……躺两天,就好……翠花,你王大伯来过没?……”

翠花上前道:“他也病着,还没敢告诉他……”

“也对。”支书费了好大劲,抬起手,指着墙边的箱子道,“把那里边,小匣子取出来，给曙光……”

翠花开箱盖，取出一个小匣子，交给赵曙光。

“里边，是咱坡底村……目前的，一点儿公基金……还有，近几年的账目。你王大爷，至今还替咱村当着财务方面的半个家……钥匙，在他那儿。万一我真有个三长两短，让他打开……你把账目抄了，贴出去，可以证明我没贪污过，没……挪用……过……公款公物方面，是……一清二白的……”

老伴轻轻地抽泣着：“他爹，别说这么多让人不安的了……”

支书把老伴唤到炕前：“伸手给我。”

老伴向他伸出了一只手，支书把它握住，内疚道：“老婆子，我有时心里烦躁，冲你耍脾气……这我，以后尽量改……你要，多原谅我……”

老伴强忍住哭声：“我又哪回真生过你气了？”

“替我，拍拍枕头……我要，枕得舒服些……”

老伴抽出手，又从他头下抽出枕头，拍松拍软，重新给他枕在头下。支书慢慢地闭上眼睛，背朝大家，翻过身去：“这就……舒服多了……我……困了，想睡……”

马婶家的五彩大公鸡引颈高啼，旭日东升，天已大亮。一个明朗的好天气。

支书家突然传来翠花悲怆的哭声：“爹！爹呀！你怎么就这么走了呀！……”

知青宿舍里，赵曙光和一名中年女干部对坐桌前。女干部不屑地四处打量着：“大小也是一个村子，连村部都没有。仅这一点就证明，作为村长的人，工作不怎么样。”

赵曙光冷冷地说：“这里原本就是村部，旁边是集体的农具仓库。因为我们知青来了，打通了。”

女干部：“我们县‘革委’得知情况后，开了一次临时会议。会上大家一致认为,县'革委'针对坡底村采取的措施,桩桩件件都是正确的。坡底村支书的死,与县'革委'没有任何关系。"

赵曙光:"是吗?我可是亲眼目睹了我们老支书怎么从炕上栽到地上的人之一。"

女干部:"那也不能证明县'革委'的做法有什么错误。只能证明……证明他自己革命修养不够。正因为革命修养不够,就不能正确对待县'革委'的做法。"

赵曙光极不爱听,强忍着愤怒,掏出烟来吸。女干部挥了一下眼前的烟雾,皱眉道:"我在代表县'革委',和你进行严肃的谈话,请你不要吸烟。"

"我在代表坡底村知青严肃地听着,我烟瘾犯了,请你包涵点儿。"

女干部一下站了起来:"那我不想和你谈下去了。"

赵曙光玩世不恭地又吐出一大口烟:"那你就走。"

女干部愣了愣,又坐下,装出一副有修养的样子:"赵曙光,大小只要是一个村,那就得有支书。县'革委'派我来,还要我向你宣布,从今天起,你要代理起坡底村党支部书记的职务来,直至新任的支书到来为止。"

春梅搀扶着王大爷向知青宿舍走来。冯晓兰和刘江见王大爷一脸怒气,急忙上前劝阻。

王大爷却执意要进去:"别拦我,都别拦我!让我进去!"

知青宿舍里的那个女干部听到了外面的声音,问赵曙光:"外边什么人?"

赵曙光:"一个好人。"

女干部:"好人也不许进来!"

赵曙光:"他又没进来。"

女干部:"当然,对你们老支书的死,县'革委'也很遗憾。但我们郑重声明,仅仅是遗憾而已。他一贯右倾,所以,你要向我,也就是向县'革委'保证,说服村里的群众,不要集体发送了,更不许开什么追悼会,'老右’死了，尽快埋了就是了。”

赵曙光瞪着她，一言不发，将烟按灭在离她手不远的桌面上，起身便走。女干部叫住他：“哎，你哪儿去？”

赵曙光回头道：“既然任命我为代理支书了，我首先要遵循毛主席的教导，尊重群众，相信群众。坡底村的群众，都是贫下中农，正宗的革命群众，究竟开不开追悼会，我要征求他们的意见。”说完，他便大步走了出去。

太阳已经落山了，火烧云却把天空染了个通红。

赵曙光的声音远远地传来，听似平静，但句句都包含着真挚的感情：

“此时此刻，我们坡底村人，我们坡底村所有在村子里的人们——女人们，孩子们，知青们，还有两位远道而来的追悼者，我们大家，都在为这个村党支部书记的死而流泪。我们为什么如此悲伤？因为我们人人都了解他是一个好人，我们在追悼他的这个时刻，几乎每一个人都能回忆起他对坡底村的眷恋，他对我们大家的爱护。即使，他有时显得不近人情，显得没有主张，显得胆小怕事，但是我们都十分清楚，那也是由于他爱护我们，而又那么无能为力……”

躺在门板上的支书，手中握着修好的烟锅，身上盖着旧被子。门板被囤子、刘江和另外两名男知青抬起。送葬队伍一步步走进了晚霞。

支书的坟边，刘江手握酒瓶，往坟坑前洒酒。

王大爷把酒从他手中要了来：“老弟，老哥陪你喝几口！”说罢，他便扬起脖子，咕嘟咕嘟饮酒不止。

春梅在一旁劝：“爹！别那样，你病着呢。”

赵曙光从王大爷手中夺下了酒瓶，低声地：“大爷，我替你喝！”

囤子又从赵曙光手中将酒瓶夺去，一口气喝光了小半瓶酒。喝完酒，囤子抹一下嘴，仰脸望天。他张了一下嘴，想发出声音，却没能发出声音。又张了一下嘴，还是没能发出声音。他急了，双手捧着头，低垂下去。随后仰起，几乎往后仰平了脸，他腹部收缩，胸部隆起，嘴张得很大很大，终于发出了“啊”的一声。让人们万万没有想到的是，“啊”的一声过后，囤子居然唱出了两句信天游！

哎呀，天边边的那个晚霞哟噢，
烧呀就烧得那个半天价红呀……

他的声音沙哑，唱得声嘶力竭。一唱完，从刘江手中夺过锹，往葬坑里铲了一锹土，双膝跪下，磕了一个头，起身，迈着大步走远了。

人们填平葬坑后，纷纷离去了。只有王大伯还双手紧握锹柄，拄着锹站在原地。赵曙光觉得奇怪，走上前说：“大伯，您也要珍重啊！”他想从王大伯手中拿过去锹，王大伯却不松手，他看王大伯脸，王大伯大睁双眼，眼珠定定的，却不动了。突然，一口鲜血从他的口中喷了出来。

赵曙光惊慌大叫：“大伯！”

已走开去的人们闻声又跑了回来。

春梅的哭喊声：“爹！”

天边的火烧云，仍烧得那么红，确如囤子所唱，烧红了半个天空！

雪夜的知青宿舍里，除了李君婷，其他知青都在。大家或坐或立或躺，人人表情凝重，气氛沉闷。

赵曙光坐在桌前，十指交叉，撑着下巴自说自话：“现在，已经是十一月中旬了，村里基本上没什么活儿可干了……”

刘江正呆呆站在窗子旁，抱臂望着窗外出神。外边的窗台，已经被雪覆盖白了。

蹲在炕洞那儿的知青，把兜在衣襟里的几个烤好的土豆放到桌上，小声问：“谁吃土豆？”

没人吭声。

在安静中,赵曙光终于开口说:“我前天去公社开了一次会。公社指示,今年冬天,要在全县农村掀起又一轮阶级斗争路线斗争的新高潮,村村都要进行阶级斗争路线斗争的再教育。我的想法是,大家还莫如都请假回家去过新年,过春节吧。我现在不仅是知青队长,还是代理支书了。只要大家给我一份请假条,理由写得充分点儿,那我就行使代理支书的职权,批准你们都回北京去,明年开春儿农忙时再回来。”

刘江问他:“那你呢?”

赵曙光:“我是支书了,我得留在村里。再说我走得向公社请假,一般理由他们不会批假的。何况红兵还被关着,即使有人驱赶我走,我也不能走。”

一名知青问:“我们的请假条上,写一般的理由你就批假吗?”

赵曙光:“你总不至于写上比小学生逃学的理由还一般的理由吧?”

他将脸转向了冯晓兰,冯晓兰剥好一个土豆,正要递给他:“你也得走。”

冯晓兰一愣,拿着土豆的手悬在半空。

赵曙光:“首先是你,必须走。越早越好,别人有不走的权利,你没有。”他这种说话的方式,让冯晓兰感到压抑。

冯晓兰缩回递土豆的手,将土豆放桌上,逆反地说:“这是农村,不是军队。我是知青,不是战士!”

赵曙光:“那些我都不管。你最好像女兵一样,把我的话当成指挥员的命令。”

冯晓兰:“你少对我发号施令!”说罢,她便猛地起身,从屋里冲出去了。宿舍门没有关上,一阵冷风夹着雪花扑了进来。赵曙光也站起来,追了出去。

赵曙光拦住快步往王家走的冯晓兰。

冯晓兰脸上淌着泪:“你凭什么强迫我也回到北京去?我在北京都没有家了,你叫我回到哪儿去呀?”

赵曙光反问:“难道我的家不是你可以回去住的另一个家吗?”

冯晓兰:“我也曾经那么认为过,但是现在我不那么认为了!”

赵曙光双手按在她肩上:“为什么?为什么现在你不那么认为了?”

冯晓兰一扭身子,摆脱了他的双手:“以前我们之间像兄妹,后来我们之间发生了爱情,而再后来,我们之间的爱情出了问题……”

赵曙光:“那不是问题,那纯粹是误解!”

冯晓兰:“生活中根本就没有什么纯粹的误解!所以误解本身就是问题!所以现在,我不清楚我们之间的爱情还是不是爱情,不清楚我自己是否又仅仅是一个受保护的人了!而我认为自己完全保护得了自己,根本不需要一个你这样的保护人!”

赵曙光:“你已经仅仅把我看成一个保护人了吗?”

冯晓兰:“这种话你应该问你自己!”

二人不说话,只是彼此对视着。

赵曙光突然紧紧搂抱住她,热烈地吻她。冯晓兰起初抗拒他,却渐渐地温柔了起来,回吻起来。

他们在大雪中吻着,吻着。直到传来几声猫头鹰的呱叫声,二人才分开。

赵曙光轻轻问她:“现在还认为我仅仅是保护人吗?”

冯晓兰有些害羞:“爱情在猫头鹰的叫声中继续,似乎不怎么吉祥。”

赵曙光:“我对猫头鹰没什么不好的印象。鲁迅还自比过猫头鹰。它刚才是在为我们亲吻喝彩,在我听来,它的叫声好像是——好,好,再来一次。”

冯晓兰忍不住一笑,打他,看着他说:“这会儿跟我说话的你,怎么和刚才跟我说话的你那么不一样?”

赵曙光笑笑:“刚才不是当着大家的面嘛!”

冯晓兰娇嗔地瞪了他一眼:“变虚伪了吧?”

赵曙光又轻轻拥抱住她,辩解道:“不是变虚伪了,的确是希望你服从我的话。我怕你留下来,成为某些专门整人的家伙的靶子。”

冯晓兰:“可,你不回去,我一个人回去,见了伯父伯母怎么说呢?”

赵曙光:“那还不好解释?就说我现在是代理支书了,职责在身,走不开。老支书不在了,王大伯也不在了,就剩我一个党员了,你说我能走吗?代理支书这件事,我本来不想担任的。但又一想,万一把坡底村的支部给取消了,我被合并到别的村的支部去,再摊上一个左得不得了的支书,那无论对于坡底村的乡亲们,还是对于我们几个知青,不是很糟糕的事吗?尤其对于红兵,那就更不利了。我是代理支书了,就多少有点儿权力替红兵辩护了,是不是?”

冯晓兰:“但愿吧。那我听你的行了吧?快回去吧!”她轻轻推着赵曙光走。

赵曙光走了两步,站住,转身,见冯晓兰还站在原地,走回去又拥抱她,吻她,并说:“有你,我更多了一条不随波逐流的做人原则。”

给支书和韩奶奶扫完墓,知青们回到宿舍,拎起已经打包好的行李,踏上了回家的路。

一名知青边走边牢骚:“我家人来信说,邻居家的二子去年下乡的,赶上东北兵团那一拨了,前几天大包小包地回家了,又是带的白面,又是带的黄豆、豆油什么的。还有榛子啦、木耳猴头啦,更可气的是,为他爸妈一人捎回去一张狍皮!”

另一名知青:“你气个什么劲儿啊?”

那名知青:“都一样是知青,却两种截然不同的命运!人家兜里还揣回一百多元钱交给爸妈了呢!人家那是一种什么探家的感觉?看看咱们,没任何当地的东西能往家带的,能不气吗?”

第三名知青笑了笑:“我劝你们带些小米,你们都不带嘛!”

“小米?拉倒吧!不稀罕!”

刘江:“得啦得啦,都别说那些牢骚话了!轮到咱们下乡,人家兵团招过人了嘛！等咱们到陕北插队来了，人家兵团又招第二拨人了。什么叫命运？这就叫命运。寻思寻思吧，命运这个词，本身就带有不可抗拒的意味儿，所以人不能跟命运较劲儿。”

他转头问赵曙光：“曙光，你可是自己放弃了去兵团的机会，听了他们三个的话，心里更不是滋味吧？”

赵曙光不由得看冯晓兰，冯晓兰也站住，深情地看着他。

一名知青插嘴：“他现在成代理支书了，再后悔，那也只能是郁闷在内心里，说不出口呀！”

赵曙光微微一笑：“情况各不相同。我丝毫也没有因为我的放弃后悔过。对于我，有比白面、豆油、狍皮和工资更值得重视的东西。”

刘江：“那是什么？”

赵曙光：“一种宝贵的东西。”

冯晓兰打断他们：“好啦，别在这儿开人生讨论会了，让代理支书同志回去吧！”

赵曙光：“我也送得够远了，不往前送你们了。我嘱咐的话，都记住了？”

刘江：“不就是见了父母，要多说让他们放心的话，少说让他们替我们犯愁的话嘛！”

赵曙光：“最担心你们做不到的就是这一点。刘江，你要去看看红兵的母亲。关于红兵现在的情况，一个字也不许说。只许说他一切都好，说他不回北京，是怕我一个人留在村里孤独，所以留下陪伴我。还要想办法打听一下他父亲的情况，我想这是红兵最希望知道的。”

刘江点头。

赵曙光又问冯晓兰：“信带好了？”

冯晓兰点头。

赵曙光将刘江扯到一旁，耳语地：“那天我骗你了——你档案里没有任何不良的家庭政治情况。我当时那么骗你，是因为一时也找不到什么好办法阻止你。”

刘江愣愣地看他片刻，一个绊子将他摔倒，接着抡书包打他。冯晓兰和其他的知青急忙上前将刘江扯开。

王大娘和支书老伴手拉手坐在支书家的炕上，翠花搂着春梅坐在炕边，马婶等几个女人或站或立，囤子蹲在二道门外吸纸卷的烟。

一个女人：“唉，大家都陪着难过也没用，陪着愁也没用，日子总还是要过下去的，是不是？”

“这话对。”马婶看看翠花，看看囤子，“要依我，你们两家，不如合成一家过得了！”

支书老伴询问地看着马婶：“怎么合啊？”

马婶快人快语地：“择个吉日，干脆让翠花改嫁给囤子嘛！”

翠花：“我不！我要等王川！等到猴年马月也要等！”翠花低声哭了起来。囤子默默起身出去了。

马婶：“哎，翠花，婶以前可是经常听你说自己多么多么喜欢囤子的！”

翠花：“我那都是逗乐的话！”她哭着往外跑，与正往屋里进的赵曙光撞个满怀。

翠花瞪着赵曙光：“赵曙光，你现在是支书了，以后我就跟你要我的丈夫了！”

赵曙光不知说什么好，怔怔地看着翠花从屋里跑出去。

支书老伴对他说：“曙光啊，你翠花姐说话没轻重，别怪她，啊？”

“曙光不会的。”王大娘说，又对赵曙光解释，“是你马婶刚才几句好心好意的话，不想把她惹哭了。”

赵曙光：“两位大娘，还有大家，我刚才把咱村的知青送走了。今年冬天村里也没什么重要的活儿，不如让他们回家去和父母团圆一次。我不回。我要在村里和大家一块儿过年，过春节。你们如果有什么事要找我,那就去知青宿舍找。无论谁家的大事小事,我都会认真帮助解决的。我一定会像老支书那样为坡底村尽力而为的……"

晚上,知青们离开后的宿舍里显得格外安静。炕上除了赵曙光的褥子还铺着,别人的被褥都打成了捆。赵曙光双膝跪在地上,趴炕洞口那儿一口接一口地吹火,炕洞口里的火终于燃了起来。

赵曙光一抬头,见拎着行李的冯晓兰不知何时已站在跟前,他望着冯晓兰站了起来。

冯晓兰:"我不忍让我爱的人孤单单地留在这冷清的地方……"

赵曙光不说话,只是看着她。

冯晓兰:"今晚我可以不回大娘家,反正没人知道我现在又回来了……"

赵曙光还是没说话。

冯晓兰:"今天和以后几天里,是我不会怀孕的日子……"

赵曙光一下子将她紧紧搂抱住,狂热地吻。

炕洞口里,熊熊燃烧着的火焰,把赵曙光和冯晓兰放在炕洞口边烤着的两双鞋映得通红……

第十二章

一白到底的墙上挂着一只被擦拭得一尘不染、闪着铜光的旧军号。军号喇叭口的地方被子弹击凹了一块。系在它上边的红绸布,因岁月的打磨而褪色,快变成黑色的了。还有几枚勋章,与军号挂在同一根钉子上。军号对面的墙上,挂着毛泽东的肖像。肖像下面,赵氏兄弟的父母正在接待晚饭后来访的刘江。

赵母拿起了暖瓶:“阿姨再给你加点儿水?”

刘江赶紧摆摆手:“阿姨,我不喝了。”

赵母:“阿姨给你沏的可是好茶。”

刘江:“喝出来了,好像是龙井。”

赵母:“曙光他爸的一位老首长,托人从杭州捎来的。”

赵母往茶杯里加完水,放下暖瓶,小声对赵父说:“你还有什么要问的没有?”

赵父犹豫了一下,问:“曙光,他和晓兰的关系,还亲密吧?”

刘江抿了一口茶:“亲密。亲密无间!我们几个知青都看出来了,他俩爱得很铁很铁!”

赵父脸色陡然一变:“嗯?!”

刘江不由得看赵母，想知道自己是否说错了什么。赵母见状，对赵父说道："你皱什么眉头啊！他俩能那么相爱，不正是我们愿望中的事吗？"

赵父脸色沉了下来："是你愿望中的事，却从来不是我愿望中的事！"

他的话使刘江和赵母同时为之一愣。

赵母："你今天又哪儿不对劲儿了呀？当着人家刘江的面，你这是说的什么嘛！"

赵父："我说的是严肃的话！毛主席是部署他们去接受再教育的！是派他们知识青年去帮助广大农民群众战天斗地的！刚去插队没多久，就谈情说爱，这成什么话！"

气氛一时尴尬。

半天，刘江才支吾着说："我们也没都在谈情说爱……"

赵父一脸严肃地问道："刘江，你告诉我实话，你开始谈情说爱没有？"

刘江："我……我倒没有。"

赵父："听！听到了吧？人家刘江并没有，他为什么就那么急？"

赵父站了起来，挥舞手臂："亏他去时还是知青队长！现在还成了代理支书！他带的什么头，起的什么榜样作用？刘江，你回去告诉他，就说我说的，决不允许！必须给我立即停止进行！"

刘江有些尴尬："我……我回去还早呢，要到明年开春儿。"

赵父对赵母说道："李淑芬同志，那你要立即给他写信！明天就寄出！"

赵母替儿子和冯晓兰辩解："刘江是初二生！曙光高三毕业都两年了！晓兰是高二的，他俩谈恋爱，那也不能算太早嘛！"

赵父："早晚姑且不论。我的儿子赵曙光，他以后爱上什么样的姑娘都可以，但就是不许他爱冯晓兰！只要我一息尚存，决不允许晓兰成为咱俩的儿媳妇！"

赵母一拍茶几:“那我就偏要和你做这个对!我将来的儿媳妇如果不是冯晓兰,那我这个婆婆连儿媳妇的面都不见!”

赵父:“你那叫封建!”

赵母:“你那就不叫封建啦?刘江,你回去后告诉曙光,就说我说的,希望他和晓兰好好相爱,爱到地老天荒都不要散!”

刘江后悔地:“我刚才的话有点儿……有点儿夸大其词了。其实,那只是我个人的一种观察,也许,也许他俩之间,只不过是一种正常的友谊,男女知青之间的友爱……而已。”

赵母怔怔地看着刘江。赵父却松了一口气:“要是这样嘛,那我没什么反对意见了。替我告诉曙光,他必须对晓兰友爱!多么友爱我都支持,都赞同,但决不允许把友爱变成爱,这是个原则问题!”

刘江站起身来:“伯父,伯母,时间不早了,我该走了。”

“这……”赵母瞪着赵父生气,“你看你,莫明其妙地嚷嚷了一通,让人家刘江都不好再待下去了!”她又转脸对刘江说,“那我就不强留了,我送送你!”

刘江:“伯母不必送。往后,我们几个之中不管谁回北京了,都会常到没回来的人家里去的。”

“这对,应该这样。伯母不远送,就送你到门外,啊?”

刘江和赵母走到门口,赵父忽然大声喊道:“小刘江,等一下!”

刘江和赵母同时回头望赵父,他也走了过来:“小刘江,我喜欢你!我刚才有点儿失态了,别见笑啊!”

刘江笑了:“伯父,哪儿能呢!我爸我妈也常这样,世上哪儿有没争过没吵过的父母呢!”

赵父:“这话我爱听!争吵是为了形成统一的认识嘛。淑芬同志,把我那两样收藏送给刘江吧,收买收买他,那他回去后就更是咱们曙光领导的一名好知青了。”

刘江:“伯父,不用收买了,我本来就是曙光倚重的人。”

赵母:“你伯父跟你开玩笑呢。你等着,你伯父那两样收藏值得你接受。”

她转身走入另一房间,片刻出来,手捧大小两样东西走到刘江跟前——小的东西装在盒子里,大的东西在上边。

赵母先把小的东西递给刘江:“打开看看。”

刘江打开一看,见是部队发的两个“文革”纪念章——上件是中间有“八一”二字的金色五角星,下件是有“为人民服务”五字的横徽。赵母解释道:“总理、林副统帅胸前戴的和这枚是同一批。这是刚发给你伯父的‘四合一’,毛主席语录、最新指示、诗词和语录歌曲全编在一本里了。”

赵父大声问:“刘江,喜欢吗?”

刘江忙不迭地点头:“当然喜欢!可是伯父,这么宝贵的收藏品我不能……”

赵母:“你伯父真心实意要送给你,你不肯收他会不高兴的。”

赵父:“对,我会不高兴的。既然明年开春儿才回陕北去,这段日子里可要经常来玩儿,把你们在坡底村插队的那几名知青也带来,我愿意听你们讲陕北农村的事。”

刘江感激地接过礼物:“那谢谢伯父了,过几天我就带他们来玩儿!”

赵母将刘江送出门外,刘江忽然想起了一件事:“我差点儿忘了,伯母,曙光他还让我带回来一封信。”

他从内衣兜掏出一封看去装有不少页信纸的信封,递给赵母:“这封信曙光原本是让晓兰捎给你们的。可晓兰跟我们走到半路,又回坡底村去了。她怕曙光独自一人留在坡底村那么长的日子,太寂寞了……”

赵母:“刘江,曙光和晓兰之间,是爱情,不仅仅是友爱吧?”

刘江:“这,我也说不太准,我和女孩子连友爱都没友爱过。也很可能,他俩那是友爱,我给误当成爱情了。伯母,晓兰是这么嘱咐的,让我一定亲口告诉您和伯父，现在不要拆开这封信看。等某一天曙光他觉得你们有必要看，并且让你们代为转寄某方面的时候，他会想方设法通知你们的。”

赵母不安起来：“你不是说他现在是代理支书了吗？那这信……”

刘江：“伯母放心，曙光他现在很好，在老乡中威信最高。我们知青，大家也都很团结，很服他管。但他在这一封信里究竟写了些什么，我确实一点儿也不清楚。晓兰说她也不清楚。她说曙光怎么嘱咐她的，她就原话怎么嘱咐给我听了。”

赵母心里困惑，嘴上却说：“明白……”

赵母手拿信进入家门，插好门，在过道那儿看着信，疑惑，信封很厚，两面无字。她拿着信坐在沙发上，仍疑惑地翻过来调过去地看。

赵父：“同志，多包涵啊！刚才，我确实不该当着咱们小客人的面，和你那么大声嚷嚷。失态，失态。可我也不是完全没有冲动的理由，一听那小刘江说曙光和晓兰爱上了，而且还爱得很铁，我这心里‘咯噔’一下，一股急火直蹿脑门儿。”

赵母：“别跟我说话，我这会儿不想理你！”她伸臂将信放在桌角，目光仍望着信。

赵父也坐在她坐的那张长沙发上了，摸索到了她一只手，握着又说：“连人家小刘江都说了，世上哪儿有没争吵过的父母呢？所以，你不接受我的道歉，还不想理我，那是不对的！”

赵母挣出了手，起身坐到另一只沙发上，气闷地说：“你这不是烦人吗你！我说不想理你，就是不想理你！我心里对你火透了！”

赵父：“同志，你还别得理不让人。我请求原谅是因为我的修养问题。但我对于曙光和晓兰的关系，刚才的态度是不变的！怎么友爱都可以，就是不允许爱。这是原则问题。我这人，在原则问题上是从不让步的。明天，你还非给曙光寄出一封信去不可！”

“如果我偏不呢？”

“那我就只得请别人代写。必要的时候，我要去陕北，去那个坡底村，当面教训教训咱家老大！”

赵母瞪着他，慢言慢语然而句句有分量：“老赵，咱俩成为夫妻二十几年了，以前，我自以为是特别了解你的……”

赵父：“你当然是特别了解我的！”

赵母：“现在看起来，倒也未必。”

“未必?！你……”赵父手臂伸向赵母，不停地指点。

赵母：“把手往下。”

“不！你不实事求是！”

赵母严厉地：“把手放下！我不但是你妻子，还是正营级军医，你别跟我在家里要这套大男子主义，我才不惯你这坏毛病！”

赵父不得不把手放下了。

赵母：“我问你，如果你怕受什么政治牵连，当初又何必把晓兰接到家里来住？又何必说服曙光陪她去陕北插队？曙光本已做好了去黑龙江生产建设兵团的准备的！那天亮也就不必替哥哥去履行当年的誓言了！现在，咱们眼前起码还能留住一个儿子！”

赵父张张嘴说不出话。

赵母：“当初的正义冲动过去了？后悔了？我是个现役军官都不怕，都敢于担当，你一名残退军官倒是怕什么？我丈夫还是当年那位从枪林弹雨中过来的战斗英雄吗？”

赵父受辱地：“我不是怕什么政治牵连，我是怕别的！”

“怕别的也是怕！如果真的连那个都不怕了，还有什么别的好怕？”

赵父：“我怕……你给我坐过来！”

“你先给我说清楚！”

赵父伸出双手，摸索着抓住沙发的左右扶手，一使劲，将赵母连同沙发拖到了自己跟前。

赵父几乎脸对脸地对赵母说:“你有权问我,我更有权问你!我问你,晓兰她是谁的女儿?是我老首长的女儿,对吧?我老首长又是什么人?曾是堂堂大军区的一位副司令,对吧?为什么我一说把晓兰接到咱们家保护起来,你毫不犹豫地就同意了?因为我们都是出于政治道义,对吧?可如果某一天,我老首长官复原职了,前来咱们家接她的独生女儿了,咱们却把他的宝贝独生女儿,变成了咱家的大儿媳妇,可能还有一个小孩子冲他叫外公,那么这算是怎么一档子事?”

赵母推开了他:“那又有什么不好?你救过他的命,两家关系本来就不一般!”

赵父:“不一般怎么了?我救过他命怎么了?在战场上,谁都可能救谁的命,这是军人之间的常事!但他毕竟是堂堂的副司令,我只不过是一名团级的残退军人!他不忘我这老部下,以前逢年过节总派人给我捎东西来,这是一回事,我去外省看望他,就住在他家里,和他一个饭桌上吃饭,都喝得脸红脖子粗,这也是同一回事!可是,在他落难的时期,我如果把他的宝贝女儿变成了我一个儿媳妇,这事儿不就变味儿了吗?!”

赵母怔怔地瞪着赵父,一时找不到话来反驳他。

赵父:“十年河东,十年河西。现在不过是一些野心家当道,但我就不信,他们靠今天打倒一批明天打倒一批,自己的光景能长得了!等到我老首长复出那一天,他的地位肯定比以前还要高!即使他心里没什么不好的想法,他夫人会怎么想?即使他夫人心里也没什么不好的想法,别人会怎么看我赵力雄?会在背后怎么议论我?”

赵母:“你不觉得你这种顾虑很自私吗?”

赵父一拍茶几:“我从来就不是个自私的人!我也是为你的好名声、为咱们这个家的好名声着想!在这小人当道的年头,以及后来,我都要别人谈到咱们家时说,‘这一家四口都很正义’!我认为这是咱们家共同的荣誉!我要纯纯粹粹的正义!纯粹才经得起别人评说,经得起指指点点!”

赵母垂下了目光。

赵父:“再说,我也不能适应一位中将变成了我这名团级残退军人的亲家公!你替我想想,我,我我我怎么适应啊?你就适应吗?你,一名营级军医,能适应一位中将的夫人是自己的亲家母吗?咱们做父母的,不能让曙光那小子,把两家的关系搞得……搞得那个那个变质了呀!”

赵母只是瞪赵父,不说话。

赵父:“你在瞪我,对不对?我感觉得到你在瞪我!算我用词不当,行了吧?我是大老粗,但是话糙理不糙!我的意思无非就是说,我不愿两家的关系搞得太那个那个……不自然!我还是更喜欢将来有户普普通通的亲家!即使我们两个儿子中,有一个将来娶的是农村姑娘,那我也没什么意见!能回农村去当一位瞎眼的爷爷,也不错。强过在北京成了一废人。明明废人,人人还总拿我当英雄敬着,起初行,日久天长,那也烦心啊!”

赵母:“天亮回家一次,让咱们给他哥寄一千元钱去,你没等他说上几句话,把他打跑了。曙光写来信,也是请求家里给寄钱去,可我一看存折,你不知什么时候都快把两千多元钱支取光了!”

赵父:“当时怕你不同意,没敢跟你打招呼,这是我不对。可我老家遭了灾,两千多元钱能救许多人的命……”

赵母:“我并不是在责怪你,我就单论这事儿。曙光那边急得火上房,专门从县城往我医院里打电话,孩子口口声声说妈我是向家里借,我可以写借据,我以后有能力的时候一定会还你们……你知道我听着心里边什么滋味吗?曙光那也是为了正事啊!是要为他们那个村里打成一口机井啊!怎么这样些事儿,都得我来出面应对呢?现在你又要阻止他与晓兰的爱情,你倒是让我这当母亲的信上怎么说呢?你刚才说那些,那能写在信里吗?你怎么也不想一想,爱是双方面的关系,如果晓兰特别爱曙光,你的阻止,不是也在伤害人家晓兰吗?”

赵父:“晓兰性格很坚强,即使当时觉得伤害了一下,我看她也是经得住的。何况我们不是恶意的伤害,我们也是为她好。她那样家庭的独生女,更应该找一位门当户对的丈夫。”

赵父握住赵母一只手,又说:“明天的信,我说,你写,以我的名义寄给曙光,行了吧?”

赵母挣出了手:“明天的信,究竟应不应该写,有没有必要写,再议。眼前还有一封信的事儿,我必须现在就告诉你,要不我怕我今晚会失眠。”

赵父有些惊讶:“还有一封信的事儿?”

赵母掏出刘江交给她的那封信:“刘江刚才在门外交给我的。是曙光让晓兰捎给咱们,晓兰又让他捎给咱们的。”

赵父:“刘江捎回曙光的信来,却要背着我在门外交给你?他小子怎么可以这样?我还说我喜欢他来着!我还送给他……”

赵母:“你看你,我没把话说完,你就又打断,还疑心!你到底想不想听我把话说完啊?”

“好好好,你说,我洗耳恭听!”

“本来,信是要让晓兰捎回来的。可晓兰那孩子,跟刘江他们走到半道,又决定不回北京了。”

赵父:“她回北京那也是回咱家,赵家的家门永远对她敞开。”

赵母:“她不回来,是考虑到咱们曙光一个人留在那村子里太孤独了。于是呢,她就又让刘江把信捎回来了。”

赵父:“不管谁捎回来的,反正是咱们儿子的信!你就念给我听听吧!”赵父急着想知道信中内容,不耐烦地说。

赵母:“不能念给你听。非但不能念给你听,连我也不能拆开来看。曙光交代,信先由咱们保存着。等他认为必要的时候,会通知我们。那时我们才可以看,还要按照他的希望替他转寄给什么方面。晓兰呢,就把曙光的嘱咐,原话又嘱咐给了刘江。刚才咱俩一争吵,人家刘江那孩子忘了兜里揣着信了。我把他送出门,他才想起来,他把晓兰嘱咐他的话,对我嘱咐了一遍。要说人家刘江这孩子,还真是值得信托的孩子。”

二人一时沉默。在沉默中,赵父伸出了一只手。赵母一言不发,起身将信从桌上拿起,又看了看,递在赵父手上。赵父双手摸那封信的边缘,似乎想找到一点什么。

赵母:“不必摸,封着口。信封两面,一个字都没有。”

赵父:“很厚。牛皮纸的,中号的宽信封。估计里边至少有五六页稿纸……”

赵母:“这信闹腾得我心里更乱了。如果我今晚对你发火,那可是有理由的。”

赵父:“你觉得,刘江会有关于他们几个知青的什么事,瞒着我们,并没说吗?”

赵母点点头:“他在门外交给我信的时候,我有这感觉了。”

“会是什么事儿呢?”赵父自言自语,又将脸转向赵母,“你猜,会是什么事儿?”

赵母猜想:“会不会是,关于他自己和晓兰的事儿?”

赵父摇头:“不会。那曙光没必要搞得这么神神秘秘的。”

“看看就知道了。”

“是啊,看看就知道了。”

赵父将信递向赵母,命令地:“拆开,念给我听。”

赵母拿着信封,却并没有拆开:“不好吧?对曙光是不是太不尊重了?”

赵父:“是。但如果我们不知道这封信的内容,今晚都别想睡觉了。这对我们当父母的太不公平了!”

赵母接过信,犹犹豫豫的,还是没拆,又将信还在赵父手中:“你拆,我念。”

“我拆就我拆!”说着,他毫不犹豫地撕开信封,抽出信纸,递给赵母。赵母接过信纸,念道:

亲爱的爸爸妈妈：

当妈妈念这封信给爸爸听的时候，那么肯定的，我已经失去了自由。而在这封信交给你们的时候，我的知青伙伴武红兵，被某些人打成了“现行反革命”分子……

赵母停止念，愕然地看赵父。

“别停！念！”

赵母念道：

爸爸妈妈：

我对这一种几乎是任意将人打成“反革命”的做法，深恶痛绝。如果说我在北京的时候，还只不过感觉到我们共和国的首都病了，那么我在大串联的时候，进一步深切地感觉到，我们的共和国总体上病了！而在陕北这个又穷又小的农村里，我更加确信我的感觉并没有错……

亲爱的爸爸妈妈，我不能不为武红兵与某些人进行斗争。这已经全然不是出于个人关系的感情冲动。许多现象都是不正确的，必须有人呐喊出这一事实。我深切地体会到，那些错误的事，也是多么严重地危害到了广大人民群众的利益。连许许多多善良的农民老乡都因而欲哭无泪。爸爸，您曾是英雄，而我很平凡，我认为我血管里并没有多少英雄的血液。也许弟弟身上倒是有些的，尽管他还分不清楚什么是英雄行为，什么只不过是青春情绪的宣泄。但平凡的我，毕竟是多少有些思想的。所以，为着我们的国家，我再也无法沉默……

赵父突然大吼：“别念了！”

赵母骤然停止了念信，呆若木人。

赵父猛地站起，挥舞手臂，激动不已："反动！反动透顶！头脑里有这样的思想，那就是板上钉钉的'现行反革命'！"

赵母劝道："你小声点儿！"

赵父："满纸的胡说八道！什么事儿就单论什么具体的事儿！为什么要扯到中国怎么样了？毛主席他老人家的头脑里有些什么伟大的部署，他赵曙光懂个屁！我坚信中国是不会被某些野心家搞垮的！他如果还承认是我的儿子，他也得承认这一点！"

赵母哀求地："你小声点儿行不行啊！"她双手捧脸，低声哭起来。

赵父把眼一瞪："你……你哭什么？"

"我……我觉得曙光的信，写得很真诚。可是……可是我太为他担心了啊！"

赵父又默默坐在沙发上了，自言自语："他，他为什么要想这么多？为什么要想这么多?！为什么?！"

赵母："咱们……咱们可该怎么办啊？天亮那儿，受了处分，曙光又……我从来也没为他们两个操过这么大的心啊！怎么一离开身边，就都变了呢？"

赵父："烧掉它，烧掉它！信在哪儿？给我，快给我！"赵父一把将信抢了过来，掏出打火机按出火苗。信纸、信封在赵父手中燃烧，烧痛了他的手，赵父将燃烧着的信丢到地上，信瞬间成为黑蝶般的纸灰。

赵母呆呆看着。

赵父："明天不要写信了，我看，咱俩一块儿去陕北一趟吧！"

赵母为难地："我是主治医生，恐怕请不下假来……我不知道这个假怎么请。"

赵父却很坚决："那我就自己去！我必须去，不能不去。而且，得快！"

"你离开我都不敢一个人走到大院外去，交通又不方便，怎么去得成?”

“顾不了那么多了。曙光信上说的,是不是以前来过咱家几次的那个武红兵?”

赵母:“肯定是。”

赵父:“你觉得,他是怎么样的一个青年?”

“当年和咱们曙光一样,都是属于爱思考问题的高中生。他俩经常互相推荐书看。”

赵父咬牙狠狠地说:“是书把他们害了!书不是什么好东西。”

“别忘了,你当年追求我,正因为我是一个喜欢读书的姑娘。”

“可你头脑里为什么就没有那些乱七八糟的危险的思想?”

赵母反问:“你怎么知道我没有?”

赵父的脸转向赵母,僵直不动:“如果你也有,说出来。”

“不想跟你说。”赵母用手绢擦鼻涕抹眼泪。

赵父强硬地命令:“你必须说出来!我是你丈夫,我有权了解你的政治思想。”

“我不想被谁了解,你是我丈夫也不行。”

“怎么搞成了这样?连多年的恩爱夫妻都显得生分了。”

赵父正叹着气,敲门声响了起来。他赶紧对赵母说:“快把地上弄干净,让外人看到了会起疑心的!”

赵母慌乱之下,从沙发背上扯下罩布,将地上的纸灰擦尽,将罩布卷几卷,塞到了沙发底下。赵父看了看她的脸:“让外人看出你哭过也不好。”

“来了,等会儿。”赵母一边应答,一边急忙走入洗漱间,拧开水龙头洗了几把脸。她手拿毛巾,一边擦脸,一边开了家门。

来的是三位女性,都是当年知青母亲的年龄,其中一位还穿着军装。

穿着军装的女人对赵母说:“李姐,她俩是街道居委会的。她俩的孩子和咱俩的孩子,都在黑龙江生产建设兵团。她俩听到了一些不太好的情况,想咱们四个做母亲的一块儿交流交流看法,否则不会这么晚了还来打扰。”

赵母强打笑脸:“快到屋里坐下说。”

她引着三位母亲进客厅。赵父见来了人,正扶着家具,一步一挪地要离开客厅。

赵母问他:“你要干什么去?”

赵父:“回避啊。”

穿军装的母亲:“老赵,我的声音还听不出来啊?你回避个什么劲儿啊?”

赵母瞥了丈夫一眼:“就是,毛病!”

一位母亲说:“我俩听到别的街道传着一个黑龙江生产建设兵团的消息,说有一个师的好几个团的知青,都得了一种眼病,有的连队,所有知青的眼睛集体失明了!”

赵母:“是谣传吧,这也不太可能啊!”

另一位母亲:“肯定不是谣传,有些当父母的,已经动身去东北了。”

穿军装的母亲:“也没有什么不可能的。孩子们去的都是人烟稀少、特别荒凉的地方,什么古怪的地方病都有可能找到他们身上。”

“我想起来了。”赵母问赵父,“我记得,天亮上一封信里提到过,说连队里有些知青得了什么眼病,而他比较幸运,没得,和几名男知青组成了架线班。”

赵父也想起了这回事,忙说:“对对,快去把信找来!念给她们三位当妈的听。”

赵母:“是雀盲眼!”

她将信拿来,抽出信纸,找了一段字念起来:“由于较长期吃不到带叶蔬菜,导致集体缺乏某些维生素,结果又导致了普遍的雀盲眼病发生。就是眼睛像麻雀一样,到了晚上什么也看不见了,跟瞎子差不多。但各团已在采取紧急措施……”

北风在东北的雪夜中呼号。风雪中，隐约能看见一溜还没架线的电话线杆，其中三根上，有人影在安装着什么。这个架线班要完成的任务很艰苦，要将电话线拉到所有的连队，工作范围在一百公里以内，离哪个连队近，就到哪个连队吃住。赵天亮他们已在严冬来临之前将几千根线杆竖牢了，只剩下安瓷葫芦和架线的任务了。

齐勇攀在一根线杆上，口中叼着线手套，一双棉手套吊在脖子上，垂在身体两旁，被北风吹得乱摆。他拧好一个瓷葫芦，从口中拿下线手套，一边往冻得红肿的手上戴，一边喊："天亮！好了没有？"

赵天亮："马上就好！"

齐勇又转问"小地包"："'小地包'，你那儿怎么样？"

"小地包"："我手弄破了，但也马上就好！"

齐勇溜着线杆往下滑，不知为什么，他忽然感到一阵头晕，眼前一黑，掉到地上。

赵天亮："班长！"

他飞速地下了杆，从鞋上蹬掉齿钩，跑到齐勇跟前，扶起齐勇的头连声叫："班长！班长！……"

齐勇昏迷不醒。

赵天亮冲"小地包"大喊："孙敬文，快下来！"

"小地包"慌乱地往下移动齿钩，快到地面时，也一个不慎跌落于雪地，他爬起来，原地转圈。

赵天亮生气地喊："你干什么呢？过来呀！"

"小地包"惊恐地在原地打转："我过哪儿去呀?！"

赵天亮："你他妈装什么装！到这儿来，班长摔昏了！"

"小地包"哭喊："我眼前一片黑！我看不见你俩！我眼睛瞎了！我眼睛瞎了！"

赵天亮背起齐勇，让"小地包"扯着他腰间的保险索，三人踏着深雪来到了避风的灌木丛后面。赵天亮放下齐勇,大口喘着粗气。

一屁股坐下,哭咧咧地埋怨:“我肯定也得了雀盲眼了!”

赵天亮:“那么多人都得了雀盲眼,就你神圣啊?不能得啊?”

“我刚才在杆上还能看得见,让你突然一喊给吓的!”“小地包”踹了赵天亮一脚,又指着昏过去的齐勇说,“都怨他!我说要起风了,早点儿收工,他偏不,非坚持要把这几根杆子也安装好!”

他又接连乱踹,前几脚落空了,最后一脚,差点儿踹中齐勇的头,多亏赵天亮将齐勇的头护住,“小地包”的脚踹在赵天亮身上。

赵天亮:“再乱蹬乱踹的,我揍你!”

“小地包”拖着哭腔:“现在可怎么办?离最近的九连也有三十来里!去不到九连,今晚非都冻死在这儿不可!”

赵天亮:“你把班长扶在怀里!”

“小地包”:“不!我恨他!他把我搞到这种地步的!”

赵天亮用棉手套扇“小地包”几下,“小地包”安静了,乖乖将齐勇扶在自己怀里。

赵天亮:“坐这儿别动!”他说完,起身便走。

“小地包”慌张地:“你哪儿去?!”

赵天亮:“把咱们的大衣都找过来!”

“小地包”:“你可别耍花招啊!”

赵天亮回头瞪他:“你!”

赵天亮顺着线杆找去,只找到两件大衣。他抱着两件大衣回到灌木丛这边,将一件大衣铺在雪地上,对“小地包”说:“旁边是大衣,坐上去!”

“小地包”伸手摸了摸铺在地上的大衣:“谁的?”

赵天亮没好气地:“现在还问什么谁的?我分不清!”

“小地包”倒也听话,坐在了大衣上,赵天亮将齐勇扶到大衣上,仍让“小地包”怀抱着,之后将另一件大衣盖他俩身上,自己坐他俩旁边,大口喘气。

“小地包”眼睛虽然看不见，却知道只有两件大衣，便问：“另一件呢？”

赵天亮：“没找到！”

“小地包”：“就这么一块儿坐到天亮？”

赵天亮：“那是找死！摸摸班长衣兜，看有打火机没有？”

“小地包”掏齐勇兜，说：“还有烟！”

赵天亮：“给我！”

“小地包”没给他，自己倒是先叼上了一支。他虽然按着了打火机，却对不准火苗。

赵天亮吹灭打火机火苗，夺过打火机和烟，吸着后，塞在“小地包”嘴里，这才给自己又点着一支，放到嘴边吸着。暴风雪将烟头刮得通红，无数火星飞向远处。

“小地包”的眼泪和鼻涕都冻在一块了：“天亮，求求你，快想办法，老坐这儿不是回事啊！”

赵天亮也没好气地说：“正想呢！”

猛烈的风扫过来一阵雪，赵天亮身上，盖在齐勇身上的大衣，顿时一片白，赵天亮抚雪，齐勇呻吟了一声。赵天亮捧齐勇的头轻唤：“班长，班长！”

齐勇睁开了眼睛：“我……我怎么了？”

赵天亮：“你从杆上摔下来了。怎么回事？”

齐勇茫然地看了看四周：“当时，我的头忽然一晕。从今天下午开始，我觉得……我在发烧……”

赵天亮摸齐勇额头：“你是在发烧。”

“小地包”将齐勇从怀里推开：“苏醒了就别他妈再靠我怀里了！既然下午就开始发烧了，还非逞什么能啊！”

齐勇：“我不是想早点儿完成咱们三个的任务嘛！”

“小地包”:“早点儿完成又怎么样?回到连里,不是还得接着干别的活儿吗?你拖累了我你知道吗?”

齐勇:“你少跟我说这种话啊!你就不想想整天看着你在我眼前晃过来晃过去的,我心里有多烦!”

赵天亮:“都少说两句吧。他也患雀盲眼了,眼前一片黑了。”

齐勇:“哼!那么现在,就明明是你在拖累我俩!扶我起来。”

赵天亮扶齐勇站起来,齐勇却“哎呀”一声,又一屁股坐下去。齐勇感到自己的左腿又痛又软,使不上劲:“糟糕。我这左腿,怎么像骨折了似的?”

“小地包”:“真他妈的赶上了!到底是谁拖谁?!我眼睛看不见了,可我毕竟还能走!天亮,咱俩走!我还像刚才那样,拽着你的安全索!……”

赵天亮大叫:“都他妈给我闭嘴!”

三人中片刻沉默后,齐勇掏自己的兜,却没掏到什么,问:“我烟呢?”

“在我这儿。”赵天亮却只掏出了打火机,没找到烟,便问“小地包”,“他烟呢?”

“小地包”恼火地:“我等于是个瞎子!你问得着我吗?”

赵天亮抱歉地对齐勇说:“我俩吸来着,我随手放大衣上了,肯定被风刮跑了。”

齐勇沮丧地:“算了,那我只有忍,打火机你揣着,千万别丢了。天亮,一个瞎子,一个瘸子,这事儿你摊上了,认倒霉吧!暴风雪一停,往往会更冷!你说怎么办吧?”

赵天亮:“无非三种选择:一、我赶到九连去求援。三十几里,我尽量快,估计那也得两个小时。他们会派辆马车来,三个多小时后会把你俩儿从这儿接走。二、用大衣当爬犁,我俩拖着你,一块儿去九连,那差不多也得三个来小时。三、像他说的,大衣你铺你盖,我俩一块儿离开。”

听到这里,齐勇挥挥手:“你俩一块儿离开吧,我留这儿,不就是三个小时四个小时的事儿嘛，没问题的。”

赵天亮：“万一狼来了怎么办？咱们三个白天在杆上，可都亲眼看到了一只狼。”

齐勇：“刮这么大的风，连狼也会躲在窝里不出来。”

赵天亮：“那可不一定！所以，首先在我这儿，第三种选择就pass了！与其那样，我倒宁肯陪你俩挨到天亮！”

“小地包”：“这是北大荒！天亮了就冻不死人了吗?！如果没人来接，挨过了夜晚，那也肯定冻死在白天！”

赵天亮恼怒地：“那你说怎么办?！”

讨论终于有了结果，齐勇仰躺在大衣上，盖另一件大衣。赵天亮和“小地包”用各自的安全索拴住那件大衣的两只袖子，拖着齐勇顶风冒雪往前走。

齐勇躺在大衣上嘱咐：“要顺着咱们竖的杆子走！大约二十里以后，向右转，过一片塔头甸，再走七八里就是九连！”

“小地包”：“闭上你臭嘴！都到这份儿上了，还他妈指挥！”

赵天亮仿佛听到了什么：“你也闭嘴！听！”

远处隐约传来了狼嚎。

齐勇也听到了狼嚎：“别理！走你们的！”

赵天亮和“小地包”又耳听着狼嚎前行。赵天亮顶着牛吼似的风，大声喊道：“万一遭遇了狼，都拿安全索当武器啊！可以用带卡的那一头抽，还可以勒！不管是脖子还是肚子，勒住了就别松劲儿！”

齐勇：“放心，狼是在窝边上嚎呢，不会往远处走。”

顶风冒雪走着的赵天亮和两眼一抹黑的“小地包”不时撞在一起，或各向一旁而去，如同两匹瞎眼马。

二人又撞在一起时，“小地包”生气地：“这样不行，四个小时也到不了九连！我得解下一根鞋带儿来，两头系咱俩皮带上。”

赵天亮：“那你那只鞋会掉的。”

“小地包”:“你用打火机,把我另一根鞋带烧断!”他说着,弯腰解大头鞋的鞋带儿。

赵天亮:“也是个办法。你省点儿事吧,我解我的。”

“小地包”一听,就真不解自己的鞋带儿了,一屁股坐下喘息不止。赵天亮蹲下,解下自己一根鞋带儿,揣兜里。又解下第二根鞋带,按着打火机烧。打火机火苗却烧不到鞋带儿。

在赵天亮的眼看来,打火机的火苗小得像萤火虫屁股上的光,而且,似乎离得很远很远。他将双手凑得很近,才终于烧到了鞋带儿,也烧到了手指。他疼得一甩手,两根烧断了的鞋带儿甩在雪地上。他双手在雪地上摸了一阵,才终于摸到鞋带儿。

“小地包”催促道:“你怎么这么磨蹭?”

赵天亮镇定地:“就好。”

二人又起身拉着齐勇往前走。因有一根鞋带儿互相拴着,不再各向一旁而去了。但却仍不时撞在一起。“小地包”看不见,摸着黑往前走。而狂风暴雪让赵天亮也看不清前面的路,他们歪歪扭扭地走偏了道,走到了公路的边缘,却也都没有注意到。而这公路,一边傍着山脚,另一边则是斜坡,他们正是走到了公路靠近斜坡的边缘上。就这样,三人一齐滚下公路,一直滚到坡底。

三名知青在坡底各自爬起,他们是滚到了冰封的河面上。由于赵天亮和“小地包”的皮带被系在一起,赵天亮压在“小地包”身上。而齐勇,则滚到了离他俩挺远的地方。

齐勇趴在地上大声喊着:“天亮,天亮!你在哪儿?”

“小地包”从身上推开赵天亮,赵天亮应道:“班长,我在这儿呢!你没事儿吧?”

齐勇忍住腿上的疼痛:“还好,你们呢?”

赵天亮从地上爬起来:“我没事儿。你别动,我俩过去!”

齐勇想挪动一下,他咬着牙,用手扳了一下左腿,剧烈的疼痛立刻沿着神经传遍全身。

赵天亮往起拉“小地包”,“小地包”生气地甩开他的手:“要过去你自己过去！我不过去！我宁肯冻死在这儿啦！”

赵天亮也生气了:“咱俩拴一块儿呢,你不过去,我怎么过去?!”

“小地包”:“都他妈落这地步了,还拴一块儿干吗！”

赵天亮踢“小地包”一脚,厉声道:“都落这地步了你还犯浑！”

“小地包”不情不愿地站了起来,赵天亮把手拢在嘴边:“班长,再答应一声！”

齐勇:“天亮,我、在、这儿！”

赵天亮和“小地包”循声走过去。摸着黑的“小地包”被齐勇的腿绊倒,三人这才聚到了一起。

“小地包”和赵天亮坐下,而齐勇手压住右腿,直吸冷气:“孙敬文,你踩我腿上了,不想道声歉吗?”

“小地包”明知自己踩到了齐勇的腿,却一点歉意也没有:“我瞎了,怎么能看见你腿在哪儿?”

齐勇:“你们老孙家的人,说话都这德性吗?”

“小地包”:“你们老齐家的人,都像扫帚星吗?”

齐勇:“你再摄火,我修理你！”

“小地包”:“放马过来。不,爬过来！平时不怕你,现在更不怕你！”

齐勇:“不怕我,你姐俩一个接一个死乞白赖要调走?!”

“小地包”:“那是因为,我们孙家姐弟不愿和你这个齐家的扫帚星同在一个连队！”

齐勇循声挥过去一拳,却没打中“小地包”,自己反而扑倒在雪地上。

“小地包”觉察到了齐勇的攻击:“我警告你啊王八蛋,如果你敢碰我一下,我可就有机会反过来修理你了！”

齐勇一翻身,仰躺下去,不再有所动作。

在他俩又开始言来语去时,赵天亮早已仰躺了下去,他这时才说:

“吵啊，打啊，平时没机会，现在不正是个机会吗？”

齐勇寻着赵天亮说话声音传来的方向转头说道：“天亮，半小时前，我眼也看不见了。要不，我怎么也会提醒你别往路边走。”

“小地包”呸了一声：“活该！”

齐勇：“你这是咒谁啊？你不是也落到同样地步了吗？”

“小地包”：“你是自找的！我是被你这扫帚星拖累的！如果少安装那二十几根杆子，就不会都落到这地步！”

齐勇：“一人背着两大串剩下的瓷葫芦往九连返，那不累吗？都安装在杆子上了，回九连虽然晚了点儿，走得不也轻快吗？我怎么能料到天一黑就起暴风雪？我又不是诸葛亮！”

“小地包”：“你再狡辩也没用！我孙敬文被你拖累了这是一个事实！如果我侥幸没冻死，我会更记恨你！如果我冻死了，我会在阴曹地府天天咒你！如果咱俩一块儿冻死了，那咱俩就是互相看着都不顺眼的两个敌视鬼！”

齐勇：“不可理喻！”

狼嚎在远处响起，二人一时缄口。

赵天亮：“掐呀！怎么不互相掐了？听到狼嚎，心里都有点儿发毛了是不是？”

齐勇一下子坐了起来：“天亮，现在可不是开你这种玩笑的时候啊！”

“小地包”也缓缓坐了起来：“赵天亮，你心里究竟打的什么主意，干脆光明磊落地说出来，用不着耍花招！谁也没强求着谁陪自己一块儿冻死！我孙敬文这点志气还是有的！”

赵天亮默默地听着，大睁着看不见东西的双眼，任雪粉一阵阵覆盖脸上。

“小地包”见赵天亮不说话，便说：“你如果自认为你有能耐带着他回到九连，你们请自便！留给我一件大衣，我听天由命了。你如果想自己走，我也决不拦你。只不过你走后，我要离他远点儿，冻死也不愿和他就近冻死！”

赵天亮：“说完了？”

“小地包”：“我的话也是声明。你说你俩，啊，‘班长、班长！’，‘天亮、天亮！’口口声声那亲密劲儿的！你俩谁那么亲密地叫过我‘敬文、敬文！’，我整天跟你俩一块儿早出晚归，在你们眼里，我根本不存在啊我?！……”

“够了！”赵天亮猛地坐起，愤怒地说，“那是因为你动不动就犯浑！我俩不是你姐！没责任哄着你！我耍什么花招我？你怎么就不想一想，为什么咱俩走着的时候总往一块儿撞？为什么我引路引出了这么个结果？我是闭着双眼瞎走的啊！”

“小地包”冲着赵天亮声音的方向愣了片刻，直挺挺地又仰躺下去了。赵天亮也又仰躺下去了。

齐勇捧起一把雪，用冰冷的雪搓冻得麻木的脸：“我承认，是我的决定，使咱们落到了这种地步。我罪过。我该死。但是咱们都不能就这么冻死！谁也不愿被冻死是不是？所以，尽管我们三个的眼睛都看不见了，那也还是必须先有一个人去到九连求援。我肯定不能是这个人了。孙敬文，我心平气和地问你一句，你也要好好回答我，你能吗？”

良久，孙敬文口中吐出一个字：“不！”

齐勇：“谢谢，你总算开始好好跟我说话了。”

他又问赵天亮：“天亮，你听清楚了吗？”

赵天亮：“听清楚了。”

齐勇：“那么，那个人，只能是你了。你没有另外的选择。非提出什么另外的方案那也肯定是错的。对你，对我俩，都将是不利的。”

赵天亮又坐了起来：“可我……”

齐勇打断他：“摸摸兜，打火机还在不在兜里？”

赵天亮摸兜，低声地：“在。”

齐勇：“千万要揣好。你认真听我说啊，上边的路，左边是山，右边是坡。一会儿我俩帮你到达路面以后,你要贴左走。你手里要握着安全索。走几步,就用安全索抡一下,抡到山壁上了,就可以继续放心大胆地走下去。这样你就可以一直走出十几里……你应该还记得,白天咱们走过的路上,有辆团里运麻袋的卡车爆胎在路边上了。我当时爬上车厢看过,里边有两条破麻袋,还有一根扁担。我想,油箱里肯定还剩有汽油。如果你能找到它,你去到九连就顺利多了。找到了车也不要先点燃什么,因为离九连还有十几里呢,点燃也没人会看到火光。而如果你没找到,千万不要慌,继续往前走五六里,向右转。九连有酒厂,有个大酒糟池。风是从九连那边刮过来的,你走一段路站住闻一闻,也许你能闻到酒糟味儿……"

叮嘱完赵天亮,齐勇又转而叫"小地包":"孙敬文,我在叫你,敬文,你听到了吗?"

"小地包":"在听呢,接着说!"

齐勇:"一个小时以后,你也照我说的走法离开这里。"

"小地包":"如果我走错了呢?"

齐勇:"那咱们三个的小命,今天夜里就都难保了。刚才我已经认过错了。现在我再郑重地对你俩说一句,对不起了。万一哥仨今晚都到了阴曹地府,但愿你俩都原谅我。能像古代的大侠们那样,相逢一笑泯恩仇。"

赵天亮:"那,班长,我现在就走。"

齐勇拿出一把随身带的刀具:"把我这把宝贝刀带上。"

赵天亮:"不,你留着吧,也许你俩更用得上。"

"小地包":"天亮,还是你带上吧,你成功的希望比我大点儿……"

风雪夹着严寒凶猛地扑向赵天亮,他艰难地挪动着身体,贴着山壁向前走。每走几步,就抡一下安全索。寒冷让他的大脑又昏又涨,他强打精神,在心里暗暗地计算着路程。走了一阵,他似乎觉得卡车就应该在附近,却又不敢确定。他开始失去自信,走走停停地向路边靠,一小步一小步探着往前走。

突然,他脚下一滑,摔进了路边一条沟里。他从沟里爬出来,脑海里出现了这样的情形:由于轮胎爆裂,卡车急刹,在路面的雪上留下了两道光滑的轮痕。

他蹲下,从棉手套里抽出一只手,抚去路上的雪,摸着摸着,终于摸到了一道轮痕,接着,又摸到了第二道轮痕。他兴奋极了,仿佛摸到了珍宝。他跪着,沿着一道轮痕摸索着往前寻去。

果然,他的头撞到一处坚硬冰冷的金属尖角——那是卡车的后车厢。原来这辆被雪盖住的卡车,有一半车身落进了路边的沟里。他激动地爬到车厢里,摸遍车厢。然而,车厢里却没有破麻袋,也没有扁担。难道这辆卡车并不是他要找的那一辆?他颓坐下去。

忽然,他又站起来,仔细地摸着车厢。老式卡车车厢的最上边,有两组木条。他用力踹蹬一道木道,终于踹断了一根,接着,他又用尽全力,扳下了一道断木条。

他坐下喘息片刻,脱下棉袄铺展开,从鞘中拔出短刀,一刀一刀划割。

赵天亮只穿件秋衣,肩扛从车上扳下的木条——木条另端,是他这个雀盲症患者所扎的不成样子的“火把”。

赵天亮拿着“火把”,在塔头甸中走着,狼的低吼声渐渐由远而近。没过多久,野兽粗重的喘息就围在他的身边了。黑暗中,他能感到,那些狼就从他身旁蹿过来,又蹿过去。

他将带鞘的刀咬在口中,额上渗出了点点冷汗。突然,两只狼爪从后搭在他肩上,他镇定地从鞘中抽出刀,反手狠狠一刀刺去。狼的哀嚎声在耳边响起。而刀也从赵天亮手中飞了出去,他口一张,刀鞘落在了雪地上。

他掏出打火机,点燃了手中的火把。然而,那火把头缠得太过大了,“轰”的一声,火把燃成大火球。赵天亮的脸颊顿时传来一阵炙烤的剧痛,他丢掉手中的火把,捧起一把雪捂在脸上,冰冷的雪让灼痛的脸镇定了下来。他的双手在地上摸,终于摸到了“火把”。

他抡起“火把”,在原地转圈,歇斯底里地大喊,仿佛把身上的疼痛都喊了出来:“畜生!老子不怕你们,上啊,上啊!怎么再不敢把爪子搭我肩上了?”

而这时的齐勇和“小地包”还待在那个坡下。齐勇身下铺一件大衣,“小地包”也坐在上面,将齐勇抱在怀中,二人身上盖着另一件大衣。

齐勇叹着气自责:“我忘了让天亮穿走一件大衣了。”

“小地包”也自责:“我也忘了。”

齐勇:“让他穿走一件他也不会的。”

“小地包”:“我是他,我也不会,穿着大衣怎么能走快啊!”

齐勇:“像瞎子似的,不穿大衣也走不快啊!”

“小地包”:“我怎么这么困啊!”

齐勇:“别睡过去啊!这种情况下睡过去可是危险的!”

远处的狼嚎一阵接着一阵,一阵近似一阵。“小地包”倾耳听着:“被冻死,或者被狼吃掉,在这两种死法中,你更愿意选择哪一种死法?”

齐勇:“哪一种都不愿意,我根本就不想死。”

“小地包”搓搓耳朵,再听:“你不觉得狼嚎好像近了吗?”

齐勇:“很怕,是吧?”

“小地包”:“怕极了。”

齐勇:“记住天亮的话了吗?”

“小地包”:“什么话?”

齐勇:“安全带就是武器,可以抽,也能把狼勒死。”

“小地包”扯了扯手里的安全带:“我紧紧攥着呢。”

齐勇:“我也是。”

他习惯性地掏出怀表来,看了一眼,这才想起自己的眼睛已经看不见了:“看也白看。我觉得,你该走了。”

“小地包”:“天亮离开还不到一小时。”

齐勇:“肯定过了!”

“小地包”:“肯定不到!”

齐勇猛一转身,双手揪住“小地包”衣领,生气地:“刚才表现好好的,怎么又犯浑?”

“小地包”甩开他的手:“我没犯浑。”

齐勇口气很强硬:“你怕狼我就不怕狼吗?再怕你也得给我走!”

“小地包”:“也不只是因为怕。还因为,你这样,我不忍心离开你……”

齐勇慢慢放开了“小地包”衣领,两名谁也看不见谁的知青,互相“凝视”了一阵。“小地包”默默地站起身,倒退着离开。

齐勇:“等等!敬文,如果我不死,回哈尔滨探家时,我一定去找法院……”

“小地包”大声地:“别他妈说了!”接着,他又小声地说,“再叫我一声敬文……两家的事儿,在咱俩这儿,一笔勾销了……”

齐勇:“敬文,我可是满心希望……你和天亮至少有一个,能到达九连……”

山东屯的女知青宿舍早已熄了灯,周萍及两名上海女知青趴在被窝里,听另一名上海女知青讲鬼故事。那讲故事的女知青坐在褥子上,煞有介事地用被子蒙头包身,声音阴森森的:“那白面书生吓得浑身发抖,这时,就听一个女子在被子里说,‘其实,你是认得我的’。”

被子缓缓展开,原来讲故事的,背对着三个听故事的,长头发披散在脑后。三个听故事的相视而笑。

讲故事的突然转过身,同时将头发甩得遮住了脸,张牙舞爪地怪叫:“我要先吃人眼!哇哈哈哈……”

周萍等三人吓得一齐将头缩入被窝。讲故事的理理头发,若无其事地躺下，盖上被子，有功似的说：“表演结束。该你们三个哪个去外边抱柴进来，我可就不掺和了。”

说着，便要自顾自地睡觉了。周萍等人从被子里探出头来。

一个胖姑娘：“昨天是我，也没我事了。”她说着，拍拍枕头，头一挨枕，也闭上了眼睛。

瘦小的姑娘对周萍央求道：“萍萍，求求你，替我去吧。我不是胆小，我是……我肚子疼……”

周萍：“那……好吧……”她不得已地起身下地，穿好毛衣，披上棉袄，下地，往门口走。

胖姑娘：“萍萍，小心点啊，说不定那女鬼正在门外候着你呢！”

周萍：“讨厌！”她说着，却在门口站住了。风在门外呼啸，听来有点儿像鬼哭声。周萍犹豫一下，还是推门走了出去。

她抱了一大抱劈柴，转身时，望见对面塔头甸的方向，有火团在很远很远处出现，一忽儿平行移动，一忽儿形成火圈，一忽儿似乎在蹿跃。她手里的劈柴噼里啪啦地落了地。她逃也似的跑进屋里，惊惶不安道：“我看到了一团鬼火，这么大！”她双手比画出小盆口般大小的圆形。

瘦小的姑娘：“不许耍赖啊！反正你已经答应了替我，说话得算数。”

胖姑娘不睡了，翻了个身，好奇地问：“多大？”

周萍又做手势：“这么大！”

讲鬼故事的也一翻身，看着周萍的手势说：“骗人！不可能！鬼火最大也就乒乓球那么大。”

周萍蹬掉鞋，上了炕，爬到窗前，拉开窗帘，在窗户上哈了口气，用手使劲地擦着，在结满霜的玻璃上弄出一块无霜区，往外看看又说：“还在那儿呢！”

胖姑娘挤开周萍，也往外看，惊讶地：“真的哎，怎么会有那么大的鬼火？”

瘦小的姑娘和讲鬼故事的两个同时扑向另一扇窗，也从玻璃上弄出两块无霜区,各自贴眼外望。

瘦小的姑娘:“听屯里的老辈人讲,那塔头甸从前是一处沼泽,陷没过不少人,鬼魂们会不会都趁着今晚……”

讲鬼故事的女知青:“我看不是鬼火,说不定是一个暗藏的阶级敌人在摇联络信号!”

瘦小的姑娘:“他发信号给谁啊?”

胖姑娘:“给更多暗藏的阶级敌人,在这个风暴雪狂的夜晚,趁人们放松阶级斗争的警惕性,来个先下手为强!”

周萍:“那,他们也得有针对的目标啊!”

讲鬼故事的:“方圆几十里内,除了咱们山东屯,再就是兵团九连。信号发在离咱们山东屯近的地方,很可能是要冲着咱们山东屯来场突然袭击!”

周萍半信半疑,又趴在窗上,向外看着。

刚刚入睡的支书梁喜喜被一阵敲窗声惊醒,她从床上坐起来问道:“谁呀?”

“支书,是我们!”

梁喜喜听出是周萍的声音,心里有些奇怪:“你们?几个?”

“都来了。我们有情况要汇报,您快开门!”

梁喜喜嘟哝:“这几个闺女,不好好睡觉,跑我这儿来胡搅什么!”她穿上鞋,开了门,周萍等几个女知青一拥而入。

梁喜喜叉腰道:“用不着往里进了,就在这儿汇报吧!”

周萍捅捅讲鬼故事的姑娘,那姑娘说:“支书,情况很紧急,我们发现有阶级敌人在塔头甸那儿发信号,可能已经发半天了!我们担心,他们是要集合起来,冲咱们山东屯搞什么破坏!”

梁喜喜瞪视她们,大声道:“都给我滚回去!”

胖姑娘小声嘀咕:“不骗你!”

梁喜喜:“已经在骗了!”

周萍认真地:“支书,是不是阶级敌人我不敢肯定,但情况就发生在那儿是千真万确的!”

梁喜喜叫她们吸气、呼气,四个姑娘不明白梁喜喜的意思,却也都照着做了。梁喜喜凑近她们的嘴巴,逐一地闻过去,仿佛发现了什么似的:“果然不出我所料,四个说起话来嗲声嗲气儿的上海丫头,竟一块儿偷酒喝!半醉不醉地跑我这儿来耍酒疯!”

周萍争辩:“我们没偷酒喝!”

梁喜喜:“还嘴硬!当我没长鼻子啊?我明明闻到了一股酒味儿!”

周萍:“我们也闻到了,从您嘴里散出来的……”

梁喜喜瞪着眼睛:“你是想说我醉了吗?我醉不醉的,都能肯定这方圆百里内没有阶级敌人!今晚尤其没有!”

讲鬼故事的姑娘:“凡有人存在的地方就必定有阶级斗争!”

胖姑娘:“没有阶级斗争也有思想斗争!”

瘦小的姑娘:“思想斗争也是阶级斗争的一种表现!”

梁喜喜恼火地:“胡、说、八、道!我要躺下了,立马都给我滚回去!要不,我拎你们脚一个个把你们撇出去!哼!一块儿来搅我的清静。”

她转身要往屋里进,讲鬼故事的姑娘使眼色,于是,周萍将门一开,另外三个将梁喜喜拖出了门。

周萍指着远处大声说:“在那儿!”

可这时,塔头甸的方向,却不见了“鬼火”。

梁喜喜厉声问道:“哪儿?哪儿?”

胖姑娘指着远处叫:“又出现了!”

梁喜喜转身望去,但见“鬼火”慢慢离地,慢慢升高。火势比刚才弱,忽而又不见了,片刻又出现了,火势也强了,又抡成了环形。

梁喜喜晃晃头:“老天爷,这可耽误不得!……”说着,她猛转身进了屋,又饮一盅酒,匆慌戴狍皮帽子、棉手套,穿上毡靴、狍皮里子棉袄,用条红布带往腰间一扎,对跟进屋来的周萍她们说,“有人迷路了,还兴许被鬼打墙困住了,不能见死不救!我去马号骑马,你们去找几个老乡,传我的话,让他们套辆大车往那个方向去!要套三匹马!车上要有被褥!还要快!去呀!”

周萍她们连忙跑了出去。

梁喜喜骑着马,向塔头甸方向飞奔而去。一辆马车也向同一方向驰去,车上的几个人中,有的举着手电晃动。

而塔头甸的方向“鬼火”暗了,小了,忽而直坠,消失在黑夜里。

天已微明,周萍等四个姑娘站在梁喜喜家屋外,拿着脸盆、簸箕等工具收集雪。一些山东屯的乡亲聚集在她家的窗前和门口。

门突然开了,几名男知青被推出门外,有的被梁喜喜推得跌倒在地。梁喜喜叉腰斥骂:“再说些没人味儿的话,小心我扇你们!”

几名男知青慌慌张张地爬起来,逃开了。

一名老乡上前问:“支书,我们还能帮上什么忙?”

梁喜喜:“也用不上你们了,都回家补补回笼觉吧,今天你们不用出工了!”

一汉子:“那,工分怎么算啊?”

梁喜喜:“告诉记分员,都给你们记满分!”

老乡们满意而去,一妇女回头又说:“支书,用得着就让人找我们啊!”

梁喜喜冲周萍她们喊:“哎,你们几个,要收新雪,盐面子似的陈雪不行!”说完,便转身进了屋。

周萍等四个姑娘也端着雪进了屋。梁喜喜正坐在灶间往灶口续柴烧水,见她们端着雪进来了,便问:“是新雪?”

周萍她们点点头。

梁喜喜吩咐:“要用盐面子似的陈雪搓,还不都被搓下一层皮呀?现在你们四个听我说啊,要先搓心口窝和后心那儿,两处都搓热了,再搓手指、脚趾、手心手背和脚心脚背。也都搓热了,再搓耳朵、鼻子。搓耳朵鼻子的时候要特别小心,轻轻地,千万别给弄掉了! 然后呢,搓胳膊、腿,全身各处。要哪儿都搓到,一处也不许落! 要像给刚满月的婴娃洗澡那么耐心、细心,明白不?”

周萍她们又点点头。

讲鬼故事的姑娘小心地问:“支书,咱们还能救活他们吗?”

梁喜喜叹口气:“死马当活马医吧,看他们各人的造化了。”

周萍:“支书,求求您,千万想办法把他们救活! 我认识他们三个,我在七连时……他们对我都挺好的……”她说着,眼泪淌了下来。

梁喜喜:“在北大荒,遇到这种事,也就这办法。我是没什么高招了,看你们的了。还不如我来说求求你们。快进去干活吧!”梁喜喜劝慰了几句,又蹲下续柴。

胖姑娘率先往里屋进,却将一盆雪扣在里屋地上,立刻退了出来:“支书,你……你怎么把他们都弄得光溜溜的?”

梁喜喜却不以为然:“废话! 不替你们弄得光溜溜的,你们怎么搓?”

瘦小的姑娘探头往屋里看了一眼:“那你也不应该把他们的短裤都扒掉了,对他们太不尊重了!”

梁喜喜摔掉一根木柴,猛地站起,手指戳着瘦小姑娘的额头:“怎么这么多说道啊你! 那地方也得给我好好搓! 搓掉了还不行! 谁搓掉的谁给人家赔! 都给我乖乖进去!”

周萍犹豫一下,率先走了进去,胖姑娘和讲鬼故事的姑娘也跟了进去。瘦小的姑娘还有些不情愿,被梁喜喜一把推进去:“你给我进去吧你!”

梁喜喜用背抵住门,掏出烟来点燃,深吸一大口,头往门板上一靠,缓缓吐出。

门被人从里往外用力推着,隔着门,瘦小的姑娘拖着哭腔哀求道:“让我出去! 他们都冻硬了,我怕……”

梁喜喜用力抵着门,不肯放她出来:“搓热乎一个就放你出来。哎,你们再给我听着啊，干什么活，那都要讲究个方式方法。我建议你们一人包一个，另外那个当机动工，看谁更需要帮把手儿。搓热乎一个，就抬炕上去一个，焐被窝里！”

此起彼伏的鸡啼声迎来了一个阴沉的冬日，天上依然飘着雪花。几名男知青和男老乡们在粪池里刨粪，用土篮担着往地里送。

一个男知青一镐下去，粪点子溅到了脸上，他嫌恶地急忙掏出手绢擦脸，连啐几口，怨气冲天：“我就不明白，春天才开始种地，这大冬天的往地里送什么肥？”

旁边的一个老汉：“要是等到春天，这粪池一化，往地里送起粪来不是更麻烦了吗？现在就送到地里，开春的大风，能替人把粪撒均一半儿。剩下的粪里拌些土，不粘手，臭味儿也小，那不就省事多了吗？”

另一知青阴阳怪气地说：“好好记着，这就叫贫下中农的再、教、育！”

那个怨气冲天的知青嘀咕：“也不知兵团那些贵族知青，干不干这么下贱的活儿。”

老汉不高兴了：“他们也得干！也是这么个干法。他们不往地里送肥，他们夏秋那也吃不上菜。这世上只有下贱的事儿，下贱的人，没有下贱的活儿！如果说积肥送粪这等活儿下贱，我们年年都少不了干这活儿，干了几千年了，农民就都是祖祖辈辈下贱的了？”

男知青们沉默下去，没人再言语了。

两名挑着担子的男知青在路上遇到，撂下担子议论：

“听说举火把那个冻得最惨？”

“想想吧——他把棉袄、帽子、手套，都绑到半截车厢板上烧了，昨天夜里零下四十来度，能有好结果吗？”

又有两名男知青挑着担子走到了这儿，也撂下担子加入了议论：

“要说我倒也挺佩服他们之间那份儿义气的——其中一个走半道又回到了另一个身边。还幸亏他回去了，要不留在原地那个肯定喂了狼了。”

“是半道回去那个,用安全索把一头老狼活活勒死了。他把狼骑住,勒狼脖子,把老狼的眼睛都勒出来了。”

“听周萍说,留在原地那个,是另外两个的班长,那小子也够狠的,找到他俩时,他俩背靠背冻僵在那儿,他嘴里还咬着一大块狼皮!”

“你估计能把他们救活过来不?”

“难说。不过听老乡讲,有过这样的事——一个男人冻僵了,用雪搓,用酒搓,都没缓过气来。人人都说没救了,他媳妇却就是不放弃救他,自己也脱得光不出溜的,把他紧紧搂在被窝里又焐了大半天,猜怎么着,还真让他媳妇给焐活了!”

“如果周萍她们四个也像那媳妇那样了,以后我就一个也不正眼看她们了。我赞美救死扶伤的精神,但是……”

说这话的不说下去,把手里的烟放在嘴边吸着。

另一知青接过话头:“但是分对谁是不是?”

“我没这么说。反正一想到他们挣工资,我们挣工分,我气不打一处来!”

“我也是。要不我们和他们一样,也挣工资。要不反过来,他们和我们一样,也挣工分。那我心里才比较平衡。”

又一名挑着担子的知青也在他们旁边停住,撂下担子,新闻发言人似的说:“好消息!绝对是好消息——队里那头三百来斤重的大肥猪昨天夜里被冻死了,队长说今天分肉,咱们知青每人也能分到一斤多肉!”

梁喜喜家的里屋门开了一道缝,胖姑娘探出头惊喜地招呼梁喜喜:“支书,缓过气儿来一个!”

而梁喜喜却已坐在灶口旁边,手拿一截木柴,头靠着泥墙睡着了。胖姑娘见状把头缩了回去,关严了门。屋里传来了几个女孩的交谈声。

胖姑娘:“支书睡过去了。”

讲鬼故事的姑娘:“我这个也出气儿了！我这个也出气了！”

周萍:“你俩帮我把他也抬到炕上。”

瘦小的姑娘:“他还没出气儿呢！”

周萍:“他刚才出过一口气儿了！”

胖姑娘:“萍萍,那可是你的幻觉。”

周萍哀求地:“求求你们,听我一句啊,行不行?”

胖姑娘:“好好好,别急别急,我们都听你的！”

一阵搬放的响动之后,一个女知青吃惊道:“萍萍,你,你自己脱衣服干什么?”

周萍带着哭声说道:“你们别管……”

山东屯知青们的集体食堂里,周萍等四名女知青坐在一起默默吃包子。男知青们远离她们坐着,都在一边吃一边看她们。

胖姑娘忍无可忍,拍案而起:“你们他妈的都用那种眼光瞪着我们干什么?我们做了见不得人的事啦?”

男知青们你看我,我看他,一个个默默起身走出去,最后走出去那个,探进头问:“我们男知青包的包子好吃不好吃?”

胖姑娘:“好吃个屁！”

那男知青的头立刻缩到外边去了。

瘦小的姑娘:“你这话就太不客观了,好吃还蛮好吃的。”

讲鬼故事的姑娘:“本来我吃得正香,你一说‘好吃个屁’,我这儿吃着不对味儿了！”

四个姑娘一时你看我,我看她,忽然都忍俊不禁,一个个笑得伏在桌上……

天黑下来,韩指导员、张连长、方婉之三人都在七连连部里。指导员手里握着电话,连声感谢:“十分感激,十分感激,我谨代表七连全体同志向山东屯的老乡们表达感激。也好,就照你们说的办。也请转告我们的三名知青,希望他们暂且安心在山东屯养伤。”

指导员放下电话,转身对连长和方婉之说:“谢天谢地,山东屯的人把他们给救了。他们三个都有不同程度的冻伤,赵天亮的伤情更严重一些。好在山东屯的人有鄂伦春族亲戚,在用鄂伦春人的秘方为他们治疗冻伤,说那效果很好,让咱们只管放心。”

连长松了口气:“这仨小子,都捡了条命!第二批搜救的人正准备出发,我得去把他们拦下来。”

连长走后,方婉之说:“孙曼玲一白天不吃不喝,眼都哭肿了,我也得赶快去告诉她这个好消息。”

指导员点头,方婉之也往外走,她走到门口,转身又说:“快向团里汇报,啊。”

指导员在炕沿坐下,掏出烟,顿着说:“想先吸支烟。”

方婉之:“担心团长骂你?”

指导员苦笑:“有点儿。”他吸着了那支烟。

方婉之:“骂什么都听着吧。他们三个脱险了,比起挨骂来,咱们心情还是好多了,是不?”

指导员点头,抓起了桌上的电话。

窗子玻璃内面的霜融化着,逐渐形成一些细微的水流往下淌。窗台上垫了几块抹布,还有一条看去比较新的毛巾,防止水流淌到炕上。屋里很暖和。

梁喜喜披着棉袄,站在炕前,俯视着被窝里的齐勇、赵天亮、“小地包”,三名知青或仰躺或侧睡,脸上都有细密的汗球,也都有皮肤发黑的冻伤。除了冻伤的部分,其余部分红扑扑的。

院子里传来咳嗽声,有个男人走进院子里来。

梁喜喜:“别进!”

她将胳膊伸入棉袄袖子,掩着袄襟走出了屋。灶间站的男人正是山东屯的生产队长。他缩着颈耸着肩袖着手,冻得稀里哗啦地:“冷得嘎嘎的!估计还得冷上四五天。那仨小子咋样?”

梁喜喜挺高兴地说:“情况挺好。”

队长:“我看看他们……”

队长说着就要往屋里进,却被梁喜喜拦住:“你带一身凉气,闪了他们的汗!说吧,啥事儿?”

队长咂了一下嘴:“咱们救了他们兵团三名知青的命,他们应该感激咱们,是吧?”

梁喜喜:“那当然。”

队长:“感激也不能光停留在口头上,信啊,锦旗啊,那些虚头巴脑的,不实在,是吧?”

梁喜喜:“也不能那么说。依你,怎么样算实在?”

队长:“你是支书,我是队长,我一向服从你领导。但这件事儿,我有个建议,咱们山东屯可以对他们提出点儿报答要求……”

梁喜喜:“救人是应该的,提什么报答要求,风格方面,不太高吧?”

队长:“你看你!山东屯在你的领导下,荣誉不少了,还缺风格呀?去年,咱们不是还在秋收互相支援活动中,被评为全县的风格标兵了吗?都是全县标兵了,另外还要多高的风格?”

梁喜喜:“得啦得啦,别扭弯抹角的,单刀直入行不行?”

队长:“单刀直入就单刀直入!咱们要求他们,也给咱们山东屯拉上电话线,安装一台电话。咱们如果有了电话,许多事儿那多么方便。”

梁喜喜:“倒也是。还应该要求他们把电线也给咱们拉上,我早就盼着有一天用上电灯泡了。”

队长:“那就更好了呀!他们团长是你堂姐夫,那就看你的了呀!”

梁喜喜点头道:“就照你队长的建议办。”

周萍和另外三名上海女知青一溜地坐在山东屯男知青宿舍的炕沿上，似乎在接受集体审视。

白天那个对挑粪的事满腹怨气的上海男知青，在三个姑娘面前煞有介事地走来走去，一边语言暧昧地说："你们别误会啊，千万别误会。我们没别的意思，只不过都很想知道，你们……究竟把他们怎么了？"

瘦小的姑娘小声地："我们把他们救活了。"

满腹怨气的上海男知青点着头："是啊是啊，你们把他们救活了，这已经是一个无可争议的事实，我们都知道了……"

炕上一名男知青插言道："证明她们很伟大，是中国的南丁格尔！"

胖姑娘没听清："什么尔？"

另一男知青："而且，是活着的！"

胖姑娘："我们当然是活着的，二百五！"

满腹怨气的男知青："停止，停止！是什么尔，那不重要，总之我们承认你们都是很伟大的女性，但是呢，伟大往往是用代价换来的。你们都付出了什么代价？"

胖姑娘问瘦小的姑娘："什么代价？"

瘦小的姑娘也挺纳闷："没有啊！"

满腹怨气的男知青促狭道："坦率说说嘛，伟大都伟大了，还有什么不好意思的呢？满足一下我们集体的好奇心嘛！"

又有一名男知青插言："也不只是好奇心的问题。我们对你们，都……挺有好感的，说不定将来，你们中的谁和我们中的谁，会……会……"

三个姑娘一齐看他，他"会"不出口。

"明白了。"讲鬼故事的姑娘终于开口了。

满腹怨气的男知青挤挤眼："明白了？明白了你先说。"

"到跟前来，我小声告诉你。"她勾着一根手指，男知青凑到了她跟前。她忽然伸出双手一推,将他推倒在地,然后猛地往起一站,挥舞手臂,愤慨道,“逼供诱供呀！你们有什么权力？卑鄙！你们的好奇心是卑鄙无耻的好奇心！我们要告诉支书！”

第十三章

周萍独自一人仰躺在被窝里，大睁着双眼。门开了，梁喜喜抱着些柴走进来，她将柴轻轻放在炕洞前，往里加柴。

躺在炕上的周萍一动不动。梁喜喜在她旁边的炕沿上坐下，脱了鞋。

周萍这才发现是谁：“支书，我不知道是你……”

周萍说着便要坐起来，被梁喜喜用一只手按住：“别起，起来干吗？”

梁喜喜一抬双腿上了炕，把双脚往周萍褥子底下塞，又说：“你们炕烧得不太热呀。”

周萍侧躺着，看着她说：“她们三个怕烧得太热，上火，早晨起来口干舌燥的。”

梁喜喜：“她们三个哪儿去了？”

周萍：“被男知青找去了，说是要跟她们谈谈。”

梁喜喜：“嗯？谈什么？”

周萍：“不晓得。”

梁喜喜：“整天低头不见抬头见的，有什么好谈的？有那时间，不如躺在暖和被窝里美美地睡大觉。冬天炕还是烧得热一点儿好。要不后半夜炕凉了，还不越睡越冷？睡热炕不会得寒腿病，慢慢就习惯了。”

周萍:“支书,赵天亮不会落残吧?”

梁喜喜:“不会。但手脚、脸上肯定会落疤。”

周萍:“脸会变得很难看?”

梁喜喜:“那是免不了的。两三年后疤会褪平,就看鄂伦春人的秘方用在他身上灵验不灵验了。你在七连时,和他最好?”

周萍把脸埋在肘窝里:“也不能说是和他最好。我们在七连时也没机会常在一起……不过我觉得,他好像挺喜欢我的……”

梁喜喜脱下袄来,边铺褥展被,边说:“哪个小伙子又会不喜欢你呢!你也喜欢他吗?”

周萍点点头:“嗯。”

梁喜喜不由得扭身看她:“我听她们三个说,你用……别人不太会用的做法,才终于把他给救过来了?”

周萍害羞地将头缩进被窝。

梁喜喜:“那,是真的了?”她也躺入被窝,肩垫枕头,手撑着头,又说,“那没什么可害羞的。要是谁敢拿那事儿羞你,我给他颜色看。你露出头来,咱俩说说话。”

周萍缓缓露出了头。

梁喜喜:“闺女,你老老实实告诉我,你那想成为兵团战士的心,死彻底了没有?”

周萍摇头。

梁喜喜:“我就知道没有。你还指望什么?指望七连有天会派人来山东屯,把你给要回去?”

周萍点头。

梁喜喜:“那倒也说不定。你这样的闺女,在哪儿都能给人留下好印象。但是,如果我现在告诉你,即使他们有天来要你,我也不会同意的,你恨我吗?”

周萍表情很伤心,眼角淌下泪来。她又想将头缩进被子里,梁喜喜按住了被子:“说话。”

周萍:“不敢……”

梁喜喜:“不敢?”她看着周萍那种可怜的样子,不由缩回了手。周萍的头立刻也缩入被子,被子底下发出周萍压抑的泣声。

梁喜喜仰躺下去,长叹一声,说:“闺女,不是我这人心肠狠,更不是我这人天生坏,如果你自己一直待在七连,不管遇到了什么情况,也不主动来到山东屯,还则罢了。如果七连不把你硬送来,也还则罢了。如果你是什么高干女儿,又另当别论。那我们山东屯也犯不着非用胳膊的劲儿去拧大腿的劲儿。偏那样干吗?可你不是什么高干女儿,而是……可你还主动来到了山东屯,你叫我如何是好?这屯子里也有二十来名插队知青呢,七连一要,我们就给了,我这支书怎么对其他知青解释?即使我同意了,公社、县里,那也会把你给卡住。全县两千几百名插队知青呢,不能因为你一个,一碗水端不平啊,是不?”

被子动了动,周萍在被子底下点了点头。

梁喜喜:“所以,听我的,你还是趁早死心塌地争取做个‘可以教育好的子女’吧。我答应你,为你,我要把赵天亮那小伙子留在山东屯的日子尽量延长,这样,我内心里也安泰些。”

门又忽然开了,另外三名姑娘跑进来。她们都没注意到梁喜喜躺在炕上。

讲鬼故事的姑娘一进门就大叫:“气死我了,气死我了!”

胖姑娘坐在炕沿,撅着嘴嘟哝:“就冲他们今天那样,谁追求我也没门儿!”

瘦小的姑娘则伏在炕上,委屈地哭着:“我们救了别人的命,怎么反倒像做了不光彩的事?”

梁喜喜一下子坐了起来:“怎么回事?”

冬日里一个阳光充足的日子,齐勇、赵天亮和“小地包”围坐在梁喜喜家小炕桌旁边,狼吞虎咽地吃面条。

赵天亮双手双脚都缠着药布条。“小地包”两只脚一只手缠着药布条。齐勇只有一只脚缠着药布条——所以数他吃得最快,而赵天亮吃得最费事。

“小地包”:“香!香!来人啊,再给我添一碗!要多加卤子!”

瘦小的上海姑娘应声而入,见了三人的吃相,一手接碗一手掩口笑。

齐勇:“哎,请问我们在山东屯休养了几天了呀?”

瘦小的上海姑娘想了想,说道:“都第八天了。”

齐勇:“这么多天了?!”

“小地包”摇头晃脑地说:“乐不思楚,乐不思楚!”

齐勇摸了他的头一下,纠正道:“记住,不是乐不思楚,是乐不思蜀。”

“小地包”:“总之我觉得过了几天神仙般的日子!简直不想离开了。”

齐勇发现赵天亮吃得实在是费劲,从他手中拿过碗筷,夹一筷子面条喂赵天亮。

赵天亮有些不好意思:“我自己能行。”

齐勇:“别逞能,你救了我俩的命,我喂你吃几口面条,完全应该的。”

“小地包”也在一旁附和:“就是,从今往后,你就是我俩的救命大恩人!咱哥仨的关系,那就像刘、关、张一样,铁了去了!”

他说时,瘦小的姑娘端一盆卤,胖姑娘端一盆面,先后进入,放在炕桌上。瘦小的姑娘看着他们笑,胖姑娘默默往碗里捞面、兑卤。

胖姑娘将那碗面递给“小地包”,二人一递一接时,胖姑娘说:“你刚才那话,我不爱听。”

“小地包”用筷子一指赵天亮:“我刚才说他是我俩的救命大恩人,这是一个事实,你有什么不爱听的啊?”

胖姑娘:“你们之间怎么回事儿,我们不清楚。我们清楚的是,是萍萍救了你们三个。如果不是萍萍发现了火把光,就那天晚上那冷劲儿,再加上两只几天没吃到什么的饿狼,你们还能活?这会儿还能在暖烘烘的炕上吃打卤面？”

齐勇：“萍萍是谁啊？”

瘦小的姑娘：“就是差点儿也成了你们兵团战士的周萍！”

齐勇手里的面条悬在半空，赵天亮张大着嘴，“小地包”刚端起碗，又放下了。三人齐齐地愣住了。

胖姑娘心直口快：“实话告诉你们，也是周萍和另外一个上海姑娘，加上我俩，我们四个插队的上海姑娘，救了你们三个兵团的。不告诉你们实情，我看你们还以为我俩是被派来服侍你们三个大英雄的呢！”

“小地包”：“我们是都这么以为的……”

齐勇：“你自己怎么以为的就光说你自己啊，别把我俩也捎上。我可一点儿也没有什么英雄的感觉，我这几天一直在深刻反省来着。”

赵天亮：“周萍在哪儿？我们怎么一次也没见到她？”

胖姑娘：“也不能因为你们三个，我们山东屯的人，连该干的农活都不干了。萍萍和我们中的另一个，这几天在往地里送肥呢。”

瘦小的姑娘：“你们以为把你们在野外一个个找到后，用大车拉回来往火炕上齐头齐脚地一摆，厚被子一焐，你们自然而然就活过来了？没那事儿！你们一个个都冻成了冻萝卜似的，是萍萍和我们，用雪，用酒，把你们给搓得缓过气儿来的。当时我们搓得手腕子都酸了。”

她说着，一指赵天亮：“尤其是他，刚出口气儿，一停，又不出气了。萍萍一急，自己也脱了衣服钻进被子，又把他紧紧搂在怀里暖了两个多小时……”

胖姑娘赶紧打断她：“得啦得啦，别说得那么细了。你们吃饱了，把盆子碗放桌上，把桌子推一边，接着睡吧。”

她责备地暗捅了一下瘦小的姑娘，挽着她往外便走。

赵天亮：“先别走……”

他叫住她们，却一时不知话该怎么说：“能不能……能不能……”

齐勇：“他想说的是，能不能让周萍来看看我们。这是我们共同的愿望。我们毕竟曾是一个连队的。”

胖姑娘:“这话我俩肯定能捎到,没问题。”

说完,她俩便走出去了,屋子里陷入沉默。

赵天亮低头看着放在炕桌上的碗筷:“我们……该怎么办?”

“小地包”:“还能怎么办!谁把我从冻萝卜变成了一个人,谁给了我第二次生命,我将来一定要娶她,只有这样才能算是报答!”

齐勇看他一眼:“你太一厢情愿了。如果人家不愿意而你偏要那样,你不是等于恩将仇报?”

“小地包”反问齐勇:“那你打算怎么办?”

齐勇:“我打算认一个上海的插队知青妹妹,当成亲妹妹一样,以后经常来看她。”齐勇说着,转头看赵天亮:“你呢?”

赵天亮摇了摇头:“我不知道。我只是想……只是想,晚上能有个机会,单独和周萍说几句话。”

齐勇:“就咱们目前的情况而言,单独太不现实了。”

他挑起一筷子面条递到赵天亮口边:“你一碗还没吃完呢,吃饱了再说。”

“小地包”:“对对,吃饱再说。”

赵天亮:“我饱了。”他避开齐勇手里的面,重新躺下了。

齐勇:“我也饱了。”他也放下碗筷,坐在角落,同情地看着赵天亮。

“小地包”:“我还差点儿。哎,天亮,我已经有了一个二流办法了,等我解决了这一碗再跟你俩说……”说着,又端起碗狼吞虎咽起来。

“小地包”吃完饭,从内衣兜掏出一个小纸包,里面是一些白色的小药片,他用两个指头从数片药中捏起一片,变戏法似的让赵天亮和齐勇看:“都猜不到什么药吧?安眠药。我一向的睡眠状态特别好,那也不是真好,是安眠药帮的忙,所以我总是随身带几片。临睡前只要服上半片,一会儿就会睡得像死猪似的。班长,今晚,估计周萍快来的时候,咱俩一人服上它一整片,怎么样?”

齐勇:“那,会不会超量?”

“小地包”:“不会!无非一觉多睡了几个小时罢了。”

齐勇:“我长这么大从没服过安眠药。”

“小地包”向齐勇挤眼睛:“对没吃过的人效果会更好。”

赵天亮:“这个办法很可笑。”

“小地包”:“当然,最好的办法,是你离开,和周萍到一个什么地方去幽会。这明摆着,你做不到。我俩离开这间屋子呢,也是件困难重重的事。正如班长说的,都不现实。但是呢,我认为一个客观的人,在没有最好的办法的时候,那就应该尊重二流的办法。”

赵天亮:“多谢了。可我不会同意你俩为了成全我的一个愿望而服安眠药的。”

“小地包”:“我理解,你过意不去。可毕竟,不是你起的重要作用,咱们断不会被救到这儿来。那么,我俩一人为你服一片安眠药有什么大不了的呀?何况,对我俩的睡眠质量也是一种保障。我俩一边儿睡得像死猪似的,周萍来了,你俩爱说什么说什么,爱亲热就亲热,我俩实际上等于不存在……我这明明是乙等甲级的一个切实可行的办法嘛!”

“反正我就是不能同意,那我宁可先不见她了!”赵天亮说罢翻身侧躺着,接着嘟哝,“我见她的愿望,倒也没有你俩以为的那么迫切,那么强烈……”

齐勇:“我认为,你还是今晚能见上她一面好。人家周萍为救你,那做法使我心里到现在还感动极了。我相信你更是。女人对男人有恩情,男人要及时作出反应。不及时都是缺少人味儿的表现。咱们三个已经是这种关系了,如果你显得缺少人味儿,我俩给别人的印象那也好不到哪儿去。你有保留自己态度的权力,我俩也有自行决定的权力。这事儿,咱们不争了。敬文,给我一片儿。”

“小地包”:“班长别急,到时候再给你……”

夜色初降,团长那辆吉普车就停在山东屯队长家门前。梁喜喜坐在队长家里的小炕桌边,曲干事坐在另一边,队长则坐在箱盖上。

梁喜喜:“我家成了你们那三名知青的临时病房了。队部呢,为了省柴,几天没生火了,太冷。在我们队长家接待你曲干事,也是着重的接待,别挑理。”

曲干事双手捧着冒热气的旧瓷缸子:“哪儿能挑理呢,感激还感激不尽啊!团长派我来,主要有三项任务。一、当面向你们山东屯表达我们团里以及团长本人的感谢。不久七连还要来当面感激,会给你们送面大锦旗。二、我要代表团里的首长们,慰问慰问七连那三名知青。三、我还要和周萍谈次话,了解了解七连女知青宿舍失火的情况。”

梁喜喜:“他们七连女知青宿舍失火了?周萍来到我们山东屯后,从没听她说起过。”

曲干事:“她离开七连不到一小时,女知青宿舍就失火了。因为损失严重,团保卫股介入了调查。”

梁喜喜皱起眉头:“和周萍有关?”

曲干事:“现在还没有什么根据这么认为。但团保卫股收到了七连一名叫吴敏的哈尔滨女知青的信,举报周萍,说她因为不能顺利成为兵团战士,平时伪装得积极又可怜,其实内心里对于现实充满怨恨,所以应该列为最重要的嫌疑对象。”

梁喜喜:“信我的,那叫吴敏的,肯定不是什么好东西!”

曲干事低头一笑。

梁喜喜轻拍桌子:“你倒是信不信我的嘛!”

曲干事:“这你叫我怎么说好呢?某些话,你说是一回事,我说就成问题了啊!”

梁喜喜:“我可告诉你,周萍现在是我们山东屯的一名插队知青了,没凭没据的,你要是胡猜乱疑,我可对你曲干事不客气!”

曲干事又低头一笑,又抬头含蓄地说:“一个人究竟是个怎么样的人,大多数人对他的印象是具有参考价值的。七连的干部、职工和大多数知青,对周萍的印象也是良好的……”

队长忍耐不住地:“曲干事,支书,容我插一句啊,你那后两项任务,你想怎么完成就怎么完成,希望我们怎么配合我们就怎么配合。我单说你那第一项任务,锦旗那东西,替我们转告七连,大可不必了。我们心领了,他们也省了吧。我们支书认为,你们兵团方面如果真想表达表达,最好是能来点儿真格的。”

曲干事不由看梁喜喜,沉吟地问:“那,梁书记,你具体有什么要求呢?”

梁喜喜看队长,队长催促道:“支书,当面锣对面鼓,该提什么要求你就提什么要求。你提什么要求都代表我!”

梁喜喜身子一扭,双腿盘到了炕上,一拍腿:“那好,既然谈到感激不感激的事儿了,那我不客气了!我们请求,不,要求你们,把电线杆子也架到我们山东屯来,为我们扯上电话线,装上电话。你们兵团也属于军队性质,军民鱼水一家亲嘛,是吧?”

曲干事为难起来:“那我们可得多架出三十几里的杆子,多扯出三十几里的线。这我可做不了主。”

梁喜喜:“知道你做不了主,回去向我堂姐夫汇报,就说我讲的,让他来真格的!”

曲干事:“如果我没记错的话,去年我们刚援助了你们一台拖拉机,还配了大犁和收割机,我们全团上下都知道,团长对山东两个字感情深厚。”

梁喜喜:“那是台旧的,再说还让公社给征去了,等于你们援助给公社了。一码归一码。现在的事实是,我们救了你们的三名知青……”

队长:“三个大小伙子的命,那值多少电线杆子和多少线?干脆替我们把电线也拉上算了!”

梁喜喜:“对!干脆替我们把电线也拉上!”

曲干事:“这我更做不了主了！我们团里又没有发电厂,将来得用县发电厂的电,公平结算,年底是要收费的。我劝你们二位,还是考虑好了再提这类要求。电话费加上用电费,一年结算下来是不少钱呢,尤其电话费,拨没拨过的,每个月都得交固定的费用。我知道你们的底,一年到头攒不下多少公基金,何必呢?”

队长:“你们兵团要实行现代化,咱们是离你们最近的一个农村,不让咱们沾点儿你们现代化的光,那太不够意思了吧?正因为连电话都没有,咱们救了你们的人后,不能及时地、直接地通知你们,得派人骑上马专门到公社去报信儿,让公社再通知。”

梁喜喜:“曲干事,听到了吧?”

曲干事无言地挠起头来。

梁喜喜家油灯的灯苗似乎挑得比哪一夜都长,屋里比哪一夜都亮。赵天亮披着大衣,靠墙坐在炕上。齐勇和“小地包”则只露着头躺在炕的另一边。

开关门的声音仿佛是一道命令,“小地包”闻听立刻发出了鼾声,而赵天亮则挺直上身,尽量坐得端正,同时将两只缠了药布条的脚往“小地包”盖的被子底下伸,将同样缠了药布条的双手交叉隐蔽在披着的大衣下边。

周萍在第二道门外的声音:“能进吗?”

“周萍,进来吧。”

第二道门开了,周萍侧身进入,随即将门关严。她穿上了一双崭新的黑色的条绒棉鞋,围着一条浅红色的围巾,一看便知,是为了来见三名七连的知青战友而特意穿戴的。她站在门边,望着赵天亮嫣然一笑。

赵天亮招呼她进来坐下,问:“周萍,你好吗?”

周萍点点头:“挺好的。你的手和脚,疼不疼?”

赵天亮:“起初有点儿疼,这两天不太疼了,可是特别痒,总想解开药布挠一挠。”

周萍：“那可不行。听说，由疼到痒是好事，死皮要脱落了，新皮要往外长了，就会那样的。”

她说完，看着躺在炕上的齐勇和“小地包”，纳闷道：“他俩怎么睡得这么早？”

“小地包”配合地发出了几声鼾响。

赵天亮看了“小地包”一眼，支吾着：“他俩……他俩爱睡觉。”

周萍听着“小地包”的鼾声笑了。她看了一眼小炕桌，又说：“我替你们撤下去吧。屋里热，隔一夜，吃剩的东西会坏的。”

赵天亮：“不会，就摆那儿吧。”

周萍却一声不响地将小炕桌上的盆、碗一件件地收拾了出去，又从外屋带进一块抹布将小炕桌擦干净，搬下炕，靠墙角放着。

赵天亮看她忙活着，有些不好意思：“周萍，坐下说会儿话吧。”

周萍看着赵天亮又问：“一天没喝水了吧？看你嘴唇干得！支书嘱咐，要让你们多喝开水。屋里这么热，又整天待在火炕上，眼睛、鼻子、嗓子、耳朵都会上火的，我倒杯水喂你喝。”

赵天亮：“不用不用。我们都尽量少喝水，是……是怕……”

周萍微微一笑：“明白了。”她一转身走了出去。传来开对面屋门的响声，开第一道屋门的响声。

“小地包”睁开眼睛，有些不好意思地自言自语：“准是替咱们倒尿盆去了，我刚才还在里边屙了两厥。”他欠起身看着赵天亮埋怨，“哎，你这人怎么回事儿啊？你怎么能让人家给咱们倒屎尿盆子呢？”

赵天亮：“也不是我让她倒的啊！她忽然出去了，我怎么能猜到她是出去干什么啊！”

“小地包”：“你不是要单独和她说说话嘛！正因为你有这种愿望，我和班长才服了安眠药！那你就应该把你内心里最想说的话，抓住个机会竹筒倒豆子，不管三七二十一地跟她全说了呀！”

齐勇也欠起身,奇怪地问“小地包”:“你这安眠药效果也不行啊。”

赵天亮独自嘟哝:“还竹筒倒豆子,我有那么多内心里最想说的话吗?”

“小地包”一指赵天亮:“班长你听他!”

齐勇:“先别管他,你先回答我的话,你那药过期没有?”

“小地包”:“向毛主席保证,没过期!实话告诉你,在中华人民共和国的国境以内,那是药劲最大的安眠药!一片可以让一头大猪不吃不喝睡上一天一夜!你别抗着它的药劲儿,你要相信它的药劲儿!”

他话题一转,瞪着赵天亮又说:“而你,要千言万语化成一句话!人最想说的话都是凝练的话!”

屋外又传来第一道门的开关声,齐勇和“小地包”立即躺倒如前。“小地包”压低声音说:“要凝练,化成一句!”说罢,便发出鼾声。

周萍再次推门进入,看着齐勇和“小地包”又嫣然一笑:“他俩平时睡觉也这么大动静?”

赵天亮只好实话实说:“平时倒不。”

周萍坐在炕沿,眼还看着齐勇和“小地包”,又问:“他俩,到底谁救的谁?”

赵天亮:“我也不清楚。班长说是孙敬文救了他,孙敬文说是班长救了他。我觉得,他俩都够英勇的。”

周萍:“老乡们也都这么夸他俩,都挺佩服他俩的。更佩服的是你。说你两眼一抹黑地走过来二十多里,太难以想象了。”周萍说着,起身走到油灯那儿,想把灯苗拨小。

赵天亮:“别!”

周萍:“挑这么长,太费支书家灯油了。”

赵天亮:“我们三个都得了雀盲眼,全连好多人都得了雀盲眼。其实,我还看不太清你呢!”

周萍:“那,就只好费点儿灯油喽。这屯子里以前也有不少人得了雀盲眼，白天没事儿，天一黑，像瞎子。”

赵天亮无奈地：“现在，我看到的你，也只不过是一个轮廓。你要是不说话，我决不敢断定就是你。”

周萍端着油灯碗走近赵天亮：“能看清了吧？”

赵天亮摇头：“还是个轮廓。”

周萍将油灯碗举在自己脸旁，倾着上身，几乎和赵天亮脸对脸地问：“这样呢？”

赵天亮：“看清了，你在笑。”

周萍将油灯碗放回原处，坐在炕沿上，轻轻地叹了一口气：“刚才我没笑……唉，你们三个，当天夜里可把人吓死了。你们都能捡回一条命，我真替你们高兴。”

赵天亮语调激动地：“周萍……”

周萍抬头看他。

赵天亮轻轻地说：“我……我心里有好多好多的话想要跟你说。”

周萍又低下了头，小声说：“我也是……”

赵天亮：“你允许我说，我最想对你说的一句话吗？”

周萍扭头看一眼齐勇和“小地包”，点点头。

赵天亮：“周萍，谢谢。不论是我，还是他俩，我们三个，内心里都对你充满了感谢。”

周萍一笑：“是你们三个命大，感激我干什么啊？”

赵天亮觉得一时没什么话可说了，张了几次嘴，突然憋出一句话：“女一班宿舍失火了。”

周萍吃惊地看着他：“真的?!”

赵天亮：“我送你走那天下午，一回到连队，女一班宿舍已烧成一片废墟了。有的女知青损失惨重，除了穿着的一身衣服，什么都没有了。”

周萍：“怎么会发生这样的事？”

赵天亮：“目前还是个谜。连里没调查出原因，团保卫股只得介入了，当成全团第一大案来侦察……”

“小地包”突然发作地:“赵天亮,你气死我了!”他猛一掀被子,坐了起来。

齐勇也坐了起来。

“小地包”一指赵天亮:“班长,你说他怎么这样?我在没有办法可想的情况之下,创造出了办法成全他,他却牵着引着不上道,又跟人家周萍说起女一班宿舍失火的事儿来了!”

齐勇:“我还是得先问你——老实交代,你那安眠药到底是怎么回事?我的头脑怎么越来越清醒?”

“小地包”:“连你也是我那办法的一部分!根本就不是安眠药片,是酵母片。我采取的是现代心理战术,类似于空城计!”

齐勇:“我……”他举起右手,因为手上缠着药布条,自知打下去疼的肯定是自己,缓缓放下手,悻悻作罢。

周萍已离开炕沿,站在地上,看着炕上的三个人,被他们搞糊涂了。

赵天亮:“你俩神经病啊?!”

“小地包”:“你才神经病呢!”

他又指着赵天亮对周萍说:“他说他今天晚上想要单独和你说几句心里话,单独,那现实吗?所以,我就想出了一个锦囊妙计。”

周萍恍然大悟,“扑哧”笑了出来,竟一发而不可收,背转过身,笑弯了腰。

“别笑了,严肃点儿!”“小地包”转脸对赵天亮说,“心里话是那些混账的话吗?!”

赵天亮把脸扭开,周萍见状,解围道:“他刚才不是说了,他内心里对我充满了感激吗?”

“小地包”:“顶数那句话是混账的话!”

赵天亮:“孙敬文,你就这么成全我啊!”

齐勇捅了“小地包”一下:“你别说了!他俩的事儿,不许你硬往里搅和！”

周萍：“我俩……什么事儿啊？”她被他搞得更糊涂了。

“小地包”又一指赵天亮：“他爱你！就这句最值得赶紧对你说的话，他磨磨叽叽地偏不肯直截了当对你说出口，我实在看不惯他这样子！”

周萍愣住，缓缓转脸看赵天亮。赵天亮狠瞪“小地包”一眼，低下了头。

周萍的目光又落在齐勇身上，齐勇支支吾吾：“我想……是这样的吧……”

幸福的泪水溢出周萍的眼睛，她再看一眼赵天亮，双手一捂脸，转身跑出屋去。

赵天亮看着她的背影，冲“小地包”吼道：“你看你！”

周萍在门口和正要往屋里走的梁喜喜撞了个满怀。

梁喜喜拉住她：“周萍，别走，你也在这儿正好。”

曲干事跟她走进来，梁喜喜给他们相互介绍：“曲干事，这就是周萍。这是一团保卫股的曲干事，他一会儿要向你了解点儿情况。”

曲干事点点头：“我要了解的情况不回避他们三个，一块儿进屋聊聊吧。”

于是，周萍又随着梁、曲二人进到屋里。梁喜喜坐在炕沿边，她请曲干事坐在了唯一的一把旧椅子上，周萍则站在一处暗角里。

梁喜喜：“周萍，别那儿站着，像要开你的批斗会似的，坐我边儿上来。”

周萍默默走过去，半靠着坐在梁喜喜边上，习惯地低着头。

梁喜喜对齐勇三人说：“曲干事你们应该都见过，没见过也应该听说过。每次你们团来一批新知青，都是他负责保卫一路的安全。他是代表团里来慰问你们三个的。”

曲干事向齐勇三人亲切地微笑着：“团首长都很关心你们，让我代他们嘱咐你们，都活着那就是天大的幸运，所以要安心在这里休养，不必急着回连队去。你们的雀盲眼怎么样了？”

齐勇：“天一黑，还是看不见什么。”

曲干事：“看得清我吗？”

齐勇：“看见个人影。”

“小地包”担心地问：“我们会渐渐失明吗？”

“那倒不至于。全团许许多多知青都患了雀盲眼，团首长集体表决心了，不让一例失明的病例发生。这是团首长让我给你们带来的药，各种维生素都有。”他将一个鼓鼓的牛皮纸袋放在炕上。

齐勇：“请你转告团首长和我们连里，我们三个这次遭遇的事情，雀盲症是原因之一，但主要的责任在我，是我这个班长的错误决定，才导致……”

赵天亮：“责任不能由班长一个人负，他的决定我当时也同意了。”

“小地包”：“我们班长救了我一命。即使处分，那也应该将功折罪！”

梁喜喜笑着对曲干事说：“你看，他们还都挺仗义的。我真想把他们留住，不还你们了。”转而又对齐勇三人说，“如果你们谁愿意主动留下，那我就来做红娘，让周萍嫁给他。就我们周萍这小模样，俊俊秀秀文文静静的，在你们兵团肯定也是百里挑一。周萍，行不？”

周萍小声地：“支书，不能随便开这种玩笑的。”

梁喜喜：“我可没开玩笑！还不迟早的事儿？”

她看了一眼在一旁默笑的曲干事：“你关心你们的知青，我也得去关心一下我们的知青了，看他们晚上给自己胡乱对付了顿什么吃的。”说罢，起身便走，到门口回头望着曲干事又说，“你谈完，走你的，甭跟我告辞了，我也不送了。别忘了我们山东屯对你们提的那些要求！”

门关上后，曲干事苦笑道：“这女人，真有一套。”

齐勇：“山东屯对咱们提什么要求？”

曲干事：“还不是因为他们营救了你们，向咱们讲感激条件！要是九连营救了你们，就没这些啰唆事儿了。”

赵天亮:“班长是指示我向九连去求救的,可在塔头甸那儿,我也遇上了狼,头脑中的方向感一乱,恰恰走反了方向……”

曲干事:“好了,换个话题,不谈什么责任不责任的。团首长是让我来慰问你们的,不是让我来追究责任的。我来山东屯还有一项任务,周萍,那就是向你了解一下七连女一班宿舍失火的情况……”

周萍觉得奇怪:“向我?我才知道……”

曲干事:“你怎么知道的?”

赵天亮:“我刚才告诉她的。”

曲干事看了看赵天亮:“周萍离开七连,你送她了?”

赵天亮:“对。”

曲干事又转脸问周萍:“你让他送你的?”

周萍点头。

曲干事:“你那天将要离开七连的决定,预先只告诉了赵天亮一个人?”

周萍看一眼赵天亮,点头。

曲干事:“为什么只告诉他一个人呢?”

周萍不知该如何回答,低下了头。

曲干事:“这个问题有点儿不好回答是吧?不回答也行,你离开女一班宿舍,是什么时间?”

周萍抬起头想了想,回答:“八点半左右。”

曲干事:“那肯定是别人都出工以后了。当时宿舍里就你一个人了?”

周萍愣了一下,点了点头。

赵天亮:“你什么意思?”

“小地包”:“我怎么听着,你像是在审问?”

齐勇:“天亮,敬文,这是他的任务,配合一下。”

曲干事:“我再声明一次,我可不是审问啊。了解情况不都得这么问吗？周萍，当时你在宿舍里，发觉有什么异常情况吗？比如，烟味儿，炕洞口附近有没有什么易燃物？”

周萍想了想，摇头。

曲干事：“周萍，对于我们团最终没能承认你是一名兵团战士，发服装、补工资，都没你的份儿，你内心里有没有怨气？”

曲干事边问，边掏出了小本，准备记录。

“小地包”在一旁摇头暗示她。

周萍却还是诚实地答道：“有。”

不仅齐勇等三人，连曲干事对她的回答也颇感意外。

赵天亮终于忍不住了：“不对！我送她走的时候，她说一点儿没有，完全是为了维护自己的自尊心……”

周萍打断他：“我对你说谎了。其实，我内心里是有股怨气的。还有一种恨……”

“还有一种恨？恨……什么？”曲干事步步紧逼。

赵天亮叫喊起来：“抗议！这是诱供！”

周萍：“我恨我自己为什么出生在剥削阶级家庭！”

她一指赵天亮：“如果我的出身和他一样，我想当一名兵团战士有那么难吗?！我什么都不知道！如果怀疑我和失火有什么关系，爱怎么怀疑随便好了！”说罢，她便哭着从屋子里冲了出去。

曲干事：“我问了什么不该问的话吗？”

赵天亮：“你混蛋！”

“小地包”：“滚！”他抓起一只枕头扔向曲干事，被曲干事接球似的一手接住，赵天亮也抓起一只枕头扔向曲干事，被曲干事用另一只手接住。

齐勇也压抑着情绪对曲干事说：“不是她首先发现了赵天亮举着的火把，我想，您看不到活着的我们了。如果不是她用自己的体温暖过来了赵天亮，赵天亮他也没机会对您表示抗议了。这些情况，您是否已经了解到了？”

曲干事：“当然了解到了。”想把枕头放在炕上，却怕赵天亮和“小地包”又用来扔向他，于是只得抱在怀里。

齐勇：“那你也还是要怀疑她？”

曲干事也发火了：“我没怀疑她！你们七连的干部中也没有怀疑她的！”

他指着赵天亮和“小地包”说：“周萍的情况，我是掌握了一些的。她有理由有怨气。听她说她恨自己的出身，我心里难受！就她，那么好的一个姑娘，会因为有怨气就纵火吗？我神经有毛病啊我怀疑她？明年、后年、大后年，兵团还要从各大城市接来更多的知识青年。我不愿意看到不定期有像周萍这么好的姑娘，仅仅因为出身问题，连屯垦戍边的资格都丧失了！那么，就得有人向兵团司令部反映这个问题！”

他将怀中的枕头掷球似的掷向“小地包”：“而我，想做那个反映问题的人，所以，我才要了解她内心的真实感受！”

曲干事又将另一只枕头掷向赵天亮，他站起身来，将笔夹在小本中，合上，揣入兜里：“好人对好人应该具有本能的感应！难道我使你们产生的感应是相反的吗？你们两个，为什么火气那么大？看你们班长，他怎么不像你们似的，动不动就急赤白脸的？我认为你们要很好地向他学习！告诉你们实际情况，怀疑周萍有纵火嫌疑的，恰恰是你们知青自己，而不是别人！匿名信写给团保卫股了，我是团的保卫干事，我不郑重其事地对待一下行吗？那、行、吗?！哼！”

曲干事悻悻地往外便走。已走出门，又返身推开门说：“我告诉了你们不该告诉你们的事情，如果你们对我还是没有我说的那一种感应，那你们就逢人便讲，四处传播好了，随你们的便！那就证明我对你们的感应欺骗了我，我自认倒霉就是了！”

曲干事摔门而去，门外传来吉普车发动的声音，接着，驶远了。屋里也静下来。

"小地包"望着门的方向,喃喃地说:"曲干事要是向兵团司令部反映,那,周萍是不是就有希望重返七连了呀?"

赵天亮面对着他,答非所问地:"我的眼睛,又像瞎子似的了。"

齐勇:"记住我的话,如果你俩以后再见到曲干事,都要对他尊敬着点儿。对于他本不该告诉我们而又告诉了我们的事,决不逢人便讲,决不四处传播。"

赵天亮和"小地包"没出声,却都点了点头。

周萍和其他几个女知青在宿舍前锯木段。一根笔直的盆口粗的松木,稳固在马架子上。而周萍在挥着大斧,将锯断下来的圆木劈开。瘦小的姑娘,则将劈开的木柴码成围墙。

周萍挥斧劈下的姿势,像男知青们一样准确、有力、利落,并且比男知青们的姿势优美。随着大斧一次次落下,木段一分为二,二分为四,越劈越细。

当瘦小的姑娘又将一截木段摆在周萍跟前,退开后,周萍拄斧看着那截木段发起呆来——木段的年轮一环又一环,特别清晰。

胖姑娘向讲鬼故事的姑娘使眼色,二人同时向周萍看去,瘦小的姑娘也在看周萍。

讲鬼故事的姑娘问道:"萍萍,累了吧,咱俩换换?"

周萍摇摇头:"不累。"

胖姑娘心直口快地问:"那你怎么了?发什么呆啊?"

周萍:"越劈越不忍心下斧头了。"

瘦小的姑娘瞥了那截木段一眼:"太多愁善感了吧?这只不过是一棵义气松哎!"

讲鬼故事的姑娘在一旁插科打诨:"正因为是一棵义气松,咱萍萍才不忍心了嘛!要是在蒲松龄笔下,义气松多半会变化成英武的男子,萍萍这么一联想,当然就不忍心下斧头喽!"

周萍："我没往那儿联想。一棵松子落地，从土里钻出一棵芽苗，再长成这么粗的一棵大树，起码需要二三十年，却被伐倒了，拖下山，锯锯劈劈，三天五天就烧光了。一冬又一冬，得多少这样的树，才供得上东北大炕啊！"

胖姑娘问她："你在七连的时候，他们就不这么干啦？"

周萍："他们当然也这样，从七连能望到的山头，差不多都被伐秃了。"

讲鬼故事的姑娘："那就得啦！他们烧得，我们也烧得，他们不愿挨冻，我们也不愿挨冻！"她说着，走到周萍跟前，从周萍手中拿过大斧，又说，"既然你动了恻隐之心，下不去手了，让我来！"她拉开架势，高举斧，一斧落下，却劈歪了，只劈下了一小片儿。

瘦小的姑娘"扑哧"笑出来："你这是削土豆呀？"

她又落下了第二斧，倒是劈到了正中，但是力道不够，斧刃被夹住了。

瘦小的姑娘："得了吧你，还是让萍萍来吧！"

讲鬼故事的姑娘不得不放开斧把，无奈地耸耸肩。

周萍一脚蹬住木段，用巧劲儿猛一拔，拔出了斧头，接着一斧落下，木段分为两半。

讲鬼故事的姑娘看着周萍劈得这么好，不禁艳羡："萍萍，你这家伙以前在七连，是不是总干这活儿啊？"

周萍微微一笑："我在七连食堂那段日子，天天得劈木柴，生火也是我的事儿。"

胖姑娘边和瘦小的姑娘一起锯木段，边称赞："难怪！这活儿，以前可都是由男知青们来替我们三个干的。"

周萍："以后就不用他们替咱们干了，又不是什么难活儿。"

梁喜喜不知何时出现在周萍身旁："这话我爱听。七连来接他们的知青了，那仨小伙子坚持非跟你们告别不可，不当面跟你们说几句告别的话,都不让马车赶走。”

几个姑娘愣愣地看着梁喜喜。梁喜喜笑道:“都瞪着我干什么,快去呀!”

其他三个姑娘全笑了,转身跑远了。唯独周萍没跑,她摆正木段,继续劈。

梁喜喜推推她:“你也去呀。”

周萍:“不去。”

梁喜喜:“为什么不?”

周萍:“不为什么,就是不想去。”

梁喜喜从她手中夺下大斧,命令地:“摘下一只手套,把手伸给我。”

周萍默默摘下手套,把手伸向梁喜喜。梁喜喜握了她的手一下,又说:“戴上手套吧——你们常怎么说?滚一身泥巴,炼一颗红心,磨一手老茧,是吧?第一句是闲扯淡的话。滚一身泥巴干吗?俺们农村人也不愿从早到晚一身泥巴。有时候把自己搞成了那样,是因为没办法。但凡能不那样,谁又愿意偏那样?炼一颗红心这话,我不好评说什么。反正听着也别扭。总让我联想起大炼钢铁那会儿的瞎折腾。那会儿我被抽到县里去炼过,还得过不少奖状。炼到后来,没炼出铁,更没炼出钢,心是越炼越……知道我为什么跟你说这些吗?”

周萍戴上手套,愣怔着双眼,微微摇头。

梁喜喜:“当年我只不过背地里说了几句不太积极的话,就被人打了小报告了。接着就组织人批斗我,那阵势,就差定我是一个反动的人了。人嘛,一辈子几十年,哪有不受点儿委屈的?扯远了,不说那些了,我想说的是,你们知青常挂在嘴边上那三句话,顶数‘磨一手老茧’这句是句实在话,磨起了老茧,以后就不容易起泡了不是?”

周萍点头。

梁喜喜:“你手上已经磨起了老茧,能不能成为‘可以教育好的子女’的典型,手上有没有老茧太重要了。如果手上连老茧都没有,难以服人。”

周萍:“支书,其实……其实我成不了那样的典型也没什么,我无所谓的。”

梁喜喜:“你无所谓,我有所谓。你一个姑娘家,用自己的身体暖活了赵天亮那小伙子,这叫什么?这叫事迹!我要亲自把你这事迹汇报给公社,汇报给县里。我要要求他们大力宣传你的事迹!”

梁喜喜的话让周萍大吃一惊,她急忙央求道:“支书,求求您,千万不要那样啊!”

梁喜喜:“这我可不能听你的。我不那样,我会觉得自己的良心歪了,太没人味儿了。所以,你必须乖乖地去跟赵天亮他们告别,还得给我说出来几句将来好进行宣传的话。这也不能听你的,我陪你去。”梁喜喜弃了斧头,拉住周萍一只手。

如果说周萍起初只是有点不想去告别,那么听了梁喜喜的一番话以后,更是十二分的不情愿了。她挣手,都快急哭了,哀求地:“支书,她们三个去就行了,我就不必非去了。”

梁喜喜:“听话!你这闺女,怎么犯起拧来了!”她硬拉着周萍往梁喜喜家走去。

一辆马车停在梁喜喜家门前,车上铺了褥子,齐勇他们三个坐在上面,身上还盖着床大被子,都眼巴巴地望着同一个方向。

七连的老耿头和张连长一个在马车这边,一个在马车那边,相向地来回走着。老耿头有些不耐烦了:“那仨姑娘,不是跟他们告别过了吗?”

张连长:“还有一个没来告别。”

老耿头:“那就别等了啊,都等半天了嘛,仨还代表不了一个呀?”

“小地包”:“代表不了!那个不来,我们不走!”

张连长劝老耿头:“再等等,再等等。”

而这时,山东屯的队长却在马车旁欣赏驾辕的“乌云”,摸在马背上的手不忍离开。他将张连长扯到一旁,小声说:“你们这匹辕马真棒!我们有匹母马品种也不错，能不能让你们这辕马和我们的母马配配？”

张连长：“行，行，但今天不行，以后再说好吧？”

早来了的三个女知青也因周萍的迟迟不出现而有些着急。

胖姑娘急得跺脚：“这萍萍，忽然又摆的什么架子啊！我们三个，告别的话都说了，走也不是，不走也不是，陪这儿干站着多尴尬呀！”

讲鬼故事的姑娘对瘦小的姑娘：“就是！你快去找找她！”

瘦小的姑娘却一直看着齐勇三人，显然根本没听到她俩在说什么。她自言自语地：“我还有几句告别的话要跟他们说！”

她跑到马车跟前，一往情深地：“心里边可要想念着我们啊！有时间一定要常到山东屯来看望我们。我们对你们可是有情有义的，你们也别做忘恩负义的人啊！”

“小地包”信誓旦旦地：“那哪能呢！咱们的关系铁定了，要不然你们永远是我们的妹妹，要不然将来由妹妹变成了老婆！”

齐勇：“别说得那么白好不好？”

瘦小的姑娘：“说得白点儿好！说得白点就是说得明明白白，我喜欢听明明白白的话！”

她跑回另两个姑娘身边，欣慰地说：“那个叫‘小地包’的说，要不然我们永远是他们的妹妹，要不然将来我们由妹妹变成了他们的……”

胖姑娘：“萍萍来了！”她兴奋地向着远处招手，“周萍，快点儿！都等着你来告别呢！”

见梁喜喜与周萍来了，赵天亮顿时激动起来。齐勇小声嘱咐他：“就照我教你的话说。”

连长快步迎上梁喜喜和周萍。

周萍：“连长，女一班宿舍着火，不关我的事，真的……”

连长：“不说那事儿，我……”他一挥手，把想说的话咽下去，推着周萍的肩往马车那儿走，“他们优先，我的话后跟你说。”

周萍被连长推到马车跟前，连长退开去。

梁喜喜悄声对胖姑娘说:“你也过去,听听周萍怎么说。”

看着胖姑娘诧异的眼神,梁喜喜解释道:“不是叫你当特务!她的事,不久是要进行宣传的,事迹稿我说不定要让你来写,她说的什么要写进去,快去!”

梁喜喜推了胖姑娘一下,胖姑娘只得向马车走去。但是在离马车两步远的地方,她还是站住了。

周萍替车上的三人掖掖被子,主动开口说:“按鄂伦春人秘方配的药,带车上了吧?”

三人点头。

周萍看着赵天亮说:“数你伤重,回到连队也要安心养伤,千万不要性急。伟大领袖毛主席教导我们,对待疾病有两种态度,第一种态度是,既来之,则安之……希望你能像毛主席教导的那样,以革命的乐观主义对待冻伤。”

车上三人一时你看我,我看他。

赵天亮:“周萍,十几天前那个晚上,他俩对我说出了我想要对你说,却又没有勇气说出口的话。”

周萍:“伟大领袖毛主席又教导我们说,我们都是为了一个共同的革命目标,从五湖四海走到一起来的。我们的同志,在困难的时期,要看到成绩,要看到光明,要提高我们的勇气……”

赵天亮打断她:“周萍,你怎么了?”

周萍:“身体上的冻伤并不可怕,可怕的是思想上的冻伤。严寒仅仅冻伤了你们的身体,这一点,对于你们是值得庆幸的。赵天亮,至于我,只不过是用自己的体温恢复了你的体温。而你思想方面的革命温度,那还要靠你自己以后在三大革命实践中保持下去……”她说完,冲赵天亮一笑,从马车旁一步步退了开去,撞到了胖姑娘身上。

胖姑娘:“萍萍,你说得真好!以为你不会说革命的话,没想到你能说起来一套一套的,而且越说越好。”

周萍小声地:“那不难。”

连长走过来,内疚地说:“周萍,你最终没能留在七连,我觉得很对不起你。要是我当时为你的事多努努力,尽量争取一下,也许你的事,就不会是现在这一种结果了。”

周萍平静地:“某些目的,即使实现了,带给人的愉快那也是一时的。因为它是个人主义的。现在我已经开始鄙视自己当初的目的了。我在这里一切都很好,请连长放心。我十分感激七连的同志们,在那些日子里对我思想上的帮助和正确引导……”

她向连长深深鞠了一躬,便转身跑开了,她不想让别人看见自己的眼泪。车上的三个男知青都呆呆地望着这个越跑越远的姑娘。尤其是赵天亮,他的目光一直停留在她身上,一直追随着她,直到再也看不见。

驾车的老耿头一挥鞭子:“驾!”

马车辚辚地向连队的方向驶去。马车下边的三个女知青对马车上的人挥手:“兵团的,再见!”

马车的车轮碾过路上的积雪,发出咯咯的声响。马车上的赵天亮哭了,他用缠了药布条的双手用力地拍打着被子:“他们把她怎么了?他们把周萍怎么了啊!”

连长:“别把双手露外边!”他用被子盖住赵天亮双手,训斥地,“许多人不都那么说话吗?她也那么说话就不对劲儿了?”

可是赵天亮却不依不饶:“停车!我要回去!我要问她!”

老耿头“吁”了一声,马车停在路边。

连长恼火地对老耿头说:“你停车干什么啊!你就那么听他的呀?!”

马车又行驶起来。

齐勇搂住了赵天亮的肩,低声安慰:“我一定经常陪你去看她。”

“小地包”也低声说:“还有我。”

连长却大声地:“你们都成了好人!就我,好像成了坏人!老耿头,我是坏人吗?”

老耿头在马屁股上重重地甩了一鞭子："谁说你是坏人了？"

连长气鼓鼓地说："那周萍那么对待我！那，那跟扇我大嘴巴子有什么区别？"

老耿头："那你叫人家姑娘怎么对待你？我看人家姑娘的话说得很得体。换我，也只有那么说。"

连长："那种话，它就不是真诚的话！"

老耿头："都对不起人家了，还嫌人家姑娘的话不真诚，太矫情了吧？"

连长："对不起她的是我吗？全中国，走到哪儿，那也得论出身，论成分！我有什么办法？"

赵天亮闭上了眼睛，喃喃地说："班长，我头疼，头疼得厉害……"

齐勇使劲搂了他一下，恳求地："连长，请您不要再说什么了，行吗？"

这时，连长忽然发现三个小伙子的脸上都垂着热泪。他看看他们，心有难言之隐，张了几下嘴，却什么话也没说出来，将头扭转了方向。

马儿们小跑着，马铃哗哗——前方路旁，站着山东屯的几名男知青。

老耿头一勒缰，马儿们放慢了脚步，他回头对连长说："山东屯的男知青们好像也要在那儿和我们告别一下。"

连长："你代表七连跟他们说几句吧。"

老耿头："我？"

连长："你不是挺懂什么话得体，什么话不得体吗？就你！"

老耿头："我就我。什么态度！"

老耿头在山东屯那几名男知青身旁喝住马，干咳一声，庄重地："小伙子们，等在这儿，想跟我们说几句告别的话是吧？"

为首的知青瞪着眼睛说："告别？告你妈的别啊！"

他一扬手，一个大雪团打在老耿头当胸。接着，其他知青一齐用雪团打七连的人。老耿头见势不妙，一催马，马儿们又跑起来。

山东屯的男知青们边追打着边喊：

“龟儿子下乡了还挣工资！”

“山东屯不欢迎贵族知青！”

“要想抢走我们的姑娘，那得流点儿血！”

“还得破点儿皮！”

连长也被几个雪团打中了，他抖了抖肩膀上的碎雪，生气地说：“就这德性，还想让我们的‘乌云’配他们的母马？没门儿！”

屋外天寒地冻，方婉之的家里却暖烘烘的。窗台上，菜心、萝卜花、蒜苗，或在碗中，或在盘中，为严冬的室内增添了几许悦目的翠绿……

孙曼玲和其他三名女知青坐在炕上，方婉之也脱了鞋，上了炕。

孙曼玲问方婉之：“排长，我们都是响应‘上山下乡’的伟大号召来到北大荒的，那您当年是怎么来到北大荒的啊？”

方婉之微微一笑：“真想听？”

孙曼玲：“想！”

方婉之：“都睡一小觉吧，下午还要上班呢，以后再讲。”

孙曼玲央求道：“排长，我们不困，现在就讲嘛！”

一名女知青也说：“您在我们心中始终是个谜，今天我们就想知道谜底！”

方婉之：“嚯，还成谜了！那，都给我乖乖躺下，躺着也是休息。”她仰躺了下去，三个女孩子也在她身边或躺或趴。

方婉之：“我是资本家的女儿。但是我的父亲确实是位受人尊重的资本家。我这样说，你们肯定不理解。一九四九年后，陈毅元帅当过上海市长，在一次他主持召开的工商人士座谈会上，他握着我父亲的双手说：您这位资本家，一向拥护抗战，也一向同情我们共产党人的革命，暗中给予了我们很多帮助，您是我们共产党人的朋友啊！而我的小姨，十八岁护士学校毕业以后，就参加了抗美援朝，她是我们家族的第一名共产党员，火线入党的。回国以后，她成为北大荒开发者中的一个。那是一批转业官兵，有十万人之多。我的小姨，是一个理想主义者。是一个对于自己的理想，抱有火一样激情的人。而我，却一心想当女钢琴家，连考了三次上海音乐学院，都落榜了。极度沮丧的情况之下，给家里留了一封信，带了点儿钱和小姨的地址，只身离开上海来到东北。我想找到我小姨，向她倾诉心中的苦闷。可人生地不熟的，迷失在大荒原上了……"

方婉之追忆的叙述，变成了几个女知青脑海里电影镜头似的画面：夕阳如轮，黄昏时分的方婉之，身穿一袭白连衣裙，头戴花环，怀抱一大捧野花，却还在跑向这里跑向那里，不停地采啊采的。她将怀中的野花高高抛起，伸开双臂，旋转身体，陶醉在迷人的荒原上。

不久，夜幕降临了，远处传来了狼嚎，荒原迷人的景色被黑暗和恐怖代替。紧接着，雷声和闪电齐发，狂风和暴雨大作。方婉之被困在黑暗冰冷的雨夜里，惊慌失措。

正在这时，远处出现两道光束，方婉之如逢大赦地朝光束跑去。跑近一看，才发现那是在雨夜中慢慢行驶的拖拉机。拖拉机在方婉之面前停住，一名英武的男人从上面走了下来。他惊愕地看着浑身湿透、面色苍白的方婉之。方婉之身子摇晃了几下，便昏倒在他怀里了……

孙曼玲："排长，这个男人就是咱们七连的第一任连长，后来成为您的丈夫的，是吧？"

方婉之："你知道的还真不少！"

一名女知青："真浪漫！"

方婉之："是啊。第二天我醒过来之后，也觉得自己的北大荒之旅，真浪漫，真刺激……"

方婉之继续追忆着往事——

一顶帐篷中，身穿肥大转业军人军装的方婉之盘腿坐在一堆青草上，面前是用柳条编成的小饭桌。

帐篷帘一挑，方婉之未来的丈夫走了进来，将两只碗摆在小饭桌上。一只碗里是一个馒头，另一只碗里是一个很大的蛋。他退到一旁，抱臂研究地看着方婉之。

方婉之看到那只很大的蛋，有些吃惊地问："什么蛋？"

她未来的丈夫："不知道。也许是雁蛋，也许，还是天鹅蛋。"

方婉之："我可不吃大雁蛋，更不吃天鹅蛋！"方婉之郑重地说。

她未来的丈夫："小姐，你受到的可是贵宾级别的款待，不要冷对我们北大荒人的热忱和真诚。"

方婉之："那……既然你这么说……"她犹豫着拿起蛋，欣赏地看了看，轻轻磕破，蛋壳里竟呈现绒毛，方婉之尖叫一声，将蛋撇掉。

她未来的丈夫捡起那只蛋，立刻并拢双腿，竖掌胸前，垂头连说："罪过，罪过。"

忽而又有人闯入帐篷，那人正是七连现在的张连长，而那时，他还只是个战士。他慌张地说："连长，又有一台拖拉机要被陷没了！"

她未来的丈夫一指方婉之："你给我乖乖地待在这儿，哪儿也不许去！"说罢，便和当时还是战士的张连长转身冲出帐篷。

两个男人在前边跑，方婉之跟在后边跑。三人先后跑到一处沼泽边，但见沼泽中露出一截排气烟囱，分明是有一台拖拉机已被没顶，而另一台拖拉机也没了一半。

她未来的丈夫一边脱衣服一边大声说："必须保住那台拖拉机！再开过来两台！我就不信弄不上来它！"说着，便开始往腰间系绳子。

方婉之捡起他脱下的衣服抱着。

张连长和他抢绳子："连长，牵引链脱钩了，我下去！"

她未来的丈夫推开当时还是战士的张连长，坚决地："别跟我争，我有经验！"

岸上的两台拖拉机齐声轰鸣。沼泽中，当时还是战士的张连长已坐在那台陷没一半的拖拉机里，一手握操纵杆，一边扭回头看。

沼泽的泥水面波动了几下，猛地蹿起一个人来，而那人正是方婉之未来的丈夫。他的上半身遍体是泥，头上脸上身上布满烂草。他把住排烟管大喊："都给我加挡！"渐渐地，那台没顶的拖拉机终于从沼泽里浮了出来……

岸上，方婉之和她未来的丈夫坐在一起。河中，几个男人在互相击水嬉戏。方婉之怀抱着他的衣服，手拿着他的鞋，而他只穿着裤衩。他自豪地对她说："我的兵，都是好样的。我们这批北大荒人，三个百分之九十五！"

方婉之问："什么叫三个百分之九十五？"

"百分之九十五当年是正副班长，百分之九十五是五好战士，百分之九十五是自愿来的！"

方婉之："你们到底想把这儿变成什么样啊？"

"变成中国最大的粮仓！让全中国人的吃饭问题，经过我们的艰苦奋斗而有永远的保障！"

"永远的？"

"对，永远的！"

"那……得需要多少年啊？"

"不知道。也许十年，也许二十年、三十年。反正，我们来了，就不走了，一辈子和北大荒打摽上了！"

河中，男人们喊："鱼！鱼！大鱼！"

"围住！别让它跑了！"

他也一下子站起，大喊道："我来啦！跑不了它！"

河中的男人们，有的用衣服兜，有的用双手逮，有的用树枝叉，用尽全身解数追捕那条鱼。方婉之望着他们，不禁笑出声来。忽然他双手一掐，欢呼道："我逮住了！我逮住了！"

然而，他的裤衩却不知哪里去了，赤身裸体地站在水里。

方婉之害羞地扭开头。

未来的张连长手里挑着一条裤衩问:“谁的掉了?”

有人笑道:“哈,连长的!”

他这才发觉自己不成体统,手一松,急捂羞处,而那大鱼却“扑通”一声,又掉进河中。

在男人们的哈哈大笑声中,方婉之笑着跑开了……

夜晚,帐篷间的篝火上飘出了烤鱼的香味。方婉之未来的丈夫在娴熟地拉手风琴,未来的张连长引吭高歌:

西边的太阳已经落山了,
蚊子和小咬一齐出动了。
拉起我心爱的手风琴,
唱起那我们自己编的歌谣。
……

方婉之双手托腮,出神地听着,情不自禁地翩翩起舞,目光却留在了她未来的丈夫的身上……

方婉之:“我被那一种艰苦而又充满乐观精神的生活迷住了。不料有一天,我小姨牺牲的消息传来。我们立刻赶到了农场场部。后来才知道,小姨是为了医治战友们的出血热病,自己也感染上了。她才二十七岁,还没有爱过……我再回到上海的父母身边时,把这个噩耗也带了回去。后来,我对母亲说,我不想当钢琴家了,再也不想考音乐学院了!我要考农机学院……”

孙曼玲问方婉之:“后来您就真考农机学院了?”

“是啊。”

孙曼玲:“毕业了,就到北大荒来了?”

方婉之从炕上坐起,平静地说:“对。”

一女知青:“再后来,就和他结婚了?”

方婉之笑着点了点头。

另一名女知青翻了个身："排长，以后再给我讲一讲你俩之间的爱情吧？"

方婉之："刚才不是也讲了吗？"

孙曼玲："不解渴！"

方婉之摸了她的头一下："你这丫头，要求还挺高，听什么样的爱情经历才解渴呀？"

孙曼玲有些不好意思："排长别误会啊，我听连长讲，当年你们夫妻之间的爱情可那个了，够写一部小说，或者够拍一部电影的！你刚才只附带性地讲到了一点点儿……"

方婉之笑着打断她："谈恋爱了？"

孙曼玲："没有！向毛主席发誓，绝对没有！"

"开始向往爱情了？"

孙曼玲犹豫一下，诚实地笑了："有点儿。"

"你们三个呢？"

孙曼玲替她们回答："她们也没有。"

一女知青伏在方婉之身边："排长，如果我们现在就开始谈恋爱，是不是很可耻啊？"

孙曼玲："你多大？"

女知青："快十八了。"

方婉之微笑道："是早点儿。但即使早点儿，也不必认为那就是可耻的事。比如明天，忽然有爱情降临在你们头上了，那也不必惊慌失措。爱情又不是狼，为什么要防着爱情呢？但是，处在你们这样的年龄，自己究竟是不是爱上了对方，或者对方究竟是不是爱上了自己，这往往是件一时分辨不清的事。"

孙曼玲谨慎地问："那，不是会犯错误吗？"

这一问，把方婉之问得有些感慨："是啊。犯了错误，要么自己受伤，要么别人受伤。所以,爱情又是一件特别严肃的事情。既要本着对自己负责的态度,又要本着对对方负责的态度。"

先前发问的那名女知青:"太复杂了。"

方婉之:"如果仔细想想,成长本身也是一件很复杂的事情。一个人没有办法使自己不成长。成长的过程,人要经历很多烦恼,犯一些成长过程中难免会犯的错误。要是青年人在恋爱方面犯了所谓错误,那也应该看成是一种连上帝都肯于原谅的错误……"

孙曼玲:"排长,你已经是党员了,还相信上帝吗?"

方婉之:"不错,我是相信上帝的。我相信的上帝不是什么神明,而是时间。时间是毫不留情的一位上帝,它最终能使真善美和假丑恶各就各位,恢复原本的面目。我这样回答,你还觉得我相信的上帝,和我的党性之间,是相互难容的吗?"

孙曼玲又不好意思地笑了。

方婉之也摸了她的头一下,接着说:"小孙啊,给你这当班长的提个建议啊,这个建议也希望你们三个能接受。那就是,在与人交谈、与人讨论问题的时候,要善于领会对方的主要意思,不必太计较字眼。现在,许多人与人之间,几乎都不能友善地说话了,似乎都成心拧巴着来听。"

孙曼玲:"排长,对不起,我的话冒犯了你吗?"

方碗之:"那怎么会呢!我只不过是不愿看到你们知青中现在的一种现象。我和连长、指导员,还有男排尹排长,我们时不时地会收到一些莫名其妙的小报告,检举某一个知青在什么时候什么地点,说了一句什么什么样的话,于是推测人家头脑中一定有什么什么样的思想,强烈要求连里严肃处理。这使我们都很为难啊!"

孙曼玲听到这里,从炕上坐了起来:"排长,我可从没打过我班里战士的小报告,她们三个可以作证。"

其他三名女知青纷纷认真地说:

"我作证,绝对没有。"

“我们班长不是那样的人。”

“但吴敏就是排长说的那种人！不管谁跟她说什么话，她都要挑出人家话里的一两句不对，好像不那样她就哪儿哪儿都不舒服！”

“可不嘛，一挑出来了，就像中国第一革命批判家似的，一通追问，接着一通上纲上线，常常搞得人火冒三丈，真想扇她俩大嘴巴子！”

“周萍没走的时候，她把周萍当成眼中钉，使周萍都不太敢当着她的面说话了。现在周萍走了，她又像耳朵里装了窃听器似的，整天留意我们班长在说什么……”

三个姑娘议论时，方婉之开始起身穿衣服。她穿戴整齐后，站在门口对孙曼玲们说：“姑娘们，背后这么议论人可不好啊。都是一个班的知青，有意见为什么不能在谈心会上坦率地提出来呢？”

孙曼玲：“我一再压着，怕影响团结。”

方婉之：“可你们的团结这不还是出了问题？我还是觉得当面提出来比背后议论好。我先走了。”方婉之看了一眼手表，“还有五分钟号就响了啊！”

她一推开门，立刻愣住了。吴敏不知何时站在了门外。

吴敏面无表情地递给方婉之一封电报：“排长，我家来电报了，我母亲住院，我要请假回哈尔滨……”她边说，边向炕上的孙曼玲们投去冷冷的目光，仿佛在说，你们议论了些什么，我全听到了，等着瞧吧！

孙曼玲们一时惴惴不安地互相看看。

一阵喊声打破了尴尬的气氛：

“一班长他们回来啦！”

“七连的英雄们回来啦！”

“向英雄学习！”

“向英雄致敬！”

孙曼玲闻听，笑逐颜开：“我弟回来啦！”她赶忙穿着袜子，蹦到地上，顾不上穿鞋穿袄，一把将拦在门口的吴敏推开，往外便跑。

方婉之一把拽住了她："你这丫头，没穿鞋！没穿袄！"

吴敏冷眼看着，嘴角浮一丝冷笑。

接回齐勇他们的马车停在一班宿舍门前。"小黄浦"、王凯、杨一凡、沈力等三名北京知青以及黄伟、魏明、傅正等三名哈尔滨知青围着马车，而连长正在训他们："英雄在哪儿啊？在哪儿啊？谁是啊？我怎么没看见？学习！致敬！学的什么习？致的什么敬？谁逼迫着加劳动工时了吗？差一点儿酿成惨重的事故懂不懂？真那样了我们怎么对得起他们的爸爸妈妈，啊？"

指导员走来，小声地说："发那么大脾气干什么？这不是说那些话的时候，他们能这样子回来了，毕竟是值得高兴的事嘛。"

"小地包"："我看他是有气没处撒。"

连长用手一指他："你！"

孙曼玲跑来，分开众人，激动无比地搂抱住"小地包"："哎呀妈呀，你可让老姐担心死了！"说着，在"小地包"脸上就是一阵亲。接着，她又激动地掀开被子："让老姐看看手脚是不是好的。都是真的吧？不是安上假的骗老姐的吧？"

"小地包"不胜其烦地叫道："天啊，天啊，你们别都看着啊，谁帮帮忙，把她弄一边去啊！"

刚才尴尬的气氛被打破，车上车下的知青一个个忍不住笑了起来。

"小黄浦"走上前来："来，哥们儿把你背宿舍去！"

看着"小黄浦"将"小地包"背往宿舍，孙曼玲一边抹着激动而出的眼泪，一边大声嘱咐："'小黄浦'，我弟就交给你了啊，你可一定要像我一样照顾他，爱护他！"

"小黄浦"："放心！"

"小地包"在他耳边小声道："你要敢像她那样，我就找机会害死你！"

指导员对大家说："其他人也别愣着了，快把你们班长和天亮也背回宿舍去啊！"

于是，王凯背起了赵天亮，黄伟背起了齐勇，别人抱起了被子，大家七手八脚地背着人、拎着东西，走进了宿舍。

等大家都进了宿舍，指导员责备连长道："你刚才不对啊！"

指导员和连长进入连部，分别坐下。

连长："山东屯那边，要求也给他们拉上电线、电话线……"

指导员："团里刚才来电话了，让咱们七连来完成。这已经是团里交给的一项任务了，不但要完成，还要完成好。"

连长："还要求咱们尽快给他们送一爬犁木头去！"

指导员："人家不这么要求，咱们也应该有那点儿主动的表示。"

连长："还要求咱们的'乌云'去给他们的母马配种！"

指导员："那你就答应吧，这有什么啊？"

连长："半路上，他们山东屯的些个男知青还用雪团打我们！"

指导员："打就打了吧！咱们团周边，有农场，有农村，那就有农场知青、插队知青，待遇不一样，生产和生活条件不一样，他们有怨气不正常吗？我看，以上那些事，都不足以成为你刚才大发脾气的理由。一班长他们三个，能那么活着回到七连了，算英雄不算英雄的，大家一高兴，就那么喊了几句口号怎么了？在我这儿，他们能死里逃生，那就都很英雄！你心里就一点儿都不佩服他们？"

连长低下了头，掏出烟来点上，默默地吸着。

指导员又问："看到周萍没有？"

连长："看到了，我希望她原谅，她不跟我说人话。"

"不跟你说人话？怎么叫不说人话？"

"跟我说的那些话，像在背别人教她说的话。显得思想境界很高，很革命，可我听着就是别扭，比当面骂我还难受！"

"所以你就对一班战士大发其火？我们就是对不住周萍那姑娘嘛！"

"可我们没有权力啊！"

指导员叹了口气："别说了！如果我们更早一点儿，更积极一点儿替她争取，也许她就有希望留在七连了，我们现在心里就会都好受一点儿……"

电话突然响了起来，打断了他们的对话。指导员抓起话筒："对，我是。"听了一阵，他捂住话筒问连长，"曲干事打来的，问齐勇的情况怎么样，三天之后能不能执行外出任务？"

齐勇他们三个已坐在一班宿舍的炕上了，大家围着他们三个七嘴八舌地说开了。

王凯："班长，现在咱们全班除'小黄浦'一个，都得了雀盲眼。白天倒还不太影响干活，到了晚上，一个个两眼一抹黑，看那儿，连里给每个宿舍发了一个尿桶。"

"小地包"："难怪我闻着屋里有一股尿臊味儿！"

黄伟："人家'小黄浦'还就是有先见之明，箱子里装来了各种各样的维生素，每天一把一把地偷着往嘴里塞！"

"小黄浦"："夸大其词，夸大其词！那吃的都是钱，我每天只舍得一样吃一片儿。"

齐勇亲昵地摸了他的头一下。

"小黄浦"："我还挺愿意和大家一样也得雀盲眼呢！没得可倒好，哪一个要是夜里解大便，我得扶着出去，还得扶着回来，成了我义不容辞的事儿了！昨天夜里，沈力这家伙一蹲就是半个多小时，我在茅坑外边都快冻僵了！"

大家都笑起来。

赵天亮却沉闷地躺在一旁，大睁双眼出神。

齐勇："我以为，我们一回来，就能住进新宿舍了呢。"

傅正："快了，快了。"

魏明："我俩在负责给新宿舍加温，炕面是都烧干了，就是墙面还没干透，一停火就挂霜。”

赵天亮忽然想到了什么，翻被褥，翻完自己的又翻别人的。大家莫名其妙地都看着他。

齐勇问他：“天亮，找什么？”

赵天亮：“我枕头呢？我枕头怎么不见了？谁把我行李打开的？”

别人的目光都望向王凯，不待王凯的话说完，赵天亮大声地吼：“你随便打开我行李干什么！”

王凯辩解：“九连的知青进山伐木，路过咱们连，在咱们连住了一晚上。有一个是咱们北京知青，和咱们是一个区的。我做主，让他睡你的被褥……”

赵天亮：“我问我枕头呢！”

王凯：“他忘带枕头了，他们一进山就得两个多月才下来，他觉得枕你的枕头挺合适，我做主，就借给他了。”

赵天亮呆住了。

王凯小声地说：“我已经跟连队供销社说了，让他们从团里给买回来一个枕头瓤，我有多余的枕套……”

赵天亮：“你做主你做主！你凭什么做主把我的枕头借给别人啊？”

王凯：“我错我错，只得委屈你了，今晚先枕我的。”王凯将自己的枕头取过来，往赵天亮面前一放。

赵天亮抓起他的枕头扔开，指着他说：“王凯，限你三天之内，必须把我的枕头要回来，而且得保证完好无损！”

王凯也指着他，对大家说：“你们可都听到了，都看到了，刚才还是我把他背进来的！”

黄伟将王凯推走了。

齐勇劝道：“天亮，你怎么能这样对王凯？心情再不好都要克制点儿。”

杨一凡、沈力、“小黄浦”、魏明、傅正五名知青分别将自己的枕头抱来,一一放在赵天亮面前。

赵天亮难以言表地抓着头发:“我……我不是……你们不知道,没法跟你们说清楚。”

王凯又指着他,手指抖抖地:“赵天亮,看你现在这样,我不跟你一般见识!三天之内,我他妈一定把你的枕头给你要回来!但是以后咱俩的关系完了!不就一只枕头吗!跟我这样!”

赵天亮后悔地看着王凯。

二班长突然出现,不满地瞅着他们:“你们一班都在这儿干吗呢?两个班一块儿干的活儿,打算让我们二班自己干完啊?”

第十四章

晚上，男一班的知青们回到了宿舍，以各种姿势坐在自己的铺位上，眼睛却都望向门口。指导员侧身站在门旁，看着脚边的尿桶。尿桶周边的地面湿漉漉的，墙上也有山水画似的尿痕。连长走进屋来，也看着尿桶那里。

指导员指了指尿桶旁边的墙壁，问连长："是不是，应该撒点儿石灰？"

连长："一时哪儿找石灰去！"

指导员："那就垫点儿沙土。"他转身望着大家说，"亲爱的同志们，希望你们白天，能往尿桶这儿垫点儿沙土。"

没人应声，只有齐勇应答："听到了，能做到。"

指导员指了指自己和连长，问大家："你们能看清我和连长不？"

"小地包"："看到两个高大的身影。"

王凯："我看到的是两个渺小的身影。"

连长瞪了王凯一眼："别贫嘴。"

指导员："让他们贫贫吧，还有情绪贫嘴，说明还保持着乐观精神。还能保持着乐观精神，说明还有一定的战斗力。"

指导员走到大家跟前，又对“小黄浦”说：“徐进步，来到七连以后，你的进步很快，也很大。一到了晚上，你甘愿做班里的每一个人的拐棍，这是难能可贵的。以后，连里会向你正式发奖状。”

“小黄浦”：“应该的，应该的。”

指导员：“现在这种情况，轻易就不召开全体知青大会了，有什么该及时跟大家讲讲的事，我和连长会到宿舍里来跟大家讲的。老张，你先说？”

张连长：“那我就先说。白天，你们班长他们刚回来的时候，我对你们发了脾气。那脾气发得不应该，指导员已经批评过我了，我向你们道歉。指导员特别强调，一班长、孙敬文和赵天亮，他们一个个能够在那么险恶的境地中互相依持，不嫌不弃，最终活着回到连队，还是特别令人佩服的。其实，我也是打心眼里佩服的。最近连里令人烦恼的事接二连三，我心情不好，请大家体谅……”

黄伟：“连长，过去的事就过去了，你是连长，轻一句重一句的，我们不计较。但我心里一直有一种困惑，现在想要当面向你请教。”

连长看一眼指导员：“说。”

黄伟：“为什么得雀盲眼的都是我们知青，而老职工、老战士、连干部，一个都没有得的？”

连长：“这正是我要讲的第二件事。最近，在你们知青中有一种议论，听来似乎是在怀疑老职工、老战士和我们连干部，都在凭经验长期服某种中草药，而又没把这种经验及时告诉你们，所以……请大家相信，绝对没有那么一回事。事实是，雀盲症是在北大荒这个地方很容易得的一种眼病，主要是由于缺乏蔬菜维生素……”

指导员看他一时想不起维生素的名称来，便替他答：“具体说，就是缺乏维生素 A、维生素 E、维生素 B2。”

连长：“对。几年前，许多老职工、老战士都得过。我和指导员也得过。那一年的情况和今年差不多，由于只重视了抓粮食，没有重视抓蔬菜，结果……”

王凯打断他：“原因就不必讲了，就说现在该拿我们怎么办吧！”

接着王凯的话，大家你一言我一语地讨论开来：

杨一凡：“快想办法搞那些维生素发给我们啊！”

魏明：“说得简单！哈尔滨药厂的维生素片都快因而脱销了，从医院里开点儿维生素都要走后门、托关系，一般医生开的药方都不给……”

沈力：“你们哈尔滨人怎么这样啊？毛主席不是号召抓革命、促生产吗？”

傅正：“你们北京人就好好促生产了吗？天下大乱，还不是你们北京人先搞的？”

杨一凡：“乱了敌人……”

“小地包”：“现在乱到了我们头上！”

王凯：“我给家里写信要过了，家里回信说，每种维生素寄来十几片还能办到。”

杨一凡：“那顶屁用！”

“小黄浦”：“我带来的也吃光了。家里也来信说，再多寄来点儿，那很难。”

指导员：“同志们同志们，连长的话还没说完呢！”

连长：“团里的解决办法是，从每个连抽调几名知青，由团长亲自带队，去往团长的山东老家搞一批海带，这几名知青，要求祖籍是山东的。”

齐勇：“我是山东荣成的。”

黄伟：“我是山东威海的。”

指导员转头问齐勇：“一班长，你脚上的冻伤怎么样了？”

齐勇：“基本好了。”

指导员：“我还真对你有寄托呢。”

齐勇：“指导员，从现在起，可以不把我当伤员看了。”齐勇立刻打起精神来，仿佛已经完全恢复了健康。

指导员:“魏明、傅正,你俩也是山东人的后代,对吧?”

见魏明、傅正点头,指导员郑重地说:“现在我正式宣布,你们三名哈尔滨知青,加上你们的班长,组成七连赴山东海带行动小组,明天就到团里去报到!”

王凯:“这我就不明白了,为什么非挑山东籍的?”

“小地包”:“有什么不明白的?老乡找老乡,办事好顺当嘛!”

第二天,马车停在一班宿舍门前,还是老耿头赶车,车上坐着黄伟、魏明、傅正和孙曼玲,他们都在焦急地等待着齐勇。

齐勇此时还在宿舍里,站在炕边,对坐在炕上的赵天亮、“小地包”和坐在炕沿上的“小黄浦”嘱咐道:“天亮,我们几个一起,班里除了他俩,再就是你们四个北京的了。你们四个北京的,原本关系都很好。尤其你和王凯,关系更亲密一些。不要因为一点儿小事,就闹掰了。”

赵天亮嘟哝:“那绝不是小事。”

“小地包”用胳膊肘拐了拐赵天亮。

齐勇:“不就是一只枕头吗?偏往大了说,那又能夸大成什么事儿?连我都觉得是你不对。”

“小黄浦”:“班长放心吧,我和敬文一定促使他俩和好如初。”

齐勇拍拍“小黄浦”的肩:“你多费心,照顾好天亮和敬文。”

“小黄浦”值得信赖地点点头。

齐勇又看闷在一边的赵天亮:“天亮,给我句让我放心的话,行不?”

赵天亮不但没开口,竟然干脆躺下了。

“小黄浦”推齐勇,小声道:“没事儿的,你就别操这份儿心了!”

齐勇扭头望着赵天亮,被“小黄浦”推到了门口。

齐勇坐上老耿头的马车,指导员和连长又走来问了问他脚上的伤——已经基本痊愈了,这才安心地让他们一行人上了路。

齐勇他们走了以后,男一班宿舍只剩下赵天亮和“小地包”二人坐在炕上。

“小地包”问赵天亮:“你那只枕头里到底藏着什么秘密?”

赵天亮:“没什么秘密。”

“小地包”:“那犯得着你急赤白脸的?简直都不像是你这个人了。周萍写给你的情书?”

赵天亮:“别胡扯!”

“小地包”:“我要是你,我就要求和周萍结婚,把她娶到七连来!那样,她即使没当成兵团战士,也当成了兵团战士的家属。让连里批块地,咱一班哥们儿几个,给你俩盖一间半屋子,围个小院子,再弄上它几垄自留地,牛郎织女似的,不是也挺幸福的嘛!”

赵天亮似乎被说得神往起来。

“小地包”:“咱们七连的家属,能干的每个月也挣三十几元呢!只不过不享受那九元多钱的寒带津贴罢了。你再攒钱买把双筒猎枪,养条猎犬,星期天上山打回几只野鸡一只狍子的。一进门,周萍往你怀里一偎,再给你几个温柔的吻,那啥情绪?往炕上一坐,小炕桌上,仨盘俩碗摆好了——土豆炖粉条,狍子肉炖猴头,清炒蘑菇,凉拌木耳。小酒壶呢,温在热水碗里了。再看周萍,人面桃花的,白里透红,红里透粉,笑盈盈那样儿,爱死个人儿……”

“小地包”说着说着,自己也陶醉起来,他酸溜溜地:“扎根边疆那也不是不可以,关键得看谁陪着。如果有周萍那样的姑娘做老婆,我相信咱们男知青里边有一半是肯扎根的。怎么样?动心了吧?”

他又用胳膊肘拐了一下已听得入迷的赵天亮,赵天亮猛然从美好的想象中回到现实中,板起脸来:“你说什么?我一句没听到!以后跟我说到周萍时,不许专说那些乱七八糟的啊!”

“小地包”:“一句没听到?乱七八糟的?此地无银三百两!咱俩什么关系啊?并肩和死神战斗过的哥们儿,还跟我装什么正经啊!我就不信,你想到周萍的时候,心里边不往那方面想!乱七八糟的?那叫对幸福的自然而然的憧憬!”

赵天亮:“我没憧憬过那些!”

“小地包”:“所以哥们儿有责任启蒙你嘛!”

王凯踏着拖拉机和木爬犁在雪地上留下深深的碾痕,一步一喘地在山林中艰难行进着。走了很久,他才在一顶帐篷里找到了九连的伐木队,伐木队的知青们正在打牌,其中一个叫赵灿的知青认出了他,立刻迎了上来,把筋疲力尽的王凯扶住,给他水喝,让他坐下休息。

待王凯缓过劲儿来,赵灿问:“王凯,你怎么到这儿来了?”

“为了那枕头。”

赵灿一皱眉:“枕头?就是我从你们班借的那枕头?是谁的来着?”

“赵天亮!”

“你就为他那只枕头跑上山?”

“对。枕头呢?”

赵灿:“这……我们住进了帐篷,我才发现枕头丢了。在爬犁上我一直抱着来的。爬犁差点儿翻了一次,肯定丢半道了。”

王凯:“糟了,赵天亮限我三天之内还给他。”

“限你三天之内?”

王凯:“要不然,大星期天的,我在宿舍里睡懒觉多好,干吗跑到山上来找你?我也得了雀盲眼,如果天黑前还找不到你们的帐篷,我小命不交待了?我是冒险而来,可你却把枕头丢了!”

赵灿:“那赵天亮不是和你关系最好吗?这王八蛋!不就一只枕头嘛,怎么能这样!”

一名知青:“是不是,他枕头里有什么秘密啊,比如情书?”

赵灿愤慨地:“就算是有情书,那也不该说翻脸就翻脸吧?是哥们儿友情重要,还是情书重要啊?我这有只新的,你拿去还他!”说着,就要翻箱子找枕头,却被王凯拦住了。

王凯:“他就要他那只。我当着班里几个人的面把大话说出去了,三天之内保证还给他。”

赵灿:“操!都是北京知青啊!北京知青中怎么会有他这种王八蛋?哥儿几个下山时,敢不敢跟我一块去揍‘丫挺’的一顿?”

一名知青:“敢!那样的王八蛋,非得教训教训他,他才能懂得该怎么做人!”

王凯:“求你们哥儿几个了,明天,还是帮我一块儿去半道上找找吧。”

赵天亮卧在宿舍的炕上,看那半本《泰戈尔诗集》,一旁的“小地包”打着呼噜,睡得正香。

“小黄浦”悄无声息地进了屋,闷声不响地走过来,坐在对面炕的炕沿上,对赵天亮说:“王凯出事了。”

赵天亮一听,立刻从炕上坐起来:“出事了?怎么了?”

“小黄浦”:“他腿被大树压断了。他不是上山去采木耳,他是去要你的枕头。”

赵天亮呆住,手里的《泰戈尔诗集》也掉在了炕上。

杨一凡和沈力也悄无声息地进入,也闷声不响地坐在对面炕的炕沿上,都以谴责的目光瞪着赵天亮。

赵天亮:“他在哪儿?他在哪儿?带我去看他!”

杨一凡:“三连的拖拉机把他送回连里,连里的马车赶紧把他送往县医院了……”

沈力:“后悔了?后悔也晚了,看你以后怎么面对他!”

赵天亮疯狂般地撕扯《泰戈尔诗集》,边撕扯,边哭喊:“哥,哥,哥呀!你怎么不在我身边呀!泰戈尔帮不了我,诗帮不了我!哥我可怎么办啊,我想你呀哥!”

“小地包”从梦里惊醒,坐起来连声问道:“怎么了怎么了?天亮哭什么啊?”

“小黄浦”们都不回答他，仍默默瞪着抱头哭泣的赵天亮。

三辆有帆布篷的卡车行驶在冰天雪地间的公路上。黄伟、魏明、傅正等十来名知青坐在一辆卡车后面的帆布篷里。虽然他们个个从头到脚都穿着棉的、皮毛的衣服，戴着棉手闷子甚至口罩，却还是冻得微微发抖。

黄伟问魏明：“班长呢？”

魏明：“享受特殊待遇，坐火车。”

黄伟：“那，‘小地包’他姐呢？”

魏明：“也在火车上。”

黄伟：“她又凭什么？”

魏明：“凭她是女的呗。”

黄伟：“她们女知青不是动不动就说，男知青能吃十分苦，她们就能吃十二分苦吗？这不也知道坐火车暖和、舒服吗？”

魏明：“她自己倒是不太情愿，曲干事命令她必须坐火车，也得有个人一路上照顾班长嘛。”

黄伟：“我有点儿不明白，为什么非得让班长也去呢？他脚上的冻伤刚好，数九寒天的，搞海带，船上水里的，他去了又能干什么？”

魏明：“曲干事说不会让他干什么活儿的，他去，有他去的特殊作用。”

车突然停了下来，曲干事从第一辆卡车上下来，喊：“都下来跺跺脚，方便方便！”

知青们纷纷从三辆卡车上跳下，总共三十来人，都是男的，有的在路旁站一排撒尿，有的蹦蹦跶跶地跺脚。正在这时，远处传来列车的汽笛声，所有人的目光都循声望去，只见一列火车如蟒蛇，喷着烟，疾驰而过。

有人看着火车感慨：“但愿咱们回来的时候能坐火车。从白到黑，在卡车上挨几天几夜的冻，到山东还不都成东北冻梨了？”

就在这一列火车的车厢里，齐勇和孙曼玲靠窗对坐着。齐勇在望着窗外，孙曼玲在看着他。齐勇将脸转正，恰见孙曼玲在看自己，二人表情都有几分不自然。孙曼玲示好地微微一笑，齐勇便也还以一笑。

孙曼玲:“感激你啊!”

齐勇:“感激什么?”

孙曼玲:“你救了我弟一命啊!”

齐勇:“是他救了我一命，应该感激的是我。”

孙曼玲:“那，他怎么非说是你救了他呢?”

齐勇:“他照顾我这个班长的面子呗。你想想，他用我们爬杆用的安全带活活勒死了一只狼，那会是谁救谁?”

孙曼玲:“可他说，那只狼先扑到了他身上，你把那只狼咬死了……”

齐勇苦笑:“我只不过从那只狼身上咬下了一块皮，究竟咬它哪儿了，我也不知道。那么黑的夜，我俩又都瞎子似的，狼先扑到谁身上，后扑到谁身上，我是说不清楚的，估计他也说不清楚。”

孙曼玲想到自己的弟弟，又忍不住自豪地道:“你承认我弟够英勇吧?”

齐勇:“不是够英勇，而是很英勇。我已经对他刮目相看了。”

孙曼玲:“我也对他刮目相看了。我们大多数女知青都认为，你们三个的事迹，应该作为知青的英雄事迹来宣传。”

齐勇:“要宣传也只能宣传你弟弟和赵天亮。我不配。恰恰相反，我应该受到处分。”

孙曼玲:“处分?为什么?”

齐勇坦诚地:“那天，我们三个如果在天黑前按时收工，后来的事情就不会发生了。尽管我明明看出要变天，尽管你弟弟强烈反对，可我还是坚持要再安装好十几根杆子。因为第二天上午九连放电影，《列宁在十月》。我想把第二天上午的活儿干出一部分，那不是就可以名正言顺地看电影了嘛。”

孙曼玲诧异地问:“你没看过《列宁在十月》? 我在哈尔滨都看过两遍了。”

齐勇:“我也看过好儿遍了,我喜欢那些苏联演员,从列宁到瓦西里到捷尔仁斯基到高尔基,都演得多好啊! 我想象中的高尔基,就是电影中那样的一个思想又单纯心地又善良的老头儿。许多台词我都能背下来,可还是很爱看。”

孙曼玲:“给高尔基配音的,是我一个舅舅。”

齐勇:“真的?!”

孙曼玲:“真的。亲舅。为好多外国电影配过音呢!”

齐勇抓住了孙曼玲放在台子上的一只手:“等有机会,让我认识认识他行吗?”

孙曼玲垂下目光看自己的手,齐勇意识到自己的失态,立刻放开了手,低声道:“对不起……”

孙曼玲将自己那只手从台子上放下了,夹在腋下,若无其事地继续说:“他在干校呢,不过,总有机会的吧。”

“我也特别喜欢《列宁在十月》的配音,你舅舅为高尔基的配音也好极了。”齐勇模仿着电影里的配音,背诵台词:“可是,弗拉基米尔·列宁同志,那些科学家、作家、诗人还有教授,他们正在挨饿,有的人,连一双像样的靴子也没有……”

孙曼玲笑了,这一次笑得自然多了。

两人聊了一会儿,齐勇就打起瞌睡来,孙曼玲在看一本纸页特别黄的书——他们都没注意到,他俩那两排座位中一个小干部模样的人起身离开了。他走到列车长室的门,敲开了门。

列车长问他:“同志,有什么事?”

小干部模样的人:“我找列车长。”

列车长:“我就是。”

小干部模样的人看了看列车长的臂章,掏出工作证递给列车长:“我是‘三结合’干部。”

列车长看一眼工作证，还给他，又问：“请说吧，什么事？”

小干部模样的人严肃地：“在这次社会主义的红色列车上，有人明目张胆地看黄色书籍。”

列车长一愣：“嗯？”

小干部模样的人：“他们还散布对‘文化大革命’不满的言论！”

列车长：“说了些什么？”

小干部模样的人：“说什么，那些科学家、作家、诗人还有教授，正在挨饿。有的人，连一双像样的靴子也没有……请看我脚上。”

列车长低头看他的脚。

小干部模样的人：“我是光荣的造反干部，我穿靴子了吗？西方的资产阶级贵族才穿靴子！”

列车长对站在身后的年轻乘警说：“小许，跟这位光荣的造反干部同志去看看。”

小干部模样的人：“具有光荣的造反资本的革命干部！”

乘警跟在小干部模样的人身后走到齐勇和孙曼玲坐着的地方。齐勇还在睡着，孙曼玲离开了自己的座位，站在过道上。她头垫着手臂，伏在座位靠背上，也打瞌睡，她的座位已经让给了一位怀抱小孩儿的老奶奶。

小干部模样的人一指孙曼玲：“就是她。”

孙曼玲醒了，抬头诧异地看着小干部模样的人和乘警。

乘警问她：“你刚才在看一本书吗？”

孙曼玲点头。

乘警：“能让我看看那是一本什么样的书吗？”

孙曼玲犹豫一下，从棉袄兜里掏出书，递给乘警。这时，齐勇也醒来，不知道发生了什么事，只是看着他们。

乘警念着书名：“黑面包干儿……”

孙曼玲看了看小干部模样的人，似乎感觉到了什么，对乘警解释道："这不是一本坏书。"

小干部模样的人："那么黄，还起一个黑色的书名，你还敢说你看的不是坏书！你还是一个女青年，可耻不可耻啊？"

孙曼玲生气地："你才可耻呢！这是一本四九年以前出版的苏联小说！"

小干部模样的人："四九年以前出版的有好书吗？苏联的书那就是修正主义的书！"

车厢里的人都在默默看着这一幕，多半人面露鄙夷地看着孙曼玲。

齐勇在一旁平静地解释："那是一本列宁也很喜欢的书，写的是苏联卫国战争时期，前线将士的孩子们在后方的故事。"

乘警想了想，对孙曼玲说："你看这样行不行，请你把书交给我，我让列车长判断一下，他对于书籍很有判断的水平。"

齐勇站起来："我们自己也有判断水平！"

孙曼玲对齐勇摇头，顺从地将书交给了乘警。

乘警离开后，小干部模样的人又说："不在车厢里开你们的现场批斗会，我看就够便宜你们的了！"

齐勇朝他一指："你他妈再说一遍！"

小干部模样的人慑于齐勇的强壮，噤声坐下了。

孙曼玲示意齐勇离开，齐勇刚跨到过道，听到背后有一个小女人小声地说："一个大姑娘家，就那么在别人眼面儿前看那么黄的书，真不要脸！"

齐勇猛转过头去："谁说的！"

孙曼玲赶紧扯着齐勇走向车厢连接处。齐勇掏出烟来，大口大口地吸着。

孙曼玲劝他："犯不着生气，那样的人，哪儿没有呢！"

齐勇："应该把那样的家伙关到牛棚去！"

孙曼玲笑了:“如果连那样的人也关到牛棚里了,已经关到牛棚里的人,命运不是更不好了?”

齐勇:“我不想回到座位上去了,眼不见心不烦。”

孙曼玲:“那,我也不回去坐了。车厢里那么多人没座位,一会儿我过去一下,把你的座位也让了,附带请人家替咱俩照看着东西。”

天黑了,一件大衣铺在车厢过道的地上,齐勇和孙曼玲坐在上面,身上共同盖着另一件大衣。孙曼玲的头靠着齐勇的肩,二人都闭着眼睛。孙曼玲睡得挺香,齐勇只是闭着眼睛想心事。孙曼玲动了一下,搂住齐勇一只胳膊,以使自己睡得更舒服一些。

齐勇睁开眼睛,缓缓扭头,见孙曼玲的帽子掉在了地上。他伸出另一只手够帽子,够不着。帽子被另一个人的手捡了起来,齐勇抬眼看去,只见年轻的乘警蹲在了他俩跟前。

年轻的乘警抚了抚帽子,小声问齐勇:“给她戴上?”

齐勇点头。

乘警:“这儿有风,把帽耳朵放下来吧。”说着,他便放下帽耳朵,轻轻往孙曼玲头上戴。

孙曼玲还是醒了,想站起来。

乘警:“别动别动,就这么和你们蹲着说话挺好。”他说着,从兜里掏出那本书,递给孙曼玲,又说,“书还给你。”

孙曼玲接过书,小声地:“谢谢。”

乘警:“我们列车长翻看了一阵,他说这是一本好书,值得保留,不过,不要再在这趟车上看了,惹闲气,是不?”

孙曼玲:“我们也没太生气。”

乘警:“那就好。你们把座位让给别人了?”

齐勇:“不想看到那种人了。”

乘警:“那就还是有点儿生气。你俩是兵团的?”

孙曼玲和齐勇点头。

乘警:“我弟弟妹妹也都在兵团。你们往哪儿去?”

齐勇:“山东。为团里搞海带,我们团有不少知青得了雀盲眼。”

乘警:“明白了。吃上两个月海带,比吃任何药都见效。你俩到我的铺位休息去吧。”

齐勇:“不不不,那怎么行!”

“我夜里不能睡的,得在车厢里巡视。人这么多,万一发生点儿不好的事儿我就担责任了。我不能失职,反正空着也是空着。”

齐勇和孙曼玲对视,有点拿不定主意。

乘警:“看见了你俩就像看见了我弟弟我妹妹,怪亲的。我可是诚心诚意的,就算给我个面子。”

乘务员休息的车厢里,孙曼玲身上盖着大衣,仰面躺着。为了让齐勇在同一个铺位上休息,她将腿蜷曲着,没有伸直。

齐勇:“这么躺着不舒服吧?”

孙曼玲:“还行。”

齐勇却将她双脚抱起,放在自己腿上。孙曼玲一下子坐了起来,有些吃惊地瞪着齐勇。

齐勇:“我想让你躺得舒服一点儿。”

他用一只手轻推孙曼玲,孙曼玲只得又躺下了。齐勇扯扯大衣,盖严孙曼玲双脚:“我决定,一回到连里,就给团里写一封信。我是应该受到处分的,因为我为了再看上一次电影,险些让你弟弟和赵天亮陪我白白搭上两条命。可你弟和赵天亮,他俩是应该受到称赞的。不写这样一封信,我心里不安。”

孙曼玲又坐了起来,目不转睛地看齐勇。

齐勇:“你干吗又坐起来?”

孙曼玲:“我想仔细看看你。”

“能看得清?”

“肯定比你看我看得清。不知为什么,我们班,就我这个班长没得雀盲眼。”

齐勇:“这会儿,我连你的影儿都看不见。刚才,我也只不过能听到人家乘警说的话。”

孙曼玲:“生活中还是好人多啊。”

齐勇:“那当然。”

孙曼玲:“如果受到一个好人的好对待,我常常想哭。”

齐勇:“那叫感动。我听那乘警同志说话时,虽然看不见他,心里也是感动得暖烘烘的。”

孙曼玲深深地看着他:“你也是一个好人。”

齐勇不由得转过脸,看着她。

孙曼玲低柔地说:“这会儿,你也让我心里暖烘烘的。说实在话,想不到你是这样一个人。”

齐勇又默默向她伸出一只手去,孙曼玲低头,看着齐勇的手触按在自己胸前:“别说话了,睡吧。”

列车一阵长鸣……

几艘渔船停在海边,齐勇、孙曼玲、黄伟、魏明、傅正等近三十名知青分为两列,对面站着,曲干事在他们之间走来走去,不放心地嘱咐:“一会儿,团长和他的爱人就来了,团长问你们话时,你们要按照我说的回答,要异口同声,不要想怎么回答就怎么回答,听明白没有?”

大家异口同声地说:“明白!”

孙曼玲向远处一指:“来了!”

果然,一辆吉普车从远处驶过来,在大家近前停下,团长和他的妻子从车上下来。

曲干事:“立正!敬礼!”

知青们倒也争气,随着口令,动作整齐得像正规军一样。

团长自豪地对他妻子说:“看,我的农垦兵,不赖吧?”

妻子一笑:“别让他们这样了,我又不是陪你来检阅的!”

团长:“都把手放下吧。”

知青们齐刷刷放下手,仍个个保持立正姿势。

团长:“同志们,老家都哪儿的?”

知青们逐个答道:“山东!山东!山东……”

团长:“我旁边这位,是我的爱人,也曾是一位县长。我们是真正的革命伴侣!大家说,她有没有风度啊?”

知青们却异口同声道:“看、不、见!”

妻子小声地问团长:“你不是说,他们只是到了晚上才看不见吗?”

团长:“我的同志,那是起初。现在,症状都重了!”

妻子走到孙曼玲跟前,亲切地问:“闺女,起码能看清我是男的女的吧?”

孙曼玲虽然没得雀盲症,可也煞有介事地摇头:“看不清。”

妻子又走到黄伟跟前,问:“小伙子,你呢?”

黄伟:“我只能看见您的身影,脑后有一大光圈儿,像神话中的神仙似的。对我而言,您周围就是一片黑暗了。”

她同情地拍拍他的肩膀:“可怜见的。”

团长指着齐勇说:“他更可怜。执行野外架线任务时,和另两名知青忽然都失明了,三个人差点儿都被冻死!说说你们的可怕经历!”

齐勇:“您这不是都说了嘛。”

曲干事:“听说多吃海带能治好雀盲症,他写了血书,强烈要求跟来。”

团长妻子对团长说:“那什么……你这个……带了你兵团的介绍信没有?”

团长:“那得打报告,得等兵团首长们开会,讨论、批准,我等不及了。”

妻子:“没带就干脆说没带。”

团长:“对,没带。”

妻子:“钱呢?”

团长:“没钱。我们不是来买,我是带着团里的山东子弟回老家来求援!反正我们来了,搞不到一批海带我们不走!”

妻子:“你,你这不是成心难为你老婆嘛!”

团长:“老婆就应该有时候被丈夫难为一下。”

曲干事:“其实,团长也不忍心太使您为难。等我们明年丰收了,可以给你们送麦子来,直接送面粉来也行!一定加倍补偿!”

团长妻子长叹:“唉,老白呀,你呀你呀,哪有你这么办事儿的!”

破败的龙王庙里,原有的案子加上了几张船板,临时搭成三张“桌子”。齐勇等知青们围“桌”而坐。破庙里没有门,也没有窗,从门窗口可以望到海,但已无任何神像和牌位。

孙曼玲四周打量了一圈:“这是座什么庙?”

齐勇:“龙王庙。”

孙曼玲:“你怎么知道?”

齐勇:“刚才听团长对曲干事说的。‘文革’前,团长爱人当县长时,允许这个渔村的渔民保留这座龙王庙,还允许渔民们出海前烧香磕头。‘文革’中,成了她罪状之一。”

傅正:“即使不以罪状而论,那也肯定是严重的错误!毛主席说过,重要的思想任务是教育农民,这一点对渔民也是适用的。身为县长,不引导群众破除迷信,那就是失职。”

团长:“胡说!”

大家一回头,见团长不知何时站在大家身后,于是不由自主地都站了起来。

团长瞪着傅正说:“别人都坐下,你给我站着。”

大家惴惴不安地坐下,傅正尤其显得忐忑。团长瞪着他:“你懂什么？毛主席还说过，‘政策和策略，是党的生命’，这条语录知道不？”

傅正：“知道。”

团长：“什么叫迷信？不从内心里信了很久的事，那就根本算不上是迷信，迷信那都是信了几百年几千年的事，一辈辈信了那么久，不许人渐渐地不信？我为你们千里迢迢来求助于我老婆，你却在背后胡说八道，指责我老婆的所谓罪状，你就对了？”

傅正：“不对……”

齐勇、黄伟、魏明一脸严肃，其实都在强忍着笑。

孙曼玲替傅正辩解：“他没说是罪状，他说的是错误……”

团长：“你不用替他搭台阶！他怎么说的我全都听到了！严重的错误？你们的错误才严重呢！你们在城市里动不动就抄别人的家，就乱剪别人的头发，就往别人脸上涂墨汁，就打、砸、抢，对待自己的校长老师像对待仇人，中国人几千年来都没人像你们那样子对待教自己文化知识的人！这叫忘恩负义！下乡了，接受再教育了，一个个不好好反省，有什么资格指责别人?!”

大家的脸真的严肃起来。

正在这时，曲干事匆匆走进了破庙，对团长小声说：“嫂子叫您去一下。”

团长一转身，悻悻而去。

曲干事：“坐下吧坐下吧，一会儿就给你们上饭。今晚，我和你们一块儿住这儿。刚才团长那是些气话，大家别往心里去。咱们的事儿很不顺，大家一定要多理解团长的心情。”说完也匆匆走了。

魏明向：“就住这儿？”

孙曼玲：“那我怎么睡啊？”

齐勇：“既然就睡这儿，吃完饭，得想办法把门窗挡一挡。”

黄伟劝在一边生闷气的傅正：“得了，曲干事不是说了嘛，别往心里去……”

傅正:“当着这么多人,狗血淋头地把我们训了一通,我能不往心里去吗!你作证,我参与过一次他说的那些事儿吗?”

齐勇对他说:“在哈尔滨时,有次我们抄了一位作家的家,当别的红卫兵撤了的时候,我允许他从火堆里抢救了几本书,他对我特别感激,后来我们暗中成了朋友,他信任了我,有次对我说,凡是那种让人亢奋的,使人丧失理智的疯狂的事,都是不可持续的,也是要受到后来的批判的。从那以后……”

有名知青猛地站了起来,大声地:“反动!反动透顶!那些事我都干了,老子干了又怎么了?无产阶级对于自己的一切阶级敌人,那就是要冷酷无情!反过来,资产阶级对于无产阶级,从来也是如此!谁不懂得这个起码的革命道理,他就不配是红卫兵!”

气氛一时凝重、严峻。

孙曼玲暗中扯扯齐勇衣服。齐勇冷冷地对那名知青说:“对,你说得太对了,当时我就是这么回答的,还狠狠扇了他一耳光。从那以后,我就更加积极地投身于‘文化大革命’了。”

发难的知青想不到齐勇这么回答,张张嘴,再无话可说,没趣地坐下了。

这时,几个渔民端着蒸屉、大盆走了进来。为首的渔民对知青们说:“对不起大家了啊,让你们久等了,先对付着吃上这一顿吧!”

一位渔民嫂脸上带着歉意,真诚地说:“俺这地方从没来这么多客人,条件又差,慌手慌脚的,简直就不知道该做点儿什么给你们吃。”

知青们赶紧站起来,嘴里道着谢,接过渔民们手中的蒸屉和大盆。打开蒸屉和大盆的盖子,只见里面是热腾腾的窝头、蒸咸鱼和虾酱之类海滨的特产。

魏明:“咸鱼!虾酱!”他捋胳膊挽袖子,摩拳擦掌,准备大快朵颐。

黄伟也等不及了,用手指挑了些虾酱,往嘴里一抹,连声道,“香!香!”

齐勇接过一大盆汤放在桌上，孙曼玲用筷子挑着盆里的食物问：“这是什么面的面条汤啊？”

渔民嫂笑了：“不是面条汤，是海带汤！”

大家一听，眼睛都瞪大了。说时迟，那时快，他们一个个拿起碗，舀起汤，边吹边喝。

一个渔民：“先吃嘛，哪有先喝的！”

邻桌那名对齐勇发过难的知青又猛站起来，振臂高呼：“老家人民万岁！”

却没有人响应地跟呼。在一片吃喝声、吧嗒嘴的响声中，他左顾右盼，显得尴尬。

魏明边吃边嘀咕道：“小子还挺爱出风头的！班长，露一小手，压压他的气焰。”

黄伟：“对，来段！”

齐勇站起来，学着电影里列宁的样子，手臂朝前一伸，高翘下巴，声音响亮地：“公民们！大家通常所说的，能治雀盲眼的海带，我们今天，终于是吃上了！难道为此，我们不该高呼乌拉吗？”

黄伟、傅正和魏明配合地：“乌拉！乌拉！”

吃得正香的知青们先是一愣，接着，便跟着喊起来：“乌拉！乌拉！……”

一个渔民纳闷地说：“他们喊啥呢？”

渔民嫂：“喊什么糊了。”

渔民：“不会呀，窝头是蒸的，又不是贴饼子，不会糊呀！”

离龙王庙不远处，一幢小石头屋的门旁，挂着块木牌，上面写着“胜利渔村党支部”。团长和曲干事在石头屋的门外踱来踱去，二人听到“乌拉”声，同时朝龙王庙望去。

曲干事看到团长皱眉，便说道：“团长别管他们，只要他们高兴，随他们去吧。”

这时,团长妻子从屋里走了出来,她的脸上也是阴云密布。

团长妻子:“干海带这里是有一些的,不多。但属于统购统销的任务量,一点儿都不能给你们。”

团长:“再跟他们商量商量嘛!”

团长妻子:“许他们先保命,后交纳,使我这个县没人饿死!我连这事儿都重提了!十年河东,十年河西,现在我虽然靠边站了,说不定以后还会当他们的县长,我连这种不怕挨批的话都说了,还让我怎么办?”

团长急了:“我还是现役,他们叫兵团战士,那我就还是带兵的人!你是我老婆,他们是山东子弟,你不能看着我带的兵到了晚上都变成家雀儿!”

团长妻子也急了,指着他数落:“就没你这么办事的!连封介绍信也不带!有能耐,你怎么不让你们兵团司令部出面,向省‘革命委员会’求助?再说你们来了三辆大卡车,为什么只拉人,不带回些东北的好东西?就是你自己一个人回老家,那也没有空手的吧?总得带点儿土特产吧?”

团长被数落得无话可说,曲干事上前对团长妻子解释:“起初团里以为患雀盲症的是个别现象,没太重视,不成想一下子多了起来,团长又是个急性子。手心手背,他都是心疼的。”

团长妻子愣了一下,仿佛想到了什么:“把你最后的话,再说一遍。”

曲干事:“我的意思是,您好比团长手心,战士们好比他手背。其实,他一路上也是不安的,明知等于是让手心去抓烧红了的铁块,可为了手背……”

团长妻子:“我才不是他手心,我连他手背也不是,只不过是他手指甲。”

曲干事:“我瞎比喻,我瞎比喻。”

团长妻子:“从样板戏《龙江颂》里学来的,江水英的台词是不是?”

曲干事:“是,是。”

团长妻子:“会开车不?”

曲干事:“那没问题!”

团长妻子:“走,去县城!”说罢,团长妻子径自往吉普车那儿走去。

曲干事困惑地看着她的背影,又看看团长,不知该如何是好。

团长冲他的妻子喊道:“你干什么去啊?”

“你别管!”团长妻子拉开车门,见曲干事仍然愣在原地,便对他喊道:“走啊!”

团长对曲干事挥挥手,曲干事也只得上了吉普车,跟团长妻子走了。

团长心烦意乱地掏出烟,刚要吸,孙曼玲走了过来,叫他去吃饭,团长本不想去吃,却被她的诚意打动,揣起了烟,随她往龙王庙那边走去。

团长刚进龙王庙,知青们就全体起立。团长却谁也不看,随孙曼玲走到一个座位,一声不响地坐下。那桌子已收拾过了,只给他留下了一份碗筷一份吃喝。团长拿起一个窝头,扫视大家,板着脸说:“都瞪着我干什么!你们这么瞪着我,我还怎么吃!”

齐勇将傅正往团长跟前推,傅正虽然有些不情愿,却也鼓起勇气,“啪”地一个立正,敬礼道:“报告团长,七连的五名战士要求我向团长保证,在这次特殊任务中,一定遵守纪律,服从命令,任劳任怨,吃苦在先,决不给‘兵团战士’四个字抹黑!”

团长看了看他:“车上有麻袋,还不趁天没黑,赶快把门窗都挡好!”

傅正:“是!”

那名向齐勇发过难的知青对身旁的知青小声嘟哝:“真他妈的会表现!”

齐勇听到了,狠瞪对方。孙曼玲扯了扯齐勇的衣服,示意他不要计较。

天快黑了,团长伫立在海边,心事重重地凝视眼前的波涛翻涌,手拿一小片不知在哪儿捡到的新鲜海带,机械地撕着、吃着、咽着。

突然有人叫他:“团长!”

团长闻声抬起头,见是曲干事跑了过来,便将手中的海带丢开,大步迎上去:“她让你跟她去干什么?”

曲干事虽然大口地喘着粗气,却满是喜悦的神色:“嫂子真不愧是当过县长的!她从一家电影院把《龙江颂》的电影拷贝找到了,今晚就放给这儿的渔民们看,为的是调动渔民们的援助精神。”

团长:“这也值得你高兴?你太容易高兴了吧!”

曲干事:“我和嫂子在县里获得了好消息,不止我们一个团有知青患了雀盲眼,几乎每个团每个连都有。兵团司令部因而通过沈阳军区向国务院打了求援报告,据说周总理都作了批示,山东方面已经接到了通知,这不就好办了嘛!”

团长一手握拳,往掌上一击,也高兴起来:“嘿!你倒是先说这事儿啊!”

曲干事:“所以,我们带来的人,已经不仅是为咱们一个团搞海带,也等于是为全兵团来到这里了!”

团长:“快去替我告诉大家!”

曲干事:“大好消息,还是您亲自去告诉大家吧!”

团长一边推他,一边说道:“你去你去!我还没顾上回趟家呢,我开车接上你嫂子,一块儿回家啦!”

当天晚上,渔村里的村民们就看上了露天电影《龙江颂》。而这时,龙王庙里的知青们却都睡下了。在此起彼伏的鼾声中,隐约可以听到远处江水英的唱段。

一块塑料布将孙曼玲单独隔在龙王庙的某个角落里,而塑料布的另一边则是齐勇,齐勇旁边是曲干事。

孙曼玲隔着塑料布轻轻唤道:“齐勇……”

齐勇："嗯？"

孙曼玲："再跟你说几句话行吧？最后几句。"

齐勇："说吧。"

孙曼玲停了一小会儿，便轻轻地诉起来："我父亲是铁路上的搬运工，这你知道的。记得我十来岁的时候，有一天我父亲下班回来，气得吃不下饭，我妈问他，他说他们那儿押送去一个'右派'分子，是个女大学生。监督她劳动的人，逼她扛很重很重的东西，她扛不动，压倒在地，直哭。我父亲看不惯，就跟那个监督她劳动的人吵了起来，还动了手。结果呢，他们领导当场宣布，撤了他的班长职务，还降了他一级工资。我呢，就想去看一看，那个连累了我父亲的女大学生到底是什么样的。有一天，我去了我父亲干活的地方，看到了那个女大学生。别人都在休息，打扑克，只有她一个人还在干活，一边干一边流泪，我心里一下子对她同情极了。像我这种没有政治立场的感情，是不是很可怕呀？"

齐勇："为什么？"

孙曼玲犹豫道："我真怕我有一天，思想变得不够革命了。"

"睡觉吧，别胡思乱想。"

孙曼玲："睡不着，我又想到周萍了。我毕竟当过她的班长，我同情她，可是又觉得我太同情她是错误的。我已经写入党申请书了，我怎么才能克服掉这种种不正确的思想感情呢？"

齐勇："别问我，我回答不了。曲干事是党员，你明天问他吧。"

曲干事这会儿也没睡："明天也别问我，我现在是一脑子海带。你俩不许再聊了，睡觉！"

孙曼玲没想到曲干事也没睡着，大瞪着双眼愣住一会儿，忽然用被子蒙住了头……

第二天早晨风和日暖，海边的十几条渔船上，渔民们正在做升帆等出海前的准备工作。干海带是非常有限的，所以，知青们被曲干事分成了两部分，一部分人要跟着渔民们上船，到一处海湾去收起养殖着的海带。另一部分人，则将现有的干海带装上卡车，争取今天就往回运。曲干事叮嘱要上船的知青，一切听渔民的，要虚心学习，注意安全。

叮嘱完毕，准备妥当，十几条船就出海了。傅正和之前那位给他们送饭的渔民嫂一起摇橹。傅正问道："大嫂，打鱼的生活怎么样啊？"

渔民嫂摇摇头："不怎么样。这种船，根本不敢往深海去，近海又捕不到什么。靠养海带，才能勉强把日子过下去。"

傅正本以为渔村的生活不错，没料到会得到这样的答案，便问："都这样吗？"

渔民嫂："别处不敢说，这一带沿海的渔村，日子都差不多。你怎么成了东北人啊？"

傅正："我爸年轻时闯关东，我妈是哈尔滨人，我就出生在哈尔滨了。"

渔民嫂："真羡慕你爸爸他们那一辈山东人，一闯，就成了大城市里的人了。都说人挪活，树挪死，可现在，哪儿的人就得在哪儿老老实实待着，日子再穷再苦，也不许挪挪窝儿。村里也有往城市里跑的，跑一个抓回一个，叫盲流，挨批挨斗。"

傅正："前几年，我们一家也饿得差点儿都回老家来。那几年，供应给我们哈尔滨人吃的地瓜干，就是从咱们山东一火车皮一火车皮运去的。"

正说着，一只小花猫从船尾里跑了出来，一个六七岁的男孩从船屋里追出来，抱起了小花猫。

傅正看他挺可爱，便问："几岁了？"

男孩瞪着傅正不说话。

渔民嫂："都七岁了，村里也没小学，到现在还不认识一个字，就怕会跟他爸一样，成文盲。"

男孩目不转睛看着渔民嫂："妈，今天是出海去找爸爸吧？"

渔民嫂:“快回船屋去,小心掉下海。”

男孩仍旧目不转睛地望着傅正:“叔叔,你帮我妈把我爸找回来吧,我想他。”

渔民嫂:“这孩子,真不听话!”她放开橹把,走过去,抱起孩子,钻进船屋。

傅正只好一个人摇着橹,可是他对摇橹并不在行,把橹摇得七歪八扭,越是摇得不顺,心里越是紧张,心里越是紧张,橹就越摇得不顺。渔民嫂钻出船屋,看到他又笨又慌的样子,“扑哧”一声笑了出来。

过了一会儿,载着知青的几条渔船就开进了海带养殖区。各条船上,知青们和渔民们共同起捞海带。

渔民嫂那条船上,渔民嫂一边和傅正起捞海带,一边说:“我们的日子,主要就指望这些海带了,既然你们来了,上级也发指示了,那就只好让你们运走了,再说,我们也得向江水英学习啊,是不是?”

傅正:“等明年秋天,我们兵团的麦子丰收了,一定成卡车成卡车地给你们运白面来!”

男孩在船屋里说:“我不要白面,我要爸爸。”

傅正不由得向船屋看去,男孩抱着猫,眼望远处的海面。

渔船满载海带回了村。傅正把渔民嫂和她的儿子送到了家门口。渔民嫂家的房子周围是一圈鹅卵石垒的小院墙,低矮的小屋子看起来潮湿阴暗。门楣上方贴着一条褪了色、边缘也已残破的红纸,上写“烈士之家”四字,墨写的字已被雨淋模糊,在红纸上淌下道道“墨泪”。

渔民嫂从傅正背上抱过去儿子,苦笑:“自从他爸出了事,他总爱在船上待着。有时我出海,他也非跟着不可。”

傅正按捺不住自己的好奇心:“大嫂,他爸爸……怎么出了不幸?”

渔民嫂:“在海上遇到了风浪,救起了好几个人,自己却没回来。那年我们的儿子才两岁多,也幸亏他现在还不认识门上的字,要不我骗不了他了。村里的大人们也都帮我骗他,我想等他十岁以后再告诉他实情。”她回头望一眼门上的红纸，又说：“以后的几年，我就是靠着那一份光荣，才能带着孩子把穷日子苦熬下去。要是没有孩子，又没有那一份光荣，活得真是太没意思了。”

傅正不由得也望那红纸，心中又是沉痛，又是酸涩。

知青们在龙王庙的桌子旁吃饭，几乎人人一大碗海带丝，像吃面条似的吃得津津有味。

手拿窝头的孙曼玲走过来坐下，看着抱着碗吸溜海带丝的黄伟和魏明说：“你俩别把海带当饭吃啊！”

黄伟一边大嚼嘴里的海带，一边说：“不是当饭，是当灵丹妙药。”

魏明：“但愿我今天晚上，能恢复视力。”

齐勇：“天真幼稚！”瞥了他们一眼，对孙曼玲说，“给他俩一人拿一个窝头来，你俩每顿至少要吃一个窝头，这是命令。”

孙曼玲起身去拿窝头，傅正走来坐下，却不动筷子，只是一个劲儿地发呆。

齐勇：“还因为团长那些话不高兴？那也不是说给你一个人听的，别太小心眼儿。”

傅正两只眼睛还是直勾勾地：“我没想那事儿。”

齐勇：“那你这是怎么了？”

傅正：“‘欣欣向荣’是什么意思？”

齐勇和其他人不明所以地互相看看。孙曼玲走了回来，分给黄伟和魏明一人一个窝头，也分给傅正一个，说：“心里有你，也替你拿了一个。”

傅正接过窝头，仍旧看着发呆。

孙曼玲：“在兵团吃了一个多月的馒头，咽不下窝头了？”

黄伟：“他在想‘欣欣向荣’是什么意思。”

孙曼玲：“语文没学好。”

齐勇拍了拍他的肩头：“傅正，你让我有点儿担心你的神经了。”

傅正反而把窝头放下了,看着齐勇等四人,郑重地说道:“今年、去年、前年,年年的元旦社论里都有这么一句话,我们伟大的社会主义祖国欣欣向荣。可我们从城市到北大荒,从北大荒又到山东,沿途所看到的,却是种种贫穷的现象,沿途所看到的人们,脸上都布满着愁容。”

那名向齐勇发过难的知青:“反动!”他一拍桌子,站了起来,指着傅正大声说,“我知道你是谁!你叫傅正对不对?你父亲是邮电局的头号‘走资派’对不对?所以你这个‘走资派’的狗崽子,一有机会就散布反动言论!”

齐勇低声然而严厉地:“谁也不许理他,都给我老老实实地吃饭。”

黄伟、魏明、孙曼玲包括傅正,一个个听而不闻地吃饭。

那知青见状,反倒变本加厉起来:“他们七连的几个,听到反动言论无动于衷,不批判不愤慨,一概听之任之。是可忍,孰不可忍!同志们,我认为我们应该对他们展开斗争和声讨!”说着,他指着傅正和齐勇,煽动大家道,“不但要批判他,而且要连同他昨天的反动言论一起批判!”

有人响应地:“对!我都听到了,早就忍不住了!”

“七连的几个,必须低头认罪!”

团长和曲干事走了进来。团长看到气氛这样剑拔弩张,便厉声道:“不好好吃午饭,吵吵巴火地干什么?”

那知青:“七连的两个,一再散布反动言论!”

孙曼玲也霍地站起来:“你扣帽子!”

那知青:“不算反动言论,也是蛊言妄语!”

团长小声对曲干事说:“怎么听着这么别扭,是成语典故?”

曲干事:“我是大学中文系毕业,不记得有这么一个成语,胡说八道的意思吧。”

那知青继续说:“那个叫傅正的刚才说……”

齐勇直伸一掌,打断他:“等等!你知道蛊言妄语的‘蛊’,指的是什么吗?”

那知青张口结舌,答不上来。齐勇冷笑道:"'蛊'是古代传说中的一种小兽,最早出现在东方朔的异怪故事中。'蛊'比八哥鹦鹉还善于学人话,但善于学人话并不等于真的会说人话,东一句西一句的,所以对'蛊'言是根本不能当真的。哪个人当真了,哪个人就连'蛊'都不如了……"

团长刮目相看地对齐勇说:"你还挺有学问。行,替你父母高兴,没白供你上到高中。"转头又对那知青说:"连'蛊'是什么都不知道,就别生造一个词动不动批判别人了!生造的词,听起来那就别扭。雷锋怎么说的?对同志要像春天般温暖。你们都是各连选派来的,你们之间的关系那要温暖。动不动张三批判李四,李四批判王五,那样的同志关系,能像春天吗?幸亏我是团长,你不是。为了让大家之间的关系温暖温暖,今天晚上,咱们和渔民老乡开联欢会,你们都要好好给我准备节目!"

这时,曲干事为团长端来一份饭,放在案上,说道:"吃饱了的,都躺下睡睡午觉吧,啊?"

知青们便纷纷散开了。

渔民嫂的船上,渔民嫂坐在船尾处缝皮革套袖。傅正在船屋里教男孩写字,他的本子是从孙曼玲那里借来的,在他们的环境下,就连笔和本子也都是稀缺资源。

傅正用一支钢笔在笔记本上画出" ",指着问渔民嫂的儿子:"涛涛,我画的什么?"

涛涛:"山。"

男孩:"对,把我画的' '变成这样——'山',就成了一个字,这个字,就念'山'。你写一个'山'给叔叔看看。"

男孩接过笔,写了一个"山"字。

傅正:"你学得真快,这个'山'字写得也好。"

傅正摸摸他头,拿过笔,画出" ",又问:"叔叔这画的是什么?"

男孩:"水。"

“对。要是把它变成这样,就是‘水’字了。”

傅正画出“⊙”,再问:“这是什么?”

男孩眨着眼睛想了想:“扣子。”

傅正:“不是吧?扣子哪有一个眼的?”

男孩:“那是什么?”

傅正:“太阳。太阳也叫什么呢?叫‘日’,把它变成这样,就是‘日’字了。”

男孩:“太阳也没有黑点呀?”

傅正:“有,只不过我们离它太远,看不到,叫黑子。”

男孩双手遮在眼眶上方,望着太阳,看了一会儿,他对傅正摇头,固执地说:“我不信,再说太阳也不是方的。”

渔民嫂:“涛涛,不许跟叔叔争,叔叔叫你怎么写,你怎么写就是了。”

男孩:“太阳就不是方的!”

傅正:“那咱们先不写‘日’了,咱们先学‘月亮’的‘月’,行吧?看,叔叔画出了一个月牙儿,对吧?把它变成这样,就是‘月’字了。”傅正把笔和笔记本给男孩,又说:“自己练着写这几个字吧。”

男孩抬起头,渴求地看着他:“叔叔,笔和本能给我吗?要不你走了以后,我用什么写字呢?”

傅正犹豫一下,抚摸他的头:“等叔叔走时,笔和本都是你的了。”

“不许要叔叔的东西。”渔民嫂批评道。

男孩:“叔叔愿意给我,不信你看他的样子!”

渔民嫂抬头一看,傅正在笑,她也情不自禁地笑了,两人笑得都那么愉悦。

傅正钻出船屋,坐在渔民嫂身旁,望海,风平浪静,海天一色,令人心胸豁然。

海滩边架着一排晾杆,晾杆上挂晒着许多海带。团长在海带之间走着,看着,摸着。曲干事匆匆走到团长跟前,嗫嚅地说:“团长,有个情况,我……不知该不该向您汇报。”

团长的注意力仍旧停留在海带上:“既然是个情况,当然得向我汇报。”

曲干事:“其实,也算不上是个情况,只不过,是一件事情……而且,可以说是一件小事。但虽然是一件小事,却挺让人不高兴的。”

团长:“你看你这人,一会儿说是个情况,一会儿又说只不过是一件小事!别吞吞吐吐的,都跑这儿来找到我了,那就快说!”

曲干事:“我的笔丢了。”

团长:“你怎么了?觉得自己是孩子?不愿意让我省点儿心?我这才刚省下心来嘛!”

曲干事:“我那可是支金笔,金星,名牌。我来兵团之前,部队战友凑钱买了送给我的,对我有纪念意义。”

团长:“那我也不管!自己问,自己找,找不到算你倒霉!又不是我给你弄丢的,跑这儿找我干什么?难道还让我团长亲自替你找啊?真是的!”

曲干事:“我倒不是那个意思。咱俩吃午饭的时候,我不是把棉衣脱下来搭在椅背上了吗?那会儿笔还别在上衣兜的,吃完饭,我又帮着涮碗来着,涮完碗,我穿上棉袄,发现笔不见了。”

团长转头,询问地看着他:“你的意思是,咱们这批知青里,出了小偷了?”

曲干事:“我是不愿这么想的,可这件事使我没法不这么想。对于我,再宝贵的笔,也不过就是一支笔,可一想到他们中有人行为不良……”

团长:“先不要忙于下结论。也许是哪个小子看你这位大干事不顺眼,所以恶作剧吧?说不定你一声张笔丢了,它又出现在你上衣兜了,弄得你挺尴尬的。”

曲干事:“我起初也是这么以为的,并且巧妙地问过他们了,没一个人理我的茬儿。恶作剧往往是几个人串通好了捉弄谁,我看他们那一个个的表情,不像是恶作剧。"

团长:"他妈的,我可是要求各连选派好样的跟我来,不过,你还是不要声张吧,顾全一下大局吧,先用我的。"说着,团长从自己上衣兜里取下笔给了曲干事。

龙王庙里静悄悄的,知青们都在午睡。孙曼玲将塑料布掀起一角,小声地对齐勇说:"哎,有件事儿得跟你说。"

齐勇:"简单说,我困了。"

"困了也得跟你说。"

齐勇欠起身,四下看看,颇有顾虑地靠向了她一点儿。

孙曼玲:"我是画皮鬼,能吃了你呀?再靠过来点儿!"

她不满地瞪了他一眼,主动靠近他,耳语道:"刚才,吃完午饭那会儿,我要涮碗前,看见傅正把曲干事的笔偷走了!"

"嗯?"

"我可没开玩笑啊!"

"我不信!"

"我可没得雀盲症啊!再说这是大白天,我看得分分明明!"

"这……这我就太搞不懂他了。"齐勇有点摸不着头脑。

孙曼玲:"是啊,他又要我的笔记本儿,又偷曲干事的笔,他可是究竟想干什么呢?你是他班长,我不能明明亲眼看到他做出了那么可耻的事,连你这个班长也不告诉。"

齐勇:"既然已经告诉我了,就不要再告诉第二个人了,绝对不许!"

"你要包庇他?"

"我没这么说!"

"那你作为他班长,你打算怎么办?"

"我这不刚知道嘛,怎么办也得容我想一想啊!"

孙曼玲觉得很为难:"那如果曲干事下午就追问起来,我该怎么办?"

"那也不许你主动揭发!我是他班长,你得替我想一想。"

"那我成什么人了?我从小就要求自己做一个正派的人,你也得为我想一想!"

齐勇:"咱俩首先都得为傅正想一想。也许他是神经方面出了什么毛病。"

孙曼玲:"我认为他神经很正常!"

一名其他连的知青发出了抗议:"七连的,一男一女嘀嘀咕咕地有完没完啊!说悄悄话儿外边说去啊,烦人劲儿的!"

孙曼玲生气地把塑料布放下,转身睡觉去了。

晚饭后,先前放演露天电影的地方办起了晚会。一条底朝天的船算是舞台,瓦数很高的电灯泡吊在桅杆上,四周挂了些补充光亮的马灯和瓦斯灯。

渔民嫂穿一身新衣裤,站在船底唱《公社是棵常青藤》:

公社是棵常青藤,
社员都是藤上的瓜。
瓜儿连着藤,藤儿连着瓜,
藤儿越大瓜越香,
藤儿越壮瓜越强。
……

她嗓音脆亮,博得一阵掌声。

傅正抱着涛涛坐在人们之间,涛涛在他怀里使劲为妈妈鼓掌,而傅正却一脸沉思,毫无愉悦。他的表情被孙曼玲看在眼里,她用胳膊肘碰碰坐在她旁边的齐勇,示意他看傅正。齐勇也看到了傅正脸上严肃的表情。

黄伟和魏明登上了船底,用山东话说道:“亲爱的山东老乡们,今晚,我和兵团的知青表演艺术家魏明同志,为大家伙表演河北梆子《列宁让烟》。让的什么烟呢,可不是咱们中国的更不是咱们山东的烟叶,是苏维埃共和国的烟叶。究竟怎么回子事呢?还是听魏明同志来说吧。”

魏明唱:

这一天莫斯科下大雪,
那真是大雪纷飞鹅毛翻,
普天雕成玉江山。

白:

远远地走来人一个,走到了科里姆林宫的大门前。
卫兵拦住了他:“同志,您找谁?”

黄伟白:

俺找列宁同志。

魏明白:

你找列宁同志有什么事啊?

黄伟白:

俺要送给他几包烟。不是花钱买的,是俺自己种的。

魏明白：

可是，列宁同志从不收别人送给他的东西。

黄伟白：

可俺已经千里迢迢地来了，卫兵同志，行行好，替俺转交给列宁同志吧！

魏明唱：

人民对领袖的感情多深厚，
卫兵不得不收下了那包烟。
那边厢走来了列宁同志，

黄伟白：

卫兵同志，手里拿的什么呀？

魏明白：

列宁同志，一个农民千里迢迢来给您送几包香烟。

作交递状。
黄伟作接收状，闻，白：

好烟啊好烟!

黄伟唱:

这几包香烟我不要,
请把它送给捷尔仁斯基。
他为革命很辛苦,
他爱吸烟斗那是出了名的。

黄伟一不小心,险些从船底闪下去,魏明急忙拉住他……

魏明白:

列宁同志,当心点儿,掉下去可不是闹着玩的!

黄伟白:

卫兵同志,实不相瞒,俺最近视力不济了,可能是得了雀盲症了!

哄笑声……

傅正抱着涛涛起身便走,齐勇扯了他一下:"别走啊。"

傅正:"庸俗。"他撇下这句话,便走开了。齐勇和孙曼玲不禁对视。

欢笑声中,傅正背着涛涛与渔民嫂匆匆往家走。

涛涛:"妈,没看够嘛!"

渔民嫂:"那也得回家!妈妈穿的是单衣,快冻僵了。小傅,我得紧跑几步了啊!"渔民嫂抱着膀子缩着脖子往家跑。

傅正背着涛涛进到渔民嫂家徒四壁的屋子里,他把涛涛放在床上,点亮了油灯,渔民嫂也换上了往日补丁连补丁的那身衣服。

渔民嫂:“刚才那身,是我和他爸结婚那年做的,我平时舍不得穿。”她脸上只有不好意思,却没有丝毫的幽怨。涛涛脸上却流下泪来。

傅正对母子俩说:“大嫂,那我回去了。”

涛涛:“叔叔别走嘛!”

傅正回头看着扯着他衣角的涛涛。

涛涛:“妈不许我看戏,那你教我写字!”

渔民嫂:“这孩子。不许纠缠叔叔!”

傅正:“那,叔叔就再教你写几个字。”

涛涛赶紧从被子里翻出笔记本和笔,渔民嫂看着儿子既无奈,又心酸。她转身到灶间拉风匣烧水去了。

里屋只剩下傅正握着涛涛的小手,在床上以指写字。字的笔画写得很大,傅正握着涛涛的小手写着。

傅正:“这叫一横,这叫一竖。竖在横上,再加一小横,就是‘上边’的‘上’,竖在横下,加一小撇,就是‘下边’的‘下’……”

涛涛:“叔叔,你怎么不在本上写啊?”

傅正:“省几页纸,你以后可以多写些字。再说,叔叔的眼,到了晚上连本儿也看不清呢。”

渔民嫂端一木盆热水进来,放在傅正脚旁,说:“大嫂也不知该怎么谢你,只能给你烧盆热水,烫烫脚吧,回去会睡得香点儿。”

傅正:“大嫂,不,我不……”

“你不,大嫂可不高兴了!明白了,你眼看不清,怕弄翻了盆是吧?那大嫂帮你脱鞋……”说着,渔民嫂便蹲了下去,要帮他解鞋带。

傅正赶紧弯下腰,慌乱地说:“能看清能看清,我自己脱。”

盆中的水滚热,脚泡在里面舒服极了。

见傅正泡上了脚,渔民嫂拿起了针线,边低头做活边说:“我想用破帆布给你缝个围裙,捞海带时就不湿衣服了,你可别嫌呀!俺涛涛跟你还真有缘,可惜你不是咱山东出生的,要不,你也许会下乡在俺这儿,住俺家里。那我就会拿你当亲弟弟一样照顾。涛,从明天起,别叫叔叔了,叫舅舅吧。小傅,让涛涛叫你舅舅也行吧?”

傅正:“大嫂,行。”

一滴泪水掉在涛涛手背上,涛涛吃惊地抬头看傅正。傅正的脸上淌着泪,他勉强地笑了一下:“涛涛在看舅舅,是吧? 舅舅患了雀盲眼嘛,一到晚上就流泪。”

傅正抹去脸上的泪,抚摸涛涛的头,又说:“别看舅舅了,在本上练着写我刚才教你的两个字吧。”

涛涛看着傅正:“叔叔……”

渔民嫂:“不是让你叫舅舅吗?”

涛涛:“舅舅,往后,晌午的时候,你都到船上去教我写字行吗?”

傅正:“行。”

“那,咱俩拉钩!”

涛涛伸出手指,傅正也伸出手指,与涛涛的手指钩在一起。

第十五章

又是一个风和日丽的好天气。

渔民嫂在刷船板。涛涛坐在船屋口,小手握着曲干事的金笔(那支笔对他的小手来说未免显得粗大了些),在笔记本上认真而用力地写字,边写边喃喃自语:“大、小、上、下……”

涛涛抬头望去,只见七连五名知青坐在另一条船的船板上。

涛涛:“妈,舅舅他们在干什么?”

渔民嫂:“在开会。”

“开什么会呀?”

“我哪儿知道,等会儿你问舅舅。”

“妈,他们走了以后,谁还教我写字呢?”

“那就只有妈教了呗,妈也是会写一些字的,够教你了。”

“妈,我不想让舅舅走。”

渔民嫂停手了,看着儿子,严肃地说:“你给我记住,如果敢跟舅舅说刚才那句话,我罚你跪上三天三夜!”

另一条船上,作为班长的齐勇在主持会。

齐勇:“傅正,这是咱们离开连队的第一次谈心会,我们四个刚才都坦诚地谈了自己的某些私心杂念,就你没谈了,你也谈谈吧。”

傅正:“我承认我有不少私心杂念,我承认我的灵魂深处,有不少腌腌臜臜的东西,有比毛虫还丑陋的虫子。但我现在不想谈那些。”

孙曼玲:“为什么?你有什么理由拒绝自我批判呢?”

傅正:“你少教训我,你又不是我们男一班的班长!”

齐勇:“傅正!”

黄伟:“她是女一班班长,你起码也要拿她当咱们七连的一位班长看待嘛!再说,她还是女的,好男人要好好跟女人说话。”

孙曼玲不爱听了:“你这纯粹是大男子主义的言论!男人女人都是人,男女平等。女人怎么了?我们女人不需要男人对我们伪装出彬彬有礼的样子!”

黄伟:“你看你,我批评他对你态度不好,你怎么反而冲我来了呢?”

魏明:“打住打住同志们,我理解傅正那话的意思是,他是不想谈一般的私心杂念,而是有更重要的思想问题要向我们交代。”

齐勇:“我和你有同样的理解,但是反对你用‘交代’这个词。傅正,你要是确实没有什么想说的话,那咱们就散会。你要是觉得还是有些话想跟大家说,那就按你的想法,说你想说的话。总之,为了开会而开会,为了发言而发言,连我都认为是讨嫌的事。”

傅正:“那好,我说我想说的话。‘文革’一开始,我父亲就被打倒了,成了‘走资派’,我也成了‘黑五类’‘狗崽子’。我一直想不通,我父亲是赵尚志的抗联战友,当年为了拯救中国,脑袋挂在腰带上,出生入死地干革命。‘解放’后,难道他这样的人,还没有资格当个局级干部吗?但是现在,我有了另一种想法,红卫兵抄我家时,指着一大堆玩具问:‘谁的?’我说,我小时候玩儿过的。为首的一个,‘啪’地扇了我一耳光,骂我,‘你这个狗崽子!老百姓的儿女,往往连一双两三元钱的新鞋都买不起,你他妈从小就玩这么一大堆高级的玩具!’当时我心里只有恨。可是现在,当我离开城市,亲眼看到了生活在贫穷中的人民,我渐渐觉得我父亲那一代干部，确实也有太对不起人民的地方了。建国都整整二十年了，中国究竟还有多少地方的人民，过着比这里还贫穷的生活，是我根本无法知道的……”

孙曼玲打断他：“你这叫‘狠斗私字一闪念’啊？你的某些行为，恐怕不仅仅是‘私’字问题吧？也许比‘私’字更可耻吧？”

傅正：“你看过雨果的《悲惨世界》吗？”

孙曼玲：“你少跟我扯什么雨果！”

黄伟：“小孙同志，这就是你的不对了吧？我觉得傅正说的是掏心窝子的话，对你的话我倒是莫名其妙。”

孙曼玲猛地站起，指着齐勇说：“可是他清楚！齐勇，我问你，为什么开这次谈心会？既然开了，为什么不能刺刀见红？”她又指着傅正说，“为什么不把他的事儿挑明了，让我们一起来帮助他？”

魏明：“连我也糊涂了。齐勇，究竟怎么回事？”

齐勇瞪着孙曼玲说：“你给我坐下，别指指点点的！我用不着你教我怎么当班长！”

“你，你就包庇他吧，有你后悔的时候！”孙曼玲赌气地跑下踏板。

齐勇：“别理她！傅正，你的话没说完，你接着说。”

魏明：“我先说两句啊。傅正，中国二十年前一穷二白，又是世界上人口最多的国家，贫穷现象不是一下子能全面消除的。你父亲只不过是邮电局长，应该说他对人民生活的贫穷不负太直接的责任。所以，我觉得，你也大可不必替你父亲感到罪过。”

傅正感激地握了魏明的手一下，又说：“没有哪一个儿子，看到自己的父亲被揪斗，被剃鬼头、抹黑脸、挂牌子、戴高帽，被当成畜生似的用皮带抽，用棍棒打，被百般凌辱，丧失了任何分辩的权力，心里是不疼的。所以，我虽然认为我父亲是应该受到触及的，但对那些凶恶的、没有人性的、心狠手辣的造反派，我还是特别憎恨的。”他看着齐勇，苦笑着说，“咱们刚来那一天，别的连那个说你反动的小子，在我看来就是一个可恨的家伙！当时我真想冲过去狠揍他一顿，却又没有那种勇气，不是因为我是‘走资派’的儿子，而是因为我明知自己打不过他，我要是有你们三个这么壮，我当时就冲过去了。当晚梦里，我都在和他打架，可即使在梦里，我也还是没打过他。咱们开的这是一次谈心会，对吧？班长要求咱们要互相坦诚地交流活思想，对吧？我认为我已经做到了坦诚。至于其他一些鸡毛蒜皮的小事，证明不了我头脑里最隐秘的思想，所以我不想在这时候谈。"

齐勇对黄伟和魏明说："尽管孙曼玲跑了，我还是觉得咱们这一次远离连队的谈心会开得很好。大家谈得都很诚恳，傅正谈得最诚恳。黄伟，正如你说的，他说的是掏心窝子的话。黄伟你和魏明先回去吧，我要和傅正在这儿再聊点儿别的事。"

待黄伟和魏明下船去了，齐勇拍拍身边的船板，让傅正坐到他身边。齐勇默默搂住傅正的肩膀，却被推开。

傅正有些不悦道："别拿我当知青小弟弟看，咱俩都是高中的，用不着这样表示亲密，有话直说！"

齐勇一笑，掏出半盒烟，叼上一支，将烟盒递向傅正。

傅正看了一眼烟盒："你还是在套近乎，所以我怀疑你转眼就可能跟我翻脸。"

齐勇："别那么多废话，我跟你翻脸还用先套近乎吗？"

傅正犹豫一下，抽出了一支烟，嘟哝："如果我上瘾了，是你的罪过。"

齐勇："吸烟并不可怕，上瘾也不等于无可救药。可怕的是欠缺意志力，想戒的时候戒不了。"

齐勇掏出火柴，划着，傅正双手拢住火苗。两人点着烟，开始对着吸起来。

齐勇："我这人不太欠缺意志力，哪天下决心戒，那就再也不吸了。你如果成瘾了，想戒又戒不了，不是我的罪过，只能怨你自己意志薄弱。"

傅正："知道吗，我近来特别想念一个人。"

“鸿雁传书,和远方的某姑娘谈情说爱了?”

“我想念张靖严。”

“我也常想他。师里的‘反右倾’学习班快结束了,他该回连了。”

“你想他和我想他不一样,你想他是由于友情,我想他是由于思想。除了他,在咱们七连的男知青中,我连一个能交流思想的人都没有了……”

齐勇扭头看他片刻,突然一把将烟从他嘴角掠去,生气地扔到海里:“吸着我的烟,却挖苦我没有思想。搂一下你的肩,就讽刺我跟你套近乎,你真他妈不是东西!”

傅正:“我也没说你完全没有思想。你当然也是有思想的,但比起排长,表达思想的话语艺术差点儿劲。有次我和他闲聊,问他,‘宁要社会主义的草,不要资本主义的苗’,这种革命主张对吗?他说,‘有一种革命是要靠极其浪漫的想象力来策动的。想象全体中国人都变成食草动物,那么草就变得更重要了。对于食草动物,以粮为主则会由于消化不良而死掉。’这种话,你嘴里是说不出来的……”

齐勇更生气了,把自己的烟也扔到海里,站起身来,指着傅正说:“好好好,就算我思想浅薄。在你眼里,把我齐勇看成一个白痴我也无所谓。可我再浅薄,那也是你班长,那也知道什么行为是可耻的!”

傅正也站了起来,板着脸说:“你激动什么?我对张靖严表示了几分敬意,你就这么难以忍受了?什么胸怀!亏你和他还是好哥们儿!他如果知道了,我看够他难过的。”

齐勇一挥手臂:“别他妈扯他!我现在要问你,你为什么偷曲干事的笔?!”

傅正一愣。

齐勇:“当着黄伟和魏明的面,我没好意思说出你的行为!你偷时,人家孙曼玲看见了。现在你必须给我这思想浅薄的班长一个解释!”

傅正却无所谓地笑了,之后一脸庄重地:“就猜到有人看见了,就猜到了是因为我才煞有介事开的什么谈心会,就猜到了你把我留下是要问那件事。《悲惨世界》你也读过的,冉阿让偷了米里哀主教的一些银器,米里哀主教怎么说? 说那本来就是属于人民的,又回到了人民手中而已……”

齐勇:“胡说! 那笔是人家曲干事的战友们赠送给他的,对他有纪念意义!”

傅正:“我说那是他剥夺到手的东西了吗? 那笔对他只不过有纪念意义,对于别人的意义却要大得多。他没了那支笔,还可以有第二支第三支第四支; 而对于别人,那是做梦都梦不到的第一支。物及所需,符合共产主义原则。”

齐勇手指着傅正:“你!”

“孙曼玲如果想告诉曲干事,随她的便。你如果想召开批判会,也随你的便。我一人做事一人担。而且,并不觉得有多么可耻。只不过在我特别需要一支笔的时候,偏巧看到的是曲干事那一支笔……”

一记响亮的耳光打断了傅正的话,傅正捂着脸,呆呆看着齐勇。

“你简直不可理喻了!”齐勇猛转身下船去了。

傅正又缓缓坐下,望着远处帆影。

“排长,真想你……”

渔民嫂的渔歌声从不远处传来。

昼夜交替,日月轮转。海上船去帆远,船归人喜。时间在知青们日日翻晒、卷捆海带中一天天过去。

傅正与其他知青们疏远了。可是他和渔民嫂、涛涛却越来越近。他常常到渔民嫂的船上教涛涛写字,而涛涛也进步得挺快。

一天中午,知青们在龙王庙里休息,齐勇和其他几个知青在打扑克,傅正在睡觉。破庙角落的一块小黑板上用粉笔写着两行字: 可能有台风,下午不出海。

庙门突然被打开，一名知青从外面走进来。大风把几张扑克吹飞了，孙曼玲立刻起身去捡。

进来的知青夸张地说道："哎呀妈呀，咱可开了眼了，看到大海发怒的时候是什么样子了！"

包括齐勇在内的几个打扑克的知青，都丢下扑克聚到了门口，向外看去。灰蒙蒙的大海上波涛汹涌，泊在岸边的船只一次次被滔天的白浪高高托起，无力地互相碰撞着。

一块用木条钉在窗外的塑料布被鼓开了，狂风扑了进来，一切能吹起的东西都被吹了起来，扑克像蝴蝶似的在空中飞舞。睡觉的知青们纷纷惊醒。

"快，找东西，把窗封上！"齐勇说着，急忙跑出去封窗，黄伟、魏明也随他跑出去。

孙曼玲四处寻找能用的东西，看见隔在她和齐勇铺位之间的那块塑料布，便一把扯了下来。一眼看见小黑板，也拿上，跑了出去。

一名知青诗兴大发地："在天空与大海之间，海燕像黑色的闪电，高傲地飞翔。这勇敢的鸟儿高叫着——让暴风雨来得更猛烈些吧！"

傅正也醒了，他坐起身来，懵懂地揉着眼睛："发生什么事儿了？"

其他知青也都被突如其来的狂风搅得手忙脚乱。他们有的在忙着从庙里边帮齐勇们堵窗子，有的捡起被吹得到处都是的毛巾、枕巾、牙具杯、扑克牌以及其他小东西，谁都没理会傅正的问话。

只有那诗兴大发的知青跨到傅正跟前，激情澎湃地："大海在咆哮！海浪在汹涌！啊，我的兄弟，要知道究竟发生什么事了，请你到门口去瞧一瞧，请你到门口去看一看……"

傅正："现在什么时候了？"

对方看了一眼手表，表演性地："陛下，现在是中午十二点二十三分，也许是因为您近来太疲劳了，我注意到您没吃午饭就躺下了，而台风就要来了，我们侵占了龙王的庙宇，他在向我们示威！……"

又一股大风将门吹开。

又一扇窗子外的塑料布被吹破。

傅正突然失声叫道:“涛涛!”

他顾不上穿鞋,跳到地上,冲出门外,向海边跑去。

又一排大浪高墙似的朝岸边涌来。傅正的鞋子被打湿了,他却毫无感觉,只是一个劲儿地往海边跑。

巨浪汹涌中,泊在岸边的船只忽而撞在一起,忽而分开。

“涛涛!涛涛!”

“叔叔,快来救我!”渔民嫂那条船的船屋里传出涛涛的呼救声。

傅正跑到了岸边。没有踏板,他只能涉水爬上一条在波涛里摇摆不定的船,再从这条船跳到另一条船上,曲折迂回地接近渔民嫂那条船。

涛涛想从船屋爬出来,却又不敢,只爬出上身,伏在船舷上大叫:“叔叔,我在这儿!”手中挥舞着笔记本和笔。

傅正大叫:“涛涛,别动!”

渔民嫂、齐勇以及几名渔民也朝岸边跑来。渔民嫂边跑边喊:“涛涛!涛涛!”

这时,傅正已经跳上船,将涛涛搂在怀中。曲干事也跑来,见已有知青在船上,舒了一口气,安慰渔民嫂:“大嫂别担心了,我们的小伙子已经在船上,孩子就安全了!”

渔民嫂抹着眼泪,转惊为喜:“那是傅正,我不担心了,我不担心了……”

船上,傅正把涛涛脸蛋上的水珠轻轻擦去:“涛涛别怕,来,趴舅舅背上,舅舅背你。”

涛涛举了举手里的笔和笔记本:“我没法儿搂着你脖子。叔叔,抱着我吧,我不重,你抱得动我……”

傅正抱起涛涛,从一条船跳向另一条船,就这样渐渐地向岸边挨近。

岸边的黄伟喊:“傅正,小心啊!”

魏明也大声喊:“别抱着,背着!”

齐勇什么也没说,穿着鞋就下了水,跨过一条条摇动着的船,接近傅正。黄伟和魏明也跟着下了水,三人的身影跳跳跃跃,先后接近着傅正。

正在这时,两条船的桅杆突然撞到了一起,一条船的桅杆当中折断,从半空向傅正倒下。

齐勇大喊:“傅正,危险!”

傅正也看到了倒下的桅杆,却已来不及躲闪了。他抱着涛涛扑倒在船上,将涛涛的头护在身下。

大家眼睁睁地看着倒下的桅杆压在了傅正的后脑上。

浪在灰沉沉的海上翻腾着,船只随着汹涌的波涛上下起伏。傅正闭着双眼仰躺在海滩上,齐勇跪着,将他的头抱在怀里,魏明和孙曼玲跪在傅正身体左右。黄伟跪在傅正的脚边。他们的哭声被风声和浪声盖住。

黄伟将傅正一只脚上扎着的一片贝壳轻轻拔掉,伤口流血了。黄伟一边哭,一边去擦他脚上的血。

齐勇一脸泪水:“傅正,傅正,我不该扇你一耳光,我向你道歉!”

人们低头肃立在他们周围。渔民嫂在哭泣。

涛涛把手里的笔和笔记本递给渔民嫂,抽泣着说:“妈,把笔和本儿还给舅舅吧,我再也不缠着舅舅了……”

渔民嫂突然拉起涛涛的胳膊,抡起巴掌,重重地打下去:“都怨你!不识字就不是人了?就活不成啊?”

孙曼玲上前阻止,涛涛手中的笔和笔记本掉在地上。孙曼玲将涛涛抱开。曲干事捡起了笔和笔记本。他翻开笔记本,看到里面稚气的字迹,流泪了。他把笔和笔记本交给渔民嫂:“别打孩子,孩子也没什么错……”

渔民嫂:“曲干事,小傅他……小傅他……他就没救了吗?”

曲干事噙泪摇头。

渔民嫂双手掩面,失声大哭。

龙王庙里,那名思想“极左”的知青在与另外三名知青还在打扑克。一名知青从外跑了进来,气喘吁吁道:“你们别玩了,七连那个叫傅正的,出事了……”

打扑克的四人同时看他,其中一人问:“怎么了?”

从外进入的知青:“他为了救渔民嫂的儿子,被一根断了的桅杆砸在头上,牺牲了……”

思想“极左”的知青似笑非笑地晃着头:“那叫牺牲?他那也配叫牺牲?他那点儿事我一清二楚。每天中午不睡觉,冒充《早春二月》里的萧剑秋,溜到船上教人家孩子写字。我跟踪过他,所以知道。要不是因为他,人家孩子也不会困在船上,死了就是死了,只不过叫事故,请别用牺牲那么崇高的词来说他的死!”

另外三名手拿扑克牌的知青被他给说愣了。思想“极左”的知青继续说:“偏偏今天中午他还睡过去了,我估计会出事,但不愿提醒他。他满足着虚荣的启蒙心理,我提醒他能获得什么满足?对我有什么好处?哎,接着玩呀,该谁出牌了?”

另外三名知青都将牌甩在桌案上,穿上鞋,头也不回地往外走。

“哎,你们……”思想“极左”的知青见同伴们弃他而去,转头瞪着那名来报信的知青,“都他妈怪你,搅散了我们这一把牌!”

那知青已坐在自己铺位那儿,也瞪着他,冷冷地:“你他妈的!”

天黑了。龙王庙里,知青们在吃晚饭。与以往不同,这一顿晚饭,人人都吃得异常沉默。齐勇他们几个坐在一起,呆呆地看着饭和汤,不动筷子。齐勇手中夹着烟,但他已忘了吸。烟灰很长,也忘了弹。烟烧疼了他的手指,他手臂一抖,一小截烟掉到了地上。

黄伟替他把烟踩灭。

那名思想“极左”的知青自说自话地:“萧剑秋这种人物,只不过是个灰色人物而已。年轻寡妇、孩子和那些对革命心灰意冷的、长得又不难看的一个小知识分子,无论在现实生活中还是文学作品中,从来都是有微妙的关系的。萧剑秋是因为暗打文嫂的主意才对文嫂的孩子好的,那叫醉翁之意不在酒。”

齐勇他们冷冷瞪他。

一名知青一手端着碗走到他背后,用另一只手拍拍他肩,小声劝道:“别胡说八道了,照顾一下七连那几个的情绪。”

思想“极左”的知青不但没收敛,反而提高了声音:“我想说什么就说什么,谁的情绪也不照顾。不就是死了一个‘走资派’的儿子吗?至于都这么没笑脸儿的吗?”

齐勇按捺不住,低声地:“我要教训教训他!”

黄伟也低声地:“你别。你是班长,我来。”

魏明道:“公平对决,如果有人敢帮他,我上。”

黄伟离开座位,直瞪着思想“极左”的知青走过去,而对方也防范地站了起来。

黄伟朝对方勾了勾手指,对方不甘示弱地走到黄伟对面。

孙曼玲不安地:“黄伟能打过他吗?”

魏明:“这一架,打不过也得打。”

黄伟对那名知青道:“你有颈椎病?”

那知青:“你他妈才有颈椎病呢!”

黄伟:“别说脏话,没有颈椎病为什么总歪着头?我想给你治治。”

对方一时困惑,半信半疑。

黄伟趁机笑着走上前,双手将对方歪着的头扳正,退后一步看着对方:“这样才正。正了反而有点儿别着股劲儿似的,是不?”

对方不由自主地点了一下头。

“那我现在就开始治!”

黄伟话音一落，一记大耳光已扇在对方脸上。对方被扇蒙了，紧接着又挨了一耳光。

孙曼玲在一旁叫："好！"

对方这才发觉自己被耍弄了，发疯般地扑向黄伟，将黄伟扑倒在地。黄伟猛一翻身，反将对方压在身下。

对方向自己的同伴求救："是我哥们儿的，快帮我！"

有三名知青站了起来。

魏明也站了起来，拎着高脚凳的凳腿，走到他们吃饭的案子跟前，叉脚而立。

那三名知青被他的架势震慑住，又都缓缓坐下。

黄伟和对方在地上翻滚，忽而这个占上风，忽而那个占上风，忽而站起，这个把那个再次摔倒，或那个把这个再次摔倒。

终于，黄伟将对方脸朝下压倒，用膝盖抵住对方的背，一脚踩住对方一只手，并用自己的双手反拧对方另一只手的腕子，把对方拧得"哎呀，哎呀"直叫。

黄伟："你他妈服不服？"

对方："服了，服了！"

黄伟："光服不行。说你自己才是狗崽子！"

对方不说。

黄伟："不说，我拧断你爪子！"

对方："哎呀，我说我说，我是狗崽子！"

这时，团长和曲干事走进来。曲干事喝道："你们干什么呢！"

地上的两人这才站起。

曲干事跨到齐勇跟前，严厉地："你班里的战士和别人打架，你为什么不制止?！"

齐勇："我看不见。"

孙曼玲："他海带吃得少。"

曲干事又质问魏明:“你刚才拎着凳子干什么?!”

“想表演杂技来着。”魏明吹吹凳面,把凳子端到团长面前,毕恭毕敬,“团长,您请坐。”

团长没理他,低声然而语调冷冷地问黄伟:“为什么打架?”

黄伟满不在乎地说:“我们没打架,只不过闹着玩儿。”

团长的目光又瞪向那名思想“极左”的知青。

那知青也点头说:“是……是闹着玩儿……”

团长劈面给了他一记耳光,一转身,又给了黄伟一记耳光。他愤怒地:“你们一名战友失去了生命,你们居然还有心情闹着玩儿吗?还有没有点儿人性了!在城里都变成狼崽子了?!你们几个都给我站起来!”

坐着的知青们,包括齐勇和孙曼玲,都乖乖站了起来。

团长:“全体,立正!”

众知青齐刷刷地立正了。

团长:“曲干事,你在这儿监视他们,全体罚站一小时!他、他,他俩罚站两小时!”

曲干事也立正道:“是!”

团长往外便走,走到门口,猛转身又大声地:“都给我把头低下,默哀式!”

吉普车发动起来,离去了。

“明天人人都要戴黑纱。本来应该我去县城买黑布的,现在团长亲自去了。”曲干事说着,走到齐勇跟前,“傅正的铺位在哪儿?”

齐勇默默一指。

曲干事:“其实你看得见,就是不管,对吧?”

齐勇:“对。有的人,应该被教训教训。”

曲干事不再说什么,默默去整理傅正的被褥,用行李带熟练而认真地扎捆。

孙曼玲哭了。

曲干事将傅正的被褥方方正正地捆好，低头看一眼手表，低声地："罚站解除。"

孙曼玲扑在自己褥子上，竭力克制着，不大声哭起来。众知青在她的哭声中，纷纷脱衣服，躺下去。

天亮了。臂戴黑纱的知青们、团长、曲干事、渔民嫂以及些个渔民们在海滩卷捆海带。四面八方出现了许多人，他们挑的、背的、抬的、扛的都是海带。他们默默地放下海带，转身就走。很快，海滩上的海带堆成了小山。

北大荒积雪满山，拖拉机拖着木爬犁顺着山路下山，爬犁上坐着刘川他们几个三连的知青。

一名知青问赵灿："还到不到七连去？"

赵灿："当然去。"

此时，七连男一班的宿舍里，只有"小地包"一人坐在炕上，一边嗑瓜子，一边翻着赵天亮那半本《泰戈尔诗集》。他的冻伤已基本好了，只不过双手留下了发黑的死皮。

赵灿和其他两名知青背手闯入，"小地包"吃惊地看着他们。

赵灿："你就是赵天亮喽？"

"小地包"忐忑不安，表面上却强作镇定："你们找他有什么事？"

三人中的一个："手被冻伤过，准是他！"

"还你枕头！"赵灿背着的手突然从后面伸出来，手上拿着的正是一只枕头，他二话不说，对着"小地包"劈头盖脸地打起来。

另外两人背着的手里拿的也是枕头，也用枕头朝"小地包"打来。三人边打边说：

"还你枕头！还你枕头！"

"替王凯还你！"

“还你三个够不够？”

“小地包”抱着头，一声不吭。

赵灿：“够了！”

另外二人住手。

赵灿从腰间拔出一把小匕首，划破一只枕头，将里边的荞麦皮兜头倒在“小地包”身上，恨恨地：“让你知道，我们的枕头都是正宗荞麦皮的！”

另一名知青：“呸！一只枕头你当成了宝贝！”

赵灿：“走！”

三人一转身，愣住了。一个拄拐的人挡住了他们的去路，双手裹着新换的药布，一只脚上没穿鞋，也缠着药布。来人正是赵天亮。

赵天亮：“你们几连的？为什么到我们七连来欺负人？”

三人中的一个对赵灿小声地：“搞错了，这小子才是赵天亮！”

赵灿回头看“小地包”。

“小地包”：“没错！他不是赵天亮，我是！”

赵灿挥拳欲打赵天亮。赵天亮已经明白了，他们是冲自己来的，将脸一偏，宁愿挨打的样子。

三人中的一个挡住赵天亮，对赵灿劝说地：“算了，你看他这样！”

这时，“小黄浦”、杨一凡和沈力也风风火火地走了进来。见屋里有陌生人，都是一愣，围住了他们，打量着。

赵灿：“咱们走。”

杨一凡往他跟前一站：“说清楚再走！”

“没什么可跟你们说的。”赵灿朝赵天亮一摆下巴，“我们来还他枕头。”

赵天亮闪到了一旁：“让他们走。”

杨一凡等三人这才也闪开。赵灿他们三人扬长而去。

“小黄浦”走到“小地包”跟前，问：“怎么回事？”

“他们不是说了嘛。”“小地包”把身上的衣服一件件脱下来，抖着荞麦皮。

赵天亮一蹦一蹦地走到“小地包”跟前，内疚地：“对不起，都是因为我。”

“没什么。”“小地包”穿上背心，将两只枕头一只只扔向赵天亮的铺位，“是还你的，归你。”

沈力：“班长他们回来了。”

杨一凡：“我们一班，再也没有傅正了。”

“小地包”和赵天亮疑惑地看杨一凡。

“小黄浦”：“傅正死了，埋在山东了。”

“小地包”和赵天亮又吃惊地看“小黄浦”。

齐勇、黄伟、魏明三人扛着行李走了进来。齐勇还拎着傅正的行李捆，他将傅正的行李摆正后，低头坐在炕沿。黄伟和魏明也低着头坐在自己铺位那儿。

“小地包”“小黄浦”、赵天亮、杨一凡、沈力五个人，盯着齐勇三人臂上的黑纱发呆。

这时，张靖严走了进来，用目光往炕上寻找着什么。

魏明：“排长，你什么时候回来的？”

张靖严没回答他，指着傅正的行李捆反问：“傅正的？”

魏明、黄伟、齐勇点头。

张靖严走了过去，捧起傅正的行李捆，坐在炕边，轻轻地摸了一会儿，将脸伏在行李捆上，抱着行李捆无声痛哭。

·

夜晚。马号里。老耿头盘腿坐在炕上卷叶子烟。

马灯放在桌上，张靖严在灯旁写着什么，却总写不安稳。他揉了纸，起身走到窗前，向外望着。

老耿头看他背影一眼，问：“雪还在下？”

张靖严头也不回地:“还在下。”

老耿头:“写什么呢?写了撕,撕了写的。”

张靖严:“写……写封家信。”

老耿头:“不是吧?”

张靖严转身走到炕边坐下,一边帮老耿头搓烟叶,一边说:“大爷,何必问呢?”

老耿头:“我这儿,简直成了你们几个高中知青的秘密联络站,写点儿什么防着人看到的,说点儿什么不愿被人听到的事,都到我这儿来。我怕不定哪天,我这儿成了个有问题的地方……”

张靖严:“大爷,你还信不过我们几个?”

老耿头:“别写些惹是生非的,啊?”

张靖严:“大爷放心,什么可以写,什么不可以写,我心里有数。”

老耿头卷好一支烟,刚要吸,张靖严说:“大爷,我也想吸口。”

老耿头晃了晃手中的烟:“这烟可冲。”

张靖严:“就是想吸两口冲的。”

老耿头将烟递给张靖严。张靖严刚吸了两口,就呛得直咳嗽。

老耿头:“看,吸不得吧。”

门一开,赵天亮拍着身上的雪走进来:“靖严,想跟你聊聊。”

“看样儿,我又得躲出去喽。”耿大爷从炕上下来,往外走。

赵天亮抱歉道:“大爷,对不起。”

老耿头在门口站住,扭头看张靖严,想说什么,张了张嘴,却没说出来。待他走后,赵天亮看桌上的纸和地上的纸团,问张靖严:“我来得是不是不是时候?”

“十点停电,现在可是停电以后了。既然来了,就聊聊吧。”张靖严将地上的纸团一一捡起,扔入炕洞口,看着纸团烧起来。

赵天亮:“写什么呢?”

“傅正由于他父亲的问题,不能被定为烈士。我觉得这不公平,想给兵团司令部写封信,替他争取一下。”张靖严在刚才坐过的凳子上坐下,对赵天亮说,“你也坐下啊。”

赵天亮在炕边坐下说:“你写好,我签名。”

张靖严不语。

赵天亮:“我敢保证,全连的人都愿签名。”

张靖严:“那不好。以我一个人的名义,是一名党员对一件事的个人看法。有太多的人签名,性质就不同了,反而容易遭到误解。还是说你想说的事吧。”

赵天亮:“契诃夫有部小说叫《第六病房》,你看过吗?”

张靖严点点头。

赵天亮:“书里有一句话,‘俄罗斯病了’。如果……如果有人在写给别人的信中,对于咱们中国,也流露了那么一种看法,算不算反动?”

张靖严敏感又严肃地:“在谁给谁写的信中?”

赵天亮:“你先回答我。”

张靖严:“肯定算——你怎么知道的?”

赵天亮:“那样一封信曾缝在我枕头里,现在我那只枕头丢了。”

张靖严:“为什么把那样一封信缝在枕头里,而不是当即烧掉?!脑子呢?脑子长哪儿了?”

赵天亮:“现在后悔也晚了,那封信是……”

“别说!我知道是谁写的了。让我想想该怎么办。”张靖严站起身来,踱到窗前,“还有谁知道?”

“我们一班都知道我因为枕头丢了对王凯大发脾气。”

张靖严:“王凯的腿断了,也跟枕头有关?”

赵天亮点头。

“天亮,过来。”

赵天亮走到了张靖严跟前,张靖严将一只手轻轻放在他肩上,低声地:“你枕头里根本不曾有过那样一封信。你缝在枕头里的,只不过是一个姑娘写给你的情书。在任何情况下,都要死不改口地这么说,明白?”

赵天亮:“可,至今没有姑娘写给我情书。我写给别人的情书行不行?”

“不行,那解释不通。”张靖严放下了手,在屋里走来走去。

赵天亮:“怎么解释不通?人就不会珍藏自己写给别人的情书了?”

张靖严:“解释不通就是解释不通,除非那是个精神有毛病的人!”张靖严站住,又将手拍在赵天亮肩上,“是二团一个叫张冬梅的哈尔滨姑娘写给你的。”

赵天亮苦着脸道:“可我不认识那么一个姑娘。”

张靖严:“是我亲妹妹。”

赵天亮:“我连见都没见过你妹妹,她怎么会给我写情书?”

张靖严:“我这个亲哥哥牵的线,搭的桥,明白?”

赵天亮:“可我和周萍……我对她……如果周萍误以为我脚踩两只船……”

张靖严打断他:“真那样了我替你解释!”

赵天亮:“如果别人也误解了,把我看成一个不道德的人,那我怎么办?你总不能一一替我去解释……”

张靖严:“我才不替你一一解释!真那样了你得给我默默承受着!记住了?!”

赵天亮:“记住了!”

大雪纷纷扬扬,漫天遍野。七连的知青们在大雪中挥舞着镐刨,他们要在这冰天雪地里修筑一条新路。三轮手推车咕噜噜地运走冻土块儿,来来往往的土篮里挑运着铺路用的沙石。偶尔,几台拖拉机拖着铁碾子从路上碾过,闪在路两旁的知青又回到原来的位置,热火朝天地干起来。

一阵夹着雪片的狂风刮过,许多人背转过身去,避开那冷风的锋面。

有的知青被吹得弯下了腰,几顶帽子顺势刮落在雪地上,球似的往前滚去。掉了帽子的知青不得不在几乎让人睁不开眼睛的风雪中,勉强地睁开眼睛,追赶那被风吹落的帽子。

天黑了,暴风雪却还没有停。列成长队的知青,一个个弯着腰,顶着暴风雪回连队。迎面驶来两辆马车,其中一辆的赶车座位上坐着张靖严,他大声喊道:“女排的,上马车!”

没有人上马车。

张靖严:“女排的都聋了?都给我上马车!”

孙曼玲:“这时候不分男女!”

张靖严:“胡说!这时候才分男女,你先给我上去!”

张靖严双手将孙曼玲叉起,放到了车上,一转身,拽住的是“小黄浦”。

“小黄浦”:“我是男的,我帽子刮丢了……”

方婉之:“姑娘们,我带头,都坐到车上来!咱们早点儿回到连队,马车就可以早点儿再来接男知青们!”

女知青们这才陆续地坐上马车。

马铃哗哗。马车在呼啸的暴风雪中奔驰。

有几名女知青轻轻哼起了《三套车》的曲调。

没过多久,孙曼玲等女知青站在了女一班的新宿舍门前。门被狂风刮到这里的雪埋住了半截。在孙曼玲的带动下,女知青们用双手扒雪,进了宿舍门。

孙曼玲坐在女一班宿舍的炕沿,看着手中饭盒里的海带汤发呆。高洁轻轻拍了拍她:“怎么了?”

孙曼玲:“想起了傅正,觉得是他用生命换来的……”

吴敏夹起一筷子海带丝刚塞到嘴里,又吐进饭盒里了,用凶巴巴的目光瞪孙曼玲。

谢菲:“班长又怎么惹你了?你那么瞪着班长干什么?”

吴敏放下饭盒往外跑,还没跑到门口,哇地吐了。

林丽:"神经也太敏感了!"

连部里,指导员将一封打字信件交给站在他面前的方婉之,说:"团政治处寄来的,咱们连有知青向团里反映,说你身为女知青排长,平时从不对女知青抓紧政治思想教育,反而大谈自己的恋爱史,热衷于向女知青传授恋爱经。"

方婉之看看信件,一笑,将信放在桌子上。

指导员:"看上边批的几句话,政治处还真挺当回事呢!"

方婉之拉过一把椅子来坐下:"随他们。"

指导员:"是上边说的那样?"

方婉之:"我是过来人。经常和她们谈谈爱情,我认为也是我的一种责任。"

指导员:"会是一名什么样的知青向团里反映的呢?"

方婉之又一笑:"你可真有意思。知道又怎么样?不知道又怎么样?"

指导员也笑了:"是啊……可,这不是无事生非嘛。"

方婉之:"该生就让它生吧,挡也挡不住啊,不往心里去就是了嘛!"

他们正说着,连长走了进来,问:"谁家生小孩儿了?"

方婉之和指导员都笑起来,指导员朝那封信翘翘下巴。

连长拿起信看了看:"讨厌!筑路的任务压得这么重,哪儿有工夫理这茬!"说罢,便把信撕了,"看来,以后几天不会再刮大烟泡了!"

冬夏流转,野草盛衰。麦海由碧绿转成金黄。一台台拖拉机牵引着收割机游弋在麦海。在运麦子的卡车的隆隆响声中,又一年过去了。

知青们的汗水留在北大荒的黑土地上,黑土地也给予他们回报。荒凉的原野渐渐变得丰饶起来。粮仓满了,吃上了雪白的馒头和各类炒菜的知青们笑逐颜开。

转眼已是一九七二年冬天。

赵天亮来到连部门前:“报告!”

连部里传出方婉之亲切的声音:“小赵,快进来!”

赵天亮走了进来,见屋里除了方婉之,还有指导员、连长、尹排长,他们都看着他微笑。

赵天亮有预感似的问:“我的探亲假批下来了?”

指导员:“不仅你的探亲假批下来了,孙敬文、徐进步、齐勇、孙曼玲,你们十几名知青的探亲假都一块儿批下来了。你们都来兵团两年多了,该享受探亲假了。”

赵天亮听到这个消息,乐得合不拢嘴。

连长:“还有更让你高兴的事儿呢!你小子呀,福音双至。你的处分也到期了,党支部刚才研究过了,恢复你男一班班长的职务。”

赵天亮:“这可不行!”

指导员:“嗯?还不行?”

赵天亮:“我更愿意齐勇当班长,而我当他的战士。”

尹排长:“还挺义气的!人各有志,齐勇想当咱们连的弼马温,党支部也满足他的要求了。”

指导员:“小赵啊,希望你们一块儿离开连队,路上互相有个照应,啊?”

赵天亮点头。

男一班宿舍里,知青们有的在下棋,有的在打扑克,有的在睡觉。沈力在画一幅拖拉机牵引“康拜音”(脱粒机)在麦海中收割的油画。

赵天亮闯入,兴奋地:“弟兄们,咱们的探亲假批下来了!”

“小黄浦”把扑克一甩:“乌拉!乌拉!”

“小地包”、沈力、杨一凡跟着手舞足蹈地喊:“乌拉!乌拉!”

而正在下棋的黄伟和魏明却无动于衷。

黄伟撇了撇嘴:“看把这几个小子乐得!”

魏明:“你说了,冬天不探家,要等到夏天跟我一起回去的啊,可不许反悔!”说着,挪了棋盘上的一个棋子。

黄伟:“那有什么可反悔的!该我走了,将!”

马棚里,齐勇铡马草,老耿头给他续草。马在打盹。

齐勇边铡草边问:“耿大爷,为什么马要夜里再吃一顿,而且料要精一点儿呢?”

老耿头:“马是大牲口嘛。白天干许多活儿,消化快,转眼就变成马粪了。天黑了,马卸套入棚了,这时它累得只想休息,喂它,它也吃不下多少。到了半夜,马的胃肠就空了,也解过乏来了,可想吃到口好料了。这时候马的胃肠吸收功能最强,马吃得也最安闲,细嚼慢咽,所以长膘嘛。”

齐勇:“那牛呢?”

老耿头:“牛和马不同。你看牛多粗的腰身,它的胃大,夜里反刍。但是在它反刍的时候,给添点儿粮食,那也是必要的。咱俩休息一下,我得先喂喂我那老伙计。”老耿头说罢,起身去到料锅那儿,盛出半桶米汤,喂角落里的一匹老白马。

齐勇:“这是什么米的米汤?”

老耿头:“小米米汤,对了点儿白面,熬成糊糊。咱们北大荒不产小米,小米是我用白面托人从山西那边换来的。只喂它小米米汤,我还喂不起。”

齐勇:“它有多老了?”

老耿头:“可够老的喽。马最多能活三十几年,它已经活了二十七八年了,相比于人,八十多岁了,有今儿没明儿了。牙都快掉光了,吃不动草了。戏文里不是这么说的嘛,‘老汉今天七十八,好比路旁草一棵,过了今年秋八月,不知来年活不活’……”

齐勇却早已不听他说了,走到“乌云”那儿,为“乌云”挠额心和耳根,还对着马耳悄语:“乌云,咱俩终于能经常在一起了……”

老耿头一转身,见齐勇搂着“乌云”的头,在和“乌云”贴脸,很不高兴地:“你小子给我过来!”

齐勇走到他跟前,奇怪地看着他:“大爷,怎么有点儿不高兴啊?”

老耿头:“我当然不高兴,我看不惯你小子那么势利眼!”

齐勇摸不着头脑:“我?势利眼?”

老耿头:“那可不!你给我记着,你小子不许眼里只有‘乌云’,没有这匹老白马!当年它也是‘乌云’这样的一匹好马!连长他们那批老战士到北大荒来的时候,是这匹白马驾辕,我赶着车去接的。连人带行李,车上坐着连长、尹排长他们六七个人。那天下雨,马车从山上下来的时候,因为路滑,闸都不顶事了!车像辆坦克似的往山下冲,我一下子甩到车前边去了,那是眨眼间的事儿。眨眼间不但我的命交待了,连长他们那也得死的死,伤的伤。是这匹驾辕的白马,它当时一口叼起了我,它铆足了劲儿往后坐,马车到了平地上,才松口把我放下!血顺着马嘴角往下滴,我衣服上也都是血!自打那时候起,这白马一口牙松动了好几颗!……七连得好好养它的老,要不然就显得我们人太没良心!这是当年连长对我的嘱咐,明白?”

齐勇看一眼那匹不太起眼的老白马,肃然地:“明白,明白。”

老耿头:“哼,势利眼!刚才我还没讲完你就去对‘乌云’献殷勤!”老耿头悻悻地往外走,走到门口,转身又说,“你要是不把老白马照顾好,不但我会跟你过不去,连长也饶不了你!”

老耿头走出去了。

齐勇转身又看老白马,虔诚地鞠了一躬,轻轻拍着马脖子说:“白将军,白老将军,本帅有所不知,失敬失敬。从今往后,我保证你能享受到最优等的待遇!”

齐勇正跟马说着话,突然听到身后传来一阵笑声,他一回头,见是孙曼玲。

孙曼玲:“我以为你一个人在这儿发神经呢,原来跟马说话!”

齐勇夸张地摘下帽子行骑士礼,不料帽子脱手,甩到了马蹄下。

孙曼玲笑道:“还想耍活宝,出洋相了吧?”

齐勇捡起帽子扣在头上,大言不惭地:“刚才是预演,现在才是正式的。”说着,便第二次行骑士礼,“欢迎孙女士光临本帅府!这使本帅府蓬荜生辉,使本帅感到无比荣幸!”他直起腰,指着正在悠闲地嚼着料草的马说,“它们都是本帅的骁将,‘乌云’是本帅的五虎上将。这匹老白马,本帅现已封它为至尊侯……”

孙曼玲:“得啦得啦,我得抓紧时间跟你说正经的,你们男一班好几个人的探亲假批下来了,你知道不?”

齐勇得意地:“我比他们谁都知道得早。”

孙曼玲:“我弟和你们一块儿走,我求你路上照顾他。”

齐勇:“亲爱的同志,你别再把你弟当小孩儿了行不行?他烦你这样你知道不知道啊?”

孙曼玲:“我当然知道!”

齐勇:“那你还这样?”

孙曼玲:“他烦归他烦,在我看来,他各方面很不成熟。我是他姐,我就是得这样。”

齐勇:“还真没治了!那,你各方面就成熟?”

孙曼玲竟说:“你看呢?”

齐勇一愣,不由得以研究的目光从头到脚、从脚到头地看孙曼玲,而孙曼玲并没有被看得不好意思,反而迎视着他的目光,挺胸引颈扬头。

齐勇自己反而不好意思了,嘟哝:“我看不出来你成熟不成熟。”

孙曼玲:“我觉得我相当成熟!”

齐勇:“这很好啊。一个人能够特别自信地认为自己很成熟,那也许就表明他起码快成熟了。我一定会在路上照顾你弟弟的,还有别的事吗？”

孙曼玲回头看看，见门外没人影，腼腆又小声地：“还有……那就是咱俩的事儿了？”

齐勇又一愣：“咱俩？咱俩什么事儿啊？”齐勇又是一愣。

孙曼玲：“就是……咱俩的关系问题……”

齐勇吃惊地张着嘴：“哎，亲爱的同志，等等等等，你说咱俩的关系问题是不是？”

孙曼玲点头。

齐勇：“咱俩的关系怎么了？也没什么问题啊！”

孙曼玲：“我和我弟刚到连队的时候，因为咱们两家那件事，你欺负我弟，看到我的时候，目光也凶巴巴的，你承认不？”

齐勇犹豫了一下，回答：“那是事实，我承认。”

孙曼玲又说：“咱俩一块儿去山东，在列车上，你对我的态度来了一百八十度的大转弯，变得特别友好了，这也是事实吧？”

齐勇挠挠头：“也不能说是一百八十度的大转弯吧？”

孙曼玲让步说道：“你觉得我说过了？我减去三十度，一百五十度符合事实吗？”

齐勇困惑地：“这……”

孙曼玲：“一百二十度呢？”

齐勇：“亲爱的同志，你到底想说明什么啊？”

孙曼玲：“你对我的态度变了。”

齐勇：“不错，是变了，那是因为我和你弟的关系变了，所以我对你的态度也改变了。”

孙曼玲：“在列车上，你搬起我的脚，往你腿上放来着，对不对？”

齐勇想了想，点头：“对，有这么回事。那能说明什么问题？”

孙曼玲：“这应该是我问你的话！”

齐勇无辜地：“你问我那也说明不了什么问题呀，当时我想让你躺得舒服点儿嘛！”

孙曼玲低下头：“这就不是一般的对我好了。”

齐勇：“也不是太不一般的对你好啊！”

孙曼玲：“并且，我半睡没睡的时候，你还吻了我！”

齐勇吃惊地：“等等等等，亲爱的同志，这种玩笑可不是随便开的！”他走到门口，探出头，谨慎地向两边张望，接着掩上门，走到孙曼玲跟前，绕着她看。

孙曼玲纯洁无邪地瞪着双大眼睛，也旋转着身子，大胆地迎视着齐勇的目光。

齐勇：“我没吻你。”

孙曼玲：“吻了。”

齐勇：“没吻！”

孙曼玲：“吻了！”

齐勇被孙曼玲的肯定弄糊涂了，他拍着额头，竭力回忆，对自己的记忆力开始产生怀疑，自言自语：“我怎么觉得……好像没吻呢？”

孙曼玲：“一个人想要否认某种事实的时候，就往往说好像怎么样，而一个人说好像没怎么样的时候，恰恰可以反证他确实那样了。”

齐勇：“这套逻辑针对不诚实的人才适用！”

“现在你给我的印象就已经接近是那样的人了。”孙曼玲大摇其头，显出对齐勇的品格有几分失望的样子。

齐勇有口难辩，摊开双手，急得走来走去的。

孙曼玲：“刚才，你一直口口声声叫我亲爱的同志，这又表明什么？”

齐勇：“这，这这这，在山东的时候，因为只有你一个是女的，大家不是都爱那么叫你嘛！”

孙曼玲：“我觉得你叫我亲爱的同志的时候，语调和别人不一样，他们那么叫，是玩笑，你那么叫，另有一番意味。”

齐勇被她问得不知应该如何应对：“你你你……那你究竟想要干什

么呢？”

孙曼玲：“看，咱俩的关系就是出现问题了吧？”

“嗨，这哪儿跟哪儿啊！”齐勇蹲下身，心烦意乱地掏出烟。

孙曼玲向四周看看：“马棚里到处是草料，你现在又是这儿的负责人了，养成在马棚里吸烟的坏习惯可不好。”

齐勇仰脸看她，想说什么，张张嘴什么话也没说出来，但将烟又揣入兜里了。

孙曼玲见他不说话了，便道：“齐勇同志，我不是来找你无理取闹的。我们从山东回到连队以后，我经常失眠，经常在思考我们的关系。如果说你对我的态度改变了，我们之间开始形成了一种我求之不得的、良好的兵团战友间的友谊的话，那么，在列车上你搬起我的双脚放在你腿上，就是比友谊更进一步的友爱了。如果我这么认为没有错的话，那么你在我半睡没睡的情况之下吻了我，就肯定是爱的表现了。”

齐勇生气地：“我究竟吻了你没有，我还没想清楚呢！”

孙曼玲毫不退让：“你认为我是那种无中生有的人吗？”

齐勇呆呆看她，又无话可说。

孙曼玲见他不说话，脸色严肃起来：“如果你是爱我的，那么你吻了我，就是一件自然而然的事。证明在我们之间，爱情开始发生了。如果你并不爱我，而又偷偷摸摸地吻我，那就只能证明，你这个人的品德大成问题。那么我们之间的关系问题，就成了你这个人单方面的品德问题！”

齐勇呆呆地看着她。

孙曼玲：“如果你担心我们两家那件不好的事，没有足够的勇气当面承认你爱我，那么我现在庄严地告诉你，我们两家之间发生的那件不好的事，不应该造成两家永远的仇恨。古人云，化干戈为玉帛嘛，对不对？如果你怕恋爱这种事会在连里传开，影响我们俩在知青中的形象，那么我可以告诉你，我是不怕的，希望你能和我一样。连里这么多知青，毛主席没要求我们都当和尚、尼姑。如果你想明确知道我这方面对爱情的态度,那么……"

孙曼玲跨前一大步,踮起脚尖,在齐勇腮上迅速吻了一下,然后向后退了一步,略带紧张地看着他,好像报考演员的姑娘完成了一次表演动作,等待主考老师评论似的。

齐勇扬起手臂,手握成拳想揍她,但却没有那样做,而是在半空放松了手,情不自禁地摸了一下自己的腮,之后又愣愣地瞪视着她。

孙曼玲:"你究竟是第一个爱我的人,还是一个品德有问题的人?"

齐勇张张嘴,还是说不出话。

孙曼玲:"你现在不好意思回答也没什么,我问得的确是太直接了。可以给你一段考虑的时间,探亲回来以后再回答也行。当面说不出口,写在纸条上也行……完毕!"

齐勇:"什么完毕?"

孙曼玲:"别装二百五,我到这儿来找你,该说的话都说完了,我走了!"说罢,转身欲走。

"等等!"齐勇叫住她。

孙曼玲停下脚步,转过身。

"我他妈干脆来真格的,要不我冤死了!"齐勇上前一步,搂抱住孙曼玲就吻。

孙曼玲扭动着身子挣扎,挣扎不开他的搂抱,挥拳在齐勇身上乱打,齐勇任凭她打,孙曼玲左右转脸不让齐勇吻到,但最终还是被齐勇吻到了。

起初,那是一方不达目的誓不罢休,一方百般不情愿的吻,渐渐地,齐勇的吻不再是气恼地、狠狠地吻了,他的吻温柔起来。孙曼玲也吻得主动了,投入了。

他们的帽子都掉在了地上……

"乌云"不知为什么咴咴叫起来。

齐勇和孙曼玲猛地分开,各自捡起帽子。但在慌乱中,二人捡起戴在头上的是对方的帽子。

孙曼玲退后一步,闭上双眼,一只手撑在额头上,面颊微红,似乎有些头晕。齐勇见状,想上前扶她,她却本能地摆手:"别过来!"

孙曼玲的目光里又有激动,又有惊恐,看一眼齐勇,转身往外便跑。她一拉开门,撞在"小地包"身上。"小地包"后边跟着赵天亮、杨一凡、沈力、"小黄浦"。

"小地包"看她满脸通红,纳闷道:"姐,你到这儿来干什么?"

"少管我!"孙曼玲窘态毕呈,转身飞快地跑开了。

"小地包"和其他几个知青望着她的背影,疑惑地互相看看。

"小黄浦":"说不定因为什么事儿,找到这儿来和齐勇吵架的。"

杨一凡:"听那口气像是。"

齐勇的声音从屋里传了出来:"你们到底进来不进来?"

"小地包"他们走进来时,齐勇已恢复了镇定,他背对着大家,若无其事地往槽里添料。

赵天亮:"班长,敬文他姐,找到这儿来和你吵架了?"

齐勇:"不许再叫我班长了,从今天起,你才是男一班班长!"

"小地包":"我姐那人,刀子嘴豆腐心,吵了你也别往心里去啊!"

齐勇这才转过身:"你你你姐……我简直算服了她了!"

"小地包":"你现在才服她?我从小就服了她了!不看僧面看佛面,来来来,吸支烟,消消气,我们是来找你商量探家的事儿的。"

齐勇接过烟。

"小地包":"为了庆贺探亲假批下来,我特意买的。"

沈力:"女一班里,三个上海的,要和咱们一起走。"

赵天亮:"也没跟你商量,我就同意了。"

齐勇拍拍赵天亮肩:"对,都是一个连的,当然一块儿走。"

杨一凡:"天亮一答应,汪漩、薛艳、谢菲她们三个可高兴了!"

"小地包"划着火柴,替齐勇点上烟。

齐勇吸一口烟后,将手按在“小地包”肩上说:“那咱俩责任可就大了。咱俩要负责替他们三个北京的、三个上海的,在哈尔滨买到车票,再把他们一一送上车。”

沈力凑上来说:“我想往回带的东西不少,有你俩,我有依靠了,什么也不愁了。”

“你把烟给我掐了!”老耿头不知何时走了进来。

齐勇赶紧弯腰踩灭烟,不敢随便乱扔烟头,拿着走到门口,扔在雪堆上,复踩一脚。

齐勇尴尬地:“大爷,我保证以后不犯这种错了。”

老耿头指着槽子训斥:“还有这种错!你往槽子里拌这么多黄豆干吗?想把马都撑死啊?!”

齐勇一使眼色,几个人赶紧溜之大吉。

公路两侧站着近百名知青,有穿兵团服的,也有穿便装的插队知青。看来有一阵没来长途汽车了。有人哈手,有人跺脚,有人跑圈儿。还有的人,居然在路沟里升起了小火堆,围蹲着吸烟、烤火。有人守着自己的大包小包,而有些人,则把东西堆在一起。那情形看起来,不说像是逃难,也跟准备迁徙的部落差不多。

“王晓东!王晓东你跑哪儿去了?过来看着东西!”

“杨晓芳,别拎着包了,放一块儿,丢不了的!”

“我的包呢?我的包怎么少了一个,谁拿错一只装面的帆布包了?”

男的、女的,天津的、上海的、北京的喊话声此起彼伏。

齐勇、赵天亮、杨一凡、沈力、“小地包”“小黄浦”,还有女一班的三个上海姑娘汪漩、薛艳、谢菲,总共九人站在一起。他们带的东西堆成两堆。除了三个上海姑娘,齐勇等六名男知青,各背着狍皮卷,像背着小炮筒似的。

汪漩用上海话发愁地说:“咱们这么多东西,一会儿怎么上得了车啊！”

赵天亮安慰她：“放心，有我们呢，保证你们连人带东西，今天全都上得了长途！”

薛艳对“小黄浦”说：“冻死我了，怎么还不来一辆车啊？”

“小黄浦”替她系上帽耳朵。

薛艳：“我棉手套都冻透了！”

“小黄浦”：“我给你搓搓。”

薛艳倒也大方，从棉手套中抽出双手，乖乖地让“小黄浦”又是哈又是搓的。

谢菲对沈力称赞道：“你们男一班的真有孝心，人人都给父母带了狍皮。”

杨一凡拍了拍狍皮：“我们预先向老战士们订好的，临时怎么能说买就买得到？”

谢菲：“要不怎么说你们有孝心呢！”

杨一凡：“你们三个上海姑娘也很有孝心啊！瞧你们，又是面又是油，还有黄豆、木耳、猴头、黄花菜、榛子……都想回去开店呀？”

谢菲羡慕地望着男知青们的狍皮：“其实我最想带回去一张狍皮，我爸爸的腿有风湿病。”

沈力大方地：“既然你父亲有风湿病，我这张归你了！”

“那怎么行！”谢菲连忙摆手拒绝。

沈力一笑：“有什么不行的，不就是一张狍皮嘛，下次探家我再往回带呗！”

杨一凡：“别要他的，他家在北京住背阴的房子，父母也需要一张狍皮，我的归你，不过我先替你背着……”

谢菲笑了：“那多谢了啊！”

一名插队男知青袖着手凑过来，用天津话搭讪地：“我用二斤木耳，换你们一张狍皮行不行？”

杨一凡、沈力同时摇头。

天津插队知青博取同情地:“我爷爷,他常年瘫痪在床上。”

沈力指着齐勇说:“找他换去,他最仗义了！只要你说的再令人感动一点儿,估计能换成！”

这时,齐勇正在对赵天亮和“小地包”说:“前几辆都不是空车,再来一辆也许是空车,你俩要守住车门,保证咱们连的几个都上得去车。别管东西,东西我和杨一凡负责往车顶上弄,保证一件不少地弄上去就是。”

那名天津插队知青真的走了过来,可怜兮兮地对齐勇说:“把你的狍皮换给我吧,我给你二斤木耳,再加几个猴头……我爷爷长年瘫在床上,有张狍皮他能多活好几年。”

齐勇:“不换！”

天津插队知青转身一指杨一凡:“他叫我跟你换的。他说你为人最仗义,善良,富有同情心,急人之所急,一向助人为乐,就像活着的雷锋。”

齐勇:“跟你说这话的小子是王八蛋！”他朝杨一凡望去,杨一凡坏笑着转过身去。

天津插队知青仍然不死心:“我看他挺好的。他还说,即使你说不换,我也要坚持,坚持就是胜利。”

齐勇对赵天亮恼火地:“看见了吧？他还坏笑！”

赵天亮:“你最仗义,那我这不仗义的,只好躲开了,要不影响你们做成交易……”说罢,真的走到一旁去了。

天津插队知青可怜兮兮地央求齐勇:“我爷爷今年都七十八了,一张狍皮兴许能让他活到八十几岁！”

齐勇:“别说了,快把你木耳拿来！”

“你等这儿别动！”天津插队知青高兴地转身跑了。

突然有人喊:“来车啦来车啦,好几辆！”

三辆长途公共汽车开来,前边一辆的司机探出头喊:“大家不要急,更不要挤！半个小时以后，还会开来两辆空车！”

可是，这会儿哪有人理会他的话呢。公路上顿时混乱如麻，每一辆车的车门口都挤成了人团。齐勇已经站到一辆车的车顶上，杨一凡和沈力在向他抛东西。赵天亮用背将“小黄浦”顶上了一辆车，他成了最后一个勉强挤上车的人。在车门缓缓关严的瞬间，他一眼看到了站在公路边的周萍。

“周萍！”

周萍也循声看到了他，但看到的只是门缝间赵天亮的脸。车门在他们相望的瞬间关严。

周萍没有探家的伴儿，也不善于挤车。她孤独一人站在路边，身上交叉背着两个书包，脚旁是一个大拎兜。

开动的车上传来赵天亮的声音：“周萍！周萍！”

周萍眼睁睁看着那辆车渐行渐远，只是张着嘴，却没发出声音。

最后一辆车也开走了，车顶上有两个袋子开了或破了，流出的面粉将后车窗糊白了，还有黄豆不断地洒到公路上。

公路上只剩下了七八个知青和他们的东西。

周萍把她的拎兜拖到路沟里摆正，将已熄灭的小火堆重新吹出火苗，她把冻得有些麻木的手从手套里抽出来，凑近那微弱的火堆，慢慢地烤着……

第十六章

隆镇列车站。

当年它是黑龙江最北地区的终端站，在它前方不再有铁轨了。

远远看去，冰天雪地中的铁路候车室那么寂静，似乎是一处无人之所。可走进去，里面却是一片嘈杂之声。

候车室的门突然被撞开，一名兵团知青被从里面推出来，跌坐在雪地上，是“小黄浦”。不待他爬起，又有几名兵团知青冲了出来，围住他，为首的人踢他一脚：“你交不交出来？不交出来，今天废了你！”

“小黄浦”鼻子已经出血，刚一站起，又被推倒。这时，齐勇、赵天亮、“小地包”从候车室里冲出来，护住“小黄浦”。

“小地包”将“小黄浦”扶了起来，愤怒地质问对方：“为什么打人?！”

对方中为首的那名知青也很愤怒地：“他不排队，夹楔！”

齐勇回头询问地看“小黄浦”。

“小黄浦”推开正用手绢给他擦鼻血的“小地包”，辩白道：“我没夹楔，是他们买不到票，找人撒气！”

齐勇：“没买到今天的，那就快去排队买明天的啊！听你口音是哈尔滨的，我也哈尔滨的，给我个面子，到此为止，啊？”

“我才不管你是不是哈尔滨的！这时候，老子六亲不认！”对方为首的人朝身后同伙一伸手，“给我钱！”

同伙将一卷钱塞在他手里，他将那只手朝齐勇一伸：“一手钱一手票，把四张票给我们，算你们发扬风格，否则，哼！”

赵天亮早已按捺不住，骂道：“你他妈少来这套！”说着，他扑向对方，拦腰将对方抱起，摔在地上。对方翻滚而起，反扑向赵天亮。赵天亮一闪，对方扑了个空，赵天亮朝他后背踹一脚，将对方踹倒。

对方的同伙们扑上来，齐勇对付最凶猛的一个，挡住对方的一拳，一个大背，也将对方摔倒了。“小地包”和“小黄浦”解下了皮带，向对方乱抽。

被摔倒在地上的两个爬起来，和同伙们退却了，其中一个跑到候车室门口，冲里边大喊：“边境连的都出来，咱们的人受欺负了！”

又有五名对方的人冲了出来。这时的对方，加起来总共十人了。

齐勇等四人见对方人多，退到了一根水泥电线杆那儿，分四角站立，防范着。

齐勇看到地上有半块砖，捡起给了赵天亮。

赵天亮：“你拿着！”

齐勇摇头，将棉袄的扣子解开，一幅要大打出手的样子。对方的人也一个个手抡皮带，步步围将上来。

“都给我站住！”极严厉的一声喝吼。正打算打一架的知青们纷纷回头。大步走过来一个人，不是别人，竟是曲干事。

曲干事瞪着对方那个为首的知青：“马力，你老实说，怎么回事？”

马力一指“小黄浦”：“本来我们至少可以买到三张票的，他不但夹楔，而且一下子买了四张票！那是今天最后的四张票，结果我们今天一个也走不成了！”

“小黄浦”：“他胡说！是他哀求我，要夹在我前边！我没同意，他就找茬打架。”

曲干事又转脸看马力,马力表情尴尬地将脸一转。分明地,“小黄浦”说的才是事实。

曲干事:“都把武装带扎上!”

对方纷纷扎武装带。

曲干事:“别忘了你们是边境连的,是每天配备真枪实弹的,是纪律更严明的!一离开连队就打群架,像什么样子!都给我退一边去!”

边境连的那伙知青纷纷退后,散开了。

齐勇等九名七连的知青和马力等十名边境连的知青,总共十九个人,肩扛手拎大大小小的行李,鱼贯走进一家“大车店”。

所谓“大车店”,和知青们在连队的宿舍差不多,一间窄长的砖房,两铺对面的大通炕,中间过道摆两张黑不溜秋的方桌和几张条凳。

店主是一个五十多岁、半老不老的瘦小男人,他迎上前,抱歉地:“各位小将,你们看,本店实在太小,你们忽然闯来这么多人,住不下呀!是不是,请到别处再看看,啊?”

显然,这么多知青的到来,不仅未使店主高兴,反而使他非常不安。

“小黄浦”没好气地:“我们哪儿也不去了,就看中你这儿了,不欢迎啊?”

店主:“欢迎欢迎,哪儿敢不欢迎呢!”

“小黄浦”把李往地上一扔:“既然欢迎,那就别那么多废话了。”

店主:“可这……”

沈力对“小黄浦”说:“别那种口气,山大王下山啊?”

马力却将他们中一个胃疼的知青扶到炕边,让他躺下。

店主见他们一幅要安营扎寨的样子,连忙上前道:“小将们小将们,我已经说了,我们店小……”

马力狠狠瞪店主一眼,店主不敢再吭声了。

齐勇对店主说:“大爷,我们不再是红卫兵了,我们是兵团战士了,所以，不要再叫我们小将了。”

店主：“不敢当不敢当，我才五十几岁，不配你叫我大爷。”

“小地包”：“你叫我们小将，那我们也是不敢当的。我们不造反已经快三年了，基本上是退出江湖了。”

齐勇：“别耍贫嘴！”又转而好言对店主说，“我们这些人中，一半儿今晚要上火车，不全住你这儿。我们只不过先在这儿开个会，你放心，保证不给您添太大的麻烦。”

店主：“支持你们开会，全心全意地支持。不开会，中国要变颜色的。可，那也得……”他向齐勇捻动手指。

齐勇不解。赵天亮明白了店主的意思，将店主扯到一旁，小声问：“说吧，多少钱？”

店主：“得预付。怎么着，每个人也得两毛钱吧？”

“好说。”赵天亮掏出牛皮纸叠的钱包，往外取钱，“那，您起码得给弄点儿开水喝吧？”

店主：“我后边煮了一锅大粒子，还放了芸豆，再加半桶水，等开了，给你们喝米汤行不行？”

赵天亮笑了：“那更好啊！”

店主离去后，曲干事走进来，扫视着知青们说：“我得赶短途车到师部去开会，没时间耽误在你们这儿。你们如果再打架，那就是往兵团脸上抹黑，我一定向团长汇报，严厉处分你们！尤其你们边境连的，都把你们调到别的连去！”

边境连的知青们既心虚又害怕，纷纷避开曲干事的目光。

胃疼的知青在炕上发出呻吟。曲干事朝他望了一眼，又说：“既然他们中有一个病号，那你们七连的责无旁贷，起码得让出一张票来！齐勇，能不能保证？”

齐勇：“我们商量商量……”

曲干事：“我要听到的是保证！”

赵天亮应道:“能!”

曲干事:“你说不算,我要听他的!”说着一指齐勇。

齐勇朝赵天亮翘下巴:“他现在又是一班长了。”

曲干事又一指赵天亮:“你要对我负责任,也要对你的话负责任!”说完,“哼”一声,转身走了。

桌子上横七竖八放着几张车票。七连的知青们坐在桌子四周在开会,边境的知青坐在对面的火炕边,默默看着。

赵天亮:“他们胃疼的那个,我认为最好是今天晚上就能上火车。我因为有些个人的考虑,今天晚上不想上火车,那么,我把我的票让给他。”

赵天亮从一打票中拿起一张,放在另一边,接着说:“他们中还有一个,收到了父亲病危的电报,这也是不能耽误时间的事儿。上不了今天晚上的火车,也许在哈尔滨就不能买到开往北京的票,在北京就不能及时买到开往上海的票,那可能一耽误就是两三天。”

齐勇:“这你别多说了,我也因为有些个人的考虑,今天晚上不想上火车了,把我那张票也放一边吧。”

赵天亮看齐勇一眼,又从桌上的那些票中拿起一张,放在了另一边。

赵天亮看着边境连知青中唯一的一个姑娘说:“她是他们边境连的文书,也是上海的。如果她今天晚上上不了车,以后一路上连个伴儿都没有了。”

“小黄浦”:“那我明天走。”

赵天亮:“你明天走不行,咱们连的三个上海姑娘,还得你一路上费心照顾。”

汪漩、薛艳、谢菲三个上海姑娘互视。

汪漩:“那……我吧?”

齐勇:“你们三个上海的,最好都跟‘小黄浦’一路,不能把你们四个拆开。”

"小地包":"天亮,把我的票也放一边儿。"

赵天亮:"他们四个上海的今晚都上火车,那么你今晚也得上火车。他们在哈尔滨转车时如果不顺利,你也好给予些帮助。"

杨一凡看了看沈力:"听明白了?班长把主意打在咱俩身上了,咱俩来石头剪子布吧!"说着,伸出了手。

沈力:"不跟你来,不就谁早走一天谁晚走一天吗?你今天走我明天走就得了嘛!"

杨一凡:"那我多不好意思啊!"

赵天亮干咳一声,慢条斯理地:"他们连里,还特派一名男知青护送病号,当然,一凡如果你今天晚上走,途中也能和大家一起帮着照顾照顾病号,是吧?"

杨一凡:"对对,我能,那肯定能。"

赵天亮:"可,如果把人家连里特派的照顾病号的人和病号分开,那不太好吧?"

"你意思是……我的票也让出来?"杨一凡有些失望。

赵天亮:"你的意思呢?"

杨一凡:"那我没什么好说的了,一切由你班长决定吧。"

赵天亮又将两张票放一边:"散会!今晚走的,都带上东西,回候车室,千万别误了车!今晚不走的,就住这店里,明天一早,分头买票!"

于是众人起身,要起程的纷纷找寻自己的东西。

杨一凡嘟哝:"费了九牛二虎之力才买到票,自己却上不了火车。"

沈力搂着他肩说:"别抱怨了,就当是为了和我在一起才晚走一天的吧!"

赵天亮指指马力,指指让出的四张票,什么话也没说,离开了大车店。

长途汽车站上,两辆长途车夹烟带尘地驶来,又有一批知青下车,互相招呼着,拖拽着大包小包,争先恐后地朝列车站的方向走。

赵天亮在他们之间寻找着周萍,他边找边喊:“周萍!周萍!”

知青们走光了,原地只留下失望的赵天亮。他走到一辆长途汽车跟前,问司机:“师傅,今天还有过来的车吗?”

司机:“还有一辆,坏在半道了,一些人挤上了我们这两辆车,一些人没挤上来。”

赵天亮:“估计,那辆车什么时候会开过来?”

司机:“哎呀,这可就说不好了。”

另一辆车的司机朝这边喊:“哎,那小伙子!我这就回去接那辆车上的人,跟不跟我去?”

赵天亮跑到那辆长途汽车前,问:“一去一回,得多长时间?”

“怎么也得四五个小时吧。我不过嫌路上闷得慌,想有个伴儿,要不我不搭你的茬儿。上不上?不上我这就走了!”

赵天亮犹豫一下,果断地:“开门,我上!”

长途汽车行驶在路上,赵天亮坐在司机旁的座位上。

司机:“接好哥们儿?”

赵天亮:“不……接我妹妹。”

“难怪着急上火的。你能肯定她在最后那辆车上?”

赵天亮:“我挤上一辆车的时候,她没挤上来,应该就在最后一辆车上。”

“你这当哥的也是,怎么能光顾自己往上挤呢?别着急上火的了,喝我口水压压急吧。”

赵天亮看到了司机的水杯,拿起,咕嘟咕嘟喝掉一大半。

坏在公路上的那辆长途汽车仍旧停在路边,车上有几名知青一边跺脚取暖,一边翘首以待。见有车开过来,他们中有人兴奋地喊:“来啦来啦!接咱们的车来啦!”

坏了的车车门一开，拎着东西扛着东西的知青，呼啦一下拥下车来。

赵天亮坐的那辆长途汽车停住，赵天亮刚一下车，知青们便围住了车门口，争先恐后往上挤。

赵天亮逆着拥挤的人群向下冲："周萍！周萍！"

无人应答。

赵天亮冲出人群，跑向那辆坏了的汽车，车上已空无一人。

赵天亮失望地回到他来时乘的那辆汽车上坐下。司机将汽车发动起来，驶离了那辆坏在半路的长途汽车。

赵天亮仍旧坐在司机旁的座位，表情沮丧，一言不发。

司机："你不是说你妹妹吗？怎么你姓赵，她姓周？"

赵天亮："她……她姓的是我妈的姓。"

赵天亮站起来，转身问："谁看见一个上海姑娘了？戴狗皮帽子，穿棉胶鞋的？"

有人反问："挺漂亮的，山东屯的插队知青对吧？"

赵天亮："对，对，她是我妹妹。"

那知青说："是不是你妹妹，你就不用声明了。你又不是上海的，怎么会有一个上海妹妹呢？这不是此地无银三百两嘛！"

有女知青不满："你知道什么情况就告诉人家什么情况嘛，说些不三不四的话干吗！"

赵天亮望着第一个知青，请求地："她怎么了？为什么连你们刚才坐那辆车都没挤上去？"

对方却将头往后一靠，闭上眼睛，不理不睬了。

又有人说："我告诉你，你可别急啊，她钱包丢了，车票也丢了，只得又回山东屯了。"

赵天亮呆住，半天才缓缓落座。

司机安慰赵天亮："小伙子，知道她又回山东屯了，你也就放心吧。去财免灾，想开点儿，啊？"

赵天亮又拿起司机的水杯,咕嘟咕嘟将剩下的水全喝光了。

司机自言自语:“要说这当父母的,能不离,就尽量凑合着往前过。这一离,一个还姓爸姓,一个却姓妈姓,一个是北京知青,一个却成了上海知青,搞得儿女多那个……”

天黑了。大车店里,齐勇、杨一凡、沈力在吃饭,窝头、咸菜、粥、豆腐乳、臭豆腐而已。

赵天亮走进来,径直走到桌前,闷闷坐下。

沈力:“你接哪儿去了?我们轮番到长途汽车站找了你几次。”

赵天亮:“她连最后一辆车也没挤上,她钱包丢了,票也丢了,又回山东屯了。”

众人一时沉默。

齐勇对赵天亮:“我们三个去送送该上车的,你别去了,吃点东西,早点儿躺下休息吧!”

于是大家站起。

“我也去。”赵天亮也站起来,从桌上抓起一个窝头,掰开,往中间夹了一块臭豆腐,咬一大口。

送走了当晚上火车的知青,齐勇他们回到大车店。

齐勇趴在铺上吸烟。赵天亮仰躺着。

齐勇小声问赵天亮:“你怎么打算的?”

赵天亮:“我的票也要买,还要多买一张。”

齐勇:“多买一张?”

赵天亮:“替周萍把票买了,长途汽车下午四点钟到这儿,我预先去接她。”

齐勇:“明天也接不到呢?”

赵天亮:“退两张票,我一个人继续在这儿等她。”

齐勇:“如果她改变了想法,不回上海了,你在这儿不是白等?”

赵天亮:“我至少要在这儿等她两天,还等不到她,我也不探家了,去山东屯看她。”

“如果你往回返,她却又往这儿来了,结果你俩还是没碰到一起,那怎么办?”

“长途汽车站有广播,我请广播站的人帮我广播留言,他们一听我说找的是妹妹,挺痛快地就答应了。”

“那,想不想我也留下陪你?如果想,就老老实实说出来。”

赵天亮一翻身,对着齐勇侧躺着,感动地:“谢谢,又何必呢?不过有你这句话,我心情好多了。”

杨一凡也说梦话,说的竟是:“周萍!周萍!我们在这儿呢!”

赵天亮不由欠身看杨一凡。

齐勇学着电影里日本人的语调道:“一个周萍妹妹,把你们搞成这个样子!”

二人都无声地笑了。

赵天亮躺下后,齐勇掐灭烟,问:“哎,你说有没有这种情况,一个人做了的事情,成为事实了,可他自己却一点儿印象都没有?”

赵天亮:“当然有了,患梦游症的人就那样。”

齐勇:“可,你们发现我有过梦游现象吗?”

赵天亮又欠起了身,看着他:“谁说你做过什么事儿了?”

齐勇自知失言,搪塞地:“和我没关系,我说的是别人,我一个别的连的朋友摊上了这么一件事儿,有一个姑娘,言之凿凿地说他吻了人家,所以要跟他确立恋爱关系。可他想来想去,无论怎么努力地回忆,就是想不起来自己吻了人家。”

赵天亮:“你建议他,走自己的路,让别人说去。”

齐勇:“走自己的路,让别人说去……这算什么建议啊!”

赵天亮打了个大哈欠:“睡觉吧,别操心别人的事了。”

“对，不操心别人的事儿了，睡觉睡觉！”齐勇抚了赵天亮的头一下，翻身背朝赵天亮，裹紧了被子。

天亮了，赵天亮还在炕上睡着，店主的女孩搂着男孩，坐在炕的另一端，而齐勇、杨一凡、沈力三个都已经穿戴梳洗完毕了。

沈力：“但愿今天能顺利地买到票。”

杨一凡：“昨天夜里，肯定已经有人在卖票窗口排队了，咱们也许对严峻的形势估计得太不足了。”

齐勇拍拍杨一凡的肩：“带着希望去做事，成功才有希望嘛！”又对床上的两个孩子说，“别大声吵闹，让叔叔安安静静地多睡会儿，啊！”

女孩男孩懂事地点头。

正如杨一凡所料，等他们来到车站时，买票的人确实已经排成了一条长龙。不过齐勇他们排了小半天的队之后，还是买到了车票。这天夜里，赵天亮就把他们送上了回家的列车。

列车又一次开走了，车头喷出的雾气由浓重化为淡薄，远去的汽笛由尖利归于静寂。站台上只剩下了赵天亮一个人。水银般清冽的灯光将他的影子拉得很长。

赵天亮从检票口走出了列车站，走在通往大车店的路上。北方小镇镇郊的路上没有灯，路的两旁，一边是厚雪覆盖的旷野，一边是些低矮的房屋。赵天亮一脚深一脚浅地在雪地上走着，雪在他的脚下吱吱作响。

狗叫声传来，赵天亮站住了。一条黑色的农家大狗拦住了他的去路。他与狗对峙着，突然大叫一声，狗夹着尾巴跑开了。赵天亮却还站在那儿，仰起头望夜空，星斗分明，皓月如盘。

赵天亮对着漫天的星月默默地念道：“周萍，周萍，你为什么不回我的信呢？”

隔天下午，周萍拎着两个大拎兜随着拥挤的人流从长途车上下来，听到了火车站的广播声：“知识青年周萍同志，在山东屯插队的上海知青周萍同志,你的哥哥在隆祥大车店等你一起探家,他已经等了你三天了……”

周萍听着,脑海中浮现出赵天亮温和的脸,她惊喜地微笑了。

而这时的赵天亮,正躺在大车店的炕上,额头上敷一条毛巾。他在发烧,还在说呓语:“周萍,周萍,你在哪儿啊!”

店主在炕沿前烦乱地走来走去:“这可怎么好,这可怎么好!”

店主的女人走来,换了一条毛巾敷在赵天亮额上。

店主:“你昨天替他买药时,留了收据没有啊?”

店主女人:“留了。”

店主:“他这要是一病不起,我们可怎么办?”

店主女人不爱听地:“你这人,怎么这么想啊!身体这么棒的小伙子,不过就是感冒了,发烧了,能一病不起吗?一个离家千里的半大孩子,咱们多少也得对人家孩子有点善心!”

“好好好,你善良,听你的!他那烧,退点儿了没有?”

店主女人用手背触触赵天亮脸颊:“我觉得退了点儿了。”

“如果高烧不退,会烧出肺炎的,那咱们可算摊上了!”

“放心,我担保,晚上再服两片药,喝一碗红糖姜水,把火炕烧热点儿让他出身汗,明天一早肯定又精精神神的了。”

夫妻俩正着急,他们的女儿走了进来,说:“爸妈,来人了!”

店主夫妇朝门口一看,一个知青样子的姑娘站在门口,脚旁是她的大拎兜。来的正是周萍。

周萍:“我来找我哥哥。”

她走到炕前,看着赵天亮,温情地:“就是他。”

店主:“谢天谢地!有你这当妹妹的在,我心里踏实多了!”

大车店外,周萍在往门旁贴一张报纸,纸上两行墨迹未干的字是:

本店已住有患传染性感冒的客人,敬请前来投宿者转往别店。

店主在一旁百般不高兴："你这么一来，不是明摆着影响我这儿的生意嘛！"

周萍恳求地："大叔，就今儿一晚上，明天晚上我们可能就走，临走，我一定亲自撕下来。"说着，她从兜里掏出些钱塞给店主。

店主点了点，还是不高兴地嘟哝："才五元……"

周萍沉吟一下，从颈上抽下了长围巾给店主："纯毛的，可以了吗？"

店主翻过来调过去地看，喜笑颜开了，连声道："可以了，可以了。哎，姑娘，你看过了没有啊，这张报两面可别有'最高指示'什么的，那叫别人发现了，会惹出大麻烦的。"

周萍："我小心着这一点呢，两面儿都仔仔细细地看过了，没有。"

因为知青返乡过年达到高峰，火车票越发难买了。幸好大车店的店主乐意帮忙。

天色刚擦黑，店主和周萍走在从车站回大车店的路上。

周萍："大叔，谢谢您啊，要不是你带着我求了几个人情，我恐怕买不到明天晚上的票。"

店主："甭谢，小事儿一桩。谁在一个地方住了几十年，还没些朋友呢。再说，你们两个半大孩子，都离家那么远，半道落脚在我这大车店里，那和我们也算有缘不是？我那儿，以前住过的都是些来来往往赶大车的，这一二年才开始接待你们知青。接待你们，也使我那儿经常显得有股子朝气，我们两口不是心里也高兴嘛！"

"大叔，您心眼真好。"

"我那口子心眼更好。她不是本地人，是年轻时流落到这儿的。那时我老爹还活着，收留了她，后来她就成了我媳妇，所以她顶同情远离家乡亲人的人了。说起来我老父亲那也是有功之臣，当年靠开个大车店作幌子,掩护过不少抗联的人。这都‘文革’了,还允许我这儿子开大车店,那也体现着共产党对我老父亲的一份报答。所以,我开店开得是很本分的,让交多少税,从没二话。”

“大叔,我一辈子都会记得这家大车店,记着你们的。”

二人说着话,回到了店门前。

店主看着那张报纸说:“闺女,咱可以把它撕下来了吧?”

周萍撕下了那张报纸,揉成一团,欲远远地扔掉。

店主:“别扔。既然没有‘最高指示’什么的,留着引火也别扔了呀!”

店里,店主女人正端着碗走向赵天亮。周萍急步上前,接过了碗:“大婶,我来。”

店主女人:“这孩子,睡了一白天了。不过烧倒是退了,再把这碗红糖姜水给他喝了,明天一早准好。”

周萍先将碗放在炕上,再将赵天亮扶起,接着端起碗,将碗边触向赵天亮嘴唇。

赵天亮闭着眼睛将红糖姜水喝光。

店主夫妇看着他们笑了。

周萍刚一放下碗,赵天亮睁开了眼睛。

周萍冲他嫣然一笑。赵天亮难以置信地揉眼睛。

周萍含情脉脉地:“哥……”

“周萍!”赵天亮一下子紧紧将周萍抱住了。

店主:“哎呀妈呀,烧刚退就露原形了!”

店主女人打了店主一巴掌:“什么话!走走走,别看着了!”

店主女人推着店主离开了。

赵天亮仍紧紧搂抱着周萍不放。周萍发现坐在炕那一端的店主的一对儿女眼睛眨也不眨地看着他俩,难为情地轻轻推开了赵天亮。

赵天亮的目光一寸不离地留在周萍身上:“以为你改变主意,不探家了呢。”

周萍:“钱包丢了,票也丢了,一着急上火,是那么打算来着,可,又实在太想家了。毕竟离开父母两年多了啊。”

赵天亮:“你怎么总丢东西?”

周萍苦笑:“从小娇生惯养,自立能力差呗!我小时候,家里有两名阿姨,其中一个专门负责照顾我,所以我需要被脱胎换骨地改造嘛……”

赵天亮忍不住怜惜地摸了一下周萍的脸颊。周萍轻轻握住他那只手亲吻,见店主的一双儿女还在看他俩,立刻不好意思地将他的手放开了。

赵天亮柔声问:“借钱了?”

周萍点头:“我们支书可怜我,从队里的账上给我预支了一百元,足够回到上海了。”

赵天亮:“路上不许再花你的钱了,花我的。我这两年多,基本上没往家里寄过钱,只每月给我哥哥寄十五元钱,我觉得我现在像财主,而你像贫雇农!”

周萍无邪地笑了。

赵天亮、周萍和店主一家同桌吃饭。赵天亮发现男孩的眼始终盯着自己胸前的毛主席像章,便将像章取下来,别在男孩身上。周萍也取下自己胸前的毛主席像章,别在了女孩身上。

店主女人对女孩道:“哑巴了?你弟弟不说谢谢,你也不说呀?”

女孩很乖地对周萍说:“谢谢姐姐。”

男孩看着放在屋子角落的行李问:“你们的兜子里,都装的什么呀?”

周萍对他解释:“白面,姐姐要带回上海,蒸馒头、烙饼、包包子。”

不料,男孩将半块窝头往桌上一放,对他妈妈说:“妈妈,我也要吃馒头、烙饼。”

店主打了男孩一筷子:“非年非节的,你想得倒美!”

男孩刚要哭,赵天亮将他抱在了膝上,哄:“别哭别哭,叔叔走前留下一些面，过新年过春节的时候，让妈妈给你蒸好多好多馒头，烙好多好多油饼。”

吃罢饭，周萍抢着收拾碗筷，和店主女人一同走入厨房去了。

店主卷烟、吸烟，吞吞吐吐地：“小伙子，我看你烧一退，你妹一来，你变了个人儿似的。有件事儿，咱们可得有言在先，约法三章啊！”

赵天亮：“大叔请讲。”

店主：“她不是你妹，我们两口子都是过来人，一眼就看出你俩什么关系了。”

赵天亮不好意思地笑。

店主：“等会儿，我们一家四口就都睡到里屋去了。这外间，一铺大炕，只剩你俩。你俩没结婚证，可不许做出那种摆不到桌面上说的事儿。万一把她肚子搞大了，不但你们兵团处分你，一传十，十传百，传来传去的，万一有天传到了我们这儿，我这店，不是也成了不光彩的地方吗？是吧？”

赵天亮严肃地：“大叔请相信我，我向毛主席他老人家保证，决不会那样！”

店主也严肃地：“说话得算话，我墙上贴着毛主席像呢！”

赵天亮看一眼毛主席像，严肃的表情中又有了自尊：“就是没贴着毛主席像，我也不那样！”

周萍的声音：“你们说什么呢？不哪样啊？”

赵天亮回头，见周萍站在炕边儿，店主的女孩正坐在炕上抛布口袋玩儿。

赵天亮大声道：“说我们男人之间的事儿，和你无关。”

店主小声地：“那我信你。”

周萍也盘腿坐到炕上，对女孩说：“姐陪你玩会儿。”

女孩将布口袋给了周萍，周萍笨拙地抛接着。

女孩:“姐,你没玩过?”

周萍:“没玩过,姐小时候不太爱玩。”

“那你不闷?”

“闷了就弹弹钢琴。”

“钢琴是什么?”

周萍耐心地解释:“乐器。跟你家一张桌子那么大。”

女孩仍然不明白:“乐器又是什么?”

周萍:“乐器就是……能发出好听的声音的东西。”

“明白了,喇叭那一类东西?”

“对,你真聪明。”

“我们管那类东西叫响器,像一张桌子那么大的响器,弄出动静还不震耳朵?”

店主女人的声音从里间屋传来:“妞子,妞子,你弟屙了,快拿纸来给他擦屁股!”

女孩:“听到啦!”

女孩掀起炕席一角,炕席底下现出一本硬皮的唐诗三百首,女孩拿起,翻开,要撕。周萍拦住:“别,姐给你手纸。”

周萍赶紧蹦下炕,跑到屋角,拉开自己的大拎兜,从里面翻出一卷粗糙的黄色手纸,跑回来递给女孩。

女孩离开后,周萍拿起唐诗三百首,如获至宝地翻看。那书的中间,已被撕去了多页。

女孩抱着弟弟回来了,见周萍还在看那本书,便说:“‘十一’后有拨知青在这儿住过,走时忘这儿的。”

周萍:“给姐吧。”

女孩点头。

周萍从兜里掏出钱,点了一元,往女孩兜里塞:“收着,先别告诉你爸妈。”

女孩扭动身子不让周萍往兜里塞。

周萍把钱塞进女孩兜里:“往火车站去的路边有家小卖部,那儿有手纸卖,姐走后,你去买手纸。”

女孩:“谢谢姐姐。”

周萍一笑:“抱小弟坐炕上,姐给你们背诗!”

屋子另一端,店主伏在桌上打瞌睡,发出轻微的鼾声。赵天亮坐在一旁,为店主卷烟,他的手边,放着许多已卷好了的烟。

周萍的声音传来:“背几首了?”

女孩的声音:“三首了。”

男孩学语地:“三首了。”

周萍的声音:“你俩都困了,再背一首短的,都去睡觉,啊?还是姐说一句,你俩说一句——鹅、鹅、鹅……”

男孩女孩共同的声音:“鹅、鹅、鹅……”

赵天亮不禁回头,深情地望着周萍的身影。

周萍和孩子的背诗声,和着店主的鼾声,在夜晚的大车店里回荡:

鹅鹅鹅,
曲项向天歌。
白毛浮绿水,
红掌拨清波。

在周萍和两个孩子背诗的时候,那盏度数不大的电灯泡,竟渐渐地增强了光亮。背诗声戛然而止,周萍和两个孩子抬头瞪着电灯泡。赵天亮也抬头瞪着电灯泡。

店主女人走进来,抬头看了看电灯泡,自言自语:“唉,又要……”

“啪”的一声,电灯灭了,屋里黑了。

没有灯，大家只好早早地上了炕。这一间的炕上只剩下赵天亮和周萍，他俩都已侧身躺下，脸对着脸，之间隔一尺多的距离。

赵天亮："为什么不回我的信呢？"

周萍："你给我写过信吗？"

赵天亮："我回到连队不久，就给你寄了一封信。"

"可我也没收到呀。"

"因为你没回信，我就……"

"就再也不给我写信了？这么长的时间里，为什么不写第二封第三封第四封呢？你说你一回到连队就给我写信，我就天天盼，你说你一有机会就到山东屯看我，我也盼……"

周萍最后一句话，带着哭声了。

赵天亮："对不起，是我误会了，是我不好。"

黎明爬上窗子。屋里亮了起来。炕上，赵天亮和周萍的手握在一起。

店主劈木柴的声音从外面传进来。

赵天亮醒了，扭头朝里外间的门那儿看。门帘垂着，帘那边安安静静。

赵天亮凑到周萍身边，轻轻地吻她的手。

周萍眼睛闭着，睫毛却在动，嘴角浮现一抹笑意。

赵天亮欣赏地看着周萍的脸，她的脸越发显得秀美。

赵天亮又回头看里外间的门那儿，门帘仍垂着。他大胆起来，挨到周萍跟前，对着周萍的唇俯下头。

周萍忽然睁开了眼睛，双眼亮晶晶的，满是幸福。她嫣然一笑，笑得美极了。

赵天亮忍不住抱起她的头，深深地吻下去。

周萍的双臂也揽住赵天亮脖子。

他们互相热烈地吻着，吻着。

外间的门突然响动了。他们惊慌地分开来，背对背躺下。

店主抱着劈柴从外面走进来，将劈柴轻轻放在炉边，拍打着身上的雪花……

大雪纷飞，店主女人抱着男孩，身旁站着女孩，与赵天亮和周萍告别。

店主女人："闺女，探家回来，还住咱们这，啊？"

周萍真挚地点头。

店主扛起了周萍的大拎兜。

赵天亮："大叔，我扛。"

店主："谁扛不一样呢！"

赵天亮、周萍在店主的送行下，冒雪走了。

店主女人及两个孩子目送着他们雪中的身影。

男孩忽然大声地："鹅鹅鹅，曲项向天歌……"

周萍分明听到了，转身挥手。

女孩："妈，我把姐的围巾还给姐！"不待店主女人反应，女孩已从颈上抽下围巾，一扭一扭地向周萍追去……

哈尔滨列车站。

夜深了。悬钟显示着时间：十一点二十分。

铁轨上没有列车停靠，站台上候车的旅客也寥寥无几。"小地包""小黄浦"、汪漩、薛艳、谢菲以及边境连的那名病号知青，负责护送病号的马力、女文书等一群人，站在四周静悄悄的站台上，焦急地议论着。

"小黄浦"："敬文，要不你先走吧，我和大家继续在这儿等。"

"小地包"："这是到了哈尔滨，只有我一个人是哈尔滨的，我拎上包一走了之，那像话吗！"

"小黄浦"："我们出站，到候车室去，连夜排队买明天开往北京、开往上海的票。"

马力："我刚才到候车室看过了，挂出牌子来了，北京、上海明天的票卖完了。再说人山人海，水泄不通……"

"那你说怎么办？""小黄浦"抢白道，又一指"小地包"，"这么多人，总不能全跟他到他家去吧？你路上没听说啊，他家除了厨房，只有一间住屋。"

马力把头一扭，不吭声了。

女文书："要不，你们七连的几个跟他走吧，别管我们三个了。你们让给我们票，我们已经很感激了。不能到了哈尔滨，还成你们的包袱……"她说得那么自哀自怜，说到后两句都带着哭腔了。

病号知青捂着胃蹲下了。

马力和女文书立刻一左一右地也蹲下，关切地问：

"怎么了蔡宁？是不是又疼得厉害了？"

"要不要我去给你找点儿热水喝？"

汪漩对"小黄浦"小声地："咱们不能跟'小地包'走，咱们得留下陪着，你说呢？"

薛艳悄悄地对谢菲说："张靖严不是说他父亲肯定会来接的吗？为什么会出现这种情况？"

谢菲："我怎么晓得啊！"

一名站台女员工走了过来，催促地："你们都得出站了啊，最后一次列车归库了，我们一会儿该清站了。"

"小黄浦"赔笑地："我们在等来接我们的人，再让我们等会儿。"

女员工："那也得都到站外等！"

马力："约好了在这儿等，不见不散。我们一出站，不是白约定了吗？"

女员工："那我可管不着！"

"小地包"生气地："滚一边去！你们家没有下乡的是不是？"

女员工愣了愣，居然默默转身走了。

"小地包"："诸位，大家都不要急，再耐心等一会儿。如果还见不着张靖严的父亲,都跟我回咱家,我自有安排,反正不会让大家流落街头。”

“啪!”一只看去极为有力的男人的大手掌使劲拍在桌上。

站台派出所里,张靖严的父亲站在一名青年铁路警察的面前,墙角里站着张靖严的弟弟。他的身旁有张桌子,上面放着一捆绳子,桌旁坐着两名年轻的警察,一名在看报,一名在捧着饭盒吃东西。听到张父拍桌子的声音,他们放下了报和饭盒,一齐向张父望去。

张父愤怒地:“儿子,跟我走! 我看谁敢拦我!”

张弟从桌上抓起绳子,刚一迈步,桌旁那两名警察就跟着“霍”地站了起来,其中一名指着张弟威胁地:“敢动! 把绳子放下!”

站在张父面前的警察:“还敢对老子拍桌子! 那你更别想走了。别站这儿,那边站着去!”说着,他双手推张父。

张弟:“别碰我爸!”他一把抓起绳子,冲过去。

两名警察一起拦住他,三人扭打起来。张弟将一名警察的臂章撕掉,连衣袖也撕出了一个三角口子。

那名警察狠狠扇了张弟一耳光。

张父:“你他妈敢打我儿子! 儿子别动,老爸跟他来试吧!”

张父正要上前,却被站在跟前那名警察从后面拦腰抱住。

张父挣扎着大声喊:“老子豁出来十几年标兵不当了,今天非跟你们试试不可!”

门一开,所长走进来,大吼一声:“干什么呢!”

从后抱住张父的警察松开了手臂,肃立一旁,抢理地:“报告所长,事情是这样的……”

所长:“你先别说!”所长制止他,转而问张父,“张师傅,您请说,怎么回事儿?”

张父:“我大儿子连里有几名北京、上海的知青探家,我和他弟来接他们。我和他弟从前边那道员工门进来的,碰上了他,要看票,要看工作证，我天天上班从那道门出出进进，我一再说我认识你，不但认识你，还认识站长、书记，可他们还是怀疑我和我小儿子想偷东西！你告诉他们，我和扒车团伙斗争的时候，他们还穿开裆裤呢！”

所长：“老张师傅，是我们局十四五年的老标兵了，当列车司机的时候是标兵，后来因为腰疼病开不了车了，当装卸班长以后，还是标兵，他照片一年到头贴在光荣榜上啊，你们从没朝光荣榜看过一眼是不是?！”

站台上的知青们迟迟等不到张父。

“小黄浦”提议：“我有一个建议啊，敬文你看这样行不？咱们大家一起，连喊三声张靖严，如果靖严的父亲确实来了，就在附近，那不准能听到吗？”

大家纷纷点头。

车站派出所里，张父问所长：“我有资格教训他们几句不？”

所长：“那有，当然有。”

张父：“你们这儿的事儿，我也不是一点儿都没听说。你们中有的人，原先只不过是街头巷尾的小痞子，仗着父亲靠造反当上了官，就能逃避上山下乡运动，混上了一身警服，铁路警察的好些优良传统，都被你们这号的给破坏了！”

忽然从站台传来喊声：“张靖严！”

张父：“儿子，他们还在站台上，快去！”

张弟抓起绳子奔出屋子。

被撕掉臂章的警察：“他把我臂章撕掉了！”

所长：“那你又想怎么样？自己缝上，不会缝一会儿我替你缝！”

张父看着被撕掉臂章的警察：“是你扇了我儿子一耳光对不对？他才十六，还未满成年。而你、你，你俩都是人民警察！”他转脸问所长，“所长，我有没有理由也扇这小子一耳光？”

所长一笑：“张师傅，以后我经过光荣榜，要是看不见您的照片，我可是会觉得怪遗憾的啊！”

张父狠瞪对方一眼,猛地转身,朝外面走去。

所长带上两名警察跟出去,帮助张父张弟以及知青们离开站台,走到地下通道。

张父边走边对所长说:“我替你训了他们几句,你不介意吧?”

所长:“那介的什么意。正像你说的那样,后门进来了好几个,我这个小小的所长挡也挡不住。再说也不敢硬挡。”

站外,除了张父、张弟以及那一群知青,再无行人。城市已经入睡了。他们走到一棵树旁,那里用铁链拴着一辆平板车,平板车旁站着一个扎头巾的少女,她没戴手套,袖着双手,袖口很窄,露着腕部,脸上淌着泪。

少女:“怎么这么半天才接出来啊,我都快冻僵了!”

马力默默脱下大衣帮少女穿上。

张父对知青们介绍:“这是你们排长的小妹。车是借的,她不在这儿看着,用铁链锁住的车,那也可能被偷走。”

大家默默往车上放东西。

张弟替张妹擦泪,解释地:“我和爸正往站台那儿走,碰到了站里一名警察,怀疑我和爸是扒贼,还扇了我一耳光。”

“别说那些了!”张父制止他,又转身问,“不是有个病号吗?病号也坐车上。”

马力扶那名病号知青坐到车上。

张父问马力:“你是照顾病号的?”

马力点头。

张父:“那你跟着我。刚才谁说自己是哈尔滨的来着?”

“小地包”:“大叔,我是。”

“孩子,我家要是都能住下,那就让他们都到我家去了。可住不下这么多,你看你能领走几个?”

“小地包”:“大叔,您再领走一个就行。”

张父痛快地:“没问题。”

“小地包”又对“小黄浦”说:“你住大叔那儿吧,剩下汪漩她们三个,清一色女的,我家有二层铺,也好安排点儿。”

“小黄浦”点点头,站到了马力和女文书身旁。

原地只剩下了“小地包”和汪漩等三名女知青。他们望着张父蹬平板车的身影,张妹和女文书、“小黄浦”也坐在车上,张弟和马力,一个在车旁一个在车后帮着推。

平板车在哈尔滨著名的济虹桥的桥坡中段速度明显慢了下来。“小黄浦”和女文书跳下了车。

汪漩用上海话对谢菲和薛艳说:“徐进步太不像话了,怎么好意思也坐到车上!”

“小地包”:“张靖严这家伙啊,也没写明日期、车次,害得他爸和他弟弟妹妹,连续接了三天才接到咱们。”

谢菲:“孙敬文,你这一路上表现老好了,等我们三个回到连队以后,一定向你姐汇报,让她替我们夸你!”

薛艳:“对!听了我们的,你姐就不会再拿你当小弟弟看了。”

“小地包”:“如果她真能那样,那可就多谢你们了!”

“小地包”和汪漩等三个女知青拎着东西走在哈尔滨的老街区。“小地包”肩扛一个旅行兜,一手还与汪漩合拎一个。

汪漩:“总听你姐说,哈尔滨是天鹅项下的一颗明珠,是东方的小巴黎,这要是白天多好,咱们也算欣赏过哈尔滨的美丽了!”

薛艳:“有像咱们这样,拎着大包背着小包欣赏的吗?我可没那么好的心情了,我现在归心似箭!”

谢菲:“我现在困死了!哎,班长她弟,到了你家,先给我安排睡觉的地方啊!”

薛艳:“真自私!我俩就不困了?”

“小地包”:“先给你俩安排睡觉的地方,最后才给谢菲安排。”

谢菲:“我说班长她弟,一路上我也没得罪过你啊!”

“小地包”:“我没有名字吗?班长她弟就是我的名字吗?”

他们四人走的正是哈尔滨的穷人居住区,狭窄的坑坑洼洼的街道,两侧全是低矮的破房子。后半夜了,家家户户的窗子都黑着,也不见一盏路灯。

谢菲:“班长她……”悄问薛艳,“他叫什么来着?”

薛艳:“不告诉你,问他自己嘛!”

“小地包”听到了,大声地:“孙、敬、文!敬祝的敬,文化的文。记住了,以后别再班长她弟班长她弟的!”

谢菲:“哎敬文,咱们这是走在哪儿啊?你是在往你家走吧?”

“小地包”:“不是往我家走是往哪儿走?这一片就叫哈尔滨的‘地包区’,当年闯关东的山东农民来到哈尔滨,没挣下钱,买不起房子,就只好自己托坯,在这儿找个地方盖一间小土坯房。我就是出生在这里,长大在这里的。这一片儿在哈尔滨那也挺出名!”

汪漩:“为什么?”

“小地包”:“小偷多,坏小子多,流氓也多!”

薛艳:“亲爱的敬文,你姐可首先是把我们三个托付给你的,你现在……可没起什么坏心眼吧?”

“小地包”:“你这话问得,真让人恼火!我说多,那也不等于说全是!我就不是,所以我的名字叫敬文!我还能把你们骗到哪儿卖了呀?你当你们还多少值几个钱呀?买你们干吗?没有本市户口那就没有口粮,就是买得起你们,那也还是养不起!”

谢菲:“对对,咱们一钱不值,打咱们的什么主意那不就成了傻瓜了!”

她忽然指着路旁说:“看,厕所!”

大家循声看去,果然看到两间一体相连、用歪歪斜斜的木板搭成的小房子,门上写着同样歪斜的白灰大字“男”“女”,门旁还竖着一根电线杆,悬着一盏灯泡,发着灰黄的光亮。

“我要上厕所!”薛艳放下包,拔腿就向厕所跑去,跑了几步,又跑回来拉开包,翻手纸。这时,谢菲已捷足先登。

薛艳跺着脚说:“我先发现的,我都憋了一道了!”

汪漩也放下包说:“我在列车上就憋着了!”

“小地包”从肩上放下了包:“那你俩还等什么?那不还空着一边嘛!”

汪漩:“那是男的!”

“小地包”:“深更半夜的,男的怎么了?”

汪漩和薛艳一听,同时向男厕跑去,结果汪漩抢先一步冲了进去。

薛艳冲“小地包”嚷:“你别看这边,转过身去!”

“小地包”转身,嘟哝:“假斯文,真麻烦!”

“小地包”掏出烟来吸。过了一会儿,三个姑娘回到他身边。

汪漩说:“抱歉啊,让你等了半天。其实我们也是为你好,如果到你家了才说要方便方便,不是会搞得两方面都很不方便吗?”

“小地包”扔了烟,也不说话,径直往厕所大步走去。

谢菲:“东方小巴黎的公共厕所,太可怕了!我脚底一滑,差点儿没掉下去!”

薛艳:“掉下去也不会有多大危险,这就是北方冬季的好处之一。”

谢菲:“好处个屁!要是摔断了我胳膊腿呢?”

薛艳:“那也没什么嘛!我俩把你留在他家养着,日子一长,兴许还养出感情来了呢!”

“乌鸦嘴!”谢菲打了薛艳一拳。

“小地包”也不进厕所,就在外边撒起尿来,其声可闻。

三个姑娘都不好意思起来,一齐转身。

汪漩:“太不文明了,也不预先让咱们转一下身,我看他身上还有那么点儿小流氓习气！”

薛艳：“对！还吸上了烟！”

谢菲：“这两条，回到连队都告诉他姐！”

“小地包”带着三个姑娘走入一个大杂院，敲一户人家的窗。

屋里传出孙母的问话声：“谁呀？”

“我，‘小地包’！”

孙母的声音里带着纳闷：“‘小地包’？没听说过，我们不认识这么个人！”

“小地包”郁闷地：“听到了吗？才两年多没回家，不认识儿子了，这事儿闹得！”

汪漩踢了他一脚：“笨蛋！绰号是你下乡半路上别人给你起的，说你名字！”

“小地包”又敲窗：“妈，是我，我是敬文，你儿子回来了！”

屋里灯亮了。

孙母的声音：“是小文？你等着，妈这就给你开门！”

一阵门响声后，最外一扇也就是北方百姓人家几乎都有的“门斗”的门开了一道缝。孙母探头一看，随即又将门关上了。

插闩声后，孙母隔门谨慎地问：“你真是我儿子孙敬文吗？”

“小地包”不耐烦地：“妈，你这是干什么呀。连我的声音也听不出来了？”

孙母：“是像我儿子的声音。你身后那几个男人是干什么的？”

“小地包”：“什么叫像！我身后三个都是我战友！她们不是男的，全是女的。三个上海姑娘，今晚都得住咱家！”

一阵拉闩声响过，“小地包”一行人这才都进了屋。

“小地包”家的屋子不算小，总共有二十几平方米，同其他人家比起来,可算是一间大屋子了。屋子虽然大,却只有一间。家具摆放顺眼,墙壁不算脏,而且有墙线。墙线上下,还刷成了两种不同的颜色。火炕也算是比较宽敞的,能挤着睡四五个人。火炕上有木板搭的吊铺,半遮着布帘,干净体面。

孙父没起身,仍躺在炕上睡着。

汪漩她们三个姑娘四下打量,脸上露出满意的表情。

汪漩对薛艳耳语:“还行。”

孙母看宝贝似的拉着“小地包”:“自从你和你姐下乡以后,你爸更想你哥了,总是失眠,后来就不得不服安眠药了。今晚临睡前服了两片。”

“小地包”把母亲拉到知青同伴面前:“妈,我先给你介绍一下。刚才我说了,她们都是上海的。她叫汪漩,她叫薛艳,她叫谢菲。我姐是她们班长。离开连队前,我姐嘱咐我一路要好好照顾她们。她们能买到哪天的票哪天离开咱家,今晚我爸已经睡下边了,那就先让她们睡吊铺。”

汪漩:“当然是我们睡吊铺。如果明天走不了,也一样。怎么能让伯父伯母爬上爬下的呢。”

谢菲:“是啊,这就够添麻烦的了。”

孙母:“不麻烦。看到你们,跟看到他姐一样,心里高兴!”孙母打了孙敬文一下,“你这孩子,预先也不来封信告诉一声!”

“小地包”:“就没想到能批下我的假来!我先把她们的包拎到门斗去。”他说着,便拎起两只拎兜离开了屋子。

孙母看着汪漩三人,一一拉她们的手,微笑地抚摸着,真挚地说:“都说你们上海姑娘长得白净俊气,这下大婶可有眼福了,眼面前一下子站着仨!大婶可是头一次见着上海姑娘!”

汪漩等三人不好意思地笑了。

厨房里,孙母在切面条,“小地包”在切酸菜。

孙母问“小地包”:“打卤面,再来一个酸菜炖冻豆腐,先凑合一顿,行不？”

“行，她们不挑。”

孙母：“她们是吃米长大的，就怕她们吃不惯面。”

“小地包”：“哈尔滨人每月才二斤面，在中国，连面食都吃不惯的人，那还是人吗？”

孙母：“小声点儿，说话还这么难听，让人家姑娘听到了多不好！”

“听到了也没什么不好的。她们都吃过三四个月黄豆了，北大荒早把她们只吃米不吃面的臭毛病改造掉了。”

孙母用一根手指戳了儿子额头一下，耳语道：“悄悄告诉妈，哪个是你的？”

“小地包”：“哪个什么呀？”

孙母：“别装傻！她们三个，哪个是你对象？都说上海女人会体贴丈夫，妈对你找一个上海的没意见，给妈透个底……”

“哪个也不是。都不知道自己将来会怎么样呢，对的什么象啊！”

孙母将手中刀一放，嗓门忽然大了：“你看你这孩子！你是痴呀还是呆呀？三个嫩黄瓜似的大姑娘，而且还都是上海的！你一块儿给我领回家来了，又说一个都不是你对象！你这不是让我当妈的心里白欢喜一场嘛！你姐也真是的！她是她们班长，怎么都不促成促成呢？看等她回来我不训她！”

“小地包”：“你急赤白脸地干什么呀！请你也小声点儿行不行？你这些话让她们听到了就好吗？”

“小地包”和母亲端着盆盆碗碗从厨房里出来，进了屋，却不见了汪漩等三人。

母子二人将手中东西放在饭桌上，但见墙上一溜挂着汪漩们的三顶兵团帽，炕上一件压一件叠放着她们的三件棉衣，登上吊铺的小梯那儿，一双挨一双，摆着她们的三双大头鞋。而吊铺的拉帘却已经拉严了。

“小地包”蹑手蹑脚登上小梯，撩开帘看了一眼，冲孙母演双簧似的大张嘴轻发声地说:“都,睡,着,了……”

孙母也小声说:“还是得把帘儿拉开一半儿,要不她们越睡越憋闷。”

孙母让“小地包”把面条捞出来,放门斗去冻上。她自己留在屋里收拾桌子,在炕上铺好褥子,也上了炕。

“小地包”从屋外进来。

孙母:“你也睡吧。洗不洗脚了?”

“不洗了,我也困极了!”“小地包”坐在炕沿解鞋带,忽然想到了什么,扭头问母亲,“有笔和纸吗?”

孙母:“有啊。你和你姐上学时用过的各种笔,包括画图画的笔和纸,都给你们保存在抽屉里呢。”

“按钉呢?”

“也有,我在抽屉里见着过。”

一张大白纸被“小地包”用四个图钉按在小梯旁的墙上,其上用各色蜡笔写的字是:

如果起夜,可在门斗解决问题。

下角还画了一只便盆。

写画完了,“小地包”怕女知青们看不见,也怕她们夜里迷迷糊糊摔下来,连灯也没关,就上炕睡了。

张靖严家。

屋里黑着灯。病号知青发出呻吟。

张父拉亮电灯,欠身看那名病号知青。

张家里外两间小屋,这间屋子是里间,睡着张父、张弟、病号知青和马力。

睡在病号知青旁边的马力也醒了,他轻推病号知青,低声问:“蔡宁,是不是又疼得厉害了?”

蔡宁蜷着身子,一副痛苦的样子,不说话,只是点头。

张父:“看他这么忍着不行,得立刻送他上医院!”说着,他起身穿衣,下了地。

蔡宁:“不去……哈尔滨的医院……咱们,快回北京,去我父亲……当副院长的医院……”

张父生气地:“怎么能听他的!你还不给我起来!”

马力不再说什么,也立刻穿衣服。

张父又推醒张弟。

睡在外间的张母、张妹、女文书也走了进来,她们也都是被呻吟声惊醒的。

张父对张母说:“你看这孩子疼成这样,不立刻送他去医院哪成?你快找出些钱我带上!”

“好,好,他爸你别急!”张母说着,转身开箱锁,掀箱盖。

张妹懂事地问:“爸,要我也去不?如果要我去,我多穿点儿。”

张父摸了她头一下,说:“不用你跟着了,去睡吧!”

马力:“大婶您别找钱了,我们身上都有些钱。”

女文书:“是啊,大叔,没想到会给你们添这么大麻烦……”

张父:“闺女,别这么想,你们既然住在我家,这种情况下那就得听我的。”

张母将一卷钱交给张父,说:“家里就这些,靖严上个月刚寄回来的。”

张父:“我看这孩子也许得住院,天亮后,你再跟左邻右舍借借,预备下……”

夜色微微转淡。天将明未明。

大家上了平板车,车上铺着褥子,马力和女文书坐在褥子上,蔡宁盖着大衣,靠坐在马力怀里。

张父为了将车蹬快,屁股都离开了车座。

遇到一处上坡,张父蹬不动了,马力让文书扶着蔡宁,自己跳下车:“大叔,我蹬!”

张父喘息地:“还是我来吧,我路熟,能抄近道。”

他们到哈尔滨市立医院的时候,天已经蒙蒙亮了。先行到达的张弟挂上了号。马力背着蔡宁冲进急诊室。

天光照亮了“小地包”家的窗户。

汪漩从吊铺的小梯上下来,看到墙上那张图文并茂的纸,忍俊不禁。她起掉图钉,将纸拿在手里,朝吊铺上抖着说:“哎哎哎,两位看看,两位看看!”

谢菲翻起身,睡眼惺忪地:“看什么呀?”

待她定眼看清楚,不禁生气地:“这家伙,不给我们留一点儿尊严!”说罢,一把将纸掠过去,打算撕掉。

薛艳也醒了,好奇地凑过来,阻止道:“别撕别撕,我还没看呢!”

谢菲:“有什么好看的,你看你看,喜欢的话留作纪念!”虽然嘴上不满,谢菲却并没有撕那纸,不动声色地将纸折起。

汪漩:“还真留作纪念啊?”

谢菲:“留作证据。回连队后交给班长,这等于是羞辱我们的小字报!”

门开了,孙父走了进来,见汪漩站在楼梯上,温和如对贵客般道:“起来了?睡得好吗?”

汪漩下了小梯,一时拘谨地:“大叔,给你们添麻烦了。”

孙父:“哪儿的话,你们肯住我们这儿,那是看得起我们。昨晚我服了两片安眠药,睡得早,你们光临了我一点儿都不知道,别挑理啊!”

汪漩:“哪会挑理呢。如果不嫌烦,以后我们探家还住你们这儿!”

孙父:“那欢迎啊,以后就拿这儿当你们哈尔滨的一个家吧。闺女,坐下说会儿话。”

“大叔先坐。”汪漩扶孙父坐下，自己坐其对面。

吊铺帘全拉开了。

谢菲：“大叔，我俩先趴着和您说会儿话，不会认为我俩没礼貌吧？”

孙父：“曼玲是你们班长，你们就也像我三个女儿一样嘛，高兴怎么着就怎么着，都一点儿拘束不要有！”

薛艳：“大叔，敬文呢？”

孙父：“他一清早就到火车站替你们买票去了。他妈听他说，你们爱吃豆腐脑儿，端盆儿买豆腐脑去了。现在我想问你们一句话，你们可都要如实回答我……”

汪漩们一起点头。

孙父：“……我们曼玲，她会当班长吗？”

三个上海姑娘像幼儿园的小女孩似的，几乎异口同声地拖长音调说：“会——”

孙父：“我可是有点儿怀疑。她性子太直，说话也太直，随我。像她那样，自己还没觉得呢，往往就因为一句话两句话说得别人不爱听，结果把人给伤了。还有一点她也随我，如果别人哪句话说得她认为不在理，也不管什么场合，也不管对方是谁，当面就顶……她还那样？”

汪漩：“大叔，您说的这几点，在我们这儿，都当成是她可爱的方面。她对我们可好了，我们也都服她管。要不，那我们宁肯在火车站蹲一夜，再挨一白天，也不会跟她弟来这儿住。”

谢菲：“不过您说得倒也对。我们离开连队的前几天，她又顶撞过我们连长……”

孙父：“嗯？这孩子，这孩子，怎么就改不了呢？那连长哪天一发火，还不把她给撸了？”

薛艳：“大叔放心，我们排长、连长、指导员，都挺喜欢她的。她顶撞了连长，连长过后还主动跟她赔不是呢！”

孙父:“那是你们连长好,是人家宰相肚里能撑船,大人不计小人过,不跟她一般见识。你们回连队后,替我捎话给她,别一当上了个小班长,就尾巴翘到天上去了。做人,还是对谁都和和气气的好,对人和气没亏吃嘛!”

孙母端一盆豆腐脑回来了,放下盆,搓着一双冻红了的手说:“街角那家早点铺的豆腐脑卖完了,走了三条街才买到。”

这时,外边传来一个女人的声音:“这是老孙家吗?”

“是!”孙母应答着,转身出去开了门。门外是一个中年女人和一个年轻的女孩子,来的不是别人,正是张靖严的母亲和妹妹。

张母:“你有个儿子叫孙敬文?”

孙母:“对啊,昨天后半夜刚从兵团探家回来。”

张母:“那我找对了,我儿子也在兵团,还当过你儿子的排长。昨天半夜,我家老头子到火车站接的他们……”

孙母:“有事儿快进屋来说!”她亲热地拉着张母的手,把张母拉进了屋里。

孙母向张母介绍:“这是我家那口子,这是我女儿那个班的,上海姑娘,吊铺上还有俩,也是上海姑娘,我儿子一早给她们三个买票去了……”

汪漩礼貌地扶张母在自己坐过的椅子上坐下,并说:“您儿子在我们连威信可高了!”

张母:“有个不好的情况,我没主意了,坐立不安的。想来想去,觉得应该跟你们来说说。昨天夜里我家那口子接到他们时,幸亏你儿子说了你家住哪条街,但是没说门牌号,我对这一片儿又不熟,靖严他妹在这儿有同学,对这一片儿比较熟,就领着我从街头第一号挨家挨户地打听……”

孙父:“你们……没替住你们家那几个买到票?”

张母:“还没顾上帮他们买票呢。我家那口子,昨天夜里接回家四个,可家里只能住下三个,有个叫‘小黄浦’的,也是他们上海的,由我连夜领到靖严他姨家了,安排在那儿住下了……"

孙母:"如果那个,住你儿子他姨家不方便,你就把他领这儿来住,就算我儿子没替她们三个姑娘买到今天的票,我这铺炕上,到了晚上还能再挤着睡下一个。"她转而问汪漩,"对你们三个没什么不方便的吧?"

汪漩连连摇头:"没事儿没事儿,我们和'小黄浦'很熟悉,大婶儿只要你们欢迎他,我们也欢迎。大叔大婶都不嫌麻烦,我们怎么会有意见呢!"

谢菲:"两位大婶,就这么定了吧。敬文如果买到了票,正好我们四个一起走。"

薛艳小声地:"咱俩也该起了,还赖在别人家被窝里,多不像话。"

张母:"我来不是为那几个住哪儿的事,那个'小黄浦'住靖严他姨那儿,也没什么不方便的。那四个里边,不是有个北京的是病号吗?后半夜胃又疼得受不了啦,靖严他爸他弟,还有住我家的另外两个,就一块儿把他送到市立医院去了,又是抽血化验,又是拍片子。你们猜最后是怎么回事?"

谢菲和薛艳从吊铺上下来了,大家都默默地看着张母,静待她说下去。

张母叹口气道:"那孩子可也真有主意,自己心里明镜似的,可就是宁肯忍着疼也不讲实话。最后是一位医生从片子上发现了疑点,原来,他用一根二胡弓上的马尾,一头拴了一块铅坨,一头拴在最后边一颗大牙上,把铅坨子吞到胃里去了。日子一长,那根马尾就断在食管里了,铅坨子呢,快长到胃里去了,医生说被一层胃膜包住了。食管里有半截马尾,胃里还一块铅坨子,把个胃搞得都有铅毒了。吞的时候,还把食管、胃都给划破了,里边先是发炎,现在形成了溃疡。"

孙敬文父母及汪漩等三人,一个个听得目瞪口呆。

孙父:"那,那医生说该怎么办?"

张母:"第一步,住院,我们家和那另外两名知青凑了凑钱,先把一部分住院费交上了，手续也办好了。第二步，得赶紧开刀，把铅铊子从胃里取出来。医生说，如果再迟，说不定铅毒会顺着划破了的毛细血管进入别的血管，进入动脉静脉，那生命就有危险了，不死也会落下残疾。可那孩子又贫血，医生说不预备下血浆，不敢动手术，医院的血库里，偏偏又没有储备的血了。”

汪漩：“大婶，他……他什么血型？”

张母：“这我也不清楚呀，靖严他弟从医院回到家里，就跟我说了这么多情况。我想，我家那口子，还有靖严他弟，还有他们边境连那另外两个，肯定是血型都不符了。要是行，他们不已经给他输上了呀？那孩子再怎么不对，咱们和他有关系的人，该给他输血，那也都不会含糊的呀！我急死了！这可叫咱们哈尔滨这两个知青的爸妈们怎么办啊！”

大家匆匆吃了早饭，立刻赶往哈尔滨市立医院。在医院门口，汪漩她们三个女知青遇到了“小黄浦”。

“小黄浦”：“我到了张靖严家才知道了情况。这小子，怎么能对自己这么做得出来呢！”

薛艳：“还不是企图早早地办个病返！”

谢菲：“才下乡两年多啊！太没志气了，怎么也得坚持个四年五年的吧！”

汪漩：“别说这些了，快进医院吧！”拉着她们向医院里面走去。

四人来到急救室门外。张父、张弟、马力、女文书一筹莫展地坐在长椅上。

汪漩问马力：“有什么新情况？”

马力：“我们四个都验过了血型，只有大叔一个人是O型，能给他输血。”

张父看着汪漩四人想笑一下，却没笑出来，无奈地：“医生看我这年龄，这身板，说等等再说。”

“我也是O型！”四人一回头，见“小地包”也来了。

“小地包”拍了一下“小黄浦”的肩：“你们四个的票我买到了。”

急救室内走出一位男医生，对张父说：“老同志，我说等等再说嘛，看，这不又来了他们五个嘛。今天上手术台，那还是很有希望的。”

医生又转而对所有焦急等待的人说：“医院里本来是不缺血的，但前几天，边境部队紧急调去了一批血浆。你们来得正好，都跟我走吧。”

“小地包”：“我是O型，我不用去了吧？”

医生：“你自己说是O型不行，得验。”

“小地包”只得跟几个知青还有张父一块去了验血室。

抽血室内弥漫着消毒水味。一只粗大的针头刺入张父手臂，针管抽动，里面的颜色缓缓变红。

等在抽血室门口的汪漩和薛艳悄悄探头向里面看。

薛艳见那抽了血的针管，有些害怕：“我不是自私，我只不过是害怕。小时候我最怕打针了，抽血针那么长，那么粗的针管，我怕死了。”

汪漩：“好薛艳，别怕，啊？人家张靖严的父亲都献血了，咱们本身是兵团知青，怎么能含糊呢？轮到你的时候我陪你，太害怕就闭上眼睛。”

“小地包”早就挽好了袖子，露出一只胳膊来：“同志，至于怕成这样吗？不就每个人一百五十毫升血吗？一百五十毫升是个什么概念知道不？才半瓶子酱油那么多！听说我们有的小伙子，刚抽完二百毫升的血还上场打篮球呢！”

汪漩打断他：“得啦，你少说两句吧！”

这时，张父走了出来，室内传出护士的声音：“下一位，薛艳！”

汪漩陪薛艳进入抽血室后，张父问“小地包”：“她怎么了？你们闹别扭了？”

“小地包”：“没有啊。”

张父：“我看她有点儿受委屈的样子，这种时候，互相之间要多担待些，千万别闹什么别扭。你已经是到家了的人，人家姑娘们还在半道上，到家了的，要让着在半道上的。男的要让着女的，啊？”

“小地包”：“大叔放心吧，这些起码的我还能做不到嘛！”

张父：“那我先过他们几个那边去了，免得他们一个个怪着急的。”

张父走后，汪漩将欲昏未昏的薛艳扶出来，让薛艳坐在长椅上，朝“小地包”摇头。

护士也跟出来了：“太紧张了，抽不了。你俩下一个谁来？别耽误时间，那边准备动手术了！”

汪漩：“我！那我抽二百吧。”

“小地包”不禁对汪漩刮目相看。

汪漩走进抽血室后，“小地包”在薛艳身旁坐下，温柔地：“要是头实在晕，靠我肩上一会儿。”

薛艳将头轻轻靠“小地包”肩上。

“小地包”：“给我只手。”

薛艳：“干什么？”

“小地包”：“还能干什么，数数你脉搏呗。”

薛艳略一犹豫，遂将一只手放在“小地包”膝上。

“小地包”也不动她的手，仅将二指轻按其腕部。

片刻，薛艳闭着眼睛问：“多少？”

“小地包”看了一眼自己手表：“半分钟，六十一下。够快的。”

薛艳自感羞愧地哭了：“我怎么这样啊，太丢人了！”

“小地包”：“也别这么认为嘛。世上人，不分男女，几乎谁都有一怕。知道我怕什么吗？你猜都猜不到……”

还没等他说完，汪漩曲着一支手臂走出来。

她用棉签压住针眼，对薛艳说：“你看我，抽完了，这不什么事儿也没有吗？”

她一大意，伸直了手臂，棉签掉地上了，血从针眼射出来，溅了“小地包”一脸。

一位护士恰巧出来,见状赶紧回到抽血室,取了几支棉签帮汪漩压住针眼:“不是跟你说要压一会儿的嘛!”

汪漩不好意思地说:“对不起……”

三人再看薛艳时,薛艳已经晕过去了。

第十七章

哈尔滨开往上海的夜班列车就要发出了。站台上人头攒动,送行的人隔着车窗在与车上的人告别,他们的脸色有喜悦,也有离别的伤感。“小地包”和他的父亲,还有张靖严的弟弟在站台上,向一节车厢的窗子挥手。

车厢内的薛艳想把车窗打开,可是力气不够,无法打开向上提拉的车窗。

站在站台上的“小地包”隔着玻璃挥手:“打不开就别开了。”

车窗里传来薛艳的声音:“我要跟孙敬文说几句话……”

坐在薛艳旁边的“小黄浦”起身帮她往上提窗,窗户还是纹丝不动。

“小黄浦”:“大概是冻住了。”他在车窗四周敲了敲,再往上提,窗终于拉开了。

薛艳探出头喊:“孙敬文!”

站台上的“小地包”让父亲和张靖严的弟弟在后面等,自己走到车窗前。

薛艳小声说:“我的事儿,你回到连队以后,不许在你们男知青之间传播啊!你要是敢,我告诉你姐!”

"小地包"："什么事啊？"

薛艳："就是我没献成血的事儿！"

"我传播那事干什么呀？"

"现在告诉我，你怕什么？你当时话没说完。"

"小地包"向车窗内看了看："低头，只告诉你一个人，别让他们三个听到。"

薛艳低下了头。

"小地包"凑她耳朵悄语："我最怕女孩子当我面儿哭，尤其怕漂亮的女孩子当我面儿哭。"

薛艳笑了。

"小地包"望着"小黄浦"、汪漩、谢菲又说："回到连队以后，都不许说薛艳那事儿啊！谁还没有件连自己都懊丧的事儿呢，谁说谁小人！"

坐在车厢里的三人纷纷点头。

"小黄浦"对"小地包"感激地："一切多谢了啊！你看大叔和靖严他弟弟还在那儿呢，天这么冷，你带头回去吧！"

"小地包"："你俗不俗啊，咱们之间还用说谢啊！"

列车缓缓地开动了。

"小地包"的父亲和张靖严的弟弟走过来，一边向"小黄浦"他们招手，一边跟车走。

车上，薛艳捂着脸，无声地哭了。

"小黄浦"："我们不是都保证了，决不说嘛！"

薛艳："我不是因为我那事儿，我是因为……因为，谢都不让谢，以后可怎么报答啊！"

汪漩："别哭，来日方长啊！"

"小地包"在自家的炕上蒙头大睡。

孙父正在穿戴出门的衣帽，孙母走进来，将装了两个饭盒的布兜放桌上。她看了一眼炕上的“小地包”,问孙父:“你自己去?”

孙父:“他献了血,昨晚又去送站,让他睡吧。”

孙母:“那,我陪你去?”

“我自己去行。要不是因为生过肝炎,我也献血了。我等于什么事儿都没为咱儿子的战友们做,我总得做点儿什么。”

“我还是去吧。男孩子在外地的城市住院了,其实最想的是妈,这一点儿我心里有数。”

孙父和孙母来到医院病房。这是一间较大的病房,有五六张床位,病患们都向靠窗的一张床那儿看着,蔡宁正坐在那张床上,手里拿包子吃着,张靖严的母亲坐在床边的凳子上,端着碗,等着他咽下一口包子后喂他一勺粥。

“小地包”的母亲见旁边有一堆蔡宁的衣服,便过去翻看,打算把该洗的带回去洗。

坐在一边的女文书明白她的意图,忙上前阻止。

女文书:“大婶儿,您真的不必这么热心地为他服务!怎么能让您替他洗袜子呢。快放下,我替他洗行了吧?我保证替他洗,搭病房暖气上,一会儿就干。”

孙母:“那是干得快,可不是会惹别的病人有意见嘛!咱家有火炕,有火墙,干得也不慢。”

她看蔡宁一眼又说:“现在也只能熬点鸡蛋小米粥给他喝,等过几天春节的副食票发下来了,就可以炖肉汤给他喝了。刚动完手术,他得补充点营养。”

“美得他!什么事儿呀!医生说算小手术,才切了一寸来长的刀口,不用心疼他!”女文书瞥了蔡宁一眼,训斥地,“你慢点儿吃行不行?饿死鬼托生的呀!”

孙母扯她一把,小声劝:“别这么说他。当着我俩的面,他多下不来台。”

蔡宁却没什么下不来台的表情，咽下张母喂他的一口粥，理直气壮地:“我不是十几天没吃饱过了嘛，换你试试?”

女文书白了他一眼:“活该!”

“小地包”的父亲在病房外的长凳上与马力聊天。

孙父:“是不是得表现特别好的，才能抽到你们边境连去呀?”

马力点头，之后补充:“其实，政审更主要些，要求家庭成分、出身干干净净的，一点儿污点都不能有。”

孙父:“成分、出身，不是一回事?”

马力耐心地解释:“成分是指爷爷是什么人。出身是指父亲是什么人。比如爷爷是地主，父亲却可能参加了革命队伍，并且‘解放’后当上了干部，那么填档案的时候，就得在成分那一栏写‘地主’，在出身那一栏才能写‘革命干部’。”

“只写出身就不行?”

“当然不行。档案表明明印着两栏，谁只填一栏什么意思呢? 要不怎么说，培养革命接班人，要选根红苗正的呢? 一个人的家庭历史，只看父亲那一辈的情况，不是看不分明嘛!”

孙父:“这……我们敬文，八成一辈子也抽调不到边境连去了。不瞒你说，虽然我是新中国的第一代建筑工人，有时候自己还觉得挺光荣的。可我的父亲，也就是孙敬文他爷，当年定的是富农。”

马力安慰他:“大叔，比起地主资本家什么的，富农那也不能说是太不好的成分。敬文的出身虽然有点儿那个，但是毕竟沾了您的光，摊上了工人这么好的出身嘛。”

孙父:“可毕竟对他的将来有影响啊，‘地富反坏右’，‘黑老二’呢! 唉，我真希望我们敬文或者他姐姐，有天哪一个被抽到了边境连，寄回家一张照片，双手握枪，不是木头枪，是真枪。那我高兴死了，一定买个新相框单独镶起来。”

“你们聊什么呢?”张靖严的父亲不知何时站在跟前。二人立刻都站了起来。

马力:“我在向孙大叔解释什么是出身,什么是成分。孙大叔就是孙敬文的父亲。孙大叔,这是张靖严的父亲张大叔。”

两位哈尔滨知青的父亲互相握手,很快就聊得很投机。

张父:“那个闺女,姓什么来着?我忘了。”

马力:“她姓孙,叫孙畅。”

张父从怀里掏出三张列车票:“人家父亲不是也在住院嘛,我考虑把人家闺女耽误在哈尔滨不对,上午就去车站求了个人情,给她买到了今天晚上的票。你放心,让她走她的,有我们这两位大叔在,一定会帮你完成好你连里交给你的任务。”

孙父:“对对,快进去把票给她,让她高兴高兴。”

马力接过票:“我替小孙谢谢大叔了!”说着便跑进病房。

张父将剩下的两张票递向孙父:“这两张票,你给敬文。我接到他们的时候,他说今天晚上还有两个北京的到哈尔滨,我想孩子们一个个回家心切,干脆别出站了,就也买了两张到北京的票。一停一开,两次车相差一个多小时,正好一下一上,咱们也不把他俩往家接了,你看行不?”

孙父接过票:“太行了。我想那俩北京的也一定高兴,早到家早见上父母嘛!去上海不也得上北京这次车吗?这么着,我让敬文送那姓孙的姑娘去火车站,与那两个北京的会合,再把他们三个都送上车……”

张父:“我也是这么个意思,我觉着有点儿乏力,就只有辛苦你们敬文了,到时候,我让靖严他弟去你家,算是给你儿子派个小帮手。”

孙父:“那不用那不用,说好了不用啊,我们敬文一个人行!哎,你也吸烟吧?”

张父按衣兜:“还忘了带了。”

“我带着呢,咱俩出去冒两口?”

“好啊!”

两位哈尔滨知青的父亲，相见恨晚似的，在医院门前，吸着烟，你望着我笑，我望着你笑。

孙父："咱们两家，即使孩子们不在哈尔滨的时候，家长们也要经常走动啊，不能白认识了！"

张父："那是。"

孙父："哎，马力那小伙子告诉我，一个人的家庭成分是家庭成分，家庭出身是家庭出身。果真是这么回事吗？"

张父挠腮帮子："你还真问倒我了。这方面我也不是太明白。"

孙父："老哥，不怕你笑话，听小马那么一说，我倒添了心病了。我是工人阶级一员，但这只不过是敬文和他姐姐的'出身'呀。若论'成分'，他们的爷爷是富农，要是往后城市里又缺人了，偏按成分一批批往回招，他们不就……那得哪一年才能轮到他俩呀！"

他那样子，好像明天城市里就要往回招知青似的。

张父拍他肩，笑着安抚他："别太放在心里。不是有那么一句话嘛，'有成分论，但是不唯成分论'，几年后的事咱先不必去想它，到时候再说吧！"

张母和孙母一起从医院里出来了。

"看他们老哥俩那亲劲儿！"张母对孙母说，又问两位父亲，"你们聊什么呢？"

孙父："没聊什么太正经的事儿，东一句西一句聊家常呢！"

张父帮着遮掩："我俩都在说退休以后的打算呢！你们家这位说，他退休以后也想上山下乡。"

孙母："如果当家长的去了，能把儿女换回城里来，那我跟他去。听小马讲，他们兵团麦收以后，有的人半个月里能用耙子搂回家儿麻袋机器割掉的麦穗。那咱们去了，勤快点儿，满地里搂巴搂巴，小半的口粮不就有了吗？"

张母："可不，退休金省下了。"

四位家长都笑了。

列车站上,又一次从北方铁路终端驶来的夜班列车停了下来。乘客们从每节车厢的车门上一拥而下,他们中大多是拎扛着大包小包的插队知青或兵团知青。

“小地包”在人群中匆匆而过,边走边寻找。然而,直到站台上人渐渐地少了,他要找的人也没有出现。

正在“小地包”失望的时候,他忽然看到从一节车厢里走出了三个人,那不是别人,正是齐勇、杨一凡和沈力。

“小地包”:“怎么才下车?”

齐勇:“也没想到你会来接我们啊!”

“我明明知道你们三个今天晚上可能到,能不来接嘛!”

杨一凡:“可能就是不一定啊。”

“小地包”:“那我也得来碰碰运气!”

沈力:“怎么不喊我们的名字?”

“小地包”:“不能喊,能喊早喊了!”

齐勇他们几个一脸诧异,“小地包”将齐勇扯到了一旁,小声地说:“有个不太好的情况,我老爸跟来了,所以你不能姓齐,我老爸对姓齐的人太敏感。”

齐勇:“你让他来干什么啊!”

“小地包”:“不让他来,他偏跟来了。”

二人合计了一番,走回杨一凡和沈力跟前。

齐勇发表声明般地:“你俩听着,两件事:第一件,从现在起,不许当着敬文他爸的面叫我齐勇,要叫我于英。”

杨一凡:“这听起来像女人名字。”

齐勇:“我愿意了,你就保留意见吧。”

沈力却左顾右盼,斯时站台上已经没有别人了,他奇怪地问“小地包”:“你老爸在哪儿啊?”

齐勇:“一会儿就见到了。注意听我的话,第二件事,你们两个的票,买到了,而且是今天晚上的,张靖严的父亲帮着买到的,一个半小时后从哈尔滨始发。”

杨一凡和沈力高兴地不禁互相擂了一拳。

齐勇见他俩高兴,也开心地说:“和你俩一块儿上车的,还有边境连那个上海姑娘,你俩一路上要多照顾人家,啊?”

杨一凡和沈力值得依赖地点头。

齐勇:“现在,咱们都跟敬文走。”

“等等!”“小地包”指着齐勇问,“他叫什么名字?”

杨一凡和沈力异口同声:“于英!”

齐勇他们三个人,跟着“小地包”走到车站内的一幢小房子跟前,门上挂着一块牌子,上面写着红字“装卸一班夜班休息室”。

“小地包”:“这儿肯定暖暖和和的,我和齐勇陪着你俩在这儿等车。”

齐勇疑惑地:“行吗?”

“小地包”:“靖严的父亲是这儿的班长,他已经打过招呼了。”他说罢,便推开门走了进去,齐勇等三人随后而入。

和外面比起来,休息室里暖和多了。一只大铁炉子上坐着一只黑不溜秋的铁壶,壶嘴冒着热气。

孙畅正坐在窗子那儿望着外边出神,孙父在和一名老装卸工下棋。屋里的人见“小地包”他们四个进了屋,都站了起来。

“小地包”:“爸,他们三个都和我同一个班,杨一凡、沈力,他俩是北京的,他当过我们班长,叫齐……”

杨一凡:“他还是我们连的象棋冠军,叫于英。”

“小地包”:“对对对,叫于英,象棋下得好极了。”

齐勇矜持地:“干钩于,英雄的英。”

孙父:“大小伙子,怎么起个女孩子的名字?”

齐勇:“我爸妈和别人不太一样,我妈生我时,他们希望我是个女孩儿。”

孙父问装卸工:“难怪的。听起来是像女孩的名字吧?”

老装卸工:“写在纸上就有男人味儿了,是英雄的英,对吧?”

齐勇等三人几乎同时地:“对。”

“小地包”又望着孙畅说:“你们三个都见过她了,我就不介绍了。”

孙畅:“那我也还是自我介绍一下吧,加深印象嘛,我叫孙畅。”

齐勇等三人向孙畅很绅士地点头。

老装卸工:“随便坐,别拘束,我家仨下乡的,两个在你们兵团,一个受照顾,在近郊插队。别说张师傅还跟我打过招呼了,就是没打过招呼,你们几个知青要进来暖和暖和,我也不会把你们挡在门外边。”

他说着,也站了起来,从兜里掏出一串钥匙,打开一个柜门,从里面取出一个报纸包放在桌上。他打开报纸包,里面的瓜子散落出来。老装卸工笑着说:“你们那也算我两个儿子的战友啊,都吃瓜子吧,别客气。”

“小地包”带头,大家各抓了一把瓜子,找地方坐下了。

老装卸工:“要不是你们,是别人进了这门,我还舍不出我这瓜子呢!站上在扩建仓库,装卸班放了几天假,往日这儿可没这么清静。”

老装卸工又对孙父说:“你下棋水平不行,不是我对手。”转而又对齐勇说,“你是象棋冠军,来来来,咱俩杀一盘。”

齐勇求助地看着“小地包”:“其实……我水平也不高……”

孙父:“你谦虚个什么劲儿嘛!水平不高能当冠军吗?”

“只不过是连队的……”

“正规部队,一个连一百多人呢,你们兵团的连人更多,连队的冠军那也是冠军,快陪着下一盘。”他说罢,拉起齐勇,往棋盘那儿推。

齐勇:“我……我真下得很臭……”

老装卸工:“我还没跟什么冠军下过呢,给我个面子嘛!”

孙父将齐勇按在了自己坐过的凳子上，齐勇不知所措地望着“小地包”他们。

沈力悄声地：“他确实下得很臭。”

“小地包”：“咱哥仨得一块儿上，帮他支支招，三四步就露馅了，那多尴尬！”于是他们三人一起围了过去。

“出车！”

“别出车，跳马！”

“那不别着马腿呢嘛！”

“出车更惨，红棋一‘将’怎么办？”

“唉，不叫你出车偏出车，臭棋！”

“小地包”推着自行车，齐勇和孙父跟在其后，三个人走在哈尔滨底层老百姓们住的社区街道。

“小地包”头也不回地：“连续两天，我迎来送往的，该尽的义务可都尽到了啊，接下来该你尽尽义务了！”

齐勇：“那当然。”

“小地包”：“医院里还躺着一个呢，就是边境连那个假病号，他在市立医院开了刀！”

齐勇：“开了刀怎么还说人家是假病号？”

“小地包”：“不是一句半句能说完的事儿，把靖严他爸妈和我爸妈都折腾得够呛！”

孙父：“我和你妈没抱怨过啊，人家张靖严的爸妈也没抱怨过！”

“小地包”站住了，回头瞪着父亲，又意外又不高兴：“爸，你怎么还一直跟着啊，不是一出站我就让你先回家的吗？”

“我怎么那么听你的？你是我爸还是我是你爸？凡是接站的，有不送到家门口的吗？这是最普通的道理，你小子给我记住！”

“爸，你……你自己就不觉得你一直跟着，很没意思吗?！”

孙父:“你对我吼什么吼?怎么就有意思了?怎么就没意思了?你问于英,我要把他一直送到家门口,他是不是心里就特烦我?”

齐勇向“小地包”说:“别跟大叔发火,大叔也是一片实心实意啊!”他转头又对孙父说,“大叔,我心领了。可我家还挺远呢,今天晚上又这么冷,您看您是不是就……”

“小地包”:“爸,你听明白了啊,他家可是住在正阳河区河图街上!接着送还是到此为止,你自己考虑吧!”

孙父愣了一下,遂问齐勇:“你家真住那儿?”

齐勇点头。

孙父孩子般地:“怎么非住那儿?”

齐勇:“这……‘解放’前就住在那条街上了,我从小是在那条街上长大的。”

孙父:“那我还真不能送你到家门口了。实话跟你说,那条街上有一户人家恨我们家的人。我不是怕报复,恨归恨,我想那户人家也不会做什么报复的事儿。我是因为……总之我发过毒誓,这辈子再也不到那条街上去了。”

他看儿子一眼,问齐勇:“你和我们敬文关系挺好的,是吧?”

齐勇抿着嘴,点头:“是,我们像亲兄弟。”

孙父:“那,我说的事,敬文没告诉过你?”

齐勇不由得看“小地包”,“小地包”正悄悄地朝他摇头。

齐勇:“他没告诉我。”

“那让他以后告诉你吧。关系既然好,就没有什么事不能告诉你的。大叔不往前送你了,啊。”

齐勇:“大叔快回家吧,您再往前送,我心里就太过意不去了。”

孙父转身走了,几步后,回头说:“过几天来家里玩,教大叔几招棋,啊!”

齐勇笑着对他点头,挥手。

望着父亲的身影走远,“小地包”嘟哝:“急出我一脊梁汗来！要是送到了家门口,你能不客气几句,请他进屋吗？我爸这人架不住别人客气,你一客气,他还真可能就往屋里进,那不就坏了菜了嘛！”

齐勇:“是啊。其实我心里也暗暗着急,只不过他那么愿意把我送到家门口,我也不便多说什么啊！如果你爸知道我是谁,他会对我怎么样？”

“不知道。”

“会打我吗？”

“小地包”:“我想不会吧。你失去了弟弟,他怎么会反过来打你呢？但是他肯定会感到非常难堪。我回到家以后,他也许会因为我使他难堪了,狠狠扇我几巴掌。”

“你爸常打你？”

“那倒不,我是老疙瘩,我爸从小挺宠我的。可自从咱们两家出了那样的事,我哥判了二十年,他脾气变坏了,一忽儿高兴,一忽儿不高兴的。”

齐勇望着夜空:“我真想不到……”

“小地包”:“想不到什么？”

“想不到我和你,和你姐成了一个连的兵团战友,而且和你成了哥们儿。更想不到的是,你爸人这么好……”

“小地包”:“我家五口人,你已经认识了三个。我也想不到,他对你的印象也那么好。”

齐勇苦笑了一下:“他是对于英印象好。”

“小地包”:“是啊……你会到我家去玩儿吗？”

齐勇轻轻地摇头:“不知道,没想好。这次,还是不要去吧……”

“如果我爸妈非要我把你请到家里呢？再过几天就春节了,很可能的事儿。在家长眼里,我们又是孩子,又是大人了。过春节了,我们明明就在市里的朋友不到家里去吃顿饭,他们会觉得没面子的。”

“那就只得随你编个借口了。”

又走了一段时间,二人忽然站住了。

齐勇望着前面一片楼房说:“你看,前边十几步远就是我家了。那排最整齐的板障子就是我家的,我下乡前重修的。”

“小地包”明白了齐勇的意思,一蹬车架,停稳了车。

齐勇:“你在家好好歇两天。明天后天,我到火车站去碰碰运气,看能不能接到天亮和周萍。接到了再说,接不到,咱们都不要再接了。就那么十几天假,一晃就过去了,不能天天往火车站跑,心尽到了就行了。”

“小地包”:“‘十兄弟’的童话知道吧?真想变成那老八,顺风耳。天亮在隆镇那边小声一说他和周萍的情况,我这儿就什么都知道了。”

齐勇:“陪我吸支烟吧。一进家门,我就不敢吸了。”

“小地包”:“一人吸半截吧,我姐千叮万嘱的,怕我吸上瘾。”

齐勇将一支烟一折为二。

二人吸着烟后,“小地包”说:“真希望有人发明那么一种东西,不管它是长的方的圆的扁的,总之要不大,能揣在兜里,哪怕隔着百里千里,那边掏出来对着嘴一说,这边往耳旁一举,听得一清二楚。”

齐勇:“也许百年后会有人发明那么个东西。哎,我问你个事儿啊,你姐,她有过夜游症的表现吗?”

“小地包”:“我姐?夜游症?谁跟你造我姐这种谣言的?”

“你别生气,没有就拉倒,算我白问。”

“那不行,有人造我姐的谣言,你不跟我说清楚别想回家了!”

齐勇:“那……说清楚就说清楚——就你姐那人啊,咱们离开连队前一天,她跑到马棚去,非说我俩一块儿到山东的时候,在火车上,我趁她闭着眼睛其实没睡着的时候,偷偷吻了她一下……”

“小地包”定定地看了齐勇片刻,笑了,狡黠地:“那是你俩之间的事儿,我不发表看法。”

齐勇:“可是我没有!”

“小地包”:“有,还是没有,跟夜游症扯得上吗?”

齐勇:“天亮说,患夜游症的人,在夜游状态时,自己做了什么事,他是不知道的。”

“小地包”:“你想让我相信,你只不过是在自己夜游状态的时候,偷偷摸摸吻了我姐一下?”

“可我没患过夜游症嘛!”齐勇也扔掉了烟,从车后架上拎起大包扛在肩上,“把车把上那小包给我。”

“小地包”看一眼车把上的小包,复瞪着齐勇说:“所以你就想让我相信,是我姐患过夜游症,在你似睡非睡的情况下,偷偷摸摸地吻了你,自己又仅凭着留在头脑中的一点儿印象,反过来质问你?”

齐勇:“你别这种口气好不好?我也没说得那么肯定嘛。连你都……唉,我跳进黄河也洗不清了。”

“小地包”:“大丈夫做事,要敢作敢当!做了就是做了,你只不过吻了一个姑娘一下,而且还是一个好姑娘,还是我亲姐,就至于让你后悔得想跳黄河呀?那种事儿你老老实实地跟我姐承认了不就得了吗?还挖空心思编出夜游症这么低级的谎言洗个什么劲儿呀?”

齐勇自己从车把上取下了小包,郁闷地:“得得得,不说那事儿了,我急着回家了。”

“小地包”却将自行车一横,挡住齐勇去路,板脸道:“大冷的晚上,我和我老爸到火车站去接你,差几步就把你送到家门口了,你却自己做了事,反而企图反咬我姐一口,你这不等于当面侮辱我吗?”

齐勇:“你看你,我要是忍着不告诉你,你姐反而告诉了你,那我多被动?也怕你对我有不好的看法。忍不住主动告诉了你吧,你又不让我回家!我可扛着这么沉一大包呢啊,心疼点儿我行不行?”

“小地包”一笑:“不为难你,认个错儿,快点儿!”

齐勇:“好好好,我认错,是我不对行了吧?”

“小地包”点点头:“既然认错了,那就等于承认事实了。你肯定不好意思当面向我姐再承认，我找机会替你告诉她。”说罢，他将自行车一顺，调转车头，骑上，朝来路蹬去。

他身后的齐勇喊道：“哎，你别……”

“小地包”大声：“应该的！”

齐勇望着他背影，低声嘟哝：“这事儿闹得！”

“小地包”哼着小调骑车往回走。刚到街口，就听到父亲叫他：“儿子！”

他猛地刹住车，见父亲站在街口一电线杆子那儿，戴棉手套的双手各拿着半块砖。

“小地包”被父亲吓了一跳，从自行车上翻身下来：“爸，你还没回家？”

孙父手里依然举着砖头：“你往河图街来送于英，这我放心不下。”

“小地包”：“拿两块砖干什么？”

孙父：“怕忽然冒出齐家的人，或他家的亲戚，认出了你。听说他家老大下乡前在这一片儿打架挺出名。你哥已经在服刑了，我不能让你再有什么闪失。他们齐家只有两个儿子，我们孙家也只有两个儿子。”

“小地包”从父亲手中拿去那两块砖，见父亲冻得淌出了清鼻涕，忍不住搂抱父亲，并掏出手绢替父亲擦鼻涕。

“小地包”：“爸，你这不是想得太多了嘛！”

“小地包”在前蹬着自行车，孙父坐在车后架上，顶着风往家走。

“小地包”：“爸，我姐以前有过夜游症的表现吗？”

孙父：“什么症？”

“夜游症！就是夜晚起来到处瞎转悠，做这做那，白天别人一问，自己一点儿不知道的那种病！”

“没有啊，你怎么这么问？”

“随便跟您聊几句家常嘛！”

“不对！你姐一定是摊上什么不好的事儿了，要不你不会问得这么稀奇古怪的！”

“小地包”：“看，说你想得太多，你又多心了吧？我姐要是真摊上了什么不好的事儿，我还有情绪迎来送往的吗？我姐是摊上了她这一辈子最好的好事儿了。”

孙父：“嗯？我不信。就咱们家，普普通通一工人家庭，世上的好事能摊到咱们家人的头上？”

“小地包”：“那种天上掉下大馅饼的好事当然摊不到咱们家人的头上。我是说，我姐开始恋爱了，那还不是她一辈子最好的好事儿呀？”

孙父：“恋爱？不会吧？你俩刚下乡两年多，她才十九岁多！”孙父又自言自语道，“是啊，过完春节二十了，转眼是大姑娘了，也到该谈的时候了……对方是什么样的小伙子？”

“这我可无可奉告了。”

“比于英怎么样？”

“小地包”：“要就是他，你什么态度？”

孙父：“论长相，我没意见，估计你妈也能相中，论人品……”

“人品那肯定没问题。”

“家庭出身，对，还有家庭成分呢？”

“小地包”：“那也没问题，‘红五类’。”

孙父：“那，就是于英了？”

“您别瞎猜，我可没说是人家于英啊！”说着，“小地包”忽然大声唱起歌来：

毛主席的战士最听党的话，
哪里需要到哪里去，
哪里艰苦哪安家。
祖国要我……

“小地包”仰面躺在床上,睡得婴儿般平静香甜。

孙父和孙母坐在他的两旁,微笑地看着儿子。

孙母伸出手,想摸一摸儿子的脸,却被孙父阻止了。

孙父:“你别碰他!他睡得好好的,你摸他干什么呢?”

孙母指着儿子的脸颊:“你看,他开始刮胡子了,看鬓角这儿,下巴,是不是?”

“早注意到了。等他走时,我把我那安全刀架送给他。”

孙母:“人家儿子一个月能挣四十多了,自己不会买呀,要你那使了十来年的刀架干什么?”

“那倒也是。”孙父忽然想起女儿,“哎,咱们玲儿,小时候得过夜游症吗?”

“夜游症?没得过呀。”

“就是那种睡着睡着起来了,自己做什么事儿自己不知道……”

孙母:“你别说了,听着怪吓人的。我明白夜游症是怎么回事儿,我敢肯定咱们玲儿没那毛病。”

孙父:“没那毛病就好。我不过随口一问,你别多想。告诉你个情况,咱们玲儿谈恋爱了。”

孙母笑了,欣然地:“这我就放心了。我还时常暗想,就怕咱玲儿傻,长到了二十好几,还不懂恋爱怎么个谈法。”

“是儿子向我透露的。如果我没猜错,就是我和儿子今晚接回的一个咱哈尔滨知青。”

“是吗?模样好不好?”

孙父抑不住笑容:“模样没挑的,你见了他也一准会相中,像从前年画上的武松。”

孙母笑得合不上嘴:“那,春节咱请他来家吃饭!”

许多日子来的疲劳，让齐勇沉沉地睡了个好觉。第二天醒来，他伸了个懒腰，发现父母穿着要出门的衣服，坐在他一左一右。

齐勇翻身看着他们："爸，妈，你们这是……"

齐母："昨天不是说好了，今天你陪爸妈去看看你弟吗？"

齐父："要是你还没解过乏来，明天去也行。"

齐母："还是今天去吧，妈夜里梦见你弟了。你弟说知道你回来了，也希望你早点儿去看他……"

齐母落泪了。

齐勇从炕上坐起，轻轻地搂住了母亲："妈，这几天太冷，郊区更冷，我怕你们二老一去一回，路上会冻着。听说过几天会暖和点儿，那时咱们再一块儿去看弟弟行不？"他说着，向父亲使眼色。

父亲领会地："他妈，那就听勇子的，过几天再去吧。"

母亲用手背擦去眼角的泪："可我觉得，快春节了，你弟肯定也怪想咱们的。"

齐勇："那，这几天内，我自己先去看他行不？"

齐母这才点了点头。

晚上，齐家的收音机播放着样板戏《海港》中老马师傅的唱段：

> 大吊车，真厉害！
> 成吨的钢铁，
> 它轻轻地一抓就起来！
> ……

齐父齐母坐在饭桌旁，神情忧郁，似听非听。

厨房的门打开，齐勇端着两盘饺子走了出来。他把饺子放在桌上，拿起酱油瓶和醋瓶往父母面前的小盘里滴："爸，妈，你们先尝尝饺子咸淡……"

齐父齐母动筷夹起饺子,送进嘴里。

齐父:“嗯,不咸不淡,挺香的。”

齐母:“大儿子,你一个人又剁馅又是包的,忙活了半天了,也陪爸妈坐下吃吧。”

齐勇:“还有一盖没下锅,我去煮出来就陪你们二老吃。”

他转身回厨房了。

齐父:“毕竟是当过几天班长啊,出息了,对咱们‘二老二老’的了。”

齐母:“这要是他弟还在,多好个榜样啊!”

齐父:“别动不动就提他弟了,免得让勇子听着伤心,啊?”

齐勇下完饺子,回到桌边坐下,同父母一块儿吃饺子。齐母剥了一瓣蒜放在齐勇的小盘里。

齐父:“老大,你是不是犯了什么错啊?”

齐勇:“没有啊。”

“那怎么不让你当班长了,让你喂马去了?”

“不是不让我当班长了,是我主动要求喂马的。”

齐父:“那你何必的?”

齐勇:“我喜欢马。爸,你是没喂过马,那马,你对它好,它心里是有数的。看着你那目光,都含情脉脉的。”

齐母:“那,班长和喂马,哪个工资多点儿,哪个工资少点儿?”

“工资都一样。在我们兵团,只要你是一名知青,不管干什么,工资上没差别。”

齐父:“这好这好,那你喜欢马,爸妈也就没什么意见了。”

吃完饭,齐勇自己收拾桌子,让父母坐着听收音机,齐母摇头道:“唉,一打开收音机,整天播的是样板戏,听烦了。”

齐勇在围裙上擦了手,去拧收音机的旋钮,调频道。可是调来调去,不是《林海雪原》就是《红灯记》《杜鹃山》。终于调出了一首歌:

俺是个，公社的，
饲呀嘛饲养员哎嗨哟！
养活的，小猪崽，
一个一个直蹦跶……

齐母：“儿啊，别调了，就听这歌吧！”

齐勇收拾完毕，跟父母打了招呼，便抱着碰运气的心态去列车站接赵天亮和周萍了。

列车站候车室人头攒动，其中半数是知青。

齐勇在人群中穿来穿去，四处张望，仔细地寻找着。终于，他看见几名知青就地坐在一处靠暖气的地方，赵天亮和周萍就在他们之中。

赵天亮低着头，周萍头靠赵天亮的肩，二人睡着了，脸上尽是疲惫。

齐勇叫醒他们，三人来到了一个小饭馆里。这个饭馆非常小，只有三四张桌子，另一张桌子上，也趴着二男二女四名插队知青。三人找了一张小桌子，围着坐下。

周萍坐定，笑着对齐勇说：“我俩的行李已经寄存了。”

赵天亮：“铁道部增加了两次开往北京、上海的知青专列，买票不那么难了，我俩买的是明天早上七点多的票。”

齐勇：“既然这样，那我也就不强领你们回家去睡了。但是这顿饭，我无论如何是要请你们的。你们毕竟到的是哈尔滨，我毕竟是哈尔滨知青，而且咱们一个连，要不我心里太过意不去。”

赵天亮：“听你的。”

一名女服务员从厨房走了出来，走到齐勇他们的邻桌旁，推了推那四个趴在桌上睡着的插队知青：“哎哎哎，醒醒，醒醒，跟你们说过多少遍了，我们这是饭馆，不是旅馆！”

被推醒的男知青迷迷糊糊地抬起头来：“车停了？到北京了还是到

上海了？”

赵天亮和周萍同情地看着他们。

齐勇：“服务员，先过来一下。”

服务员嘟嘟哝哝地：“也不能把这儿当旅馆啊！”

齐勇掏出五元钱塞给服务员：“我可是咱哈尔滨知青，哈尔滨人更要给哈尔滨人点儿面子。你们关门之前，就让他们在那儿趴着吧，啊？给我们仨弄几样家常菜，土豆粥，冻豆腐，酸菜炖粉条什么的。有没有带肉的菜啊？”

服务员摇头。

“鸡蛋呢？”

服务员还是摇头。

“那，你叫厨师看着弄吧。再给上一瓶啤酒。”

菜上来了，齐勇三人端起了杯，他和赵天亮的杯中是啤酒，周萍的杯中是白开水。

赵天亮：“为友谊。”

齐勇看了看他，也看了看周萍：“也为爱情。”

周萍脸微微有些发红。酒杯发出清脆的碰撞声，三个年轻人将杯中物一干而尽。

齐勇：“如果也把敬文找来就好了。但时间太晚了。我代表他了。”

他咂咂嘴，看着赵天亮又说：“从今往后，你可要全心全意地爱周萍，否则，我和敬文都不答应。”

赵天亮庄严地点头。

周萍感动得红了眼圈。

齐勇看着周萍又说：“没当成兵团战士的事儿，就认命吧。”

周萍轻轻地点了点头。

齐勇借着酒意小声：“听我给你俩背一首诗啊——比银子宝贵的，是金子。比金子宝贵的，是钻石。比钻石宝贵的，是好女人。比好女人更宝贵的,在这个世界上——还没有产生!小周,爱听不?”

“爱听。”

周萍内心幸福地笑了,笑得像花朵一样。

图书在版编目（CIP）数据

知青 / 梁晓声著 .— 青岛 : 青岛出版社 , 2014.12
（梁晓声文集 . 长篇小说 ; 14）
ISBN 978-7-5552-1319-2

Ⅰ . ①知… Ⅱ . ①梁… Ⅲ . ①长篇小说–中国–当代
Ⅳ . ① I247.5

中国版本图书馆 CIP 数据核字（2014）第 283749 号

责任编辑　董建国